2024

P. D. James

Vorsatz und Begierde

Von P. D. James sind im Bechtermünz Verlag außerdem erschienen:

Ende einer Karriere
Der Beigeschmack des Todes

Über die Autorin:

P. D. James, von der Sunday Times als »Königin des Kriminalromans« gefeiert, heißt mit bürgerlichem Namen Phyllis Dorothy White und wurde 1920 geboren. Nach dem Zweiten Weltkrieg arbeitete sie in einer Krankenhausverwaltung und später in der Kriminalabteilung des britischen Innenministeriums.
Seit 1980 widmet sie sich ausschließlich der Schriftstellerei. Sie lebt in London oder in ihrem Cottage in Suffolk.

P. D. James

Vorsatz und Begierde

ROMAN

Aus dem Englischen von
Georg Auerbach und Gisela Stege

BECHTERMÜNZ
VERLAG

Die englische Originalausgabe erschien 1989 unter dem Titel
Devices and Desires.

Genehmigte Lizenzausgabe
für Weltbild Verlag GmbH, Augsburg 1999

Umschlaggestaltung: Georg Lehmacher, Friedberg (Bay.)
Umschlagmotiv: IFA-Bilderteam, München
Gesamtherstellung: Ebner Ulm
Printed in Germany
ISBN 3-8289-6715-9

Vorbemerkung der Autorin

Diese Geschichte spielt auf einer fiktiven Landzunge an der nordöstlichen Küste von Norfolk. Liebhaber dieses abgelegenen und faszinierenden Teils von East Anglia werden sie zwischen Cromer und Great Yarmouth vermuten, aber sie sollten nicht erwarten, ihre Topographie wiederzuerkennen, noch werden sie das AKW von Larksoken, das Dorf Lydsett oder die Larksoken-Mühle dort finden. Andere Örtlichkeiten sind authentisch, aber dies ist nur ein raffiniertes Mittel der Autorin, um den fiktiven Figuren und Geschehnissen zusätzliche Wirklichkeitsnähe zu verleihen. In diesem Roman sind nur die Vergangenheit und die Zukunft real; die Gegenwart, und damit die Menschen und der Schauplatz, existieren nur in der Vorstellung der Autorin und ihrer Leser.

Erstes Buch

Freitag, 16. September,
bis Dienstag, 20. September

I

Das vierte Opfer des Whistlers war das bisher jüngste – Valerie Mitchell, fünfzehn Jahre, acht Monate und vier Tage jung. Sie mußte sterben, weil sie den Bus um 21 Uhr 40 von Easthaven nach Cobb's Marsh verpaßt hatte.
Wie sonst hatte Valerie bis zur letzten Minute gezögert, die Disco zu verlassen. Auf der Tanzfläche wogte noch immer eine dichtgedrängte Masse von Körpern unter den flackernden Lichtern, als sie sich Waynes grapschenden Händen entwand, Shirl über das Musikgetöse hinweg zurief, was sie nächste Woche unternehmen könnten, und sich dann hinausstahl. Was sie von Wayne zuletzt noch sah, war sein ernstes, auf und ab hüpfendes Gesicht, auf das die kreisenden Lichter gespenstisch rote, gelbe und blaue Streifen malten. Ohne sich noch die Zeit zu nehmen, die Schuhe zu wechseln, zerrte sie in der Garderobe ihren Mantel vom Haken und rannte die Straße hinauf und an den dunklen Läden vorbei zur Bushaltestelle; die unförmige Umhängetasche schlug ihr gegen die Rippen. Als sie jedoch zur Haltestelle einbog, bemerkte sie entsetzt, daß die Lampen an den hohen Lichtmasten nur mehr eine fahlgraue, leere Fläche beschienen. An der Straßenecke sah sie gerade noch, wie der Bus bereits den Hügel hinauffuhr. Sie hatte noch eine Chance – wenn die Ampel umschaltete –, und so begann sie, zusätzlich behindert durch ihre dünnsohligen Stöckelschuhe, eine verzweifelte Verfolgungsjagd. Doch die Ampel war grün. Sie rang nach Luft, krümmte sich unter einem jähen Muskelkrampf, mußte aber hilflos zusehen, wie der Bus über die Hügelkuppe schaukelte und ähnlich einem hellerleuchteten Schiff entschwand. »O nein!« rief sie ihm

nach. »Lieber Gott, nein!« Und sie spürte, wie ihr brennende Tränen in die Augen stiegen, Tränen der Wut und der Verzweiflung.
Das war das Ende. In ihrer Familie bestimmte allein der Vater die Verhaltensregeln; dagegen gab es keinen Einspruch, und man bekam auch keine zweite Chance zur Bewährung. Nach langen Diskussionen und wiederholten Bitten hatte man ihr den allwöchentlichen Besuch der von der Pfarrjugend geleiteten Disco am Freitagabend erlaubt, sofern sie verabredungsgemäß mit dem Bus um 21 Uhr 40 heimkehrte. Dieser setzte sie in Cobb's Marsh beim Crown and Anchor ab, nur fünfzig Meter vom elterlichen Cottage entfernt. Von Viertel nach 10 an wartete ihr Vater darauf, daß der Bus am Vorderzimmer vorüberfuhr, wo er und ihre Mutter, die Vorhänge zurückgezogen, achtlos vorm Fernseher saßen. Wie auch immer das Programm oder das Wetter sein mochten, er zog sogleich sein Jackett an und ging die fünfzig Meter weit, um sie abzuholen, da er sie nicht unbeaufsichtigt lassen wollte. Seit der Whistler von Norfolk sein Unwesen trieb, hatte ihr Vater eine zusätzliche Rechtfertigung für seine milde Tyrannei, die er, wie Valerie ahnte, im Umgang mit seinem einzigen Kind sowohl richtig fand als auch genoß. Die beiden hatten schon sehr früh eine Art Übereinkunft getroffen: »Wenn du rücksichtsvoll mit mir umgehst, Mädchen, tue ich es auch.« Valerie liebte ihren Vater, ängstigte sich aber auch vor ihm und fürchtete seinen Jähzorn. Nun würde es wieder zu einem dieser lautstarken Kräche kommen, bei denen sie, wie sie genau wußte, von ihrer Mutter keine Hilfe erwarten durfte. Das war das Ende der Freitagabende mit Wayne und Shirl und der Clique. Sie wurde sowieso schon von ihnen verspottet und bemitleidet, weil sie sich wie ein Kind behandeln ließ. Fortan würde die Demütigung vollkommen sein.
Ihr erster verzweifelter Gedanke war, ein Taxi zu nehmen,

um dem Bus hinterherzufahren. Aber sie wußte nicht, wo der Taxistand war. Außerdem würde ihr Geld nicht reichen, dessen war sie sich sicher. Sie konnte zurück in die Disco gehen und fragen, ob nicht Wayne, Shirl oder ein anderer aus der Clique ihr Geld leihen könnte. Aber Wayne war immer so knickerig und Shirl so boshaft. Und bis sie es erbettelt hatte, war es längst zu spät.
Doch dann kam die Rettung. Die Ampel hatte auf Rot geschaltet, und ein Wagen am Ende einer Reihe von vier weiteren hielt sachte an. Valerie stand gegenüber dem offenen linken Wagenfenster und erblickte zwei ältliche Frauen. Sie hielt sich an der heruntergelassenen Scheibe fest und fragte atemlos: »Könnten Sie mich mitnehmen? Richtung Cobb's Marsh? Ich habe den Bus verpaßt. Bitte!«
Aber selbst dieser flehentliche Appell konnte die Fahrerin nicht rühren. Sie schaute geradeaus, runzelte die Stirn, schüttelte den Kopf und ließ die Kupplung los. Ihre Begleiterin dagegen zögerte, musterte Valerie, griff nach hinten und öffnete die hintere Wagentür.
»Steig schon ein! Aber rasch. Wir fahren bis nach Holt. Wir können dich an der Kreuzung absetzen.«
Valerie zwängte sich hinein, und der Wagen fuhr mit einem Ruck los. Zumindest ging es in die erwünschte Richtung. Sie brauchte nur ein paar Sekunden, um sich einen Plan auszudenken. Von der Kreuzung in Holt waren es nur wenige hundert Meter zu der Stelle, wo die Busroute einscherte. Das Stückchen konnte sie laufen und den Bus bei der Haltestelle vor dem Crown and Anchor noch erwischen. Dazu langte die Zeit. Der Bus benötigte mindestens zwanzig Minuten, bis er sich durch all die kleinen Ortschaften geschlängelt hatte.
Erstmals redete die Fahrerin sie an. »Du solltest nicht per Anhalter fahren«, tadelte sie. »Weiß denn deine Mutter überhaupt, daß du aus warst und was du so treibst? Heutzu-

tage scheinen die Eltern keine Macht mehr über ihre Kinder zu haben.«
Blöde alte Zicke, dachte Valerie. Was geht dich das an, was ich so treibe? Nicht mal von den Lehrern in der Schule hätte sie sich diese Frechheit gefallen lassen. Aber sie verkniff sich eine patzige Antwort, was bei ihr sonst recht häufig vorkam, wenn sie von Erwachsenen kritisiert wurde. Sie mußte sich nun mal mit den beiden alten Schachteln abfinden. Da war es besser, sie nicht zu verprellen. »Ich sollte den Bus um 21 Uhr 40 nehmen«, erklärte sie. »Mein Daddy bringt mich um, wenn er erfährt, daß ich per Anhalter gefahren bin. Ich würd's auch nie tun, wenn Sie ein Mann wären.«
»Hoffentlich. Dein Vater hat völlig recht, wenn er dich zu Zucht und Ordnung anhält. Unsere Zeiten sind gefährlich für so junge Dinger wie dich. Vom Whistler mal ganz abgesehen. Wo wohnst du denn genau?«
»In Cobb's Marsh. Aber in Holt habe ich eine Tante und einen Onkel. Wenn Sie mich an der Kreuzung absetzen, fährt mein Onkel mich heim. Sie wohnen ganz in der Nähe. Wenn Sie mich da rauslassen, passiert mir nichts. Wirklich.«
Die Lüge ging ihr glatt über die Lippen und wurde auch bedenkenlos hingenommen. Danach schwiegen sie. Valerie saß da und musterte die Köpfe der beiden, ihr kurzgeschnittenes graues Haar, die altersfleckigen Hände der Fahrerin am Steuerrad. Augenscheinlich Schwestern, dachte sie. Die gleichen Schädel, die gleichen Kinnladen, die gleichen geschwungenen Brauen über argwöhnischen, zornigen Augen. Die haben miteinander gestritten, dachte sie. Sie spürte die Spannung, die zwischen beiden herrschte. Sie war erleichtert, als die Fahrerin wortlos an der Kreuzung anhielt und Valerie sich mit einem gemurmelten Dankeschön hinauswinden konnte. Sie sah zu, wie sie weiterfuhren. Das sollten die letzten Menschen sein, von einem abgesehen, die sie noch lebend antrafen.

Sie bückte sich, um die derben Schuhe anzuziehen, die sie auf Geheiß ihrer Eltern tragen sollte, wenn sie zur Schule ging, und war froh, daß die Umhängetasche endlich leichter wurde. Danach marschierte sie von der kleinen Ortschaft zu der Straßeneinmündung, wo sie auf den Bus warten wollte. Die Straße dorthin war schmal und unbeleuchtet. Bäume säumten sie auf der rechten Seite, dunkle, zugeschnittene Baumgerippe, die in den sternenübersäten Himmel ragten. Auf der linken Seite, wo Valerie ging, war ein schmaler Streifen von Sträuchern und Büschen, die hin und wieder so dicht und breit wuchsen, daß sie den Weg überwölbten. Sie war zutiefst erleichtert, weil alles so gut verlaufen war. Sie würde den Bus noch erreichen. Doch während sie nun in der gespenstischen Stille weitertrottete und ihre behutsamen Schritte hörte, die unnatürlich laut klangen, überfiel sie ein beklemmendes Gefühl, und sie verspürte den ersten Anflug von Unbehagen. Als sie sich diese bedrückende Regung erst einmal eingestanden hatte, ergriff die Furcht Besitz von ihr und steigerte sich zu unentrinnbarer Angst.
Ein Auto näherte sich – einerseits ein Symbol von Sicherheit und Normalität, andererseits eine Bedrohung mehr. Jedermann wußte, daß der Whistler einen Wagen hatte. Wie hätte er sonst an so weit voneinander entfernten Orten in der Grafschaft all die Morde begehen können? Wie hätte er verschwinden können, nachdem er seine gräßlichen Taten verübt hatte? Sie trat unter einen überhängenden Busch. Ihre Angst wuchs. Das Motorengeräusch kam näher. Kurz leuchteten die Katzenaugen auf, dann rauschte der Wagen an ihr vorbei. Und sie war wieder allein in der Dunkelheit und Stille. Aber war das wirklich so? Der Gedanke an den Whistler ließ sie nicht mehr los. Gerüchte, Halbwahrheiten vermengten sich zu einer beklemmenden Wirklichkeit. Er erwürgte nur Frauen. Drei waren es bis jetzt gewesen. Und dann schnitt er ihnen das Haar ab und stopfte es ihnen in den

Mund, aus dem es hervorquoll wie Stroh aus einer Guy-Fawkes-Puppe am 5. November. Die Jungs in der Schule machten sich lustig über den Whistler, pfiffen im Fahrradschuppen, wie er's angeblich bei den Leichen seiner Opfer tat. »Dich schnappt der Whistler auch noch!« hatten sie ihr einmal nachgerufen. Überall konnte er auftauchen. Er trieb sich nur nachts herum. Auch hier konnte er irgendwo lauern. Am liebsten hätte sie sich ganz klein gemacht, sich in das weiche, duftende Erdreich geschmiegt, die Ohren zugehalten und so bis zum Morgengrauen ausgeharrt. Aber schließlich überwand sie den Anflug von Panik. Sie mußte zur Kreuzung gelangen und den Bus erreichen. Sie zwang sich, aus dem Schatten des Gebüschs herauszutreten und setzte – fast lautlos – ihren Weg fort.
Am liebsten wäre sie gerannt, aber auch diesen Impuls unterdrückte sie. Das Wesen – ob Mensch, ob Tier –, das da im Buschwerk lauern mochte, witterte doch ihre Angst, wartete nur darauf, daß sie in Panik geriet. Gleich würde sie das Knacken brechender Zweige hören, trampelnde Schritte, einen keuchenden Atem, der heiß ihren Nacken streifen würde. Nein, sie mußte weitergehen, schnell, geräuschlos, mußte die Tasche fest an sich drücken, möglichst leise atmen, nur geradeaus blicken. Während sie dahinschritt, betete sie: »Lieber Gott, laß mich bitte unversehrt heimkommen, und ich werde nie mehr lügen. Von nun an werde ich rechtzeitig aufbrechen. Hilf mir, damit ich unversehrt zur Kreuzung gelange. Laß den Bus bald kommen. Lieber Gott, hilf mir doch bitte!«
Und wie durch eine Weisung vom Himmel wurde ihr Gebet erhört: Unverhofft tauchte etwa dreißig Schritt vor ihr eine Frau auf. Sie überlegte nicht lange, wie das möglich sein konnte – so wunderbar war es, daß da diese schlanke, sich langsam nähernde Frauengestalt aufgetaucht war. Es genügte, daß es sie gab. Als sie auf sie zueilte, sah sie langes blondes

Haar unter einem fest über den Kopf gezogenen Barett und einen gegürteten Trenchcoat. Und neben der Frau trottete gehorsam – und das beruhigte sie am meisten – ein kleiner, krummbeiniger, schwarzweißer Hund. Jetzt konnten sie miteinander zur Kreuzung gehen. Vielleicht wollte die Frau gleichfalls den Bus erreichen. »Ich komme, ich komme!« hätte sie am liebsten geschrien. Sie begann zu laufen, rannte – wie ein Kind in die ausgebreiteten Arme der Mutter – diesem Sinnbild der Sicherheit und Geborgenheit entgegen.
Die Frau bückte sich und leinte den Hund ab. Als befolge er einen Befehl, verschwand er im Gebüsch. Die Frau schaute sich kurz um und blieb dann, den Rücken Valerie halb zugekehrt, abwartend stehen. Die Hundeleine baumelte an ihrer Hand. Valerie stürzte förmlich auf die wartende Gestalt zu. Da drehte sich die Frau langsam um. Einen Atemzug lang war Valerie vor Schrecken wie erstarrt. Sie sah ein fahles, angespanntes Gesicht, das nicht das einer Frau sein konnte, ein einfältiges, aufmunterndes, nahezu entschuldigendes Lächeln, funkelnde, erbarmungslose Augen. Sie öffnete den Mund, um zu schreien, aber es war vergeblich. Sie brachte vor Angst keinen Ton hervor. Mit einer blitzartigen Bewegung schnellte die Hundeleine wie eine Schlinge um ihren Hals. Dann verspürte Valerie einen Ruck und wurde von der Straße ins dunkle Gebüsch gezogen. Es kam ihr so vor, als stürze sie ab, durch die Zeit, durch den Raum, durch unendliches Grauen. Und dann war das Gesicht ganz dicht über ihr, und sie nahm den Geruch von Alkohol, von Schweiß, von Angst wahr, die so groß sein mußte wie die ihre. Sie riß die Arme hoch, begann kraftlos auf den Angreifer einzuschlagen. Ihr Kopf drohte zu bersten. Der Schmerz in ihrer Brust schwoll zu einer riesigen roten Blüte an und entlud sich in einem lautlosen Schrei: »Mutter! Mutter!« Danach verspürte sie keine Angst, keinen Schmerz mehr, nur noch eine barmherzige, alles auslöschende Dunkelheit.

2

Vier Tage später diktierte Commander Adam Dalgliesh von New Scotland Yard seiner Sekretärin eine letzte Anweisung, erledigte die eingetroffene Post, sperrte die Schreibtischschublade ab, sicherte den Geheimaktenschrank mit dem Kombinationsschloß und bereitete sich auf seinen zweiwöchigen Urlaub an der Küste von Norfolk vor. Der Urlaub war überfällig, und er war schon ganz darauf eingestellt. Aber die Urlaubstage dienten nicht allein zur Erholung. Es gab gewisse private Angelegenheiten, um die er sich in Norfolk kümmern mußte. Seine Tante, die letzte übriggebliebene Verwandte, war vor zwei Monaten verstorben und hatte ihm ihr Vermögen und eine umgebaute Windmühle bei Larksoken an der Nordostküste von Norfolk hinterlassen. Das Vermögen war unerwartet groß, brachte ihn aber in einen bislang ungelösten Zwiespalt. Dabei war die Mühle noch die geringste Bürde, wenngleich auch sie ein paar kleinere Probleme aufwarf. Er hatte das Gefühl, er müßte erst ein, zwei Wochen darin wohnen, bevor er endgültig entscheiden konnte, ob er sie nun als gelegentliches Feriendomizil behalten, sie verkaufen oder sie zum Nominalwert dem Norfolk Windmill Trust überlassen sollte, der, wie er wußte, es als seine Aufgabe ansah, alte Windmühlen wieder instand zu setzen. Ferner waren da noch allerlei Familiendokumente und die Bücher seiner Tante, vor allem ihre reichhaltige Sammlung ornithologischer Werke, die er durchsehen und sortieren mußte, bevor er sich über deren Verbleib schlüssig werden konnte. Das waren die angenehmen Aufgaben. Schon in seiner Jugend hatte er sich aus Ferien, in denen er sich nichts Bestimmtes vornahm, nicht viel gemacht. Er hatte keine Ahnung, von welchen in der Kindheit entstandenen Schuldgefühlen oder eingebildeten Verpflichtungen dieser merkwürdige Masochismus herrührte, der ihm nun, in seinen mittleren Jahren, abermals und noch vehementer als früher zu schaffen machte. Dennoch war er froh, daß in Norfolk eine Beschäftigung auf ihn wartete, zumal er genau wußte, daß die Fahrt auch so etwas wie eine Flucht war. Nachdem es vier Jahre still um ihn gewesen war, war nun sein neuester Gedichtband – *A case to Answer and Other Poems* – veröffentlicht worden. Auch wenn er von der Kritik beifällig aufgenommen worden war, was ihm überraschenderweise behagte, hatte er zudem beträchtliches öffentliches Interesse erregt, das ihm – keineswegs überraschend – weniger gefiel. Nach den spektakulären Mordfällen, die er bearbeitet hatte, hatte sich das Pressebüro der Metropolitan Police bemüht, ihn vor allzu großer Publicity abzuschirmen. Nun mußte er sich erst an die gänzlich anders gearteten Vorstellungen seines Verlegers gewöhnen. Deswegen war er, offen gestanden, froh darüber, einen Vorwand zu haben, ihnen zu entwischen, wenngleich nur für zwei Wochen.

Von Kate Miskin, die mittlerweile zum Inspector avanciert und wegen eines Kriminalfalls unterwegs war, hatte er sich schon verabschiedet. Chief Inspector Massingham war zum Schulungskurs an die Polizeiakademie von Bramshill beordert worden, ein Karriereschritt weiter auf seinem Weg zum Chief Constable. Kate nahm vorläufig seine Position als Dalglieshs Stellvertreter bei der Sonderkommission ein. Er ging in ihr Büro, um einen Zettel mit seiner Urlaubsanschrift zu hinterlegen. Es war wie stets auffallend ordentlich und zweckdienlich, aber dennoch feminin eingerichtet. Ein einziges Bild hing an der Wand, eines der abstrakten Ölgemälde, die Kate selbst malte. Über verlaufenden Brauntönen leuchtete ein Streifen Giftgrün. Dalgliesh gefiel das Gemälde von Mal zu Mal besser. Auf dem aufgeräumten Schreibtisch prangte eine kleine Vase mit Freesien. Ihr anfänglich flüchtiger Duft wehte plötzlich zu ihm herüber und verstärkte den merkwürdigen Eindruck, der sich ihm stets aufdrängte, wenn er hier war: nämlich daß das Büro, wenn es leer war, mehr von Kate preisgab, als wenn sie dasaß und arbeitete. Er legte den Zettel genau in die Mitte der fleckenlosen Schreibunterlage und mußte lächeln, als er mit unangebrachter Sachtheit die Tür hinter sich schloß. Jetzt brauchte er sich nur noch vom Einsatzleiter zu verabschieden; er machte sich auf den Weg zum Lift.

Die Fahrstuhltür schloß sich bereits, als er rasche Schritte und einen fröhlichen Zuruf hörte. Manny Cummings schlängelte sich noch so flink herein, daß ihn die zuschnappenden Stahlleisten knapp verfehlten. Wie immer strahlte er eine geradezu aufdringliche Betriebsamkeit aus, die nicht einmal die vier Fahrstuhlwände zu bändigen vermochten. Er schwenkte einen großen braunen Umschlag. »Gut, daß ich Sie noch antreffe, Adam. Sie hauen doch nach Norfolk ab, nicht? Wenn die Kripo von Norfolk den Whistler faßt, könnten Sie ihn sich doch mir zuliebe ansehen, geht das? Überprüfen Sie, ob er nicht unser Kunde in Battersea ist!«

»Der Würger von Battersea? Aber das ist doch wohl sehr unwahrscheinlich, wenn man die Zeitangaben und näheren Umstände vergleicht. Oder ziehen Sie diese Möglichkeit wirklich in Betracht?«

»Nicht ernsthaft. Aber Gottvater ist nun mal nicht zufrieden, solange wir nicht alle Theorien überprüft haben und jeder denkbaren Spur nachgegangen sind. Ich habe unsere bisherigen Erkenntnisse für Sie zusammengestellt und auch ein Phantombild beigefügt. Sie wissen ja, daß er ein paarmal gesichtet worden ist. Und ich habe Rickards informiert, daß Sie sich in seinem Revier aufhalten werden. Sie erinnern sich doch noch an Terry Rickards?«

»Aber ja.«

»Er ist mittlerweile Chief Inspector und hat sich in Norfolk ganz schön herausgemacht. Besser jedenfalls, als wenn er hier bei uns geblieben wäre. Außerdem habe ich erfahren, daß er geheiratet hat, was dieses Rauhbein vielleicht etwas umgänglicher stimmt.«

»Ich werde mich zwar in seinem Revier aufhalten, aber – dem Himmel sei Dank! – nicht zu seiner Verfügung stehen. Und warum sollte ich Sie auch um einen Tag auf dem Land bringen, wenn die dort den Whistler dingfest machen?«

»Ich mag das Land nicht, und schon gar nicht flaches Land. Denken Sie nur daran, wieviel Geld Sie dem Steuerzahler dadurch ersparen! Aber natürlich fahre ich nach Norfolk hinauf – oder besser hinunter? –, wenn der Bursche es wert ist, daß ich ihn mir vorknöpfe. Sehr freundlich von Ihnen, Adam. Schönen Urlaub auch.«

Nur Cummings brachte eine solche Dreistigkeit auf. Aber die Bitte war nicht ungebührlich. Zudem richtete sie sich an einen bloß um etliche Monate älteren Kollegen, der stets Zusammenarbeit predigte und auf die sachdienliche Ausschöpfung sämtlicher Ressourcen großen Wert legte. Außerdem war es unwahrscheinlich, daß ihm sein Kurzurlaub durch eine noch so flüchtige Begegnung mit dem Whistler, dem berüchtigten Serienmörder in Norfolk, vergällt werden könnte, mochte er ihn tot oder lebendig zu Gesicht bekommen. Der Mann trieb mittlerweile schon seit fünfzehn Monaten sein Unwesen, und sein letztes Opfer – hieß sie nicht Valerie Mitchell? – war sein bislang viertes. Solche Fälle waren zumeist schwierig, zeitaufwendig, mühevoll, da ihre Aufklärung häufig mehr von Glücksumständen als von ausgebuffter Fahndungsarbeit abhing. Als er die Rampe hinab zur Tiefgarage ging, schaute er auf seine Uhr. In einer Dreiviertelstunde war er unterwegs. Vorher mußte er jedoch noch etwas mit seinem Verleger besprechen.

3

Der Fahrstuhl des Verlags Messrs. Herne & Illingworth am Bedford Square war beinahe so alt wie das Gebäude selbst: ein Sinnbild hartnäckigen Festhaltens an einer längst überholten Eleganz und einer etwas schrulligen Unwirtschaftlichkeit, hinter der sich jedoch eine durchaus gewiefte Geschäftspolitik verbarg. Während ihn der Lift mit einem beunruhigenden Rucken nach oben beförderte, dachte Dalgliesh, daß Erfolg, selbst wenn er zugegebenermaßen wohltuender war als eine Schlappe, auch seine Schattenseiten hatte. Dazu zählte Bill Costello, der PR-Direktor, der ihn in seinem bedrückend engen Büro auf der vierten Etage erwartete.

Sein Durchbruch als Schriftsteller war mit einem Wandel im Verlag zusammengefallen. Zwar gab es Herne & Illingworth noch – beide Namen standen stilvoll gedruckt oder mit Prägelettern unter dem altehrwürdigen, eleganten Verlagssignet –, aber die Firma gehörte inzwischen einem multinationalen Konzern an, der neben Konserven, Zucker und Textilien nun auch Bücher vertrieb. Der alte Sebastian Herne hatte eines der wenigen noch vorhandenen Londoner Verlagshäuser mit individuellem Flair für achteinhalb Millionen Pfund veräußert und gleich darauf eine ungemein hübsche PR-Assistentin geehelicht, die nur den Abschluß der Transaktion abgewartet hatte, bevor sie, allen unguten Vorahnungen zum Trotz, den unlängst erlangten Status einer Geliebten gegen den einer Ehefrau eintauschte, womit sie Geschäftssinn bewies und ihre Zukunft absicherte. Herne hatte binnen dreier Monate das Zeitliche gesegnet, was reichlich anzügliche Kommentare, doch nur wenig Bedauern auslöste. Zeit seines Lebens war Sebastian Herne ein bedachtsamer, den Konventionen verhafteter Mensch gewesen, der jegliche Extravaganz, Phantasie und gelegentliche Risikofreudigkeit seiner verlegerischen Tätigkeit vorbehalten hatte. Dreißig Jahre lang hatte er als treuer, wenn auch einfallsloser Ehemann dahingelebt. Wenn ein Mann von fast siebzig Jahren sich mehr oder minder anstandslos den Konventionen beugt, verlangt ihm das vermutlich sein Naturell ab, dachte Dalgliesh. Herne war weniger an sexueller Erschöpfung gestorben, sofern sich derlei, wie die Puritaner meinen, überhaupt medizinisch nachweisen läßt, als an einer letztlich fatalen Ansteckung durch die derzeit modische Sexualmoral.

Die neuen Verlagschefs förderten ihre Lyrikautoren nach Kräften. Vermutlich sahen sie in den Gedichtbänden ein Gegengewicht zur Vulgarität und Schlüpfrigkeit ihrer Bestsellerautoren, deren Werke sie mit Kalkül und Raffinement auf den Markt brachten, als könnte man rein kommerziell ausgerichteten Banalitäten durch elegant gestylte Buchumschläge oder die Qualität des Drucks einen literarischen Wert verleihen. Bill Costello, im vorigen Jahr zum PR-Chef ernannt, sah nicht ein, warum der Verlag Faber & Faber eine Monopolstellung innehaben sollte, was die einfallsreiche Vermarktung von Gedichtbänden anbelangte, und rührte deswegen mit großem Erfolg die Werbetrommel für die verlagseigenen Poeten, auch wenn gemunkelt wurde, er selbst habe noch kein einziges modernes Gedicht gelesen. Für Verse interessierte er sich insofern, als er Präsident des McGonagall-Clubs war, dessen Mitglieder am ersten Dienstag jeden Monats in einem Pub in der City zusammenkamen, wo sie sich den weithin gerühmten *Steak and kidney*-Pudding der Wirtin einverleibten, reichlich zechten und einander die eher lächerlichen Reime des armseligsten Poeten von ganz England vortrugen. Ein Dichterkollege hatte Dalgliesh die Sache einmal so verdeutlicht: »Der Arme muß soviel unverständliche moderne Lyrik lesen, daß es niemand verwundern kann, wenn er hin und wieder eine Dosis verständlichen Unsinn zu sich nimmt. Es ist wie bei einem treuen Ehemann, der gelegentlich therapeutische Erleichterung im nächstgelegenen Puff sucht.« Dalgliesh fand die Erklärung zwar einfallsreich, aber nicht eben überzeugend. Es gab keine Anzeichen dafür, daß Costello die Gedichtbände las, für die er so eifrig warb. Er begrüßte seinen neuesten Anwärter auf Medienruhm mit einer Mischung aus beharrlichem Optimismus und leichter Besorgnis, als ahnte er, wie schwierig die Sache werden würde.

Sein kleines, versonnenes, kindlich wirkendes Gesicht paßte nicht so recht zu seiner korpulenten Statur. Offensichtlich war sein Hauptproblem die Frage, ob er den Gürtel über oder unter seinem Wanst tragen sollte. Saß er darüber, so wurde gemunkelt, war das ein Anzeichen von Zuversicht; war er hinabgerutscht, deutete das auf Bekümmertheit hin. Heute trug er ihn knapp oberhalb des Skrotums, was auf einen Pessimismus schließen ließ, der im nachfolgenden Gespräch auch noch seine Bestätigung finden sollte.

»Nein, Bill«, wehrte Dalgliesh entschieden ab. »Ich denke nicht daran, etwa mit dem Fallschirm ins Wembley-Stadion einzuschweben, in einer Hand mein Buch, in der anderen ein Mikrophon. Und ich werde auch nicht mit dem Zugansager vom Bahnhof Waterloo wetteifern und den Fahrgästen lauthals meine Verse vortragen. Die Leute interessieren sich doch nur für den nächsten Zug.«

»Das hat's alles schon gegeben. Ein alter Hut. Und das mit dem Wembley-Stadion ist doch blanker Unsinn. Wie kommen Sie nur auf so was? Nein, das hier ist wirklich ein guter Vorschlag. Ich habe schon mit Colin McKay gesprochen. Er ist begeistert. Wir mieten einen roten Doppeldeckerbus und machen eine PR-Tour durchs ganze Land. Zumindest so weit, wie man es in zehn Tagen schaffen kann. Ich sage Clare, daß sie Ihnen den vorläufigen Plan und die Termine vorlegt.«

»Also ein Bus wie bei einer Politkampagne«, erwiderte Dal-

gliesh. »Mit Plakaten, Werbesprüchen, Lautsprechern, Luftballons.«
»Wenn wir den Leuten nicht groß ankündigen, worum es geht, können wir's auch bleibenlassen.«
»Sie werden's schon erfahren, wenn Colin mitmacht. Wie wollen Sie ihn überhaupt nüchtern halten?«
»Er ist kein so übler Dichter, Adam. Übrigens ist er ein großer Bewunderer von Ihnen.«
»Das heißt noch lange nicht, daß er mich dabeihaben möchte. Wie wollen Sie das Ganze überhaupt nennen? Dichter auf großer Fahrt? Auf den Spuren Chaucers? Lyrik auf Rädern? Oder erinnert das zu sehr ans Essen? Vielleicht Poetenbus? Das hört sich wenigstens schlicht an.«
»Uns wird schon was einfallen. Dichter auf großer Fahrt gefällt mir.«
»Und wo wollen Sie anhalten?«
»Auf Kirchplätzen, vor Rathäusern, Schulen, Pubs, Raststätten – überall da, wo Leute zusammenkommen. Es ist ein durchaus reizvolles Vorhaben. Zuerst wollten wir einen Zug mieten, aber mit einem Bus sind wir flexibler.«
»Und billiger wird's auch.«
Costello überging diese Anspielung. »Die Lyriker auf dem Oberdeck, Getränke und Erfrischungen unten. Lesungen von der Plattform aus. Landesweite Publicity. Rundfunk. Fernsehen. Wir beginnen hier am Embankment in London. Wir haben die Chance, daß Channel Four und selbstverständlich *Kaleidoscope* groß darüber berichten. Wir rechnen mit Ihnen, Adam!«
»Nein«, entgegnete Dalgliesh schroff. »Auch nicht, wenn Sie mir ein paar Luftballons schenken.«
»Aber, Adam! Sie schreiben doch diese Gedichte. Da wollen Sie doch sicherlich, daß die Leute sie auch lesen, sie zumindest kaufen. Die Öffentlichkeit interessiert sich für Sie, zumal nach Ihrem letzten Fall, dem Mordfall Berowne.«

»Man interessiert sich für einen Dichter, der Mörder schnappt, oder für einen Polizisten, der Gedichte schreibt, aber doch nicht für dessen Gedichte.«
»Was macht das schon, solange man sich für Sie interessiert? Und sagen Sie mir bloß nicht, daß der Commissioner es nicht gerne sähe! Das wäre eine allzu billige Ausrede.«
»Okay, ich sag's ja gar nicht. Aber ihm würde es auch wirklich nicht gefallen.«
Und außerdem fiel ihm sowieso nichts Neues mehr ein, was er sagen könnte. Er hatte immer dieselben Fragen schon unzählige Male gehört und sie wenigstens ehrlich zu beantworten versucht, wenn er schon nicht begeistert davon war. »Wieso verschwendet ein feinfühliger Dichter wie Sie seine Zeit damit, nach Mördern zu fahnden?«; »Was ist Ihnen wichtiger, das Gedichteschreiben oder Ihr Job bei der Polizei?«; »Nützt es Ihnen, daß Sie ein Polizeidetektiv sind, oder behindert es Sie?«; »Wieso schreibt ein erfolgreicher Polizeifahnder Gedichte?«; »Was war Ihr interessantester Fall, Commander? Drängt es Sie hernach dazu, ein Gedicht darüber zu schreiben?«; »Lebt die Frau noch, der Sie Ihre Liebesgedichte gewidmet haben, oder ist sie längst tot?«. Dalgliesh fragte sich, ob man auch schon Philip Larkin bedrängt hatte, preiszugeben, wie er denn zugleich Lyriker und Bibliothekar sein könne. Oder erkundigte man sich etwa bei Roy Fuller, wie er wohl das Gedichteschreiben mit seiner Anwaltspraxis in Einklang bringe?
»Die Fragen sind doch alle voraussehbar«, sagte er. »Es würde uns allen eine Menge Unannehmlichkeiten ersparen, wenn ich die Antworten auf Band spreche. Die könnten Sie dann vom Bus aus abspielen.«
»Das wäre nun mal nicht das gleiche. Man möchte Sie persönlich sehen. Man würde sonst denken, Sie wollen nicht, daß man Ihre Gedichte liest.«
Wollte er denn das überhaupt? Gewiß, einige Menschen

sollten sie schon lesen, insbesondere eine Person. Und nachdem diese Person seine Gedichte gelesen hatte, sollte sie von ihnen angetan sein. Das war zwar betrüblich, aber immerhin wahr. Was die übrigen anbelangte – na ja, er vermutete, er wollte schon, daß die Leute seine Gedichtsammlungen kennenlernten, aber sie sollten nicht dazu gedrängt werden, sie zu kaufen. Das war natürlich eine extravagante Einstellung, die er von Herne & Illingworth wohl kaum erwarten durfte. Er merkte, daß Bill ihn bange, geradezu flehentlich anschaute, wie ein kleiner Junge, dem man eine Schale mit Bonbons abnahm. Sein Widerstreben, bei der Werbeaktion mitzumachen, kennzeichnete einen Zug seines Wesens, den er selbst nicht mochte. Es war zweifellos unlogisch, daß er publiziert werden wollte, aber nicht besonders daran interessiert war, ob man seine Bücher auch kaufte. Wenn ihm Publizität als Begleiterscheinung seines Ruhms peinlich war, bedeutete das längst nicht, daß er frei von Eitelkeit war, sondern nur, daß er sie besser zu zügeln vermochte, quasi für sich behielt. Er hatte ja einen festen Job, konnte mit einer gesicherten Pension rechnen, und seit neuestem besaß er auch noch das beträchtliche Vermögen seiner Tante. Er brauchte sich nicht abzustrampeln. Er war sogar ausgesprochen privilegiert, wenn er sich etwa mit Colin McKay verglich, der vermutlich in ihm – und wer könnte das Colin verargen? – einen verschrobenen, überspannten Dilettanten sah.

Dalgliesh war erleichtert, als die Tür aufging und Nora Gurney, die Kochbuchlektorin, schwungvoll eintrat. Wenn er sie sah, mußte er stets an ein intelligentes Insekt denken, wobei die hellen, leicht vorquellenden Augen hinter den großen runden Brillengläsern diesen Eindruck noch verstärkten. Sie trug die rehbraune Strickjacke mit Rippenmuster, die er gut kannte, und flache, spitz zulaufende Schuhe. Im englischen Verlagswesen war Nora Gurney zur Autorität geworden, was sich auf ihre langjährige Tätigkeit zurückführen ließ – keiner wußte noch, wann sie zu Herne & Illingworth gekommen war –, und auf ihre unerschütterliche Überzeugung, daß ihr diese Macht auch gebührte. Es war zu erwarten, daß sie diese auch unter der neuen Verlagsleitung ausüben würde. Dalgliesh hatte sie zuletzt vor drei Monaten getroffen, auf einer der periodisch stattfindenden Verlagspartys, die, soweit er wußte, aus keinem besonderen Anlaß veranstaltet wurden, es sei denn, man wollte den Autoren mittels der inzwischen vertrauten Weinsorten und Häppchen demonstrieren, daß der Verlag geschäftlich weiterhin reüssierte und im Grunde dieselbe altehrwürdige, liebenswerte Firma geblieben war. Auf der Gästeliste standen hauptsächlich die renommiertesten Autoren der gängigsten Sparten, eine Taktik, die auch bei der letzten Party zu einer von Unschlüssigkeit und parteilicher Befangenheit geprägten Atmosphäre beigetragen hatte. Die Lyriker hatten reichlich getrunken und sich hernach – je nach Naturell – weinerlich oder liebestoll gebärdet. Die Romanciers hatten sich wie störrische Hunde, denen man das Zuschnappen untersagt hatte, in einem Winkel zusammengedrängt. Die Akademiker wiederum hatten Gastgeber und sonstige Gäste ignoriert und sprachgewaltig miteinander disputiert, während die Kochbuchautoren die Kanapees nach dem ersten Biß mit einem Ausdruck von Abscheu, qualvoller Überraschung oder eines nachsichtigen, abwägenden Interesses auf der nächstbesten Stellfläche deponiert hatten. Nora Gurney hatte Dalgliesh in einer Ecke des Zimmers in Beschlag genommen und ihn in ein Gespräch über die Durchführbarkeit einer Theorie verwickelt, die sie sich jüngst ausgedacht hatte. Könnte man nicht, fragte sie, da ja jeder Fingerabdruck einzigartig war, von der gesamten Bevölkerung Fingerabdrücke nehmen, die Daten in einem Computer speichern und sodann wissenschaftlich untersuchen, ob nicht gewisse

Kombinationen von Linien und Rillenwirbeln auf eine kriminelle Veranlagung hindeuteten? Auf diese Weise könnte man Verbrechen doch von vornherein verhindern, statt sie wie irgendeine Krankheit zu behandeln. Dalgliesh hatte eingewandt, daß die Daten – kriminelle Tendenzen gab es ja allenthalben, man brauche sich nur anzusehen, wo überall die Partygäste ihre Autos geparkt hätten – nicht zu bewältigen seien. Hinzu kämen noch logistische und ethische Probleme, die eine Registrierung von Fingerabdrücken bei der Gesamtbevölkerung mit sich brächte, und die entmutigende Erkenntnis, daß die Kriminalität, sofern man sie überhaupt mit einer Krankheit vergleichen dürfe, leichter zu diagnostizieren als zu behandeln sei. Es war fast eine Erlösung, als eine Schriftstellerin von stattlicher Gestalt, eingezwängt in ein geblümtes Cretonne-Kostüm, das ihr das Aussehen eines wandelnden Sofas verlieh, ihn beiseite führte, einen Packen zerknitterter gebührenpflichtiger Verwarnungen wegen Falschparkens aus ihrer prallen Handtasche zog und ingrimmig von ihm wissen wollte, was er dagegen zu tun gedenke. Die Liste der von Herne & Illingworth verlegten Kochbücher war nicht lang, aber beeindruckend. Die besten Autoren genossen ob ihrer Zuverlässigkeit, Originalität und ihres lobenswerten Stils ein unerschütterliches Ansehen. Miss Gurney hing mit wahrer Leidenschaft an ihrem Job und ihren Schützlingen. Romane und Lyrikbände waren für sie irritierende, wenngleich notwendige Nebenprodukte des Verlages, dessen Hauptaufgabe die Pflege und Veröffentlichung ihrer Protegés war. Man kolportierte, daß sie selbst eine lustlose Hobbyköchin sei, ein weiterer Hinweis auf die feste Überzeugung der Briten, die in den höheren, wenn auch minder nützlichen Bereichen menschlicher Beschäftigung weit verbreitet war, daß nämlich nichts den Erfolg so sehr schmälert wie die Beherrschung eines Metiers. Es überraschte Dalgliesh keineswegs, daß sie seine Anwesenheit als einen Glücksfall ansah und ihre Bitte, er möge doch einen Stapel Korrekturbögen Alice Mair überbringen, geradezu als Privileg betrachtete.

»Ich hätte mir denken können, daß man Sie heranzieht, um den Whistler aufzuspüren«, sagte sie.

»Nein, das ist Gott sei Dank die Sache der Kripo von Norfolk. Daß Scotland Yard eingeschaltet wird, kommt häufiger in Romanen als in der Wirklichkeit vor.«

»Trotzdem paßt es mir gut in den Plan, daß Sie, aus welchem Grund auch immer, nach Norfolk fahren. Ich würde die Korrekturfahnen nur ungern der Post anvertrauen. Hat nicht Ihre Tante in Suffolk gelebt? Jemand sagte mir, daß Miss Dalgliesh verstorben sei.«

»Bis vor fünf Jahren lebte sie in Suffolk. Dann ist sie nach Norfolk verzogen. Ja, meine Tante ist unlängst gestorben.«

»Nun ja, Suffolk oder Norfolk – so groß wird der Unterschied schon nicht sein. Aber es tut mir leid, daß sie verstorben ist.« Einen Augenblick lang schien sie über die Sterblichkeit aller Menschen nachzusinnen und die beiden Grafschaften zum Nachteil beider gegeneinander abzuwägen. Schließlich fuhr sie fort: »Und sollte Miss Mair nicht zu Hause sein, dann werden Sie doch bestimmt nicht das Paket einfach vor die Tür stellen, nicht wahr? Ich weiß zwar, daß die Leute auf dem Lande ungemein vertrauensvoll sind, aber der Verlust der Korrekturbögen wäre nahezu eine Katastrophe. Möglicherweise ist ihr Bruder, Dr. Alex Mair, da, wenn Alice nicht daheim ist. Er ist der Direktor des Atomkraftwerks bei Larksoken. Aber vielleicht sollten Sie das Paket auch ihm nicht aushändigen. Männer sind ja zuweilen so schusselig.«

Dalgliesh wollte schon erwidern, einem der führenden Atomphysiker des Landes, dem Leiter eines Atomkraftwerks und, wenn man den Zeitungen glauben durfte, Anwärter auf den neugeschaffenen Posten eines AKW-Generalbevollmächtigten, könne man getrost einen Packen Korrekturbögen anvertrauen. »Sollte sie zu Hause sein«, sagte er statt dessen, »werde ich ihr das Paket persönlich übergeben. Wenn sie nicht daheim ist, behalte ich es, bis ich sie antreffe.«

»Ich habe ihr das mit den Korrekturbögen schon telephonisch mitgeteilt. Sie erwartet Sie also. Die Anschrift habe ich draufgeschrieben. Martyr's Cottage. Ich nehme an, Sie werden's schon finden.«

»Mit Straßenkarten kennt er sich aus«, bemerkte Costello mit säuerlicher Stimme. »Vergessen Sie nicht, daß er eigentlich ein Polizeifahnder ist.«

Dalgliesh sagte, er wisse, wo Martyr's Cottage liege; er kenne auch Alexander Mair, nicht aber dessen Schwester. Selbst wenn seine Tante sehr zurückgezogen gelebt habe, so würden sich doch die Leute, die als Nachbarn in einer entlegenen Gegend wohnen, irgendwann einmal treffen. Alice Mair sei verreist gewesen, als ihm ihr Bruder nach dem Tod von Miss Dalgliesh in der Mühle einen Beileidsbesuch abgestattet hätte.

Er übernahm das Paket, das erstaunlich groß, schwer und mit einem abschreckenden Wirrwarr von Klebebandstreifen umwickelt war, und glitt langsam mit dem Fahrstuhl zum Erdgeschoß, von wo aus er sich zu dem kleinen Verlagsparkplatz und seinem abgestellten Jaguar begab.

4

Sobald Dalgliesh die verschlungenen Tentakel der östlichen Stadtrandsiedlungen hinter sich gelassen hatte, legte er ein flottes Tempo vor und erreichte gegen 3 Uhr nachmittags die Ortschaft Lydsett. Von der Küstenstraße bog er rechts ab und kam auf einen mehr oder minder ebenen Feldweg, den

mit Wasser gefüllte Gräben und golden schimmerndes Röhricht säumten. Die schweren Kolben wiegten sich im Wind. Er bildete sich sogar ein, er könne schon die Nordsee riechen, jenen unverkennbaren, aber flüchtigen Duft, der sehnsüchtige Erinnerungen an die Ferien in seiner Kindheit weckte, an seine einsamen Wanderungen als Jugendlicher, auf denen er sich mit seinen ersten Gedichten abgemüht hatte, an die hochgewachsene Gestalt seiner Tante, die, das Fernglas um den Hals gehängt, an seiner Seite ging, und den Nistplätzen ihrer geliebten Vögel zustrebte.
Es war also immer noch da, das vertraute alte Gatter, und versperrte die Weiterfahrt. Daß es noch vorhanden war, überraschte ihn stets, da es für ihn keinen ersichtlichen Zweck hatte, es sei denn, zumindest symbolisch die Landspitze abzuschirmen und dem Wanderer eine Gelegenheit zum Nachdenken zu geben, ob er wirklich weiter vordringen wolle.
Das Gatter ließ sich leicht öffnen, nur das Schließen war wie immer schwierig. Er gab ihm einen Ruck und mußte es etwas anheben, bis es wieder an seinem Platz war. Als er die Drahtschlinge über den Pfosten streifte, hatte er das vertraute Gefühl, die Alltagswelt hinter sich gelassen zu haben und einen Landstrich zu betreten, der ihm, mochte er ihn noch so oft besuchen, stets fremd bleiben würde.
Er fuhr über die kahle Landspitze zu dem schütteren Kiefernwäldchen, das an die Nordsee grenzte. Das einzige Haus zu seiner Linken war der alte viktorianische Pfarrhof, ein wuchtiges Backsteingebäude, zu dem die struppige Rhododendron- und Kalmienhecke nicht recht passen wollte. Rechts von ihm stieg das Gelände sanft zu den Steilhängen im Süden an. Er sah den dunkel klaffenden Zugang zu dem Betonbunker, den man nach dem Krieg nicht abgerissen hatte und der anscheinend so unverwüstlich war wie die von den Wellen glattgeschliffenen Reste der alten Befestigung,

die, im Sand eingebettet, diesen Teil des Strandes prägten. Im Norden – im Hintergrund die blau gewellte See – schimmerte die verfallene Benediktinerabtei mit ihren geborstenen Bögen und Mauerstümpfen golden im Licht der Nachmittagssonne. Als er über eine kleine Anhöhe fuhr, erblickte er endlich die Flügel der Mühle und dahinter, nahe am Horizont, den riesigen grauen Klotz des Atomkraftwerks von Larksoken. Wenn man von dem Fahrweg links abbog, gelangte man zu dem Atommeiler. Aber diese Zufahrt wurde, wie er wußte, nur selten benutzt, da man für Pkws und schwere Fahrzeuge einen Zubringer weiter nördlich gebaut hatte. Die Landzunge war leer und nahezu kahl. Die wenigen kümmerlichen Bäume, vom Wind gebeugt, hatten es schwer, in dem kärglichen Boden einen Halt zu finden. Als er an einem weiteren verwitterten Bunker vorüberkam, hatte er das bedrückende Gefühl, die Landzunge sei einst ein Schlachtfeld gewesen. Die Toten hatte man längst fortgekarrt, aber die Luft schien noch vom Geschützdonner längst geschlagener Schlachten zu vibrieren, während über alldem der Atommeiler hochragte wie ein grandioses modernes Denkmal für den Unbekannten Soldaten.

Bei seinen früheren Besuchen in Larksoken hatte er Martyr's Cottage gesehen, wenn er zusammen mit seiner Tante von dem kleinen Raum unter dem kegelförmigen Mühlendach aus die Landspitze betrachtet hatte. Aber näher als bis zur Zufahrt war er nie gelangt. Als er nun darauf zusteuerte, kam ihm die Bezeichnung Cottage irreführend vor. Es war ein stattliches, zweigeschossiges L-förmiges Gebäude, das sich östlich der Zufahrt erhob. Die Mauern waren teils mit Feldstein abgedeckt, teils nur verputzt. Dahinter schloß sich ein Innenhof an, der mit Yorker Steinplatten ausgelegt war. Von hier aus sah man auf einer Seite über ein etwa fünfzig Meter breites strauchbewachsenes Gelände bis hin zu den

Dünen mit ihren Grashorsten und dem Meer. Niemand ließ sich blicken, als er vorfuhr. Er wollte schon an der Türglocke ziehen, hielt dann aber inne, um die Worte auf der Steintafel zu lesen, die rechts neben der Tür in die Feldsteinabdeckung eingelassen war.

In einem Cottage an dieser Stelle lebte Agnes Poley, eine protestantische Märtyrerin, die im Alter von zweiunddreißig Jahren am 15. August 1557 in Ipswich auf dem Scheiterhaufen verbrannt wurde.

Prediger Salomo, Kapitel 3, Vers 15

Sonst war die Tafel schmucklos. Die tief eingemeißelten, eleganten Lettern erinnerten ihn an die Schrift Eric Gills. Ihm fiel ein, daß seine Tante einmal erzählt hatte, die Tafel sei Ende der zwanziger Jahre, als das Cottage ausgebaut wurde, von dem damaligen Besitzer angebracht worden. Eines der positiven Ergebnisse des Religionsunterrichts, dachte er, ist, daß man später zumindest die wohlbekannten Passagen der Heiligen Schrift jederzeit präsent hat. Auch hier handelte es sich um eine, die er sich mühelos ins Gedächtnis zurückrufen konnte. Als er mit neun Jahren in der Schule einmal etwas angestellt hatte, ließ ihn die Lehrerin in Schönschrift das ganze dritte Kapitel aus dem Prediger Salomo abschreiben, da sie, die alte Sklaventreiberin, in ihrer nüchternen Strenge die Ansicht vertrat, eine Strafe solle zugleich mit einer literarischen oder religiösen Unterweisung verbunden sein. Die Worte, die er damals in seiner runden, kindlichen Schrift kopiert hatte, waren ihm in Erinnerung geblieben. Nicht schlecht gewählt, die Passage, dachte er.

Was geschieht, das ist zuvor geschehen,
und was geschehen wird, ist auch zuvor geschehen;
und Gott sucht wieder auf, was vergangen ist.

Er schellte, und binnen weniger Sekunden öffnete Alice Mair die Tür. Er sah eine hochgewachsene, hübsche Frau, die stilvoll, teuer, aber lässig gekleidet war. Sie trug einen schwarzen Kaschmirsweater, rehbraune Hosen und um den Hals ein Seidentuch. Er hätte auch so gewußt, wer sie war, da sie ihrem Bruder ähnelte, selbst wenn sie ein paar Jahre älter sein mochte. Daß sie einander kannten, schien für sie selbstverständlich zu sein. Sie trat beiseite, um ihn einzulassen, und sagte: »Das ist aber freundlich von Ihnen, Mr. Dalgliesh, daß Sie sich die Mühe gemacht haben. Ich weiß, Nora Gurney ist da unerbittlich. Als sie hörte, daß Sie nach Norfolk fahren würden, waren Sie das geeignete Opfer. Bringen Sie die Korrekturbögen ruhig mit in die Küche!«
Sie hatte ein apartes Gesicht: tiefliegende, weit auseinanderstehende Augen unter geraden Brauen, einen wohlgeformten, aber verschwiegen wirkenden Mund und kräftiges, graumeliertes Haar, das zu einem Chignon aufgesteckt war. Auf den PR-Photos hatte sie, wie er sich erinnerte, reizvoller ausgesehen, wenn auch auf eine einschüchternde, intellektuelle, typisch englische Art. Doch als sie nun vor ihm stand, fand er, daß sie selbst in der legeren Atmosphäre ihres Hauses keinerlei erotische Ausstrahlung hatte, daß sie durch ihre spürbare, tiefsitzende Reserviertheit weniger feminin und noch abweisender wirkte, als er sich vorgestellt hatte. Ihre steife Haltung schien auszudrücken, daß sie sich jegliche Einmischung in ihr Privatleben verbat. Sie begrüßte ihn mit einem kühlen, festen Händedruck und lächelte ihn kurz, aber auffallend liebenswürdig an. Ihre Stimme – er wußte, wie feinhörig er in dieser Beziehung war – klang nicht unangenehm, jedoch ein wenig gezwungen, als würde sie absichtlich unnatürlich hoch sprechen.
Er folgte ihr durch die Eingangsdiele in die nach hinten

gelegene Küche. Sie war etwa sieben Meter lang und diente anscheinend einem dreifachen Zweck: Sie war Wohnraum, Arbeitsstelle und Büro in einem. Rechter Hand befand sich eine wohleingerichtete Küchenzeile mit einem großen Gasherd samt Dunstabzug, einem Hackklotz, wie ihn Metzger haben, einem Küchenschrank rechts neben der Tür mit einem Sortiment blinkender Töpfe und einer langen Arbeitsplatte mit einer dreieckigen Holzscheide, in der unterschiedliche Messer steckten. Mitten im Raum stand ein großer Holztisch mit einer Keramikvase voller Trockenblumen. An der Wand links war ein offener Kamin. Zwei deckenhohe Bücherregale füllten die beiden Mauernischen links und rechts davon, zwei hochlehnige, kunstvoll geflochtene Korbsessel mit Patchworkkissen standen jeweils daneben; vor einem der großen Fenster ein offener Rollsekretär, rechts davon eine Stalltür. Die obere Hälfte war offen und gab den Blick frei auf den gepflasterten Innenhof. Draußen sah Dalgliesh schön geformte Keramiktöpfe mit Küchenkräutern, die so gestellt waren, daß sie möglichst viel Sonnenlicht abbekamen. Der Raum, der nichts Überflüssiges, nichts Protziges enthielt, war gemütlich, und er überlegte, warum er so auf ihn wirkte. Lag es an dem feinen Duft nach Kräutern, nach frischem Gebäck, am leisen Ticken der Wanduhr, die die verstreichenden Sekunden anzeigte und dennoch die Zeit zu bannen schien? Am rhythmischen Rauschen des Meeres, das durch die halboffene Tür drang? Am Gefühl der Geborgenheit, das die beiden Sessel mit ihren Kissen, der offene Kamin auslösten? Oder rührte es daher, daß ihn dieser Raum an die Pfarrhausküche erinnerte, wo er, das vereinsamte Einzelkind, einst Wärme, herzliche, von keiner Gängelung getrübte Aufnahme gefunden hatte, wo man ihn mit heißem, vor Butter triefendem Toast und kleinen, sonst verbotenen Leckerbissen verwöhnt hatte?
Er legte das Paket mit den Korrekturbögen auf die Schreib-

tischplatte, lehnte den Kaffee ab, den Alice Mair ihm anbot, und folgte ihr zur Haustür. »Es tut mir leid wegen Ihrer Tante«, sagte sie, als sie ihn zum Wagen begleitete. »Ich meine Ihretwegen. Denn ich denke, für eine Ornithologin verliert der Tod seinen Schrecken, wenn erst einmal Sehkraft und Gehör zu schwinden beginnen. Und einfach zu entschlafen, ohne Schmerz und ohne eine Belastung für andere zu sein, ist ein beneidenswertes Lebensende. Aber Sie haben sie so lange gekannt, daß sie Ihnen unsterblich vorgekommen sein muß.«

Es ist nicht leicht, dachte er, Beileid zu äußern oder hinzunehmen; zumeist klingt es banal oder geheuchelt. Diese Worte dagegen hatten einfühlsam geklungen. Jane Dalgliesh war ihm tatsächlich unsterblich erschienen. Alte Menschen, dachte er weiter, machen unsere Vergangenheit aus. Wenn sie von uns gehen, ist es, als hätte es die Vergangenheit und damit uns nie gegeben.

»Ich glaube nicht«, erwiderte er, »daß der Tod sie je geängstigt hat. Sicher bin ich mir allerdings nicht, da ich sie nicht so gut gekannt habe. Ich wünschte, ich hätte mich mehr um sie bemüht. Sie wird mir fehlen.«

»Auch ich habe sie nicht gut gekannt«, entgegnete Alice Mair. »Vielleicht hätte auch ich mich mehr um sie bemühen sollen. Aber sie war sehr reserviert, einer jener beneidenswerten Menschen, die sich selbst genügen. Es ist anmaßend, wenn man diese Selbständigkeit zu sprengen versucht. Vielleicht sind Sie der gleichen Meinung. Doch wenn Ihnen an Gesellschaft etwas liegt – am Donnerstag abend gebe ich ein Dinner für ein paar Leute, zumeist Arbeitskollegen von Alex im AKW. Möchten Sie kommen? So zwischen halb 8 und 8?«

Es hört sich eher nach einer Herausforderung als nach einer Einladung an, dachte er. Aber zu seiner eigenen Überraschung sagte er zu. Die Begegnung war ohnehin etwas merkwürdig verlaufen. Sie stand da und musterte ihn mit ernsthafter Eindringlichkeit, als er auskuppelte und den Wagen wendete. Er hatte den Eindruck, daß sie ganz genau beobachtete, wie er mit den Dingen umging. Zumindest, dachte er, als er ihr zuwinkte, hat sie mich nicht gefragt, ob ich nach Norfolk gekommen bin, um mich an der Jagd auf den Whistler zu beteiligen.

5

Drei Minuten später nahm er den Fuß vom Gaspedal. Vor ihm, links vom Feldweg, trottete eine kleine Schar von Kindern. Das älteste Mädchen schob einen Kinderwagen vor sich her, während zwei kleinere Mädchen sich beiderseits am Gestänge festhielten. Als das Mädchen das Motorengeräusch hörte und sich umdrehte, sah er ein schmales, zartes, von rotgoldenem Haar umrahmtes Gesicht. Jetzt erkannte er sie: Es waren die Blaney-Kinder, denen er einmal zusammen mit ihrer Mutter am Strand begegnet war. Offensichtlich war das ältere Mädchen beim Einkaufen gewesen; auf der Ablage unter dem Kinderwagen türmten sich pralle Plastiktüten. Er bremste ab. Zwar waren die Kinder wohl kaum in Gefahr – der Whistler trieb sich nur nachts und nicht bei hellem Tageslicht herum, und seit Dalgliesh von der Küstenstraße abgebogen war, hatte ihn noch kein Fahrzeug überholt –, aber das Mädchen machte einen überanstrengten Eindruck. Zudem hatten sie noch einen weiten Weg vor sich. Er kannte ihr Cottage nicht, erinnerte sich aber, daß seine Tante ihm erzählt hatte, es läge gut zwei Kilometer weiter südlich. Ihm fiel ein, was er von ihnen wußte. Ihr Vater schlug sich mehr schlecht als recht als Maler durch und verkaufte seine nichtssagenden, geschönten Aquarelle in den Cafés und Touristenläden entlang der Küste, während die Mutter krebskrank daniederlag. Ob Mrs. Blaney überhaupt noch lebte? Seine erste Regung war, die Kinder in den Wagen einsteigen zu lassen, um sie heimzufahren. Aber das wäre, wie er wußte, unbedacht gewesen. Gewiß hatte man dem Mädchen – hieß es nicht Theresa? – eingebleut, sich von keinem fremden Menschen und schon gar nicht von einem Mann mitnehmen zu lassen. Und er war ja ein Fremder hier. Kurz entschlossen wendete er den Wagen und fuhr geradewegs zum Martyr's Cottage zurück. Diesmal stand die Haustür offen. Ein Streifen hellen Sonnenlichts fiel auf den rotgefliesten Boden. Alice Mair hatte den Wagen gehört und eilte, sich die Hände abwischend, aus der Küche herbei.

»Die Blaney-Kinder sind auf dem Heimweg«, sagte er. »Theresa schiebt einen schweren Kinderwagen vor sich her und muß noch die Zwillingsschwestern beaufsichtigen. Ich könnte sie heimfahren, wenn ich eine Frau bei mir hätte oder jemand, den sie kennen.«

»Sie kennen mich«, erwiderte Alice knapp.

Ohne ein weiteres Wort ging sie zurück in die Küche, erschien gleich darauf wieder, zog die Haustür hinter sich zu, ohne sie abzuschließen, und stieg in den Wagen. Als er den Gang einlegte, streifte er mit dem Arm ihr Knie. Er spürte, wie sie nahezu unmerklich zurückzuckte. Es war eher eine emotionale als eine physische Regung, eine kaum wahrnehmbare Geste der Reserviertheit. Er glaubte nicht, daß dieses leichte Zurückschrecken etwas mit ihm persönlich zu tun hatte, noch verwirrte ihn ihr Schweigen. Als sie dann miteinander redeten, wechselten sie nur ein paar Worte.

»Lebt Mrs. Blaney noch?« fragte er.

»Nein. Sie ist vor sechs Wochen gestorben.«

»Wie kommen sie jetzt zurecht?«

»Nicht besonders gut, fürchte ich. Aber Ryan Blaney duldet keinerlei Einmischung. Ich kann's verstehen. Gibt er seine Abwehrhaltung auf, hat er die Hälfte aller Sozialarbeiter von Norfolk, selbsternannte und berufsmäßige, am Hals.«

Als sie die kleine Schar eingeholt hatten, öffnete Alice Mair die Wagentür.
»Theresa«, sagte sie, »Mr. Dalgliesh hier würde euch gern heimbringen. Er ist der Neffe von Miss Dalgliesh, die in der Mühle von Larksoken gewohnt hat. Einer der Zwillinge kann auf meinem Schoß sitzen. Ihr beiden kommt samt Wagen in den Fond.«
Theresa schaute Dalgliesh mit ernster Miene an und bedankte sich. Sie erinnerte ihn an Bilder, die die junge Elisabeth aus dem Hause Tudor darstellten: Wie bei ihr umrahmte rotgoldenes Haar ein auffallend erwachsen wirkendes Gesicht, das Verschwiegenheit und Selbstbeherrschung ausdrückte, und es war die gleiche schmalrückige Nase, die gleichen kühl taxierenden Augen. Die Zwillinge – ihre Gesichter hatten weichere Konturen – blickten ihre Schwester fragend an und lächelten dann scheu. Sie sahen aus, als hätte man sie in aller Eile angezogen. Zudem waren sie für den langen Marsch auf der Landzunge, selbst an einem warmen Augusttag, überaus unpassend gekleidet. Das eine Mädchen trug ein pinkfarben getüpfeltes Sommerkleidchen aus Baumwolle, das mit einer doppelten Rüschenreihe verziert war, das andere eine Art Kinderschürze über einem karierten Blüschen. Die anrührend dünnen Beinchen waren bloß. Theresa hatte Jeans und ein schmuddliges Sweatshirt an, dessen Vorderseite ein Plan der Londoner U-Bahn-Linien zierte. Vermutlich hat sie es von einem Schulausflug nach London heimgebracht, dachte Dalgliesh. Es war ihr viel zu groß. Die weiten Ärmel aus schlaffem Baumwollgewebe flatterten an ihren sommersprossigen Armen wie Stoffetzen an einem Stock. Im Gegensatz zu seinen Schwestern war der kleine Anthony dick eingemummt. Er trug eine Strampelhose, einen Wollpullover, ein wattiertes Jäckchen und eine pompongekrönte Wollmütze, die man ihm tief in die Stirn gezogen hatte. Wie ein pummeliger, herrschsüchtiger Cäsar

beobachtete er, ohne zu lächeln, die überraschende Geschäftigkeit ringsum.
Dalgliesh stieg aus und versuchte ihn aus dem Kinderwagen zu hieven, scheiterte aber zunächst an den technischen Tükken des Gefährts. Da war eine Querstange, die die Beinchen des Kindes fixierte. Zudem erwies sich das massige, starre Bündel erstaunlich schwer. Es war, als hantiere er mit einem ziemlich übelriechenden, prallen Sack. Theresa lächelte ihn daraufhin kurz, aber nachsichtig an, zog die Plastiktüten unterm Sitz hervor, befreite gekonnt ihr Brüderchen und stemmte es gegen die linke Hüfte, worauf sie mit der anderen Hand – ein einziger kräftiger Ruck genügte – das Gefährt zusammenklappte. Dalgliesh nahm ihr das Kind ab. Theresa bugsierte die Zwillinge in den Jaguar und befahl ihnen mit unerwarteter Strenge, stillzusitzen. Anthony hingegen, der Dalglieshs Unbeholfenheit zu ahnen schien, packte ihn mit seinem klebrigen Händchen am Haar. Einen flüchtigen Augenblick lang spürte Dalgliesh, daß ihn die Kinderwange streifte, so sanft, als habe ihn ein Blütenblatt berührt. Während sie sich abmühten, saß Alice Mair ungerührt im Wagen und sah zu, machte aber keinerlei Anstalten, ihnen zu helfen. Was sie dachte, war aus ihrer Miene nicht zu schließen.
Erst als der Jaguar wieder anfuhr, wandte sie sich an Theresa und fragte freundlich: »Weiß dein Vater, daß ihr allein fortgegangen seid?«
»Daddy ist mit dem Wagen zu Mr. Sparks gefahren. Die TÜV-Überprüfung ist wieder mal fällig. Mr. Sparks glaubt allerdings nicht, daß er durchkommt. Aber uns ist doch die Milch für Anthony ausgegangen. Wir brauchen Milch. Außerdem auch noch Wegwerfwindeln.«
»Ich gebe am Donnerstag abend eine Dinnerparty«, sagte Alice Mair. »Möchtest du mir, wie letzten Monat, zur Hand gehen, falls dein Vater einverstanden ist?«

»Was wollen Sie denn kochen, Miss Mair?«
»Rück näher, dann sag ich's dir ins Ohr. Mr. Dalgliesh gehört nämlich zu den Gästen. Es soll eine Überraschung sein.«
Der Kopf mit dem rotgoldenen Haar neigte sich der grauhaarigen Miss Mair zu, die etwas flüsterte. Theresa nickte ernsthaft und lächelte dann, als finde sie Spaß an dieser kleinen weiblichen Verschwörung.
Alice Mair wies ihm den Weg zu dem Cottage. Nach gut einem Kilometer bogen sie zum Meer ab. Der Jaguar schaukelte und holperte zwischen hohen, wild wuchernden Brombeer- und Holunderhecken dahin. Der Weg führte nur zu Scudder's Cottage; der Name stand in ungefügen Lettern auf einem Brett, das ans Gatter genagelt war. Jenseits des Anwesens erweiterte sich die Zufahrt zu einem unebenen, geschotterten Wendeplatz, den ein gut fünfzehn Meter langer Kieswall abschloß. Dahinter rauschte und gurgelte das Meer. Scudder's Cottage wirkte malerisch mit seinen kleinen Fenstern und dem tief heruntergezogenen Ziegeldach. Davor prangte eine blühende Wildnis, die wohl einst ein Garten gewesen war. Theresa rannte durch das kniehohe Gras, vorbei an den üppigen, verwilderten Rosensträuchern, zur Veranda, wo sie sich reckte, um an den Hausschlüssel zu gelangen, der an einem Nagel hing. Vermutlich wurde er dort aufbewahrt, damit er nicht verlorenging, und weniger aus Sicherheitsgründen, dachte Dalgliesh, der ihr, Anthony auf dem Arm, folgte.
Im Inneren war es heller, als er angenommen hatte. Dazu trug die offenstehende rückwärtige Tür bei, die zu einem Glasanbau – mit Blick auf die Landzunge – führte. Dalgliesh bemerkte die Unordnung ringsum. Auf dem Tisch in der Mitte prangten die Überreste des Mittagessens – mit Tomatensoße beschmierte, unterschiedlich große Teller, auf einem eine angebissene Wurst, daneben eine unverschlossene Flasche mit Orangensaft. Auf der Lehne eines niedrigen Baby-

stuhls am Kamin lagen, achtlos hingeworfen, Kleidungsstücke. Es roch nach Milch, nach verschwitzten Menschen, nach Holzfeuer. Aber was ihm am meisten auffiel, war ein großformatiges Ölbild, das, der Tür zugekehrt, auf einem Stuhl abgestellt war. Es war ein mit ungewöhnlicher Ausdruckskraft gemaltes Dreiviertelporträt einer Frau. Es war dermaßen dominant in dem kleinen Raum, daß er und Alice Mair es eine Weile wortlos betrachteten. Auch wenn der Maler sich bemüht hatte, jegliche Übersteigerung zu vermeiden, war es weniger ein Abbild als eine Allegorie. Hinter dem Gesicht mit den geschwungenen, vollen Lippen, den arrogant dreinblickenden Augen und dem dunklen, lockigen, wie auf Bildern der Präraffaeliten im Wind wehenden Haar sah man eine naturgetreue Darstellung der Landzunge. Die Einzelheiten waren mit der peniblen Genauigkeit der Maler des sechzehnten Jahrhunderts wiedergegeben – das viktorianische Pfarrhaus, die verfallene Abtei, die verwitterten Bunker, die verkrüppelten Bäume, die weiße, einem Kinderspielzeug gleichende Mühle und – dräuend vor dem flammendroten Abendhimmel – das Atomkraftwerk. Aber es war die Frau – die Arme ausgestreckt, die Handteller dem Betrachter zugewandt, als würde sie die Landschaft höhnisch segnen –, die das Bild beherrschte. Dalgliesh fand es technisch brillant, aber auch ungemein drastisch. Es mußte in einem Anfall von Haß entstanden sein. Blaneys Absicht, das Böse im Menschen darzustellen, war so offensichtlich, als trüge das Porträt die entsprechende Bezeichnung. Es unterschied sich von seinen sonstigen Arbeiten. Ohne die augenfällige Signatur – es war nur der Nachname – hätte Dalgliesh bezweifelt, daß es wirklich Blaneys Werk war. Er konnte sich noch gut an die bläßlichen, gefälligen Aquarelle der wohlbekannten Sehenswürdigkeiten von Norfolk – Blakeney, St. Peter Mancroft, die Kathedrale von Norwich – erinnern, die Blaney für die Läden in der Umgebung anfertigte. Es hätten Kopien von Ansichtskarten sein können und waren es wohl auch. In den Restaurants und Pubs hier in der Nähe hatte er ein paar kleinere Ölbilder gesehen, die sich, nachlässig ausgeführt, die Farben sparsam aufgetragen, gleichfalls von den biederen Aquarellen unterschieden, so daß man nur schwer glauben mochte, sie stammten vom selben Maler. Doch das Porträt hob sich von alldem ab. Es war verwunderlich, daß der Künstler, der diese fein abgestufte Farbenvielfalt zustande gebracht hatte, der einer solchen Malweise mächtig war, soviel Einfühlungsvermögen besaß, sich dazu herabließ, leicht verkäufliche Souvenirs für Touristen herzustellen.

»Das haben Sie mir nicht zugetraut, nicht?«

Sie waren von dem Bild so gebannt gewesen, daß sie Blaneys leises Eintreten – die Tür stand offen – nicht bemerkt hatten. Er gesellte sich zu ihnen und betrachtete das Porträt, als sähe auch er es zum erstenmal. Seine kleinen Töchter scharten sich um ihn, wie auf eine unausgesprochene Aufforderung hin; bei älteren Kindern hätte man das als eine Bekundung von Familiensolidarität deuten können. Dalgliesh hatte Blaney zuletzt vor einem halben Jahr gesehen, als dieser, die zusammengeschnürten Malutensilien umgehängt, allein den Strand entlang gewatet war. Die Veränderung, die mittlerweile in dem Menschen vorgegangen sein mußte, bestürzte ihn. Blaney war hager, gut einen Meter achtzig groß, trug zerschlissene Jeans und ein kariertes Wollhemd, das fast bis zur Taille aufgeknöpft war. Die langzehigen, knochigen Füße steckten in Sandalen. Seine Miene war düster, das rote Haar zerzaust, der Bart wirr. Die Augen waren blutunterlaufen. Wind und Sonne hatten das knochige Gesicht gegerbt. Dennoch sah man an den hervortretenden Backenknochen und den Schatten unter den Augen, daß er zutiefst erschöpft war. Dalgliesh bemerkte, wie Theresa ihre Hand zwischen seine gekrümmten Finger zwängte, während eins der Zwillingsmädchen sich an ihn schmiegte und mit beiden Armen sein Bein umklammerte. Wie abschreckend er auch auf Außenstehende wirken mochte, seine Kinder hatten keine Angst vor ihm, dachte Dalgliesh.

»Tag, Ryan«, sagte Alice Mair gelassen, ohne eine Erwiderung abzuwarten. Sie deutete mit dem Kopf auf das Porträt. »Beeindruckend. Was haben Sie mit dem Bild vor? Ich kann mir nicht vorstellen, daß sie Ihnen saß oder es in Auftrag gegeben hat.«

»Sie brauchte mir nicht zu sitzen. Schließlich kenne ich ihr Gesicht. Ich stelle es am 3. Oktober in Norwich aus, auf der Ausstellung zeitgenössischer Kunst, sofern ich's dort hinbringen kann. Mein Lieferwagen hat nämlich den Geist aufgegeben.«

»Nächste Woche fahre ich nach London«, sagte Alice Mair. »Ich könnte es mitnehmen und abgeben, wenn Sie mir die Adresse sagen.«

»Wenn Sie möchten«, entgegnete er. Auch wenn die Worte nicht gerade höflich klangen, schwang so etwas wie Erleichterung mit. »Ich stelle es verpackt und adressiert ins Atelier, links neben die Tür. Der Lichtschalter ist gleich darüber. Sie können's abholen, wann immer Sie wollen. Sie brauchen nicht anzuklopfen.« Die letzten Worte klangen fast wie ein Befehl oder eine Warnung.

»Ich rufe Sie an, sobald ich weiß, wann ich fahre«, erwiderte Miss Mair. »Übrigens – ich glaube nicht, daß Sie Mr. Dalgliesh schon kennengelernt haben. Er ist Ihren Kindern auf dem Fahrweg begegnet und nahm sie mit.«

Blaney bedankte sich nicht. Er zögerte einen Augenblick und streckte dann die Hand aus, die Dalgliesh ergriff. »Ich mochte Ihre Tante«, sagte er mürrisch. »Sie rief an, als meine Frau krank war, und bot uns ihre Hilfe an. Als ich sagte, daß weder sie noch sonst jemand etwas für uns tun könnte, ließ sie uns in Ruhe. Aber manche Leute zieht ein Totenbett

unwiderstehlich an. Wie der Whistler geilen sie sich am Tod eines Menschen auf.«
»Nein, aufdringlich war sie nicht«, sagte Dalgliesh. »Sie wird mir fehlen. Es tut mir leid, daß Sie Ihre Frau verloren haben.«
Blaney schaute Dalgliesh ausdruckslos an, als müsse er überprüfen, ob die Worte ehrlich gemeint waren. »Danke, daß Sie den Kindern geholfen haben«, sagte er dann und packte seinen kleinen Sohn, der auf Dalgliesh Schultern saß. Mit dieser Geste machte er ihnen unmißverständlich klar, daß sie jetzt gehen sollten.
Nachdenklich fuhren sie auf dem holprigen Feldweg dahin. Dalgliesh bog nach einer Weile ab, und sie gelangten zu der höher gelegenen Straße. Beide schwiegen, als stünden sie noch unter dem Bann dessen, was in Blaneys Cottage geschehen war.
»Wer war die Frau auf dem Bild?« fragte Dalgliesh schließlich.
»Sie kennen sie nicht? Das ist Hilary Robarts, eine Abteilungsleiterin im AKW. Sie werden sie am Donnerstag abend kennenlernen. Sie hat Scudder's Cottage gekauft, als sie vor drei Jahren hierherkam. Seitdem versucht sie die Blaneys loszuwerden. Die Einheimischen verübeln ihr das.«
»Warum tut sie es? Will sie darin wohnen?« fragte Dalgliesh.
»Das kann ich mir nicht vorstellen. Ich glaube, sie hat in dem Haus nur ihr Geld investiert und möchte es nun verkaufen. Abgelegene kleine Häuser an der Küste – diese vor allem – sind sehr gefragt. Außerdem kann man's ihr nicht verdenken. Blaney hat ihr zugesichert, daß er nur kurzfristig zur Miete wohnen wolle. Ich denke, sie ist verärgert darüber, daß er die Krankheit und den Tod seiner Frau und jetzt die Kinder zum Vorwand nimmt, ihre Vereinbarung nicht einzuhalten. Danach sollte er ausziehen, sobald sie das Cottage haben möchte.«

Es verwunderte ihn, daß Alice Mair von den Vorgängen in der Gegend soviel wußte. Er hatte sie für einen zurückhaltenden Menschen gehalten, der sich kaum um die Nachbarn oder deren Probleme kümmerte. Und er? Was sollte er nun tun? Er wußte noch immer nicht, ob er die Mühle verkaufen oder als Urlaubsdomizil behalten sollte, als eine ausgefallene, entlegene Zuflucht vor dem Leben in London, als ein Refugium, in das er vor der Beanspruchung durch seine Arbeit, durch seinen literarischen Erfolg flüchten konnte. Wie weit würde er sich, auch als zeitweiliger Besucher, vom Gemeinschaftsleben hier absondern können, von den Schicksalsschlägen der Leute hier oder deren Dinnerparties? Es war gewiß nicht schwer, sich mit etwas Sturheit ihrer Gastfreundlichkeit zu entziehen. Und stur konnte er sein, wenn es um seine Privatsphäre ging. Doch den weniger unmittelbaren nachbarschaftlichen Verpflichtungen konnte er nicht so leicht entkommen. In London konnte er abgekapselt leben, sich seine eigene Umwelt schaffen, von seiner Persönlichkeit nur das der Welt preisgeben, was er wollte. Auf dem Lande dagegen war man gesellig und von der Wertschätzung anderer abhängig. So hatte er in der ländlichen Pfarrei seine Kindheit und Jugend verbracht, hatte Sonntag für Sonntag an den vertrauten Gottesdiensten teilgenommen, die das bäuerliche Leben im Wandel der Jahreszeiten widerspiegelten, die es deuteten, ihm einen Sinn gaben. Diese Welt hatte er später ohne viel Bedauern verlassen und nicht erwartet, daß er sie auf der Landzunge von Larksoken wiederfinden würde. Selbst hier, in diesem kargen, unfruchtbaren Landstrich, mußte man sich gewissen Verpflichtungen stellen. Seine Tante hatte so zurückgezogen gelebt, wie es einer Frau nur möglich war. Aber auch sie hatte den Blaneys zu helfen versucht. Er mußte an den Mann denken, der da, auf sich allein gestellt, wie ein Gefangener hinter dem Geröllwall in dem verwahrlosten Cottage hausen mußte, Nacht um Nacht das unaufhörliche Rauschen des Meeres hörte, über das unstrittige oder vermeintliche Unrecht grübelte, das ihn zu dem haßerfüllten Frauenporträt getrieben hatte. Das tat weder ihm noch seinen Kindern gut. Auch für diese Hilary Robarts war es gewiß nicht angenehm.

»Bekommt er irgendeine Unterstützung für seine Kinder?« fragte er. »Leicht hat er's ja nicht.«

»Er bekommt soviel, wie er bereit ist zuzulassen. Die Gemeinde hat es ermöglicht, daß die Zwillinge einen Kinderhort besuchen. Man holt sie meistens ab. Und Theresa geht selbstverständlich zur Schule. Sie nimmt den Bus, der an der Abzweigung hält. Sie und Ryan versorgen das Baby. Meg Dennison, die im Alten Pfarrhof für den Pastor und Mrs. Copley den Haushalt führt, meint zwar, wir sollten mehr für sie tun. Aber was? Als frühere Lehrerin, denke ich, müßte sie eigentlich genug von Kindern haben. Und ich selbst will gar nicht erst so tun, als könnte ich mit ihnen umgehen.«

Dalgliesh fiel ein, wie sie im Wagen mit Theresa getuschelt, wie sich das ernste Mädchengesicht zu einem Lächeln verzogen hatte. Zumindest ein Kind verstand sie besser, als sie zugeben wollte.

Er mußte an das Bild denken. »Es ist bestimmt nicht angenehm, wenn man, zumal in einer so kleinen Ortschaft, auf soviel Ablehnung trifft«, sagte er.

Sie begriff sogleich, worauf er anspielte. »Wohl eher Haß als Ablehnung, meinen Sie nicht auch? Es ist unangenehm, geradezu erschreckend. Allerdings ist Hilary Robarts nicht so leicht zu ängstigen. Für Ryan ist sie das Böse schlechthin, vor allem seit dem Tod seiner Frau. Er bildet sich ein, Hilary habe sie ins Grab gebracht. Ich kann's verstehen. Wir Menschen brauchen mitunter jemand, dem wir unsere mißliche Lage oder unsere Schuldgefühle anlasten können. Ihm war Hilary Robarts als Sündenbock gerade recht.«

Es war eine unangenehme Geschichte, die ihn, nachdem er auch noch das Bild gesehen hatte, in eine gedrückte Stimmung versetzte, Vorahnungen weckte, die er gern als unsinnig abgetan hätte. Er war froh, daß sie nicht weiter darüber redeten. Schweigend fuhren sie weiter, bis er sie schließlich an der Pforte zu Martyr's Cottage absetzte. Zu seiner Verblüffung hielt sie ihm die Hand entgegen und lächelte ihn abermals liebenswürdig an.
»Ich bin froh, daß sie wegen der Kinder angehalten haben. Wir sehen uns also am Donnerstag abend. Dann können Sie sich ein eigenes Bild von Hilary Robarts machen und das Porträt mit dem Menschen selbst vergleichen.«

6

Als der Jaguar die Hügelkuppe überquerte, stopfte Neil Pascoe gerade Abfall in eine der beiden Mülltonnen neben dem Wohnwagen, zwei Plastiktüten mit leeren Suppen- und Babykostdosen, verschmutzten Windeln, Gemüseresten und zusammengefalteten Kartons. Die Tüten stanken schon, obwohl er sie sorgsam verschnürt hatte. Daß eine junge Frau und ein achtzehn Monate altes Kind den Haushaltsmüll so vermehren können, wunderte er sich, als er den Deckel zuklappte. »Ein Jaguar ist eben vorbeigefahren«, sagte er, als er den Wohnwagen betrat. »Miss Dalglieshs Neffe scheint wieder im Lande zu sein.«
Amy, die sich eben mühte, ein neues Farbband in die alte Schreibmaschine einzulegen, schaute nicht hoch.
»Der Typ von der Kripo? Vielleicht ist er gekommen, um den Whistler aufzuspüren.«
»Das wohl kaum. Die Londoner Kripo hat mit dem Whistler nichts zu schaffen. Er wird wohl Urlaub machen. Oder er will in aller Ruhe überlegen, was er mit der Mühle anfangen

soll. Er kann ja nicht gut hier wohnen und in London arbeiten.«

»Frag ihn doch, ob wir sie haben können. Mietfrei selbstverständlich. Wir kümmern uns um sie und lassen auch keine Fremden aufs Grundstück. Du schimpfst ja sowieso immer, daß es nicht sozial ist, wenn Leute eine Zweitwohnung haben oder ein Haus leer stehen lassen. Red mit ihm! Oder hast du Schiß? Wenn du dich nicht traust, mach ich es.«

Er wußte, daß das kein Vorschlag, sondern eine durchaus ernst gemeinte Drohung war. Einen Augenblick lang war er froh darüber, daß sie damit andeutete, sie seien ein Paar und sie denke nicht daran, ihn zu verlassen. Vielleicht war das ja tatsächlich die Lösung all ihrer Probleme. Fast aller. Aber wenn er sich so im Wohnwagen umsah, bezweifelte er es doch. Er wußte kaum noch, wie es hier vor fünfzehn Monaten, bevor Amy und Timmy sein Leben veränderten, ausgesehen hatte; da an der Wand die selbstgebastelten Regale aus Obstkisten mit seinen Büchern; da drüben das Geschirrschränkchen mit zwei Keramiktassen, zwei Tellern und einer Suppenterrine, was für seine Bedürfnisse völlig ausreichte. Die Miniküche und die Toilette hatten vor Sauberkeit geblitzt. Auf dem Bett war glattgestrichen die karierte Wolldecke gelegen. Dann noch der Hängeschrank, der für seine wenigen Kleidungsstücke vollauf ausgereicht hatte. Seine sonstigen Besitztümer hatte er, in Schachteln verstaut, in der Sitztruhe aufbewahrt. Man konnte nicht behaupten, daß Amy zur Schmuddeligkeit neigte. Unentwegt wusch sie sich, ihr Haar, ihre paar Kleidungsstücke. Dafür schleppte er – vom Zapfhahn am Cliff Cottage, den sie benutzen durften – stundenlang Wasser herbei. Immer wieder mußte er volle Gasflaschen vom Gemischtwarenladen in Lydsett holen, und der von dem fast ständig kochenden Wasserkessel aufsteigende Dampf hing in Schwaden im Wohnwagen und schlug sich als Feuchtigkeit nieder. Aber Amy war einfach unverbesserlich schlampig. Ihre Kleidungsstücke blieben da liegen, wo sie sie fallen gelassen hatte. Die Schuhe schubste sie unter den Tisch. Slip und Büstenhalter stopfte sie unter die Kissen. Timmys Spielsachen lagen verstreut auf dem Boden oder dem Tisch. Ihre Schminkutensilien, offenbar ihr einziger Luxus, füllten das einzige Bord in der kleinen Duschzelle. In dem Fach, wo die Lebensmittel aufbewahrt wurden, stieß er auf halbleere, unverschlossene Cremedosen und irgendwelche Flakons. Er mußte lächeln, als er sich vorstellte, wie Commander Adam Dalgliesh sich in dem Wirrwarr einen Sitzplatz suchte, um mit ihnen zu besprechen, ob sie sich als Hüter der Mühle von Larksoken eigneten.

Und dann noch all die Tiere. Amy war geradezu rührselig in ihrer Tierliebe. Nur selten waren sie ohne ein verletztes, ausgesetztes oder halb verhungertes Lebewesen. Möwen, deren Schwingen mit Öl verklebt waren, wurden gereinigt, in einem Käfig aufgepäppelt und hernach freigelassen. Dann gab es da zum Beispiel einen zugelaufenen Köter, den sie Herbert tauften; der große, schlaksige, kummervoll dreinblickende Herbert hatte sich bei ihnen ein paar Wochen einquartiert, und seine Gefräßigkeit, was Dosenfutter und Hundekekse anbelangte, hatte die Haushaltskasse über Gebühr beansprucht. Glücklicherweise hatte er sich eines Tages davongemacht und wurde, zu Amys großem Kummer, nirgendwo mehr gesichtet. Nur seine Leine baumelte noch neben der Wohnwagentür und erinnerte sie an den erlittenen Verlust. Zur Zeit hatten sie zwei schwarzweiße Kätzchen, die sie – ausgesetzt – auf dem Grasstreifen neben der Küstenstraße gefunden hatten, als sie mit dem Lieferwagen von Ipswich heimfuhren. Amy hatte ihn mit einem Aufschrei zum Halten veranlaßt, die Kätzchen auf den Arm genommen, den Kopf zurückgeworfen und lauthals die Grausamkeit der Menschen verwünscht. Sie schliefen auf Amys Bett, schlabberten Milch oder Tee aus Untertassen, ließen sich

Timmys derbe Liebkosungen gefallen und begnügten sich mit dem billigsten Katzenfutter aus Dosen. Neil war über ihre Anwesenheit beglückt, da sie ihm zu gewährleisten schienen, daß Amy bei ihm bleiben würde.
Amy hatte er an einem Nachmittag Ende Juni vergangenen Jahres aufgelesen, so wie man einen hübschen, vom Meer glattgeschliffenen Stein aufliest. Sie war am Strand gesessen, die angezogenen Beine umklammernd, und hatte aufs Meer hinausgeblickt. Timmy lag schlafend auf einer Matte neben ihr. Er trug einen blauen, flauschigen, mit gestickten Enten verzierten Strampelanzug, aus dem sein rundliches Gesichtchen – zufrieden, rosig, die zarten dichten Wimpern auf den prallen Bäckchen – wie das einer bemalten Porzellanpuppe hervorlugte. Auch Amy hatte etwas von der klaren, stilisierten Anmut einer Puppe – ein fast runder Kopf auf einem länglichen, zarten Hals, eine sommersprossige Stupsnase, ein kleiner Mund mit einer hübsch geschwungenen, vollen Oberlippe. Ihr dichtes, kurzgeschnittenes Haar war naturblond, hatte aber orangegelb eingefärbte Spitzen, die die Sonne zum Leuchten brachte, während sie in der leichten Brise zitterten. Einen Moment lang sah das so aus, als führte der Kopf, getrennt vom übrigen Körper, ein Eigenleben. Dann wechselte das Bild, und Neil glaubte, eine strahlende exotische Blume vor sich zu haben. Er konnte sich an jede Einzelheit erinnern. Verschossene blaue Jeans hatte sie getragen, und ein weißes Sweatshirt, unter dem sich die prallen Brustwarzen und der straffe Busen abzeichneten. Offensichtlich war der dünne Baumwollstoff kein Schutz gegen die auffrischende Brise, die über den Strand strich. Als er sich ihr zögernd näherte – er wollte sie nicht erschrecken –, musterte sie ihn forschend mit ihren eindrucksvollen, schräg geschnittenen, blauvioletten Augen.
Bei ihr angekommen, sagte er: »Ich bin Neil Pascoe. Ich wohne da drüben in dem Caravan am Rande des Steilhangs.

Ich mache mir jetzt Tee. Willst du eine Tasse mittrinken?«
»Mach, was du willst«, erwiderte sie und wandte sich ab, um wieder aufs Meer hinauszublicken.
Fünf Minuten später kam er, in jeder Hand eine Keramiktasse mit überschwappendem Tee, den sandigen Hang hinabgeschlittert. »Darf ich mich neben dich setzen?« hörte er sich fragen.
»Wie du willst. Der Strand ist für alle da.«
Er hockte sich neben sie, und gemeinsam schauten sie wortlos in die Weite. Wenn er sich jetzt daran erinnerte, verwunderte ihn seine Kühnheit, die scheinbare Unausweichlichkeit, die natürliche Zwangsläufigkeit dieser Begegnung. Erst nach einer Weile fand er den Mut, sie zu fragen, wie sie denn hierher gelangt sei.
»Mit dem Bus bis zu dem Kaff da«, antwortete sie mit einem Achselzucken. »Danach bin ich gelaufen.«
»Ein langer Weg, wenn man noch ein Kind mitschleppen muß.«
»Ich bin's gewöhnt, lange Wege zu gehen und mein Kind mitzuschleppen.«
Als er darauf behutsam weitere Fragen stellte, erzählte sie ihm ihre Geschichte, ohne Selbstmitleid, ja beinahe ausdruckslos, als wären die Ereignisse jemand anderem zugestoßen. Keine ungewöhnliche Geschichte, dachte er. Sie lebte von der Sozialhilfe, in einer kleinen Pension in Cromer. Zuvor hatte sie in einem Abbruchhaus in London gewohnt. Da war sie auf den Einfall gekommen, daß Seeluft dem Kind im Sommer guttun würde. Doch das klappte nicht so recht. Die Pensionsinhaberin mochte nämlich kleine Kinder nicht. Außerdem rückte die Sommerurlaubszeit immer näher, was bedeutete, daß sie für ihre Zimmer höhere Preise verlangen konnte. Amy glaubte zwar nicht, daß man sie vor die Tür setzen könnte, aber sie wollte nicht länger da wohnen, jedenfalls nicht bei dieser bösartigen Zicke.

»Kann dir denn der Vater des Kindes nicht weiterhelfen?« fragte er.
»Es hat keinen Vater. Selbstverständlich hatte es einen – ich meine, es ist nicht Jesus Christus. Aber jetzt hat es keinen mehr.«
»Willst du damit sagen, daß er tot ist oder sich verdrückt hat?«
»Eins von beiden, was weiß ich. Wenn ich wüßte, wer er ist, könnte ich auch herausbringen, wo er sich aufhält, kapiert?«
Danach schwiegen sie abermals. Sie trank hin und wieder einen Schluck Tee, und das Kind bewegte sich im Schlaf und gluckste ein paarmal leise.
»Wenn du in Cromer nirgendwo unterkommen kannst«, hatte er nach einer Weile gesagt, »könntest du doch vorläufig zu mir in den Wohnwagen ziehen. Ich meine, ich habe noch einen zweiten Schlafraum«, fügte er hastig hinzu. »Er ist zwar winzig, hat nur Platz für ein Feldbett, aber das reicht doch. Ich weiß, es ist ziemlich einsam hier, aber der Strand ist nah. Und dem Kind wird's guttun.«
Sie musterte ihn wiederum forschend, und er sah zu seinem Unbehagen in ihren Augen so etwas wie Schläue oder Durchtriebenheit aufblitzen.
»Einverstanden«, erwiderte sie. »Wenn ich nichts anderes auftreibe, bin ich morgen wieder da.«
In der Nacht fand er keinen Schlaf, weil er ihre Rückkehr ersehnte, zugleich aber Angst davor hatte. Am Nachmittag darauf kam sie wirklich – Timmy auf der Hüfte, ihre Besitztümer im Rucksack. Und damit hatte sie vom Wohnwagen und seinem Leben Besitz ergriffen. Er wußte nicht, ob das, was er für sie empfand, nun Liebe war, Zuneigung, Mitleid oder eine Mischung aus all diesen Gefühlen. Er wußte bloß, daß die zweitgrößte Angst in seinem bänglichen, übervorsichtigen Leben die war, sie könnte ihn verlassen.
Seit über zwei Jahren hauste er mittlerweile in dem Wohn-

wagen, abgesichert durch ein Forschungsstipendium seiner im Norden des Landes gelegenen Universität; er sollte die Auswirkungen der industriellen Revolution auf die ländlichen Betriebe in East Anglia erforschen. Obwohl seine Dissertation fast abgeschlossen war, hatte er im vergangenen halben Jahr kaum noch weitergearbeitet, sondern sich leidenschaftlich für den Kampf gegen die Kernenergie engagiert. Von dem Wohnwagen aus, der so nahe am Meer stand, konnte er – Symbol und Bedrohung zugleich – am Horizont das AKW sehen, das so unerschütterlich wirkte wie Neils Entschluß, dem ein Ende zu bereiten. Vom Wohnwagen aus leitete er die PANUP, eine kleine Gruppierung von Atomkraftgegnern, deren Gründer und Vorsitzender er zugleich war. Daß er den Wohnwagen benützen durfte, hatte er einem glücklichen Umstand zu verdanken. Der Besitzer von Cliff Cottage war ein Kanadier, der, auf der Suche nach seinen heimatlichen Wurzeln, einer nostalgischen Regung gefolgt war und das Anwesen als Feriendomizil erstanden hatte. Doch fünfzig Jahre zuvor hatte sich in Cliff Cottage ein Mord ereignet. Es war ein ganz gewöhnlicher Totschlag gewesen: Ein entnervter Mann hatte seine Frau, die ihm das Leben zur Hölle machte, mit dem Beil erschlagen. Auch wenn der Vorfall weder interessant noch mysteriös gewesen war, so war doch reichlich Blut geflossen. Nach dem Kauf des Hauses hörte die Frau des Kanadiers nun grausige Schauermärchen – alle Wände seien mit Gehirnmasse und Blut bespritzt –, worauf sie erklärte, dort wolle sie weder im Sommer noch zu einer anderen Jahreszeit leben. Die Abgeschiedenheit des Hauses, das, was zuvor seinen Reiz ausgemacht hatte, erregte nun Grauen und Entsetzen. Zudem lehnte die zuständige Baubehörde die allzu ehrgeizigen Umbaupläne des Besitzers ab. Von dem Cottage und den damit verbundenen Widrigkeiten abgeschreckt, vernagelte der Kanadier daraufhin die Fenster mit Brettern und kehrte nach

Toronto zurück. Irgendwann wollte er wiederkommen, wenn er sich klargeworden war, was er mit seiner mißratenen Erwerbung anfangen könnte. Der vorherige Besitzer hatte einen geräumigen, aber altmodischen Wohnwagen hinter dem Haus abgestellt. Diesen überließ nun der Kanadier Neil für zwei Pfund die Woche, ohne lange zu feilschen, da er auf diese Weise jemand hatte, der sich um das Anwesen kümmerte. Und vom Wohnwagen aus, seinem Heim und Büro, führte Neil jetzt seine Kampagne. Er wollte nicht an den Zeitpunkt denken – nur noch sechs Monate waren es bis dahin –, wenn sein Stipendium auslief und er sich um eine feste Anstellung bemühen mußte. Ihm war nur klar, daß er hier auf der Landzunge auszuharren hatte, den monströsen Betonklotz in Sichtweite, der seine Phantasie ebenso beherrschte wie den Ausblick.
Zu der Unsicherheit über seinen künftigen Lebensunterhalt war inzwischen eine weitere, noch erschreckendere Bedrohung gekommen. Vor etwa fünf Monaten hatte er anläßlich eines Tages der offenen Tür das AKW besucht. Hilary Robarts hatte einen kurzen Einführungsvortrag gehalten; Neil bezweifelte fast alle ihre Angaben, und was als eine PR-wirksame Informationsveranstaltung gedacht gewesen war, steigerte sich zu einer öffentlichen Auseinandersetzung. In der nächsten Ausgabe seiner Info-Postille hatte er über den Vorfall berichtet, und zwar in einer Ausdrucksweise, die ihm mittlerweile unklug vorkam. Hilary Robarts hatte ihn dann auch prompt wegen Verleumdung verklagt. In vier Wochen sollte die Gerichtsverhandlung stattfinden. Er wußte, daß ihm der Ruin drohte, ob er nun recht bekam oder nicht. Wenn sie nicht in den nächsten paar Wochen das Zeitliche segnete – und warum sollte sie das? –, bedeutete das höchstwahrscheinlich das Ende seines Lebens auf der Landzunge, das Ende seiner Organisation, das Ende all dessen, was er geplant hatte und auch durchsetzen wollte.

Amy tippte Anschriften auf die Umschläge, in denen die endgültige Fassung seines Info-Briefes verschickt werden sollte. Als der Stapel immer höher wurde, begann er die Bögen zusammenzufalten und vorsichtig in die Umschläge zu schieben. Um Geld zu sparen, hatte er kleinere Umschläge von minderer Qualität gekauft. Doch diese barsten leicht. Auf seiner Adressenliste standen an die zweihundertfünfzig Personen und Institutionen, von denen nur wenige die PANUP tatkräftig unterstützten. Die meisten zahlten keinerlei Beiträge an die Organisation. Der Großteil der Info-Blätter wurde unaufgefordert den Behörden, Geschäften und Betrieben in der Umgebung von Larksoken und Sizewell zugeschickt. Er fragte sich oft, wie viele der zweihundertfünfzig Briefe wohl gelesen wurden. Nicht selten beschlichen ihn Angst und Niedergeschlagenheit, wenn er an die Gesamtkosten seines Engagements dachte. Überdies war der Info-Brief in diesem Monat nicht sein bester. Als er eine Kopie davon noch einmal las, bevor er ihn endgültig ins Kuvert steckte, fand er ihn schludrig, zusammenhanglos. Das Hauptziel war die Widerlegung des immer häufiger vorgebrachten Arguments, mit der Kernenergienutzung könne man den umweltschädlichen Treibhauseffekt vermeiden. Aber seine kunterbunten Gegenvorschläge – von der Sonnenenergie bis hin zu Glühbirnen mit einer Energieeinsparung von fünfundsiebzig Prozent – kamen ihm selbst naiv und kaum überzeugend vor. In seinem Artikel hieß es, Atomkraftwerke könnten die fossilen Brennstoffe nicht verdrängen, es sei denn, alle Länder errichteten von 1995 an fünf Jahre hindurch jede Woche sechzehn neue Reaktoren, ein Programm, das sich nicht durchhalten ließ und obendrein die nukleare Bedrohung in unerträglichem Maße steigern würde. Doch seine Statistiken wie auch sonstigen Daten stammten aus vielerlei Quellen und waren nicht immer hieb- und stichfest. Was immer er da darlegte, war eigentlich nicht von ihm. Der restliche Teil des Info-Briefes bestand aus einer Ansammlung einschlägiger Horrorgeschichten, die er zumeist schon früher veröffentlicht hatte; darin zählte er angebliche, bislang vertuschte Verstöße gegen die Betriebssicherheit von Reaktoren auf, äußerte Zweifel an der Funktionstüchtigkeit der veralteten Magnox-AKWs und stellte die bisher ungelösten Probleme dar, die der Transport und die Endlagerung des Atommülls aufwarfen. Außerdem hatte er sich bei dieser Ausgabe schwergetan, einigermaßen intelligente Zuschriften für die Leserbriefspalte zu finden. Manchmal kam es ihm so vor, als würden nur irgendwelche Spinner im Nordosten Norfolks den PANUP-Info-Brief lesen, sonst aber niemand.

Amy hackte weiter auf der Schreibmaschine herum, deren Tasten sich hin und wieder verhedderten. »Das ist ja ein Scheißding, Neil«, maulte sie. »Mit der Hand könnte man die Adressen viel schneller schreiben.«

»Geht doch schon viel besser, seitdem du sie gereinigt hast. Außerdem macht sich das neue Farbband gut.«

»Trotzdem ist es ein Scheißding. Warum kaufst du dir nicht 'ne neue? Das würde Zeit sparen.«

»Ich kann mir's nicht leisten.«

»Du kannst dir keine neue Schreibmaschine leisten, meinst aber, du könntest die Welt retten.«

»Man braucht doch keinen Besitz, wenn man die Welt verbessern will, Amy! Jesus Christus hatte nichts, kein Zuhause, kein Geld, keinerlei Besitz.«

»Als ich hier einzog, sagtest du, du wärst nicht religiös.«

Es verblüffte ihn immer wieder, daß sie sich, obwohl sie sich nicht groß um ihn kümmerte, an Ansichten erinnerte, die er vor Monaten einmal geäußert hatte.

»Für mich ist Christus kein Gott«, entgegnete er. »Ich glaube nicht, daß es einen Gott gibt. Aber ich glaube an das, was er gelehrt hat.«

»Wenn er kein Gott war, verstehe ich nicht, warum das, was er gelehrt hat, so wichtig sein soll. Das einzige, woran ich mich noch erinnere, ist, daß man den Leuten auch die andere Wange hinhalten soll, und das sehe ich nicht ein. Das ist doch bekloppt. Wenn mir jemand auf die linke Wange haut, schlage ich ihm eine auf die rechte, aber noch fester. Ich weiß noch, daß sie ihn gekreuzigt haben. Folglich hat es ihm nicht viel gebracht. Das hat man davon, wenn man den Leuten auch die andere Wange hinhält.«

»Irgendwo muß hier eine Bibel rumliegen«, sagte er. »Wenn du willst, kannst du dich über ihn informieren. Du könntest mit dem Markus-Evangelium anfangen.«

»Danke. Das im Heim hat mir gereicht.«

»In was für einem Heim?«

»In einem Heim halt. Bevor das Kind zur Welt kam.«

»Wie lange warst du da?«

»Zwei Wochen. Zwei beschissene Wochen zu lang. Dann bin ich abgehauen und irgendwo untergekrochen.«

»Wo?«

»In Islington, Camden, King's Cross, Stoke Newington. Ist das so wichtig? Jetzt bin ich hier, okay?«

»Ich find's okay, Amy.«

Er hing seinen Gedanken nach und vergaß beinahe, daß er ja die Info-Blätter falten sollte.

»Wenn du mir schon nicht mit den Kuverts helfen willst«, nörgelte Amy, »könntest du wenigstens im Wasserhahn die Dichtung auswechseln. Er tropft schon seit Wochen, und Timmy rutscht in dem Morast immer wieder aus.«

»Geht in Ordnung«, sagte er. »Mach ich.«

Er holte seinen Werkzeugkasten aus dem hohen Wandschränkchen, wo er ihn außerhalb Timmys Reichweite aufbewahrte. Er war froh, den Wohnwagen verlassen zu können. Seit einiger Zeit kam er sich darin wie eingesperrt vor. Draußen sagte er noch ein paar Worte zu Timmy, der in seinem Laufställchen keinen Unfug anrichten konnte. Neil hatte mit Amy am Strand große Kiesel gesammelt, und zwar vornehmlich solche, die ein Loch hatten. Die hatte er an einer festen Schnur an die Längsseite des Laufställchens gehängt. Stundenlang konnte Timmy damit spielen. Mit glücklichem Gesichtsausdruck schlug er die Steine gegeneinander, gegen die Gitterstäbe, oder er versuchte, wie jetzt, einen der Steine in den Mund zu stecken. Manchmal redete er mit einem bestimmten Kiesel, plapperte mit ernster Miene auf ihn ein, um dann plötzlich triumphierend aufzujauchzen. Neil kniete nieder, hielt sich an den Gitterstäben fest, rieb seine Nase gegen die Timmys und wurde mit einem breiten, herzerweichenden Lächeln belohnt. Timmy ähnelte seiner Mutter – der gleiche runde Kopf, der gleiche schlanke Hals, der gleiche hübsch geformte Mund. Nur die weiter auseinanderstehenden Augen waren anders. Sie waren groß und blau. Darüber zogen sich gerade, dichte Brauen, die Neil an blond schimmernde, putzige Raupen erinnerten. Er hatte zu dem Kind eine Zuneigung gefaßt, die seiner Liebe zu Timmys Mutter in nichts nachstand. Er konnte sich ein Leben auf der Landzunge ohne die beiden nicht mehr vorstellen.

Beim Wasserhahn aber mußte er kapitulieren. Auch wenn er an der Kombizange noch so sehr riß, die Achtkantmutter rührte sich nicht. Selbst diese geringfügige Reparatur schien seine Kräfte zu überfordern. Er hörte schon Amys spöttische Stimme: »Du möchtest die Welt verändern und kannst nicht mal eine Dichtung auswechseln!« Nach einer Weile gab er es auf, ließ den Werkzeugkasten an der Cottage-Mauer stehen und ging zur Steilhangkante, von wo aus er zum Strand hinabrutschte. Die Kiesel knirschten unter seinen Füßen, als er zum Wasser ging und mit einem Ruck die Schuhe auszog. Wenn ihn die Beklommenheit über seine fehlgeschlagenen ehrgeizigen Pläne, über seine unsichere

Zukunft allzusehr bedrückte, kam er am Strand wieder mit sich ins reine. Er blieb regungslos stehen und sah dem Ansturm der sich heranschlängelnden, schimmernden Wellen zu, die sich aufschäumend zu seinen Füßen brachen, er beobachtete die dahingleitenden Wasserzungen, die über den feinen Sand huschten, zurückwichen und nur einen flüchtigen, gischtigen Saum hinterließen. Heute jedoch hatte dieses unablässige Spiel nicht die übliche Wirkung auf ihn. Er schaute, ohne etwas wahrzunehmen, in die Ferne und dachte an sein gegenwärtiges Leben, an seine düstere Zukunft, an Amy, an seine Familie. Als er die Hand in die Tasche steckte, spürte er den zerknitterten Umschlag mit dem letzten Brief seiner Mutter.

Ihm war bewußt, daß seine Eltern von ihm enttäuscht waren, obgleich sie es ihm nie offen sagten, da Anspielungen ja ebenso wirksam waren. »Mrs. Reilly fragt mich immer: Was treibt denn Ihr Neil so? Ich kann ihr doch nicht gut sagen, daß du ohne einen richtigen Beruf in einem Wohnwagen haust.« Sie verriet gewiß auch nicht, daß er mit einer jungen Frau zusammenlebte. Er hatte ihnen von Amy geschrieben, da seine Eltern mehrmals angedroht hatten, sie würden ihn besuchen. Obwohl er das für unwahrscheinlich hielt, verstärkte der Gedanke daran die bedrückende Furcht, die sein ohnehin schon von Ängsten geprägtes Leben bestimmte.

»Ich habe für einige Zeit eine junge Frau mit ihrem Kind bei mir aufgenommen«, hatte er geschrieben. »Als Entgelt tippt sie für mich. Nur keine Angst, ich werde Euch schon nicht mit einem Bastard-Enkel konfrontieren!«

Nachdem er den Brief aufgegeben hatte, schämte er sich. Mit dieser dümmlichen, flapsigen Bemerkung hatte er Timmy, den er doch liebte, schmählich verraten. Und Neils Mutter hatte sie sicherlich weder witzig noch beruhigend gefunden, denn auf seinen Brief folgte von ihr nur ein zusammenhangloses Gemisch aus Mahnungen, Vorhaltungen und versteckten Hinweisen auf Mrs. Reillys Verhalten, sollte sie je davon erfahren. Bloß seine beiden Brüder begrüßten – aus egoistischen Motiven – seine Art zu leben. Sie hatten nicht studiert, und ihr völlig anders gearteter, behaglicher Lebensstil – Häuser in guter Lage, Schlafzimmer mit Bad, künstliches Kohlenfeuer in der sogenannten Lounge, die Frauen berufstätig, alle zwei Jahre ein neuer Wagen, Zweitwohnungen auf Mallorca – gab ihnen reichlich Anlaß zu selbstzufriedenen Vergleichen, die, wie er wußte, stets zur selben Schlußfolgerung führten, daß er sich eben zusammenreißen müsse, daß das Ganze – nach all den Opfern, die die Eltern gebracht hatten, um ihn aufs College zu schicken – einfach nicht richtig und nur Geldverschwendung gewesen sei.

Er hatte mit Amy nie darüber gesprochen, hätte es ihr aber beglückt anvertraut, wenn sie das geringste Interesse gezeigt hätte. Aber sie erkundigte sich nicht nach seiner Vergangenheit, noch erzählte sie von der ihren. Ihre Stimme, ihr Körper, ihr Geruch waren ihm mittlerweile so vertraut, als gehörten sie zu ihm. Aber im Grunde wußte er nicht mehr von ihr als am Tage ihrer Ankunft. Sie beanspruchte keine Sozialhilfe, weil sie, wie sie mal sagte, nicht haben wollte, daß irgendwelche Fürsorgeschnüffler ihnen im Wohnwagen einen Besuch abstatteten, um nachzuschauen, ob sie nicht etwa miteinander schliefen. Dafür hatte er Verständnis. Er wollte das auch nicht, aber er meinte, sie sollte Timmy zuliebe alles annehmen, was man ihr anbieten würde. Er gab ihr zwar kein Geld, sorgte aber für beider Unterhalt, was ihm bei seinem Stipendium sowieso schwerfiel. Niemand besuchte Amy, niemand rief sie an. Hin und wieder erhielt sie eine farbige Ansichtskarte von London mit ein paar nichtssagenden, bedeutungslosen Zeilen. Soviel er wußte, antwortete sie nicht darauf.

Sie hatten so wenig gemeinsam. Gelegentlich half sie ihm bei seiner Arbeit für die PANUP, aber er hatte keine Ahnung, wieviel ihr wirklich daran lag. Zudem wußte er, daß sie seinen Pazifismus dümmlich fand. Er brauchte sich nur an ihr Gespräch heute morgen zu erinnern.

»Wenn ich Tür an Tür mit meinem Feind lebe«, hatte sie gesagt, »und der hat ein Messer, eine Pistole, ein Maschinengewehr, und ich habe all das auch, dann werde ich das Zeug doch nicht verschrotten, wenn er's nicht vorher macht. Okay, ich sage ihm, schmeiß das Messer weg, dann die Pistole, dann das Maschinengewehr. Er und ich machen es zur selben Zeit. Aber warum soll ich darauf verzichten, während er all das behält?«

»Aber einer von euch muß doch den Anfang machen, Amy! Irgendwann muß man sich zu Vertrauen durchringen. Ob es sich nun um einzelne Menschen oder um Völker handelt – wir müssen das Vertrauen aufbringen, das unsere Herzen öffnet, unsere geballten Fäuste. Wir müssen dem anderen sagen: ›Schau her, ich habe sonst nichts, ich versuche nur, in dir den Mitmenschen zu sehen. Wir bewohnen denselben Planeten. Die Welt bereitet uns schon Qualen genug, wir müssen das nicht noch verstärken. Wir müssen der Angst ein Ende machen.‹«

»Ich sehe nicht ein«, entgegnete sie ungerührt, »warum der andere auf seine Waffen verzichten soll, wenn er genau weiß, daß ich keine habe.«

»Warum sollte er sie denn behalten? Er hat doch von dir nichts zu befürchten.«

»Er würde sie behalten, weil ihm ihr Besitz was bringt, weil er sie vielleicht eines Tages einsetzen will. Ihm gibt die Macht etwas, ihm gefällt es zu wissen, daß er mich dort hat, wo er mich haben will. Ehrlich, Neil, du bist manchmal furchtbar naiv. Die Menschen sind nun mal so.«

»So kann man doch nicht argumentieren, Amy. Uns geht es doch nicht um Messer, Pistolen, Maschinengewehre. Es geht um Waffen, die keiner von uns einsetzen kann, ohne daß wir uns selbst vernichten, vielleicht den ganzen Planeten. Aber es ist anständig von dir, daß du mir bei der PANUP hilfst, auch wenn du nicht voll dahinterstehst.«

»Das mit der PANUP ist was anderes«, sagte sie. »Außerdem bin ich damit schon einverstanden. Aber ich denke, daß es nur Zeitverschwendung ist, wenn du Info-Briefe schreibst, Reden hältst, all die Rundschreiben losschickst. Das bringt doch nichts. Du mußt die Leute auf ihre Weise bekämpfen.«

»Aber es hat doch schon was gebracht. Auf der ganzen Welt marschieren und demonstrieren ganz gewöhnliche Menschen, stellen Forderungen, lassen die an der Regierung wissen, daß sie eine friedliche Welt für sich und ihre Kinder anstreben. Ganz gewöhnliche Menschen wie du und ich.«

»Ich bin kein gewöhnlicher Mensch!« schrie sie ihn an. »Sag nicht, daß ich ein gewöhnlicher Mensch bin! Wenn es diese ganz gewöhnlichen Menschen gibt, gehöre ich nicht zu ihnen.«

»Tut mir leid, Amy. So hab ich's nicht gemeint.«

»Dann sag so was nicht.«

Etwas hatten sie doch gemeinsam: Sie aßen kein Fleisch. Gleich nach ihrer Ankunft hatte er ihr eröffnet: »Ich bin Vegetarier, aber ich erwarte nicht, daß du da mitmachst. Oder Timmy.« Als er das sagte, hatte er überlegt, ob Timmy überhaupt schon Fleisch essen konnte. »Wenn du Lust hast, kannst du dir selbstverständlich hin und wieder in Norwich ein Lammkotelett kaufen.«

»Was du ißt, esse ich auch«, erwiderte sie. »Die Tiere stellen mir nicht nach. Warum sollte ich sie essen?«

»Und Timmy?«

»Timmy ißt, was er von mir bekommt. Er ist da nicht verwöhnt.«

Er war's gewiß nicht. Neil konnte sich kein braveres oder zufriedeneres Kind vorstellen. Das gebrauchte Laufställchen

– auf der Anzeigentafel bei einem Zeitungsstand in Norwich hatte er davon gelesen – hatte er mit seinem Lieferwagen hierhergeschafft. Timmy kroch darin stundenlang umher, zog sich an den Gitterstäben hoch und stand schwankend da, wobei ihm das Lätzchen meist bis zu den Knien hinabrutschte. Wenn ihm das mißlang, begann er freilich zu toben. Er kniff die Augen zusammen, öffnete den Mund, hielt einen Augenblick die Luft an und stieß dann einen so gellenden Schrei aus, daß Neil jedesmal befürchtete, ganz Lydsett würde dahergelaufen kommen, um nachzusehen, wer denn das Kind mißhandle. Amy gab ihm nie einen Klaps. Sie setzte ihn dann auf die Hüfte, lud ihn auf ihrem Bett ab und sagte nur: »Mach doch nicht so 'n' Krach, Timmy!«
»Solltest du dich nicht mehr um ihn kümmern?« hatte er ihr einmal gesagt. »Er könnte doch sterben, wenn er so die Luft anhält.«
»Du spinnst ja! Er stirbt schon nicht daran. So schlimm ist das nicht.«
Er wußte mittlerweile, daß er sie begehrte, wenngleich ihm klar war, daß sie ihn nicht begehrte, weshalb er eine zweite Abfuhr nicht riskieren würde. Am zweiten Abend hatte sie den trennenden Vorhang zwischen seinem und ihrem Bett zurückgezogen, war zu ihm gegangen und hatte ihn prüfend angeschaut. Sie war nackt.
»Du brauchst mir nicht gefällig zu sein, Amy!« hatte er gesagt.
»Ich bin niemand gefällig, zumindest nicht so. Aber wie du willst.« Nach kurzem Zögern fragte sie noch: »Bist du etwa schwul?«
»Das nicht, aber ich mag solche unverbindlichen Affären nicht.«
»Heißt das, du magst sie nicht oder du findest sie unschicklich?«
»Ich glaube... ich denke, ich sollte keine haben.«

»Du bist also doch religiös?«
»Nein, ich bin nicht religiös, nicht auf die übliche Weise. Ich meine nur, daß Sex zu wichtig ist, als daß man sich leichtfertig auf ihn einlassen sollte. Weißt du, wenn wir miteinander schlafen und ich... enttäusche dich, könnten wir hernach streiten, und du würdest weggehen. Du hättest das Gefühl, du müßtest es tun. Ihr würdet dann gehen, du und Timmy.«
»Na und? Dann gehe ich eben.«
»Ich möchte aber nicht, daß du weggehst. Nur weil ich etwas getan habe.«
»Oder nicht getan hast. Okay, vielleicht hast du recht.« Nach einer Weile erkundigte sie sich noch: »Es würde dir was ausmachen, wenn ich verschwinde?«
»Ja, es würde mir nahegehen.«
»Ich verschwinde letztlich immer«, erwiderte sie und wandte sich ab. »Das ist noch niemand nahegegangen.«
Das war das einzige Mal gewesen, daß sie ihn hatte verführen wollen. Er wußte, daß es auch das letzte Mal gewesen war. Jetzt schliefen sie so, daß Timmys Bettchen zwischen den Vorhang und seine Liegestatt gezwängt war. Wenn er nachts aufwachte, weil sich das Kind gerührt hatte, streckte er die Hände aus, umklammerte die Gitterstäbe und sehnte sich danach, diese kümmerliche Barriere niederzureißen, die die unüberbrückbare Kluft zwischen ihnen beiden symbolisierte. Da lag sie, wohlgeformt und anmutig wie ein Fisch oder eine Möwe, so nahe, daß er neben dem Rauschen des Meeres auch ihre leisen Atemzüge vernahm. Sein Körper sehnte sich nach ihr. Dann drückte er das Gesicht ins zerwühlte Kopfkissen und stöhnte auf, weil sein Verlangen unerfüllbar war.
Was war denn schon an ihm, daß sie ihn hätte begehren können? Hatte sie es nicht in jener Nacht nur aus Dankbarkeit, Mitleid, Neugierde oder Langeweile getan? Er haßte

seinen Körper, seine mageren Beine mit den – als seien es Wucherungen – hervortretenden Kniescheiben, seine kleinen, ständig blinzelnden, viel zu nahe beieinanderstehenden Augen, den schütteren Bart, der die Ausdruckslosigkeit seines Mundes, seines Kinns nicht kaschieren konnte. Manchmal quälte ihn auch Eifersucht. Ohne Beweise zu haben, argwöhnte er, daß es da jemand anders gab. Sie sagte hin und wieder, daß sie mal allein am Strand spazierengehen wolle. Wenn er ihr dann nachblickte, war er überzeugt, daß sie sich mit ihrem Liebhaber traf. Kehrte sie zurück, bildete er sich ein, schon allein der Glanz ihrer Haut, ihr erinnerungsseliges Lächeln, ihr Geruch verrieten, daß sie mit jemand geschlafen hatte.

Von seiner Universität war ihm mitgeteilt worden, daß man sein Forschungsstipendium nicht verlängern werde. Das war nicht weiter überraschend; man hatte ihn vorgewarnt. Deswegen hatte er von seinem Stipendium soviel wie möglich beiseite gelegt, um mit den Ersparnissen die Zeit zu überbrücken, bis er hier in der Nähe einen Job fand. Was für einen, war ihm gleich. Wenn er nur hier auf der Landzunge leben und die Kampagne weiterführen konnte. Er meinte zwar, daß er die PANUP-Bewegung auch anderswo in England vorantreiben könnte, aber er fühlte sich unwiderruflich an die Landspitze von Larksoken gebunden, an den Wohnwagen, an den acht Kilometer weiter nördlich gelegenen Betonklotz, der seinen Willen ebenso herausforderte wie seine Phantasie.

Er hatte schon bei mehreren Arbeitgebern in der Gegend vorgesprochen, aber die mochten keinen notorischen Agitator einstellen, selbst wenn manche mit der Anti-Atomkraft-Kampagne sympathisierten. Sie befürchteten wohl, er könne ein gut Teil seiner Energie allein darauf verwenden. Und nun zehrten die Extraausgaben für Amy, Timmy und die Katzen auch noch an seinem kleinen Kapital. Hinzu kam

noch die drohende Verleumdungsklage, was schon keine Bedrohung mehr, sondern eher eine Gewißheit war.
Als er nach zehn Minuten den Caravan betrat, hatte auch Amy die Arbeit beiseite geschoben. Sie lag – Smudge und Whisky zusammengerollt auf ihrem Bauch – auf ihrem Bett und schaute zur Decke empor.
»Wenn Hilary Robarts den Prozeß durchdrückt, brauchen wir Geld«, sagte er. »So können wir nicht weiterleben. Wir müssen uns was einfallen lassen.«
Sie setzte sich mit einem Ruck auf und schaute ihn an. Fauchend flohen die aufgescheuchten Katzen. »Heißt das, wir müssen weg von hier?«
Das »Wir« hätte ihn glücklich stimmen müssen, aber jetzt nahm er es kaum wahr.
»Kann schon sein«, antwortete er.
»Wieso denn? Was Billigeres als den Caravan findest du nicht. Versuch erst mal, ein Einzelzimmer für zwei Pfund die Woche aufzutreiben! Wir haben verdammtes Glück, daß wir das hier haben.«
»Aber hier gibt es keine Arbeit, Amy. Wenn ich zu einer hohen Geldstrafe verurteilt werde, brauche ich einen Job. Und das bedeutet London.«
»Was für einen Job?«
»Irgendeinen. Ich habe ja ein Uni-Diplom.«
»Ich sehe nicht ein, warum du wegziehen mußt, selbst wenn es hier keine Arbeit gibt. Wende dich doch an die Sozialfürsorge. Die Stütze ist dir sicher.«
»Aber für ein Bußgeld reicht auch sie nicht.«
»Wenn du fortziehst, bleibe ich da. Die Miete bringe ich schon auf. Dem Besitzer wird's gleich sein, oder? Er bekommt seine zwei Pfund, egal, von wem.«
»Hier kannst du doch nicht allein leben.«
»Warum nicht? Ich habe schon unter mieseren Umständen gelebt.«

»Aber womit? Woher willst du das Geld nehmen?«
»Wenn du gehst, kann ich Sozialhilfe beanspruchen, nicht? Wenn sie dann ihre Schnüffler herschicken, macht es nichts. Sie können nicht behaupten, daß ich mit dir penne, wenn du gar nicht da bist. Außerdem habe ich noch was auf meinem Postsparkonto.«
Die beiläufige Grausamkeit dieses Vorschlags entsetzte ihn. Angewidert registrierte er den Anflug von Selbstmitleid in seiner Stimme, den er nicht unterdrücken konnte. »Willst du wirklich, daß ich weggehe, Amy?«
»Red keinen Unsinn! Ich habe nur Spaß gemacht. Ehrlich, Neil, du solltest dich nicht so anstellen! Du siehst immer gleich schwarz. Vielleicht kommt es gar nicht zu der Verleumdungsklage.«
»Es kommt dazu, wenn die Robarts sie nicht zurückzieht. Sie haben doch schon den Prozeßtermin festgesetzt.«
»Sie könnte sie zurückziehen, sie könnte aber auch sterben. Vielleicht ertrinkt sie, wenn sie wieder mal abends nach den 21-Uhr-Nachrichten schwimmt, was sie bis in den Dezember hinein regelmäßig tut.«
»Woher weißt du das? Woher weißt du, daß sie nachts im Meer schwimmt?«
»Von dir.«
»Ich kann mich nicht erinnern, daß ich dir das gesagt habe.«
»Dann war's jemand anders. Einer von den Stammgästen im Local Hero vielleicht. Schließlich ist es kein Geheimnis, oder?«
»Sie ertrinkt schon nicht. Sie ist eine gute Schwimmerin. Sie geht kein Risiko ein. Außerdem wünsche ich ihr den Tod nicht. Man kann nicht Liebe predigen und Haß im Herzen tragen.«
»Ich kann's. Ich könnte ihr den Tod wünschen. Vielleicht schnappt sie der Whistler. Oder du gewinnst den Prozeß, und sie muß blechen. Wäre das nicht komisch?«

»Das ist höchst unwahrscheinlich. Als ich letzten Freitag in Norwich war, habe ich einen Anwalt vom Bürgerberatungskomitee konsultiert. Er meinte, die Sache sei ernst; sie könnte mich verklagen. Ich solle mir einen Anwalt nehmen, riet er mir.«
»Dann nimm dir einen!«
»Womit denn? Anwälte kosten Geld.«
»Beanspruche Armenrecht! Bitte in deinem Info-Brief um Spenden!«
»Das kann ich nicht. Die Herausgabe des Info-Briefes ist bei den hohen Materialkosten und Postgebühren ohnehin schon schwierig.«
»Mir wird schon was einfallen«, erwiderte Amy unerwartet ernsthaft. »Wir haben ja noch vier Wochen Zeit. In vier Wochen kann vieles geschehen. Mach dir keine Sorgen, Neil! Es wird schon wieder. Zu der Verleumdungsklage kommt es nicht, das verspreche ich dir.«
Und so unsinnig es auch war, ihre Worte schenkten ihm Zuversicht und Trost.

7

Es war 18 Uhr. Im AKW von Larksoken ging die allwöchentliche Sitzung der Abteilungsleiter zu Ende. Sie hatte eine halbe Stunde länger als üblich gedauert. Dr. Alex Mair vertrat zwar den Standpunkt, daß nach einer dreistündigen Konferenz Beiträge von Belang kaum noch zu erwarten seien (eine solch lange Dauer wußte er sonst auch durch straffe Diskussionsleitung zu verhindern), aber diesmal hatten sie viel zu besprechen gehabt: die endgültige Fassung der revidierten Sicherheitsbestimmungen; die Umbildung der bisherigen Werksstruktur von sieben zu nur drei Abteilungen, nämlich Systemtechnik, Produktion und Ressourcen; den Umweltbericht des Prüflabors; und die vorläufigen Dis-

kussionspunkte für das örtliche Verbindungskomitee. Auch die alljährliche Werksbesichtigung, eine aufwendige, wenngleich nützliche PR-Aktion, mußte sorgsam vorbereitet werden, da daran Vertreter verschiedener Regierungsstellen, der Lokalbehörden, der Polizei, der Feuerwehr, des Amtes für Gewässerschutz, des nationalen Bauernverbandes und des Landbesitzerverbandes teilnahmen. Auch wenn Dr. Mair zuweilen die Arbeit und den Zeitaufwand verwünschte, so war ihm doch die Bedeutung dieser Veranstaltung bewußt.
Die allwöchentliche Besprechung fand am Konferenztisch vor dem Südfenster in seinem Büro statt. Es dunkelte schon. Die große Glasfläche war ein schwarzes Rechteck, das ihre Gesichter widerspiegelte, ähnlich den verzerrten, körperlosen Köpfen von Reisenden in einem hellerleuchteten Nachtzug. Er konnte sich denken, daß einige Abteilungsleiter, zumindest Chefingenieur Bill Morgan und Stephen Mansell, der Leiter der Wartungsabteilung, die lässigere Atmosphäre in seinem Privatzimmer nebenan vorgezogen hätten, die niedrigen, bequemen Sessel, einen geruhsamen Plausch ohne festen Themenkreis, danach vielleicht noch einen Umtrunk im nächsten Pub. Doch das war nicht sein Stil im Management.
Er klappte den Deckel des Ordners zu, in dem seine Assistentin all die Unterlagen penibel mit Büroklammern zusammengeheftet hatte, und sagte abschließend: »Noch irgendwelche Fragen?«
Aber so leicht sollte er nicht davonkommen. Zu seiner Rechten saß wie immer Miles Lessingham, der Betriebsdirektor, dessen Spiegelbild im Fenster einem verschwommenen Totenschädel glich. Als er ihn daraufhin anblickte, sah er keinen großen Unterschied zu dem Spiegelbild. Trotz der hellen Deckenbeleuchtung waren seine Augen wie dunkle Höhlen. Ein Schweißfilm glänzte auf der breiten, höckerigen Stirn, in die eine blonde Haarsträhne fiel. »Es ist die Rede

davon«, sagte Lessingham und streckte sich in seinem Stuhl aus, »daß Ihnen ein anderer Posten angeboten wurde. Dürfen wir erfahren, ob Ihre Berufung schon offiziell ist?«

»Darauf kann ich Ihnen keine Antwort geben«, erwiderte Dr. Mair. »Die Publicity war verfrüht. Die Presse hat irgendwas läuten hören, aber offiziell ist noch nichts entschieden. Daß wir derzeit alle Informationen von Belang nach draußen durchsickern lassen, hat den negativen Effekt, daß die Betroffenen als letzte etwas davon erfahren. Sobald die Sache offiziell geklärt ist, werden Sie sieben es als erste erfahren.«

»Wenn Sie uns verlassen, Alex, könnte das ernste Auswirkungen haben«, sagte Lessingham. »Der Auftrag für den neuen Druckwasserreaktor ist bereits unterzeichnet. Dann noch die betriebsinterne Reorganisation, die Unruhe auslösen wird, und die Privatisierung der Stromerzeugung. Es ist wirklich keine günstige Zeit für einen Wechsel an der Spitze.«

»Wann ist die Zeit dafür jemals günstig?« entgegnete Dr. Mair. »Es hat keinen Sinn, darüber zu diskutieren, solange es nicht soweit ist.«

»Aber die betriebsinterne Umbildung wird doch weitergeführt?« fragte John Standing, Leiter des chemischen Werkslabors.

»Das hoffe ich, bedenkt man die Zeit und den Arbeitsaufwand für unsere Planungen. Es wäre schon erstaunlich, wenn ein Wechsel an der Spitze eine notwendige, bereits angelaufene Reorganisation verhindern würde.«

»Wird es zur Ernennung eines Direktors oder eines Werksleiters kommen?« erkundigte sich Lessingham. Die Frage klang harmloser, als sie war.

»Ich denke, es wird ein Werksleiter sein.«

»Das bedeutet, daß der Forschungsbereich aufgelöst wird?«

»Wenn ich gehe, jetzt oder später, wird der Forschungsbereich ohnehin verlagert«, sagte Dr. Mair. »Das wußten Sie schon von jeher. Ich habe ihn ja hier eingebracht. Den Posten hier hätte ich nicht angenommen, wenn man mir die Fortführung nicht gestattet hätte. Ich habe mir gewisse Forschungsmöglichkeiten ausbedungen und sie auch erhalten. Aber die Forschung in Larksoken fiel schon immer etwas aus dem Rahmen. Wir haben zwar gute Arbeit geleistet, leisten sie noch immer, aber von der Logik her wären Harwell oder Winfrith zweckdienlicher. Weitere Fragen?«

Lessingham ließ sich nicht entmutigen. »Wem unterstehen Sie dann? Unmittelbar dem Energieminister oder der AEA?«

Darauf wollte sich Dr. Mair nicht einlassen. »Auch das ist noch nicht entschieden«, erwiderte er gleichmütig.

»Zweifellos auch nicht solch zweitrangige Fragen wie die Besoldung, Freibeträge, Zuständigkeitsbereiche oder die offizielle Bezeichnung Ihrer Funktion. Generalinspekteur für Atomkraft klänge nicht schlecht. Mir gefällt's. Doch was würden Sie dann eigentlich inspizieren?«

Es wurde still. »Wenn die Antwort auf diese Frage klar wäre«, erwiderte Dr. Mair, »hätte man die Ernennung zweifellos schon bekanntgegeben. Ich möchte die Diskussion nicht unterbinden, aber sollten wir uns nicht besser auf Angelegenheiten beschränken, die zu unserem Zuständigkeitsbereich gehören? Liegt noch was vor?«

Diesmal sagte keiner etwas.

Hilary Robarts, Leiterin der Verwaltungsabteilung, hatte ihre Aktenmappe längst zugeklappt. Sie hatte sich an den Fragen nicht beteiligt, woraus die anderen, wie Dr. Mair wohl wußte, schließen würden, er habe sie im voraus eingeweiht.

Noch bevor sie aufbrachen, war seine Assistentin Caroline Amphlett gekommen, um die Teetassen wegzutragen und den Tisch abzuräumen. Lessingham ließ seine Unterlagen stets zurück: sein persönlicher Protest gegen die Papierflut, die die wöchentliche Konferenz auslöste. Dr. Martin Goss, Chef der medizinisch-physikalischen Abteilung, hatte wieder einmal hingebungsvoll vor sich hin gemalt. Das Blatt in seinem Notizblock bedeckten hübsch gemusterte und verzierte Heißluftballons: Offensichtlich war er in Gedanken bei seiner großen privaten Leidenschaft gewesen. Caroline Amphlett bewegte sich mit ruhiger, ungekünstelter Anmut. Keiner sagte ein Wort. Drei Jahre war sie nun schon Dr. Mairs Assistentin. Dennoch wußte er kaum mehr von ihr als an jenem Vormittag, als sie ihm beim Einstellungsgespräch in diesem Raum gegenübergesessen hatte. Sie war hochgewachsen, blond, hatte eine makellose Haut und weit auseinanderstehende, ziemlich kleine Augen von einem ungewöhnlich tiefen Blau. Man hätte sie als attraktiv bezeichnen können, wäre sie etwas temperamentvoller gewesen. Dr. Mair vermutete, daß sie die Vertrauensstellung als seine Assistentin dazu nutzte, die anderen auf Distanz zu halten. Da sie seine bisher beste Assistentin war, schmerzte es ihn ein wenig, daß sie ihm eröffnet hatte, sie würde in Larksoken bleiben, falls er anderswo eine Stellung annehmen sollte. Dafür hatte sie persönliche Gründe angegeben. Damit meinte sie zweifellos Jonathan Reeves, einen noch jungen Ingenieur in der Wartungsabteilung. Diese persönliche Wahl hatte Mair ebenso überrascht und verärgert wie die Aussicht, seinen neuen Posten mit einer unbekannten Assistentin antreten zu müssen. Doch sein Unmut ging tiefer. Sie gehörte nicht zu den Frauen, deren Schönheit ihn reizte; zudem hatte er sie stets für frigide gehalten. Gerade deswegen aber verstimmte ihn die Vorstellung, ein pickliger Knilch habe in ihr Tiefen entdeckt und ausgelotet, die er trotz ihres täglichen vertrauten Umgangs miteinander nicht vermutet hatte. Manchmal hatte er sich schon gefragt, wenn auch ohne großes Interesse, ob sich hinter ihrer Dienstbeflissenheit nicht ein facettenreicheres Naturell verbarg, als er bisher angenommen hatte. Hin und wieder überkam ihn das beunruhigende Gefühl, daß sie die Fassade von humorloser Tüchtigkeit, die sie im AKW zeigte, sorgsam errichtet hatte, um eine minder zuvorkommende, abgründigere Persönlichkeitsstruktur zu kaschieren. Doch wenn die wahre Caroline Amphlett sich diesen Jonathan Reeves erschloß, wenn sie ihn mochte, diesen ungeschlachten Tölpel begehrte, war sie es nicht wert, daß er, Alex Mair, sie auch nur mit Neugier bedachte.

8

Er ließ seinen Abteilungsleitern Zeit, ihre Büros aufzusuchen, bevor er Hilary Robarts telephonisch zu sich bat. Im allgemeinen hätte er ihr beiläufig mitgeteilt, sie möge doch nach der Konferenz noch einen Augenblick dableiben. Aber was er ihr zu sagen hatte, war privater Natur. Zudem bemühte er sich schon seit Wochen, die Zahl ihrer Zusammenkünfte, von denen man allgemein wußte, zu verringern. Dem Gespräch sah er mit Unbehagen entgegen. Bestimmt würde sie das, was er ihr sagen wollte, als Kritik an ihrer Person ansehen, und das ließen sich seiner Erfahrung nach nur wenige Frauen gefallen. Sie ist meine Geliebte gewesen, dachte er. Ich habe sie geliebt, ihr soviel Liebe gegeben, wie ich nur kann. Und wenn es denn keine Liebe gewesen sein sollte – was immer das Wort bedeuten mag –, habe ich sie zumindest begehrt. Macht diese Tatsache nun das, was ich ihr sagen möchte, leichter oder schwerer für mich? Er tröstete sich mit dem Gedanken, daß sämtliche Männer Feiglinge seien, wenn es zum endgültigen Bruch mit einer Frau kam. Die kindliche Willfährigkeit, die sich nach der Geburt wegen der körperlichen Abhängigkeit herausbildet, saß eben zu tief, als daß sie sich ausmerzen ließe.

Er war nicht feiger als die übrigen Männer. Was hatte er doch gleich die Frau im Laden in Lydsett sagen hören? »George würde alles tun, um einen Ehekrach zu vermeiden!« Daß sich der Arme so verhielt, war selbstverständlich. Dafür hatten die Frauen mit ihrer Leibeswärme, ihrem Körperpuder, ihren milchspendenden Brüsten in den ersten vier Wochen eines jeden Lebens schon gesorgt.
Er stand auf, als sie hereinkam, und wartete, bis sie sich auf den Stuhl gegenüber dem Schreibtisch gesetzt hatte. Dann zog er die rechte Schublade heraus und entnahm ihr eine Kopie, die er Hilary über die Schreibtischschublade zuschob.
»Hast du das schon gesehen? Neil Pascoes neueste Mitteilungen an die PANUP.«
»Was ist schon die PANUP?« erwiderte sie. »Neil Pascoe und ein paar Dutzend gleichfalls falsch informierte Hysteriker. Selbstverständlich habe ich es gelesen. Ich stehe ja auf seiner Empfängerliste. Er sorgt schon dafür, daß ich das da bekomme.«
Sie überflog das Blatt und schob es wieder zurück. Dr. Mair nahm es in die Hand und begann vorzulesen: »Viele Leser werden vermutlich inzwischen erfahren haben, daß Miss Hilary Robarts, Abteilungsleiterin im AKW von Larksoken, mich wegen meiner angeblich verleumderischen Äußerungen in der Mai-Ausgabe des Info-Briefes verklagen will. Gegen eine solche Beschuldigung werde ich mich selbstverständlich aufs entschiedenste zur Wehr setzen, und da ich für einen Anwalt kein Geld habe, werde ich mich vor Gericht selbst verteidigen. Das ist nun der neueste Beweis für die Bedrohung der Informationsfreiheit, ja sogar der freien Meinungsäußerung, die von der Atom-Lobby ausgeht. Offenbar soll jetzt selbst bei geringfügiger Kritik ein gerichtliches Nachspiel angedroht werden. Aber es gibt auch eine positive Seite. Miss Robarts' Vorgehen zeigt uns, daß wir,

die einfachen Bürger dieses Landes, bereits Wirkung erzielen. Würde man an unserem kümmerlichen Mitteilungsblatt Anstoß nehmen, wenn es nicht die Angst der Betroffenen schürte? Und die Verleumdungsklage wird uns, sollte es denn zu einem Prozeß kommen, eine unbezahlbare, landesweite Publicity bescheren, falls wir sie richtig nutzen. Wir sind mächtiger, als uns bewußt ist. Ich nenne Ihnen nun noch die Daten der Tage der offenen Tür in Larksoken, damit so viele von Ihnen wie möglich daran teilnehmen und in der Fragestunde, die üblicherweise der Werksbesichtigung vorausgeht, unseren Kampf gegen Atomkraft tatkräftig unterstützen.«

»Ich hab dir doch gesagt, daß ich's gelesen habe«, entgegnete sie. »Ich verstehe nicht, warum du dir die Zeit nimmst, das vorzulesen. Er liefert doch nur weiteres Material für die Verleumdungsklage gegen ihn. Wenn er etwas Grips hätte, würde er sich einen guten Anwalt nehmen und den Mund halten.«

»Einen Anwalt kann er sich nicht leisten. Und er wird auch keinen Schadensersatz zahlen können.« Nach kurzem Zögern fügte er noch leise hinzu: »Im Interesse des AKWs solltest du die Klage zurückziehen.«

»Ist das eine Anordnung?«

»Zwingen kann ich dich dazu nicht. Das weißt du doch. Ich bitte dich darum. Du wirst nichts von ihm bekommen. Der Mann ist so gut wie mittellos. Außerdem ist er all die Unannehmlichkeiten nicht wert.«

»Für mich schon. Was er geringfügige Kritik nennt, war eine ehrenrührige Verleumdung, die weithin Beachtung fand. Dafür gibt es nicht den Ansatz einer Begründung. Entsinn dich doch des genauen Wortlauts! ›Eine Frau, die sich nach Tschernobyl dahingehend äußert, daß ja nur einunddreißig Menschen umgekommen seien, eine Frau, die eine der größten Nuklearkatastrophen als unbedeutend abtut, obwohl

Tausende im Krankenhaus behandelt werden mußten, hunderttausend oder mehr Menschen lebensgefährlicher Strahlung ausgesetzt wurden, riesige Landstriche unbrauchbar geworden sind, obgleich in den kommenden fünfzig Jahren an die fünfzigtausend Menschen an Krebs als Folgeerscheinung sterben werden, eine solche Frau ist gänzlich ungeeignet, mit einer Arbeit in einem AKW betraut zu werden. Solange sie, in welcher Funktion auch immer, dort beschäftigt ist, muß man bezweifeln, daß die Sicherheit in Larksoken gewährleistet ist.‹ Das ist doch eindeutig der Vorwurf beruflicher Inkompetenz. Wenn er damit ungeschoren davonkommt, werden wir ihn nie los.«
»Mir war nicht bewußt, daß es unsere Aufgabe ist, mißliebige Kritiker loszuwerden. Was für eine Methode schwebt dir denn vor?« Er zögerte, als er aus seiner Stimme die ersten Anzeichen von Sarkasmus und Gereiztheit heraushörte, wozu er eine geradezu krankhafte Neigung hatte. »Er ist ein freier Bürger und kann leben, wo er will«, fuhr er fort. »Er hat ein Recht auf eine eigene Meinung. Er ist kein ernsthafter Gegner, Hilary. Wenn du ihn vor Gericht bringst, wird er für sein Anliegen reichlich Publicity einheimsen; dir hingegen ist damit gar nicht gedient. Wir bemühen uns doch, die Einheimischen hier für uns zu gewinnen, sie nicht zu verprellen. Laß ab davon, bevor jemand auf den Einfall kommt, für seine Verteidigung Geld zu sammeln. Ein Märtyrer auf der Landspitze von Larksoken ist genug.«
Während er sprach, stand sie auf und begann, in dem geräumigen Büro auf und ab zu gehen. Nach einer Weile schaute sie ihn an. »Um das geht es dir also? Um den Ruf des AKWs, um *deinen* Ruf. Was ist mit *meinem* Ruf? Wenn ich die Klage zurückziehe, ist das ein klares Eingeständnis, daß er recht hat, daß ich für den Posten hier nicht geeignet bin.«
»Was er geschrieben hat, beeinträchtigt doch nicht deinen Ruf, nicht bei den Leuten, die zählen. Und ein Zivilprozeß

hilft dir nicht weiter. Es wäre unklug, wenn man zuließe, daß die Werkspolitik von verletztem Stolz beeinflußt, ja sogar aufs Spiel gesetzt wird. Am vernünftigsten wäre es, die Klage ohne großes Aufsehen zurückzuziehen. Sind Gefühle denn so wichtig?«

Er konnte nicht länger sitzen bleiben, während sie auf und ab ging. Er erhob sich ebenfalls und schritt zum Fenster, wo er zwar Hilarys zornige Stimme hören, sie selbst aber nicht anschauen mußte. Er sah nur noch ihr Spiegelbild, ihr vor Erregung auf und nieder wippendes Haar.

»Was zählen da schon Gefühle?« wiederholte er. »Allein unsere Arbeit zählt.«

»Für mich sind sie wichtig. Das ist etwas, das du nie verstanden hast, nicht wahr? Das Leben hat was mit Gefühlen zu tun. Die Liebe hat was mit Gefühlen zu tun. So war es schon bei meiner Abtreibung. Du hast mich dazu gezwungen. Aber hast du dich jemals gefragt, was ich damals empfand, was ich damals gebraucht hätte?«

O Gott, dachte er, nicht das schon wieder, nicht jetzt. Er kehrte ihr weiterhin den Rücken zu und erwiderte: »Ist doch lächerlich, wenn du sagst, ich hätte dich gezwungen. Wie hätte ich das tun können? Ich dachte, du teiltest meine Ansicht, und daß du es unmöglich fändest, ein Kind auszutragen.«

»O nein, so war das nicht! Wenn es dir schon um Genauigkeit geht, dann laß uns auch ehrlich sein. Es wäre unbequem gewesen, peinlich, mißlich, mit Geldausgaben verbunden. Aber unmöglich war's nicht. Es ist auch jetzt nicht unmöglich. Dreh dich bitte um! Sieh mich an! Ich rede mit dir. Was ich sage, ist wichtig.«

Er machte kehrt und ging zum Schreibtisch. »Na schön, ich habe mich ungenau ausgedrückt«, sagte er gleichmütig. »Bekomme doch ein Kind, wenn du es dir wünschst. Ich würde mich freuen, sofern du nicht erwartest, daß ich sein Vater sein

soll. Aber im Moment reden wir von Neil Pascoe und der PANUP. Wir haben uns solche Mühe gegeben, zu den Einheimischen gute Kontakte herzustellen. Ich werde nicht zulassen, daß unsere erfolgreiche Arbeit durch einen gänzlich unnötigen Prozeß zunichte gemacht wird, zumal jetzt nicht, wo man bald mit dem Bau des neuen Reaktors beginnen will.«
»Dann verhindere das! Und da wir schon von unserer Öffentlichkeitsarbeit reden – es überrascht mich, daß du Ryan Blaney und Scudder's Cottage nicht erwähnst. Mein Cottage, falls du es vergessen haben solltest. Wie soll ich mich da verhalten? Ihm und seinen Kindern meinen Besitz mietfrei überlassen, im Interesse einer guten Öffentlichkeitsarbeit?«
»Das ist was anderes. Damit habe ich als AKW-Direktor nichts zu schaffen. Aber wenn du schon meine Meinung hören willst: Ich denke, du bist schlecht beraten, wenn du ihn nur deshalb hinauswerfen willst, weil das Recht auf deiner Seite ist. Er zahlt dir doch regelmäßig Miete, oder? Außerdem willst du das Cottage doch gar nicht.«
»Ich will das Haus. Es gehört mir. Ich habe es erworben und möchte es nun verkaufen.«
Sie ließ sich auf den Stuhl fallen; auch er setzte sich. Er zwang sich, ihr in die Augen zu sehen, zu seinem Unbehagen las er darin eher Kummer als Zorn. »Wahrscheinlich weiß er das«, sagte er. »Er wird ausziehen, sobald er kann. Aber das ist nicht so leicht. Er ist kürzlich Witwer geworden, hat vier Kinder. Soviel ich weiß, findet er bei den Einheimischen viel Verständnis.«
»Das bezweifle ich nicht, vor allem im Local Hero, wo Ryan Blaney den Großteil seiner Zeit verbringt und sein Geld läßt. Ich will nicht länger warten. Wenn wir in den nächsten drei Monaten nach London ziehen, bleibt mir nicht viel Zeit, die Sache mit dem Cottage zu regeln. Ich möchte keine Angelegenheit unerledigt lassen. Ich möchte es baldmöglichst zum Verkauf anbieten.«

Er wußte, das war der Augenblick, in dem er mit fester Stimme hätte sagen sollen: »Vielleicht ziehe ich nach London, aber nicht mit dir.« Doch das brachte er nicht fertig. Er beschwichtigte sich mit dem Gedanken, daß es spät sei, das Ende eines arbeitsreichen Tages, der schlechtestmögliche Zeitpunkt für ein vernünftiges Gespräch. Sie war ohnehin schon gereizt. Alles zu seiner Zeit. Das mit Pascoe hatte er ihr immerhin schon einmal unter die Nase gerieben. Obgleich sie erwartungsgemäß reagiert hatte, würde sie vielleicht darüber nachdenken und schließlich das tun, was er ihr riet. Was Ryan Blaney betraf, hatte sie recht. Das ging ihn nichts an. Aber das Gespräch hatte ihn in seinen beiden Entschlüssen bestärkt. Sie würde nicht mit ihm nach London ziehen, noch würde er sie als Betriebsleiterin von Larksoken empfehlen. Trotz all ihrer Tüchtigkeit, ihrer Intelligenz, ihrer sachgerechten Ausbildung war sie für diese Stellung nicht geeignet. Der Gedanke kam ihm, daß er vielleicht eben diese Karte ausspielen könne: »Ich schlage dir zwar keine Heirat vor, aber ich biete dir die ranghöchste Position an, die du je anstreben könntest.« Aber er wußte sogleich, daß diese Idee nur wenig Verlockendes an sich hatte. Die Verwaltung von Larksoken würde er ihr nie anvertrauen. Früher oder später mußte sie einsehen, daß es weder eine Heirat noch eine Beförderung geben würde. Aber der Zeitpunkt war jetzt ungünstig, und er fragte sich bedrückt, wann sich je eine günstige Gelegenheit ergeben sollte.
»Begreif doch«, sagte er statt dessen, »daß es unsere Pflicht ist, das AKW effizient und ohne jegliches Risiko zu leiten. Wir erfüllen eine notwendige, eine wichtige Aufgabe. Selbstverständlich müssen wir uns mit allen Kräften dafür einsetzen, sonst wären wir nicht hier. Aber wir sind Wissenschaftler oder Techniker, keine Kreuzzügler. Wir führen keinen Glaubenskrieg.«
»Aber die tun es. Die andere Seite tut es. Er tut es. Für dich

ist Neil Pascoe ein bedeutungsloser Einfaltspinsel. Doch das ist er nicht. Er ist verlogen und gefährlich. Denk doch nur daran, wie er in sämtlichen verfügbaren Krankengeschichten herumschnüffelt, um vereinzelte Fälle von Leukämie aufzuspüren, die er der Nutzung der Atomenergie anlasten könnte! Hinzu kommt noch der neueste Comare-Report, der ihm Argumente für sein verschrobenes Anliegen liefert. Dann der Info-Brief vom letzten Monat mit all dem wehleidigen Unsinn über Züge, die um Mitternacht ihre Todesfracht durch die nördlichen Vorstädte von London transportieren! Die Leser könnten meinen, man befördere offene Lastwagen mit radioaktivem Abfall. Kümmert es ihn nicht, daß die Atomenergie es der Welt bis jetzt erspart hat, fünfhundert Millionen Tonnen Kohle mehr zu verheizen? Hat er noch nichts vom Treibhauseffekt gehört? Ist dieser Narr wirklich so unbedarft? Hat er denn keinen Begriff von den Verwüstungen, die die Verfeuerung fossiler Brennstoffe auf unserem Planeten auslöst? Hat ihn niemand über den sauren Regen oder die krebserregenden Stoffe in den Kohlerückständen informiert? Wenn wir schon von Gefahren sprechen – was ist mit den siebenundfünfzig Kumpeln, die in diesem Jahr bei der Bergwerkskatastrophe von Borken verschüttet wurden? Zählt ihr Leben denn nicht? Was hätte es für einen Aufschrei gegeben, wenn es sich um einen Atomunfall gehandelt hätte!«

»Er ist doch bloß ein schlecht unterrichteter, unwissender Einzelgänger«, erwiderte Alex.

»Aber er erzielt Wirkung; das siehst du doch. Wir müssen auf seine Leidenschaft mit Leidenschaft antworten.«

Bei diesem Wort wurde ihm alles klar. In unserem Gespräch geht es nicht um Atomenergie, dachte er, sondern um Leidenschaft. Würden wir so reden, wenn wir einander noch liebten? Sie will, daß ich mich für etwas Persönlicheres einsetze als die Nutzung der Atomkraft. Als er sich ihr zuwandte, überkam ihn unverhofft, nein, keine Leidenschaft, sondern die in diesem Augenblick unangenehme Erinnerung daran, wie sehr er sie einst begehrt hatte. Und mit dieser Erinnerung drängte sich ihm das Bild auf, wie sie beide in ihrem Cottage miteinander schliefen, wie sie sich mit ihren üppigen Brüsten über ihn neigte, wie ihr Haar sein Gesicht streifte, wie sich ihre Lippen, ihre Hände, ihre Hüften anfühlten.

»Wenn du eine Religion haben willst, wenn du schon eine brauchst, dann such dir gefälligst eine«, sagte er schroff. »Die gibt's zuhauf. Schön, die Abtei liegt in Trümmern, und der tatterige alte Pfaffe im Alten Pfarrhof hat dir nicht viel zu bieten. Such dir was anderes, nimm einen anderen! Iß meinetwegen freitags keinen Fisch, iß überhaupt kein Fleisch, bete den Rosenkranz, streue Asche auf dein Haupt, meditiere viermal am Tag, verneige dich vor deinem ganz persönlichen Mekka! Aber mache um Gottes willen – sollte es ihn überhaupt geben! – nicht die Wissenschaft zu einer Religion!«

Das Telephon auf dem Schreibtisch schrillte. Da Caroline Amphlett schon gegangen war, war die Leitung durchgeschaltet. Als er nach dem Hörer griff, sah er, daß Hilary an der Tür stand. Sie schaute ihn eindringlich an und ging, wobei sie die Tür mit unangebrachter Heftigkeit ins Schloß fallen ließ.

Seine Schwester war am Apparat. »Gut, daß ich dich noch erwische«, sagte sie. »Fast hätte ich vergessen, dir auszurichten, daß du beim Farmer Bollard die Enten für Donnerstag abholen sollst. Er hat sie schon ausgenommen. Wir werden zu sechst sein. Ich habe auch Adam Dalgliesh eingeladen. Er hält sich wieder mal auf unserer Landzunge auf.«

Es gelang ihm, ebenso gleichmütig zu sprechen wie sie. »Gratuliere! Er und seine Tante haben es fünf Jahre lang mit

einigem Geschick fertiggebracht, die Koteletts ihrer Nachbarn auszuschlagen. Wie hast du das nur geschafft?«
»Ich habe ihn schlichtweg gefragt. Ich dachte mir, wenn er die Mühle als Feriendomizil behalten will, ist es an der Zeit, daß er zur Kenntnis nimmt, daß er Nachbarn hat. Sollte er die Mühle dagegen verkaufen wollen, kann er, ohne sich in vertrauliche Beziehungen verwickeln zu lassen, das Risiko einer Dinnerparty eingehen. Aber du darfst es auch gerne einer schlichten menschlichen Schwäche zuschreiben – der verlockenden Aussicht auf ein gutes Essen, das er nicht selbst zubereiten muß.«
Obendrein würde das die Balance am Tisch herstellen, auch wenn es seiner Schwester wohl kaum darauf angekommen war, dachte Dr. Mair. Denn sie machte sich sonst lustig über die sogenannte Arche-Noah-Konvention, wonach ein überzähliger Mann, mochte er noch so unansehnlich oder einfältig sein, willkommen war, eine überzählige Frau dagegen, selbst wenn sie geistreich und vielseitig interessiert war, als Belastung galt. »Muß ich denn mit ihm über seine Dichtkunst plaudern?« fragte er.
»Vermutlich ist er auch deshalb nach Larksoken gefahren, weil er da keine Leute trifft, mit denen er sich über seine Gedichte unterhalten muß. Aber es schadet gewiß nicht, wenn du dich einliest. Ich habe den neuesten Gedichtband da. Es steht tatsächlich Lyrik drin, keine untereinander geschriebene Prosa.«
»Ist der Unterschied bei moderner Lyrik wirklich so groß?«
»Aber ja!« antwortete sie. »Liest es sich wie Prosa, ist es auch Prosa. Das ist ein unfehlbarer Test.«
»Aber keiner, kann ich mir vorstellen, der auf die Fähigkeiten eines Briten zugeschnitten ist. In zehn Minuten fahre ich los. Die Enten vergesse ich schon nicht.«
Lächelnd legte er auf. Seine Schwester hatte die Gabe, ihn in heitere Stimmung zu versetzen.

9

Bevor er hinaustrat, blieb er noch einen Augenblick an der Tür stehen und schaute sich in dem Raum um, als sähe er ihn zum ersten Mal. Er wollte den neuen Posten unbedingt haben, hatte ihn mit allen Mitteln angestrebt, sich dafür eingesetzt. Doch nun, da er ihn so gut wie hatte, wurde ihm bewußt, wie sehr er Larksoken vermissen würde, seine Abgeschiedenheit, seine krompromißlose, kraftvolle Kargheit. Man hatte nichts getan, um das Areal zu verschönern, wie etwa Sizewell an der Küste von Suffolk; man hatte keine gepflegten Rasenflächen angelegt, keine blühenden Bäume und Sträucher gepflanzt, wie sie ihn bei seinen gelegentlichen Besuchen in Winfrith, Dorset, so angenehm beeindruckten. An der seewärts gelegenen Grundstücksgrenze hatte man eine niedrige, gekrümmte Feldsteinmauer errichtet, in deren Schutz sich alljährlich zur Frühlingszeit Narzissenhorste schwankend im Märzwind wiegten. Man hatte wenig getan, um die riesigen grauen Betonflächen zu kaschieren oder abzumildern. Doch das behagte ihm eben, die Aussicht auf die aufgewühlte See, braungrau, mit weiß gesäumten Wellen unter einem grenzenlosen Himmel, die Fenster, die er mit einer leichten Handbewegung öffnen konnte, so daß das dumpfe, unentwegte Grollen, das fernem Donner glich, plötzlich in seinem Büro zu ohrenbetäubendem Getöse anschwoll. Am liebsten waren ihm die stürmischen Winterabende, wenn er, an irgendeiner Arbeit sitzend, die am Horizont schimmernden Lichter der Schiffe sehen konnte, die entlang der Küste von Yarmouth dahinzogen, die blinkenden Leuchtschiffe oder den Strahl des Leuchtturms von Happisburgh, der die Seeleute schon seit Jahrzehnten vor den vorgelagerten, tückischen Sandbänken warnte. Selbst in dunklen Nächten konnte Alex in dem schwachen

Lichtschein, den das Meer auf geheimnisvolle Weise eingefangen hatte und nun widerspiegelte, den markanten, aus dem fünfzehnten Jahrhundert stammenden Westturm der Kirche von Happisburgh erspähen, dieses trutzige Mahnmal für den verbissenen Kampf der Menschen gegen das gefährlichste aller Meere. Doch der Turm verkörperte weitaus mehr. Für unzählige Seeleute, die in Friedens- oder Kriegszeiten ihr Leben auf See ließen, mußte der Turm das letzte gewesen sein, was sie vom Land noch sahen. Da Alex ein gutes Gedächtnis für Fakten hatte, konnte er sich an die Einzelheiten jederzeit erinnern. Etwa an die Besatzung der HMS *Peggy,* die am 19. Dezember 1770 an Land gespült wurde, an die hundertneunzehn Seeleute von der HMS *Invincible,* die, auf der Fahrt zu Nelsons Flotte in Kopenhagen, am 13. März 1801 an den Sandbänken Schiffbruch erlitt, an die Mannschaft der HMS *Hunter,* eines Zollkutters, der 1804 unterging. Die an Land gespülten Seeleute ruhten nun unter grasbewachsenen Grabhügeln auf dem Friedhof von Happisburgh. Der Turm, in einem gläubigen Zeitalter errichtet, war auch ein Symbol für die unerschütterliche Hoffnung, daß die See ihre Opfer freigeben würde, daß deren Gott Macht hatte über Land und Meer. Jetzt erblickten die Seeleute da draußen den riesigen Klotz des AKWs von Larksoken, der viel größer war als der Turm. Wer in unbelebten Objekten ein Symbol sehen konnte, für den war die Botschaft simpel und klar: Der Mensch konnte durch seine Intelligenz und Tatkraft die Welt entschlüsseln und beherrschen, sein vergängliches Leben angenehmer, bequemer, schmerzfreier gestalten. Alex reichte das als Herausforderung; ihm würde es vollauf genügen, sollte er je einen Glauben benötigen, nach dem er leben konnte. Aber zuweilen, wenn die Nacht allzu dunkel war, wenn die Wogen sich am Kieselstrand mit einem Getöse wie fernes Geschützfeuer brachen, kamen ihm seine Wissenschaft und das zugehörige

Sinnbild so vergänglich vor wie das Leben all der ertrunkenen Seeleute. Dann fragte er sich, ob nicht auch eines Tages der Betonklotz der See erliegen würde wie die zerfallenden Bunkeranlagen aus dem letzten Krieg, ob nicht auch er ein zerbröckelndes Wahrzeichen für den langen Lebenskampf der Menschen an dieser unwirtlichen Küste werden könnte. Oder würde er der Zeit und der Nordsee trotzen, noch dastehen, wenn es auf diesem Planeten für immer dunkel wurde? Immer wenn Alex wieder einmal eine pessimistische Anwandlung überkam, erkannte ein mutwilliger Teil seines Ichs an, daß diese Finsternis unvermeidlich war, obgleich er nicht jetzt oder zu Lebzeiten der nächsten Generation mit ihr rechnete. Zuweilen mußte er lächeln, wenn ihm der Gedanke kam, daß er und Neil Pascoe, selbst wenn sie unterschiedliche Positionen einnahmen, einander verstehen könnten. Der einzige Unterschied war, daß einer von ihnen noch Hoffnung hegte.

10

Jane Dalgliesh hatte die Mühle von Larksoken gekauft, als sie vor fünf Jahren ihr früheres Zuhause an der Küste von Suffolk aufgab. Die Mühle, 1825 erbaut, war ein malerischer, viergeschossiger Backsteinturm mit einer achteckigen Kuppel und einem Fächerfenster. Ein paar Jahre vor dem Kauf war sie umgebaut worden. Man hatte ein einstöckiges, mit Feldsteinen verkleidetes Haus angebaut, das im Erdgeschoß ein geräumiges Wohnzimmer, ein kleineres Arbeitszimmer und eine Küche, sowie im Stockwerk darüber drei Schlafzimmer, zwei mit anschließendem Bad, enthielt. Dalgliesh hatte sie nie gefragt, warum sie nach Norfolk gezogen war. Er vermutete, daß für sie der Reiz der Mühle in deren Abgeschiedenheit, ihrer Nähe zu bekannten Vogelschutzgebieten und der malerischen Aussicht vom obersten Stockwerk auf die Landzunge, den Himmel und das Meer gelegen hatte. Vielleicht hatte sie auch vorgehabt, sie wieder in Betrieb zu nehmen, aber im fortgeschrittenen Alter hatte sie schließlich weder die Energie noch den Elan aufgebracht, sich auf den langwierigen Umbau einzulassen. Nun hatte Adam die Mühle, mitsamt dem beträchtlichen Vermögen seiner Tante, geerbt, eine angenehme, wenn auch bisweilen drückende Bürde. Den wirklichen Hergang hatte er erst nach ihrem Tod erfahren: Die Mühle war ihr von einem bekannten, kauzigen Amateurvogelforscher, mit dem sie seit Jahren befreundet gewesen war, hinterlassen worden. Ob ihre Beziehung mehr war als nur Freundschaft, würde Adam nie erfahren. Offenbar hatte seine Tante für sich selbst nur wenig Geld verbraucht, dafür aber kontinuierlich den wenigen gemeinnützigen Vereinen, die ihr zusagten, gespendet, sie auch, allerdings nicht eben großzügig, in ihrem Testament bedacht und schließlich ihm, Adam, ihren Besitz ohne Erklärung, ohne Ermahnung, ohne eine weitere Bekundung ihrer Zuneigung hinterlassen. Trotzdem zweifelte er nicht daran, daß die Worte »meinem innig geliebten Neffen« ihre Gefühle für ihn zutreffend ausdrückten. Er hatte sie gemocht, respektiert, sich in ihrer Gesellschaft wohl gefühlt, sich jedoch nie eingebildet, sie gut zu kennen. Und jetzt würde es nie dazu kommen. Es verwunderte ihn ein wenig, daß ihm das naheging.

Die einzige Veränderung, die seine Tante an dem Anwesen vorgenommen hatte, war der Bau einer Garage gewesen. Nachdem er den Jaguar entladen und in die Garage gefahren hatte, beschloß er, zur Dachkammer hinaufzusteigen, solange es noch hell war. Der Raum im Erdgeschoß mit den beiden großen Mahlsteinen aus grobkörnigem Granit, die an der Wand lehnten, mit seinem schwachen Geruch nach Mehl, wirkte irgendwie geheimnisvoll auf ihn, als stünde hier die Zeit still, als hätte dieser Ort keinen Zweck, keine Bedeutung mehr, so daß er ihn stets mit einem aufkeimenden Gefühl von Trostlosigkeit betrat. Zu den einzelnen Stockwerken führten nur Leitern. Als er Sprosse um Sprosse nach oben stieg, bildete er sich ein, er sähe seine Tante mit ihren langen, behosten Beinen vor sich, wie sie zur Dachkammer hinaufkletterte. In der Mühle hatte sie nur diesen Raum benützt und ihn mit einem kleinen Schreibtisch und einem Stuhl, der Nordsee zugewandt, sowie einem Telephon und ihrem Feldstecher ausgestattet. Er konnte sich gut vorstellen, wie sie im Sommer tagsüber und auch abends dasaß, an ihren Beiträgen feilte, die sie hin und wieder ornithologischen Zeitschriften zusandte, wie sie gelegentlich aufblickte, um über die Landzunge hinweg aufs Meer und zum fernen Horizont zu schauen. Er sah ihr zerfurchtes, wettergegerbtes Aztekengesicht mit den zusammengekniffenen Augen vor sich, das graumelierte schwarze Haar, das sie in einem Knoten trug, vernahm wieder ihre Stimme, die ihm von jeher gefallen hatte.

Jetzt war es später Nachmittag. Die Landzunge lag im sanften Licht der untergehenden Sonne. Das Meer war eine unermeßliche, sich bläulich kräuselnde Fläche, die wie mit einem purpurnen Pinselstrich vom Horizont abgesetzt war. Die letzten noch kräftigen Sonnenstrahlen hoben Farben und Umrisse deutlich hervor, so daß die Ruinen der Abtei vor dem Blau der See einem unwirklichen, golden schimmernden Phantasiegebilde glichen und die Trockengrashorste wie eine üppige Wiese am Wasser schimmerten. Da die Fenster jeweils in eine Himmelsrichtung wiesen und er ja ein Fernglas zur Hand hatte, verschaffte er sich einen Überblick. Im Westen sah er die schmale Straße zwischen dem Röhricht und den Deichen bis hin zu den mit Feldsteinen verkleideten, spitzgiebeligen Cottages und den roten Ziegeldächern von Lydsett und dem Rundturm der St.-Andrew's-Kirche.

Die Aussicht nach Norden prägten der riesige AKW-Block, das niedrigere Verwaltungsgebäude und, gleich dahinter, der Reaktorbau und das große, mit Stahlplatten und Aluminium verkleidete Turbinenhaus. Vierhundert Meter seewärts befanden sich die Anlagen, durch die das Kühlwasser zum Pumpwerk geleitet wurde. Er trat ans Ostfenster und schaute auf die Cottages auf der Landspitze hinab. Südlich davon sah er gerade noch das Dach von Scudder's Cottage. Zu seiner Linken schimmerten die Feldsteinmauern von Martyr's Cottage wie Kiesel in der Spätnachmittagssonne. Und ein paar hundert Meter nördlich davon, hinter den Kiefern, die diesen Teil der Küste säumten, lag das kastenförmige Haus, das Hilary Robarts gemietet hatte, eine gefällig proportionierte kleine Villa wie in einer Stadtrandsiedlung, die man unpassenderweise auf der öden Landzunge errichtet hatte und die sich dem Festland zuwandte, als wollte sie mit dem Meer nichts zu tun haben. Weiter oben, vom Südfenster aus eben noch zu sehen, war der Alte Pfarrhof, der mit seinem großen, verwilderten Garten – auf diese Entfernung geradezu ein gepflegter Stadtpark – an ein viktorianisches Puppenhaus erinnerte.
Plötzlich klingelte das Telephon. Die schrillen Töne behagten ihm gar nicht. Schließlich war er nach Larksoken gefahren, um solchen Belästigungen zu entgehen. Trotzdem kam der Anruf nicht unerwartet. Es war Terry Rickards, der ihm sagte, daß er gern vorbeikommen würde, um mit ihm zu reden, wenn es keine Umstände bereite. Ob ihm 21 Uhr genehm sei? Dalgliesh fiel keine Ausrede ein, warum es ihm nicht genehm sein könnte. Zehn Minuten darauf verließ er den Mühlenturm und verschloß die Tür. Er tat es aus Pietät; seine Tante hatte die Tür stets verschlossen, weil sie befürchtete, Kinder könnten in die Mühle eindringen und sich möglicherweise durch einen Sturz von den Leitern verletzen. Während der Turm dunkel und menschenleer zurückblieb,

ging er ins Mühlenhaus, um seine Sachen auszupacken und sich ein Abendessen zuzubereiten.
Das geräumige Wohnzimmer mit seinem Boden aus Yorker Steinplatten, mit all den Teppichen und dem offenen Kamin, war eine behagliche, heimelige Mischung von alten und neuen Dingen. Die meisten Möbel waren ihm vertraut. Er hatte sie schon als Junge bei seinen Großeltern gesehen. Seine Tante hatte sie als letzte ihrer Generation geerbt. Nur die Stereoanlage und das Fernsehgerät waren verhältnismäßig neu. Musik war ihr immer wichtig gewesen. Auf den Borden stand eine reichhaltige Sammlung von Schallplatten, mit denen er sich während des zweiwöchigen Urlaubs über trübe Stunden hinwegtrösten konnte. Auch die Küche nebenan enthielt nichts Überflüssiges, nur all die Utensilien, die eine Frau benötigt, wenn sie gut, aber ohne jeden Firlefanz kochen wollte. Er legte ein paar Lammkoteletts auf den Grill, bereitete einen Salat zu und stimmte sich darauf ein, das Alleinsein zu genießen, ehe Rickards und seine geschäftlichen Angelegenheiten es wieder zunichte machten.
Es verwunderte ihn ein wenig, daß seine Tante ein Fernsehgerät gekauft hatte. Hatte sie sich durch die ausgezeichneten naturkundlichen Berichte verführen lassen? Und hatte sie sich dann schließlich doch – wie viele Spätbekehrte, die er kennengelernt hatte – gebannt jede Sendung angesehen, als wollte sie sich für die verlorene Zeit entschädigen? Das kam ihm unwahrscheinlich vor. Er schaltete das Gerät ein, um festzustellen, ob es überhaupt funktionierte. Als Hintergrund zu einem Abspann schwenkte ein auf und ab hüpfender Popstar seine Gitarre. Seine Verrenkungen, ein Zerrbild jeglicher Sinnlichkeit, waren so grotesk, daß es Dalgliesh unbegreiflich war, wieso Jugendliche derlei erotisch fanden. Er knipste den Apparat aus und blickte zum Ölbild seines Urgroßvaters mütterlicherseits, eines viktorianischen Bischofs, hinüber, der im Talar, aber ohne Mitra, die Arme mit

den weiten Ärmeln selbstbewußt auf die Lehnen gestützt, in einem Sessel saß. Am liebsten hätte er ihm zugerufen: »Das ist die Musik von 1988! Das sind unsere Heroen. Der Riesenklotz auf der Landzunge kennzeichnet unsere Architektur. Und ich wage nicht, meinen Wagen anzuhalten, um Kinder nach Hause zu bringen, weil man sie mit gutem Grund gewarnt hat, ein Fremder könnte sie entführen und ihnen Gewalt antun.« Er hätte noch hinzufügen können: »Und da draußen treibt sich irgendwo ein Massenmörder herum, der Gefallen daran findet, Frauen zu erwürgen und ihnen danach ihr Haar in den Mund zu stopfen.« Aber die Abwegigkeit solcher Verbrechen war nicht von den sich wandelnden Lebensstilen abhängig. Und sein Urgroßvater hätte darauf auch eine zutreffende, unverblümte Erwiderung gewußt. Eine wohlbegründete obendrein. War er nicht 1880, im Jahr Jack the Rippers, zum Bischof geweiht worden? Vermutlich hätte er den Whistler noch eher verstanden als den Popstar, dessen Verrenkungen ihn zu der Ansicht gebracht hätten, die Menschen seien endgültig einem aberwitzigen Veitstanz verfallen.

Rickards erschien pünktlich. Es war Schlag 9, als Dalgliesh seinen Wagen hörte, die Haustür öffnete und im Halbdunkel der Nacht eine hochgewachsene Gestalt auf sich zukommen sah. Seit gut zehn Jahren waren sie sich nicht mehr begegnet. Er selbst war damals gerade zum Inspector bei der Londoner Kripo befördert worden. Es überraschte Dalgliesh, wie wenig sich der Mann verändert hatte: Die Zeit, die Ehejahre, die Versetzung von London, seine Beförderung, nichts schien Spuren hinterlassen zu haben. Mit seiner schlaksigen, ungelenken Gestalt – er war über einen Meter achtzig groß – wirkte er in seinem formellen Anzug immer noch wie verkleidet. Das grobknochige, von Wind und Wetter gegerbte Gesicht mit dem Ausdruck verläßlicher Entschlossenheit hätte besser zu einem Seemannspullover mit dem eingestickten Emblem der Royal Navy auf der Brust gepaßt. Sein Gesicht mit der langen, leicht gekrümmten Nase und den buschigen Augenbrauen wirkte im Profil achtunggebietend, von vorn gesehen jedoch war seine Nase zu breit, am Ansatz abgeflacht, und die dunklen Augen, die, wenn er erregt war, bedrohlich glitzern konnten, hatten einen Ausdruck von verwunderter Gleichmütigkeit. Dalgliesh hielt ihn für einen Kripobeamten, wie es sie früher häufiger gegeben hatte. Doch es gab sie auch heute noch, diese gewissenhaften, unbestechlichen Fahnder mit beschränkter Phantasie und etwas mehr Intelligenz, die nie auf den Gedanken kamen, daß man die Übel dieser Welt nachsichtiger behandeln müsse, weil sie häufig unerklärlich und ihre Verursacher unselige Menschen waren.

Rickards musterte die langen Borde mit den vielen Büchern, das knisternde Holzfeuer im Kamin, das Ölbild mit dem viktorianischen Bischof über dem Kaminsims, als wollte er sich bewußt jede Einzelheit einprägen, ließ sich sodann in den Sessel fallen und streckte mit einem zufriedenen Seufzer die langen Beine aus. Dalgliesh fiel ein, daß er damals mit Vorliebe Bier getrunken hatte. Jetzt akzeptierte er Whisky, meinte aber, daß ihm vorher eine Tasse Kaffee guttun würde. Zumindest eine Gewohnheit hatte sich gewandelt.

»Tut mir leid«, sagte er, »daß Sie Susie, meine Frau, nicht kennenlernen werden, solange Sie hier sind, Mr. Dalgliesh. In ein paar Wochen bekommt sie unser erstes Kind. Sie ist jetzt bei ihrer Mutter in York. Meine Schwiegermutter wollte nicht, daß sie in Norfolk bleibt, solange sich der Whistler noch herumtreibt und ich ständig Überstunden machen muß.«

Er sagte es mit einer gewissen Verlegenheit, als sei er und nicht Dalgliesh der Gastgeber, als müsse er sich für die unerwartete Abwesenheit der Gastgeberin entschuldigen.

»Es ist wohl eine natürliche Regung«, sprach er weiter, »daß eine Tochter, die einzige Tochter übrigens, in so einer Zeit bei ihrer Mutter weilen möchte, zumal wenn es das erste Kind ist.«

Dalglieshs Frau hatte nicht bei ihrer Mutter weilen mögen; sie hatte bei ihm sein wollen und sich das mit solchem Ungestüm ausbedungen, daß er sich hinterher gefragt hatte, ob sie nicht irgendwelche Vorahnungen gehabt haben könnte. Das wußte er noch, auch wenn er sich ihr Gesicht nicht mehr vorstellen konnte. Seine Erinnerung an sie, die er, seinen Kummer und ihre Liebe zueinander verratend, seit Jahren bewußt unterdrückt hatte, weil er die Qualen nicht länger ertragen konnte, war allmählich einer jungenhaften, romantischen Traumvorstellung von Zartheit und Schönheit gewichen, der die nagende Zeit nichts mehr anhaben konnte. An das Gesicht seines Sohnes gleich nach der Geburt konnte er sich dagegen gut erinnern. Es erschien ihm auch manchmal in seinen Träumen, jenes bleiche, unschuldige Kinderantlitz mit dem reizvollen, wissenden Ausdruck von Zufriedenheit, als hätte sein Sohn in der kurzen Spanne seines Lebens alles gesehen, alles erfahren, was es da gab, und schließlich von sich gewiesen. Deswegen dachte er sich, daß er wohl der letzte sei, von dem man Ratschläge oder Hilfe bei Schwangerschaftsproblemen erwarten durfte. Zudem ahnte er, daß Rickards' Bekümmertheit über die Abwesenheit seiner Frau tiefer ging, daß er nicht nur ihre Gesellschaft vermißte. Er stellte noch die üblichen Fragen nach dem Gesundheitszustand seiner Frau und floh dann in die Küche, um den Kaffee zuzubereiten.

Welche geheimnisvolle Regung ihm auch immer seine Gedichte entlockt haben mochte, sie hatte ihn auch für andere Sehnsüchte, auch für die Liebe geöffnet. Oder war es umgekehrt gewesen? Hatte etwa die Liebe ihm die Gedichte entlockt? Sie schien sogar seinen Job beeinflußt zu haben. Während er die Kaffeebohnen mahlte, grübelte er über die

Zwiespältigkeiten des Lebens nach. Wenn ihm seine Verse nicht eingefallen wären, hätte er seinen Job nicht nur lästig, sondern zuweilen auch abstoßend gefunden. Jetzt ertrug er, daß Rickards in seine Abgeschiedenheit eindrang, weil er in ihm einen Gesprächspartner suchte. Die ihm neue Gutmütigkeit und Duldsamkeit verstörte ihn ein wenig. Sich zu mäßigen war dem Charakter zweifellos zuträglicher als Niederlagen. Aber wenn er es zu weit trieb, würde er noch seinen Elan einbüßen. Als er freilich fünf Minuten später die beiden Keramiktassen hineintrug und sich in seinen Sessel setzte, amüsierte ihn schon wieder der Kontrast zwischen Rickards' Beschäftigung mit den Gewalttaten eines Psychopathen und der friedvollen Atmosphäre der Mühle. Das Holzfeuer prasselte nicht mehr, sondern glühte behaglich vor sich hin. Und der Wind, der auf der Landzunge nur selten ruhte, spielte wie ein gutmütiger, leise raunender Geist in den Klappern der Mühle. Adam war froh, daß nicht er den Whistler dingfest machen mußte. Die Aufklärung von Serienmorden war frustrierender, schwieriger, zufallsabhängiger als die anderer Verbrechen. Man mußte die Untersuchungen unter dem Druck einer aufgebrachten Öffentlichkeit durchführen. Immer lauter wurde in solchen Fällen gefordert, daß man den schreckenverbreitenden Unhold endlich fasse und unschädlich mache. Aber es war – Gott sei Dank – nicht sein Fall. Er konnte darüber mit der Distanz eines Mannes reden, der sich zwar beruflich dafür interessierte, sonst aber keinerlei Verantwortung trug. Außerdem wußte er, was Rickards brauchte: keine Ratschläge, er kannte ja seinen Job, aber einen Gesprächspartner, dem er traute, der seine Probleme nachvollziehen konnte, der danach verschwand, der nicht blieb, um ihn ständig an seine Bedenken zu erinnern. Er brauchte einen Kollegen, mit dem er sich zwanglos besprechen konnte. Er hatte zwar ein Mitarbeiterteam und war viel zu gewissenhaft, als daß er seine Gedanken nicht seinen Mitarbeitern anvertraut hätte, aber er war ein Mensch, der seine Annahmen zunächst einmal vor jemandem ausbreiten mußte. Und hier konnte er sie darlegen, erweitern, verwerfen, ausloten, ohne argwöhnen zu müssen, daß beispielsweise sein Detective Sergeant ihm mit gewollt ausdrucksloser Miene ehrerbietig zuhörte und sich dachte: »Großer Gott, was quasselt denn der Alte da? Der ist ja schon plemplem!«

»Den Holmes-Computer wollen wir nicht einsetzen«, sagte Rickards. »Die von der Metropolitan Police behaupten zwar, das System sei einsatzbereit, aber wir haben ja selbst einen Computer. Außerdem haben wir nicht viel Daten, die man eingeben könnte. Die Presse und die Öffentlichkeit wissen selbstverständlich, daß es den Holmes-Computer gibt. Das bekomme ich bei jeder Pressekonferenz zu hören. ›Verwenden Sie nun den Spezialcomputer, der nach Sherlock Holmes benannt ist?‹ fragen sie mich. Und ich sage: ›Nein. Wir verwenden unseren eigenen.‹ Aber dann liegt sozusagen eine Frage in der Luft: ›Warum habt ihr ihn denn dann noch nicht geschnappt?‹ Die denken, man braucht nur die Daten einzugeben und heraus kommt eine vollständige Beschreibung des Gesuchten samt Fingerabdrücken, Kragenweite und seinem Lieblingspopstar.«

»Tja, wir sind eben an die Wunder der Technik so gewöhnt, daß es uns aus der Fassung bringt, wenn mal ein Apparat nicht alles schafft«, erwiderte Dalgliesh.

»Bis jetzt sind's vier Frauen. Und diese Valerie Mitchell wird nicht die letzte sein, wenn wir den Kerl nicht bald fassen. Vor fünfzehn Monaten fing er damit an. Das erste Opfer fand man kurz nach Mitternacht in einem Unterstand am Ende der Promenade von Easthaven. Es war zufällig eine Nutte vom dortigen Strich, was er vielleicht gar nicht gewußt hat oder was ihm auch egal war. Nach acht Monaten

schlug er abermals zu. Der Zufall kam ihm wohl zu Hilfe, denke ich. Diesmal war's eine dreißigjährige Lehrerin, die heim nach Hunstanton radelte und auf einem einsamen Teil der Strecke eine Reifenpanne hatte. Dann eine weitere Lücke. Diesmal dauerte es sechs Monate, bis er ein Barmädchen aus Ipswich in die Finger bekam, das nach einem Besuch bei ihrer Großmutter so dumm war, ganz allein auf den Spätbus zu warten. Als dieser ankam, war an der Haltestelle niemand mehr. Ein paar Jugendliche stiegen aus. Da sie angetrunken waren, war ihr Wahrnehmungsvermögen nicht gerade scharf. Sie sagten, sie hätten nichts gesehen und nichts gehört, nur eine Art trauriges Pfeifen, wie sie sich ausdrückten, das vom Wald herüber drang.«
Er trank einen Schluck Kaffee und redete gleich weiter: »Wir haben ein Persönlichkeitsprofil von unserem Experten beim Sittendezernat erhalten. Ich weiß nicht, was wir damit anfangen sollen. So was hätte ich auch abfassen können. Demnach handelt es sich um einen Einzelgänger, der aus einer zerrütteten Familie stammt, eine herrschsüchtige Mutter hatte, sich anderen Menschen schlecht anschließen kann, zumal Frauen, der impotent, unverheiratet, geschieden sein könnte, der vielleicht von seiner Frau getrennt lebt, einen Groll gegen Frauen hegt, sie haßt. Wir gingen auch vorher nicht davon aus, daß er ein erfolgreicher, glücklich verheirateter Bankfilialleiter ist, mit vier braven Kindern, die kurz vor der Reifeprüfung stehen, oder wie sich das heutzutage nennt. Zum Teufel mit diesen Serienmorden! Kein Motiv, wenigstens keines, das ein psychisch normaler Mensch begreifen kann. Außerdem könnte er von wer weiß woher sein – von Norwich, Ipswich, vielleicht sogar von London. Man darf nicht unbedingt davon ausgehen, daß er sein Unwesen in seiner näheren Umgebung treibt. Es sieht allerdings ganz danach aus. Offensichtlich kennt er die Gegend gut. Und er scheint sich stets an die gleiche Vorgehensweise zu halten. Er

sucht sich eine Straßenkreuzung aus, parkt seinen Wagen dicht bei der Straße, geht auf die andere Seite und lauert. Dann zerrt er das Opfer in ein Gebüsch oder unter einen Baum, bringt es um, rennt zum Wagen auf der anderen Seite und verschwindet. Bei den letzten drei Morden scheint ihm der pure Zufall ein geeignetes Opfer in die Arme getrieben zu haben.«

Dalgliesh hatte das Gefühl, er müsse jetzt auch etwas zu den Mutmaßungen beitragen. »Wenn er sich nicht auf ein bestimmtes Opfer festlegt und ihm auflauert, was er in den letzten drei Fällen anscheinend getan hat, muß er eine lange Wartezeit in Kauf nehmen. Das könnte bedeuten, daß er nach Anbruch der Dunkelheit beruflich unterwegs ist, ein Nachtschichtarbeiter vielleicht, ein Maulwurffänger, ein Förster, ein Wildhüter oder etwas Ähnliches. Er nützt jede Gelegenheit, die sich ihm zu einem raschen Mord bietet.«

»So sehe ich es auch«, erwiderte Rickards. »Bislang sind's vier Morde. Bei dreien scheint der Zufall eine Rolle gespielt zu haben. Aber vielleicht betreibt er das schon seit drei Jahren oder noch länger. Vielleicht verschafft ihm das erst den Kick. ›Heute nacht könnte es klappen, heute nacht habe ich vielleicht Glück.‹ Und Glück hat er, verdammt noch mal! Zwei Opfer in sechs Wochen.«

»Und was ist mit seinem besonderen Kennzeichen, dem Pfeifen?«

»Drei Leute haben es gehört, als sie gleich nach dem Mord in Easthaven am Tatort eintrafen. Ein Zeuge hatte nur ein Pfeifen vernommen. Der zweite sagte, es hätte ein Kirchenlied sein können. Und die Frau, die gleichfalls aussagte – sie geht öfters zur Kirche –, meinte, es sei der Choral ›Der Tag ist nun vergangen‹ gewesen. Wir haben das für uns behalten. Möglicherweise nützt es uns, wenn die üblichen Spinner anrufen und behaupten, sie seien der Whistler. Es scheint jedenfalls festzustehen, daß unser Mann nach einem Mord irgendeine Melodie pfeift.«

»›Der Tag ist nun vergangen‹«, zitierte Dalgliesh. »›Die Nacht, die kommet bald. / Schon schwärzen dunkle Schatten / Himmel, Meer und Wald.‹ Es ist ein Lied, das man in der Sonntagsschule in der Kirche singt. Kein Schlager, den man sich in einer Radiowunschsendung bestellen kann.«

Er kannte das Lied von seiner Kindheit her. Diese schwermütige, wenig bekannte Weise hatte er als Zehnjähriger auf dem Klavier im Wohnzimmer zu spielen versucht. Sonderbar, daß sie heute noch jemand kannte. Miss Barnett hatte sie gern angestimmt, an den langen düsteren Nachmittagen im Winter, gegen Ende der Sonntagsschule, wenn es draußen schon dunkel wurde und der kleine Adam Dalgliesh Angst bekam, weil ihm die letzten zwanzig Meter seines Heimwegs, da, wo die Biegung zum Pfarrhaus begann und das Gebüsch ganz dicht war, unheimlich waren. Die Nacht war anders als der helle Tag. Sie roch anders, sie klang anders. Ganz gewöhnliche Dinge sahen plötzlich bedrohlich aus. Eine gespenstische, tückische Macht schien die Nacht zu beherrschen. Vor dieser Strecke von knapp zwanzig Metern, wo der Kies so laut knirschte, wo man die Lichter vom Haus nicht mehr sah, schauderte ihn jede Woche. Wenn er die Gartenpforte erreicht hatte und den Fuß endlich auf den Plattenweg setzte, ging er schnell, aber nicht allzu schnell, weil das Wesen, das über die Nacht herrschte, seine Angst hätte wahrnehmen können wie ein Hund. Dabei war ihm bewußt, seine Mutter hätte nie geduldet, daß er diesen Weg allein zurücklegte, wenn sie von seinem atavistischen Schauder erfahren hätte. Aber sie hatte keine Ahnung, und er wäre lieber gestorben, bevor er es ihr eingestanden hätte. Und sein Vater? Sein Vater hätte erwartet, daß er sich tapfer verhielt, hätte ihm gesagt, daß Gott sowohl der Herr über die Finsternis als auch über das

Licht sei. Er hätte ein Dutzend einschlägiger Zitate vorbringen können, wie »Die Finsternis und das Licht sind gleich vor dir, mein Gott«. Doch für einen empfindsamen Zehnjährigen waren sie nicht gleich. Auf seinem einsamen Heimweg ging ihm damals etwas von der Welt der Erwachsenen auf, daß nämlich die, die einen am meisten lieben, einem auch die größten Qualen zufügen.

»Sie fahnden also nach einem Mann, der ortskundig ist«, sagte er zu Rickards. »Nach einem Einzelgänger, der nachts seiner Arbeit nachgeht, einen Pkw oder Lieferwagen fährt und alte Kirchenlieder kennt. Das sollte die Sache doch erleichtern.«

»Meinen Sie?«

Rickards schwieg eine Weile und sagte dann: »Ich denke, ich könnte jetzt einen Whisky vertragen, Mr. Dalgliesh, wenn's Ihnen keine Umstände bereitet.«

Es war nach Mitternacht, als er endlich aufbrach. Dalgliesh begleitete ihn zum Wagen. »Irgendwo da draußen ist er«, sagte Rickards und blickte über die Landzunge hinweg. »Da draußen lauert er. Ich kann mir nicht helfen, ich muß den ganzen Tag an ihn denken, versuche mir vorzustellen, wie er aussehen könnte, wo er sich aufhält, was in seinem Kopf vorgeht. Susies Mutter hat schon recht. In letzter Zeit kümmere ich mich zuwenig um meine Frau. Wenn wir ihn schnappen, ist die Sache zu Ende. Vorbei. Aber man macht weiter. Er nicht, aber man selbst tut es. Und schließlich weiß man alles oder bildet es sich zumindest ein. Wo und wann und wen und wie. Wenn man Glück hat, weiß man sogar, warum. Doch im Grunde weiß man nichts. Da gibt es soviel Abscheuliches, das man nicht erklären, nicht begreifen, nicht ausmerzen kann. Man kann dem nur ein Ende machen. Es ist ein Einsatz ohne weitere Verantwortung. Keine Verantwortung dafür, was er getan hat, was hinterher mit ihm geschieht. Das steht allein dem Gericht

zu. Man ist darin verwickelt und steht dennoch draußen. Gefällt Ihnen das an unserem Job, Mr. Dalgliesh?«
Diese Frage hätte Dalgliesh nicht erwartet, nicht einmal von einem Freund. Rickards war nicht sein Freund. »Wer von uns kann diese Frage schon beantworten?« erwiderte er.
»Wissen Sie noch, warum ich die Metropolitan Police verlassen habe, Mr. Dalgliesh?«
»Sie meinen die beiden Korruptionsfälle? Ja, ich weiß, weswegen Sie die Metropolitan Police verlassen haben.«
»Sie sind dabeigeblieben. Aber Ihnen hat das genausowenig gefallen wie mir. Doch Sie wären dem nicht auf den Grund gegangen. Aber Sie blieben. Sie waren darüber erhaben, nicht wahr? Es interessierte Sie nur.«
»Es ist doch interessant, wenn Männer, die man zu kennen glaubt, sich als etwas anderes entpuppen.«
Rickards hatte dann London verlassen. Auf der Suche wonach, überlegte Dalgliesh. Trieb ihn ein romantischer Traum vom friedlichen Landleben, von einem England, das längst entschwunden war, von behutsameren Methoden bei der Polizeiarbeit, von schrankenloser Ehrlichkeit? Und ob er sich wohl für ihn erfüllt hatte?

Zweites Buch

Donnerstag, 22. September,
bis Freitag, 23. September

11

Obwohl es erst 10 nach 7 war, durchzogen schon bläuliche Rauchschwaden den Schankraum des Duke of Clarence. Das Stimmengewirr wurde immer lauter. Die Zecher standen dichtgedrängt vorm Tresen. Christine Baldwin, das fünfte Opfer des Whistlers, hatte noch zwanzig Minuten zu leben. Sie saß auf der Bank an der Wand, nippte von ihrem zweiten trockenen Sherry an diesem Abend, der, wie sie sich fest vorgenommen hatte, ihr letzter sein sollte, weil sonst Colin gleich eine neue Runde bestellen würde. Als Norman sie anblickte, hob sie die linke Hand und deutete auf ihre Uhr. Bereits um zehn Minuten hatten sie die festgesetzte Zeit überschritten, was ihm gleichfalls bewußt sein mußte. Sie hatten nämlich vereinbart, daß sie vor dem Abendessen mit Colin und Yvonne noch kurz auf einen Drink einkehren würden; Zeitdauer und Alkoholkonsum waren somit beschränkt. Das Arrangement war typisch für ihre neunmonatige Ehe, die weniger durch gleichartige Interessen als durch eine Kette verbissen ausgehandelter Zugeständnisse aufrechterhalten wurde. Heute abend hatte sie nachgeben müssen. Aber wenn sie eingewilligt hatte, im Duke of Clarence eine Stunde mit Colin und Yvonne zu verbringen, bedeutete das noch lange nicht, daß sie deren Gesellschaft schätzte.
Sie hatte Colin von ihrer ersten Begegnung an nicht gemocht. Was in ihrer Beziehung im Grunde noch immer nachwirkte, war die übliche Abneigung zwischen einer Frischverlobten und dem einstigen Schulfreund und liederlichen Saufkumpan ihres jetzigen Mannes. Er war Brautführer bei ihrer Hochzeit gewesen – Christine hatte erst nach hitzigen Verhandlungen kapituliert – und war seiner Aufgabe mit

einer Mischung aus Ungeschlachtheit, Rüpelhaftigkeit und Dreistigkeit nachgekommen, die ihr, was sie Norman zuweilen gern unter die Nase rieb, die Erinnerung an diesen Tag vergällte. Es war typisch für Colin, daß ihn gerade dieses Pub anzog. Ordinärer konnte es nicht zugehen. Immerhin war Christine eines klar: Es war kein Lokal, wo sie jemand vom AKW antreffen würde, zumindest niemand, auf dessen Bekanntschaft sie Wert legte. Im Duke of Clarence mißfiel ihr einfach alles – der rauhe, kratzige Bezugsstoff, der an ihren Beinen scheuerte, die mit Kunststoffsamt bespannten Wände, die Körbe mit Efeu und Plastikblumen über der Bar, der grellbunte Teppich. Vor zwanzig Jahren war es eine heimelige viktorianische Gaststätte gewesen, die zumeist nur von Stammgästen besucht wurde, mit einem flackernden Kaminfeuer im Winter und Pferdegedenkplaketten aus Messing, die blankgeputzt an dem schwarzen Gebälk hingen. Der kauzige Wirt hatte es als seine Aufgabe angesehen, fremde Gäste zu vergraulen, und zu diesem Zweck ein eindrucksvolles Arsenal von Behandlungsmethoden angewandt, wie etwa Maulfaulheit, bösartiges Anstarren, den Ausschank von warmem Bier oder eine saumselige Bedienung. Leider war die alte Gaststätte in den sechziger Jahren abgebrannt und durch ein einträglicheres, dem Zeitgeschmack angepaßtes Lokal ersetzt worden. Vom einstigen Gebäude war nichts erhalten geblieben. Der längliche Raum mit der Bar, großspurig Banketthalle genannt, wurde von anspruchslosen Leuten für Hochzeiten oder sonstige Ereignisse genutzt. An den übrigen Abenden konnte man sich hier an Garnelen oder heißer Suppe laben, an Steaks, Backhühnern oder Obstsalat mit Sahneeis. Daß sie hier auch noch zu Abend aßen, hatte Christine immerhin verhindern können. Wenn Norman sich einbildete, sie würde sich noch auf den überteuerten Fraß einlassen, während zu Hause ein ausgezeichnetes kaltes Abendessen im Kühlschrank bereitstand und ein anständiges Fernsehprogramm ihrer harrte, hatte er sich eben getäuscht. Sie konnten ihr Geld besser ausgeben, als hier herumzusitzen, mit Colin und seinem neuesten Flittchen, das, wenn man dem Klatsch glauben konnte, schon für halb Norwich die Beine gespreizt hatte. Da waren die Raten für die Wohnungseinrichtung zu zahlen, für den Wagen, von der Hypothek ganz zu schweigen. Sie versuchte abermals, Normans Aufmerksamkeit auf sich zu lenken. Der aber beschäftigte sich eingehend mit Yvonne, dieser Schlampe. Und sie machte es ihm wirklich auch nicht allzu schwer.

Colin neigte sich Christine zu und schaute sie mit seinen braunen Augen halb spöttisch, halb schmachtend an. Colin Lomas war schon immer der Meinung gewesen, er bräuchte nur zu winken, und schon sei jede Frau ihm hörig.

»Reg dich ab, Darling!« sagte er. »Dein Alter amüsiert sich doch nur. Du bist dran mit 'ner neuen Runde, Norman!«

»Es ist Zeit, daß wir gehen«, rief Christine Norman zu, ohne Colin zu beachten. »Wir haben ausgemacht, daß wir um 7 fahren.«

»Komm schon, Chrissie!« mischte sich Colin ein. »Laß dem Jungen doch seinen Spaß. Noch 'ne Runde!«

»Was willst du, Yvonne?« fragte Norman. Er schaute seine Frau nicht einmal an. »Wieder dasselbe? Einen Sherry?«

»Jetzt ist was Stärkeres angesagt«, meinte Colin. »Ich nehme einen Johnny Walker.«

Das machte er mit Absicht. Sie wußte, daß er Whisky sonst nicht anrührte. »Ich habe genug von dieser Kneipe«, sagte sie. »Außerdem habe ich Kopfweh von all dem Krach.«

»Kopfweh? Erst neun Monate verheiratet, und schon hat sie die Kopfweh-Masche drauf. Dann lohnt es sich nicht, jetzt schon nach Hause zu fahren, Norman.«

Yvonne kicherte anzüglich.

»Du warst schon immer vulgär, Colin Lomas«, sagte Chri-

stine und spürte, wie sie rot wurde. »Aber jetzt bist du nicht mal mehr witzig. Macht ihr drei, was ihr wollt. Ich fahre heim. Gib mir die Wagenschlüssel!«
Colin lehnte sich zurück und grinste. »Du hast doch gehört, was die Dame möchte. Sie will die Wagenschlüssel.«
Wortlos, das Gesicht verzogen, als würde er sich genieren, holte Norman die Schlüssel aus seiner Hosentasche und schubste sie über den Tisch. Sie ergriff sie, rückte den Tisch beiseite, schlängelte sich an Yvonne vorbei und hastete zur Tür. Vor Wut war sie den Tränen nahe. Sie brauchte gut eine Minute, um den Wagen aufzuschließen. Dann setzte sie sich, am ganzen Körper zitternd, hinters Steuerrad und wartete, bis sie sich soweit beruhigt hatte, daß sie den Motor starten konnte. Sie hörte noch die Stimme ihrer Mutter, als sie ihr von ihrer Verlobung erzählte: »Na ja, du bist schließlich zweiunddreißig. Du mußt selbst wissen, ob er der richtige Mann für dich ist. Aber du wirst aus ihm nichts machen. Er hat kein Rückgrat, wenn du mich fragst.« Trotzdem hatte sie sich vorgenommen, etwas aus ihm zu machen. Die Hälfte des kleinen Doppelhauses außerhalb von Norwich herzurichten bedeutete neun Monate harter Arbeit. Im nächsten Jahr sollte Norman bei seiner Versicherungsfirma befördert werden. Dann konnte sie ihre Stellung als Sekretärin in der medizinisch-physikalischen Abteilung im AKW von Larksoken aufgeben und sich ganz dem ersten der zwei Kinder widmen, die sie eingeplant hatte. Vierunddreißig würde sie dann sein. Daß man mit dem Kinderkriegen nicht allzu lange warten sollte, wußte inzwischen wohl jeder.
Gleich nach der Heirat hatte sie den Führerschein gemacht. Aber es war jetzt das erste Mal, daß sie nachts allein fuhr. Sie fuhr langsam, vorsichtig, die Augen geradeaus gerichtet; sie war froh, daß sie die Strecke heimwärts kannte. Sie überlegte, was Norman wohl tun würde, wenn er feststellte, daß der Wagen verschwunden war. Sicherlich rechnete er damit,

daß sie im Wagen sitzen blieb, noch immer wütend, aber auch bereit, sich heimfahren zu lassen. Nun war er gänzlich von Colin abhängig, der allerdings von solchen Gefälligkeiten nicht viel hielt. Und wenn sie annahmen, daß sie Colin und Yvonne nach ihrer Ankunft noch auf einen Drink einladen würde, würden sie ihr blaues Wunder erleben. Der Gedanke, daß Norman fassungslos sein würde, weil sie weggefahren war, heiterte sie auf. Sie trat stärker aufs Gaspedal, um die drei möglichst weit hinter sich zu lassen. Sie sehnte sich nach der Geborgenheit ihres Heims. Doch plötzlich begann der Wagen zu ruckeln, und gleich darauf setzte der Motor aus. Zudem mußte sie mit einem ziemlichen Rechtsdrall dahingefahren sein, denn der Wagen stand fast quer auf der anderen Straßenseite. Für eine Motorpanne war es keine günstige Stelle; dieser Teil der Strecke wurde wenig befahren. Schüttere Bäume säumten auf beiden Seiten die Straße. Weit und breit war kein Auto zu sehen. Und dann fiel es ihr ein. Norman hatte gesagt, daß sie, wenn sie das Duke of Clarence verließen, noch unbedingt zu der Tankstelle fahren müßten, die die ganze Nacht offen war. Es war dumm von ihnen gewesen, es überhaupt soweit kommen zu lassen. Aber erst drei Tage zuvor hatten sie sich darüber gestritten, wer denn nun an der Reihe sei, zur Tankstelle zu fahren, und wer für den Sprit aufkommen müsse. Ihr Zorn und ihre ohnmächtige Wut loderten wieder auf. Sie saß da, hämmerte mit den Fäusten aufs Steuerrad und versuchte störrisch den Motor zu starten, aber vergeblich. Ihr Zorn wich allmählich dem ersten Anflug von Angst. Die Straße war leer. Aber selbst wenn ein Auto auf sie zukäme und anhielte, wußte sie doch nicht, ob nicht der Fahrer ein Kidnapper war, ein Frauenschänder oder gar der Whistler. War nicht erst in diesem Jahr jemand auf der A 3 auf gräßliche Weise ermordet worden? Heutzutage konnte man doch niemand mehr trauen. Andererseits konnte sie den Wagen nicht so, schräg

auf der anderen Straßenseite, stehen lassen. Sie versuchte sich zu erinnern, wann sie an einem Haus vorübergekommen war, an einer Notrufsäule, einer öffentlichen Telephonzelle. Aber allem Anschein nach war sie in den letzten zehn Minuten auf einer Strecke gefahren, wo es all das nicht gab. Selbst wenn sie die zweifelhafte Geborgenheit des Wagens verließ, wußte sie nicht, in welcher Richtung sie Hilfe finden könnte. Panik überkam sie wie ein jäh einsetzender Brechreiz. Dennoch mußte sie dem Drang, aus dem Wagen zu flüchten, um sich zwischen den Bäumen zu verstecken, unbedingt widerstehen. Was würde ihr das schon helfen? Vielleicht lauerte er gerade dort.
Doch dann hörte sie unverhofft Schritte. Als sie sich umblickte, sah sie eine Frau auf sich zukommen. Sie trug Hosen, einen Trenchcoat und auf dem dichten, blonden Haar ein engsitzendes Barett. Neben ihr trottete an der Leine ein kleiner, glatthaariger Hund. Plötzlich war Christines Angst wie weggeblasen. Da kam jemand, der ihr helfen konnte, den Wagen auf die richtige Fahrbahn zu schieben, der wußte, in welcher Richtung das nächste Haus lag, der sie auf dem Weg dorthin vielleicht begleiten würde. Sie nahm sich nicht einmal die Zeit, die Wagentür ins Schloß fallen zu lassen, sondern lief lächelnd, mit einem freudigen Aufschrei, ihrem Tod entgegen.

12

Das Dinner – auch der Wein zum Hauptgang, ein 78er Château Potensac – war exzellent gewesen. Obwohl Dalgliesh von Alice Mairs Renommee als Kochbuchautorin wußte, hatte er noch keines ihrer Bücher gelesen, weswegen er auch keine Ahnung hatte, welcher kulinarischen Richtung sie angehörte. Allerdings hatte er nicht befürchtet, man würde ihm eine der derzeit modischen, künstlerisch komponierten Kreationen servieren, mit etwas Soße drum herum und ein paar halbgar gedünsteten Karotten und Zuckererbsen, elegant garniert auf einem Beilagenteller. Die Wildenten, die Alex Mair zerlegt hatte, waren von akzeptabler Größe gewesen. Die pikante Soße, eine ihm neue Variante, hatte den Geschmack des Wildgeflügels eher verstärkt denn übertönt. Und die pürierten weißen Rübchen und Pastinaken hatten angenehm mit den grünen Zuckererbsen harmoniert. Hinterher hatte es ein Orangensorbet gegeben, dem Käse und Obst folgten. Es war ein konventionelles Dinner gewesen, das, wie er meinte, den Gästen zusagen und nicht die schöpferische Phantasie der Köchin demonstrieren sollte.

Obgleich der erwartete vierte Gast, Miles Lessingham, unerklärlicherweise nicht erschienen war, hatte Alice Mair die Tischordnung belassen. Der freie Stuhl und das leere Weinglas weckten in ihm die Vorstellung, es sollte noch Banquos Geist erscheinen. Dalgliesh Gegenüber war Hilary Robarts. Das Porträt mußte auf ihn einen derartigen Eindruck gemacht haben, daß es sein Verhalten selbst dann noch prägte, als er die Dargestellte leibhaftig vor sich hatte. Es war ihre erste Begegnung, obwohl er sie vom Hörensagen kannte wie all die anderen Leute, die, wie die Einwohner von Lydsett es ausdrückten, »jenseits des Gatters« lebten. Ein wenig merkwürdig war es schon, daß sie sich erst jetzt kennenlernten. Er hatte ihren roten Golf auf der Landzunge häufig gesehen, auch ihr Cottage hatte er öfters von der Mühlendachkammer aus betrachtet. Als er sie nun zum erstenmal ganz nahe vor sich hatte, konnte er kaum den Blick von ihr abwenden. Sie und ihr Abbild verschmolzen zu einem Wesen, von dem ein sonderbarer Reiz ausging, der ihn verwirrte. Sie hatte ein apartes Gesicht, das Gesicht eines Photomodells mit hohen Wangenknochen, einer langen, leicht konkaven Nase, einem großzügig geschnittenen, vollippigen Mund und dunkle, jähzornige, tiefliegende Augen, die dichte Brauen säumten. Das kräuselige, duftige Haar, von zwei Kämmen zurückgehalten, fiel ihr auf die Schultern. Er konnte sich gut vorstellen, wie sie – die feucht schimmernden Lippen etwas geöffnet, eine Hüfte kokett vorgeschoben, mit dem anscheinend obligatorischen arroganten Augenausdruck – vor einer Kamera posierte. Als sie sich vorlehnte, um eine Weinbeere von der Traube zu zupfen und mit einer schnellen Bewegung in den Mund zu stecken, bemerkte er, daß ein paar fahle Sommersprossen ihre gebräunte Stirn zierten und über ihrer üppigen Oberlippe ein zarter Flaum aufschimmerte.

Der Gastgeberin gegenüber saß Meg Dennison, die mit ihren pinklackierten Fingernägeln anmutig, aber ohne Geziertheit die dickschaligen Weintrauben enthäutete. Hilary Robarts hochmütiges Äußeres kontrastierte mit dem so völlig anderen Aussehen Meg Dennisons. Sie war auf eine altmodische, zwar gleichfalls gepflegte, aber nicht dermaßen selbstbewußte Weise hübsch und erinnerte ihn an Frauenphotographien aus den späten Dreißigern. Den Kontrast zwischen beiden hob auch die Kleidung hervor. Hilary Robarts trug ein tailliertes Hemdblusenkleid aus bunter indischer Baumwolle. Die obersten drei Knöpfe waren geöffnet. Meg Dennison hatte einen langen schwarzen Rock an und eine blaue, gemusterte Seidenbluse mit einer Schleife am Kragen. Doch am elegantesten war die Gastgeberin. Ihr langes Zeltkleid aus feiner dunkelbrauner Wolle, zu dem sie eine schwere Halskette aus Silber und Bernstein trug, kaschierte ihre Magerkeit, schmeichelte aber ihrem regelmäßig geschnittenen, ausdrucksstarken Gesicht. Verglichen mit ihr wirkte Meg Dennisons Hübschheit fast reizlos, während Hilary Robarts farbenfrohe Baumwollkreation geradezu wie ein Fähnchen aussah.

Der Raum, in dem das Abendessen stattfand, war sicher ein

Teil des ursprünglichen Cottage gewesen, dachte Dalgliesh. An diesen rauchgeschwärzten Balken hatte einst Agnes Poley ihr Rauchfleisch und die Bündel aus getrockneten Heilkräutern gehängt. Und in einem bauchigen Topf über der großen Herdstelle hatte sie die Mahlzeiten für ihre Familie gekocht. Vielleicht hatte sie sogar am knisternden Holzfeuer den prasselnden Scheiterhaufen vorausgeahnt, auf dem sie ihr schreckliches Martyrium erleiden sollte. Und jenseits des länglichen Fensters hatte sie die behelmten Schergen daherkommen sehen. Jetzt lebte die Vergangenheit nur noch im Namen dieses Hauses weiter. Der ovale Tisch, die Stühle, das Wedgwood-Geschirr, die formschönen Gläser, all das stammte aus neuerer Zeit. Im Wohnzimmer, wo sie vor dem Dinner einen Sherry getrunken hatten, schien alles, was auf die Vergangenheit hätte verweisen können, ausgespart worden zu sein. Es enthielt nichts, was einen Einblick in die Privatsphäre der Besitzerin hätte gewähren können – keine Photographien oder Porträts, die Familienmitglieder zeigten, keine aus nostalgischen, sentimentalen oder pietätvollen Regungen heraus aufbewahrten, ramponierten Erbstücke, auch keine im Verlauf der Jahre gesammelten Antiquitäten. Selbst die wenigen Bilder – drei stammten unverkennbar von John Piper – waren modern. Die Möbel waren teuer, bequem, formvollendet, in ihrer Schlichtheit überaus elegant, wirkten aber dennoch nicht deplaciert. Doch der Mittelpunkt des Hauses war das nicht: Das war die geräumige, nach Herdfeuer riechende, heimelige Küche.
Er hatte dem Tischgespräch nur mit halbem Ohr zugehört. Jetzt zwang er sich dazu, ein aufmerksamerer Gast zu sein. Man unterhielt sich über alle möglichen Themen. Vom Kerzenlicht beleuchtete Gesichter neigten sich einander zu. Die Hände, die Obst schälten oder am Weinglas spielten, waren so unterschiedlich wie die Gesichter. Alice Mair hatte kräftige, aber wohlgestaltete Hände mit kurzgeschnittenen Nä-

geln, Hilary Robarts schmale, mit breiten Fingerkuppen. Meg Dennisons zierlichen Händen mit den pinklackierten Nägeln merkte man ein wenig die Hausarbeit an.

»Na gut, sprechen wir mal über ein Dilemma unserer Zeit«, sagte Alex Mair gerade. »Es ist bekannt, daß man versucht, mit Gewebe von abgetriebenen Föten die Parkinsonsche und Alzheimersche Krankheit zu heilen. Sicher finden Sie es ethisch akzeptabel, wenn es sich um eine natürliche oder legalisierte Fehlgeburt handelt, nicht aber, sollte sie einzig zum Zweck der Gewinnung von solchem Gewebe vorgenommen worden sein. Man könnte jedoch auch den Standpunkt vertreten, daß eine Frau, was ihren Körper betrifft, ein Entscheidungsrecht hat. Falls sie einen Menschen liebt, der an der Alzheimerschen Krankheit leidet, und ihm durch die Abtreibung eines Fetus helfen möchte – mit welchem Recht darf man ihr das untersagen? Ein Fetus ist noch kein Kind.«

»Ihren Worten kann man entnehmen, daß die kranke Person ein Mann ist«, sagte Hilary Robarts. »Ich kann mir schon denken, daß er es einfach als sein Recht ansieht, den Körper einer Frau auf diese Weise zu benutzen. Aber darf er das wirklich fordern? Ich kann mir nämlich nicht vorstellen, daß eine Frau, die schon mal abgetrieben hat, dies nur um des Wohlbefindens eines Mannes willen abermals durchmachen möchte.«

Ihre Worte klangen verbittert. Stille trat ein. »Die Alzheimersche Krankheit ist mehr als eine Störung des Wohlbefindens«, erwiderte Mair. »Ich befürworte das ja auch nicht. Nach der jetzigen Gesetzeslage wäre es ohnehin illegal.«

»Würde Sie das stören?«

Er blickte in ihre zornigen Augen. »Selbstverständlich würde mich das stören. Gott sei Dank ist das eine Entscheidung, die mir nie abverlangt werden wird. Aber wir sprechen nicht von Legalität, sondern von Moral.«

»Gibt es da einen Unterschied?« warf seine Schwester ein. »Das ist ja eben die Frage, nicht? Gibt's einen, Adam?« Das war das erste Mal, daß er Dalgliesh mit dem Vornamen anredete.

»Sie gehen also davon aus, daß es eine absolute Moral gibt, unabhängig von den Zeitläufen oder den gesellschaftlichen Verhältnissen«, erwiderte Dalgliesh.

»Würden Sie das nicht annehmen?«

»Ich denke schon, aber ich bin kein Moralphilosoph.«

Mrs. Dennison blickte vom Teller auf. Eine zarte Röte überzog ihr Gesicht, als sie sagte: »Ich halte nichts von dem Argument, daß eine Sünde dann gerechtfertigt ist, wenn sie begangen wurde, damit jemand, den wir lieben, davon profitiert. Man kann zwar eine solche Haltung vertreten, aber im allgemeinen ist man selbst der Nutznießer. Auch mich ängstigt die Vorstellung, daß ich für einen Alzheimer-Kranken sorgen müßte. Aber wollen wir denn, wenn wir die Euthanasie befürworten, tatsächlich Leiden beenden? Oder wollen wir uns dadurch nur den qualvollen Anblick eines dahinsiechenden Menschen ersparen? Mich stößt die Vorstellung ab, daß eine Schwangerschaft bewußt herbeigeführt und abgebrochen wird, damit man fetales Gewebe gewinnt.«

»Dagegen könnte ich einwenden«, sagte Alex Mair, »daß es noch nicht ein Kind ist, das da getötet wird, und daß Abscheu vor einer Handlung nicht allein schon der Beweis ihrer Immoralität ist.«

»Wieso nicht?« entgegnete Dalgliesh. »Sagt Mrs. Dennisons natürliche Abscheu nichts über die einer Handlung zugrundeliegende Moral aus?«

Mrs. Dennison lächelte ihn dankbar an und sagte: »Beschwört nicht die Verwendung von fetalem Gewebe Gefahren herauf? Es könnte dazu führen, daß die Armen auf unserer Welt Kinder zeugen, damit mit den abgetriebenen Föten den Reichen geholfen wird. Es gibt doch schon einen

Schwarzmarkt für menschliche Organe. Meinen Sie nicht, daß ein Multimillionär, der ein Herz-Lungen-Transplantat braucht, es auch bekommt?«

Alex Mair verzog das Gesicht zu einem amüsierten Lächeln. »Ich hoffe, Sie deuten damit nicht an, daß wir absichtlich Informationen unterdrücken oder den wissenschaftlichen Fortschritt aufhalten sollten, nur weil bestimmte Entdekkungen mißbraucht werden könnten. Wenn es einen Mißbrauch gibt, sollte man gesetzlich dagegen einschreiten.«

»Sie machen es sich leicht«, wandte Meg Dennison ein. »Wenn wir allein mit gesetzlichen Maßnahmen irgendwelchen gesellschaftlichen Mißständen ein Ende setzen könnten, würde Mr. Dalgliesh beispielsweise ohne Arbeit dastehen.«

»Leicht ist es nicht, aber man versucht es. Das zeichnet eben uns Menschen aus, daß wir mit Hilfe unserer Intelligenz eine Wahl treffen.«

Alice Mair erhob sich. »Ich denke, wir könnten jetzt auch eine Wahl, wenngleich auf einer anderen Ebene, treffen. Wer von Ihnen möchte einen Kaffee und was für einen? Draußen stehen ein Tisch und Stühle. Wir könnten das Hoflicht anmachen und im Freien sitzen.«

Sie durchquerten das Wohnzimmer. Alice Mair öffnete die Terrassentür zum Patio. Sogleich schlug ihnen das dumpfe Rauschen des Meeres entgegen und ergriff mit unwiderstehlicher Macht Besitz von dem Raum. Doch als sie dann draußen in der kühlen Luft standen, war das Getöse viel gedämpfter, nur noch ein fernes Brodeln. Auf der Straßenseite säumte den Patio eine hohe Feldsteinmauer, die nach Süden und Osten hin wesentlich flacher zulief und so einen Ausblick auf die Landzunge bis hin zum Meer gewährte.

Nachdem Alex Mair das Tablett mit dem Kaffee hinausgebracht hatte, schlenderten die Gäste, den Unterteller mit der Kaffeetasse in der Hand, unschlüssig zwischen den Terra-

kotta-Töpfen umher wie Fremde, die sich einander nicht vorstellen mochten, oder wie Schauspieler auf einer Bühne, die in sich selbst versunken waren, ihren Text memorierten und auf den Probenbeginn warteten.
Da keiner einen Mantel anhatte, zeigte es sich bald, daß die Abendluft doch nicht mehr so warm war. Als sie alle wie auf ein Kommando dem Cottage zustrebten, leuchteten die Scheinwerfer eines Autos auf, das gerade in rascher Fahrt die südliche Straßenkuppe nahm. Es näherte sich und verlangsamte die Geschwindigkeit.
»Das ist Lessinghams Porsche«, konstatierte Mair.
Stumm sahen alle zu, wie der Wagen von der Straße abbog und auf dem Wiesenboden scharf abgebremst wurde. Als hätten sie das vorher abgesprochen, scharten sich die Gäste in einem Halbkreis um Alex Mair wie ein Begrüßungskomitee, das sich aber von dem Neuankömmling eher Mißliches als Vergnügliches versprach. Dalgliesh spürte die wachsende Spannung. Alle schauten wie gebannt zum Wagen hin, dem eine hohe Gestalt entstieg. Sie sprang mühelos über die niedrige Steinmauer und ging entschlossen auf sie zu. Lessingham ignorierte Mair und trat auf dessen Schwester zu. Er küßte ihr die Hand – eine theatralische Geste, die, wie Dalgliesh meinte, Alice Mair verblüffte. Die übrigen verfolgten sie mit kritischer Aufmerksamkeit.
»Es tut mir furchtbar leid, Alice«, sagte Lessingham. »Fürs Dinner wird's wohl schon zu spät sein, aber nicht für einen Drink, hoffe ich. Und bei Gott, ein Drink würde mir guttun.«
»Wo sind Sie denn so lange gewesen? Wir haben vierzig Minuten mit dem Essen auf Sie gewartet«, fragte Hilary Robarts mit anklagender Stimme. Es klang fast wie eine keifende Ehefrau.
Lessinghams Blick ruhte immer noch auf Alice Mair. »In der letzten Viertelstunde habe ich nachgedacht, was ich auf diese

Frage antworten könnte«, erwiderte er. »Ich könnte erklären, ich habe der Polizei bei ihren Ermittlungen geholfen, ich sei in einen Mordfall verwickelt worden, oder daß es auf der Straße zu einem unangenehmen Zwischenfall gekommen ist. Alle drei Angaben treffen zu. Der Whistler hat wieder einmal gemordet, und ich habe die Leiche gefunden.«

»Was soll das heißen, Sie haben die Leiche *gefunden?* Wo denn?« fragte Hilary Robarts.

Abermals überging Lessingham sie. »Könnte ich einen Drink bekommen?« fragte er Alice Mair. »Dann kann ich Ihnen all die gräßlichen Einzelheiten erzählen. Das schulde ich Ihnen, nachdem ich die Tischordnung durcheinandergebracht und das Essen um vierzig Minuten verzögert habe.«

Als sie sich ins Wohnzimmer drängten, stellte Alex Mair ihn Dalgliesh vor. Lessingham musterte ihn kurz, als sie sich die Hand schüttelten. Lessinghams Hand fühlte sich feucht und eiskalt an.

»Wieso haben Sie nicht angerufen?« erkundigte sich Alex Mair beiläufig. »Wir hätten dann etwas für Sie aufgehoben.«

Obwohl die Frage belanglos war, ging Lessingham darauf ein: »Wissen Sie, ich hab's glatt vergessen. Es fiel mir erst ein, als die Polizei mich vernommen hatte. Danach erschien mir der Zeitpunkt inopportun. Obgleich die Beamten überaus höflich waren, hatte ich das Gefühl, daß meine privaten Verpflichtungen keinen hohen Stellenwert hätten. Die Polizei dankt es einem nicht, wenn man für sie eine Leiche aufstöbert. Am liebsten hätten sie gesagt: ›Vielen Dank, Sir. Gewiß, das war höchst unangenehm. Entschuldigen Sie, daß wir Sie belästigen mußten. Aber jetzt sind wir an der Reihe. Fahren Sie getrost heim, und versuchen Sie alles zu vergessen!‹ Ich habe so das dumpfe Gefühl, daß mir das nicht leichtfallen wird.«

Alex Mair warf ein paar Holzscheite in die Glut und ging hinaus, um die Drinks zu holen. Lessingham hatte Whisky abgelehnt und um ein Glas Wein gebeten. »Aber nehmen Sie nur nicht Ihren besten Rotspon, Alex! Ich hab's nur aus medizinischen Gründen nötig.« Nahezu unmerklich rückten alle mit ihren Stühlen näher heran. Lessingham ließ sich mit seinem Bericht Zeit und setzte dann und wann aus, um einen Schluck Wein zu trinken. Dalgliesh bemerkte, daß er sich seit seiner Ankunft irgendwie verwandelt hatte. Er war in die machtvolle und mystische Rolle eines Geschichtenerzählers geschlüpft. Als Dalgliesh in die Runde blickte, all die vom Kaminfeuer beleuchteten, gespannten Gesichter sah, fielen ihm die Tage in der Dorfschule ein, wie sich die Kinder freitags um 15 Uhr um Miss Douglas geschart hatten, um sich Geschichten erzählen zu lassen. An diese längst vergangenen Tage dachte er gern und voller Wehmut zurück. Es überraschte ihn aber, daß sich die Erinnerung ausgerechnet in diesem Augenblick einstellte, zumal es sich um einen Bericht handelte, der für die Ohren von Kindern denkbar ungeeignet war.

»Um 17 Uhr hatte ich einen Termin bei meinem Zahnarzt in Norwich«, berichtete Lessingham. »Danach besuchte ich noch kurz einen Freund am Domplatz. Ich fuhr also von Norwich und nicht von meinem Cottage hierher. Nachdem ich von der B 1150 bei Fairstead abgebogen war, wäre ich fast in einen unbeleuchteten Wagen gefahren, der schräg auf der Fahrbahn stand. Wie kann man hier nur parken, auch wenn man mal kurz im Gebüsch verschwinden muß, dachte ich mir noch. Aber dann kam mir der Gedanke, daß es sich ja auch um einen Unfall handeln könnte. Die rechte Wagentür stand offen. Das kam mir sonderbar vor. Ich hielt am Straßenrand, um nachzusehen. Es war niemand da. Ich weiß nicht, warum ich zu den Bäumen hinüberging. Es muß eine instinktive Regung gewesen sein. Es war schon viel zu dunkel, als daß ich noch etwas hätte sehen können. Ich überlegte, ob ich rufen sollte, aber da ich mir irgendwie blöd vorkam, wollte ich die Sache auf sich beruhen lassen und weiterfahren. Und in diesem Augenblick wäre ich beinahe über sie gestolpert.«

Er nippte an seinem Wein. »Da man kaum noch etwas sehen konnte, bückte ich mich und tastete mit den Händen. Ich berührte einen Körper. Es muß ihre Hüfte gewesen sein. Ich weiß es nicht mehr so genau. Aber es war, tot oder nicht, unverkennbar ein Mensch. Ich rannte zum Wagen und holte meine Stablampe. Ich ließ den Lichtstrahl über ihre Füße gleiten und dann hinauf zum Gesicht. Da war es mir klar. Ich wußte, daß es nur der Whistler gewesen sein konnte.«

»Wie schrecklich!« meinte Meg Dennison leise.

Er hörte aus ihrer Stimme heraus, daß das, was sie empfand, nicht Neugier war, sondern Mitgefühl. Sie schien zu verstehen, daß er sein Erlebnis loswerden wollte. Er blickte sie an, als sähe er sie zum erstenmal, und dachte nach. »Es war weniger schrecklich als schockierend«, fuhr er fort. »Wenn ich es mir recht überlege, waren meine Gefühle eine Mischung von Grauen, Fassungslosigkeit und ... tja ... Scham. Wie ein Voyeur kam ich mir vor. Die Toten sind ja uns gegenüber im Nachteil. Sie sah grotesk aus, fast lächerlich mit dem Haarbüschel in ihrem Mund, so, als würde sie darauf herumkauen. Es war selbstverständlich grauenhaft, aber auch irgendwie komisch. Beinahe hätte ich aufgelacht. Ich weiß, es ist eine normale Reaktion auf einen Schock, aber löblich war's trotzdem nicht. Außerdem war der Tatort so ... banal. Wenn mich jemand aufgefordert hätte, eines der Opfer des Whistlers zu beschreiben, hätte ich dabei ziemlich genau sie vor Augen gehabt. Man erwartet doch aber, daß sich die Realität irgendwie von unserer Einbildung unterscheidet.«

»Vielleicht liegt's daran, daß unsere Einbildung zumeist schlimmer ist«, mengte sich Alice Mair ein.

»Sie müssen aber doch entsetzt gewesen sein«, sagte Meg

Dennison. »Ich wäre es gewesen. Allein in der Dunkelheit nach so einem grauenvollen Erlebnis.«
Er wandte sich ihr zu, als wäre es wichtig für ihn, daß von all den Anwesenden sie ihn verstand.
»Nein, ich war nicht entsetzt, das war ja das Überraschende daran. Ich hatte Angst, aber nur für kurze Zeit. Ich habe nicht angenommen, daß er irgendwo in der Nähe herumlungern würde. Er hatte ja sein Vergnügen schon gehabt. An Männern ist er ohnehin nicht interessiert. Ich stellte fest, daß mir ganz normale Gedanken kamen. Du darfst nichts berühren. Du darfst keine Beweise zerstören. Du mußt die Polizei benachrichtigen. Als ich zum Wagen zurückkehrte, überlegte ich, was ich der Polizei sagen sollte. Es war fast so, als müßte ich mir eine Geschichte ausdenken. Ich versuchte zu erklären, warum ich zu den Bäumen gegangen war. Ich versuchte, meine Handlungen zu begründen.«
»Warum hätten Sie sich auch rechtfertigen sollen?« warf Alex Mair ein. »Sie haben sich eben so und nicht anders verhalten. Für mich ist es verständlich. Der schräg geparkte Wagen war eine Gefahr. Weiterfahren wäre verantwortungslos gewesen.«
»Ich hatte in diesem Augenblick und auch später das Gefühl, ich müßte so vieles erläutern. Die Fragen, die mir die Polizei danach stellte, begannen alle mit einem Warum. Man wird so schrecklich empfindlich, was die eigenen Beweggründe angeht. Es ist beinahe so, als müßte man sich selbst überzeugen, daß man es nicht getan hat.«
»Als Sie mit der Stableuchte zurückkehrten und die Leiche genauer betrachteten, waren Sie da sicher, daß die Frau tot war?« fragte Hilary Robarts ungehalten.
»Aber ja! Ich wußte, daß sie tot war.«
»Wie konnten Sie so sicher sein? Vielleicht wäre es noch nicht zu spät gewesen. Warum haben Sie's nicht mit Wiederbelebungsversuchen probiert, mit Mund-zu-Mund-Be-

atmung? Vielleicht hätte es genützt, wenn Sie Ihre natürliche Abscheu überwunden hätten.«

Dalgliesh hörte, wie Meg Dennison einen Laut ausstieß, der ein Seufzer hätte sein können. Lessingham starrte Hilary Robarts an und erwiderte abweisend: »Es hätte genützt, wenn auch nur die geringste Hoffnung bestanden hätte. Aber ich wußte, sie war tot. So war's nun mal. Aber nur keine Angst, sollte ich Sie mal in Lebensgefahr antreffen, werde ich mich bemühen, meine natürliche Abscheu zu überwinden.«

Hilary Robarts lehnte sich entspannt zurück und lächelte selbstzufrieden, als freue sie sich darüber, daß sie ihm eine billige Retourkutsche entlockt hatte.

»Es verwundert mich, daß man Sie nicht verdächtigt hat«, sagte sie gelassen. »Schließlich waren Sie ja die erste Person am Tatort. Außerdem ist es bereits das zweite Mal, daß Sie dem Tod so nahe gekommen sind. Es wird doch nicht zur Gewohnheit werden?«

Die letzten Worte hatte sie ganz leise gesprochen. Aber sie schaute ihn dabei eindringlich an. Er hielt ihrem Blick stand.

»Aber da gibt's doch einen kleinen Unterschied, nicht wahr?« erwiderte er mit der gleichen Gelassenheit. »Ich mußte mit ansehen, wie Toby starb, wissen Sie das nicht mehr? Und diesmal wird wohl niemand behaupten wollen, daß es kein Mord war.«

Im Kaminfeuer knackte es plötzlich. Das oberste Holzscheit rutschte hinab und fiel polternd auf die Kaminumrandung. Alex Mair, dessen Gesicht gerötet war, warf es in die Glut zurück.

Hilary Robarts wandte sich an Dalgliesh. »Ich habe doch recht, nicht wahr?« fragte sie gleichmütig. »Für die Polizei ist die Person, die eine Leiche findet, zunächst einmal verdächtig.«

»Nicht unbedingt«, antwortete Dalgliesh.

Lessingham hatte die Rotweinflasche in die Nähe des Kaminfeuers gestellt. Er beugte sich vor und füllte sein Glas. »Vielleicht hätte man mich verdächtigt«, sagte er, »wenn die Umstände nicht für mich gesprochen hätten. Ich habe ja nichts Ungesetzliches getan. Für die letzten beiden Morde habe ich ein Alibi. Die Beamten konnten deutlich sehen, daß ich keinerlei Blutspuren an mir hatte. Außerdem befand ich mich, wie jedermann erkennen konnte, in einem Schockzustand. Und ich hatte weder einen Strick – sie war ja erwürgt worden – noch ein Messer bei mir.«

»Ein Messer?« wiederholte Hilary Robarts mit erhobener Stimme. »Der Whistler erwürgt seine Opfer doch. Das ist mittlerweile allgemein bekannt.«

»Ach ja, das habe ich nicht erwähnt. Die Frau wurde erwürgt. Ich nehme es zumindest an. Ich habe ihr Gesicht nicht länger, als es mir nötig schien, mit der Stablampe beleuchtet. Aber der Whistler stopft seinen Opfern nicht nur ein Büschel von ihrem Haar in den Mund, er markiert sie auch noch. Übrigens ist es ihr Schamhaar. Die Markierung habe ich deutlich gesehen. In ihre Stirn war der Buchstabe L geritzt. Das war deutlich zu sehen. Der Detective Constable, der mich vernahm, sagte mir hinterher, daß das sozusagen das Erkennungszeichen des Whistlers ist. Er meinte, das L könnte vielleicht auf Larksoken hinweisen, und der Whistler drückte damit so seinen Protest gegen die Atomkraft aus.«

»Das ist doch Unsinn«, wehrte Dr. Mair ab. »Im Fernsehen und in den Zeitungen ist nicht berichtet worden, daß die Opfer auf der Stirn mit einem L gekennzeichnet seien.«

»Die Polizei hat das für sich behalten, es zumindest versucht. Aufgrund solcher Einzelheiten kann sie die Falschgeständnisse aussondern. Es gibt ja schon ein halbes Dutzend. Die Medien haben auch nichts von dem Haar berichtet. Trotzdem ist dieses eklige Detail allgemein bekannt. Ich bin ja nicht der einzige, der ein Opfer des Whistlers gefunden hat. Die Leute reden nun mal.«

»Soviel ich weiß«, mischte sich Hilary Robarts ein, »ist nicht berichtet worden, daß es sich um Schamhaar handelt.«
»Das nicht. Auch das hat die Polizei geheimgehalten. Solche Sachen druckt man nicht in einem gutbürgerlichen Blatt. Aber überraschen kann es niemand. Auch wenn der Whistler seine Opfer nicht vergewaltigt, müssen seine Taten irgendwie sexuell motiviert sein.«
Das war eine der Einzelheiten, die Rickards am Abend zuvor Dalgliesh mitgeteilt hatte. So etwas hätte Lessingham, zumal bei einer Dinnerparty, besser für sich behalten sollen, dachte Dalgliesh. Seine plötzliche Empfindsamkeit verdutzte ihn. Vielleicht hatte sie Meg Dennisons verstörtes Gesicht ausgelöst. In diesem Augenblick hörte er einen unterdrückten Schreckenslaut. Als er zur offenen Eßzimmertür hinüberblickte, sah er Theresa Blaney im Halbdunkel stehen. Er überlegte, wieviel sie von Lessinghams Bericht mitbekommen haben könnte. Schon ein paar Einzelheiten waren schlimm genug.
»Hat Chief Inspector Rickards Sie nicht gebeten, diese Informationen vertraulich zu behandeln?« fragte er, ohne zu merken, wie barsch seine Stimme klang.
Eine peinliche Stille trat ein. Sie haben glatt vergessen, daß ich auch ein Polizeibeamter bin, dachte er.
Lessingham drehte sich ihm zu. »Ich behandle sie ja vertraulich. Inspector Rickards möchte nicht, daß sie an die Öffentlichkeit dringen. Und das wird auch nicht geschehen. Keiner von uns wird sie weitergeben.«
Diese einzige Frage, die sie daran erinnerte, wer er war, was er repräsentierte, ließ die Stimmung umschlagen, und die von wohligem Schauer geprägte Faszination wich einem betretenen Schweigen. Als er bald danach aufstand, um sich zu verabschieden und der Gastgeberin zu danken, war die Erleichterung in der Runde geradezu spürbar. Ihm war klar, daß die Betretenheit nicht von der Angst diktiert war, er

könnte unliebsame Fragen stellen, Kritik üben, die Anwesenden auszuhorchen versuchen. Das war schließlich nicht sein Fall, und die Leute waren nicht verdächtig. Im übrigen mußten sie ja wissen, daß er kein geselliger Mensch war, sich keineswegs geschmeichelt fühlte, wenn er im Mittelpunkt des Interesses stand, während man ihn über Chief Inspector Rickards' mutmaßliche Vorgehensweise befragte, über die Chancen der Polizei bei der Fahndung nach dem Whistler, über seine Ansichten, was mordende Psychopathen anbetraf, über seine Erfahrungen bei Serienmorden. Allein seine Anwesenheit jedoch verstärkte ihre einsetzende Angst, ihr Entsetzen über dieses Verbrechen. Jeder stellte sich wohl das verzerrte Gesicht der Ermordeten vor, den halboffenen Mund, aus dem Haar hervorquoll, die starren Augen, die nichts mehr sahen. Daß er zugegen war, machte dieses Schreckensbild noch einprägsamer, ließ die Einzelheiten schärfer hervortreten. Horror und Tod gehörten zu seinem Metier, und wie ein Leichenbestatter umgab auch ihn die Aura seines Berufes. Er war schon an der Tür, als er sich – warum, wußte er nicht – umdrehte und auf Meg Dennison zuging. »Wenn ich mich nicht täusche, Mrs. Dennison«, sprach er sie an, »erwähnten Sie, daß Sie den Weg vom Alten Pfarrhof hierher zu Fuß gegangen seien. Ich könnte Sie heimbegleiten, wenn Sie auch aufbrechen wollen.«
Alex Mair wollte schon einwenden, daß er sie selbstverständlich nach Hause fahren würde, aber Meg Dennison erhob sich schwerfällig und erwiderte, fast ein wenig zu hastig: »Dafür wäre ich Ihnen dankbar. Ein Spaziergang täte mir gut, und Alex bräuchte seinen Wagen nicht aus der Garage zu fahren.«
»Außerdem ist es Zeit, daß Theresa heimkommt«, warf Alice Mair ein. »Wir hätten sie schon vor einer Stunde heimbringen sollen. Ich rufe gleich ihren Vater an. Wo ist sie überhaupt?«

»Vor einer Minute war sie noch nebenan und deckte den Tisch ab«, sagte Meg Dennison.
»Ich werde sie schon finden, und dann kann Alex sie heimfahren.«
Die Party löste sich auf. Hilary Robarts, die die ganze Zeit über entspannt dagesessen war und Lessingham nicht aus den Augen gelassen hatte, stand gleichfalls auf. »Auch ich muß heim«, verkündete sie. »Aber mich braucht niemand zu begleiten. Wie Miles vorhin sagte, der Whistler hat heute abend schon seinen Spaß gehabt.«
»Mir wäre es aber lieber, wenn Sie noch etwas warten würden«, wandte Alex Mair ein. »Ich begleite Sie, sobald ich Theresa heimgebracht habe.«
Sie zuckte mit den Schultern, ohne ihn anzublicken, und erwiderte: »Meinetwegen. Wenn Sie darauf bestehen, warte ich eben.«
Sie trat ans Fenster und schaute in die Dunkelheit hinaus. Nur Lessingham war noch sitzengeblieben und schenkte sich Wein ein. Dalgliesh bemerkte, daß Alex Mair wortlos eine weitere entkorkte Weinflasche auf die Kaminumrandung gestellt hatte. Ob Alice Mair ihm vorschlagen würde, die Nacht in Martyr's Cottage zu verbringen? Oder würde ihr Bruder ihn später heimfahren? Denn in diesem Zustand konnte er sich nicht mehr ans Steuer setzen.
Dalgliesh half eben Meg Dennison in ihre Jacke, als das Telephon läutete. Der schrille Ton hörte sich in der Stille unnatürlich laut an. Ihn überkam plötzlich ein Anflug von Angst. Seine Hände erstarrten auf Meg Dennisons Schulter. Sie hörten die Stimme von Alex Mair.
»Ja, das wissen wir bereits. Miles Lessingham ist hier und hat uns informiert. Ja, ich verstehe. Vielen Dank für Ihren Anruf.« Nach einer Weile sagte Mair noch: »Da scheint der Zufall eine Rolle gespielt zu haben, meinen Sie nicht auch? Wir haben an die fünfhundertdreißig Mitarbeiter. Diese

Nachricht wird jedermann in Larksoken zutiefst erschüttern, vor allem die weiblichen Beschäftigten. Ja, morgen bin ich in meinem Büro, falls ich Ihnen irgendwie helfen kann. Ist ihre Familie schon benachrichtigt worden? Ah ja. Gute Nacht, Chief Inspector.«

Er legte auf. »Das war Chief Inspector Rickards«, sagte er. »Man hat das Opfer identifiziert. Es ist Christine Baldwin. Sie arbeitet... arbeitete als Sekretärin im AKW. Haben Sie sie denn nicht erkannt, Miles?«

Lessingham schenkte sich abermals ein. »Die Polizei hat mir nicht mitgeteilt, wer die Frau ist«, antwortete er. »Selbst wenn sie's getan hätte, hätte mir ihr Name nichts gesagt. Nein, Alex, ich habe sie nicht erkannt. Ich muß zwar Christine Baldwin in Larksoken mal gesehen haben, in der Kantine höchstwahrscheinlich, aber was ich heute abend erblickt habe, war nicht mehr Christine Baldwin. Ich versichere Ihnen, ich habe ihr Gesicht nur so lange beleuchtet, bis ich sicher war, daß ich ihr nicht mehr helfen konnte.«

Ohne sich umzudrehen, sagte Hilary Robarts vom Fenster her: »Christine Baldwin, dreiunddreißig Jahre alt. Seit elf Monaten im AKW beschäftigt. Hat letztes Jahr geheiratet. Wurde in die medizinisch-physikalische Abteilung versetzt. Ich könnte Ihnen auch sagen, wie viele Anschläge sie pro Minute schreibt und wie schnell sie stenographiert, falls es Sie interessiert.«

Sie wandte sich um und musterte Alex Mair. »Es sieht ganz so aus«, sagte sie, »als würde der Whistler in mancherlei Hinsicht seine Kreise immer enger ziehen, nicht wahr?«

Nachdem sie sich endgültig verabschiedet hatten, verließen sie den nach Kaminfeuer, Essen und Wein riechenden Raum und traten in die frische Seeluft hinaus. Es dauerte eine Weile, bis Dalglieshs Augen sich auf das Halbdunkel eingestellten und der Bogen der Landzunge sichtbar wurde, mit all ihren Einzelheiten, die im Widerschein der hoch am

Himmel stehenden Sterne seltsam verzerrt wirkten. Im Norden sah er das AKW, ein Meer funkelnder weißer Lichter. Der kubische Bau selbst hob sich vom blauschwarzen Himmel kaum ab.

»Als ich von London hierher kam«, sagte Meg Dennison, »bedrückte mich die schiere Größe des AKWs, mit der es die ganze Umgebung zu dominieren scheint. Mittlerweile habe ich mich daran gewöhnt. Es stört mich zwar immer noch, aber ich finde es auch irgendwie beeindruckend. Alex versucht zwar, dem Bau jeglichen geheimnisvollen Nimbus zu nehmen, und sagt, er habe nur die Funktion, auf effiziente und umweltschonende Weise Strom für das nationale Versorgungsnetz zu produzieren. Der Hauptunterschied zwischen diesem und einem herkömmlichen Kraftwerk sei, daß es hier keinen riesigen Kohleberg gebe, mit dem die Umwelt verschmutzt würde. Aber für meine Generation bedeutet die Atomkraft noch immer jene legendäre pilzförmige Wolke. Und heutzutage steht sie auch für Tschernobyl. Wenn da drüben am Horizont eine mittelalterliche Burg stünde, wenn wir von morgen an da drüben Türme und Zinnen sähen, würden wir den Anblick sicherlich viel schöner finden.«

»Mit Zinnen würde es zweifellos anders wirken«, stimmte Dalgliesh zu. »Ich verstehe, was Sie meinen. Auch mir würde die Landzunge ohne den Klotz da drüben besser gefallen, aber inzwischen sieht es fast schon so aus, als hätte er ein Recht, da zu stehen.«

Sie wandten sich von der glitzernden Lichterkette ab und schauten nach Süden auf das zerfallende Wahrzeichen einer ganz anders gearteten Macht. Vor ihnen am Rand des Steilhangs ragten die Ruinen der Benediktinerabtei empor wie eine Sandburg, die eine Flutwelle teilweise hinweggerissen hatte. Dalgliesh sah den großen leeren Bogen des einstigen Ostfensters und dahinter das matt schimmernde Meer. Darüber stand, wie ein pendelndes Weihrauchfaß, ein fahler,

runder Mond. Als würden sie von einer unsichtbaren Macht angezogen, wichen die beiden vom Weg ab und gingen über den steinigen Boden auf die Abtei zu.
»Wie wär's mit einem Spaziergang dorthin?« fragte Dalgliesh. »Ich hab's nicht eilig. Hoffentlich halten das auch Ihre Schuhe aus?«
»Es wird schon gehen«, antwortete sie. »Ja, ich habe auch Lust dazu. Nachts ist der Anblick wirklich bezaubernd. Außerdem brauche ich mich nicht zu beeilen. Die Copleys warten nicht auf mich. Und morgen, wenn ich ihnen erzählt habe, daß sich der Whistler auch in unserer Gegend herumtreibt, werde ich sie nach Einbruch der Dunkelheit nur ungern allein lassen. Vielleicht ist es für mich die letzte unbeschwerte Nacht.«
»Ich glaube nicht, daß die beiden in Gefahr sind, wenn Sie die Tür nachts gut verschließen. Außerdem sind all seine Opfer bisher junge Frauen gewesen. Und er mordet nur im Freien.«
»Das sage ich mir auch. Wahrscheinlich haben die beiden keine Angst. Manchmal können solche Besorgnisse alten Menschen nichts mehr anhaben. Alltäglichen Ärger nehmen sie viel wichtiger als solche Ungeheuerlichkeiten. Aber ihre Tochter ruft ständig an und fordert sie auf, zu ihr nach Wiltshire zu kommen, solange er nicht gefaßt ist. Sie sträuben sich zwar, aber sie ist da sehr hartnäckig. Wenn sie abends anruft und ich nicht im Haus bin, werden sie unsicher.« Sie schwieg und sagte dann nach einer Weile: »Es war eine interessante, wenngleich auch sonderbare Dinnerparty, die ein unschönes Ende fand. Mir wäre es lieber gewesen, wenn Mr. Lessingham die Einzelheiten verschwiegen hätte. Aber ich denke mir, es hat ihm geholfen, daß er darüber reden konnte. Er lebt ja ganz allein.«
»Es wäre nahezu übermenschlich gewesen, nicht darüber zu sprechen. Trotzdem hätte er gewisse Details für sich behalten sollen.«

»Auch Alex wird es von nun an schwerer haben. Einige seiner Mitarbeiterinnen verlangen bereits, daß man sie nach der Abendschicht heimbegleitet. Alice hat mir anvertraut, daß es für Alex nicht leicht ist, das zu organisieren. Die Frauen sind nur dann mit einem Begleiter einverstanden, wenn er zumindest für einen der Morde ein unerschütterliches Alibi hat. Eine Frau reagiert in so einem Fall nicht mehr rational, auch wenn sie einen Mann schon seit Jahren kennt, mit ihm seit langem zusammenarbeitet.«

»Das ist eine normale Reaktion bei einem Mord«, sagte Dalgliesh. »Vor allem bei so einem Mord. Miles Lessingham hat einen gewissen Toby erwähnt, der gleichfalls umgekommen ist. War das der junge Mann, der sich im AKW umgebracht hat? Ich habe darüber in den Zeitungen gelesen.«

»Es war eine schreckliche Tragödie. Toby Gledhill war einer der begabtesten Wissenschaftler, die Alex hatte. Er stürzte sich auf die Reaktorkuppel und brach sich das Genick.«

»An dem Fall ist also nichts Rätselhaftes?«

»Aber nein, überhaupt nichts! Nur sein Motiv. Mr. Lessingham war Zeuge des Vorfalls. Es überrascht mich, daß Sie davon wissen. Die Presse hat nicht viel darüber berichtet. Alex hat versucht, die Publicity so gering wie möglich zu halten, um die Eltern zu schonen.«

Und sein AKW, dachte Dalgliesh. Er überlegte, warum wohl Lessingham Toby Gledhills Tod als Mord hingestellt hatte. Aber er wollte seine Begleiterin nicht befragen. Die Vermutung war so leise geäußert worden, daß sie die Worte vielleicht nicht gehört hatte.

»Leben Sie gern auf der Landzunge?« erkundigte er sich statt dessen.

Die Frage verblüffte ihn mehr als sie. Auch die Tatsache, daß sie, als wären sie alte Bekannte, miteinander spazierengingen, erstaunte ihn. Er fühlte sich wohl in ihrer Gesellschaft. Er mochte ihre unaufdringliche Freundlichkeit, der man

jedoch auch eine beträchtliche innere Kraft anmerkte. Auch ihre Stimme war angenehm, und das Timbre einer Stimme war ihm von jeher wichtig gewesen. Noch vor einem halben Jahr hätte ihm das jedoch nicht genügt, um ihre Gesellschaft länger, als es die Höflichkeit erforderte, zu ertragen. Er hätte sie zum Alten Pfarrhof heimbegleitet und wäre dann, nachdem er diese kleine gesellschaftliche Verpflichtung erfüllt hatte, erleichtert und allein, in sich selbst versunken wie in einen schützenden Umhang, zu der Abtei geschlendert. Das Alleinsein war ihm noch immer wichtig. Er ertrug nur schwer einen Tag, an dem er nicht eine gewisse Zeit für sich selbst beanspruchen konnte. Aber irgendeine Veränderung in ihm, die unerbittlich verfliegenden Jahre vielleicht, sein Erfolg, die positiven Reaktionen auf seine Gedichte, möglicherweise das sich zögernd einstellende Gefühl von Liebe, machten ihn seit neuestem geselliger. Er wußte nur noch nicht, ob er das begrüßen oder ihm widerstehen sollte.
Er bemerkte, daß sie über seine Frage ernsthaft nachdachte.
»Doch, ich denke schon«, antwortete sie. »Manchmal fühle ich mich rundum glücklich. Ich kam hierher, um den Problemen, die ich in London hatte, zu entkommen. Und dabei bin ich, ohne daß es mir bewußt war, so weit wie möglich nach Osten geflüchtet.«
»Und dann stellten Sie fest, daß Sie sich mit zwei weiteren Bedrohungen auseinandersetzen müssen – mit dem AKW und dem Whistler.«
»Ja, beide ängstigen mich, weil sie so rätselhaft sind. Das Unbekannte macht nun mal angst. Doch die Bedrohung ist nicht persönlich, nicht gegen mich gerichtet. Aber geflohen bin ich, und wie alle Geflüchteten bedrückt mich ein Gefühl von Schuld. Die Kinder fehlen mir. Vielleicht hätte ich dableiben und weiterkämpfen sollen. Aber es weitete sich immer mehr zu einer öffentlichen Auseinandersetzung aus. Und für die Rolle einer Vorkämpferin – so sah mich die eher

reaktionäre Presse – bin ich nicht geschaffen. Ich wollte nur, daß man mich endlich in Ruhe ließ, damit ich den Beruf ausüben konnte, für den ich ausgebildet war, den ich liebte. Aber jedes Buch, das ich im Unterricht verwendete, jedes Wort, das ich äußerte, wurde auf die Goldwaage gelegt. Man kann nicht in einer Atmosphäre von Mißtrauen und Argwohn unterrichten. Damit konnte ich mich nicht abfinden.«
Sie schien es als selbstverständlich anzusehen, daß er wußte, wer sie war. Und wer Zeitungen las, wußte es auch.
»Man kann gegen Intoleranz ankämpfen«, sagte er, »gegen Dummheit, gegen Fanatismus, wenn sie einzeln auftreten. Treffen sie zusammen, ist es vermutlich klüger, vor ihnen zu flüchten, damit man sich nicht an ihnen aufreibt.«
Sie näherten sich der Abtei. Das grasbewachsene Gelände wurde immer unebener. Sie wäre beinahe gestolpert, wenn er sie nicht aufgefangen hätte.
»Zuletzt ging es nur um zwei Briefe«, sprach sie weiter. »Man verlangte von mir, daß das Schwarze Brett nicht mehr schwarz genannt werden dürfe. Schwarz oder weiß, wo ist da der Unterschied? Ich konnte mir nicht vorstellen – kann's heute noch nicht –, daß ein vernünftiger Mensch, einerlei, welche Hautfarbe er hat, an dem Ausdruck Schwarzes Brett Anstoß nehmen kann. Es heißt nun mal von jeher Schwarzes Brett. Der Ausdruck an sich kann doch niemand kränken! Ich habe ihn zeitlebens gebraucht. Wie sollte mich da jemand zwingen, meine eigene Sprache zu ändern? Aber in diesem Augenblick erscheint mir das alles – hier auf der Landzunge, unter diesem Himmel, in diesem grenzenlosen Raum – so belanglos. Vielleicht habe ich etwas Unbedeutendes zum Prinzip erhoben.«
»Agnes Poley hätte sie verstanden«, erwiderte Dalgliesh. »Meine Tante hat sich die vorhandenen Dokumente angesehen und mir von ihr erzählt. Sie bestieg den Scheiterhaufen, weil sie hartnäckig an ihrer unverrückbaren Sicht des Uni-

versums festhielt. Sie mochte nicht glauben, daß Christus leibhaftig im Sakrament zugegen ist und gleichzeitig im Himmel zur Rechten Gottes thront. Das, behauptete sie, sei wider aller Vernunft. Alex Mair könnte sie als Patronin seines AKWs ansehen, als Sinnbild der Rationalität.«
»Das war was anderes. Sie glaubte, daß sie dadurch ihre unsterbliche Seele gefährdete.«
»Wer weiß schon, was sie wirklich geglaubt hat?« erwiderte Dalgliesh. »Ich denke, sie wurde von einer gottgesandten Unbeugsamkeit getrieben, und dafür bewundere ich sie.«
»Mr. Copley würde einwenden, daß sie im Unrecht war, nicht wegen ihrer Halsstarrigkeit, sondern ihrer erdgebundenen Sicht der Eucharistie. Ich bin da zu wenig informiert. Aber für seine von der eigenen Vernunft begründete Weltsicht so einen gräßlichen Tod zu erleiden ist schon beeindruckend. Jedesmal, wenn ich Alice besuche, lese ich die Gedenktafel. Das ist meine Hommage an sie. Trotzdem habe ich nicht das Gefühl, daß sie in Martyr's Cottage noch irgendwie präsent ist. Sie etwa?«
»Ich auch nicht. Ich vermute, daß eine Zentralheizung und moderne Möbel Geister abschrecken. Haben Sie Alice Mair übrigens schon gekannt, bevor sie hierherkamen?«
»Ich kannte überhaupt niemand. Ich habe auf eine Anzeige der Copleys in der Zeitschrift *The Lady* geantwortet. Sie boten Kost und Logis für leichte Hausarbeit, wie sie sich ausdrückten. Das ist eine schönfärberische Umschreibung für Staubwischen und dergleichen, aber natürlich bleibt es nicht dabei. Alice aber machte mir den Aufenthalt erst angenehm. Ich hatte nicht geahnt, wie sehr ich die Freundschaft einer Frau vermißte. In der Schule gab es nur Schutz- und Trutzbündnisse. Politische Differenzen wurden dadurch nicht überbrückt.«
»Agnes Poley kannte diese Atmosphäre«, sagte er. »Sie hat in ihr leben müssen.«

Schweigend gingen sie dahin und hörten nur das Rascheln der hohen Grasbüschel, die ihre Beine streiften. Als sie sich dem Meer näherten, wurde das Rauschen mit einemmal zum bedrohlichen Tosen, als hätte ein Wesen, das vorhin noch geruht hatte, sie plötzlich bemerkt und würde nun seine ganze Macht demonstrieren. Und als Dalgliesh zum Himmel emporblickte, zu den Myriaden winziger Sterne, kam es ihm so vor, als könne er spüren, wie sich die Erde unter ihm drehte, daß die Zeit stehengeblieben sei, daß Vergangenheit, Gegenwart und Zukunft – die Ruinen der Abtei, die Überbleibsel des letzten Krieges, die zerfallenden Strandbunker, die Windmühle, das AKW – zu einem Augenblick verschmolzen. Er fragte sich, ob den früheren Besitzern von Martyr's Cottage der Text für die Gedenktafel in einem solchen Augenblick eingefallen sein mochte, wo einem jegliche zeitliche Orientierung fehlte, wo nur das Rauschen der rastlosen See zu hören war.
Plötzlich blieb seine Begleiterin stehen.
»Da war ein Licht in der Ruine«, sagte sie. »Es blinkte zweimal auf.«
Wortlos schauten sie hinüber. Aber nichts regte sich.
»Ich bin sicher, daß ich es gesehen habe«, sagte sie mit entschuldigendem Unterton. »Auch eine schattenhafte Bewegung in der Nähe des Ostfensters. Haben Sie nichts bemerkt?«
»Ich habe mir den Himmel angeschaut.«
»Tja, jetzt ist's verschwunden«, sagte sie bedauernd. »Vielleicht habe ich es mir auch nur eingebildet.«
Sie gingen leise durch das büschelige Gras weiter und betraten die Ruine. Doch da war nichts zu sehen. Wortlos stiegen sie durch die Lücke unter dem Ostfenster und erreichten die Kante des Steilhangs. Nach Norden und Süden zu lag vor ihnen im fahlen Mondlicht der Strand, den feine weiße Schaumkronen begrenzten. Sollte jemand hier gewesen sein,

dachte Dalgliesh, dann hatte er sich längst hinter einem der Bunker oder in einer Einbuchtung des sandigen Hangs versteckt. Außerdem gab es keinen Grund, nach der Person zu suchen, selbst wenn sie gewußt hätten, in welcher Richtung sie geflüchtet war. Schließlich hatte jedermann das Recht, nachts allein am Strand zu wandeln.

»Vielleicht habe ich es mir nur eingebildet«, wiederholte Meg Dennison. »Aber ich glaube es nicht. Jedenfalls ist sie verschwunden.«

»Sie?«

»Habe ich's denn nicht gesagt? Ich war mir ganz sicher, ich hätte eine Frau gesehen.«

14

Es war gegen 4 Uhr früh, als Alice Mair mit einem entsetzten Aufschrei aus ihrem Alptraum erwachte. Der Wind war stärker geworden. Sie knipste die Nachttischlampe an, schaute auf die Uhr und lehnte sich zurück. Ihre Panik verebbte. Sie schaute zur Decke empor und merkte, wie die schrecklichen Bilder allmählich verblaßten, jener immer wiederkehrende Nachtmahr, den die Ereignisse des vorangegangenen Abends ausgelöst hatten, aber auch das Wort »Mord«, das wie ein Flüstern in der Luft zu liegen schien, seitdem der Whistler sein Unwesen trieb. Langsam fand sie in die Wirklichkeit zurück, registrierte die Geräusche der Nacht, das Klagen des Windes im Kamin, die Glätte des Bettuchs in ihrer verkrampften Hand, das unnatürlich laute Ticken der Uhr, den fahlen Lichtschimmer im Fenster, die zurückgezogenen Vorhänge, den bläßlich schimmernden Sternenhimmel.

Über die Bedeutung des Alptraums brauchte sie nicht lange nachzudenken. Es war die neue Fassung eines vertrauten

Schreckensbildes gewesen, nur weniger grauenhaft als die Träume ihrer Kindheit – ein Bild der tiefen, vom Verstand durchdrungenen Ängste einer Erwachsenen. Sie und Alex waren wieder Kinder gewesen. Aber sie wohnten mit den Eltern bei den Copleys im Alten Pfarrhof. Bei einem Traum war das nicht verwunderlich; der Alte Pfarrhof war ja nur etwas größer, wenn auch minder stattlich als Sunnybank (ein sonderbarer Name für ein Haus, das auf flachem Gelände stand und durch dessen Fenster nur selten ein Sonnenstrahl drang). Beide stammten aus der spätviktorianischen Zeit, solide Bauten aus rotem Ziegel, hatten eine schwere, gewölbte Haustür unter einem hohen, spitzgiebligen Vorbau, beide lagen abgeschieden und waren von einem Garten umgeben. Im Traum war Alice mit ihrem Vater durch das Strauchwerk gegangen. Ihr Vater hatte seine Hippe mitgenommen und war bekleidet wie an jenem grauenvollen Herbstnachmittag – mit einem durchgeschwitzten Unterhemd und so knappen Shorts, daß sich beim Gehen der Hodensack abzeichnete. Die weißen Beine bedeckte von den Knien abwärts kräuseliges schwarzes Haar. Sie wollte nicht mit ihm gehen. Sie wußte, die Copleys warteten nur darauf, daß sie endlich den Lunch zubereitete. Mr. Copley, der eine Soutane und ein wallendes Chorhemd trug, ging schon ungehalten auf dem rückwärtigen Rasen hin und her und tat so, als würde er sie nicht bemerken. Ihr Vater erklärte ihr etwas mit lauter Stimme. Es war derselbe überhebliche Ton, den er auch gegenüber ihrer Mutter anschlug, so, als wollte er sagen: »Ich weiß doch, daß du zu dumm bist, all das zu verstehen. Aber ich sage es dir dennoch laut und deutlich und hoffe nur, daß du meine Geduld nicht überstrapazierst.« »Alex wird die Stellung nicht bekommen«, dozierte er. »Dafür werde ich schon sorgen. Sie werden diese Position keinem Mann anvertrauen, der seinen Vater umgebracht hat.« Als er das sagte, fuchtelte er mit der Hippe. Alice sah, daß

die Spitze rot vor Blut war. Plötzlich stürzte er sich mit böse funkelnden Augen auf sie, holte aus, und gleich darauf spürte sie, wie die Spitze der Hippe ihre Stirnhaut aufschlitzte und ihr Blut in die Augen rann. Auf einmal war sie hellwach, atmete aber noch immer schwer, als sei sie weit gelaufen. Sie strich mit der Hand über die feuchte Stirn und vergewisserte sich, daß es Schweiß und kein Blut war.
An Schlaf war nicht mehr zu denken, wenn sie so früh wach wurde. Sie könnte jetzt aufstehen, den Morgenmantel anziehen, sich unten Tee machen, die Korrekturfahnen lesen, die BBC-Frühnachrichten anhören. Sie konnte aber auch eine ihrer Schlaftabletten nehmen. Diese waren weiß Gott so stark, daß sie im Nu alles vergessen würde. Aber sie wollte von ihnen loskommen, und wenn sie jetzt eine nahm, bedeutete das, daß sie der Alptraum noch immer verfolgte. Nein, sie würde aufstehen und Tee machen. Alex würde schon nicht wach werden. Er schlief tief und fest, selbst wenn draußen ein Wintersturm tobte. Aber zuvor mußte sie noch eine Art kleinen Exorzismus betreiben. Wenn der Traum seine Macht über sie verlieren sollte, wenn sie seine Wiederkehr verhindern wollte, mußte sie sich der Erinnerung an jenen Nachmittag vor knapp dreißig Jahre stellen.
Es war ein warmer Herbsttag Anfang Oktober gewesen. Sie, Alex und ihr Vater arbeiteten im Garten. Ihr Vater, vom Haus aus nicht zu sehen, lichtete eine dicke Hecke aus Brombeeren und wucherndem Gestrüpp. Er kappte sie mit der Hippe, während Alice und Alex die Ranken und Zweige zum Verbrennen auf einen Haufen zusammentrugen. Obwohl der Vater für die Jahreszeit ohnehin zu leicht bekleidet war, schwitzte er ausgiebig. Sie sah, wie sein Arm hochschnellte, hinabsauste, hörte das Knacken der Zweige, spürte, wie sich ihr Dornen in die Finger bohrten, vernahm seine herrischen Anweisungen. Und dann hörte sie ihn plötzlich aufschreien. Entweder war ein Ast schon morsch

gewesen, oder er hatte ihn mit seiner Hippe verfehlt. Die Hippe hatte ihm den nackten Oberschenkel aufgeschlitzt. Sie sah, wie ein Blutstrahl emporschoß und er wie ein verwundetes Tier zusammenbrach. Seine Arme zuckten. Die Hippe glitt ihm aus der Hand, die er ihr zitternd entgegenstreckte. Dabei schaute er sie flehentlich an wie ein Kind. Er versuchte ihr noch etwas zu sagen, aber sie verstand ihn nicht. Sie wollte schon, fasziniert von dem Anblick, zu ihm eilen, als sie jemand am Arm packte. Alex zog sie zu dem Pfad, der zwischen den Lorbeerbüschen zum Obstgarten verlief.

»Nicht doch, Alex!« schrie sie. »Er blutet ja. Er wird sterben. Wir müssen ihm helfen.«

Sie wußte nicht mehr, ob sie das tatsächlich geschrien hatte. Sie erinnerte sich nur noch an den Druck seiner Hände auf ihren Schultern. Er drängte sie gegen die Rinde eines Apfelbaums und hielt sie da fest. Und er sagte nur ein Wort: »Nein.«

Sie hätte sich, obgleich sie vor Entsetzen zitterte, obgleich ihr das Herz bis zum Hals klopfte, losreißen können, wenn sie nur gewollt hätte. Heute wußte sie, daß es ihm nur auf ihre Hilflosigkeit angekommen war. Er allein bestimmte, was da geschah; sie hatte keine andere Wahl: Sie wurde gezwungen, sie war frei von aller Schuld. Jetzt, dreißig Jahre danach, lag sie wie erstarrt da, die Augen auf den Himmel gerichtet, und hörte wieder dieses einzige Wort, sah seine Augen vor sich, spürte seine Hände auf ihren Schultern, spürte, wie die rauhe Borke sich durch ihre Bluse bohrte. Die Zeit schien stehengeblieben zu sein. Sie wußte nicht, wie lange er sie so festgehalten hatte.

Nach einer Weile atmete er tief durch und sagte: »Jetzt können wir gehen.«

Auch das verblüffte sie – daß er noch so klar denken, daß er abschätzen konnte, wie lange es dauern würde. Er zog sie

hinter sich her, bis sie zu der Leiche ihres Vaters gelangten. Als sie den ausgestreckten Arm sah, die starren, offenen Augen, die Blutlache auf der Erde, wußte sie, daß er tot, aus ihrem Leben für immer verschwunden war, daß sie von ihm nichts mehr zu befürchten hatte. Alex schaute sie an und begann laut auf sie einzureden, als wäre sie ein unverständiges Kind. »Was auch immer er dir angetan hat, er wird es nicht mehr wieder tun. Nie mehr. Hör mir genau zu! Ich sage dir, was geschehen ist. Wir haben ihn allein gelassen und sind auf den Apfelbaum geklettert. Dann sind wir zurückgekehrt und haben ihn gefunden. So einfach ist es. Mehr brauchst du nicht zu sagen. Überlasse das Reden mir. Sieh mich an, Alice! Hast du mich verstanden?«
Als sie ihre Stimme wiederfand, klang sie brüchig, zitternd wie die einer alten Frau.
»Ja, ich habe dich verstanden.«
Er packte sie bei der Hand, zerrte sie über den Rasen, rannte durch die Küchentür und stieß einen Schrei aus, der beinahe triumphierend klang. Ihre Mutter wurde bleich, als würde sie gleichfalls verbluten.
»Vater hat sich verletzt!« stieß Alex keuchend hervor. »Er braucht einen Arzt.«
Und dann blieb Alice allein in der Küche zurück. Es fröstelte sie. Die Fliesen unter ihren Füßen fühlten sich eisig an. Die Tischplatte, auf die sie den Kopf legte, war ebenfalls kalt. Niemand kam zu ihr. Sie hörte, wie jemand in der Diele telephonierte, vernahm Stimmen, Schritte. Jemand schluchzte. Sie hörte abermals polternde Schritte, dann das Knirschen von Autoreifen auf dem Kies draußen.
Alex behielt recht. Es war wirklich so einfach. Niemand zweifelte an ihren Worten; niemand schöpfte Verdacht. Man nahm ihre Erklärung hin. An der amtsärztlichen Untersuchung nahm sie nicht teil, wohl aber Alex, der ihr jedoch nichts darüber erzählte. Danach kamen der Hausarzt, ein

Anwalt und Freundinnen ihrer Mutter ins Haus, und es fand eine merkwürdige Teegesellschaft – mit Sandwiches und selbstgebackenem Obstkuchen – statt. Alle waren sehr freundlich zu ihr und Alex. Jemand strich ihr über den Kopf. Eine Stimme sagte: »Es war tragisch, daß niemand da war. Mit gesundem Menschenverstand und etwas Ahnung von Erster Hilfe hätte man ihm das Leben retten können.«
Inzwischen hatten die Erinnerungen, die sie bewußt geweckt hatte, ihre quälende Macht eingebüßt. Der Alptraum schreckte sie nicht mehr. Wenn sie Glück hatte, würde er für eine Weile nicht wiederkehren. Sie hob schwungvoll die Beine über die Bettkante und griff nach ihrem Morgenmantel.
Sie hatte eben den Tee aufgebrüht, als sie Alex' Schritte auf der Treppe hörte. Gleich darauf sah sie seine hochgewachsene Gestalt im Türrahmen. Er wirkte jungenhaft, irgendwie verletzlich in dem ihr so vertrauten Morgenmantel aus Kordsamt. Er fuhr sich mit beiden Händen durch das zerzauste Haar.
»Habe ich dich etwa geweckt?« fragte sie, erstaunt, weil ihn sonst nichts um seinen Schlaf bringen konnte. »Tut mir leid.«
»Aber nein. Ich bin früher als sonst aufgewacht und konnte nicht mehr einschlafen. Es ist der Verdauung nicht gerade zuträglich, wenn man so spät zu Abend ißt wie wir gestern wegen diesem Lessingham. Ist der Tee frisch aufgebrüht?«
»Bedien dich!«
Er holte eine Tasse aus dem Geschirrschrank und goß sich und ihr Tee ein. Sie nahm ihre Tasse und setzte sich in den Korbsessel.
»Der Wind bläst immer stärker«, sagte er.
»Ja, schon seit einer Stunde.«
Er ging zur Tür, schob den Riegel zurück und öffnete die obere Hälfte. Ein weißes, kaltes Brausen wehte herein und überdeckte den schwachen Duft des Tees. Sie hörte das

dumpfe Rauschen des Meeres. Es schien sogar noch lauter zu werden. Ein wohliger Schauer überlief sie, als sie sich plötzlich vorstellte, daß die niedrigen, brüchigen Klippen nachgegeben hätten, daß gleich weißgischtige Wogen die Landzunge überschwemmen, zur Tür eindringen und Alex' Gesicht mit ihrem Schaum bespritzen würden. Als sie Alex musterte, der in die Dunkelheit hinausblickte, empfand sie eine tiefe Zuneigung zu ihm. Die Intensität dieses Gefühls verdutzte sie. Er war mittlerweile mit ihrem Leben so sehr verwoben, daß sie sich über ihre Gefühle für ihn keine Gedanken machte, es auch nicht wollte. Sie wußte nur, daß sie völlig zufrieden war, wenn er im Hause weilte, wenn sie über sich seine Schritte hörte, wenn sie mit ihm das Essen teilen konnte, das sie für sich zubereitet hatte. Dabei gängelten sie einander nicht. Selbst seine Heirat hatte nichts daran geändert. Alice hatte seine Heirat gleichmütig hingenommen, da sie Elizabeth mochte, und mit der gleichen Gelassenheit hatte sie ihr Ende registriert. Sie glaubte nicht, daß er noch einmal heiraten würde. Nichts konnte ihre Beziehung ändern, mochten noch so viele Frauen in seinem Leben eine Rolle spielen oder es zumindest anstreben. Manchmal mußte sie schelmisch lächeln wie jetzt, wenn sie daran dachte, wie Außenstehende wohl ihre Beziehung sehen mochten. Diejenigen, die annahmen, das Cottage gehöre ihm, sahen in ihr die unverheiratete Schwester, der er Logis, Gesellschaft, eine sinnvolle Tätigkeit bot. Andere, die tiefer blickten, der Wahrheit dennoch auch nicht nahe kamen, waren fasziniert von ihrer scheinbaren Unabhängigkeit, davon, daß jeder seinen eigenen Weg ging, daß sie einander nichts vorschrieben. Ihr fiel ein, daß Elizabeth – damals hatte sie sich gerade mit Alex verlobt – ihr einmal gesagt hatte: »Weißt du, ihr seid ein Paar, das einen einschüchtern kann.«
»Das stimmt, meine Liebe, das stimmt«, hätte sie da am liebsten erwidert.

Sie hatte Martyr's Cottage vor seiner Ernennung zum Direktor des AKWs gekauft. Er war dann unter der unausgesprochenen Voraussetzung bei ihr eingezogen, daß das nur ein zeitweiliger Notbehelf sei, daß er sich erst schlüssig werden müsse, ob er die Wohnung im Barbican-Block als Hauptwohnsitz behalten oder verkaufen und dafür ein Haus in Nordwich und ein Apartment in London erwerben sollte. Im Grunde war er ein Stadtmensch. Sie konnte sich nicht vorstellen, daß er sein Leben nicht in einer Stadt verbringen würde. Wenn er die Stellung erhielt und wieder nach London zog, würde sie sich ihm nicht anschließen. Er erwartete es auch nicht. Hier an dieser meerumtosten Küste hatte sie endlich ein Domizil gefunden, das sie ihr Heim nennen konnte. Es gehörte ihr, mochte er auch unangemeldet kommen und wieder gehen.
Es mußte nach 1 Uhr gewesen sein, dachte sie und trank einen Schluck Tee, als er von Hilary Robarts zurückkehrte, die er heimgebracht hatte. Was mochte ihn so lange aufgehalten haben? Da sie nach Mitternacht nur einen leichten Schlaf hatte, hatte sie das Klirren des Hausschlüssels im Schloß gehört, seine Schritte auf der Treppe, und war dann wieder eingenickt. Jetzt war es bald 5. Er konnte nur ein paar Stunden geschlafen haben. Als bemerkte er erst jetzt, wie kühl es draußen war, schloß er die obere Türhälfte, schob den Riegel vor und setzte sich ihr gegenüber in den Sessel. Er lehnte sich zurück und nahm die Tasse in beide Hände.
»Es ist schon ärgerlich, daß Caroline Amphlett Larksoken nicht verlassen möchte«, sagte er. »Mir gefällt es gar nicht, daß ich den neuen Posten, ausgerechnet diesen, mit einer unbekannten Assistentin übernehmen muß. Caroline kennt meine Arbeitsweise. Ich war mir so sicher, daß sie mit mir nach London kommen würde. Das ist wirklich unangenehm.«

Sie vermutete, daß es für ihn mehr als unangenehm war. Sein Stolz, sein persönliches Prestige standen auf dem Spiel. Die meisten Männer in führenden Positionen nahmen ihre persönliche Assistentin mit, wenn sie eine neue Stelle antraten. Das Widerstreben einer Sekretärin, sich von ihrem Chef zu trennen, war ein schmeichelhafter Beweis ihrer guten Zusammenarbeit. Sie konnte seine Verstimmung nachempfinden. Aber das hatte ihn wohl kaum um den Schlaf gebracht.
»Sie schützt persönliche Gründe vor«, redete er weiter. »Damit meint sie Jonathan Reeves. Was sie nur an ihm findet? Der Mann ist nicht mal ein guter Techniker.«
Alice Mair verkniff sich ein Lächeln. »Sie wird sich nicht in technischer Hinsicht für ihn interessieren«, meinte sie.
»Wenn Sex mit im Spiel ist, ist sie weniger wählerisch, als ich vermutete.«
Im allgemeinen war er ein guter Menschenkenner. Er irrte sich nur selten und schon gar nicht, wenn es um die wissenschaftliche Qualifikation eines Mitarbeiters ging. Aber er hatte kein Verständnis dafür, wie komplex, wie irrational das Verhalten, die Motive der Leute sein konnten. Er wußte, daß das Universum zwar komplex war, aber gewissen Regeln gehorchte. Allerdings hätte er den Ausdruck »gehorchen«, in dem eine bewußte Entscheidung mitschwang, nicht verwendet. So verhält sich nun mal die Welt der Physik, hätte er gesagt. Sie läßt sich vom menschlichen Verstand entschlüsseln und im begrenzten Ausmaß auch steuern. Menschen machten ihn unsicher, weil sie voller Überraschungen steckten. Aber noch mehr Unbehagen bereitete ihm die Tatsache, daß er gelegentlich sich selbst verblüffte. Er hätte sich im sechzehnten Jahrhundert im elisabethanischen England wohl gefühlt, als man die Menschen nach ihrem Naturell einteilte: Menschen waren cholerisch, melancholisch, merkurisch oder saturnisch, zeigten Lebensstimmungen, die den Stand der Planeten bei ihrer Geburt widerspiegelten. Wenn

das einmal feststand, wußte man, wie und was man war. Es erstaunte ihn immer wieder, daß sich jemand beispielsweise bei der Arbeit als verständiger, verläßlicher Wissenschaftler erwies, aber zum Narren wurde, wenn Frauen ins Spiel kamen, oder daß jemand in einem Lebensbereich sinnvoll agieren konnte, in einem anderen jedoch wie ein unvernünftiges Kind handelte. Nun war er verärgert, weil seine Sekretärin, die er als intelligent, einfühlsam, ihm ergeben eingeschätzt hatte, in Norfolk bleiben wollte – bei ihrem Liebhaber, einem Mann, den er verachtete –, statt ihm nach London nachzufolgen.

»Hast du nicht mal gesagt, daß Caroline in sexueller Hinsicht abweisend ist?« fragte sie.

»Hab ich das? Kann ich mir nicht denken. Das würde persönliche Erfahrungen voraussetzen. Ich habe gesagt, ich könnte mir nicht vorstellen, daß ich sie einmal als Frau reizvoll fände. Eine persönliche Assistentin sollte zuallererst umgänglich und tüchtig sein, nicht aber verführerisch.«

»Ich kann mir schon denken«, erwiderte Alice gleichmütig, »daß ein Mann eine Sekretärin dann als ideal empfindet, wenn sie den Eindruck erweckt, sie würde zwar mit ihm ins Bett gehen, widerstünde dem aber tapfer, der Arbeitsatmosphäre zuliebe. Was wird nun aus ihr?«

»Der Job ist ihr sicher. Wenn sie in Larksoken bleibt, wird man sich um sie reißen. Sie ist intelligent, taktvoll und tüchtig.«

»Aber wohl kaum ehrgeizig, sonst würde sie sich nicht mit Larksoken bescheiden. Vielleicht hat Caroline noch einen anderen Grund, warum sie nicht fortziehen möchte. Ich habe sie vor drei Wochen in der Kathedrale von Norwich gesehen. Sie traf sich dort mit einem Mann in der Kapelle Zu Unserer Lieben Frau. Sie verhielten sich betont unauffällig, aber auf mich wirkten die beiden wie Verschwörer.«

»Wie sah der Mann aus?« fragte er gleichgültig.

»Ein Mann mittleren Alters. Unscheinbar. Deswegen schwer zu beschreiben. Aber er war zu alt, als daß es Jonathan Reeves gewesen sein könnte.«
Sie sprach nicht weiter, weil sie sah, daß es ihn nicht interessierte. Seine Gedanken waren woanders. Wenn sie hingegen so darüber nachdachte, war es eine höchst merkwürdige Begegnung gewesen. Caroline hatte ihr blondes Haar unter einem großen Barett verborgen, zudem hatte sie noch eine Brille getragen. Trotzdem hatte die Verkleidung, sofern es überhaupt eine gewesen war, Alice nicht täuschen können. Sie selbst war schnell weitergegangen, damit man sie nicht bemerkte oder annahm, sie würde ihr nachspionieren. Etwa eine Minute darauf hatte sie beobachtet, wie Caroline, einen Kunstführer in der Hand, den Mittelgang entlangschritt, während der Mann ihr in einigem Abstand folgte. Sie näherten sich einer Statue, vor der sie stehenblieben, um sie eingehend zu betrachten. Als sie eine Viertelstunde später die Kathedrale verließ, sah sie ihn noch einmal. Nun hielt er den Kunstführer in der Hand.
»Die Dinnerparty gestern war kein großer Erfolg«, sagte Alex nach einer Weile.
»Das ist noch untertrieben. Ein glatter Reinfall, sieht man von dem Essen ab. Was ist denn mit Hilary los? Will sie die Leute absichtlich kränken, oder ist sie nur unglücklich?«
»Die Menschen reagieren nun mal so, wenn sie nicht das bekommen, was sie sich einbilden.«
»In ihrem Fall dich?«
Er schaute lächelnd zum erloschenen Kaminfeuer hinüber, erwiderte aber nichts darauf.
»Kann sie dir Schwierigkeiten machen?« fragte sie.
»Mehr als das. Sie kann mir gefährlich werden.«
»Gefährlich? Wie gefährlich? Meinst du, sie kann dich irgendwie in Gefahr bringen?«
»Nicht nur mich.«

»Aber doch nicht so, daß du die Situation nicht meistern kannst?«
»Ich werde damit schon fertig. Aber nicht dadurch, daß ich ihr die Verwaltung übertrage. Sie wäre eine Katastrophe. Ich hätte ihr nie eine leitende Position anvertrauen dürfen.«
»Bis wann mußt du die Entscheidung treffen?«
»Ich habe noch zehn Tage Zeit und genügend Anwärter.«
»Du mußt also in zehn Tagen entscheiden, was aus ihr wird?«
»Nein, eher. Sie möchte eine Entscheidung bis Sonntag.«
Eine Entscheidung worüber, überlegte sie. Über ihren Job, über ihre angestrebte Beförderung, ihr künftiges Leben mit Alex? Die Frau mußte doch einsehen, daß es für sie keine Zukunft zusammen mit Alex gab.
»Wird es dich sehr enttäuschen«, erkundigte sie sich, weil nur sie es wagen durfte, diese Frage zu stellen, »wenn du den Job nicht bekommst?«
»Es würde mich kränken, was ja dem Gemüt viel nachhaltigeren Schaden zufügen kann. Ich möchte ihn, brauche ihn, bin auch der richtige Mann dafür. Das denkt wohl jeder Kandidat, aber in meinem Fall entspricht es den Tatsachen. Es ist ein wichtiger Job, Alice. Einer der wichtigsten, die es hierzulande gibt. Unsere Zukunft hängt von der Atomkraft ab, wenn wir unseren Planeten noch retten wollen. Aber wir müssen mit ihr – national und international – besser umgehen.«
»Ich halte dich für den einzigen ernstzunehmenden Kandidaten. Aber es geht um eine Position, die man nur vergibt, wenn der geeignete Mann vorhanden ist. Es ist ein völlig neuer Job. Bisher sind wir bei der Atomkraft ohne Sonderbeauftragten ausgekommen. Ich kann mir vorstellen, daß der Job, sofern ihn der richtige Mann ausübt, immense Möglichkeiten bietet. Aber bei einer Fehlbesetzung ist es nur ein weiterer PR-Job, für den Steuergelder verschwendet werden.«

Er war viel zu intelligent, als daß er nicht merkte, daß sie ihm das Rückgrat stärken wollte. Sie war der einzige Mensch, von dem er Unterstützung erwartete, von dem er sie sich gefallen ließ.
»Man befürchtet, daß wir uns in eine bedenkliche Lage manövrieren. Man sucht jemand, der uns da heraushelfen könnte. Außerdem muß man sich noch über so geringfügige Fragen wie die genauen Machtbefugnisse, die Zuständigkeitsbereiche und das Gehalt einig werden. Deswegen brauchen sie so lang mit der Festsetzung der Qualifikationen.«
»Du brauchst doch keine schriftliche Festlegung der Qualifikationen, um zu wissen, wonach sie suchen. Sie brauchen einen renommierten Wissenschaftler, einen bewährten Verwaltungsfachmann und einen erfahrenen PR-Experten. Vermutlich wird man von dir verlangen, daß du dich einem TV-Test unterziehst. Daß man auf dem Bildschirm photogen aussieht, scheint heutzutage unumgänglich zu sein.«
»Aber nur, wenn es sich um einen potentiellen Präsidenten oder Premierminister handelt. So weit werden sie schon nicht gehen.«
Er schaute auf seine Uhr. »Es wird bald hell«, sagte er. »Ich sollte besser versuchen, ob ich nochmal einschlafen kann.«
Aber sie trennten sich erst nach einer Stunde, und jeder ging auf sein Zimmer.

15

Dalgliesh wartete, bis Meg Dennison die Haustür aufgeschlossen hatte und eingetreten war, und verabschiedete sich dann von ihr. Sie zögerte noch einen Augenblick und sah zu, wie der hochgewachsene Mann den Kiesweg entlangschritt und in der Dunkelheit verschwand. Dann ging sie in die rechteckige Wohndiele hinüber, die einen Mosaikboden und einen steinumrandeten Kamin hatte. In diesem Raum, dessen Geruch sie an eine Kirche erinnerte, kam es ihr an Winterabenden so vor, als hörte sie noch ganz schwach den Widerhall fröhlicher Kinderstimmen. Sie legte ihren Mantel auf den kunstvoll geschnitzten Eckpfosten am Fuß der Treppe und suchte die Küche auf, um noch das Frühstückstablett für die Copleys, Megs letzte Obliegenheit für den kommenden Tag, herzurichten. Es war ein großer Raum auf der Rückseite des Hauses, der, seitdem die Copleys den Alten Pfarrhof erstanden hatten, unverändert geblieben war. Links an der Wand stand ein alter Gasherd, der so schwer war, daß sie ihn nicht beiseite rücken konnte, um die Rückwand zu säubern. Es grauste ihr bei dem Gedanken, wieviel fettiger Dreck sich dahinter in all den Jahrzehnten angesammelt haben mochte. Unter dem Fenster war ein tiefes Abwaschbecken aus Porzellan. Es wies unappetitliche Flecken auf, wie sie eben in siebzig Jahren beim Geschirrspülen entstehen. Auch sie ließen sich nicht mehr entfernen. Der Boden war mit inzwischen ausgetretenen Steinplatten ausgelegt, von denen im Winter eine feuchte Kälte aufstieg, die ihre Beine klamm werden ließ. An der Wand gegenüber dem Fenster und der Spüle stand ein alter, vermutlich wertvoller Geschirrschrank aus Eichenholz, der, würde man ihn wegrücken, wahrscheinlich auseinanderfallen würde. Über der Tür hingen noch die Zimmerglocken von früher mit ihrer altertümlichen Beschriftung: Salon, Eßzimmer, Arbeitszimmer, Kinderzimmer. Es war eine Küche, in der der Ehrgeiz einer Köchin, wollte sie mehr als nur Eier kochen, eher erlahmte denn angestachelt wurde. Aber sie nahm diese Unzulänglichkeiten kaum noch wahr. Sie fühlte sich hier daheim wie in den übrigen Räumen des Alten Pfarrhofs.

Nach all den lautstarken Auseinandersetzungen in der Schule, den vielen Bosheiten, den haßerfüllten Briefen war sie glücklich, daß sie hier ein zeitweiliges Asyl gefunden hatte, hier in diesem betulichen Haushalt, wo keiner die Stimme erhob, wo niemand fanatisch jede ihrer Äußerungen analysierte, in der Hoffnung, rassistische, sexistische oder faschistische Untertöne zu entdecken, wo Worte das ausdrückten, was sie seit Generationen ausgesagt hatten, wo Unflätigkeiten unbekannt waren oder nicht ausgesprochen wurden, wo das Leben in den althergebrachten Bahnen verlief, die Pfarrer Copley mit der Morgen- und Abendandacht absteckte. Manchmal wirkten sie, die drei Bewohner des Alten Pfarrhofs, auf Meg wie Heimatvertriebene, die es in eine abgelegene Kolonie verschlagen hatte, wo sie hartnäckig an überlebten Gebräuchen festhielten, an einer längst untergegangenen Lebensform, an altertümlichen Riten. Im Lauf der Zeit hatte sie ihre Schützlinge liebgewonnen. Vielleicht hätte sie Simon Copley noch mehr geachtet, wenn er weniger selbstsüchtig, weniger um sein körperliches Wohlbefinden besorgt gewesen wäre. Aber das, redete sie sich ein, war wohl die Auswirkung einer fünfzigjährigen Verwöhnung durch ein aufopferungswilliges Eheweib. Doch er liebte seine Frau. Er verließ sich ganz auf sie. Er respektierte ihre Ansichten. Wie glücklich die beiden sind, dachte sie, jeder geborgen in der Zuneigung des anderen, im fortschreitenden Alter getröstet durch die Gewißheit, daß sie nicht lange getrennt bleiben würden, sollte ihnen die Gnade versagt bleiben, am selben Tag zu sterben. Aber waren sie wirklich so gläubig? Sie hätte sie gern befragt, wußte aber, daß es überaus zudringlich gewesen wäre. Irgendwann mußten doch auch sie Zweifel überkommen. Auch sie mußten mitunter ihre Gläubigkeit fragwürdig finden, die sie so zuversichtlich morgens und abends demonstrierten. Aber vielleicht war im Alter von achtzig Jahren nur noch das Gewohnte wichtig. Den Körper drängte es nicht mehr nach Sex, der Intellekt war nicht länger am Spiel der Gedanken interessiert. Die kleinen Dinge zählten jetzt mehr im Leben

als die großen. Und zuletzt kam wohl allmählich die Erkenntnis, daß nichts mehr wirklich wichtig war.
Ihre Arbeit war nicht schwer. Aber ihr war bewußt, daß sie sich zunehmend mehr aufbürdete, als es in der Anzeige geheißen hatte. Sie ahnte mittlerweile, daß die Hauptsorge der Copleys die Unsicherheit war, ob Meg bei ihnen ausharren würde. Ihre Tochter hatte alle wichtigen arbeitssparenden Geräte – Geschirrspülmaschine, Waschmaschine, Wäschetrockner – angeschafft. Sie standen in einem vorher unbenützten Raum neben der hinteren Tür. Vor Megs Ankunft hatten die Copleys die Geräte nur widerwillig benutzt, weil sie befürchteten, sie könnten sie nicht mehr abstellen und die Maschinen würden die ganze Nacht hindurch vor sich hin rattern, heißlaufen, schließlich explodieren und das ganze Pfarrhaus in die Luft jagen.
Die Tochter, das einzige Kind der Copleys, lebte in einer Villa in Wiltshire und besuchte sie nur selten. Aber sie rief häufig an, meistens zu ungelegener Zeit. Sie hatte auch Meg Dennison ausführlich befragt, um zu erfahren, ob sie für das Leben im Alten Pfarrhof geeignet sei. Seit jenem Gespräch konnte sich Meg nur schwer an die Vorstellung gewöhnen, daß diese selbstbewußte, in Tweed gekleidete, herrische Frau den sanftmütigen alten Leuten nahestand, die sie mittlerweile so gut kennengelernt hatte. Sie wußte auch, daß die beiden – was sie ihr nie anvertrauen würden, vielleicht sich selbst nicht eingestanden – Angst vor ihrer Tochter hatten. Sie gängelte die beiden, aber nur zu deren Wohl, wie sie meinte. Die zweitgrößte Angst der Copleys war, daß sie sich doch noch ihrer häufig, aber aus reinem Pflichtgefühl geäußerten telephonischen Aufforderung beugen mußten und zu ihr ziehen würden, bis man den Whistler endlich dingfest machte.
Im Gegensatz zu der Tochter der Copleys konnte Meg Dennison gut verstehen, warum das Paar nach Simon Co-

pleys Pensionierung all seine Ersparnisse zum Kauf des Pfarrhofs verwendet und sich in hohem Alter mit einer Hypothek belastet hatte. Mr. Copley war in jungen Jahren Hilfspfarrer in Larksoken gewesen, als es die viktorianische Kirche noch gab. In dem scheußlichen Bau mit viel poliertem Fichtenholz, widerhallenden Fliesen und kitschigen Buntglasfenstern waren er und seine Frau getraut worden, und in der kleinen Wohnung über der des Ortspfarrers hatten sie ein Zuhause gefunden. In den dreißiger Jahren war dann die Kirche von einem Sturm teilweise verwüstet worden. Insgeheim war das Kirchenkuratorium froh darüber, weil es nicht wußte, was es mit einem Gebäude anfangen sollte, das ohne jeden künstlerischen Wert war und selbst an hohen Feiertagen höchstens ein halbes Dutzend Kirchgänger anzog. Man riß die Kirche schließlich ab, und der Alte Pfarrhof, den sie einst wie eine Trutzburg beschirmt hatte, der sich aber als standfester erwies, wurde verkauft.
Rosemary Duncan-Smith hatte ihre Ansichten freimütig geäußert, als sie Meg nach dem Vorstellungsgespräch zum Bahnhof von Norwich fuhr. »Ich finde es töricht, daß die beiden da noch immer hausen. Sie hätten sich schon längst nach einer kleinen, bequem eingerichteten Wohnung in Norwich oder einem kleinen Ort mit Geschäften, einem Postamt und selbstverständlich einer Kirche umtun sollen. Aber Vater ist nun mal furchtbar stur, wenn er sich etwas in den Kopf gesetzt hat. Und meine Mutter ist Wachs in seinen Händen. Ich kann nur hoffen, daß Sie nicht annehmen, Ihre Anstellung sei nur eine Übergangslösung.«
»Eine Übergangslösung vielleicht schon«, hatte Meg Dennison erwidert. »Aber keine kurzfristige. Ich kann nicht versprechen, daß ich für immer bleibe. Ich brauche Zeit und Ruhe, um mir über meine Zukunft klarzuwerden. Außerdem könnte ich ja Ihren Eltern auch mißfallen.«
»Zeit und Ruhe brauchen Sie also – na, uns soll es recht sein.

Ich meine, das ist besser als nichts. Trotzdem wäre ich Ihnen dankbar, wenn Sie eine Kündigungsfrist von ein, zwei Monaten einhalten würden. Und machen Sie sich nur keine Gedanken darüber, ob Sie meinen Eltern zusagen. Mit ihrem ungenügend ausgestatteten Haus und ihrem abgeschiedenen Leben auf einer Landzunge, wo es nur eine Klosterruine und ein Atomkraftwerk zu sehen gibt, werden sie sich schon mit dem abfinden müssen, was sie bekommen.«

Das war vor sechzehn Monaten gewesen, und Meg war immer noch da. Aber ihren Seelenfrieden hatte sie erst in der hübsch eingerichteten, behaglichen, heimeligen Küche von Martyr's Cottage gefunden. Gleich zu Beginn ihrer Freundschaft hatte Alice – sie mußte eine Woche in London verbringen, und Alex war fortgefahren – ihr einen Reserveschlüssel für das Cottage in die Hand gedrückt, damit sie die Post durchsah und ihr nachschickte. Als sie wiederkehrte, wollte Meg ihr den Schlüssel zurückgeben. »Behalt ihn!« hatte Alice abgewehrt. »Vielleicht brauchst du ihn mal.« Meg hatte ihn bisher nicht verwendet. Im Sommer stand die Haustür meistens offen. Und wenn sie mal zu war, schellte Meg. Aber der Besitz des Schlüssels, sein Anblick, sein Gewicht an ihrem Schlüsselbund versinnbildlichten für sie, wieviel Geborgenheit, wieviel Zutrauen eine Freundschaft schenken konnte. Sie war so viele Jahre ohne eine Freundin ausgekommen. Nun vergaß sie hin und wieder, daß sie noch nie erlebt hatte, wie behaglich man sich in Gesellschaft einer Frau fühlen konnte, die nichts, schon gar keine erotisch geprägte Zuneigung, von ihr verlangte.

Sie und ihr Mann – Martin war vor vier Jahren ertrunken – hatten sich nur gelegentlich mit Freunden und Bekannten getroffen, weil sie sich im Grunde selbst genügten. Ihre kinderlose Ehe war eine jener Verbindungen gewesen, die die Außenwelt fernhalten. Hin und wieder besuchten sie, um ihren gesellschaftlichen Verpflichtungen zu genügen, eine Dinnerparty. Aber dann konnten sie es kaum erwarten, wieder in die Geborgenheit ihres kleinen Hauses zurückzukehren. Nach Martins Tod hatte sie, so kam es ihr heute vor, wie in einer dunklen, tiefen, engen, unsäglich bedrückenden Schlucht dahinvegetiert. Um einen Tag durchzustehen, mußte sie all ihre Lebensenergie, all ihre Kraft aufwenden. Wenn sie sich etwas vornahm, wenn sie arbeitete, wenn sie ihrem Kummer nachging, hatte sie nur den jeweiligen Tag im Auge. Hätte sie sich gestattet, an die Tage, Wochen, Monate oder gar Jahre zu denken, die vor ihr lagen, wäre sie psychisch zusammengebrochen. Zwei Jahre war ihr Gemüt verdüstert gewesen. Selbst ihr Glaube hatte ihr nicht geholfen. Sie hatte ihn nicht verworfen, aber er war ihr unwichtig geworden. Seine Tröstungen waren wie eine Kerze, die nur kläglich die Dunkelheit erhellte. Als sich endlich nach zwei Jahren die beengende Schlucht unmerklich weitete und sich ihr erstmals die Aussicht auf ein normales Leben eröffnete, auf Lebensglück sogar, auf eine Welt, in der wieder die Sonne schien, wurde sie unwissentlich in die rassischen Auseinandersetzungen an ihrer Schule hineingezogen. Die älteren Kollegen und Kolleginnen hatten sich versetzen oder pensionieren lassen. Die neue Schulleiterin, der man dieses Amt anvertraut hatte, damit sie die gerade modischen politischen Dogmen durchsetzte, widmete sich ihrer Aufgabe mit kreuzzüglerischem Eifer und begann alles Abweichende auszumerzen. Inzwischen wußte Meg Dennison, daß sie von Anfang an das geeignete, vorbestimmte Opfer gewesen war. Sie war in ein neues Leben auf dieser Landzunge, in eine anders beschaffene Einsamkeit geflüchtet. Doch dann war sie Alice Mair begegnet. Kennengelernt hatten sie sich zwei Wochen nach Megs Ankunft, als Alice mit einem Koffer voll alter Sachen für den alljährlichen Basar zugunsten der St.-Andrew's-Kirche in Lydsett zum Alten Pfarrhof gekommen war. Zwischen der Küche und der rückwärtigen Tür gab es einen sonst unbenützten Waschraum, in dem die alten, ausrangierten Dinge – Kleidungsstücke, allerlei Krimskrams, Bücher, Zeitschriften – gehortet wurden. Mr. Copley las gelegentlich die Messe in der St.-Andrew's-Kirche, wenn Mr. Smollett, der Vikar, Urlaub machte. Das war eine Beteiligung am kirchlichen und dörflichen Leben, die Mr. Copley, wie Meg vermutete, ebenso wichtig nahm wie die Kirchenoberen. Im allgemeinen steuerten die paar Cottages auf der Landzunge nur wenig zu dem Basar bei, doch brachte Alex Mair, der das AKW der Kirchengemeinde schmackhaft machen wollte, irgendwann eine diesbezügliche Notiz am Schwarzen Brett an, und so waren im Oktober, wenn der Tag des Basars immer näher rückte, die beiden Teekisten meistens wohlgefüllt. Die Hintertür zum Alten Pfarrhof, durch die man in den Waschraum gelangte, war in der Regel tagsüber offen. Nur die Innentür im Haus war verschlossen. Alice Mair hatte an der Vordertür geklopft und sich vorgestellt. Die beiden Frauen waren etwa gleich alt und vom Wesen her zurückhaltend; sie mochten einander auf Anhieb, ohne eigentlich eine freundschaftliche Bindung gesucht zu haben. Die Woche darauf war Meg zum Dinner in Martyr's Cottage eingeladen worden. Und seitdem verging kaum ein Tag, da sie nicht den halben Kilometer über die Landzunge ging, um mit Alice in deren Küche zu plaudern oder ihr bei der Arbeit Gesellschaft zu leisten.

Ihre einstigen Kollegen hätten ihre Freundschaft unbegreiflich gefunden. Denn was bei ihnen als Freundschaft galt, überbrückte nie die Kluft zwischen den diversen politischen Anschauungen. Zudem verkam eine solche Bindung beim höhnischen Geschwätz im Lehrerzimmer rasch zum Austausch von Klatsch, Gerüchten, Vorwürfen und Bezichtigungen des Verrats. Diese friedvolle Freundschaft mit Alice jedoch, die ihr nichts abverlangte, war frei von Zwängen und Einschüchterungen. Es war keine augenfällige Freundschaft.

Keine küßte die andere auf die Wange, keine ließ sich zu einer liebevollen Geste hinreißen. Nur bei der ersten Begegnung hatten sie einander die Hand geschüttelt. Meg hatte keine Ahnung, was Alice an ihr schätzte. Aber sie wußte, was sie an Alice mochte. Alice war intelligent, belesen, nüchtern, besonnen. Sie bildete den Mittelpunkt von Megs Leben auf der Landzunge. Alex Mair sah sie nur selten. Tagsüber war er im AKW, und an den Wochenenden fuhr er zu seiner Wohnung in London, wo er auch öfters einige Tage blieb, wenn er irgendeine Besprechung hatte. Sie hatte nicht das Gefühl, daß Alice sie aus Angst, ihr Bruder könnte ihre Freundin langweilig finden, absichtlich von ihm fernhielt. Trotz all der bitteren Erfahrungen in den vergangenen vier Jahren war Meg tief in ihrem Inneren viel zu gefestigt, als daß sie darin einen gegen sie als Frau gerichteten Affront oder eine gesellschaftliche Zurücksetzung gewittert hätte. Außerdem fühlte sie sich in seiner Gegenwart nicht wohl. Das lag vielleicht daran, daß er – mit seiner Selbstsicherheit, seinem markanten Gesicht, seinem arroganten Auftreten – etwas von der geheimnisumwitterten Macht des Werks ausstrahlte, das er leitete. Wenn sie sich hin und wieder trafen, war er überaus liebenswürdig. Bisweilen gewann sie sogar den Eindruck, daß er sie mochte. Sie begegneten sich zumeist in der Küche von Martyr's Cottage. Und selbst da fühlte sie sich wohler, wenn er nicht zugegen war. Alice sprach von ihm nur beiläufig. Doch wenn sie die Geschwister wie gestern abend auf der Dinnerparty einmal zusammen sah, kam es ihr so vor, als sei ihre feinfühlige Rücksichtnahme aufeinander, ihr instinktives Verständnis für die Bedürfnisse des anderen eher typisch für eine langjährige, erfolgreiche Ehe denn für eine lockere geschwisterliche Bindung.

Mit Alice hatte sie zum erstenmal seit fast drei Jahren über Martin reden können. Sie konnte sich des Julitages gut entsinnen: Die Tür zum Patio stand offen, und der Duft der

Würzkräuter und der Salzhauch des Meeres übertönten sogar den aromatischen Wohlgeruch der frischgebackenen Butterkekse. Sie und Alice saßen einander am Küchentisch gegenüber, zwischen ihnen die Teekanne.
Megs Gedächtnis hatte jedes Wort gespeichert. »Gedankt hat man es ihm nicht«, hatte sie gesagt. »Sicher, man pries seinen heldenhaften Mut. Die Schulleiterin hielt bei der Gedenkfeier eine schöne Rede. Aber die vorherrschende Meinung war, daß die Schüler da nicht hätten schwimmen dürfen. Die Schulleitung fühlte sich für seinen Tod nicht verantwortlich. Man war mehr darauf bedacht, jegliche Kritik abzublocken, als Martin ein ehrendes Andenken zu bewahren. Und der Junge, dem er das Leben rettete, geriet hinterher auf die schiefe Bahn. Ich weiß, es ist töricht, daß mir das noch immer nahegeht.«
»Es ist doch völlig normal, daß du gehofft hast, dein Mann habe sein Leben zumindest nicht für einen Tunichtgut riskiert. Vielleicht rüttelt das den Jungen auf. Man lebt nicht leicht, wenn man weiß, daß jemand für einen sein Leben geopfert hat.«
»Das habe ich mir auch eingeredet«, sagte Meg. »Eine Zeitlang war ich von dem Jungen geradezu besessen. Ich wartete vor der Schule auf ihn. Manchmal drängte es mich danach, ihn zu streicheln. Es war, als wäre etwas von Martin auf ihn übergegangen. Aber ihm war das alles selbstverständlich nur peinlich. Er wollte mich nicht sehen, wollte nicht mit mir sprechen. Weder er noch seine Eltern. Es war, nebenbei gesagt, kein netter Junge. Ein Rüpel war er und obendrein noch dumm. Ich kann mir nicht vorstellen, daß Martin ihn mochte. Gesagt hat er's zumindest nicht. Außerdem war er picklig. Aber dafür konnte er nichts. Ich weiß nicht, warum ich das überhaupt erwähne.«
Warum hatte sie – nach all den Jahren – überhaupt von ihm gesprochen? Mußte sie auch noch ausplaudern, daß sie von

ihm geradezu besessen war? Noch nie hatte sie mit jemand darüber geredet.

»Tja, es ist bedauerlich, daß dein Mann ihn nicht ertrinken ließ und sich selbst in Sicherheit brachte. Aber in seiner Aufregung konnte er wohl nicht abwägen, was einer Rettung würdiger ist – die nützlichen Fähigkeiten eines Lehrers oder die Dummheit eines pickligen Jungen.«

»Ihn ertrinken lassen? Mit Bedacht? Aber Alice! Du weißt doch, daß auch du so was nicht tun könntest!«

»Vielleicht nicht. Aber ich bin durchaus fähig, eine aberwitzige Dummheit zu begehen. Wahrscheinlich hätte ich ihn herausgezogen, wenn meine Gefährdung nicht allzu groß gewesen wäre.«

»Selbstverständlich hättest du das! Dieser Instinkt, andere zu retten, zumal ein Kind, steckt nun mal in uns.«

»Dieser Instinkt, den ich sehr sinnvoll finde, treibt uns dazu, uns selbst zu retten. Deswegen bezeichnen wir Menschen, die ihm nicht folgen, auch als Helden und verleihen ihnen Orden. Denn uns ist bewußt, daß sie wider ihre Natur gehandelt haben. Ich kann nicht verstehen, wie du der Welt nur lautere Absichten zuerkennen kannst.«

»Tu ich das? Vielleicht doch. Abgesehen von den zwei Jahren nach Martins Tod habe ich immer angenommen, daß die Welt sich im Grunde von Liebe leiten läßt.«

»Die Welt ist im Grunde grausam. Wir sind Bestien, die einander als Beute ansehen. So handeln alle Lebewesen. Hast du gewußt, daß Wespen ihre Eier in lebende Marienkäfer legen, indem sie deren Chitinpanzer an der schwächsten Stelle durchbohren? Die Larven mästen sich an dem lebenden Marienkäfer, umspinnen seine Beine, bis sie dann der leergefressenen Hülle entschlüpfen. Wer sich das ausgedacht hat, muß doch einen absonderlichen Sinn für Humor haben, meinst du nicht auch? Komm mir jetzt nur nicht mit Zitaten von Tennyson!«

»Vielleicht spürt der Marienkäfer nichts davon?«
»Ein tröstlicher Gedanke, aber wetten würde ich nicht darauf. Du mußt eine glückliche Kindheit gehabt haben.«
»O ja! Das stimmt. Meine Kindheit war glücklich. Ich hätte zwar gern Geschwister gehabt, aber ich kann mich nicht entsinnen, daß ich mich einsam fühlte. Wir hatten nie viel Geld, doch an Liebe hat es mir nicht gemangelt.«
»Liebe! Ist sie denn so wichtig? Du als Lehrerin solltest es wissen. Ist sie so wichtig?«
»Sie ist lebenswichtig. Wenn sie einem Kind in den ersten zehn Lebensjahren zuteil wird, ist alles andere nebensächlich. Wenn nicht, läßt sich das durch nichts ausgleichen.«
Sie schwiegen eine Weile.
»Mein Vater erlitt einen tödlichen Unfall, als ich fünfzehn war«, sagte dann Alice.
»Wie schrecklich! Wie ist es dazu gekommen? Warst du dabei? Hast du es mitansehen müssen?«
»Er hat sich mit einer Hippe die Beinschlagader aufgerissen. Er ist verblutet. Nein, wir haben's nicht mitansehen müssen. Als wir ihn fanden, war es zu spät.«
»Armer Alex! Er ist ja jünger als du. Es muß furchtbar für euch beide gewesen sein.«
»Es hat unser beider Leben zweifellos beeinflußt, vor allem meins. Aber willst du nicht einen meiner Kekse probieren? Ich habe sie nach einem neuen Rezept gemacht, bin mir aber nicht ganz sicher, ob sie mir auch gelungen sind. Sie sind etwas zu süß. Vielleicht habe ich zuviel Orangeat genommen. Sag es mir frei heraus!«
Die von den Fliesen aufsteigende Kälte an ihren Beinen holte Meg in die Gegenwart zurück. Zerstreut richtete sie die Henkel der Tassen auf dem Tablett aus. Jetzt wußte sie auch wieder, warum ihr die sommerliche Teestunde in Martyr's Cottage eingefallen war. Die Kekse, die sie morgen früh auf dem Frühstückstablett servieren wollte, waren nach Alices

Rezept gebacken worden. Aber sie würde sie erst morgen aus der Dose nehmen. Jetzt brauchte sie nur noch ihre Wärmflasche zu füllen. Obwohl der Alte Pfarrhof keine Zentralheizung hatte, schaltete sie den zweispiraligen Elektroofen nur selten ein, weil die Copleys die Heizkosten so gering wie möglich halten wollten. Sie drückte die mollig warme Gummiflasche an die Brust, überprüfte noch, ob an der Vorder- und Hintertür die Riegel vorgeschoben waren, und ging dann die kahle Holztreppe zu ihrem Zimmer hoch. Auf dem Treppenabsatz stieß sie auf Mrs. Copley, die mit wehendem Morgenmantel an ihr vorbei ins Badezimmer huschte. Der Alte Pfarrhof hatte zwar eine zweite Toilette, die im Erdgeschoß lag, aber nur ein einziges, obendrein altertümliches Badezimmer, ein Mißstand, der jedesmal verlegene, mit leiser Stimme geäußerte Fragen zur Folge hatte, wenn einer von ihnen den sorgsam ausgetüftelten Plan durch ein unverhofftes Bad durcheinanderbrachte. Meg wartete, bis sie die Schlafzimmertür der Copleys ins Schloß fallen hörte, und suchte dann erst das Bad auf.
Eine Viertelstunde später lag sie im Bett. Obwohl sie müde war, konnte sie nicht einschlafen. Ihr Gehirn war noch hellwach, während sich der Körper hin und her wälzte, um endlich eine schlaffördernde Stellung zu finden. Da der Alte Pfarrhof weit genug entfernt lag, war das Getöse der Wellen nicht zu vernehmen. Nur der Salzgeruch des Meeres und ein dumpfes Rauschen drangen bis hierher. Im Sommer erfüllte die Luft ein rhythmisches Glucksen, das sich in stürmischen Nächten oder bei Springflut zu einem bedrohlichen Tosen steigern konnte. Da Meg immer bei geöffnetem Fenster schlief, lullte sie das ferne Rauschen meistens rasch ein. Aber heute wirkte es nicht. Auf dem Nachttisch lag Anthony Trollopes Roman *The Small House at Allington*, ein Buch, das sie liebte. Doch heute wollte sie sich nicht in die friedliche, trauliche Welt von Barsetshire versetzen lassen, auf

Mrs. Dales Rasen eine Partie Krocket spielen, an der Tafel des Gutsherrn schmausen. Die Erinnerung an den vergangenen Abend wirkte allzusehr in ihr nach, war allzu aufregend, zu frisch, als daß sie sich durch Schlaf verdrängen ließ. Sie öffnete die Augen und schaute in die Dunkelheit, in der ihr häufig bevor sie endlich einschlummerte, all die vertrauten, aber nun anklagenden Kindergesichter erschienen, braune, schwarze, weiße, die sich über sie beugten und fragten, warum sie ihre Schüler im Stich gelassen hätte. Sie hätten sie geliebt und gemeint, daß auch sie an ihnen hänge. Sie war jedesmal erleichtert, wenn die sanften, wehklagenden Schemen endlich verblaßten. In den letzten Monaten waren sie ihr nur noch selten erschienen. Manchmal stellte sich auch eine quälendere Erinnerung ein. Die Schulleiterin hatte sie, die doch seit zwanzig Jahren Kinder aller Rassen unterrichtete, zu einem antirassistischen Lehrgang beordern wollen. Daraufhin war es zu einem Vorfall gekommen, den sie monatelang aus ihrem Gedächtnis zu tilgen versuchte; es war bei der letzten Besprechung im Lehrerzimmer gewesen. Immer noch sah sie den Kreis unversöhnlicher Gesichter vor sich, braune, schwarze, weiße, all die anklagenden Augen, hörte die bohrenden Fragen. Als sie dem psychischen Druck nicht länger hatte standhalten können, war sie vor lauter Hilflosigkeit in Tränen ausgebrochen. Ein Nervenzusammenbruch – ein Ausdruck, mit dem man vieles vertuschen konnte – wäre nicht demütigender gewesen.

Doch heute quälten sie nicht diese beschämenden Erinnerungen, sondern noch beunruhigendere Bilder. Sie sah wieder die mädchenhafte Gestalt vor der Abteimauer, die wie ein Phantom davonhuschte und mit dem dunklen Strand verschmolz. Dann war sie wieder auf der Dinnerparty und erblickte über den Tisch hinweg im Kerzenlicht Hilary Robarts' dunkle, mißgünstige Augen, die starr auf Alex Mair gerichtet waren, sie erspähte Miles Lessinghams breitflächiges Gesicht, das vom flackernden Kaminfeuer erhellt wurde, sah, wie seine langfingrigen Hände nach der Rotsponflasche griffen, hörte wieder, wie er mit näselnder Stimme von dem grausigen Vorfall berichtete. Und dann mußte sie sich noch mit Lessingham durch das Gebüsch in dem grauenhaften Wald winden. Sie spürte, wie das dürre Heidekraut ihre Beine zerkratzte, wie die niedrigen Zweige gegen ihre Wange schnellten, erblickte zusammen mit ihm im Lichtschein seiner Stablampe das grotesk entstellte Gesicht. Und in dem Dämmerzustand zwischen Dösen und Schlafen wurde ihr jäh klar, daß sie das Gesicht kannte. Es war ihr Gesicht. Sie schrie entsetzt auf, wurde schlagartig hellwach, machte die Nachttischlampe an, griff entschlossen nach dem Buch und begann zu lesen. Eine halbe Stunde später entglitt das Buch ihrer Hand, und sie fiel in einen unruhigen Schlaf.

16

Sosehr er sich auch bemühte, der Schlaf wollte sich nicht einstellen. Wach im Bett zu liegen hatte Alex Mair schon immer unzumutbar gefunden. Er konnte mit wenig Schlaf auskommen, sofern dieser wenigstens tief gewesen war. Er schwang die Beine über die Bettkante, zog den Morgenmantel an und trat ans Fenster. So konnte er sich zumindest den Sonnenaufgang über dem Meer ansehen. Die zurückliegenden Stunden fielen ihm ein; wie gut es ihm doch getan hatte, mal wieder mit Alice reden zu können, wie beruhigend die Erkenntnis war, daß nichts sie aus der Fassung bringen konnte, daß nichts sie überraschte, daß seine Handlungen, selbst wenn Alice sie nicht guthieß, nicht nach dem unerbittlichen Maßstab beurteilt wurden, den seine Schwester sich in ihrem eigenen Leben gesetzt hatte.
Ihr gemeinsames Geheimnis, die wenigen Minuten, als er

ihren zitternden Körper gegen den Baumstamm drückte und ihr mit einem festen Blick in die Augen Gehorsam abverlangte, hatte ein so starkes Band zwischen ihnen geknüpft, daß nichts es zerfasern konnte, weder die Ungeheuerlichkeit ihrer Schuld noch die kleinen Reibereien des Alltags. Trotzdem hatten sie über den Tod ihres Vaters nie geredet. Er wußte nicht, ob Alice jemals daran dachte, ob sich das Trauma mittlerweile verflüchtigt, ob sie ihrem Unterbewußtsein seine Version des Hergangs eingeprägt, sie zur Wahrheit erhoben hatte. Als er einige Zeit nach dem Begräbnis bemerkt hatte, wie gefaßt sie war, als ihm diese Möglichkeit überhaupt in den Sinn kam, war er so verdutzt, daß er das anfänglich nicht glauben mochte. Er wollte ihre Dankbarkeit nicht. Schon der Gedanke, sie könnte sich ihm verpflichtet fühlen, war ihm peinlich. Verpflichtungen, Dankbarkeit – das waren Worte, die sie in ihrer Beziehung nicht gebrauchten. Dennoch wollte er nicht, daß sie alles aus ihrem Gedächtnis tilgte. Die Tat erschien ihm so monströs, so abwegig, daß es unerträglich gewesen wäre, wenn er sie nicht mit jemand hätte teilen können. In den ersten Wochen hatte er ihr die Größe dessen, was er getan hatte, klarmachen wollen. Er wollte sie wissen lassen, daß er es ihretwegen vollbracht hatte.

Doch sechs Wochen nach dem Begräbnis gelang es ihm plötzlich, sich vorzugaukeln, daß das alles nicht geschehen war, nicht auf diese Weise, daß das erschreckende Ereignis nur seiner kindlichen Phantasie entsprungen sei. Wenn er nachts wach dalag, sah er, wie sein Vater zu Boden stürzte, wie das Blut, einer Fontäne gleich, emporschoß, hörte er die gestammelten Worte. In dieser geänderten, tröstlicheren Fassung hatte er nur eine Sekunde, gewiß nicht länger, gezögert. Dann war er zum Haus gelaufen, um Hilfe zu holen. Zuweilen stellte sich noch eine weitere, erfreulichere Vorstellung ein: Er kniete neben seinem Vater, preßte die Faust gegen die Wunde, stillte das hervorquellende Blut, flüsterte dem Sterbenden beschwichtigende Worte zu. Es war selbstverständlich zu spät. Aber er hatte sich immerhin bemüht. Er hatte sein Bestes getan. Der Amtsarzt, jenes pedantische Männlein mit der Halbbrille und dem vergrämten Gesicht, hatte ihn gelobt: »Ich spreche dem Sohn des Verstorbenen meine Anerkennung aus. Er hat mutig, mit lobenswerter Schnelligkeit gehandelt und sein Möglichstes getan, um das Leben seines Vaters zu retten.«

Anfangs überwältigte ihn die Erleichterung darüber, daß er sich einreden konnte, er sei unschuldig. Nacht um Nacht schlief er mit einem Hochgefühl ein. Aber auch damals war ihm bewußt, daß die selbsterteilte Absolution nur eine Droge war. Dieser beruhigende Behelf war nichts für ihn. Denn darin lag eine Gefahr, die zerstörerischer war als sämtliche Schuldgefühle: »Niemals darf ich mir einreden, daß eine Lüge die Wahrheit ist«, schärfte er sich ein. »Ich kann Lügen verbreiten, wenn es zweckdienlich ist, aber das muß mir auch bewußt sein. Mich selbst darf ich nicht anlügen. Ich darf Tatsachen nicht verfälschen. Ich muß sie hinnehmen, mich ihnen stellen. Nur so kann ich lernen, wie man mit ihnen umgeht. Ich kann nach Gründen für mein Handeln suchen und sie sodann als Rechtfertigungen ansehen. Was Vater Alice angetan hat! Wie er Mutter quälte! Wie ich ihn gehaßt habe! Ich kann versuchen, seinen Tod vor mir zu rechtfertigen. Aber ich hab's nun mal getan, und er ist so und nicht anders ums Leben gekommen.«

Sobald er sich das klargemacht hatte, fand er seinen Seelenfrieden wieder. Und nach ein paar Jahren gelangte er zu der Ansicht, daß Schuldgefühle eine Schwäche seien, daß er überhaupt nicht leiden mußte, wenn er es nicht wollte. Danach kam die Phase, da er sogar stolz auf seine Tat war, auf seinen Mut, seine Kühnheit, seine Umsicht, mit der er sie durchgeführt hatte. Aber auch das war gefährlich. Schließlich dachte er etliche Jahre lang kaum noch an seinen Vater. Seine Mutter und Alice redeten von ihm nur in der Gesellschaft von Bekannten, wenn diese verlegen ihr Beileid ausdrückten und man sich dem nicht entziehen konnte, im Familienkreis dagegen wurde er nur noch ein einziges Mal erwähnt.

Ein Jahr nach seinem Tod heiratete ihre Mutter Edmund Morgan, einen verwitweten Organisten mit einschläfernder Wesensart. Sie zog mit ihm nach Bognor Regis, wo sie – mit der ausbezahlten Lebensversicherung des Vaters – einen geräumigen Bungalow mit Seeblick bezogen und in einer hingebungsvollen Harmonie, die ihre wohlgeordnete, beschauliche Welt widerspiegelte, vor sich hin lebten. Ihre Mutter bezeichnete ihren zweiten Mann stets als Mr. Morgan. »Wenn ich mit dir nie über deinen Vater spreche, Alex«, sagte sie einmal, »dann heißt das nicht, daß ich ihn vergessen habe. Aber Mr. Morgan könnte daran Anstoß nehmen.« Dieser Satz prägte sich Alex und Alice ein. Mr. Morgans Beruf und sein Instrument boten reichlich Anlaß zu kindischen Witzeleien, die sich steigerten, als er und ihre Mutter in den Flitterwochen weilten. »Ich hoffe, daß Mr. Morgan sämtliche Register zieht!« spöttelten sie. Oder: »Meinst du, daß Mr. Morgan auch mal eine Variante einfällt? Denn leicht hat's der arme Mr. Morgan nicht. Hoffentlich geht ihm nicht die Puste aus!« Sie waren stille, verschlossene Kinder. Aber über solche Albernheiten konnten sie schallend lachen. Die Spötteleien über Mr. Morgan und seine Orgel dämpften den Schrecken der Vergangenheit.

Als Alex etwa achtzehn war, begann ihn ein anderer Gedanke zu beschäftigen. »Ich hab's gar nicht für Alice getan«, sagte er sich. »Ich hab's meinetwegen getan.« Merkwürdig war nur, daß es vier Jahre gedauert hatte, bis er auf diese Tatsache stieß. Aber war das nun die Realität? War das die Wahrheit, oder war es nur ein Gedankenspiel, dem er sich in gewissen Stimmungen hingab?

Als er über die Landzunge hinweg nach Osten blickte, wo sich die Morgendämmerung mit einem zarten Goldschimmer ankündigte, sagte er laut: »Ich habe Vaters Tod absichtlich herbeigeführt. Das ist eine Tatsache. Alles übrige ist nur sinnlose Spekulation.« In einem Roman, dachte er weiter, hätten die gemeinsamen Erinnerungen uns quälen müssen, müßten wir jetzt argwöhnische, von Schuldgefühlen geplagte Menschen sein, die sich nicht trennen mochten und ein klägliches Leben miteinander führten. Statt dessen hatte es seit dem Tod ihres Vaters zwischen ihm und seiner Schwester nur Freundlichkeit, Zuneigung und Wohlwollen gegeben.

Und jetzt, fast dreißig Jahre danach, wo man hätte annehmen können, er hätte die Tat und seine Reaktionen darauf längst bewältigt, begann sich die Erinnerung abermals zu regen. Nach dem ersten Mord des Whistlers hatte das angefangen. Der Ausdruck »Mord«, der jedermann von den Lippen ging wie ein widerhallender Fluch, schien die Macht zu haben, das Gesicht seines Vaters heraufzubeschwören, das er geglaubt hatte, verdrängt zu haben, das längst unscharf, leblos wie auf einer vergilbten Photographie geworden war. Seit einem halben Jahr erschien ihm das Gesicht zu allen möglichen, stets ungelegenen Zeiten. Eine Konferenz etwa konnte dies auslösen, die Bewegung einer Hand, das Zittern eines Augenlids, der Tonfall einer Stimme, ein zuckender Mund, gespreizte Finger vor dem Kaminfeuer. Der Geist seines Vaters drängte sich ihm auf beim Gewirr des spätsommerlichen Laubs, beim Fallen welker Blätter, bei herbstlichen Gerüchen, die ihm in die Nase stiegen. Er hätte gern gewußt, ob das auch Alice passierte. Doch bei all ihrer Zuneigung füreinander, trotz des Gefühls, sie seien untrennbar miteinander verbunden, würde er ihr diese Frage nie stellen.

Es gab auch Fragen – zumindest eine –, die *sie ihm* niemals stellen würde. Sie interessierte sich nicht im geringsten für sein Sexualleben. Er war psychologisch so weit bewandert, daß er sich vorstellen konnte, was jene frühen, beschämenden, angsteinflößenden Erlebnisse in ihr angerichtet haben mochten. Manchmal hatte er den Eindruck, sie beobachte seine Affären mit der beiläufigen, amüsierten Nachsicht eines Menschen, der gefeit war gegen solche kindischen Schwächen, sie aber bei anderen Menschen nicht mißbilligen wollte. Nach seiner Scheidung hatte sie ihm einmal gesagt: »Weißt du, ich finde es absonderlich, daß ein so simpler, wenn auch ungeschlachter Vorgang, der das Überleben unserer Spezies sichert, die Menschen in einen derartigen Aufruhr versetzt. Muß man denn Sex so wichtig nehmen?« Er überlegte, ob sie von Amy wußte, etwas ahnte. Als nun der flammendrote Sonnenball dem Meer entstieg, schien die Zeit rückwärts zu laufen. Er lag abermals, wie fünf Tage zuvor, in der tiefen Mulde in den Dünen, roch wieder den Sand, das Gras, nahm den Salzgeschmack des Meeres wahr, während die Wärme des Spätnachmittags sich in der herbstlichen Luft allmählich verflüchtigte. Alles fiel ihm wieder ein, jedes Wort, jede Geste, das Timbre ihrer Stimme. Er spürte, wie sich die Härchen auf seinen Armen emporrichteten, als sie ihn zu liebkosen begann.

17

Den Kopf auf die Hand gestützt, drehte sie sich ihm zu. Er sah, wie das nachmittägliche Sonnenlicht ihr kurzgeschnittenes, helles Haar mit einem Goldschimmer überstäubte. Die Luft wurde merklich kühler. Er wußte, die Zeit des Abschieds war gekommen. Aber er blieb neben ihr liegen, lauschte dem Gluckern der Wellen und blickte durch die nickenden Grashalme zum Himmel empor. Was ihn erfüllte, war nicht die Traurigkeit nach einem Liebesakt, sondern eine wollüstige Trägheit, als erstrecke sich der eingeplante Sonntagnachmittag noch endlos vor ihnen.

»Ich muß jetzt gehen«, sagte Amy. »Ich habe Neil versprochen, ich würde nicht länger als eine Stunde wegbleiben. Wegen des Whistlers regt er sich immer auf, wenn ich mich verspäte.«

»Der Whistler mordet nur nachts und nicht bei hellem Tageslicht«, erwiderte er. »Und hier auf die Landzunge wagt er sich bestimmt nicht. Hier findet er zu wenig Deckung. Aber Pascoe hat recht, wenn er sich Sorgen macht. Zwar ist die Gefahr nicht groß, aber du solltest dich nachts nicht allein im Freien aufhalten. Solange der Mörder nicht gefaßt ist, sollte das keine Frau wagen.«

»Ich wünschte, sie würden ihn endlich schnappen. Dann hätte Neil einen Grund weniger, sich Sorgen zu machen.«

»Fragt er denn nie«, erkundigte er sich betont beiläufig, »wohin du gehst, wenn du dich am Sonntagnachmittag davonstiehlst und er sich um das Kind kümmern muß?«

»Nein, er fragt nie. Und das Kind hat einen Namen: Timmy. Außerdem stehle ich mich nicht davon. Ich sage ihm, daß ich weggehe, und gehe dann.«

»Macht ihn das nicht stutzig?«

»Das schon. Aber er meint, daß jeder Mensch das Recht auf ein Privatleben hat. Er würde mich gern fragen, wird es aber nie tun. Manchmal sage ich: ›Okay, ich hau jetzt ab, um mit meinem Liebhaber in den Sanddünen zu bumsen.‹ Aber auch darauf sagt er nichts. Er verzieht nur das Gesicht, weil ihm das Wort ›bumsen‹ nicht gefällt.«

»Warum machst du so was? Warum quälst du ihn? Wahrscheinlich liebt er dich.«

»Nein, aus mir macht er sich nicht viel. Er liebt Timmy. Und was für einen Ausdruck sollte ich denn sonst verwenden? Wir gehen doch nicht miteinander ins Bett. Das haben wir

nur einmal getan, bei dir zu Hause. Und da warst du schreckhaft wie eine Katze, weil du Angst gehabt hast, deine Schwester könnte unerwartet heimkommen. Man kann auch nicht sagen, wir schlafen bloß zusammen.«
»Wir geben uns einander hin«, schlug er vor. »Oder wir kopulieren, wenn dir das besser befällt.«
»Das klingt gräßlich, Alex! Ehrlich! Ein scheußliches Wort.«
»Und was treibst du mit ihm? Schläfst du mit ihm? Gehst du mit ihm ins Bett? Gibst du dich ihm hin? Oder kopulierst du mit ihm?«
»Nein, nichts dergleichen. Außerdem geht dich das nichts an. Er meint, es wäre nicht richtig. Das heißt, er möchte es nicht. Wenn's nämlich die Männer wollen, tun sie's auch.«
»Das ist auch meine Erfahrung«, bestätigte er.
Sie lagen reglos nebeneinander und schauten zum Himmel empor. Sie wollte offenbar nicht weiterreden. Immerhin hatte er endlich die Frage gestellt und auch eine Antwort erhalten. Irgendwie beschämt und auch irritiert stellte er fest, daß sich in ihm erstmals der Stachel der Eifersucht regte. Aber noch beschämender war, daß er sich geniert hatte, dieser Regung auf den Grund zu gehen. Zudem hatte er noch weitere Fragen, die er aber nicht zu stellen wagte; Fragen wie: »Was bedeute ich dir?«, »Wie wichtig ist dir das alles?«, »Was erhoffst du dir von mir?« und – die drängendste Frage, auf die er jedoch nie eine Antwort bekommen würde – »Liebst du mich?«. Bei seiner Frau hatte er genau gewußt, was er zu erwarten hatte. Wohl kaum eine Ehe hatte mit einer gründlicheren Auslotung dessen, was jeder vom anderen erwartete, begonnen. Ihre weder schriftlich noch mündlich niedergelegte, einander nur halb eingestandene voreheliche Abmachung hatte nicht in irgendeiner Form fixiert werden müssen. Er sollte den Lebensunterhalt verdienen, und sie würde, wann immer sie wollte, ihrem Beruf nachgehen; ihrem Job als Innenarchitektin hatte sie aller-

dings nie viel abgewinnen können. Zum Ausgleich für seine Mühen würde sie den Haushalt mit Umsicht und angemessener Sparsamkeit führen; alle zwei Jahre durfte jeder mindestens einmal allein Urlaub machen; sie wollten höchstens zwei Kinder haben, und den Zeitpunkt würde sie bestimmen; keiner würde den anderen in der Öffentlichkeit bloßstellen. Das Spektrum des ehelichen Wohlverhaltens reichte vom Unterlassen jeglicher Kränkungen bei Dinnerparties bis hin zur Vermeidung allzu dreister Untreue. Alles klappte ausgezeichnet. Sie mochten einander. Nur gelegentlich kam es zu Zwistigkeiten. Deswegen hatte es ihn, vor allem seinen Stolz, zutiefst getroffen, als sie ihn verließ. Glücklicherweise war das Mißlingen ihrer Ehe dadurch gemildert worden, daß alle Welt wußte, wie vermögend ihr Liebhaber war. Alex begriff, daß in einer materialistisch ausgerichteten Gesellschaft das Überlaufen einer Ehefrau zu einem Millionär kaum als Versagen bewertet wurde. In den Augen seiner Freunde hätte er sich allzu habsüchtig verhalten, wenn er sie nicht großmütig freigegeben hätte. Liz aber – um ihr Gerechtigkeit widerfahren zu lassen – hatte sich in Gregory verliebt und wäre ihm nach Kalifornien gefolgt, ob er nun vermögend war oder nicht.
Alex sah noch ihr völlig verwandeltes, lachendes Gesicht vor sich, hörte ihre beschwichtigende Stimme. »Diesmal ist es das Richtige, Darling«, hatte sie gesagt. »Ich habe nicht mehr damit gerechnet und kann's jetzt noch kaum fassen. Nimm's mir nicht übel. Dich trifft keine Schuld. Dagegen kann man einfach nicht an.«
Das Richtige! Es gab also dieses mysteriöse Richtige, vor dem alles verblaßte – Verpflichtungen, Gewohnheiten, Verantwortlichkeiten, Pflichten. Er empfand so etwas wie Beklommenheit, wenn er daran dachte, hier in den Dünen, wo er entspannt daliegen und den Himmel durch das Gewirr des Strandhafers betrachten konnte. *Er* hatte es gewiß nicht

gefunden, nicht bei dieser jungen Frau da, die halb so alt war wie er, die intelligent, aber ungebildet war, leichtlebig, belastet mit einem unehelichen Kind. Er machte sich nichts vor, was den Reiz, den sie auf ihn ausübte, anging. Bisher hatte er noch keine Affäre so berückend, so befreiend gefunden wie diese verstohlene Brunft auf dem harten Sandboden, unweit der tosenden Brandung.

Manchmal stellte er sich vor, sie lebten zusammen in seiner neuen Londoner Wohnung. Diese Wohnung, die er noch gar nicht hatte, die ja nur eine vage Möglichkeit war, bekam dann genaue Dimensionen, eine bestimmte Lage, eine beängstigend eindringliche Realität. Er arrangierte seine Bilder an nicht vorhandenen Wänden, überlegte, wo er die Möbel, seine Stereoanlage plazieren könnte. Die Wohnung lag an der Themse. Es sah schon die großen Fenster mit der Aussicht auf den Fluß bis hin zur Tower Bridge, das breite Bett, Amys wohlgeformten Körper, auf den das Sonnenlicht, das durch die quergestellten Holzlamellen drang, helle Streifen warf. Doch dann zerfaserten solche verführerischen Bilder wieder zur öden Wirklichkeit. Da war ja noch das Kind. Sie würde es sicherlich mitnehmen wollen; selbstverständlich würde sie das tun. Wer sollte sich denn sonst um es kümmern? Er konnte sich das nachsichtige, belustigte Lächeln seiner Freunde vorstellen, die spöttische Miene seiner Widersacher, wenn das Balg mit klebrigen Fingern in der Wohnung umhertapste. Er nahm – was Liz ihm erspart hatte – den Geruch von säuerlicher Milch wahr, von kotigen Windeln, er sah voraus, daß es dann keine Ruhe, keine Ungestörtheit mehr geben würde. Er brauchte diese bewußt kraß gezeichnete Realität, damit er wieder zu sich fand. Es erschreckte ihn, daß er sich, wenn auch nur für wenige Minuten, in eine solch zerstörerische Torheit hineinversetzen konnte. Ich bin besessen von ihr, dachte er. Na schön, dann werde ich eben in den wenigen verbleibenden Wochen meine Besessenheit ausleben. Der Spätsommer konnte ja nicht lange anhalten. Die für diese Jahreszeit ungewöhnlich warmen Tage mit ihrem wohltuenden Sonnenschein waren bald vorbei. Die Abenddämmerung setzte schon viel eher ein. Nicht lange, und die vom Meer her wehenden Brisen würden bereits den Winter ankündigen. Bald konnten sie nicht mehr in den sonnengewärmten Sanddünen liegen. Und in Martyr's Cottage durfte sie ihn nicht besuchen. Das wäre eine fahrlässige Dummheit. Zwar hätte sie, wenn Alice in London weilte und sich keine Besucher angekündigt hatten, eine ganze Nacht in seinem Zimmer verbringen können, aber das wollte er nie mehr riskieren. Auf der Landzunge konnte man nur wenig geheimhalten. Die Affäre war eine unverhoffte Dreingabe des Lebens, eine herbstliche Torheit, aber nichts, was der ersten Winterkälte widerstehen würde.

»Neil ist mein Freund, klar?« sagte sie plötzlich, als hätten sie ihr Gespräch nicht unterbrochen. »Seit wann interessierst du dich für ihn?«

»Ich? Überhaupt nicht. Aber ich hätte nichts dagegen, wenn er etwas ordentlicher hausen würde. Sein Caravan, dieser Schandfleck, ist von meinem Fenster aus gut zu sehen.«

»Um ihn von deinem Fenster aus zu sehen, brauchst du schon ein Fernglas. Außerdem ist dein AKW ebenfalls ein Schandfleck. Und das müssen wir uns alle gefallen lassen.«

Er legte die Hand auf ihre Schulter, die sich unter der körnigen Sandschicht sonnenwarm anfühlte, und erwiderte mit spöttischer Gestelztheit: »Die einhellige Ansicht lautet, daß das AKW, trotz aller durch seine Funktion und Lage vorgegebenen Beschränkungen, vom Architektonischen her gelungen ist.«

»Wer sagt das?«

»Ich zum Beispiel.«

»Was solltest du auch sonst sagen? Im Grunde müßtest du

Neil dankbar sein. Wenn er sich nicht um Timmy kümmerte, könnte ich nicht kommen.«

»Es ist eine primitive Behausung. Ihr habt zum Beispiel einen Holzofen, nicht? Wenn es den zerreißt, ist es aus mit dir, mit euch dreien, zumal wenn dann noch die Tür klemmt.«

»Die ist nie verschlossen. Du redest Unsinn! Außerdem lassen wir das Feuer nachts ausgehen. Und was ist, wenn dein Klotz da drüben in die Luft fliegt? Dann krepieren nicht bloß wir drei. Stimmt doch, oder? Dann krepieren nicht nur wir Menschen. Was ist mit Smudge und Whisky? Haben die kein Lebensrecht?«

»Er wird nicht explodieren. Hör doch nicht auf die Schauergeschichten, mit denen er die Leute verrückt macht. Frage *mich*, wenn dich die Atomkraft ängstigt. Ich kann dich aufklären.«

»Du meinst, während du mich bumst, kannst du mir die friedliche Nutzung der Kernenergie erläutern? Dann würde ich's garantiert kapieren?«

Mit einem Ruck drehte sie sich ihm zu. Die Sandkörnchen auf ihrer Schulter glitzerten. Und dann spürte er, wie ihr Mund seine Ohrlippe liebkoste, seine Brustwarzen, seinen Bauch. Sie kniete sich über ihn, und das rundliche, kindliche Gesicht mit dem dichten, hellen Haar verdeckte den Himmel.

Wenige Minuten darauf entwand sie sich seinem Griff und begann den Sand von ihren Jeans und dem T-Shirt zu klopfen.

»Warum unternimmst du nicht mal was gegen die Zicke in Larksoken, die Neil verklagt hat?« fragte sie und zwängte sich in die Jeans. »Du könntest sie davon abbringen. Du bist doch ihr Chef.«

Diese Frage – oder war es eine Forderung? – riß ihn aus seiner träumerischen Stimmung, als hätte sie ihm völlig

grundlos einen Schlag ins Gesicht versetzt. Bei ihren vier Begegnungen hatte sie ihn nie über seinen Job befragt. Auch das AKW erwähnte sie selten, beklagte sich nur wie heute nachmittag darüber, daß es die Aussicht verschandele. Er sperrte Amy nicht bewußt aus seinem privaten und beruflichen Leben aus. Wenn sie einander trafen, kam ihm dieses Leben kaum in den Sinn. Der Mann, der sich da mit Amy in den Dünen vergnügte, war nicht mehr der mit Arbeit überlastete, zielstrebige, berechnende Wissenschaftler, der das AKW von Larksoken leitete, war nicht mehr der Bruder von Alice, der einstige Ehemann von Elizabeth, der Ex-Liebhaber von Hilary Robarts. Er überlegte, irritiert und ein wenig verärgert, ob sie denn absichtlich diese Zurückhaltung mißachtet hatte. Sie war ja ebenso verschlossen wie er. Er wußte inzwischen kaum mehr von ihr als an jenem windigen Augustabend vor knapp sechs Wochen, als sie einander in der Klosterruine begegnet waren. Sie hatten sich angeschaut und waren dann wortlos aufeinander zugegangen, als würden sie sich erstaunt wiedererkennen. Später hatte sie ihm anvertraut, daß sie aus Newcastle stamme, daß ihr verwitweter Vater wieder geheiratet habe, sie sich jedoch mit ihrer Stiefmutter nicht gut verstehe. Sie sei dann nach London gezogen, wo sie bei Bekannten untergeschlüpft sei. Das hatte zwar glaubhaft geklungen, aber er nahm es ihr nicht so ganz ab, was ihr wiederum, wie er vermutete, gleichgültig war. Sie hatte eher einen Cockney-Akzent als den der Leute weiter im Norden. Alex hatte sich aus Zartgefühl nie nach dem Kind erkundigt, aber auch deswegen nicht, weil er sie sich nicht als Mutter vorstellen mochte. Und sie selbst hatte ihm nie von Timmy oder dessen Vater erzählt.
»Warum unternimmst du nichts?« wiederholte sie. »Du bist schließlich der Boß.«
»Aber nicht über das Privatleben meiner Mitarbeiter. Wenn Hilary Robarts meint, sie sei verleumdet worden und müsse

gerichtlich dagegen einschreiten, kann ich sie nicht abhalten.«
»Du könntest es, wenn du wolltest. Außerdem hat Neil nur die Wahrheit geschrieben.«
»Das wird bei einer Verleumdungsklage schwer zu beweisen sein. Pascoe sollte nicht allzusehr darauf bauen.«
»Sie wird auch kein Geld bekommen. Er hat keins. Wenn er die Gerichtskosten tragen muß, ist es aus mit ihm.«
»Daran hätte er eher denken sollen.«
Sie ließ sich in den Sand zurückfallen, und beide schwiegen. Nach einer Weile sagte sie, als hätten sie sich vorhin über Nebensächlichkeiten unterhalten: »Wie wäre es mit nächstem Sonntag? Am späten Nachmittag könnte ich kommen. Einverstanden?«
Sie trug es ihm also nicht nach; es war ihr nicht wichtig. Und falls es das doch war, hatte sie beschlossen, es zumindest vorläufig auf sich beruhen zu lassen. Und er konnte endlich den schwärenden Verdacht abschütteln, ihre erste Begegnung sei bewußt herbeigeführt worden, sei Teil eines von ihr und Pascoe ausgeheckten Plans gewesen, Hilary Robarts durch ihn von ihrem Vorhaben abzubringen. So ein Gedanke war doch unsinnig. Er brauchte sich nur die Unentrinnbarkeit ihrer ersten Begegnung vorzustellen, Amys leidenschaftliche, bedenkenlose, wollüstige Hingabe, um zu dem Schluß zu gelangen, daß ein solcher Verdacht abwegig war. Er würde am Sonntag nachmittag kommen. Vielleicht war es das letzte Mal. Darauf mußte er sich einstellen. Er mußte sich von dieser Hörigkeit – so angenehm sie ihm auch vorkommen mochte – befreien, so, wie er auch Hilary losgeworden war. Zudem wußte er, daß diese Trennung keine Proteste, keine Bitten, kein verzweifeltes Heraufbeschwören der Vergangenheit auslösen würde. Daß er sie verließ, würde Amy ebenso gleichmütig hinnehmen wie die Tatsache, daß sie sich kennengelernt hatten.

»Okay«, erwiderte er. »Um 16 Uhr 30 am Sonntag, dem 25.« Die Zeit, die in den letzten Minuten stehengeblieben zu sein schien, verstrich wieder wie sonst. Es war fünf Tage später, und er stand am Fenster seines Zimmers und betrachtete den Sonnenball, der aus dem Meer emportauchte und mit seinen Strahlen den Osthimmel färbte. Vor fünf Tagen hatte er sich auf die Verabredung eingelassen. Er wollte sie auch einhalten. Aber damals in den Dünen hatte er noch nicht gewußt, daß er am Sonntag, dem 25. September, ein weiteres, ganz anders geartetes Rendezvous hatte.

18

Gleich nach dem Lunch schlenderte Meg Dennison zum Martyr's Cottage. Die Copleys hatten sich nach oben begeben, um ihr Nachmittagsnickerchen zu halten. Sie überlegte noch, ob sie ihnen raten sollte, ihre Schlafzimmertür abzuschließen. Aber dann fand sie diese Vorsichtsmaßnahme unnötig und übertrieben. Sie würde die Hintertür verriegeln und die Vordertür zusperren. Außerdem wollte sie ja nicht lange fortbleiben, und den beiden machte es nichts aus, allein zurückzubleiben. Manchmal kam es Meg so vor, als dämpfe das Alter etwaige Ängste. Wenn die Copleys zum Beispiel einen Blick auf das AKW warfen, beschlich sie keine Vorahnung drohenden Unheils. Auch die Greueltaten des Whistlers schienen für sie keine Bedeutung zu haben; sie gingen schlichtweg über ihr Vorstellungsvermögen. Das einzige, was sie in ihrem Leben noch in Aufregung versetzte und eingehend geplant werden mußte, war eine Einkaufsfahrt nach Norwich oder Ipswich.
Das Wetter war herrlich an diesem Nachmittag, viel wärmer als an den zurückliegenden Tagen dieses eher enttäuschenden Sommers. Eine sanfte Brise wehte. Hin und wieder blieb

Meg stehen und streckte ihr Gesicht in die sonnenwarme, frische Luft. Der Boden federte unter ihren Füßen, und die Klosterruine im Süden hatte ihre geheimnisvolle Düsterkeit verloren: Goldfarben flirrend hob sie sich von der glatten, tiefblauen See ab.
Meg brauchte nicht zu klingeln. Wie meistens bei schönem Wetter stand die Haustür von Martyr's Cottage offen. Sie rief nach Alice, wartete, bis diese antwortete, und ging dann durch den Korridor weiter zur Küche. Im Haus wehte ihr ein aromatischer Zitronenduft entgegen, der den heimeligen Geruch von Möbelpolitur, Wein und Holzfeuer übertönte. Der Duft war dermaßen stark, daß er in ihr die Erinnerung an den Urlaub weckte, den sie und Martin in Amalfi verbracht hatten. Hand in Hand waren sie den Serpentinenweg hochgeschlendert, vorbei an den Verkaufsständen mit aufgehäuften Zitronen und Orangen, hatten genüßlich an den Früchten mit ihren großporigen, goldfarbenen Schalen gerochen. Viel gelacht hatten sie, und sie waren glücklich gewesen. Diese golddurchfluteten Bilder in ihrer Erinnerung, die einen Hauch Sonnenwärme auf ihre Wangen zauberten, waren so eindringlich, daß sie einen Augenblick lang unschlüssig vor der Küchentür stand. Dann besann sie sich wieder und richtete den Blick auf die längst vertrauten Gegenstände, den Hackklotz, den Gasherd mit der angebauten Arbeitsfläche, den Tisch aus polierter Eiche in der Mitte des Raums, die vier formschönen Stühle, auf Alices Arbeitsecke mit den Bücherregalen und den Schreibtisch mit dem Stapel von Korrekturbögen. Alice, die einen hellbraunen Kittel trug, stand am Küchentisch.
»Ich mache gerade Zitronencreme, wie du siehst«, sagte sie. »Alex mag sie hin und wieder ganz gern. Und das ist mir die Mühe wert.«
»Ich kann mich nicht erinnern, daß ich für Martin je eine zubereitet habe. Ich glaube, ich habe sie seit meiner Kindheit

nicht mehr gegessen. Meine Mutter hat gelegentlich welche gekauft, damit es sonntags zum Tee etwas Besonderes gab.«
»Wenn deine Mutter sie nur gekauft hat, weißt du nicht, wie sie eigentlich schmecken sollte.«
Meg Dennison lächelte und setzte sich auf den Korbstuhl links vom offenen Kamin. Sie fragte nie, ob sie helfen könne, weil sie wußte, daß ein solches Angebot, das zudem nicht allzu ernst gemeint gewesen wäre, Alice nur irritiert hätte. Hilfe war weder vonnöten noch erwünscht. Aber Meg mochte es, wenn sie still dasitzen und zuschauen konnte. Das hängt wohl mit der Erinnerung an meine Kindheit zusammen, dachte sie, daß es für mich so beruhigend ist und mir soviel Spaß macht, wenn ich einer Frau beim Hantieren in ihrer Küche zusehe. Und wenn dem so ist, sinnierte sie weiter, dann entgeht den Kindern von heute ein weiterer Quell des Trostes in dieser aus den Fugen geratenen, angsteinflößenden Welt.
»Mutter hat nie Zitronencreme gemacht, aber sie kochte gern. Lauter einfache Gerichte.«
»Das sind auch die schwierigsten. Und du hast ihr sicherlich dabei geholfen. Ich kann mir gut vorstellen, wie du, eine Schürze vorgebunden, Männchen aus Lebkuchenteig geformt hast.«
»Wenn sie Kekse machte, gab sie mir immer einen Teigklumpen. Und wenn ich ihn durchgeknetet und ausgerollt hatte, war er regelmäßig schmutzigbraun. Aus dem Teig habe ich dann Plätzchen ausgestochen. Ich habe aber auch Lebkuchenmännchen mit Rosinenaugen gemacht. Du nicht?«
»Nein. Meine Mutter hat nie viel Zeit in der Küche verbracht. Sie war keine gute Köchin. Und die Nörgeleien meines Vaters zerstörten auch den letzten Rest ihres Selbstvertrauens. Er leistete sich eine Zugehfrau aus dem Ort, die täglich die Abendmahlzeit zubereitete. Das war auch die

einzige Mahlzeit, die er, außer an Sonntagen, zu Hause einnahm. Da die Frau am Wochenende nicht kam, herrschte dann folglich in der Familie eine gereizte Stimmung. Es war schon ein sonderbares Arrangement. Und Mrs. Watson war auch ein sonderbarer Mensch. Obwohl sie eine gute Köchin war, war sie stets schlecht gelaunt. Und uns Kinder duldete sie schon gar nicht in ihrer Küche. Ich begann mich fürs Kochen zu interessieren, als ich ein Semester in Frankreich verbrachte, denn ich wollte mein Studium in London mit einem Fremdsprachendiplom abschließen. Da fing es an. Ich hatte etwas gefunden, worauf ich mich konzentrieren konnte. Ich mußte ja nicht unbedingt Lehrerin, Übersetzerin oder die überqualifizierte Sekretärin irgendeines Mannes werden.«

Meg Dennison erwiderte darauf nichts, Alice hatte bisher nur einmal von ihrer Familie, von ihrer Vergangenheit gesprochen, und Meg fürchtete, wenn sie jetzt Fragen stellte oder ihre Ansichten äußerte, könnte ihre Freundin bedauern, daß sie sich zu solcher Vertraulichkeit hatte hinreißen lassen. Meg lehnte sich genüßlich zurück und sah Alice zu, die mit ihren geschickten, langgliedrigen Händen, die ihr mittlerweile so vertraut waren, am Tisch hantierte. Auf dem Tisch standen eine flache blaue Schale mit acht Eiern und zwei Teller, einer mit einem großen Stück Butter und der andere mit vier Zitronen. Sie rieb eine Zitrone mit einem Zuckerstück ab, das in feuchte Kristalle zerfiel und in einer Schüssel aufgefangen wurde. Danach nahm sie ein weiteres Zuckerstück, das sie auf die gleiche Weise zerbröselte.

»Das ergibt etwa zwei Pfund Creme«, meinte sie. »Ich kann dir ein Glas für die Copleys mitgeben, wenn du denkst, daß sie's mögen.«

»Sie mögen so etwas sicherlich, aber ich muß mir die Creme wohl allein schmecken lassen. Deswegen bin ich auch gekommen, und ich kann auch nicht lange bleiben. Ihre Tochter besteht nämlich darauf, daß sie zu ihr ziehen, bis man den Whistler dingfest gemacht hat. Sie hat von dem neuesten Mord gehört und heute früh angerufen.«

»Jetzt treibt sich der Whistler auch bei uns herum«, erwiderte Alice. »Aber ich glaube nicht, daß die Copleys in Gefahr sind. Er ist nur nachts unterwegs. Außerdem sind seine Opfer bisher junge Frauen gewesen. Und die Copleys verlassen doch das Haus nicht mehr. Höchstens, wenn du sie mal im Wagen mitnimmst.«

»Manchmal gehen sie am Meer spazieren, aber ansonsten verschaffen sie sich höchstens im Garten etwas Bewegung. Ich habe versucht, Rosemary Duncan-Smith zu überzeugen, daß ihnen hier nichts geschehen kann, daß keiner von uns Angst hat. Aber ihre Freunde machen ihr wahrscheinlich Vorwürfe, weil sie ihre Eltern nicht in Sicherheit bringt.«

»Ich verstehe. Sie möchte sie eigentlich nicht haben, und sie wollen auch nicht fort von hier. Aber die sogenannten guten Freunde müssen zufriedengestellt werden.«

»Ihre Tochter ist eine von diesen selbstbewußten, zielstrebigen Frauen, die Kritik nicht ertragen können. Aber man muß fair sein. Ich glaube, daß sie ernstlich besorgt ist.«

»Wann fahren sie?«

»Am Sonntag abend. Ich bringe sie nach Norwich zum Zug um 20 Uhr 30. Um 22 Uhr 58 sind sie am Bahnhof Liverpool Street. Ihre Tochter holt sie dort ab.«

»Etwas umständlich, nicht? Eine Fahrt am Sonntag hat ihre Tücken. Warum wollen sie nicht bis Montag früh warten?«

»Weil Mrs. Duncan-Smith übers Wochenende in ihrem Club am Audley Square weilt und für sie da ein Zimmer reserviert hat. Am Montag fahren sie dann frühmorgens nach Wiltshire.«

»Und was ist mit dir? Macht es dir nichts aus, wenn du allein zurückbleibst?«

»Das stört mich nicht im geringsten. Sie werden mir fehlen, aber dann kann ich all das erledigen, was ich mir schon lange vorgenommen habe. Ich könnte auch mehr Zeit bei dir verbringen und dir beim Lesen der Fahnen helfen. Angst werde ich wohl keine bekommen, obwohl ich das gut verstehen könnte. Manchmal versuche ich mir Situationen vorzustellen, in denen mich die Angst packt. Ich male mir das Grauen aus, als wollte ich mich selbst auf die Probe stellen. Aber das geschieht nur tagsüber. Wenn die Nacht hereinbricht und wir am Kaminfeuer sitzen, braucht man nicht viel Phantasie, um sich vorzustellen, daß er da draußen in der Finsternis lauert. Doch was mich wirklich beunruhigt, ist das dumpfe Gefühl, daß man von etwas Unbekanntem bedroht wird. Dieses Gefühl weckt das AKW in mir. Es ist für mich eine gefährliche, undurchschaubare Macht, die ich weder beherrschen noch irgendwie begreifen kann.«

»Den Whistler kann man doch nicht mit dem AKW vergleichen«, entgegnete Alice. »Die friedliche Nutzung der Atomkraft ist etwas, das sich begreifen, kontrollieren läßt. Dieser neue Mord hingegen hat Alex in eine unangenehme Lage gebracht. Einige Sekretärinnen wohnen hier in der Umgebung und sind bisher mit dem Bus oder dem Rad nach Hause gefahren. Jetzt läßt Alex sie von Mitarbeitern mit dem Wagen abholen und heimbringen. Das wiederum erfordert jedoch bei der Schichtarbeit eine ausgeklügeltere Organisation, als du dir vielleicht vorstellen kannst. Es gibt Mitarbeiterinnen, die sich dermaßen ängstigen, daß sie sich nur von einer Frau fahren lassen.«

»Sie können doch nicht im Ernst annehmen, der Whistler sei einer ihrer Kollegen, jemand vom AKW?«

»Sie denken eben nicht richtig nach. Das ist ja das Problem. Sie lassen sich von irrationalen Gefühlen leiten und mißtrauen jedem Mann, vor allem wenn er für die Zeit der letzten zwei Morde kein Alibi hat. Und dann ist da noch

Hilary Robarts. Bis Ende Oktober geht sie beinahe jeden Abend im Meer schwimmen, manchmal auch im Winter. Und davon läßt sie sich nicht abbringen. Die Chance, daß sie das nächste Opfer sein könnte, ist zwar gering, aber mit ihrem Leichtsinn untergräbt sie doch alle Vorsichtsmaßnahmen. Übrigens tut es mir wegen der unliebsamen Szene gestern abend leid. Es war keine gelungene Dinnerparty. Zwar schuldete ich Miles und Hilary ein Essen, aber ich habe nicht bedacht, daß die beiden einander nicht mögen. Warum, weiß ich nicht. Alex weiß es vermutlich, aber ich bin nicht so neugierig, daß ich fragen würde. Wie gefällt dir übrigens unser angereister Dichter?«
»Ich finde ihn sympathisch«, antwortete Meg. »Anfangs dachte ich, daß er mich einschüchtern würde. Aber das traf nicht ein. Wir sind hinterher noch zur Klosterruine geschlendert. Im Mondlicht wirkt sie besonders schön.«
»Und so romantisch, wie es sich ein Dichter nur wünschen kann«, meinte Alice. »Ich bin froh, daß du dich in seiner Gesellschaft wohl gefühlt hast. Wenn ich die Ruine im Mondlicht sehe, fällt mir nur all das Gerümpel ein, das da herumliegt. Wir Menschen hinterlassen überall Abfall. Aber weißt du, was? Am kommenden Sonntag haben wir Vollmond – willst du da nicht nach deiner Rückkehr vom Bahnhof auf ein gemütliches Abendessen zu mir kommen? Danach könnten wir zur Abtei gehen. Ich erwarte dich gegen halb 10. Wir werden nur zu zweit sein. Nach einem Wochenende in der Stadt fährt Alex meistens noch zum AKW hinüber.«
»Ich würde gern kommen, aber das schaffe ich nicht«, lehnte Meg bedauernd ab. »Erst muß ich den Copleys ihre Sachen packen und sie in den Zug setzen, und wenn ich aus Norwich zurückkehre, bin ich reif fürs Bett. Hunger habe ich dann gewiß nicht mehr. Vor der Abfahrt mache ich ihnen noch einen Imbiß. Ich könnte ohnehin bloß eine Stunde

bleiben. Mrs. Duncan-Smith wird vom Bahnhof Liverpool Street anrufen, wenn die beiden angekommen sind.«
Alice wischte sich die Hände an einem Küchentuch ab und begleitete Meg, was sonst nicht ihre Art war, zur Tür. Meg fiel ein, daß sie zwar den Spaziergang mit Adam Dalgliesh erwähnt hatte, nicht aber die Frauengestalt, die schemenhaft in der Ruine aufgetaucht war. Sie hatte es nicht etwa verschwiegen, weil sie sich nicht wichtig machen wollte; schließlich konnte sie sich ja auch getäuscht haben, denn Dalgliesh hatte nichts bemerkt. Aber irgend etwas in ihr, das sie sich nicht erklären konnte, sträubte sich dagegen, von ihrer Beobachtung zu erzählen.
Als sie an der Haustür über die sonnenbeschienene Landzunge hinweg blickte, schien ihr Wahrnehmungsvermögen sich irgendwie zu verändern. Sie hatte das Gefühl, sie befinde sich in einer anderen Zeit, in einer anderen Realität, die aber in die jetzige Wirklichkeit eingebettet war. Die Welt da draußen war dieselbe, und sie nahm jede Einzelheit sogar um so schärfer wahr – die Stäubchen, die im Sonnenlicht über dem Fliesenboden flirrten, die Härte der ausgetretenen Steinplatten unter ihren Füßen, die Nagellöcher im eichenen Türrahmen, die Grashalme in den Horsten am Rand der Heide. Doch die andere Welt bedrängte sie mehr. Da schien keine Sonne; da gab es nur eine alles durchdringende Düsternis mit widerhallendem Pferdegetrappel, mit barschen Männerstimmen, mit einem unverständlichen Gezischel, als würden die Wellen den angeschwemmten Kies ins offene Meer zurücksaugen. Sie hörte das Knistern und Knacken eines Scheiterhaufens, das dumpfe Auflodern der Flammen, dann eine bedrückende Stille, die der schrille, langgezogene Aufschrei einer Frau zerriß.
»Geht's dir nicht gut?« hörte sie Alice fragen.
»Ich war momentan verwirrt. Aber das ist schon vorbei. Mir geht's wieder gut.«

»Du bist überarbeitet«, meinte Alice. »Der Pfarrhof ist eine zu große Belastung für dich. Und der gestrige Abend war nicht eben erholsam. Der Schock scheint nachzuwirken.«
Meg sagte: »Gestern habe ich Mr. Dalgliesh erzählt, ich hätte nicht das Gefühl, daß Agnes Poley in Martyr's Cottage noch spürbar sei. Ich habe mich getäuscht. Sie ist noch da. Etwas von ihr ist zurückgeblieben.«
»Das hängt von deinem Zeitverständnis ab«, erwiderte ihre Freundin zögernd. »Wenn die Zeit wirklich rückwärts laufen kann, was manche Wissenschaftler behaupten, ist Agnes vielleicht tatsächlich noch da, dann gibt es sie noch, dann umzüngeln sie weiterhin die Flammen des Scheiterhaufens. Ich selbst spüre ihre Anwesenheit nicht. Mir ist sie noch nie erschienen. Vielleicht mag sie mich nicht. Ich bin überzeugt, daß die Toten nicht wiederkehren. Wenn ich das nicht glaubte, könnte ich nicht weiterleben.«
Meg verabschiedete sich und machte sich entschlossen auf den Weg. Die Copleys, die vor der schwierigen Entscheidung standen, was sie für einen Aufenthalt von unbefristeter Dauer alles mitnehmen sollten, wurden sicherlich schon unruhig. Auf der Hügelkuppe wandte sie sich um. Alice stand noch immer auf der Türschwelle. Als wollte sie Meg segnen, hob sie die Hand und verschwand im Haus.

Drittes Buch

Sonntag, 25. September

19

Gegen Viertel nach 8 am Sonntag abend hatte Theresa endlich ihre Schularbeiten erledigt, die sie so lange hatte hinausschieben müssen. Nun konnte sie das Rechenbuch beiseite legen und ihrem Vater sagen, daß sie müde sei und zu Bett gehen wolle. Nach dem Abendessen hatte er ihr beim Geschirrspülen geholfen – es hatte Irish Stew gegeben, dem sie eine Extraportion Karotten aus der Dose hinzugefügt hatte – und sich hinterher wie immer vor dem Fernseher niedergelassen. Er saß zusammengesunken in dem ramponierten Lehnsessel am Kamin, in dem kein Feuer brannte, neben sich auf dem Boden eine Flasche Whisky. Bis zum Programmende würde er da hocken bleiben und wie gebannt auf den Bildschirm starren; dabei hatte sie den Eindruck, als nehme er das schwarzweiße Geflimmer gar nicht recht wahr. Manchmal graute schon der Morgen, wenn sie, wach geworden, seine schweren Schritte auf der Treppe hörte.
Gegen halb 8 Uhr abends hatte Mr. Jago angerufen. Sie hatte sich seine Mitteilung angehört und erwidert, daß ihr Vater in seinem Atelier sei und nicht gestört werden wolle. Das stimmte nicht. Er war hinten im Garten auf dem Abort gewesen. Aber das wollte sie Mr. Jago nicht sagen. Außerdem wäre es ihr nie in den Sinn gekommen, ihren Vater zu holen, an die Aborttür zu klopfen. Manchmal dachte sie sich, daß er gar nicht mußte, wenn er die Taschenlampe nahm und dorthin ging, daß dieser Verschlag mit seiner rissigen Tür und dem breiten Sitz für ihn vielmehr eine Art Zuflucht vor dem Leben in dem Cottage war, vor all dem Wirrwarr, der Unordnung, vor Anthonys Geplärr, vor Theresas unzulänglichen Anstrengungen, die Aufgaben ihrer Mutter zu übernehmen.

Er war wohl schon auf dem Rückweg gewesen und mußte das Läuten gehört haben, denn als er hereinkam, fragte er gleich, wer angerufen habe.
»Da hat sich jemand verwählt, Daddy«, hatte sie gelogen und dabei entschuldigend dreingeblickt, wie sie es in solchen Situationen zu tun pflegte. Sie war froh, daß ihr Vater nicht mit Mr. Jago hatte sprechen können. Wahrscheinlich hätte er ihn im Local Hero treffen wollen, weil er wußte, daß er Theresa die Aufsicht für ein paar Stunden unbesorgt überlassen konnte. Aber heute abend wollte sie nicht, daß er das Haus verließ. Die Whiskyflasche war erst halb leer; sie hatte nachgesehen. Und sie wollte nur eine knappe Dreiviertelstunde wegbleiben. Falls ein Feuer ausbrach – diese dumpfe Angst war von ihrer Mutter auf sie übergegangen –, würde er noch nicht so betrunken sein, daß er Anthony und die Zwillinge nicht retten könnte.
Sie küßte ihn auf die Wange, die sich stoppelig anfühlte, und nahm den vertrauten Geruch von Whisky, Terpentin und Schweiß wahr. Er verwuschelte ihr zärtlich das Haar – die einzige liebevolle Geste, die sie ihm noch entlocken konnte. Dabei starrte er weiterhin auf das schwarzweiße Geflimmer. Wenn erst einmal die Tür zu dem hinten gelegenen Zimmer, das sie mit Anthony teilte, ins Schloß gefallen war, würde er sie nicht mehr stören. Seit dem Tod ihrer Mutter hatte er das Zimmer, wenn sie sich darin aufhielt, nie mehr betreten, weder tagsüber noch nachts. Theresa hatte festgestellt, daß sich sein Benehmen ihr gegenüber geändert hatte, als sei sie in wenigen Wochen zu einer Frau herangereift. Wie mit einer Erwachsenen beriet er sich mit ihr über die täglichen Besorgungen, die Mahlzeiten, die Anschaffung von Kleidungsstücken für die Zwillinge, ja sogar über die Probleme, die er mit seinem Lieferwagen hatte. Aber er sprach nie über den Tod ihrer Mutter.
Theresas schmale Liegestatt stand unter dem Fenster. Sie

kniete sich darauf und schob die Vorhänge zurück. Das Mondlicht ergoß sich bis in die letzten Winkel des Raumes und legte einen kalten, gespenstischen Schimmer über das Bett und den Holzboden. Die Tür zu der kleinen Kammer an der Vorderseite, wo die Zwillinge schliefen, stand offen. Sie ging hinein und warf einen Blick auf die beiden, die aneinandergeschmiegt unter der Bettdecke lagen. Theresa neigte den Kopf und lauschte ihren regelmäßigen Atemzügen; sie würden bis zum Morgen durchschlafen. Sie schloß die Tür und kehrte in ihr Zimmer zurück. Anthony lag wie immer auf dem Rücken, die Beine gegrätscht wie ein Frosch, den Kopf auf der Seite, beide Arme ausgestreckt, als wollte er die Längsstangen seines Kinderbettchens ergreifen. Er hatte sich freigestrampelt, und sie deckte ihn wieder zu. Die jäh aufsteigende Regung, ihn in die Arme zu nehmen, war so stark, daß es weh tat, sie unterdrücken zu müssen. Sie klappte die Längsseite des Gitters herunter und schmiegte ihre Wange an sein Köpfchen. Er schlief wie betäubt, die Lippen geschürzt.

Sie kehrte zu ihrem Bett zurück und stopfte die beiden Kissen unter die Decke, so daß es aussah, als schliefe jemand darunter. Zwar war es unwahrscheinlich, daß ihr Vater hereinkommen würde, aber sollte es dennoch geschehen, würde sein Blick wenigstens nicht gleich auf ein offensichtlich leeres Bett fallen. Sie zog die leinene Umhängetasche unter dem Bett hervor, die alles enthielt, was sie benötigen würde: eine Schachtel Zündhölzer, eine weiße Haushaltskerze, eine kleines Taschenmesser mit scharfer Klinge und eine kurze Stablampe. Dann stieg sie aufs Bett und öffnete das Fenster.

Die ganze Landzunge war in das silbrige Licht getaucht, das ihre Mutter und sie immer so begeistert hatte. Alles schien verwandelt. Die hervortretenden Felsen glichen Inseln, die über den reglosen Grashorsten dahinschwebten. Die lückenhafte, verwilderte Hecke am unteren Rand des Gartens war

ein geheimnisvolles, aus Lichtstrahlen gewobenes Dickicht. Dahinter erstreckte sich endlos das Meer wie ein riesiges Seidentuch. Sie hielt einen Augenblick inne und atmete ein paarmal kräftig durch, bevor sie auf das Flachdach über dem Anbau kletterte. Da es mit Schindeln gedeckt war, bewegte sie sich so vorsichtig wie möglich. Am Fallrohr ließ sie sich die zwei Meter bis zum Boden hinab und huschte dann gebückt zu dem windschiefen Anbau hinter dem Atelier ihres Vaters, wo sie und ihr Vater ihre Fahrräder unterstellten. Das fahle Mondlicht schien durch die offene Tür herein. Sie packte ihr Fahrrad, schob es durch das Gras und hob es dann über die Hecke, die an dieser Stelle niedriger war. Erst als Theresa die tiefer gelegene Schneise, wo einst die Küstenbahn dahingerattert war, erreicht hatte, stieg sie auf ihr Rad und fuhr über das holprige, grasbewachsene Brachland nordwärts zu dem Kiefernwäldchen und der Klosterruine.
Hinter den Kiefern war die alte Bahntrasse fast nicht mehr zu erkennen, kaum mehr als eine sanfte Vertiefung im Boden. Die Jahre würden sie bald ganz einebnen, und dann würde nichts mehr, nicht einmal verrottende Bahnschwellen, daran erinnern, wo in viktorianischer Zeit die Küstenbahn dahingedampft war, um erholungsuchende Familien mitsamt Kindern und Kindermädchen, Schaufeln, Eimern und prallgefüllten Schrankkoffern ans Ziel zu bringen.
Zehn Minuten später erreichte Theresa offenes Gelände. Sie schaltete die Radlampe aus, vergewisserte sich, daß niemand zu sehen war, und fuhr dann weiter, dem Strand entgegen. Die Klosterruine mit ihren fünf zerbröckelnden Bögen tauchte vor ihr auf. Theresa blieb abermals stehen und betrachtete sie. Im Mondlicht sah die Ruine unwirklich aus, wie ein fragiles, aus Licht gewobenes Gebilde, das sich, wenn man es berührte, verflüchtigen würde. Manchmal war der Eindruck so stark, daß sie mit der Hand über die Ziegel strich und fast erstaunt war, daß sie sich tatsächlich rauh

anfühlten. Sie lehnte das Fahrrad gegen die niedrige Mauer und trat an der Stelle, wo sich ehedem das große Westportal befunden haben mußte, ins Innere der Abtei.
In solchen stillen, mondhellen Nächten war sie hier oft mit ihrer Mutter umhergeschlendert. »Komm, wir reden mit den Mönchen!« hatte ihre Mutter gesagt, und dann waren sie hierhergefahren, durchstreiften wortlos die Ruine, blieben stumm dort stehen, wo sich einst der Altar erhoben haben mußte, und lauschten dem melancholischen Rauschen des Meeres, wie es bestimmt auch die längst toten Mönche getan hatten. Hier hatte ihre Mutter am liebsten gebetet, hier auf diesem steinübersäten, geschichtsträchtigen Areal hatte sie sich geborgener gefühlt als in dem häßlichen roten Ziegelbau am Rand der Ortschaft, wo Pfarrer McKee sonntags die Messe las.
Theresa vermißte Pfarrer McKee, seine Witze, sein Lob, seinen anheimelnden irischen Tonfall. Aber seit dem Tod ihrer Mutter kam er nur noch selten zu ihnen. Und willkommen war er auch nicht mehr.
Sie entsann sich seines letzten kurzen Besuchs. Ihr Vater hatte ihn zur Tür begleitet. »Ihre Frau – Gott sei ihrer Seele gnädig! – hätte es gern gesehen, wenn Theresa regelmäßig zur Kirche und zur Beichte ginge«, sagte Pfarrer McKee beim Abschied. »Mrs. Stoddard-Clark könnte sie am nächsten Sonntag mit dem Wagen abholen. Danach würde sie in der Grange einen Lunch bekommen. Meinen Sie nicht, daß das dem Kind guttun würde?«
»Ihre Mutter gibt es nicht mehr«, hatte ihr Vater entgegnet. »Ihr Gott hat es so gefügt, daß sie jetzt ohne Mutter ist. Theresa ist nun auf sich selbst angewiesen. Wenn sie zur Kirche gehen möchte, dann soll sie's tun. Sie kann auch zur Beichte gehen, wenn sie was zu beichten hat.«
Das Gras war hoch hier. Dazwischen wucherte Unkraut, Wildblumen mit dürren Samenkapseln ragten empor. Der

Boden war so uneben, daß Theresa vorsichtig auftreten mußte. Sie ging zu dem höchsten Bogen, wo sich einst das Ostfenster mit seinen Buntglasornamenten befunden haben mußte. Jetzt klaffte da ein großes Loch, durch das sie die matt schimmernde See und den Mond sehen konnte. Beim Licht der Taschenlampe machte sie sich an die Arbeit. Zunächst suchte sie nach einem großen, flachen Stein, der das Fundament ihres Altars bilden sollte; als sie nach einigen Minuten einen geeigneten Quader gefunden hatte, wuchtete sie ihn mit dem Taschenmesser heraus. In dem Spalt, der sich dahinter auftat, steckte etwas. Es mußte eine Postkarte sein, die jemand da verborgen hatte. Sie zog sie heraus und strich sie glatt. Es war die Hälfte einer farbigen Ansichtskarte, die die Westseite von Westminster Abbey zeigte. Auch wenn die rechte Hälfte fehlte, konnte man die berühmten Zwillingstürme gut erkennen. Theresa drehte die Ansichtskarte herum und sah, daß da etwas geschrieben stand, das sie jedoch bei dem schwachen Mondlicht nicht lesen konnte. Auch der Poststempel war nicht zu entziffern, und so ließ sich nicht sagen, wie lange sich die Karte wohl schon in dem Spalt befand. Vielleicht hatte jemand sie da im Verlauf eines Suchspiels im Sommer versteckt, aber das interessierte sie eigentlich gar nicht. Solche Geheimbotschaften waren unter den Kindern in der Schule gang und gäbe. Man hinterließ sie irgendwo im Fahrradschuppen oder steckte sie unbemerkt einer Mitschülerin in die Blazertasche. Theresa wollte die Karte schon zerreißen, zögerte aber dann einen Augenblick und schob sie wieder in den Spalt.

Sie tastete die Mauer weiter ab und fand abermals einen geeigneten Stein und ein paar kleinere, die sie als Halterung für die Kerze brauchte. Bald war der Altar errichtet. Sie zündete die Kerze an. Das Kratzen des Streichholzes auf der Reibfläche hörte sich unnatürlich laut an, und das jäh aufflammende Licht blendete sie. Sie ließ etwas Wachs auf den

Stein tröpfeln, stellte die Kerze darauf und stützte sie mit den kleinen Steinen ab. Dann setzte sie sich, die Beine untergeschlagen, davor und schaute in die ruhig brennende Kerzenflamme. Sie wußte, daß ihre Mutter bald erscheinen würde. Sie würde sie zwar nicht sehen, aber ihre Anwesenheit spüren, mit ihr reden können. Sie brauchte nur geduldig zu warten und in die stetig brennende Kerzenflamme zu schauen.

Theresa versuchte, sich nur auf die Fragen zu konzentrieren, die sie ihrer Mutter stellen wollte. Aber deren Tod lag erst kurze Zeit zurück. Die Erinnerung war zu quälend, als daß sie sich leicht unterdrücken ließe.

Ihre Mutter hatte nicht im Krankenhaus sterben wollen, und ihr Vater hatte ihr auch versprochen, es nicht dazu kommen zu lassen; Theresa hatte gehört, wie er ihr das zugeflüstert hatte. Sie wußte auch, daß Dr. Entwhistle und die Gemeindeschwester dagegen gewesen waren. Überhaupt hatte sie vieles gehört, das gar nicht für ihre Ohren bestimmt gewesen war, als sie hinter der Eichentür, die zum Wohnzimmer führte, gelauscht hatte.

»Sie müssen rund um die Uhr versorgt werden, Mrs. Blaney«, hatte eine Stimme gesagt. »Soviel Fürsorge kann ich Ihnen hier nicht bieten. Im Krankenhaus hätten Sie's viel bequemer.«

»Hier fühle ich mich aber wohl. Ich habe Ryan und Theresa. Ich habe Sie. Sie sind alle so gut zu mir. Ich brauche sonst niemand.«

»Ich tue mein möglichstes, aber es reicht nicht, wenn ich zweimal am Tag zu Ihnen komme. Mr. Blaney und Theresa sind überfordert. Ich kann verstehen, daß Sie sich wohl fühlen, wenn Sie Theresa um sich haben. Aber das Mädchen ist erst fünfzehn.«

»Ich möchte bei meiner Familie sein. Wir wollen zusammenbleiben.«

»Aber was ist, wenn die Kinder Angst bekommen? Für sie wird es schwer werden.«
Dann wieder die zarte, unerbittliche Stimme, aus der man die hartnäckige Selbstsucht einer Sterbenden heraushörte: »Die Kinder werden keine Angst bekommen. Meinen Sie denn, wir würden das zulassen? An Geburt oder Tod ist nichts Erschreckendes, wenn man Kinder darauf vorbereitet hat.«
»Auf manches kann man Kinder nicht vorbereiten, Mrs. Blaney. Manches muß man erst selbst erleben.«
Daraufhin hatte sie, Theresa, sich redlich bemüht, allen vorzuführen, daß es ihnen gutging, daß sie sich selbst zu helfen wußten, ja, sie hatte diesen Eindruck noch bewußt zu verstärken gesucht. Vor der Ankunft von Schwester Pollard und Dr. Entwhistle wusch sie jedesmal die Zwillinge, zog ihnen saubere Sachen an, wechselte Anthonys Windeln. Es sollte so aussehen, als liefe alles wie am Schnürchen, so daß Dr. Entwhistle und die Schwester nicht behaupten konnten, Daddy sei der Situation nicht gewachsen. Eines Samstags buk Theresa sogar Krapfen und bot sie mit gewichtiger Miene auf einem Servierteller an, dem schönsten Teller, den Mutter so liebte; er hatte aufgemalte Rosen und einen durchbrochenen Rand, durch den man ein Seidenband ziehen konnte. Sie konnte sich noch gut an den erstaunten Blick von Dr. Entwhistle erinnern, als dieser sagte: »Vielen Dank, Theresa. Aber jetzt nicht.«
»Nehmen Sie doch einen«, hatte sie erwidert. »Daddy hat sie gemacht.«
Bevor der Doktor dann fortging, sagte er noch zu ihrem Vater: » Ich glaube, Sie schaffen es, Blaney. Ich könnte es nicht.«
Nur einer schien zu bemerken, wie sehr sie sich abmühte – Pfarrer McKee, der wie die Iren im Fernsehen redete, so daß sie stets dachte, er tue es absichtlich, um sie aufzuheitern, was sie auch mit einem Lächeln honorierte.

»Du meine Güte, hier blitzt und blinkt ja alles vor Sauberkeit!« sagte er einmal. »Da könnte ja unsere Muttergottes vom Fußboden essen, nicht wahr? Und die Krapfen hat tatsächlich dein Vater gemacht? Lecker sehen sie aus! Da muß ich mir noch einen für später einstecken. Und jetzt bist du ein braves Mädchen und machst mir eine Tasse Tee, während ich mit deiner Mutter ein wenig plaudere.«
Aber an die Nacht, als man ihre Mutter fortschaffte, wollte sie nicht denken. Gräßliche Laute reißen sie aus dem Schlaf. Laute, die sich anhören, als würde vor dem Haus ein Tier gequält. Doch die Laute kommen von draußen; panische Angst; die Gestalt ihres Vaters im Türrahmen; sie solle im Zimmer bleiben, herrscht er sie an, solle die Kinder beruhigen; sie blickt durch das Fenster in dem kleinen, an der Vorderseite gelegenen Zimmer, wo die Zwillinge mit verängstigten Gesichtern im Bettchen sitzen; sie sieht den Krankenwagen, die beiden Männer mit der Bahre, die stille, in eine Decke gehüllte Gestalt, die zum Wagen getragen wird.
Im selben Moment war sie die Treppe hinuntergerannt und hatte sich ihrem widerstrebenden Vater in die Arme geworfen.
»Nicht doch! Ist schon gut. Bringt sie herein!« hatte jemand gesagt.
Sie wußte nicht mehr, wer das gesagt hatte. Sie hatte sich losgerissen, war dem Krankenwagen nachgelaufen, der eben am Ende der Zufahrt abbog, hatte mit den Fäusten gegen die geschlossene Wagentür gehämmert. Schließlich hatte ihr Vater sie gepackt und zum Haus getragen. Sie konnte sich noch an seinen festen Griff erinnern, daran, wie sein Hemd gerochen, wie es sich angefühlt hatte, und daß sie, ohne etwas zu bewirken, wild um sich geschlagen hatte. Ihre Mutter hatte sie nie mehr wiedergesehen. So hatte Gott ihre Gebete erhört, die Gebete ihrer Mutter, die daheim bleiben wollte, die

so wenig für sich verlangt hatte. Was immer Pfarrer McKee sagen mochte, das würde Theresa Gott nie vergeben.
Die Kühle der Septembernacht drang allmählich durch ihre Jeans und die Strickjacke. Ihr verkrampfter Rücken begann zu schmerzen. Zum erstenmal überkamen sie Zweifel. Doch dann flackerte die Kerzenflamme, und ihre Mutter war da. Alle Ängste fielen von ihr ab.
Theresa kam mit so vielen Dingen nicht zurecht. Da waren die Windeln für Anthony. Die Wegwerfwindeln waren so teuer. Und so sperrig beim Tragen. Und Daddy schien sich keine Gedanken darüber zu machen, wieviel sie kosteten. Ihre Mutter riet, sie solle doch Stoffwindeln nehmen und diese hinterher waschen. Und dann die Zwillinge. Sie mochten Mrs. Hunter nicht, die sie immer abholte und zum Kinderhort brachte. Die Zwillinge sollten höflich zu Mrs. Hunter sein, meinte die Mutter, und sich nicht so anstellen. Denn es war wichtig, daß sie Daddy zuliebe den Hort besuchten. Das müsse Theresa ihnen klarmachen. Und dann noch Daddy selbst. Über ihn ließe sich soviel sagen. Zwar ging er nicht mehr so oft in den Pub, weil er seine Kinder nicht allein lassen wollte, aber es war immer Whisky im Haus. Wegen des Whiskys solle sie sich keine Sorgen machen, beruhigte sie die Mutter. Er täte ihm jetzt gut. Bald würde er wieder zu malen anfangen, und dann bräuchte er nicht mehr soviel. Doch wenn er sich mal betrinken sollte und es sei noch eine zweite Flasche im Haus, solle sie diese besser ausgießen. Sie brauche keine Angst zu haben, daß ihn das erbosen würde. Theresa würde er nie hart anpacken.
Das stumme Zwiegespräch ging weiter. Theresa saß wie in Trance da, während die Kerze langsam niederbrannte. Und dann war es plötzlich zu Ende. Ihre Mutter war nicht mehr da. Bevor sie die Kerze ausblies, kratzte sie noch mit dem Messer das Wachs von den Steinen. Sie durfte keine Spuren hinterlassen. Dann schob sie die Steine wieder in die Mauer-

fugen. Jetzt hielt sie nichts mehr in der Ruine; das Gemäuer war kalt und leer. Außerdem war es Zeit, wieder heimzukehren.

Plötzlich überkam sie eine große Müdigkeit. Sie konnte sich nicht vorstellen, daß ihre Beine sie noch zum abgestellten Fahrrad tragen würden, und der Gedanke, über das holprige Gelände heimzufahren, bereitete ihr Unbehagen. Irgendein Impuls veranlaßte sie, zum Rand des Steilhangs zu gehen. Vielleicht konnte sie dort aus dem Anblick des mondhellen Meeres neue Kraft schöpfen, vielleicht sogar das Zwiegespräch mit ihrer Mutter wiederaufnehmen.

Doch dann stiegen so viele Erinnerungen in ihr hoch, daß es ihr nicht gelang. Vor allem eine war so bedrückend, daß sie nie darüber gesprochen hatte, nicht einmal mit ihrer Mutter. Sie sah wieder den roten Wagen, der mit hoher Geschwindigkeit auf Scudder's Cottage zufuhr. Theresa rief die Kinder herbei, die im Garten waren, trieb sie die Treppe hinauf in ihre Kammer und schloß die Wohnzimmertür. Doch wenig später stand sie davor und lauschte. Das Gespräch würde sie nie vergessen.

Zuerst sprach Hilary Robarts: »So ein Haus war doch einer schwerkranken Frau, die bestrahlt werden mußte und deswegen öfters nicht daheim war, gar nicht zuzumuten«, sagte sie. »Als Sie das Haus mieteten, müssen Sie doch von ihrer Krankheit gewußt haben. Sie konnte sich nicht mehr um den Haushalt kümmern.«

»Und Sie dachten wohl, ich könnte es auch nicht, wenn sie erst einmal nicht mehr lebt«, erwiderte Theresas Vater. »Wie viele Monate hatten Sie ihr noch gegeben? Sie täuschten Besorgnis vor, aber meine Frau wußte genau, was Sie wollten. Sie wollten nur sehen, wie sie von Woche zu Woche verfiel. Sie wollten ihren ausgemergelten Körper sehen, ihre spindeldürren Handgelenke, ihre krebszerfressene Haut. Lange kann es nicht mehr dauern, dachten Sie sich. Für Sie ist das Haus doch nur eine gute Investition. Sie haben mit ihrem Tod gerechnet und ihr das Leben in den letzten Wochen zur Hölle gemacht.«

»Das ist nicht wahr! Schieben Sie Ihre Schuldgefühle doch nicht mir zu! Ich mußte hier nach dem Rechten sehen. Da ist der feuchte Fleck in der Küche. Das Dach ist undicht. Sie wollten doch selbst, daß das behoben wird. Sie haben mir doch selbst gesagt, daß ich als Hausbesitzerin auch Verpflichtungen habe. Und wenn Sie jetzt nicht ausziehen wollen, muß ich mir eben eine Genehmigung für eine Mieterhöhung beschaffen. Was Sie zahlen, ist doch lächerlich. Das deckt nicht mal die Reparaturkosten.«

»Versuchen Sie's doch! Wenden Sie sich ruhig an die Schiedsstelle. Von mir aus können die Typen kommen und nachschauen. Das Haus gehört Ihnen, aber ich habe das Nutzungsrecht. Und ich zahle regelmäßig meine Miete. Mich können Sie nicht hinausekeln. So dumm bin ich nicht.«

»Sie zahlen Miete, aber wie lange noch? Es ging Ihnen einigermaßen gut, als Sie noch den Teilzeitjob als Lehrer hatten. Aber jetzt kommen Sie nicht mehr zurecht. Sie halten sich für einen Künstler, aber Sie fabrizieren kitschige Bilder für unkritische Touristen, die meinen, ein viertklassiges Original sei besser als ein erstklassiger Druck. Aber selbst solche Bilder verkaufen sich nicht mehr so gut, nicht wahr? Die vier Aquarelle, die Ackworth in seinem Schaufenster ausgestellt hat, hängen da schon seit Wochen. Sie vergilben bereits. Die Touristen von heute sind nicht mehr so einfältig. Kitsch verkauft sich nicht mehr so gut, auch wenn er billig ist.«

Da die Zwillinge oben zu streiten begannen, war Theresa zu ihnen hinauf gehuscht und hatte ihnen gesagt, es würde nicht mehr lange dauern, aber sie dürften erst herauskommen, wenn die Hexe das Haus verlassen hätte. Danach schlich sie sich wieder hinab. Aber sie brauchte nur bis zur vierten Stufe zu gehen, so laut schrien die beiden mittlerweile.

»Ich möchte wissen, ob Sie die Frau hierhergeschickt haben, diese aufdringliche Fürsorgerin vom Sozialamt, die meine Kinder über mich ausgefragt hat. Haben Sie sie auf uns gehetzt?«
Die Hexe reagierte gelassen. »Diese Frage brauche ich nicht zu beantworten. Wenn ich sie informiert habe, dann war es höchste Zeit, daß endlich etwas geschah.«
»Sie sind das Böse in Person! Sie würden alles tun, um mich und meine Kinder aus diesem Haus zu vertreiben. Vor vierhundert Jahren hat man solche Menschen wie Sie verbrannt. Wenn die Kinder nicht wären, würde ich Sie umbringen. Aber ich kann sie nicht der sogenannten Fürsorge überlassen, nur weil ich Sie am liebsten erwürgen möchte. Reizen Sie mich nicht. Treiben Sie's nicht zu weit! Und verschwinden sie jetzt! Verlassen Sie mein Haus und das Grundstück! Stecken Sie die Miete ein, und seien Sie dankbar, daß Sie's noch tun können. Und mischen Sie sich nie mehr in mein Leben ein! Nie mehr!«
»Seien Sie doch nicht hysterisch!« erwiderte die Hexe. »Sie sind ein Mensch, der zu Gewalttätigkeit neigt. Es wäre das Beste, wenn sich die Fürsorge Ihrer Kinder annähme. Ich glaube Ihnen, daß Sie mich am liebsten umbringen würden. Menschen wie Sie reagieren auf vernünftige Argumente immer nur mit Drohungen und Gewalt. Wenn Sie mich umbringen, wird in den nächsten fünfzehn Jahren eben der Staat für Ihre Kinder sorgen. Machen Sie sich doch nicht lächerlich!«
Ihr Vater schrie plötzlich nicht mehr, sondern sprach so leise, daß Theresa seine Worte gerade noch verstehen konnte: »Wenn ich Sie umbringe, wird niemand über mein Leben oder das meiner Kinder bestimmen. Niemand.«
Die Erinnerung an diese schreckliche Begegnung hatte ihren Zorn und mit ihm ihre Lebensgeister neu entfacht. Jetzt würde sie heimfahren. Es war auch höchste Zeit. Doch dann

sah sie, daß sich auf dem Strand etwas bewegte. Ein Schauer überlief sie, als sie sich in die Dunkelheit unter dem Fensterbogen zurückzog. Von dem Kiefernwäldchen im Norden lief eine Frau zum Meer. Ihr dunkles Haar flatterte im Wind. Ihr weißer Körper war fast nackt. Und sie stieß einen triumphierenden Schrei aus. Es war die Hexe. Es war Hilary Robarts.

20

Hilary Robarts bereitete sich ein frühes Abendessen zu. Da sie keinen großen Hunger hatte, entnahm sie dem Gefrierfach ein Brötchen, erwärmte es im Bratrohr und machte sich ein Kräuteromelette dazu. Nachdem sie das Geschirr gespült und die Küche wieder in Ordnung gebracht hatte, setzte sie sich an den Eßzimmertisch, um zu arbeiten. Sie mußte einen Bericht über die Auswirkungen der Umstrukturierung auf ihre Abteilung machen, statistisches Material vergleichen und zusammenfassen und ein Exposé über die Umbesetzung ihrer Mitarbeiter anfertigen. Normalerweise hätte sie eine solche Aufgabe mit Elan erledigt, da sie ihre Arbeit ernst nahm; sie wußte, daß man in Personalfragen nicht immer ihrer Meinung war, aber ihre organisatorischen und administrativen Fähigkeiten waren bisher noch nie kritisiert worden. Doch als sie die Papiere durchsah, begann sie darüber nachzugrübeln, ob sie all das vermissen würde, wenn sie verheiratet war und mit Alex in London lebte. Es erstaunte sie, daß sie sich im Grunde wenig darum scherte. Dieser Teil ihres Lebens war passé. Sie würde all das ohne Bedauern aufgeben – das schmucke Haus, das ihr nicht gehörte, das AKW, ja sogar ihren Job. Ein anderes Leben stand ihr bevor – Alex mit seinem neuen Posten, ihr Status als seine Frau, die Bewirtung von Leuten, die ihnen nützlich sein konnten, ab

und zu noch ein paar selbstgewählte Aufträge, Reisen. Und ein Kind, sein Kind.
Im letzten Jahr war die Sehnsucht nach einem Kind in ihr übermächtig geworden. Sie wuchs immer mehr an, während Alex' Verlangen nach ihr stetig abnahm. Sie versuchte sich einzureden, daß eine Liebesaffäre, ähnlich einer Ehe, nicht auf dem unabänderlich gleichen erotischen oder emotionalen Niveau durchlebt werden konnte, daß sich zwischen ihnen im Grunde nichts geändert hatte, sich nichts verändern würde. Wie groß war denn das emotionale Engagement zu Beginn ihrer Beziehung schon gewesen? Ihr hatte es damals genügt. Sie wollte nicht mehr haben, als er zu geben bereit war: Zärtlichkeiten, die beide befriedigten, den prestigeträchtigen Status einer mehr oder minder geachteten Geliebten, die sorgsame Verheimlichung ihrer Beziehung, wenn sie in Gesellschaft waren, die weder nötig gewesen wäre noch erfolgreich war, die sie nicht einmal ernsthaft durchhielten, die aber, zumindest auf Hilary, ausgesprochen erotisierend wirkte. Es war ein Spiel gewesen, wenn sie sich vor Konferenzen oder im Beisein von Uneingeweihten förmlich begrüßt hatten, wenn er sie – zweimal wöchentlich – in ihrem Cottage besuchte. Als sie nach Larksoken gekommen war, hatte sie sich zunächst nach einer modernen Wohnung in Norwich umgesehen und schließlich nahe der Stadtmitte ein Apartment gemietet. Als dann jedoch ihre Affäre begann, wollte sie in seiner Nähe wohnen. Schließlich hatte sie das Haus gefunden, das nur wenige hundert Meter von Martyr's Cottage entfernt lag. Er war, wie sie mittlerweile wußte, zu stolz und arrogant, als daß er sie verstohlen besuchen, sich nachts hinausschleichen würde wie ein Primaner, der seine Lust gestillt hatte. Demütigende Täuschungsmanöver waren unnötig. Die Landzunge war um diese Zeit menschenleer. Außerdem blieb er nie die ganze Nacht über; daß sie sich so selten trafen, war eben auch ein Kennzeichen ihrer Bezie-

hung. In der Öffentlichkeit waren sie nur Arbeitskollegen. Er hielt ohnehin nicht viel von Vertraulichkeiten, vom Gebrauch der Vornamen, von plumper Kameraderie. Im AKW herrschte eine Disziplin wie auf einem Kriegsschiff.
Doch dann war die Affäre, die mit soviel Umsicht, soviel emotionaler und gesellschaftlicher Zurückhaltung begonnen hatte, zu einer von Widerwärtigkeiten, Sehnsüchten und Qualen geprägten Beziehung mißraten. Hilary bildete sich ein, sie wüßte genau, wann sich ihre Sehnsucht nach einem Kind bis zur Besessenheit gesteigert hatte. Das war eingetreten, als die Operationsschwester in der teuren, auf Diskretion bedachten Klinik mit einer Miene, die ihre Mißbilligung und ihren Ekel nur schlecht kaschierte, das nierenförmige Becken mit der gallertartigen Masse, die der Fetus gewesen war, hinausgetragen hatte. Mittlerweile hatte Hilary das Gefühl, als wolle sich ihre Gebärmutter, die man klinisch einwandfrei entleert hatte, rächen. Sie hatte ihre Sehnsucht vor Alex nicht verhehlen können, auch wenn ihr bewußt war, daß ihn das abstieß. Sie erinnerte sich, wie sie ihn mal aufsässig, mal bettelnd wie ein quengeliges Kind bedrängt hatte. Sie hörte ihn auflachen, sah seine Entsetzen vortäuschende Miene, hinter der er seine Abneigung verbarg.
»Ich möchte ein Kind!«
»Sieh mich doch nicht so an, Liebling! Auf dieses Experiment lasse ich mich nicht mehr ein.«
»Du hast ja auch ein Kind, das gesund ist, das lebt, das Karriere machen wird. Dein Name, deine Gene, all das wird nicht untergehen.«
»Darauf habe ich noch nie großen Wert gelegt. Charles hat das Recht auf ein Eigenleben.«
Sie hatte versucht, sich diese Besessenheit auszureden, sich all die Unannehmlichkeiten vor Augen geführt, all die Nächte mit wenig Schlaf, die Gerüche, die ständige Beanspruchung, die Einschränkung ihrer Freiheit, das verringerte

Privatleben, die Auswirkungen auf ihre Karriere. Es hatte nicht geholfen. Sie hatte mit dem Verstand auf ein Bedürfnis reagiert, gegen das der Intellekt nichts ausrichten konnte. Zuweilen fragte sie sich, ob sie nicht psychisch gestört sei. Und sie hatte keine Macht mehr über ihre Träume, insbesondere über einen nicht: Sie sieht eine lächelnde Krankenschwester, die ihr ein neugeborenes Kind in den Arm legt. Sie schaut auf das zarte, selbstversunkene Gesichtchen hinab, dem man noch das Trauma der Geburt anmerkt. Doch dann eilt jene Schwester mit der mißbilligenden Miene herbei und entreißt ihr das Bündel. »Das ist nicht Ihr Kind, Miss Robarts!« sagt sie höhnisch. »Wissen Sie denn nicht mehr? Ihr Kind haben wir im WC hinuntergespült.«

Alex brauchte kein Kind mehr. Er hatte ja seinen Sohn, konnte hoffen, in ihm, wie auch immer, weiterzuleben, in ihm unsterblich zu werden. Vielleicht war er ein unzulänglicher Vater, aber er war immerhin einer. Er hatte sein eigen Fleisch und Blut in den Armen gehalten. Das bedeutete ihm etwas, mochte er es auch abstreiten.

Im letzten Sommer hatte Charles seinen Vater besucht, ein braungebrannter Hüne mit stämmigen Beinen und sonnengebleichtem Haar, der wie ein Meteor durch das AKW gefegt war und sämtliche Mitarbeiterinnen mit seinem amerikanischen Akzent, seinem unbekümmerten Charme bezaubert hatte. Auch Alex war stolz auf seinen Jungen gewesen, was ihn selbst allerdings ein wenig verdutzt hatte; mit spöttischen Bemerkungen hatte er das zu verbergen versucht. Hilary machten diese Situationen oft verlegen, aber sie empfand auch Groll. Alex' väterlicher Stolz und sein burschikoser Humor paßten so gar nicht zu seinem sonstigen Charakter, würdigten ihn in ihren Augen herab. Er hatte auf sie den Eindruck gemacht, als sei er von der physischen Ausstrahlung seines Sohnes ebenso hingerissen wie all die kleinen Tippsen. Alice Mair war zwei Tage vor Charles'

Ankunft nach London gereist; Hilary hatte überlegt, ob das nur ein kluger Schachzug gewesen sei, damit Vater und Sohn mehr Zeit miteinander verbringen konnten, oder ob Alice, die sie mittlerweile besser kennengelernt hatte, sich nur davor gedrückt hatte, den Jungen bekochen und sich obendrein die überschwenglichen Äußerungen seines Vaters anhören zu müssen.

Ihr letzter gemeinsamer Spaziergang nach der Dinnerparty fiel ihr ein. Sie hatte sich anfangs betont gegen seine Begleitung verwahrt, doch als er dann doch mitging, entsprach dies ganz ihrer Absicht. Nachdem sie ihm ihre Meinung dargelegt hatte, erwiderte er gleichmütig: »Soll das ein Ultimatum sein?«

»So würde ich es nicht nennen«, entgegnete sie.

»Als was würdest du es bezeichnen? Als eine Erpressung?«

»Ich fände es nur redlich nach all dem, was zwischen uns war.«

»Bleiben wir lieber beim Ausdruck Ultimatum. Mit Redlichkeit hat unsere Beziehung nichts zu tun. Jedes Ultimatum will durchdacht sein. Im allgemeinen ist damit auch eine Frist verbunden. Wie lautet nun deine?«

»Ich liebe dich«, sagte sie. »Wenn du den neuen Posten bekommst, brauchst du eine Ehefrau. Ich wäre die richtige Frau für dich. Es könnte klappen. Ich würde mich bemühen. Ich könnte dich glücklich machen.«

»Ich weiß nicht, wieviel Glück ich ertrage. Möglicherweise mehr, als ich mir anmaßen darf. Außerdem hat nicht jeder ein Talent dazu. Alice nicht, Charles nicht, Elizabeth nicht und du auch nicht. So ist es schon immer gewesen.«

Dann hatte er sich ihr zugedreht und sie auf die Wange geküßt. Sie wollte ihn noch festhalten, aber er hatte sie sanft abgewehrt.

»Ich werde darüber nachdenken«, hatte er gesagt.

»Aber ich möchte unsere Verlobung bald bekanntgeben.«

»Du denkst doch nicht etwa an eine kirchliche Trauung, so mit Orangenblüten, Brautjungfrauen und Mendelssohns *Hochzeitsmarsch*?«
»Ich denke nicht daran, uns beide lächerlich zu machen«, versicherte sie ihm. »Weder jetzt noch nach der Hochzeit. Du solltest mich besser kennen.«
»Ich verstehe. Also nur ein rasches, schmerzloses Stelldichein auf dem Standesamt. Ich werde dir meine Entscheidung am nächsten Sonntag abend nach meiner Rückkehr aus London mitteilen.«
»Das klingt so förmlich«, wandte sie ein.
»Eine Antwort auf ein Ultimatum muß doch förmlich klingen, meinst du nicht auch?« entgegnete er.
Jedenfalls würde er sie heiraten. Und nach drei Monaten würde er begreifen, daß sie recht gehabt hatte. Sie würde siegen, weil sie in dieser Hinsicht willensstärker war als er. Sie entsann sich der Worte ihres Vaters: »Es gibt nur dieses eine Leben, Mädchen. Aber man kann es nach seinen Wünschen gestalten. Dumme und Schwächlinge müssen wie Sklaven leben. Du bist gesund, siehst gut aus, bist intelligent. Du kannst dir nehmen, was du dir wünschst. Dazu braucht man bloß Mut und Willenskraft.« Dennoch hätten ihn diese Halunken fast zugrunde gerichtet. Aber er hatte sein Leben nach seinen Vorstellungen gelebt. Und Hilary würde es auch so halten.
Sie versuchte sich wieder auf ihre Arbeit zu konzentrieren und die Gedanken an Alex, an ihre gemeinsame Zukunft zu verdrängen. Aber sie konnte nicht länger stillsitzen. Sie ging durch die Küche zu der kleinen, nach hinten gelegenen Speisekammer, wo sie den Wein lagerte, und holte eine Flasche Rotwein. Dann entnahm sie dem Geschirrschrank ein Weinglas und schenkte es voll. Als sie zum Trinken ansetzte, spürte sie, daß der Rand eine winzige Scharte hatte. Aus einem angeschlagenen Glas mochte sie nicht trinken. Sie

nahm ein anderes und goß den Wein aus dem angeschlagenen Glas hinein. Sie wollte das beschädigte Glas schon in den Mülleimer werfen, als sie, den Fuß auf dem Deckelpedal, zögerte. Es gehörte zu dem halben Dutzend Gläsern, die Alex ihr einmal geschenkt hatte. Vielleicht konnte es noch als Vase für Schneeglöckchen, Primeln oder Rosmarinzweige dienen. Sie trank den Wein aus, spülte beide Gläser und stellte sie umgekehrt auf das Abtropfbrett. Die Rotweinflasche ließ sie unverkorkt auf dem Tisch stehen. Der Wein war ohnehin zu kalt gewesen. Aber in einer Stunde hatte er sicherlich die richtige Temperatur.
Es war nach 9, Zeit für ihre abendliche Schwimmpartie. Sie ging nach oben in ihr Schlafzimmer, wo sie sich auszog, ein schwarzes Bikinihöschen überstreifte und in ihren blau-weißen Trainingsanzug und die alten, fleckigen, vom Meerwasser ausgelaugten Sandalen schlüpfte. In der Diele nahm sie noch das Stahlmedaillon vom Haken, in dem sie den Yale-Schlüssel zum Haus aufbewahrte und das sie sich vor dem Schwimmen an einem Lederriemen um den Hals hängte. Das Medaillon hatte ihr Alex zum Geburtstag geschenkt. Sie strich mit den Fingern darüber und lächelte hoffnungsvoll. Dann entnahm sie der Garderobenschublade noch eine Taschenlampe, schloß die Haustür und rannte, ein Handtuch um den Hals geschlungen, zum Strand.
Noch bevor sie die schlanken, rauhborkigen Stämme erreichte, roch sie schon den harzigen Duft der Kiefern. Vom Strand trennte sie jetzt nur noch ein gut fünzig Meter langer sandiger Pfad, auf dem eine Schicht von herabgefallenen Kiefernnadeln lag. Hier war es etwas dunkler. Der Mond stand silbrig schimmernd über den hohen Wipfeln. Aber sein Licht erhellte nicht überall den Boden, so daß sie die Taschenlampe anmachen mußte. Endlich trat sie aus dem Schatten der Bäume und sah vor sich den weißen, mondbeschienenen Sandstrand und das sanft wogende Meer. Sie ließ

das Handtuch wie immer in eine kleine Mulde am Rand des Wäldchens fallen, zog den Trainingsanzug aus und reckte die Arme.
Schließlich streifte sie die Sandalen ab und lief über den Strand und die vom Wasser glattgeschliffenen Kiesel, den lautlos anrollenden Wogen entgegen. Sie rang nach Luft, als sie deren Kälte spürte. Doch das war wie immer bald vorbei, und die Wellen, die über sie hinwegglitten, schienen ebenso warm zu sein wie sie selbst. Sie schwamm selbstversunken dahin und entfernte sich, kräftig und gleichmäßig kraulend, immer weiter vom Strand. Sie wußte, wie lange sie im Wasser bleiben konnte. Bevor das Kältegefühl wieder einsetzte, mußte sie umkehren.
Nach einer Weile hörte sie auf zu schwimmen und ließ sich in Rückenlage, den Blick auf den Mond gerichtet, dahintreiben. Da war es wieder, dieses herrliche Gefühl. All die Mißstimmungen fielen von ihr ab, all die Ängste, all der Zorn, all das, was sie heute bedrückt hatte. Ein tiefes Glücksgefühl durchströmte sie. Auch ihr Optimismus kehrte wieder. Alles würde sich zum Besten wenden. Sie würde Pascoe noch eine Woche bangen lassen und dann ihre Klage zurückziehen. Einen so unbedeutenden Menschen konnte man doch nicht hassen; außerdem hatte ihr Anwalt schon recht. Mit der Übernahne von Scudder's Cottage konnte sie sich Zeit lassen. Sein Wert stieg ohnehin mit jedem Monat. Die Miete wurde ja gezahlt, und sie mußte kein Geld zusetzen. Und was zählten schon der tägliche Verdruß am Arbeitsplatz, die berufsbedingten Eifersüchteleien, die Mißstimmungen? Dieses Leben war bald zu Ende. Sie liebte Alex, und Alex liebte sie. Er würde einsehen, daß sie recht hatte. Sie würden heiraten. Und sie würden ein Kind bekommen. Sie konnten sich so viele Wünsche erfüllen. Einen Augenblick lang überkam sie eine so tiefe Ruhe, daß selbst all das keine Bedeutung mehr hatte. Es schien ihr,

als wären sämtliche menschlichen Gelüste entschwunden und sie würde von ihrem Körper losgelöst dahinschweben, sich im Mondlicht von oben sehen. Sie hatte Mitleid mit dem erdverbundenen Geschöpf da unten, das nur in einem ihm fremden Element diese tiefe, wenn auch flüchtige Ruhe finden konnte.

Dann war es Zeit zur Umkehr. Sie warf sich herum und schwamm kraftvoll dem Strand entgegen, hin zu dem Menschen, der sie beobachtete und ihr im Baumschatten auflauerte.

21

Am Sonntag vormittag besuchte Dalgliesh wieder einmal die Kathedrale von Norwich und St. Peter Mancroft. Danach suchte er ein Restaurant am Stadtrand auf, wo man ihm und seiner Tante vor zwei Jahren ein ausgezeichnetes gutbürgerliches Essen vorgesetzt hatte. Doch auch hier hatte sich mittlerweile manches geändert. Das äußere Erscheinungsbild und die Inneneinrichtung waren dieselben wie früher, doch mußten sowohl der Besitzer als auch der Koch gewechselt haben, wie sich bald herausstellte. Das Essen, das mit bedenklicher Eilfertigkeit serviert wurde, schien anderswo zubereitet und hier nur aufgewärmt worden zu sein. Die gegrillte Leber, eine gräulich-braune Scheibe mit grobkörniger Oberfläche, schwamm in einer undefinierbaren, zähflüssigen Soße. Die Kartoffeln waren teilweise nicht gar, während der Blumenkohl verkocht schmeckte. Es war kein Imbiß, der einen Wein verdient hätte. Dalgliesh stärkte sich mit Cheddar-Käse und ein paar Zwiebackscheiben, bevor er aufbrach, um die aus dem fünfzehnten Jahrhundert stammende St.-Peter-and-Paul-Kirche in Salle aufzusuchen.

In den vergangenen vier Jahren war er mit seiner Tante

öfters nach Salle gefahren. In ihrem Testament hatte sie bestimmt, daß er ihre Asche ohne jegliche Zeremonie auf dem dortigen Friedhof verstreuen sollte. Er hatte zwar gewußt, daß sie der Kirche verbunden war, aber fromm war sie eigentlich nicht gewesen, weswegen ihn auch dieser Wunsch ein wenig befremdet hatte. Eher hätte er angenommen, daß sie sich ausbedingen würde, man solle ihre irdischen Reste irgendwo auf der Landzunge verstreuen, oder daß sie überhaupt keine Anweisungen festlegen würde, weil sie derlei nur im Hinblick auf eine möglichst zweckmäßige Beseitigung sah, für die weder sie noch er Vorkehrungen treffen müßte. Doch nun hatte er diese Aufgabe zu erfüllen, die ihm zudem, was ihn verdutzte, bedeutsam vorkam. In den letzten Wochen hatten ihn hin und wieder Schuldgefühle geplagt, als hätte er einer Pflicht nicht genügt und die Seele der Toten unerlöst gelassen. Schon früher hatte es ihn verwundert, wieviel Wert die Menschen auf Rituale legten, so daß jeder Lebensabschnitt von einer Zeremonie begleitet sein mußte. Möglicherweise war auch seine Tante dieser Ansicht gewesen und hatte auf ihre bedächtige Art dafür vorgesorgt. Bei Felthorpe verließ er die B 1149 und fuhr übers flache Land. Er brauchte sich nicht anhand der Straßenkarte zu orientieren. Der mächtige, im fünfzehnten Jahrhundert erbaute Glockenturm mit seinen vier Spitztürmen war ein unübersehbares Wahrzeichen dieser Gegend, und Dalgliesh fuhr auf den nahezu leeren Straßen darauf zu, als wäre er auf dem vertrauten Weg nach Hause. Merkwürdig war nur, daß seine Tante mit ihrer sehnigen Gestalt nicht neben ihm saß, daß alles, was von diesem eigenständigen, aber dennoch beeindruckenden Menschen übriggeblieben war, sich in dem erstaunlich schweren, mit weißer, grobkörniger Masse angefüllten Kunststoffbehälter befand. In Salle angekommen, parkte er den Jaguar unweit der Zufahrt und ging dann zum Friedhof. Abermals beeindruckte ihn, daß diese stattliche

Kirche, fast schon ein Dom, die so abgeschieden lag, dennoch zu dem freien Gelände paßte und nicht ehrfurchtgebietend, sondern friedvoll wirkte. Er blieb eine Weile stehen und lauschte, hörte aber keinen Laut. Kein Vogel sang, kein Käfer krabbelte raschelnd durchs hohe Gras. Im weichen, schon herbstlichen Sonnenlicht standen die Bäume da, als seien sie goldfarben überstäubt worden. Die Zeit des Pflügens war vorbei, und die Äcker mit ihrer dunkelbraun glänzenden Scholle erstreckten sich in der sonntäglichen Stille bis zum Horizont. Dalgliesh schlenderte gemächlich um die Kirche herum, spürte das Gewicht des Behälters, der seine Sakkotasche herunterzog, und war froh, daß er für seinen Besuch die Zeitspanne zwischen den Gottesdiensten gewählt hatte. Vielleicht wäre es höflicher, ja sogar angebracht gewesen, die Zustimmung des Gemeindepfarrers einzuholen, bevor er den Wunsch seiner Tante erfüllte. Doch dann sagte er sich, daß es dafür jetzt ohnehin zu spät war; zudem ersparte er sich auf diese Weise allerlei Erklärungen und unnötige Komplikationen. Am Ostrand des Friedhofes öffnete er den Behälter und schüttete, als ob er ein Trankopfer darbrächte, das zermahlene Gebein aus. Es blitzte silbrig auf, und dann überstäubte das, was von Jane Dalgliesh noch übriggeblieben war, die herbstlich spröden Wildkräuter und das hohe Gras. Er wußte, welche Worte nun angebracht waren; er hatte sie von seinem Vater oft genug gehört. Aber dann fiel ihm der Vers aus dem Prediger Salomo ein, der in die Gedenktafel an Martyr's Cottage eingemeißelt war, und er schien Dalgliesh hier an diesem Ort, wo die Zeit keine Bedeutung hatte, nicht unpassend zu sein.

Das Westportal war unverschlossen. Bevor er Salle verließ, nahm sich Dalgliesh noch eine Viertelstunde Zeit, um noch einmal die Sehenswürdigkeiten in der Kirche zu bewundern, das eichene Schnitzwerk des Gestühls mit seinen Bauernfiguren, Pfaffen, Rindern, Vögeln, dem Drachen und dem

Pelikan, der seine Jungen nährt, dann die mittelalterliche Kanzel in Form eines Weinglases, die nach fünfhundert Jahren noch Überreste der ursprünglichen Bemalung aufwies, das Altargitter, das große Ostfenster, in dem einst rote, grüne, blaue Glasornamente geprangt hatten und durch das nun das klare, ungefilterte Licht von Norfolk einfiel. Als dann das Westportal hinter ihm sachte ins Schloß fiel, fragte er sich, ob er jemals wiederkehren würde.
Am frühen Abend war er daheim. Sein Mittagessen lag ihm noch so schwer im Magen, daß er keinen großen Hunger verspürte. Er wärmte den Rest der Suppe vom Vortag auf und aß hinterher noch Zwieback, Käse und etwas Obst. Danach zündete er das Kaminfeuer an, rückte den niedrigen Sessel davor, legte ein Cello-Konzert von Elgar auf und begab sich daran, die Photographien seiner Tante zu sichten. Behutsam schüttelte er sie aus den vergilbten Umschlägen und breitete sie auf dem niedrigen Mahagonitischchen aus. Während er die Bemerkungen auf den Rückseiten las, sich hin und wieder eines Gesichts, eines da abgelichteten Vorfalls entsann, geriet er allmählich in eine melancholische Stimmung. Elgars Musik paßte dazu. Die schwermütigen Tonfolgen beschworen die langen, heißen Sommer zur Zeit König Edwards herauf, die er nur aus Romanen und Gedichten kannte, den Frieden, der damals in England herrschte, das Selbstwertgefühl, den Optimismus, all das, was seine Tante durchlebt haben mußte. Er sah ihren Verlobten, der trotz seiner Hauptmannsuniform noch blutjung wirkte. »4. Mai 1918« stand auf der Photographie. Das war eine Woche vor seinem Tod gewesen. Dalgliesh musterte das hübsche, unbekümmerte Gesicht, die Augen, die schon soviel Greuel gesehen haben mußten, aber all das sagte ihm nichts. Auf der Rückseite standen ein paar mit Bleistift geschriebene griechische Worte. Der junge Mann hatte in Oxford Altphilologie studiert; seine Tante hatte Altgriechisch

bei ihrem Vater gelernt. Adam Dalgliesh beherrschte es nicht; was immer die Worte bedeuteten, es würde ihm ein Geheimnis bleiben. Die Hand, die die mittlerweile verblichenen Buchstaben geschrieben hatte, war längst verwest. Im selben Kuvert steckte noch eine Photographie, die seine Tante in etwa dem gleichen Alter zeigte. Vielleicht hatte sie sie ihrem Verlobten an die Front geschickt oder sie ihm geschenkt, als er eingezogen wurde. Eine Ecke wies einen braunroten Fleck auf. Könnte das ein Blutspritzer sein? Vielleicht hatte seine Tante die Photographie zusammen mit Gegenständen, die ihrem Verlobten gehört hatten, zurückerhalten. Sie trug einen knöchellangen Rock und eine hochgeschlossene Bluse. Sie lachte. Ihr Haar fiel schulterlang herab und war über den Schläfen festgesteckt. Sie hatte schon immer ein markantes Gesicht gehabt; jetzt sah Dalgliesh verblüfft, daß sie einmal ausgesprochen hübsch gewesen war. Ihr Tod hatte ihn nun in eine Voyeursrolle versetzt, die sie beide, als sie noch lebte, widerwärtig gefunden hätten. Aber sie hatte die Bilder nicht vernichtet. Sie, die Realistin, die sie gewesen war, mußte damit gerechnet haben, daß später einmal andere Menschen die Bilder sehen würden. Oder hatte das hohe Alter mit seiner zunehmenden Distanz gegenüber allen fleischlichen Vorsätzen und Begierden sie von jenen kleinlichen Bedenken befreit, die aus Eitelkeit oder Selbstüberschätzung erwachsen? Mit einem Gefühl von Widerwillen, ja von Verrat, warf er die beiden Photographien ins Feuer und sah zu, wie sie sich krümmten, schwarz färbten, aufflammten und zu Asche wurden.

Und was sollte er mit all den nicht näher bezeichneten, ihm fremden Leuten anfangen? Mit den korsettierten Damen und ihren ausladenden Hüten mit Bändern und Blumen? Mit Aufnahmen von Radpartien, die Herren in Knickerbokkern, die Damen mit langen, glockenförmigen Röcken und kecken Strohhüten? Mit den abgelichteten Hochzeitsgesellschaften, die Braut samt Ehrenjungfern kaum zu erkennen hinter all den üppigen Blumensträußen, die Hauptpersonen streng hierarchisch gruppiert? Sie alle schauten in die Kameralinse, als könnte das Klicken des Verschlusses die Zeit anhalten, sie zumindest bannen, als wollten sie kundtun, eine Vermählung sei nun mal eine bedeutsame Angelegenheit, weil sie die unentrinnbare Vergangenheit mit der unvorhersehbaren Zukunft verknüpfte. Als Halbwüchsiger war Dalgliesh vom Phänomen der Zeit geradezu besessen gewesen. Schon Wochen vor den Sommerferien hatte er ein Gefühl des Triumphes verspürt, weil er nun Macht über die Zeit hatte, denn endlich konnte er sagen: »Zeit, wenn du rasch vergehst, kommen eben die Ferien eher. Verstreichst du aber langsam, dauert der Sommer desto länger!« Jetzt, als Mann mittleren Alters, kannte er keine Kniffe, keine bevorstehenden Vergnügungen mehr, mit denen er die unaufhaltsam dahinrasende Zeit hätte zügeln können. Er fand eine Photographie, die ihn in seiner Internatsmontur zeigte; sein Vater hatte sie im Pfarrgarten gemacht. Er sah einen fremden Jungen, der, herausgeputzt mit einer Kappe und einem gestreiften Blazer, in einer fast militärischen Haltung dastand und in die Kamera starrte, als wollte er seiner Angst vor dem Verlassen des Elternhauses trotzen. Auch diese Photographie warf er ohne Bedauern ins Feuer.

Als das Cello-Konzert zu Ende und die Rotweinflasche ausgetrunken war, stapelte er die restlichen Photographien aufeinander, verstaute sie in der Schreibtischschublade und beschloß, seine melancholische Stimmung durch einen Spaziergang am Meer loszuwerden. Der Abend war viel zu schön, als daß man ihn mit trübsinnigen oder schwermütigen Gedanken vergeuden sollte. Es war windstill draußen. Selbst das Rauschen des Meeres, das im Licht des Vollmonds und der Sterne geheimnisvoll schimmernd dalag, war kaum zu hören. Er verharrte einen Augenblick unter den Windmühlenflügeln und ging dann mit ausholenden Schritten in nördlicher Richtung, vorbei an den Kiefern, über die Landzunge und bog nach einer Dreiviertelstunde zum Strand ab. Er glitt den sandigen Abhang hinab und sah vor sich die schon halb im Schwemmsand versunkenen Betonbunker, aus denen wie bizarre Antennen rostbedeckte Baueisenstangen in die Luft ragten. Helles Mondlicht überflutete den Strand. Plötzlich überkam ihn der Wunsch, die Wellen an seinen Füßen zu spüren. Er zog Schuhe und Socken aus, stopfte die Socken in seine Sakkotasche, band die Schuhe an den Schnürsenkeln zusammen und hängte sie sich um den Hals. Nach dem anfänglichen Kältegefühl kam ihm das Meer fast warm vor. Er stapfte durch das seichte Wasser, blieb hin und wieder stehen, um, wie in seiner Kindheit, seine Fußspuren zu betrachten. Schließlich kam er zu dem Kiefernwäldchen. Er wußte, daß da ein Pfad war, der an Hilary Robarts' Cottage vorbei zur Straße führte. Von hier aus konnte er auf die Landzunge gelangen, ohne die brüchigen Klippen im Süden hinaufklettern zu müssen. Er setzte sich auf einen großen Stein, wischte sich mit dem Taschentuch die Sandkörner von den Füßen, zog Socken und Schuhe an und ging über den angeschwemmten Kies zum sandigen Saum des Strandes hinüber.

Hier bemerkte er, daß anscheinend jemand vor ihm dagewesen war: Links von ihm verlief eine Spur von nackten Füßen. Das war sicherlich Hilary Robarts gewesen, die ihr allabendliches Bad im Meer genommen hatte. Die Fußspuren waren noch unverwischt; sie mußte den Strand vor etwa anderthalb Stunden verlassen haben. In einer windstillen Nacht blieben Fußabdrücke lange Zeit frisch. Vor ihm lag der Pfad, der ihn vom mondhellen Strand in den Baumschatten des Kiefernwäldchens brachte. Auf einmal wurde es dunkler. Eine niedrige, blauschwarze Wolke mit gezacktem, silbrigem Rand zog am Mond vorüber.

Er knipste seine Taschenlampe an und richtete sie auf den Weg. Zu seiner Linken schimmerte etwas – eine Zeitung, ein Taschentuch, eine weggeworfene Papiertüte – weißlich auf. Neugierig wich er vom Weg ab, um nachzuschauen. Und da sah er sie. Ihr verzerrtes Gesicht starrte ihn an wie eine Fratze aus einem Alptraum. Sie lag in einer von Strandhafer gesäumten flachen Mulde. Die Gräser waren so hoch, daß er die Einzelheiten erst sah, als er vor ihr stand. Rechts neben ihr erblickte er ein zerknittertes, rot-blau gestreiftes Handtuch, oberhalb davon ein Paar Sandalen und eine Taschenlampe. Gleich daneben lag ein blau-weißer Trainingsanzug. Anscheinend waren es dessen weiße Streifen, die ihm aufgefallen waren. Hilary Robarts lag auf dem Rücken, den Kopf zurückgeworfen, die toten Augen starr auf ihn gerichtet, als flehte sie ihn stumm an. Ein Haarbüschel war unter die Oberlippe gestopft, was ihr das Aussehen eines zähnefletschenden Kaninchens gab. Ein einzelnes schwarzes Haar klebte auf ihrer Wange. Dalgliesh verspürte den nahezu unwiderstehlichen Drang, sich neben sie zu knien, um es zu entfernen. Sie trug nur ein schwarzes Bikinihöschen, das bis zum Oberschenkel herabgezogen war. Deutlich konnte man sehen, wo das Haarbüschel abgeschnitten worden war. Der in die Stirnhaut eingeritzte Buchstabe L bestand aus zwei dünnen, messerschmalen Schnitten, die sich rechtwinklig trafen. Zwischen den abgeflachten Brüsten mit ihren dunklen Höfen und den aufgerichteten Brustwarzen – die Haut hob sich milchweiß von den gebräunten Armen ab – ruhte ein schlüsselförmiges Metallmedaillon, das an einem Lederriemen hing. Gerade als er den Lichtkegel seiner Tachenlampe über die Leiche hinweggleiten ließ, um sie genauer zu betrachten, schob sich der Mond aus der Wolke, und es wurde beinahe taghell.

Dalgliesh war schaurige Augenblicke gewöhnt. Er wußte, wozu Menschen aus Grausamkeit, Aggressivität oder Ver-

zweiflung fähig waren. Aber er war zu empfindsam, um einen entstellten Toten mit kühler Gelassenheit zu mustern. Zu schaffen gemacht hatte ihm diese Empfindsamkeit allerdings nur bei seinem letzten Fall; dabei war er im Fall »Paul Berowne« wenigstens nicht unvorbereitet an den Tatort gerufen worden. Dies hier war dagegen das erste Mal, daß er selbst eine ermordete Frau entdeckte.
Er kniete sich neben sie und berührte ihren Oberschenkel. Er war eiskalt und fühlte sich an, als bestünde er aus einer prall mit Luft gefüllten Kunststoffhaut. Wenn er einen Finger fest hineindrückte, würde eine Vertiefung zurückbleiben. Behutsam strich er über ihr Haar. An den Wurzeln war es noch feucht, die Spitzen hingegen waren trocken. Es war eine warme Septembernacht. Er schaute auf seine Armbanduhr: 22 Uhr 33. Er entsann sich, daß jemand gesagt hatte – wer und wann war es doch gleich gewesen? –, Hilary Robarts habe die Angewohnheit, kurz nach 9 Uhr abends im Meer zu schwimmen. Alle Anzeichen sprachen dafür – und er selbst hielt es auch für wahrscheinlich –, daß seit ihrem Tod kaum zwei Stunden vergangen sein konnten.
Im Sand hatte Dalgliesh nur seine und ihre Fußabdrücke gesehen. Es war Ebbe. Um 9 Uhr mußte Flut gewesen sein. Da jedoch der obere Bereich des Strandes trocken war, konnte das Wasser die Mulde, wo die Leiche lag, nicht erreicht haben. Wie Hilary Robarts hatte der Mörder wahrscheinlich den Pfad durch das Wäldchen benützt und ihr, hinter den Bäumen verborgen, aufgelauert. Auch auf dem mit Kiefernnadeln bedeckten Boden waren höchstwahrscheinlich keine Fußabdrücke zurückgeblieben, aber man mußte ihn dennoch möglichst unberührt lassen. Dalgliesh entfernte sich vorsichtig von der Leiche und ging dann auf dem kiesigen Teil des Strandes gut zwanzig Meter in südlicher Richtung weiter. Beim Licht seiner Taschenlampe schlüpfte er durch die dicht stehenden Kiefern, wobei hin

und wieder einer der unteren dürren Äste abbrach. Hier war bestimmt in letzter Zeit niemand durchgekommen. Nach einigen Minuten erreichte er die Straße. In zehn Minuten konnte er, wenn er zügig ging, bei der Mühle sein. Das nächste Telephon war zwar sicherlich in Hilary Robarts' Cottage, doch ihr Haus war wahrscheinlich verschlossen, und er wollte sich nicht gewaltsam Zutritt verschaffen. Das Haus des Opfers mußte ebenso unberührt bleiben wie der Tatort. Andererseits hatte er neben der Leiche keine Handtasche liegen sehen; da waren nur die Sandalen und die Taschenlampe, der Trainingsanzug und das leuchtend rotblau gestreifte Handtuch gewesen. Vielleicht hatte die Robarts den Hausschlüssel daheim gelassen, das Haus gar nicht verschlossen. Hier auf der Landzunge machte man sich keine Gedanken, wenn man das Haus nach dem Dunkelwerden einmal für eine halbe Stunde unverschlossen ließ. Die paar Minuten Zeit, um das festzustellen, konnte er in jedem Fall erübrigen.

Wenn er Thyme Cottage von einem Fenster der Mühle aus betrachtet hatte, war es ihm stets als das reizloseste Domizil auf der Landzunge vorgekommen. Es war dem Landesinneren zugewandt, ein kastenförmiges, lieblos gestaltetes Haus mit einem gepflasterten Innenhof statt einem Garten, mit übergroßen Fenstern aus modernem Glas, die es um den altmodischen Charme gebracht hatten, den es vielleicht einmal besessen haben mochte. Es paßte mit seinem modernen Aussehen eher in eine Stadtrandsiedlung als auf diese meerumtoste, abgelegene Landzunge. Auf drei Seiten standen die Kiefern so dicht, daß sie fast die Hausmauern streiften. Manchmal hatte er sich gefragt, warum Hilary Robarts ausgerechnet hier hatte wohnen wollen, mochte das Haus auch noch so nahe beim AKW liegen; nach der Dinnerparty bei Alice Mair glaubte er den Grund zu kennen.

Im Erdgeschoß brannten sämtliche Lampen. Gemeinhin

wäre das ein beruhigendes Anzeichen von Leben gewesen, von Normalität, von Gastfreundschaft, als wäre das Haus Zufluchtsort vor den atavistischen Ängsten, die der herandrängende Wald, die leere, mondbeschienene Landzunge auslösen konnten. Nun aber verstärkten die hellen, vorhanglosen Fenster Dalglieshs Beklommenheit.

Jemand war vor ihm dagewesen. Er schwang sich über die niedrige Feldsteinmauer und sah, daß die Scheibe des großen Fensters nahezu eingeschlagen war. Kleine Glassplitter schimmerten wie Straß auf dem mit Kopfsteinen gepflasterten Innenhof. Er schaute zwischen den verbliebenen zackigen Glasstücken hindurch in das hell erleuchtete Wohnzimmer. Der Teppich war übersät mit Glasscherben, die im grellen Licht funkelten. Man konnte deutlich erkennen, daß das Fenster von außen eingeschlagen worden war. Vor ihm lag, die Bildseite nach oben, das in Öl gemalte Porträt von Hilary Robarts. Zwei Schnitte, die fast bis zum Rahmen reichten und sich rechtwinkelig trafen, bildeten den Buchstaben L.

Dalgliesh sah nicht nach, ob die Haustür verschlossen war. Wichtiger war jetzt, am Tatort keine Spuren zu verwischen, als zehn oder fünfzehn Minuten eher die Polizei zu benachrichtigen. Hilary Robarts war tot; schnelles Handeln war angebracht, aber es durfte auch nichts überstürzt werden. Er kehrte zur Straße zurück und ging mit raschen Schritten zur Mühle. Doch dann hörte er das Geräusch eines näherkommenden Wagens. Als er sich umsah, erblickte er die Scheinwerfer eines aus nördlicher Richtung heranfahrenden Autos. Es war Alex Mairs BMW. Dalgliesh blieb mitten auf der Fahrbahn stehen und schwenkte seine Stableuchte. Der Wagen wurde abgebremst und rollte aus. Alex Mair streckte den Kopf aus dem offenen rechten Fenster. Sein Gesicht sah im Mondlicht fahl aus. Er musterte ihn eindringlich, aber ohne zu lächeln, als sei diese zufällige Begegnung ein konspiratives Treffen.

»Ich habe eine schlimme Nachricht für Sie«, sagte Dalgliesh. »Hilary Robarts ist ermordet worden. Ich habe sie gefunden. Jetzt müßte ich dringend telephonieren.«
Die Hand, die lässig das Steuerrad umklammert hatte, verkrampfte und entspannte sich. Die auf den Kommissar gerichteten Augen bekamen einen wachsamen Ausdruck. Als Alex Mair sprach, klang seine Stimme beherrscht; nur durch die unwillkürliche Anspannung der Handmuskeln hatte er seine Betroffenheit verraten.
»Der Whistler?« fragte er.
»Sieht so aus.«
»Ich habe ein Telephon im Wagen.«
Ohne ein weiteres Wort öffnete er die Tür, stieg aus und trat zur Seite. Es dauerte eine Weile, bis Dalgliesh mit Rickards Büro verbunden wurde. Da Rickards nicht anwesend war, hinterließ er eine Nachricht und legte auf. Alex Mair hatte sich indes gut dreißig Meter vom Wagen entfernt und schaute zum beleuchteten Kraftwerk hinüber, als wollte er mit der Angelegenheit nichts zu tun haben.
Nun kam er zurück. »Wir haben sie alle gewarnt, allein im Meer zu schwimmen«, sagte er. »Aber sie kümmerte sich nicht darum. Ich habe im Grunde auch nicht geglaubt, daß es ihr mal gefährlich werden könnte. So haben wohl all die Mordopfer gedacht, bis es dann zu spät war. ›Mir kann doch so was nicht zustoßen!‹ Aber davor ist wohl niemand sicher. Trotzdem finde ich es sonderbar, geradezu unfaßbar. Das zweite Mordopfer in Larksoken. Wo liegt sie?«
»Am Rand des Kiefernwaldes, von wo aus sie, wie ich annehme, ins Meer zum Schwimmen ging.«
Als Alex Mair eine Bewegung in diese Richtung machte, fügte Dalgliesh hinzu: »Für Sie gibt es da nichts zu tun. Ich gehe zum Tatort zurück und warte auf die Polizei.«
»Ich weiß, daß ich nichts tun kann. Ich möchte sie nur sehen.«

»Lieber nicht. Je weniger Menschen den Tatort betreten, desto besser.«
Mair drehte sich ruckartig zu ihm um. »Können Sie denn nur wie ein Polizist denken, Dalgliesh? Ich möchte sie ja nur noch einmal sehen.«
Es ist ja nicht mein Fall, dachte Dalgliesh, und außerdem kann ich ihn nicht mit Gewalt davon abhalten. Aber er konnte zumindest dafür sorgen, daß der direkte Weg zu der Leiche unberührt blieb. Wortlos schritt er voran, und Alex Mair folgte ihm. Warum diese Hartnäckigkeit, noch einmal die Tote sehen zu wollen, überlegte er. Wollte er sich selbst davon überzeugen, daß sie tatsächlich tot war? Steckte dahinter der Drang des Wissenschaftlers, sich selbst ein Bild machen zu müssen? Versuchte er so, sich von einer grausigen Vorstellung zu befreien, die sich in der Phantasie noch bedrückender auswirken würde als in der Realität? Oder trieben ihn mehr seine Gefühle? Wollte er von der Toten Abschied nehmen, bevor die Polizei mit all ihrem Rüstzeug für eine Ermittlung eintraf und sich in die intimen Geheimnisse mischte, die die beiden einst geteilt hatten? Alex Mair schwieg, während Dalgliesh ihn in südlicher Richtung, vorbei am Weg, zum Strand führte. Wortlos folgte er ihm in den Baumschatten und zwängte sich zwischen den Kiefernstämmen hindurch. Der Lichtkegel seiner Stablampe erfaßte die dürren Äste, die Dalgliesh vorhin abgebrochen hatte, die mit Sand bestreute Schicht von Kiefernnadeln, die dürren Kiefernzapfen, eine verbeulte Blechdose. Der würzige Harzgeruch schien immer stärker zu werden und erschwerte das Atmen wie in einer schwülen Hochsommernacht.
Nach einigen Minuten traten sie aus der beklemmenden Dunkelheit auf den hellen Strand hinaus und sahen vor sich das mondbeschienene Meer. Es glich einem geschwungenen Schild aus getriebenem Silber. Einen Augenblick lang blieben sie nebeneinander stehen und atmeten tief durch. In dem

trockenen Sand oberhalb des Kiesstreifens waren Dalgliesh's Fußabdrücke deutlich zu sehen. Sie folgten ihnen, bis sie vor der Toten standen.
Es ist mir zuwider, dachte Dalgliesh, daß ich mit ihm hierhergekommen bin, daß wir beide sie in ihrer Nacktheit sehen, ohne daß sie sich wehren kann. Das fahle, kalte Licht schien sein Wahrnehmungsvermögen auf ungewohnte Weise zu steigern. Die bleichen Gliedmaßen, das dunkle Haarbüschel, das grellfarbene rot-blaue Handtuch, die Strandhaferhorste, all das hatte die eindimensionale Einprägsamkeit eines Farbdrucks. Die notwendige Wache bei der Leiche bis zur Ankunft der Polizei hätte ihm nichts ausgemacht; er war ja die stille Gesellschaft von Toten gewohnt. Aber mit Alex Mair an seiner Seite kam er sich wie ein Voyeur vor. Eher aus Widerwillen als aus Feinfühligkeit entfernte er sich und schaute zu den dunklen Kiefern hinüber, wobei er freilich jede Bewegung, jeden Atemzug der hochgewachsenen Gestalt wahrnahm, die mit der gespannten Aufmerksamkeit eines Chirurgen auf die Leiche hinabblickte.
»Das Medaillon, das sie um den Hals trägt, habe ich ihr am 29. August zum Geburtstag geschenkt«, sagte Alex Mair. »Es hat die passende Größe für ihren Yale-Hausschlüssel. Einer der Facharbeiter in der Werkstatt von Larksoken hat es nach meinen Angaben angefertigt. Es ist schon bewundernswert, zu welchen Leistungen diese Leute fähig sind.«
Dalgliesh wußte, daß ein Schock sonderbare Gedankengänge und Äußerungen auslösen konnte, und erwiderte nichts darauf.
»Kann man sie denn nicht abdecken, Dalgliesh?« fragte Alex Mair plötzlich mit erregter Stimme.
Womit denn, dachte Dalgliesh. Meint er denn, daß ich das Handtuch unter ihr hervorziehen werde?
»Nein, tut mir leid«, entgegnete er. »Wir dürfen an ihr nichts verändern.«

»Aber das hier hat doch der Whistler getan. Das ist unverkennbar. Sie haben's ja selbst gesagt.«
»Der Whistler ist ein Mörder wie viele andere auch. Auch er hinterläßt Spuren am Tatort, die als Beweismittel dienen können. Er ist nur ein Mensch, keine Naturgewalt.«
»Wann wird die Polizei endlich eintreffen?«
»Lange kann es nicht mehr dauern. Ich habe zwar mit Rikkards nicht gesprochen, aber man wird ihn benachrichtigen. Sie können ruhig gehen, ich werde warten. Sie können ohnehin nichts tun.«
»Ich bleibe, bis man sie fortbringt.«
»Wenn der Polizeiarzt nicht verfügbar ist, kann es noch eine Weile dauern.«
»Dann warte ich eben so lange.«
Wortlos wandte Mair sich ab und ging parallel zu Dalglieshs Fußabdrücken zum Meer. Dalgliesh schlenderte zum Kiesstreifen hinüber und setzte sich. Die Arme vor den Knien verschränkt, betrachtete er Mairs hochgewachsene Gestalt, die entlang des Wassersaums unentwegt hin und her ging. Sollten an seinen Schuhsohlen irgendwelche aufschlußreichen Spuren gewesen sein, so waren sie nun verloren. Aber solche Gedanken waren abwegig. Die Tote konnte nur vom Whistler, nicht aber von einem anderen Mörder so zugerichtet worden sein. Weswegen war Dalgliesh dann aber so unschlüssig? Wieso hatte er das ungute Gefühl, daß alles nicht so eindeutig war, wie es auf den ersten Blick aussah?
Er setzte sich bequemer hin und machte sich auf eine längere Wartezeit gefaßt. Das kalte Mondlicht, das unaufhörliche Rauschen des Meeres, das Gefühl, daß hinter ihm eine Tote lag, versetzten ihn in eine melancholische Stimmung. Gedanken an den Tod, auch an seinen, stellten sich ein. *Timor mortis conturbat me.* In unserer Jugend neigen wir zur Tollkühnheit, weil wir den Tod nicht kennen, dachte er. Die Jugend schmückt sich mit Unsterblichkeit. Erst im mittleren

Alter wird uns die Vergänglichkeit des Lebens bewußt. Aber die Angst vor dem Tode, wie irrational sie sich auch immer äußern mochte, war ganz natürlich, ob nun der Tod das endgültige Aus oder der Eintritt in eine andere Existenzform war. Jede Körperzelle war auf Leben programmiert. Alle gesunden Geschöpfe hingen bis zum letzten Atemzug am Leben. Mit der allmählich wachsenden Erkenntnis, der Widersacher aller Sterblichen könnte zuletzt als Freund kommen, fand man sich nur schwer ab, mochte sie noch so tröstlich sein. Was sein Metier so anziehend machte, war vielleicht die Tatsache, daß der Prozeß der Verbrechensaufdeckung dem Tod eines Menschen eine gewisse Würde verlieh, selbst dem Ableben eines nichtsnutzigen, erbärmlichen Subjekts. Die beharrliche Suche nach Spuren und Motiven spiegelte die Faszination wider, die das Mysterium der eigenen Sterblichkeit ausübte. Zugleich verschaffte sie einem die beschwichtigende Illusion von einer Welt, der eine Moral zugrunde lag, in der Unschuld erwiesen werden konnte, in der das Recht durchgesetzt und die Ordnung wiederhergestellt wurde. Aber eigentlich ließ sich nichts wiederherstellen, schon gar nicht das Leben. Und man konnte nur dem ohnehin bedenklichen Gerechtigkeitssinn der Menschen Genüge tun. Dalglieshs Beruf übte auf ihn eine Faszination aus, die über die damit verbundene intellektuelle Beanspruchung hinausging, die stärker war als sein Drang nach einem Privatleben. Aber inzwischen hatte er genug Geld geerbt, um seinen Job an den Nagel hängen zu können. Hatte seine Tante in ihrem unmißverständlichen Testament etwa darauf abgezielt? Hatte sie ihm signalisieren wollen: Mit all dem Geld ist nun jede Beschäftigung, die Dichtkunst ausgenommen, unnötig geworden? Wäre es da nicht an der Zeit, sich endgültig zu entscheiden?

Das hier war nicht sein Fall. Diesen Fall mußte er nicht bearbeiten. Aus Gewohnheit überlegte er aber, wann die

Polizei eintreffen könnte. Nach fünfunddreißig Minuten hörte er im Kiefernwald Geräusche. Sie kamen auf dem Weg, den er ihnen angegeben hatte, und waren nicht gerade leise. Rickards erschien als erster. Ihm folgten ein jüngerer, breitschultriger Beamter und vier weitere Polizisten, die an ihren Gerätschaften schwer zu tragen hatten. Dalgliesh erhob sich, um ihnen entgegenzugehen. Rickards nickte ihm zu und stellte seinen Sergeanten vor, der Stuart Oliphant hieß.

Zusammen gingen sie zu der Leiche und blickten auf die sterblichen Überreste von Hilary Robarts hinab. Rickards atmete schwer, als wäre er gelaufen. Oliphant und die vier weiteren Beamten setzten ihre Ausrüstung ab und blieben wortlos stehen. Dalgliesh kam es so vor, als spielten sie alle in einem Film; gleich würde der Regisseur die Anordnung zum Drehen geben, später würde eine Stimme »Aus!« schreien, die Gruppe würde sich zerstreuen, und die Tote würde sich recken, sich aufsetzen, Arme und Beine reiben und über ihre verkrampften Muskeln und das Kältegefühl klagen.

»Kannten Sie sie, Mr. Dalgliesh?« erkundigte sich Rickards, den Blick noch immer auf die Tote gerichtet.

»Es ist Hilary Robarts, Abteilungsleiterin im AKW von Larksoken. Ich habe sie letzten Donnerstag auf einer Dinnerparty, die Miss Mair gab, kennengelernt.«

Rickards schaute zu Alex Mair hinüber. Dieser stand reglos, den Rücken ihnen zugewandt, so nahe bei den anrollenden Wellen, daß diese fast seine Schuhe berührten. Er machte keine Bewegung, als warte er darauf, daß man ihm eine Anweisung gab oder daß Rickards sich zu ihm gesellen würde.

»Das ist Dr. Alex Mair«, sagte Dalgliesh. »Der Direktor des AKWs. Ich habe Sie über sein Autotelephon angerufen. Er möchte bleiben, bis die Tote fortgeschafft wird.«

»Dann muß er sich noch eine Weile gedulden. Das ist also Dr. Mair. Ich habe über ihn gelesen. Wer hat die Tote entdeckt?«
»Ich war's. Ich denke, das habe ich telephonisch durchgegeben.«
Entweder versuchte Rickards von ihm Informationen zu erfragen, die er bereits kannte, oder seine Mitarbeiter waren unfähig, simple Angaben weiterzuleiten.
Rickards wandte sich Sergeant Oliphant zu. »Sagen Sie ihm, daß es noch eine Weile dauern wird. Er kann uns hier nicht weiter helfen und behindert höchstens die Spurensuche. Reden Sie ihm gut zu, daß er sich aufs Ohr legt. Wenn gutes Zureden nichts hilft, dann setzen Sie eben die Amtsmiene auf.« Als Oliphant losging, sagte Rickards noch: »Wenn er unbedingt bleiben will, dann soll er sich nicht von der Stelle rühren. Ich möchte ihn nicht am Tatort haben. Deckt die Tote zu. Das verdirbt ihm den Spaß.«
Eine solche beiläufig grausame Bemerkung hätte Dalgliesh nicht von ihm erwartet. Mit dem Mann stimmte etwas nicht. Dahinter verbarg sich mehr als nur berufliche Überbeanspruchung, die durch ein weiteres Mordopfer des Whistlers ausgelöst worden war. Es hatte den Anschein, als seien halb eingestandene, nur unzureichend unterdrückte persönliche Ängste durch den Anblick der Toten geweckt worden und triumphierten nun über Vorsicht und Disziplin.
Dennoch war Dalgliesh empört. »Der Mann ist kein Voyeur«, sagte er. »Er mag vielleicht im Augenblick nicht vernünftig handeln. Aber er kannte die Frau. Hilary Robarts gehörte zu seinen wichtigsten Mitarbeitern.«
»Er kann ihr jetzt nicht mehr helfen, selbst wenn sie seine Geliebte gewesen wäre.« Als hätte ihn der leise Tadel beeindruckt, fügte Rickards aber noch hinzu: »Schon gut, ich werde mit ihm reden.«
Schwerfällig stapfte er über den Kies davon. Als Oliphant

ihn hörte, drehte er sich um. Zusammen näherten sie sich dem Mann, der stumm am Meeressaum stand. Dalgliesh sah, daß sie mit ihm redeten und dann zu dritt den Strand hinaufschritten. Alex Mair ging zwischen den beiden Polizeibeamten, als sei er ein Häftling, der eskortiert wurde. Rickards kehrte zu der Toten zurück, während Sergeant Oliphant offensichtlich Alex Mair zu dessen Wagen begleiten sollte. Er knipste seine Stablampe an und richtete den Lichtkegel auf den Wald. Alex Mair zögerte. Er schaute nicht zu der Leiche hinüber, als gäbe es sie gar nicht. Aber er musterte Dalgliesh, wie um ihm noch etwas zu sagen. Schließlich rief er: »Gute Nacht!« und folgte Sergeant Oliphant.

Rickards äußerte sich nicht darüber, warum Alex Mair es sich plötzlich anders überlegt oder was ihn dazu bewogen hatte.

»Sie hatte keine Handtasche dabei«, sagte er.

»Der Hausschlüssel ist in dem Medaillon, das um ihren Hals hängt«, erklärte Dalgliesh.

»Haben Sie die Leiche angefaßt, Mr. Dalgliesh?«

»Nur den Oberschenkel und ihr Haar. Ich wollte nachsehen, ob es noch feucht ist. Das Medaillon hat ihr Mair geschenkt. Er hat es mir gesagt.«

»Sie wohnt hier in der Nähe, nicht?«

»Sie müssen das Haus beim Vorüberfahren gesehen haben. Es liegt jenseits des Kiefernwaldes. Nachdem ich die Leiche entdeckt hatte, ging ich dorthin, weil ich annahm, die Haustür sei vielleicht unverschlossen. Dann hätte ich von dort aus telephonieren können. Aber jemand hat sich dort zu schaffen gemacht und ein Bild von Hilary Robarts durch das Fenster geworfen. In derselben Nacht ein weiterer Mord des Whistlers und dazu noch eine Sachbeschädigung – schon ein eigenartiger Zufall.«

Rickards schaute ihn forschend an. »Mag sein. Aber der Whistler kann es nicht gewesen sein. Der Whistler ist näm-

lich tot. Gegen 18 Uhr hat er in einem Hotel in Easthaven Selbstmord verübt. Ich habe versucht, Sie zu benachrichtigen.«
Rickards kniete sich neben die Tote und berührte ihr Gesicht. Dann hob er den Kopf der Toten an und ließ ihn fallen. »Noch keine Leichenstarre. Hat nicht mal eingesetzt. Wird aber bald eintreten. Als der Whistler sich umbrachte, hatte er genug auf dem Kerbholz, aber das da, Mr. Dalgliesh« – er wies mit dem Zeigefinger auf die Tote –, »das war jemand anderes.«

22

Rickards streifte seine Ermittlungshandschuhe über. Die ungeschlachten Finger unter der dünnen Latexhaut wirkten befremdend, wie das Euter eines monströsen Tieres. Er kniete sich nieder und nestelte an dem Medaillon. Als der Deckel aufsprang, sah Dalgliesh, daß sich der Yale-Schlüssel darin befand. Rickards nahm ihn heraus. »Sie hatten recht, Mr. Dalgliesh«, sagte er. »Dann können wir uns jetzt die Sachbeschädigung ansehen.«
Dalgliesh folgte Rickards den Weg hinauf bis zur Haustür von Hilary Robarts' Cottage. Rickards schloß sie auf. Sie traten in eine Diele, die zu einer Treppe führte. Auf beiden Seiten befanden sich Türen. Rickards öffnete die linke Tür und trat in das Wohnzimmer. Dalgliesh folgte ihm. Es war ein großer Raum, der die ganze Länge des Cottage einnahm und an beiden Breitseiten Fenster hatte. Der offene Kamin befand sich gegenüber der Tür. Das Porträt lag etwa einen Meter vom Fenster entfernt und war von Glassplittern umgeben. Beide blieben unweit der Tür stehen und sahen sich um.
»Das Bild hat Ryan Blaney gemalt. Er wohnt in Scudder's

Cottage im Süden der Landzunge. Ich habe es am Nachmittag nach meiner Ankunft gesehen.«
»Eine merkwürdige Art, es einem zuzuschicken«, meinte Rickards. »Das Bild war bestimmt ein Auftrag von ihr, oder?«
»Kann ich mir nicht denken. Es wurde nach seinen Vorstellungen gemalt, nicht nach ihren.«
Er wollte noch hinzufügen, daß Ryan Blaney sicherlich der letzte wäre, der sein Werk verunstalten würde. Doch dann kam ihm der Gedanke, daß es ja gar nicht so sehr gelitten hatte. Die beiden Schnitte in Form eines L ließen sich problemlos ausbessern. Außerdem war die Beschädigung mit der gleichen Präzision und Berechnung durchgeführt worden wie die Schnitte auf Hilary Robarts' Stirn. Das Bild war nicht in einem Wutanfall ramponiert worden.
Es schien Rickards vorläufig nicht weiter zu interessieren. »Hier hat sie also gewohnt«, sagte er. »Sie muß die Einsamkeit geliebt haben. Das heißt, wenn sie überhaupt allein gelebt hat.«
»Soviel ich weiß, hat sie allein gelebt«, erwiderte Dalgliesh. Es ist ein bedrückender Raum, dachte er, wenngleich er auch durchaus zweckmäßig eingerichtet war. Er enthielt das notwendige Mobiliar, aber die einzelnen Möbel sahen aus, als stammten sie aus zweiter Hand, anstatt von der Bewohnerin bewußt für diese Räume erworben worden zu sein. Neben dem offenen Kamin mit Gasfeuerung standen zwei mit braunem Kunstleder bezogene Lehnsessel. Die Mitte des Raumes nahmen ein ovaler Eßtisch und vier unterschiedliche Stühle ein. Beiderseits des Vorderfensters waren Bücherregale eingebaut, welche Fachbücher und Romane füllten. Auf dem unteren und dem oberen Bord standen Karteikästen. Nur die längste Wand gegenüber der Tür deutete darauf hin, daß sich hier jemand hatte wohnlich einrichten wollen. Hilary Robarts mußte Aquarelle geliebt haben; sie hingen dort so

dicht wie in einer Bildergalerie. Einige vermeinte Dalgliesh zu kennen. Er wäre gern hinübergegangen, um sie sich näher anzusehen. Aber es war denkbar, daß sich jemand vor ihnen, von Hilary Robarts einmal abgesehen, in dem Raum aufgehalten hatte. Deswegen mußte man auf möglicherweise vorhandene Spuren Rücksicht nehmen.
Rickards schloß die Tür und öffnete die gegenüberliegende auf der rechten Seite des Korridors. Sie führte in eine zweckmäßig eingerichtete Küche, die allerdings nicht so heimelig war wie die in Martyr's Cottage.
In der Mitte stand ein kleiner Holztisch mit einer Resopalplatte. Die vier gleichen Stühle waren darunter geschoben. Auf dem Tisch stand eine geöffnete Weinflasche. Der Korken und der Flaschenöffner lagen daneben. Auf dem Abtropfbord trockneten zwei säuberlich gespülte, umgedrehte Weingläser.
»Zwei Weingläser«, sagte Rickards. »Beide gespült. Von ihr oder ihrem Mörder. Fingerabdrücke werden wir da nicht finden. Und eine geöffnete Weinflasche. Sie muß heute abend mit irgend jemand Wein getrunken haben.«
»Wenn das stimmt, muß sich dieser Jemand aber sehr zurückgehalten haben. Oder sie«, entgegnete Dalgliesh.
Rickards hob die Flasche mit seiner behandschuhten Hand am Hals hoch und betrachtete sie. »Etwa ein Glas ist ausgeschenkt worden. Vielleicht wollten sie die Flasche nach ihrem Bad im Meer zu Ende trinken.« Er musterte Dalgliesh. »Sie waren doch nicht etwa schon mal hier, Mr. Dalgliesh? Das muß ich jeden fragen, den sie näher kannte.«
»Verstehe ich. Nein, ich bin hier noch nie gewesen. Ich habe zwar heute abend Rotwein getrunken, aber nicht mit ihr.«
»Schade. Dann wäre sie noch am Leben.«
»Nicht unbedingt. Ich könnte ja das Haus verlassen haben, bevor sie sich zum Schwimmen umzog. Und wenn heute

abend irgend jemand bei ihr war, hat er vielleicht das gleiche getan.« Er zögerte, dachte kurz nach und sagte dann: »Das linke Glas ist am Rand leicht angeschlagen.«
Rickards hielt es gegen das Licht und drehte es hin und her. »Ich wünschte, ich hätte so scharfe Augen wie Sie. Aber das wird uns wohl kaum weiterhelfen.«
»Viele Menschen trinken ungern aus einem angeschlagenen Glas. Ich auch.«
»Warum hat sie es dann nicht ausgesondert? Es ist doch sinnlos, ein Glas zu behalten, aus dem man nicht trinken möchte. Wenn ich mit zwei Möglichkeiten konfrontiert werde, beginne ich mit der wahrscheinlicheren. Zwei Gläser – folglich müssen zwei Leute getrunken haben. Das ist für mich die vernünftigste Erklärung.«
Und die Grundlage nahezu der gesamten Fahndungsarbeit, dachte Dalgliesh. Nur wenn sich das offensichtlich Vernünftige als unhaltbar erwies, mußte man minder wahrscheinliche Annahmen ausloten. Aber das konnte auch der erste fatale Schritt in ein Labyrinth von trügerischen Überlegungen sein. Er fragte sich, wieso ihm sein Instinkt signalisierte, daß sie allein getrunken habe. Vielleicht, weil sich die Flasche in der Küche befand und nicht im Wohnzimmer. Der Wein war ein 79er Château Talbot, also kein namenloser Fusel. Wäre es nicht stilvoller gewesen, ihn im Wohnzimmer zu genießen? Wenn sie andererseits jedoch allein im Haus gewesen war und vorm Schwimmen nur schnell einen Schluck hatte trinken wollen, hätte sie derlei wohl kaum bekümmert. Und wenn sie mit irgend jemand in der Küche getrunken hatte, mußte sie schon eine Ordnungsfanatikerin gewesen sein, weil die Stühle akkurat unter den Tisch geschoben waren. Doch was am meisten für seine Vermutung sprach, war die verbliebene Weinmenge. Wer würde schon eine Flasche öffnen, um nur ein paar Tropfen in zwei Gläser zu gießen? Allerdings konnte das auch darauf hindeuten,

daß sie noch einen Besucher erwartet hatte, mit dem sie die Flasche leeren wollte.
Rickards musterte immer noch Flasche und Etikett.
»Wann haben Sie die Mühle verlassen, Mr. Dalgliesh?« fragte er.
»Gegen Viertel nach 9. Ich warf einen Blick auf die Kaminuhr und verglich sie mit meiner Armbanduhr.«
»Und Sie haben während Ihres Spaziergangs niemand gesehen?«
»Niemand. Ich habe nur ihre und meine Fußabdrücke bemerkt.«
»Was wollten Sie heute abend überhaupt am Strand, Mr. Dalgliesh?«
»Frische Luft schnappen. Nachdenken.« Am liebsten hätte er noch hinzugefügt: »Und mit bloßen Füßen im Wasser waten«, aber das verkniff er sich.
»Frische Luft schnappen und nachdenken«, wiederholte Rickards zweifelnd.
Für Dalglieshs feine Ohren hörte sich das an, als wären solche Tätigkeiten höchst bedenklich. Er überlegte, was Rikkards wohl erwidern würde, wenn er ihm anvertraut hätte: »Ich habe über meine Tante nachgedacht und über die Männer, die sie geliebt haben, über ihren Verlobten, der 1918 fiel, über den Mann, dessen Geliebte sie vielleicht einst gewesen ist. Ich habe über die vielen Menschen nachgedacht, die diesen Strand entlanggewandert sind, die längst tot sind wie meine Tante. Darüber, wie mich als Jungen die verlogene Rührseligkeit in dem dümmlichen Gedicht über die Helden, die ihre Spuren im Sand der Zeit hinterlassen, angewidert hat. Denn im Grunde können wir alle bestenfalls eben das hinterlassen, vergängliche Spuren, die die nächste Flut verwischt. Ich habe darüber nachgedacht, daß ich meine Tante eigentlich nur wenig kannte, darüber, ob es möglich ist, einen anderen Menschen besser als nur oberflächlich zu

kennen, selbst Frauen, die man liebt. Ich habe mich gefragt, ob ich ein besserer Dichter geworden wäre, überhaupt jemand, der Gedichte schreibt, wenn ich nicht zugleich bei der Polizei wäre. Und ich habe darüber nachgedacht, ob mein Leben sich durch die unverdiente Erbschaft von einer dreiviertel Million Pfund zum Besseren oder Schlechteren wandeln wird.«

Daß er diese Gedanken für sich behalten, nicht einmal von dem kindischen Waten im Meer gesprochen hatte, ließ in ihm ein irrationales Schuldgefühl aufkommen, als würde er absichtlich wichtige Informationen verschweigen. Aber schließlich war es doch nur ein harmloser Zeitvertreib gewesen. Zudem konnte man ihn nicht ernsthaft verdächtigen. Selbst Rickards hätte diesen Gedanken lächerlich gefunden. Dennoch mußte Dalgliesh einräumen, daß keiner der Menschen, die auf der Landzunge lebten und Hilary Robarts gekannt hatten, von der polizeilichen Untersuchung ausgeschlossen werden durfte, auch nicht, wenn es sich um einen höheren Polizeibeamten handelte. Er war nun mal ein Zeuge. Er konnte sein Wissen für sich behalten oder es preisgeben. Auch wenn anzunehmen war, er würde Informationen nicht für sich behalten, änderte das nichts an der Tatsache, daß die Beziehung der beiden Polizeibeamten zueinander sich geändert hatte. Er war, ob es ihm nun behagte oder nicht, in den Fall verwickelt. Auf diese widrige Realität brauchte ihn Rickards nicht eigens hinzuweisen. Beruflich gesehen, ging ihn der Mordfall nichts an, wohl aber menschlich.

Es verblüffte und verstörte ihn auch ein wenig, daß ihn Rickards' Fragen, mochten sie noch so vorsichtig formuliert gewesen sein, verdrossen. Jedermann hatte wohl das Recht, nachts am Strand entlang zu schlendern, ohne die Gründe gleich einem Polizeibeamten darlegen zu müssen. Dennoch tat ihm diese Erfahrung gut. Solche Gefühle mußten in

jedem Menschen aufsteigen, der, obwohl er sich keiner Schuld bewußt war, einem Polizeiverhör unterzogen wurde. Ihm fiel ein, daß er sich schon als Kind ungern hatte ausfragen lassen: »Was machst du da? Was liest du gerade? Wohin gehst du?« Er war das einzige, ersehnte Kind ältlicher Eltern gewesen, schwer belastet durch ihre geradezu erstickende Fürsorglichkeit und Rechtschaffenheit. Er wuchs in einer kleinen Ortschaft auf, wo nur wenig von dem, was der Sproß des Pastors so trieb, der dörflichen Neugier entging. Als er jetzt in dieser öden, penibel aufgeräumten Küche stand, rief ihm das schmerzhaft den Augenblick in Erinnerung, als man in seinen eifersüchtig gehüteten Zufluchtsort eingedrungen war. Er entsann sich des abgeschiedenen Flecks, verborgen in den Rhododendronbüschen und Holundersträuchern am Rand des Obstgartens, des grünblättrigen Tunnels, der zu seinem feuchterdigen, mit Laubhumus bedeckten Refugium führte, entsann sich des Nachmittags im August, als sich jemand raschelnd durch die Büsche zwängte und dann der feiste Kopf der Köchin zwischen den Blättern auftauchte. »Deine Mutter hat sich schon gedacht, daß du hier steckst, Master Adam«, hatte sie gesagt. »Der Pastor will dich sprechen. Was treibst du überhaupt hier? Warum versteckst du dich in diesem Gebüsch, wo man keine Luft kriegt? Spiel doch in der Sonne!« Seine letzte Zuflucht, von der er angenommen hatte, daß sie niemand kannte, war aufgespürt worden. Und alle hatten von ihr gewußt.
»O Herr, vor dir bleibt nichts verborgen«, sagte er leise.
Rickards schaute ihn fragend an. »Was haben Sie gesagt, Mr. Dalgliesh?«
»Es war nur ein Zitat, das mir in den Sinn kam.«
Rickards erwiderte nichts darauf. Vermutlich dachte er sich, daß man einem Dichter solche Äußerungen nachsehen müßte. Er musterte noch einmal eindringlich die Küche, als könne der forschende Ausdruck seiner Augen dem Tisch

und den vier Stühlen, der offenen Weinflasche und den beiden Gläsern ihr Geheimnis entlocken. »Ich werde das Haus verschließen«, sagte er, »und es bis morgen von einem meiner Leute bewachen lassen. Jetzt muß ich hinüber nach Easthaven, wo ich Dr. Maitland-Brown, den Pathologen, treffe. Er schaut sich den Whistler an und kommt dann hierher. Hoffentlich ist inzwischen der Gerichtsmediziner schon angekommen. Sie wollten sich den Whistler doch auch ansehen, Mr. Dalgliesh. Der Zeitpunkt erscheint mir günstig.«

Das fand Dalgliesh keineswegs. Ein gewaltsamer Tod in einer Nacht reichte ihm. Er sehnte sich plötzlich nach der Geruhsamkeit und Abgeschiedenheit seiner Mühle. Doch wie es aussah, würde er erst in den frühen Morgenstunden zum Schlafen kommen. Den Vorschlag konnte er nicht gut ablehnen.

»Ich könnte Sie mit dem Wagen hinüberfahren und auch wieder heimbringen«, fügte Rickards hinzu.

Dalgliesh graute es vor der Vorstellung, mit Rickards im selben Wagen zu fahren. »Setzen Sie mich bei der Mühle ab«, sagte er. »Ich nehme meinen Wagen. Dann brauche ich in Easthaven nicht so lange zu bleiben, falls Sie warten müssen.«

Daß Rickards so bedenkenlos den Tatort verlassen wollte, erstaunte ihn ein wenig. Gewiß, da waren Stuart Oliphant und die anderen Beamten. Wie sie sich bei der Aufklärung eines Mordfalls zu verhalten hatten, wußten sie; es waren erfahrene Leute. Solange der Gerichtsmediziner nicht eingetroffen war, durfte die Lage der Leiche nicht verändert werden. Aber anscheinend kam es Rickards darauf an, daß sie sich die Leiche des Whistlers zusammen anschauten. Er überlegte, welcher längst vergessene Vorfall in ihrer gemeinsamen Zeit in Rickards diesen Wunsch ausgelöst haben mochte.

23

Das Hotel Balmoral war das letzte Haus in einer unansehnlichen, aus dem vorigen Jahrhundert stammenden Gebäudereihe am weniger schicken Ende der langen Promenade. Die sommerlichen Lichtergirlanden hingen noch zwischen den viktorianischen Laternenpfosten, brannten aber nicht. Sie glichen einer überdimensionalen, billigen Halskette, die bei der ersten stärkeren Windböe reißen und sich in ihre schmuddeligen Bestandteile auflösen würde. Die Sommersaison war offiziell zu Ende. Dalgliesh hielt hinter dem Polizei-Rover auf der linken Seite der Promenade. Zwischen der Fahrbahn und dem im Mondlicht schimmernden Meer lag ein von einem Drahtzaun umgebener Kinderspielplatz. Der Eingang war mit einem Vorhängeschloß gesichert. An den geschlossenen Fensterläden des Kiosks klebten verblichene, eingerissene Plakate, die Sommer-Shows, sonderbar geformte Eiskremsorten und Belustigungen mit Clowns anpriesen. Die Schaukeln waren hochgezurrt. Einer der Metallsitze klapperte in der auffrischenden Brise in seinem Eisenrahmen. Das Hotel hob sich von den düsteren Nachbargebäuden deutlich ab, denn die Fassade war in einem grellen Blau gestrichen, das selbst die trübe Straßenbeleuchtung nicht zu dämpfen vermochte. Das Eingangslicht fiel auf einen angehefteten Papierbogen mit den Worten: »Unter neuer Leitung. Bill und Joy Carter heißen Sie im Hotel Balmoral willkommen.« Auf dem Papierbogen darunter stand nur »Zimmer frei«.

Sie konnten die Straße nicht überqueren, weil ein paar Autos langsam vorbeifuhren. Die Fahrer spähten nach einem freien Parkplatz.

»Es ist ihre erste Saison«, berichtete Rickards. »Trotz des scheußlichen Sommers sind die Carters, wie sie selbst sagen, bisher nicht schlecht gefahren. Aber das wirft sie nun zurück. Bloß das neugierige Pack wird kommen, während andere Leute es sich wohl zweimal überlegen werden, ob sie sich hier mit ihren Kindern für die Ferien einquartieren sollen. Glücklicherweise ist das Haus zur Zeit halb leer. Heute morgen kamen zwei Stornierungen. Nur drei Paare sind noch da. Und die waren gerade nicht zu Hause, als Mr. Carter die Leiche fand. Bislang ist es uns gelungen, sie in ihrer Unwissenheit zu belassen. Sie schlafen jetzt wahrscheinlich. Hoffen wir, daß es so bleibt.«

Die vorherige Ankunft der Polizei mußte etlichen Einheimischen aufgefallen sein, doch hatten die Beamten in Zivil, die unauffällig auf der Veranda ihren Dienst versahen, die Neugierigen zum Gehen bewogen. Die Straße war leer. Etwa fünfzig Meter entfernt harrte in der Nähe des Strandes noch ein Grüppchen von vier oder fünf Leuten aus. Als Dalgliesh zu ihnen hinüberblickte, liefen sie auseinander, als hätte die Brise sie aufgescheucht.

»Warum ausgerechnet hier?« fragte er Rickards.

»Das haben wir inzwischen erfahren. Wir wissen noch manches nicht, aber das wissen wir wenigstens. Die haben hier einen Barmann, eine Aushilfskraft. Albert Upcraft heißt er, und fünfundsiebzig Jahre ist er alt. Er erinnerte sich. Über das, was gestern hier so alles geschah, würde er nicht soviel sagen können. Aber sein Langzeitgedächtnis ist noch gut. Demnach ist der Whistler schon als Kind hier gewesen. Seine Tante, die Schwester seines Vaters, hat vor zwanzig Jahren den Laden hier geleitet. Wenn das Geschäft mal ruhiger verlief, spendierte sie ihm ein paar Gratisferientage, um seine Mutter zu entlasten. Vor allem dann, wenn seine Mutter wieder mal einen neuen Galan hatte und der neue Onkel den Jungen nicht duldete. Manchmal war er wochenlang hier. Er bereitete niemand Unannehmlichkeiten. Er bediente die Gäste, bekam Trinkgeld, besuchte sogar die Sonntagsschule.«

»Der Tag ist nun vergangen«, zitierte Dalgliesh.
»Na ja, seine Tage auf jeden Fall. Um halb 3 Uhr nachmittags kam er heute an und verlangte allem Anschein nach dasselbe Zimmer. Ein Einzelzimmer auf der Rückseite, das billigste im Haus. Die Carters sollten für diese glückliche Fügung dankbar sein. Er hätte ja auch groß angeben, das beste Doppelzimmer, ein eigenes Bad, Meeresblick und was weiß ich verlangen können.«
Der Constable an der Tür salutierte. Sie traten von der Lobby in die Hotelhalle, in der es nach Wandfarbe, Möbelpolitur und ganz leicht nach einem Desinfektionsmittel mit Lavendelaroma roch. Die Sauberkeit ringsum war geradezu einschüchternd. Über dem grell gemusterten Teppich lag ein strapazierfähiger Läufer. Die Wände waren neu und unterschiedlich tapeziert. Durch die offene Speisesaaltür sah man für jeweils vier Personen gedeckte Tische mit strahlend weißen Tischdecken und kleinen Vasen mit künstlichen Osterglocken, Narzissen und prallen Rosen. Das Pärchen, das ihnen entgegenkam, war so schmuck wie das Hotel. Bill Carter war klein und adrett gekleidet, die Bügelfalten an seinem weißen Hemd und der Hose messerscharf, die Krawatte untadelig geknotet. Seine Frau trug ein geblümtes Sommerkleid, darüber eine weiße Strickjacke. Sie hatte offensichtlich geweint; ihr rundes, kindliches Gesicht unter dem sorgsam frisierten Blondhaar war verquollen und wies rötliche Flecken auf, als hätte sie jemand geschlagen. Sie war unverkennbar enttäuscht, als sie nur die beiden sah.
»Ich dachte, Sie seien gekommen, um ihn fortzuschaffen«, sagte sie. »Wann bringen Sie ihn endlich weg?«
Rickards stellte Dalgliesh nicht vor. Er sagte beschwichtigend: »Das werden wir, Mrs. Carter, sobald der Pathologe die Leiche untersucht hat. Er muß jeden Augenblick eintreffen. Unterwegs ist er schon.«
»Der Pathologe? Das ist ein Arzt, nicht? Wozu brauchen Sie

denn einen Arzt? Er ist doch tot, oder? Bill hat ihn tot aufgefunden. Seine Kehle ist durchschnitten. Er ist so tot, wie man es nur sein kann.«
»Die Leiche bleibt nicht mehr lange in Ihrem Haus, Mrs. Carter.«
»Das Bettuch ist über und über mit Blut befleckt, sagt Bill. Er wollte mich nicht reinlassen. Nicht, daß ich ihn unbedingt sehen möchte. Und der Teppich ist ruiniert. Blutflekken lassen sich nur schwer entfernen, wie jedermann weiß. Wer bezahlt mir das mit dem Teppich und dem Bett? Großer Gott, und ich dachte schon, wir wären aus dem Gröbsten heraus! Warum ist er ausgerechnet zu uns gekommen? Das war nicht nett von ihm. Das war nicht rücksichtsvoll.«
»Er war kein rücksichtsvoller Mensch, Mrs. Carter.«
Ihr Mann legte seinen Arm um ihre Schulter und führte sie weg. Gleich darauf kehrte er zurück und sagte: »Das macht der Schock. Sie ist völlig durcheinander. Wer wäre das nicht? Sie kennen den Weg, Mr. Rickards. Der Polizeibeamte ist oben. Wenn es Ihnen recht ist, komme ich nicht mit.«
»Ist schon gut, Mr. Carter, ich kenne den Weg.«
Carter drehte sich nochmals um und sagte flehentlich: »Schaffen Sie ihn bitte aus dem Haus, Sir!«
Einen Augenblick lang rechnete Dalgliesh damit, daß auch Mr. Carter gleich in Tränen ausbrechen würde.
Einen Fahrstuhl gab es nicht. Dalgliesh folgte Rickards die Treppe hinauf bis zum dritten Absatz. Dann ging es einen schmalen Gang entlang bis zur Rückseite, wo Rickards rechts einbog. Der junge Constable, der auf einem Stuhl vor der Tür saß, stand auf, öffnete mit der linken Hand die Tür und drückte sich gegen die Wand.
Im Zimmer brannte Licht. Die tiefhängende Lampe mit ihrem billigen, rosafarbenen Schirm beleuchtete den Toten auf dem Bett. Es war ein kleines Zimmer, eher eine Kammer, mit einem einzigen, hoch angebrachten Fenster, durch das

man höchstens den Himmel sehen konnte. Die Einrichtung bestand aus einem Bett, einem Stuhl, einem Nachtschränkchen und einer niedrigen Kommode mit einem Spiegel darüber, die als Frisiertoilette diente. Auch dieser Raum war peinlich sauber, was den Anblick des blutbesudelten Toten auf dem Bett noch grauenhafter machte. Die klaffende Halswunde mit den weißlichen, am Ende aufgerollten Blutgefäßen und der aufgerissene Mund darüber schienen gegen die Störung der herkömmlichen Ordnung protestieren zu wollen. Schnittwunden, die er sich versuchsweise hätte zufügen können, waren nicht zu sehen. Die Tat, durch die der Whistler den zerstörerischen Trieb in seinem Wesen auslöschte, hatte mehr Kraft erfordert, dachte Dalgliesh, als man es der zierlichen Hand mit den gekrümmten Fingern, die blutüberkrustet auf dem Bettuch ruhte, zugetraut hätte. Daneben lag ein Messer mit einer gut fünfzehn Zentimeter langen, blutbefleckten Klinge. Aus irgendeinem Grund hatte sich der Mann vor dem Sterben entkleidet. Er trug nur noch ein Unterhemd, eine Unterhose und blaue Nylonsocken, die aussahen, als hätte die Verwesung bereits eingesetzt. Auf dem Stuhl neben dem Bett lag ordentlich arrangiert ein dunkelgrau gestreifter Anzug, über der Lehne hingen ein blaugestreiftes bügelfreies Hemd und eine Krawatte. Unter dem Bett standen, akkurat ausgerichtet, ein Paar zwar getragene, aber blitzblank geputzte Schuhe. Sie waren klein und hätten einem Mädchen passen können.

»Sein Name ist Neville Potter«, erklärte Rickards. »Sechsunddreißig Jahre alt. Im Grund ein armseliger Wicht. Man könnte denken, daß er nicht mal soviel Kraft gehabt hätte, ein Huhn zu erwürgen. Anscheinend wollte er sich wohl im Sonntagsstaat seinem Schöpfer stellen, aber dann muß ihm eingefallen sein, daß seine Mama es nicht gern gesehen hätte, wenn er seinen besten Anzug mit Blut besudelt. Sie sollten seine Mama mal kennenlernen, Mr. Dalgliesh! Überaus auf-

schlußreich. Ihre Art erklärt manches. Aber er hat sämtliche Beweisstücke hinterlassen und für uns bereitgelegt. Scheint ein penibler Mensch gewesen zu sein.«
Dalgliesh ging vorsichtig um das Bettende herum und achtete darauf, nicht in die Blutlache zu treten. Auf der Kommode waren das Mordwerkzeug und die Trophäen des Whistlers ausgebreitet: eine ordentlich zusammengerollte lederne Hundeleine, eine blonde Perücke, ein blaues Barett, ein Klappmesser und eine Lampe, die samt Batterie an einem metallenen Kopfreif befestigt war. Daneben lagen blonde, dunkelbraune und rötliche Haarbüschel aufgehäuft. Vor diesem Arrangement lag ein aus einem Notizbuch herausgerissener Zettel, auf dem in kindlicher Druckschrift die Worte standen: »Es wurde immer schlimmer. Nur auf diese Weise kann ich damit Schluß machen. Sorgt bitte für Pongo.« Das »Bitte« war unterstrichen.
»Sein Hund. Pongo – was für ein Name!« sagte Rickards.
»Wie hätte er Ihrer Ansicht nach heißen sollen? Zerberus?«
Rickards öffnete die Zimmertür und blieb schwer atmend im Türrahmen stehen, als müßte er frische Luft schnappen.
»Er hauste mit seiner Mutter auf einem der Wohnwagenplätze außerhalb von Cromer«, berichtete er. »Und das schon seit zwölf Jahren. Er war Gelegenheitsarbeiter, führte Reparaturen aus, bewachte nachts das Gelände, kümmerte sich um anfallende Beschwerden. Sein Chef besitzt noch einen Wohnwagenpark bei Yarmouth. Bisweilen löste Potter den dortigen Nachtwächter ab. Er war ein Einzelgänger. Er besaß nur einen kleinen Lieferwagen und den Hund. Vor ein paar Jahren heiratete er eine junge Frau, die er auf dem Gelände kennengelernt hatte. Aber die Ehe hielt nur vier Monate. Sie hat ihn verlassen. Vielleicht wurde sie von seiner Mama vertrieben oder von dem Mief im Wohnwagen. Es ist ohnehin ein Wunder, daß sie es vier Monate ausgehalten hat.«

»Er gehörte doch sicherlich zu den verdächtigen Personen. Sie müssen ihn überprüft haben.«
»Seine Mutter hat ihm für zwei der Morde ein Alibi gegeben. Entweder war sie da schon so betrunken, daß sie nicht mehr wußte, ob er zu Hause gewesen war, oder sie deckte ihn. Möglich ist auch, daß ihr das eine wie das andere völlig schnuppe war.« Auf einmal klang Rickards' Stimme erregt: »Wir müßten doch mittlerweile gelernt haben, wie solche Alibis zu bewerten sind. Ich werde mir die Beamten vorknöpfen, die die Vernehmungen durchgeführt haben. Aber Sie wissen ja selbst, wie so was gemacht wird. Man führt Tausende von Vernehmungen und Überprüfungen durch und füttert damit den Computer. Ich würde ein Dutzend Computer für einen Fahnder hergeben, der merkt, wann der Befragte ihn anlügt. Herrgott noch mal, haben wir denn aus dem Fiasko mit dem Yorkshire-Ripper nichts gelernt?«
»Haben Ihre Leute denn seinen Lieferwagen nicht durchsucht?«
»Doch, das schon. Soviel Spürsinn haben sie schon aufgebracht. Der Wagen war sauber. Er muß sein Zeug anderswo aufbewahrt haben. Wahrscheinlich hat er's jeden Abend hervorgeholt und dann auf eine günstige Gelegenheit gelauert.« Rickards schaute auf den Stirnreif. »Raffiniert, nicht? Aber seine Mutter sagte schon, daß er geschickte Hände hat.«
Das einzige, hoch oben angebrachte Fenster war ein blauschwarzes Rechteck, in dem ein Stern funkelte. Es kam Dalgliesh so vor, als hätte er heute seit dem Aufwachen Stimmungen durchlebt, die für ein halbes Menschenleben ausreichten – zuerst die herbstlich kühle Morgendämmerung am Meer, dann der vormittägliche beschauliche Rundgang unter dem steilen Dach von St. Peter Mancroft, später die von verblichenen Photographien längst verstorbener Menschen geweckte Wehmut, hernach das Geplätscher der Meereswellen an seinen bloßen Füßen und schließlich die Be-

stürzung, als er im Licht seiner Taschenlampe die tote Hilary Robarts erblickte. Es war ein Tag gewesen, der kein Ende nehmen wollte, der die Stimmungen aller Jahreszeiten heraufbeschworen hatte. Die Zeit, die für den Whistler in einem Blutschwall geendet hatte, schien zögerlich verstrichen zu sein. Und nun war er auch noch in diese spießige Hinrichtungskammer geraten, die ihm ein Bild aufdrängte, so deutlich wie eine Erinnerung: Ein magerer Junge liegt rücklings auf demselben Bett und betrachtet denselben einsamen Stern in dem hoch oben angebrachten Fenster, während auf der Kommode die Trophäen des Tages ausgebreitet sind – Trinkgelder in Form von Pennymünzen und Sixpencestücken, Muscheln, Strandkiesel mit bunten Einschlüssen, ein Büschel Seetang, den die Sonne getrocknet hat.
Dalgliesh war hier, weil Rickards ihn dazu veranlaßt hatte; er wollte ihn hier in diesem Raum, zu diesem Zeitpunkt um sich haben. Er hätte sich den toten Whistler auch morgen im Leichenschauhaus ansehen können oder – er konnte nicht gut behaupten, er vertrage das nicht – auf dem Obduktionstisch, um sich zu vergewissern, was ohnehin kaum jemand angenommen hatte, daß nämlich dieser schmächtige Frauenmörder da nicht der hochgewachsene Würger von Battersea war, den man nur einmal gesichtet hatte. Aber Rickards brauchte einen Zuhörer, ihn, Dalgliesh, einen Mann, der erfahren und abgeklärt war, in dessen Gegenwart er sich nach all den Fehlschlägen die Bitterkeit und Enttäuschung von der Seele reden konnte. Fünf Frauen waren tot, und den Mörder hatte man als Verdächtigen zwar vernommen, aber im Zuge der Ermittlungen wieder laufenlassen. Das Gefühl, versagt zu haben, würde länger währen als das Interesse der Medien und die offiziellen Untersuchungen. Und jetzt noch die sechste Tote. Hilary Robarts, die nicht ermordet worden wäre, zumindest nicht auf diese Weise, hätte man den Whistler früher dingfest gemacht. Dalgliesh hatte überdies den

Eindruck, daß etwas Persönliches Rickards' Zorn schürte, etwas, das über sein berufliches Versagen hinausging, und er fragte sich, ob das möglicherweise mit Rickards' Frau und dem erwarteten Kind zu tun haben könnte.

»Was geschieht nun mit dem Hund?« fragte er.

Rickards schien die Belanglosigkeit der Frage nicht aufzufallen.

»Was denken Sie? Wer nimmt schon ein Tier, das mit ihm das alles mitgemacht hat?« Er schaute auf die langsam erstarrende Leiche hinab, musterte dann Dalgliesh und sagte barsch: »Er tut Ihnen auch noch leid, nehme ich an.«

Dalgliesh erwiderte nichts. Er hätte sagen können: »Ja, er tut mir leid. Auch seine Opfer tun mir leid. Und Sie. Und hin und wieder ich mir selbst.« Gestern habe ich noch *The Anatomy of Melancholy* gelesen, dachte er. Es ist schon sonderbar. Robert Burton, der Kleriker aus Leicestershire, der im siebzehnten Jahrhundert lebte, hatte all das ausgedrückt, was sich in einem solchen Moment sagen ließ. Er entsann sich seiner Worte: »Über ihre Besitztümer und ihre Körper können wir verfügen; aber was aus ihren Seelen wird, bestimmt nur Gott allein. Seine Gnade gewährt er *inter pontem et fontem, inter gladium et iugulum,* zwischen Brücke und Strom, zwischen Schwert und Kehle.«

Rickards schüttelte sich, als friere ihn. »Zumindest hat er unserem Land die Unterhaltskosten für die nächsten zwanzig Jahre erspart. Ein Argument dafür, warum wir Menschen seines Schlags am Leben erhalten sollen, statt sie auszulöschen, ist, daß wir von ihnen lernen können, um zu verhindern, daß so etwas abermals geschieht. Aber können wir das wirklich? Wir haben Stafford eingelocht, Brady, Hielson. Wieviel haben wir von ihnen gelernt?«

»Sie würden doch einen Geistesgestörten nicht aufhängen, oder?« erwiderte Dalgliesh.

»Ich würde niemand aufhängen. Ich würde eine minder

barbarische Methode anwenden. Aber geistesgestört sind sie doch nicht, oder? Nicht, solange sie nicht gefaßt sind. Bis dahin schlagen sie sich durchs Leben wie die meisten Menschen. Dann stellen wir fest, daß es Ungeheuer sind, und erklären sie – welch eine Überraschung! – für geistesgestört. Das macht sie uns begreiflich. Wir brauchen in ihnen nicht mehr normale Menschen zu sehen. Die Kategorie ›böse‹ ist auf sie nicht anwendbar. Und alle sind zufrieden. Möchten Sie seine Mutter kennenlernen, Mr. Dalgliesh?«

»Das ist sinnlos. Er ist nicht unser Mann. Ich hab auch nicht angenommen, daß er's ist.«

»Sie sollten mal seine Mutter sehen! Ein liederliches Weibsstück ist das. Und wissen Sie, wie sie heißt? Lillian. Das L bedeutet Lillian. Man muß sich mal vorstellen, was alles dahintersteckt. Sie hat ihn zu dem gemacht, was er wurde. Aber wir können doch nicht alle Menschen überprüfen und dann entscheiden, wer alles Kinder haben darf, wer geeignet ist, sie großzuziehen. Als er zur Welt kam, muß sie doch etwas für ihn empfunden, Hoffnungen in ihn gesetzt haben. Sie konnte doch nicht wissen, was sie da zur Welt gebracht hat. Sie hatten nie ein Kind, Mr. Dalgliesh, nicht?«

»Ich hatte einen Sohn. Aber nicht lange.«

Rickards drückte die Tür sachte mit dem Fuß ins Schloß und wandte den Blick ab. »Das habe ich ganz vergessen«, sagte er. »Tut mir leid. Eine dumme Frage in dieser Situation.«

Jemand kam mit forschen Schritten die Treppe herauf und bog in den Korridor ein. »Das wird der Pathologe sein«, meinte Dalgliesh.

Rickards erwiderte nichts darauf. Er ging zu der Kommode hinüber und schob mit dem Zeigefinger die Haarbüschel auf der blankpolierten Holzpalette hin und her.

»Die von Hilary Roberts sind bestimmt nicht darunter«, sagte er. »Die Spurensicherung wird das noch genau überprüfen. Aber sie sind gewiß nicht darunter. Ich muß jetzt nach einem ganz anders gearteten Mörder suchen. Und den werde ich auch aufspüren, Mr. Dalgliesh.«

24

Eine Dreiviertelstunde später war Rickards wieder am Schauplatz des Verbrechens. Er schien das Stadium bewußter Erschöpfung überschritten zu haben und agierte in einer anderen Raum-Zeit-Dimension. Sein Verstand funktionierte mit geradezu unnatürlicher Klarheit, sein Körper indes kam ihm schwerelos vor, ebenso unwirklich wie der bizarre Tatort, an dem er sich bewegte, mit den Leuten redete, seine Anweisungen gab. Das fahle Mondlicht verblaßte gegenüber den gleißenden Scheinwerfern, die die Bäume, die Männer und deren Geräte beleuchteten und ihnen klar abgesetzte Konturen verliehen. Man hörte Männerstimmen, das Knirschen von Schritten auf dem Kies, das Flattern der Zeltleinwand in der aufkommenden Brise, das stetige Rauschen und Glucksen der Wellen.

Dr. Anthony Maitland-Brown war von Easthaven mit seinem Mercedes hierhergefahren und als erster angekommen. Er trug Handschuhe und seinen Arztkittel und kniete gerade neben der Leiche, als Rickards eintraf. Der Polizeibeamte war so klug, sich nicht einzumischen. Dr. Maitland-Brown mochte Beobachter nicht, wenn er am Tatort eine vorläufige Untersuchung vornahm, und reagierte zumeist mit einem unwirschen: »Müssen denn all die Leute hier herumstehen?«, sollte sich ihm jemand auf mehr als drei Schritt nähern, als wären der Polizeiphotograph, die Untersuchungsbeamten oder der Gerichtsbiologe lediglich Neugierige auf der Jagd nach Schnappschüssen. Er war ein gepflegter, ungemein gutaussehender, hochgewachsener Mann, dem man in seiner Jugend, so ging das Gerücht, geschmeichelt hatte, er

würde dem Schauspieler Leslie Howard ähnlich sehen. Seitdem hatte er sich eifrig bemüht, diesem Vergleich gerecht zu werden. Er hatte eine harmonisch verlaufene Scheidung hinter sich, war vermögend – seine Mutter hatte ihm ein beträchtliches Privateinkommen hinterlassen – und konnte folglich bedenkenlos seinen beiden Passionen – eleganter Kleidung und der Oper – frönen. In seiner Freizeit besuchte er in Begleitung junger, ausgesprochen hübscher Schauspielerinnen Covent Garden oder Glyndebourne; offenbar waren seine Auserwählten bereit, drei Stunden Langeweile in Kauf zu nehmen, nur um des Prestiges seiner Gesellschaft willen oder des von einem leichten Schauder durchsetzten Bewußtseins, daß die wohlgestalteten Hände, die ihnen Wein einschenkten oder ihnen beim Aussteigen aus dem Mercedes halfen, im allgemeinen minder gefällige Tätigkeiten ausführten. Die Zusammenarbeit mit ihm als Arzt war nicht leicht, wie Rickards erfahren hatte. Aber er schätzte ihn als einen erstklassigen Gerichtspathologen, und diese waren überaus dünn gesät. Wenn er einen der klar abgefaßten, ausführlichen Obduktionsberichte Dr. Maitland-Browns las, verzieh er ihm sogar sein exquisites Rasierwasser.
Rickards entfernte sich von der Toten und begrüßte den Photographen, den Kameramann und den Gerichtsbiologen. Man hatte den Tatort abgesperrt und den von Scheinwerfern beleuchteten Weg mit einer Plastikfolie gesichert.
»Wir haben einen Fußabdruck entdeckt, Sir«, berichtete Sergeant Oliphant. »Etwa vierzig Meter von hier im Innern des Kiefernwaldes.«
»Auf Gras und Kiefernnadeln?«
»Nein, Sir. Auf einer Sandschicht. Jemand, ein Kind vielleicht, muß da Sand – etwa aus einem Eimer – ausgeschüttet haben. Mit dem Abdruck läßt sich was anfangen, Sir.«
Rickards folgte ihm in den Wald. Der ganze Pfad war abgedeckt; an einer Stelle steckte auf der rechten Seite im wei-

chen Erdreich ein Pflock mit einer Markierungstafel. Sergeant Oliphant hob die Kunststoffplane an und entfernte die Abdeckung über dem Fußabdruck. Im Licht der darüber hängenden Scheinwerfer war er deutlich zu erkennen. An dieser Stelle bedeckte feuchter Sand die Kiefernnadeln und das plattgedrückte Gras, und darauf hatte sich das Sohlenmuster eines rechten Schuhs mit allen Einzelheiten erhalten.
»Wir haben den Abdruck gleich nach Ihrer Abfahrt entdeckt, Sir«, berichtete Sergeant Oliphant. »Zwar nur diesen einen hier, aber dafür ist er mit allen Details zu sehen. Er ist bereits photographiert. Die genauen Maße werden dem Labor heute morgen vorliegen. Schuhgröße zehn, würde ich sagen. Man wird die einzelnen Merkmale schnellstens analysieren. Aber eigentlich brauchen wir darauf nicht zu warten. Es handelt sich um einen Joggingschuh der Marke Bumble, Sir. Sie kennen sie sicherlich. Am Absatz ist eine Hummel abgebildet. Die Umrisse einer Hummel sind auch auf der Sohle zu sehen. Hier erkennt man deutlich den Umriß eines Flügels. Das ist unverkennbar.«
Ein Bumble-Joggingschuh also. Einen detaillierteren Abdruck konnte man sich nicht wünschen. Sergeant Oliphant schien seine Gedanken zu erraten. Er sagte: »Eine bekannte Marke, wenngleich die Schuhe nicht weit verbreitet sind. Die Bumbles sind die teuersten auf dem Markt, sozusagen die Porsches unter den Joggingschuhen. Jugendliche, die Geld haben, kaufen sie. Ein komischer Name; ein Teil der Firma gehört tatsächlich einem gewissen Bumble. Die Schuhe gibt es erst seit ein paar Jahren, aber der Mann rührt kräftig die Werbetrommel. Er rechnet damit, daß der Firmenname sich einprägt und daß bei den Leuten seine Bumbles ebenso begehrt sein werden wie Gummistiefel.«
»Der Abdruck sieht noch frisch aus«, sagte Rickards. »Wann hat es zum letztenmal geregnet? Am späten Samstag abend, nicht?«

»Gegen 11. Um Mitternacht nicht mehr. Aber es war ein heftiger Schauer.«
»Dieser Teil des Weges wird nicht von den Bäumen abgedeckt. Der Abdruck ist noch nicht verwischt. Wenn er am Samstag vor Mitternacht entstanden wäre, müßte er undeutlicher sein. Interessant ist ferner, daß es nur diesen einen gibt und daß er vom Meer wegführt. Wenn am Sonntag irgend jemand mit Bumble-Joggingschuhen den Weg entlanggelaufen ist, müßte man doch einen ähnlichen Abdruck am oberen Saum des Strandes finden.«
»Nicht unbedingt, Sir. Der grobe Kies reicht stellenweise bis zum Pfad. Wenn jemand auf dem Kies gelaufen ist, werden wir keine Abdrücke finden. Aber wäre dieser eine noch da, wenn er am Sonntag vor dem Tod der Robarts gemacht worden wäre? Sie muß doch selbst auf diesem Weg gegangen sein.«
»Warum hätte sie auf den Abdruck treten sollen? Er befindet sich auf der rechten Seite des Weges. Dennoch kommt mir das alles etwas merkwürdig vor. Der Abdruck ist mir allzu deutlich, allzu klar, allzu augenfällig. Man könnte denken, er sei absichtlich gemacht worden, um uns zu täuschen.«
»Das Sportartikelgeschäft in Blakeney führt Bumble-Joggingschuhe, Sir. Ich könnte einen meiner Männer hinschikken, damit er uns gleich in der Frühe ein Paar der Größe zehn beschafft.«
»Aber er soll in Zivil hingehen und ein Paar kaufen, als sei er ein ganz normaler Kunde. Ich muß mir wegen des Sohlenabdrucks völlig sicher sein, bevor wir die Leute bitten, uns ihre Schuhschränke zu öffnen. Wir haben es hier mit Verdächtigen zu tun, die nicht dumm sind. Ich möchte nicht schon zu Beginn der Untersuchungen eine Panne erleben.«
»Das ist nur Zeitverschwendung, Sir. Mein Bruder hat ein Paar Bumble-Joggingschuhe. Der Abdruck ist unverwechselbar.«

»Ich muß mich vergewissern«, erwiderte Rickards. »Und das möglichst schnell.«
Sergeant Oliphant deckte den Abdruck wieder mit dem Kunststoffschutz und der Folie ab und folgte Rickards zum Strand. Rickards spürte geradezu körperlich Oliphants Widerwillen, seinen Unmut, seine Verachtung. Aber er mußte sich nun mal mit dem Mann abfinden. Oliphant hatte dem Team angehört, das all die Schwierigkeiten im Fall Whistler hatte ertragen müssen. Auch wenn es sich nun um eine andere Untersuchung handelte, würde es schwierig sein, ihn aus dem Team zu entfernen, ohne personelle oder organisatorische Probleme heraufzubeschwören, die er jedoch unbedingt vermeiden wollte. In der fünfzehn Monate währenden Suche nach dem Whistler hatte sich seine Abneigung gegen Sergeant Oliphant zu einer Antipathie gesteigert, für die er keinen vernünftigen Grund hatte und die er um der laufenden Untersuchung und um seiner Selbstachtung willen zu zügeln versuchte. Auch ohne persönliche Zwistigkeiten war die Aufklärung von Serienmorden schon schwierig genug.
Er hatte keine Beweise dafür, daß Oliphant ein Rohling war. Er sah nur so aus. Er war über einen Meter achtzig groß, durchtrainiert, muskulös, hatte dunkles Haar, ein markantes, breitflächiges Gesicht, volle Lippen, stechende Augen und ein fleischiges Kinn mit einem Grübchen in der Mitte. Eben dieses Grübchen schaute Rickards immer wieder fasziniert an; seine Abneigung gegen diesen Mann machte es geradezu zu einem körperlichen Defekt. Überdies trank Oliphant zuviel, aber das war bei einem Polizisten sozusagen ein Berufsrisiko. Die Tatsache, daß Rickards ihn noch nie betrunken gesehen hatte, verstärkte nur sein Unbehagen. Ein Mann konnte einfach nicht soviel Alkohol zu sich nehmen und trotzdem noch sicher auf beiden Beinen stehen.
Oliphant verhielt sich gegenüber seinen Vorgesetzten durch-

aus korrekt. Er war respektvoll, aber nicht untertänig. Trotzdem gelang es ihm aber, Rickards auf ganz subtile Weise zu verstehen zu geben, daß er den Maßstäben nicht gerecht wurde, die Oliphant von sich aus an ihn legte. Bei den weniger empfindsamen Beamtenanwärtern war er beliebt; die anderen gingen ihm möglichst aus dem Weg. Sollte er jemals in Schwierigkeiten geraten, dachte Rickards, war Sergeant Oliphant der letzte Polizeibeamte, den er in seiner Nähe zu sehen wünschte. Oliphant hätte diese Einstellung vermutlich als Kompliment betrachtet. Zudem hatte sich seitens der Öffentlichkeit noch nie jemand über ihn beschwert. Auch das stimmte Rickards argwöhnisch, ohne daß es einen einsichtigen Grund dafür gab. Denn daraus könnte man schließen, daß dieser Mensch, wenn seine Interessen auf dem Spiel standen, gerissen genug war, wider seine wahre Natur zu handeln. Er war unverheiratet, schaffte es aber, ohne groß zu prahlen, den Eindruck zu vermitteln, daß ihn die Frauen unwiderstehlich fanden. Vermutlich traf das auch auf einige zu. Wenigstens ließ er die Frauen seiner Kollegen in Ruhe. Kurzum, er besaß als junger Polizeifahnder all die Eigenschaften, die Rickards mißfielen: Aggressivität, die er nur deswegen zügelte, weil dies angeraten war, einen kaum verhohlenen Hang zur Macht, ein unverblümtes Macho-Gehabe und eine Überschätzung seiner Fähigkeiten. Und diese waren nicht gering zu bewerten. Oliphant würde es zum Chief Inspector bringen, wenn nicht noch weiter. Rickards sträubte sich dagegen, den Spitznamen seines Sergeanten – Jumbo – in den Mund zu nehmen. Oliphant, weit davon entfernt, diese Bezeichnung als kindisch oder unpassend zu mißbilligen, ließ sie sich gefallen, mochte sie anscheinend sogar, zumindest wenn sie von seinen Kollegen verwandt wurde, denen er dies gestattete. Minder begünstigte Sterbliche gebrauchten sie nur einmal und nie wieder. Inzwischen schien Dr. Maitland-Brown bereit zu sein, sein

vorläufiges Untersuchungsergebnis mitzuteilen. Er richtete sich zu seiner vollen Größe von ein Meter neunzig auf, streifte die Handschuhe ab und warf sie – wie ein Schauspieler, der sich eines Teils seines Kostüms entledigt – einem Constable zu. Es war nicht seine Art, sich am Tatort über seine Untersuchungsergebnisse auf eine Diskussion einzulassen. Aber er ließ sich dazu herab, sie zu verkünden.
»Die Obduktion nehme ich morgen vor«, sagte er. »Den Bericht bekommen Sie dann am Donnerstag. Ich glaube nicht, daß es noch irgendwelche Überraschungen geben wird. Selbst wenn's nur eine vorläufige Untersuchung war, ist der Sachverhalt klar. Tod durch Strangulation. Es handelt sich um ein Tatwerkzeug mit glatter Oberfläche. Breite etwa zwei Zentimeter. Es kann ein Gürtel gewesen sein, ein Riemen oder eine Hundeleine. Die Tote war groß und durchtrainiert. Dennoch war kein großer Krafteinsatz vonnöten, wenn man das Überraschungsmoment einbezieht. Vermutlich stand der Täter verborgen hinter einem Baum, stürzte dann vor und schlang ihr den Riemen um den Hals, als sie vom Schwimmen zurückkehrte und nach dem Handtuch griff. Sie machte noch ein paar konvulsive Bewegungen mit den Füßen, wie man an dem niedergedrückten Gras sehen kann. Meinem gegenwärtigen Erkenntnisstand nach trat der Tod zwischen 8 Uhr 30 und 10 Uhr ein.«
Dr. Maitland-Brown hatte seine Ansicht kundgetan und erwartete keine Fragen. Dazu bestand auch kein Anlaß. Er streckte den Arm nach seinem Mantel aus, den ihm ein Constable beflissen hinhielt, und verabschiedete sich.
Rickards schaute auf die Tote nieder. Nachdem man Kopf, Hände und Beine in eine Plastikfolie gehüllt hatte, glich sie einer als Geschenk verpackten Puppe, einem Gebilde aus Latex, mit Kunststoffhaar und Glasaugen, der Nachbildung einer Frau.
Oliphants Stimme drang wie aus weiter Ferne an sein Ohr.

»Ist Commander Dalgliesh nicht mit Ihnen zurückgekommen, Sir?«
»Warum sollte er? Es ist nicht sein Fall. Wahrscheinlich liegt er schon im Bett.«
Da läge ich auch gern, dachte er weiter. Schon jetzt bedrückten ihn die Ereignisse des vergangenen und des kommenden Tages, als bürde man seinem erschöpften Körper schwere Gewichte auf – zuerst die Pressekonferenz über den Selbstmord des Whistlers, dann die Besprechung mit dem Chief Constable, dem Pressesprecher, jetzt die neue Untersuchung, all die Verdächtigen, die befragt, die Tatsachen, die eruiert werden mußten, die Mühsal einer Morduntersuchung, die er in Gang setzen mußte, während ihn die vorherige Panne noch bedrückte. Außerdem mußte er unbedingt Susie anrufen.
»Mr. Dalgliesh ist ein Zeuge«, sagte er noch, »und nicht der Leiter der Untersuchung.«
»Ein Zeuge schon, aber verdächtig ist er gewiß nicht.«
»Wieso nicht? Er wohnt hier auf der Landzunge. Er kannte die Tote. Er wußte, wie der Whistler seine Opfer umbrachte. Wir können vielleicht keinen ernsthaften Verdacht gegen ihn hegen, aber er muß wie jedermann seine Aussage machen.«
Oliphant blickte ihn ausdruckslos an. »Das wird für ihn eine neue Erfahrung sein. Hoffentlich macht sie ihm Spaß.«

Viertes Buch

Montag, 26. September

25

Anthony weckte sie wie immer kurz nach halb 7. Theresa tauchte langsam und noch benommen aus bleiernem Schlaf auf und begann, um sich herum die vertrauten Geräusche des Morgens wahrzunehmen: das Knarzen und Knacken des Kinderbettchens, das Schnaufen und Plappern Anthonys, der sich am Holzgitter festhielt und hochzog. Es roch nach Kinderzimmer, nach Babypuder, abgestandener Milch und durchnäßten Windeln. Sie tastete nach dem Schalter des Nachttischlämpchens mit seinem schäbigen Schirm und dem Saum baumelnder Bambis, schlug die Augen auf und schaute geradewegs in Anthonys Gesicht, der sie breit und zahnlos anlächelte und so vergnügt auf und ab hüpfte, daß das Kinderbettchen wackelte. Als sie behutsam die Tür zur Kammer der Zwillinge öffnete, sah sie, daß die beiden noch fest schliefen. Elizabeth war ein zusammengerolltes Bündel am entgegengesetzten Ende des Bettes; Marie lag – einen Arm ausgestreckt – auf dem Rücken. Wenn sie Anthonys Windel wechseln und ihn füttern konnte, bevor er zu quengeln begann, würden die beiden anderen Kinder eine halbe Stunde weiterschlafen und ihrem Vater noch eine Weile Ruhe gönnen.
Für Elizabeth und Marie wollte Theresa ihrer Mutter zuliebe sorgen, solange die beiden sie brauchten, doch Anthony liebte sie von ganzem Herzen. Einen Augenblick noch blieb sie regungslos liegen. Sie genoß das Gefühl, daß sie und ihr Brüderchen einander mochten. Aber dann ließ er die Gitterstäbe los, hob ein Beinchen, als wollte er schwerfällig in einem Ballett mittanzen, plumpste auf die Matratze, rollte sich auf den Rücken, steckte die Finger in den Mund und begann ge-

räuschvoll schmatzend an ihnen zu saugen. Bald würde ihm diese Ersatzhandlung nicht mehr genügen. Theresa schwang die Beine über die Bettkante, zögerte einen Moment, um festzustellen, ob Arme und Beine ihr gehorchten, und trat ans Kinderbettchen, wo sie das Seitenteil herunterklappte und Anthony in die Arme nahm. Sie würde ihn unten auf dem Küchentisch windeln und ihn hernach in seinem Kinderstühlchen festschnallen, so daß er ihr zusehen konnte, wie sie seine Milch erwärmte. Wenn er abgefüttert war, würden die Zwillinge sicherlich wach sein. Dann konnte sie ihnen beim Anziehen helfen. Bald würde Mrs. Hunter von der Fürsorge kommen, um sie abzuholen und zum Kinderhort zu fahren. Theresa würde mit ihrem Vater frühstücken, bevor es Zeit wurde, mit ihm und Anthony zur Straßenkreuzung zu gehen, wo sie der Schulbus abholen würde.
Sie löschte eben die Gasflamme unter dem Stieltopf mit Milch, als das Telephon läutete. Ihr Herz setzte einen Schlag lang aus und begann dann in einem schnelleren Rhythmus zu pochen. Sie griff nach dem Hörer und hoffte nur, daß sie rasch genug reagiert und das Läuten ihren Vater nicht geweckt hatte. Sie hörte George Jagos Stimme, die verschwörerisch und vor Erregung etwas heiser klang.
»Theresa, ist dein Vater schon auf?«
»Nein, noch nicht, Mr. Jago. Er schläft noch.«
Stille trat ein, als würde er nachdenken. Dann sagte er: »Auch recht, dann störe ihn nicht. Wenn er aufwacht, sag ihm, daß Hilary Robarts tot ist. Gestern abend ist es passiert. Sie wurde ermordet. Man hat sie am Strand gefunden.«
»Hat der Whistler sie umgebracht?«
»Sieht so aus. Das heißt, sollte so aussehen, wenn du mich fragst. Aber so kann es nicht gewesen sein. Denn der Whistler war da schon tot, mindestens drei Stunden schon. Ich hab's dir ja gestern abend mitgeteilt. Erinnerst du dich?«
»Ja, ich erinnere mich, Mr. Jago.«

»Gut, daß ich gestern abend angerufen habe, nicht? Du hast es doch deinem Vater gesagt, oder? Du hast doch deinem Vater das vom Whistler berichtet?«
Sie hörte aus seiner Stimme Besorgnis heraus. »Ja«, sagte sie. »Ich hab's ihm erzählt.«
»Dann ist's gut. Jetzt erzählst du ihm das mit Miss Robarts. Sag ihm, er soll mich anrufen. Ich muß ein paar Leute nach Ipswich fahren. Aber um 12 bin ich wieder zurück. Oder könnte ich ihn jetzt sprechen, wenn er sich etwas beeilt?«
»Er kann sich nicht beeilen, Mr. Jago. Er schläft ja noch. Und ich füttere gerade Anthony.«
»Na gut. Aber du richtest es ihm aus, ja?«
»Ja, ich sage es ihm.«
»Gut, daß ich gestern abend angerufen habe«, fügte er noch hinzu. »Er weiß schon, warum.«
Sie legte auf. Ihre Hände waren schweißfeucht. Sie wischte sie am Nachthemd ab und trat an den Herd. Aber als sie den Milchtopf hochhob, zitterten ihre Hände so heftig, daß sie befürchtete, sie würde die Milch nie in den engen Hals der Babyflasche gießen können. Sie hielt sie vorsichtshalber über das Spülbecken, wo es ihr mühsam gelang, das Fläschchen zur Hälfte zu füllen. Dann band sie Anthony los und setzte sich auf den niedrigen Stuhl vor dem Kamin. Als Anthony sein Mündchen öffnete, schob sie den Sauger hinein und sah zu, wie er sofort genüßlich zu nuckeln begann, die ausdruckslosen Augen auf sie gerichtet, die rundlichen Ärmchen hochgereckt, die Hände nach innen gedreht wie die Pfötchen eines Tieres.
Im selben Moment hörte sie das Knarzen der Treppe. Ihr Vater kam herein. Morgens zeigte er sich ihr nie ohne seinen alten Regenmantel, den er immer bis zum Hals zuknöpfte und als Schlafrock verwandte. Das Gesicht unter dem schlafzerzausten Haar war grau und verquollen. Die Lippen waren hektisch gerötet.

»Hat jemand angerufen?« fragte er.
»Ja, Daddy. Mr. Jago.«
»Was wollte er um diese Zeit?«
»Er rief an, um dir zu sagen, daß Hilary Robarts tot ist. Sie ist ermordet worden.«
Sicherlich fiel ihm auf, daß ihre Stimme anders klang. Sie hatte das Gefühl, ihre Lippen seien trocken, angeschwollen, unförmig. Sie beugte sich über Anthony, damit ihr Vater es nicht sehen konnte. Aber ihr Vater schaute sie gar nicht an. Er drehte ihr den Rücken zu und sagte: »Das muß der Whistler gewesen sein, nicht? Er hat sie erwischt. Na ja, sie wollte es ja nicht anders.«
»Nein, Daddy. Das kann nicht der Whistler gewesen sein. Erinnere dich doch! Mr. Jago hat uns gestern abend gegen halb 8 angerufen, um mitzuteilen, daß der Whistler tot ist. Heute morgen sagte er noch, er sei froh, daß er angerufen hat, um es uns mitzuteilen. Du wüßtest schon, warum.«
Er sagte nichts darauf. Sie hörte, wie das Wasser aus dem Wasserhahn in den Teekessel sprudelte. Dann kam ihr Vater langsam zum Tisch, verschloß den Teekessel und holte eine Keramiktasse vom Regal. Ihr Herz pochte. Anthony lag warm in ihrem Arm. Sie streifte mit dem Kinn sachte das Köpfchen mit dem flaumigen Haar.
»Was hat Mr. Jago damit gemeint, Daddy?« fragte sie.
»Er wollte damit sagen, daß derjenige, der Miss Robarts umgebracht hat, die Tat dem Whistler unterschieben wollte. Das bedeutet, die Polizei wird nur die Leute verdächtigen, die nicht wußten, daß der Whistler da schon tot war.«
»Aber du wußtest es doch, Daddy, weil ich's dir gesagt habe!«
Er drehte sich um und erwiderte, ohne sie anzublicken: »Deine Mutter hätte es nicht gern gesehen, daß du lügst.«
Aber er war weder ärgerlich, noch wies er sie zurecht. Aus seiner Stimme hörte sie nur eine große Müdigkeit heraus.

»Das ist keine Lüge, Daddy«, sagte sie. »Mr. Jago hat angerufen, als du auf dem Klo warst. Als du zurückkamst, hab ich es dir gesagt.«

Er schaute ihr in die Augen. Einen solch hoffnungslosen, niedergeschlagenen Ausdruck hatte sie in seinen Augen noch nie gesehen. »Das stimmt, das hast du mir gesagt. Und das wirst du auch der Polizei sagen, wenn man dich fragt.«

»Selbstverständlich, Daddy! Ich werde ihnen sagen, wie's gewesen ist. Mr. Jago hat mir von dem Whistler berichtet, und ich hab es dir mitgeteilt.«

»Und du weißt noch, was ich darauf gesagt habe?«

Der Sauger an dem Fläschchen war nicht mehr prall. Sie nahm Anthony das Fläschchen weg, um Luft einzulassen. Anthony stieß einen Wutschrei aus, der erst abbrach, als sie ihm den Sauger wieder in den Mund steckte.

»Du hast gesagt, daß du froh darüber bist«, antwortete sie. »Jetzt wären wir alle wieder sicher.«

»Ja«, erwiderte er. »Jetzt sind wir wieder sicher.«

»Bedeutet das, daß wir nicht mehr aus dem Haus heraus müssen?«

»Das ist noch ungewiß. Wir müssen es zumindest nicht sofort verlassen.«

»Wem gehört es nun, Daddy?«

»Das weiß ich nicht. Wem immer sie es in ihrem Testament hinterlassen hat, denke ich. Vielleicht wollen die Erben es verkaufen.«

»Könnten wir es nicht kaufen, Daddy? Es wäre so schön, wenn wir es kaufen könnten.«

»Das hängt vom Kaufpreis ab. Es hat jetzt keinen Sinn, darüber nachzudenken. Vorläufig sind wir aus dem Schneider.«

»Wird die Polizei zu uns kommen?« fragte sie.

»Aber sicher. Wahrscheinlich heute noch.«

»Warum wird sie kommen, Daddy?«

»Um herauszufinden, ob ich wußte, daß der Whistler schon tot war. Um dich zu befragen, ob ich das Haus gestern nacht verlassen habe. Die Polizei kommt höchstwahrscheinlich, wenn du von der Schule zurück bist.«
Doch sie würde nicht zur Schule gehen. Viel wichtiger war heute, daß sie nicht von der Seite ihres Vaters wich. Und eine Entschuldigung hatte sie sich schon ausgedacht – Bauchschmerzen. Über die Kloschüssel gebeugt, hatte sie heute geradezu mit Freude registriert, daß sie ihre Periode bekommen hatte.
»Aber du hast doch das Haus nicht verlassen, Daddy, nicht wahr?« entgegnete sie. »Ich war hier unten, bis ich um Viertel nach 8 zu Bett ging. Ich habe dich unten gehört. Ich habe den Fernseher gehört.«
»Daß der Fernseher an war, verschafft mir kein Alibi«, sagte er.
»Aber ich bin heruntergekommen, Daddy. Du mußt dich doch daran erinnern. Ich bin zwar schon um Viertel nach 8 zu Bett gegangen, aber ich konnte, weil ich durstig war, nicht gleich einschlafen. Ich bin kurz vor 9 heruntergekommen, um Wasser zu trinken. Ich bin in Mutters Sessel gesessen und habe noch gelesen. Daran mußt du dich noch erinnern, Daddy! Erst nach halb 10 bin ich schlafen gegangen.«
Er seufzte auf und sagte: »Ja, ich erinnere mich.«
Jetzt erst bemerkte Theresa, daß die Zwillinge an der Küchentür standen. Sie betrachteten ihren Vater stumm und mit ausdruckslosen Gesichtern.
»Geht nach oben und zieht euch an!« befahl Theresa schroff. »Ihr sollt doch nicht so leicht bekleidet herumlaufen, sonst erkältet ihr euch noch!«
Gehorsam machten sie kehrt und stapften die Stiege hoch.
Dampf entwich zischend dem Wasserkessel. Ihr Vater schaltete das Gas aus, machte aber keine Anstalten, Tee aufzubrühen. Er setzte sich an den Tisch und senkte den Kopf.

Theresa glaubte ihn flüstern zu hören: »Ich bin kein guter Vater; ich bin dir kein guter Vater.« Sein Gesicht konnte sie nicht sehen. Einen schrecklichen Augenblick lang dachte sie, er weinte. Sie stand auf – dabei hielt sie das Fläschchen und fütterte Anthony – und trat dicht neben ihn. »Ist schon gut, Daddy«, sagte sie. »Mach dir nur keine Sorgen. Es wird alles wieder gut werden.«

26

Am Montag, dem 26. September, hatte Jonathan Reeves die Schicht von 8 Uhr 15 bis 14 Uhr 45. Wie sonst auch war er rechtzeitig an seinem Arbeitsplatz. Aber erst um 8 Uhr 55 läutete das Telephon, und er vernahm endlich die ersehnte Stimme. Caroline sprach beherrscht, aber das, was sie sagte, klang dringend.

»Ich muß mit dir reden. Jetzt gleich. Kannst du weg?«

»Ich denke schon. Mr. Hammond ist noch nicht da.«

»Dann treffen wir uns in der Bibliothek. Sofort. Es ist wichtig, Jonathan.«

Das brauchte sie ihm nicht eigens zu sagen. Sie hätte sich mit ihm während der Arbeitszeit gewiß nicht treffen wollen, wenn es nicht wichtig gewesen wäre.

Die Bibliothek war im Verwaltungstrakt neben der Registratur untergebracht und diente als Aufenthaltsraum. Drei Wände waren von Bücherregalen verdeckt. Hinzu kamen noch zwei freistehende Regale und acht bequeme Sessel, die um niedrige Tische gruppiert waren. Caroline erwartete ihn bereits, als er eintrat. Sie blätterte am Zeitschriftenstand in der neuesten Ausgabe von *Nature*. Sonst war niemand zu sehen. Als er sich ihr näherte, überlegte er, ob sie wohl erwartete, daß er sie küßte. Doch als sie sich ihm zudrehte und ihn anschaute, war ihm klar, daß es ein Fehler gewesen wäre. Dabei war es ihr erstes Zusammentreffen seit Freitag

abend, seit jener Nacht, die sein Leben verändert hatte; sie brauchten sich doch nicht wie Fremde zu verhalten, wenn sie sich ungestört wiedersahen.
»Du wolltest mir was mitteilen«, sagte er schlicht.
»In ein paar Minuten. Es ist gleich 9. Wenn Gottvater seine Stimme ertönen läßt, muß alles still sein.«
Jonathan hob den Kopf. Ihre Ausdrucksweise befremdete ihn, als hätte sie etwas Unflätiges gesagt. Über Dr. Mair hatten sie sich bisher nur oberflächlich unterhalten, aber er war immer davon ausgegangen, daß sie den Chef bewunderte, daß sie glücklich war, seine persönliche Assistentin zu sein. Er erinnerte sich, daß Hilary Robarts einmal, als Caroline sich während einer Konferenz neben Alex Mair setzte, geflüstert hatte: »Schaut nur, da kommt Gottvaters rechte Hand!« So war sie von allen eingeschätzt worden – als die intelligente, verschwiegene, hübsche, pflichteifrige Gehilfin eines Mannes, dem sie hingebungsvoll diente, weil er ihres Engagements würdig war.
Der Lautsprecher begann zu knacken. Sie hörten im Hintergrund unverständliches Gemurmel, und dann begann Dr. Mair ernst und gemessen zu sprechen.
»Es gibt wohl keinen unter uns, der mittlerweile nicht erfahren hat, daß Hilary Robarts gestern abend am Strand tot aufgefunden wurde. Sie ist ermordet worden. Zunächst nahm man an, daß sie in Larksoken das zweite Opfer des Whistlers sei. Doch nun scheint festzustehen, daß der Whistler vor Hilary den Tod fand. Wir werden zu gegebener Zeit ihr wie auch Christine Baldwin zu Ehren eine Trauerfeier abhalten. Das Verbrechen wird von der Polizei untersucht. Chief Inspector Rickards von der Kripo Norfolk, der für die Aufklärung der vom Whistler verübten Morde zuständig war, hat den Fall übernommen. Er wird im Laufe des Vormittags eintreffen und diejenigen unter Ihnen befragen, die Hilary gut kannten und mit Informationen über ihr

Leben die Untersuchung beschleunigen könnten. Wer von Ihnen mit Angaben, die der Polizei weiterhelfen, aufwarten kann, möge sich bitte an Chief Inspector Rickards wenden, entweder hier im Werk oder in der Einsatzzentrale in Hoveton. Die Telephonnummer ist 499 623.«

Im Lautsprecher knackte es abermals. Dann wurde es still.

»Ich frage mich, wie viele Fassungen er geschrieben hat, bevor er das so hinbekam«, sagte Caroline. »Nichtssagend und unverbindlich. Nichts wird direkt ausgedrückt, aber die Sachlage wird dennoch klar dargelegt. Außerdem vergrätzt er uns nicht mit der Ermahnung, er verlasse sich darauf, daß wir wie bisher weiterarbeiten und nicht wie aufgescheuchte Hühner reagieren. Er vergeudet nun mal weder Zeit noch Worte auf Dinge, die unwesentlich sind. Er wird einen erstklassigen Apparatschik abgeben.«

»Meinst du denn, daß dieser Chief Inspector Rickards uns alle vernehmen wird?« fragte Jonathan.

»Alle, die Hilary gut kannten. Und wir gehören dazu. Deswegen will ich auch mit dir reden. Wenn er mich befragt, sage ich ihm, daß wir beide den gestrigen Abend von 6 bis etwa halb 11 gemeinsam verbracht haben. Dazu brauche ich deine Unterstützung. Selbstverständlich hängt das davon ab, ob jemand das Gegenteil beweisen könnte. Das müssen wir jetzt besprechen.«

Einen Augenblick lang war er sprachlos. »Aber so war es doch nicht!« stieß er dann hervor. »Du verlangst von mir, daß ich lüge. Es handelt sich um eine Morduntersuchung. Es ist gefährlich, die Polizei anzulügen. Die bringt es doch heraus.«

Ihm war bewußt, daß sich seine Worte anhörten wie die eines überängstlichen Kindes, das sich an einem riskanten Spiel nicht beteiligen möchte. Er schaute an ihr vorbei. Er wollte ihr nicht in die Augen sehen, Augen, die ihn vielleicht bittend, zornig oder gar verächtlich anblickten.

»Du hast mir doch am Freitag erzählt«, entgegnete sie, »daß deine Eltern den Sonntag abend bei deiner verheirateten Schwester in Ipswich verbringen wollten. Sind sie zu ihr gefahren?«

»Ja, sie waren bei ihr«, antwortete er bekümmert.

Bekümmert war er, weil sie nicht zu Hause gewesen waren und er deswegen gehofft, ja halb erwartet hatte, daß Caroline vorschlagen würde, sie könnten sich abermals im Bungalow treffen. Er entsann sich ihrer Worte: »Weißt du, es gibt Zeiten, da möchte eine Frau auch mal allein sein. Kannst du das verstehen? Was gestern geschehen ist, bedeutet nicht, daß wir unsere Freizeit miteinander verbringen müssen. Ich habe dir gesagt, daß ich dich liebe. Ich hab es dir bewiesen. Reicht das nicht?«

»Du warst gestern abend also allein in der Wohnung«, sagte sie. »Oder stimmt das nicht? Falls dich jemand besucht oder angerufen hat, muß ich mir was anderes einfallen lassen.«

»Niemand hat mich besucht. Ich war allein zu Hause. Danach bin ich weggefahren.«

»Wann bist du zurückgekommen? Hat dich jemand gesehen, als du den Wagen in die Garage gefahren hast? Es ist doch kein großer Wohnblock, nicht? Bist du jemand begegnet, als du heimkamst? Und was war mit der Beleuchtung in der Wohnung?«

»Ich hatte das Licht brennen lassen. Das machen wir immer, wenn wir die Wohnung verlassen. Meine Mutter meint, es sei sicherer. So sähe es aus, als sei jemand daheim. Ich bin erst nach Einbruch der Dunkelheit zurückgekommen. Ich wollte allein sein, nachdenken. Ich bin nach Blakeney gefahren und in der Marsch spazierengegangen.«

Sie seufzte zufrieden auf. »Dann ist's gut. Bist du in der Marsch jemand begegnet?«

»In der Ferne habe ich ein Ehepaar mit einem Hund gesehen. Ich glaube nicht, daß die Leute mich wiedererkennen würden.«

»Wo hast du gegessen?« Ihre Stimme klang schroff. Die Befragung war unerbittlich.

»Ich habe nicht auswärts gegessen. Erst als ich zu Hause war. Ich war nicht hungrig.«

»Na schön, so wird's gehen. Wir können's wagen. Und mir hat auch niemand nachspioniert, als ich im Bungalow war. Niemand hat mich angerufen oder besucht. Das tut ohnehin niemand.«

Nachspioniert! Wie kann sie nur diesen Ausdruck verwenden, dachte er. Aber sie hatte recht. Der Bungalow, reizlos wie sein Name – Field View –, lag abgeschieden an einer öden Landstraße außerhalb von Hoveton. Er hatte ihn zuvor noch nie von innen gesehen. Vor jenem Freitagabend hatte sie nicht zugelassen, daß er sie heimbegleitete. Und dann war er befremdet, daß sie das Haus möbliert von einem Ehepaar gemietet hatte, das für ein Jahr nach Australien gezogen war, um dort bei der verheirateten Tochter zu leben, dann aber seinen Aufenthalt verlängert hatte. Aber warum war Caroline da geblieben? Es gab doch hübschere Häuser oder Bungalows, die sie mieten konnte. Sie konnte es sich doch sicherlich leisten, eine kleine Wohnung in Norwich zu kaufen. Als er ihr ins Innere gefolgt war, hatte ihn der Gegensatz zwischen der Schäbigkeit ringsum und Carolines hübschem, gepflegtem Aussehen bestürzt. Er sah die Einrichtung deutlich vor sich: den graubraunen Teppich in der Diele, das Wohnzimmer – zwei Wände bedeckte eine Tapete mit rosa Streifen, an den anderen beiden prangten übergroße Rosen –, das harte Sofa, die beiden Sessel mit ihren schmuddeligen Bezügen, die kleine Reproduktion mit Constables *Heuwagen,* die viel zu hoch hing, als daß man sie hätte betrachten können, daneben der allenthalben populäre Farbdruck mit einer gelbgesichtigen jungen Chinesin, der altmodische, in die Wand eingelassene Gaskamin. Caroline hatte die Einrichtung nicht verändert, nichts von ihrer Persönlichkeit in sie eingebracht. Es war, als würde sie all die Unzulänglichkeiten, die Scheußlichkeiten nicht wahrnehmen. Die Einrichtung erfüllte ihren Zweck. Mehr verlangte Caroline nicht, und auch den Vermietern hatte es genügt. Schon die Eingangsdiele hatte Jonathan betroffen gemacht. Am liebsten hätte er ausgerufen: »Wir sind das erste Mal zusammen; für mich ist es überhaupt das erste Mal. Könnten wir nicht woanders hingehen? Muß es ausgerechnet hier sein?«

»Ich glaube, ich schaffe das nicht«, sagte er beklommen. »Jedenfalls nicht überzeugend. Chief Inspector Rickards wird merken, daß ich lüge. Ich werde schuldbewußt und verlegen dreinschauen.«

Caroline hatte anscheinend beschlossen, ihm mit sanftem Zureden Mut zu machen. »Er wird damit rechnen, daß du verlegen bist«, beschwichtigte sie ihn. »Du sagst ihm doch immerhin, daß wir den Abend gemeinsam verbracht, miteinander geschlafen haben. Das klingt doch überzeugend, hört sich ganz normal an. Er würde mißtrauisch werden, wenn du nicht schuldig dreinschauen würdest. Das muß dir doch einleuchten – eine schuldbewußte, verlegene Miene macht deine Aussage glaubwürdiger.«

Sie setzte also seine Unerfahrenheit, seine Unsicherheit, ja sogar sein Schamgefühl für ihre Zwecke ein.

»Wir brauchen nur die beiden Abende zu vertauschen«, fuhr sie fort. »Was am Freitag abend geschah, passierte gestern. Du brauchst dir nichts auszudenken, brauchst nichts zu erfinden. Sag ihnen einfach, was wir getan, gegessen, worüber wir geredet haben. Es wird glaubwürdig klingen, weil es ja die Wahrheit ist. Auch wenn sie uns Fangfragen nach dem Fernsehprogramm stellen, kann nichts passieren, weil wir nicht ferngesehen haben.«

»Aber was da geschehen ist, war doch etwas Privates. Etwas, das uns allein betrifft.«
»Jetzt nicht mehr. Ein Mord greift nun mal in die Privatsphäre ein. Wir haben miteinander geschlafen. Die Polizei hat einen drastischeren Ausdruck dafür. Sie werden ihn nicht verwenden, aber er wird ihnen in den Sinn kommen. Wir haben in meinem Schlafzimmer, auf meinem Bett miteinander geschlafen. Weißt du es nicht mehr?« Wie sollte er das vergessen! Er wurde flammendrot und hatte das Gefühl, sein Körper würde brennen. Obwohl er es nicht wollte, traten ihm Tränen in die Augen, die ihm siedendheiß vorkamen. Er schloß die Augen, um sie nicht wegwischen zu müssen. Selbstverständlich wußte er es noch. Er erinnerte sich an das öde, quadratische Hinterzimmer, so wenig anheimelnd wie ein Zimmer in einem billigen Hotel, entsann sich seiner Aufregung, seiner Angst, die ihn lähmte, seiner ungelenken Liebkosungen, der geflüsterten Aufmunterungen, die schließlich zu Anweisungen wurden. Sie hatte sich geduldig, erfahren verhalten und schließlich die Initiative ergriffen. So einfältig war er nun auch nicht, daß er angenommen hätte, für sie sei es das erste Mal; für ihn schon, aber nicht für sie. Was da geschehen war, war unabänderlich. Sie hatte ihn besessen und nicht er sie. Und sie hatte nicht nur körperlich von ihm Besitz ergriffen. Einen Augenblick lang brachte er kein Wort heraus. Er konnte nicht glauben, daß jene grotesken, aber zielstrebigen Verrenkungen etwas mit der Caroline zu tun hatten, die jetzt neben ihm stand und doch so fern war. Er betrachtete eindringlich ihre makellose, grau-weiß gestreifte Bluse, die wie ein Herrenhemd geschnitten war, den Faltenwurf ihres langen, grauen Rockes, die schwarzen Trotteurs, die schlichte Goldkette, die dazu passenden goldenen Manschettenknöpfe, das weizenblonde Haar, das zu einem einzigen dikken Zopf geflochten war. War es das, was er geliebt hatte, was er noch liebte, dieses romantische Ideal eines Jungen, dieses

nunmehr kalte, ferne Abbild von ihr? Ihm war bewußt, daß ihr erstes Beisammensein mehr zerstört als ihm eröffnet hatte, daß das, wonach er sich gesehnt hatte, weiterhin ersehnte und das er dennoch für immer verloren hatte, eine unerreichbare Schönheit war. Aber er wußte auch, daß sie nur die Hand auszustrecken brauchte, und er würde ihr erneut in den Bungalow und auf jenes Bett folgen.

»Aber warum das alles?« fragte er bekümmert. »Warum nur? Man wird dich doch nicht verdächtigen. Das kann nicht sein. So ein Gedanke ist doch lächerlich. Du bist mit Hilary immer gut ausgekommen. Du kommst mit jedermann im Werk gut aus. Du bist die letzte, für die sich die Polizei interessieren würde. Du hast nicht mal ein Motiv.«

»Doch, ich habe eines. Ich habe sie noch nie gemocht. Und ihren Vater habe ich gehaßt. Er hat meine Mutter zugrunde gerichtet, sie dazu gebracht, ihre letzten Lebensjahre in Armut zu verleben. Und ich habe dadurch die Chance auf eine gute Ausbildung verloren. Ich bin Sekretärin, eigentlich Stenotypistin, und weiter kann ich es nicht bringen.«

»Ich habe immer angenommen, du könntest das werden, was immer du willst.«

»Nicht ohne eine Ausbildung. Gut, man kann ein Stipendium bekommen, aber ich mußte die Schule verlassen, um möglichst schnell Geld zu verdienen. Es geht nicht nur um mich; es geht auch darum, was Peter Robarts meiner Mutter angetan hat. Sie hat ihm vertraut. Sie hat jeden Penny, den sie besaß, jeden Penny, den Vater hinterlassen hat, in seine Plastikfirma gesteckt. Ich habe ihn gehaßt, und ich habe seinetwegen sie gehaßt. Wenn die Polizei das herausbringt, habe ich keinen Frieden mehr. Doch wenn ich ein Alibi vorweisen kann, ist das nicht möglich. Man wird uns, uns beide, in Ruhe lassen. Wir brauchen nur anzugeben, wir wären zusammengewesen. Das genügt.«

»Aber die Polizei kann doch nicht das, was Hilarys Vater

deiner Mutter angetan hat, als Mordmotiv bewerten. Das wäre unverständlich. Außerdem liegt das schon so lange zurück.«

»Kein Mordmotiv ist vernünftig. Die Menschen töten aus den sonderbarsten Gründen. Außerdem verunsichert mich die Polizei. Ich weiß, es ist irrational. Aber so war's schon immer. Deswegen fahre ich auch so vorsichtig. Ich würde eine Vernehmung nicht durchstehen. Ich habe Angst vor der Polizei.«

Sie spielte da auf etwas an, das einen wahren Kern hatte, so als könne diese nachprüfbar richtige Aussage allein schon ihren Wunsch rechtfertigen. Sie hielt beim Fahren in der Tat penibel das Tempo-Limit ein, selbst wenn die Straße leer war, legte stets den Sicherheitsgurt an, achtete auf den Zustand ihres Wagens. Er erinnerte sich an einen Vorfall vor drei Wochen: Beim Einkauf in Norwich hatte man ihr die Handtasche entrissen, was sie trotz seiner Einwände nicht der Polizei melden wollte. »Es hat doch keinen Sinn«, hatte sie gesagt. »Man wird sie mir nicht mehr wiederbringen. Wir vergeuden nur unsere Zeit auf dem Polizeirevier. Laß uns gehen! Sie enthielt ohnehin nicht viel.«

Er ertappte sich dabei, daß er überlegte, ob ihre Angaben der Wahrheit entsprachen, und empfand ein Gefühl der Scham, dem Mitleid beigemischt war.

»Na schön, ich verlange zuviel«, redete sie weiter. »Ich weiß, wie du über die Wahrheit denkst, über Ehrlichkeit, ich kenne dein Pfadfinder-Christentum. Ich verlange von dir, daß du deine Selbstachtung opferst. Das macht niemand gern. Wir brauchen unsere Selbstachtung. Du hältst dich für moralischer als andere Menschen. Aber bist du da nicht ein Heuchler? Du sagst, du liebst mich, willst aber nicht mir zuliebe lügen. Die Lüge ist doch unerheblich. Sie schädigt niemanden. Aber du bringst es nicht über dich, weil es gegen deine religiöse Einstellung verstößt. Deine ach so kostbare

Religion hat dich aber nicht davon abgehalten, mit mir ins Bett zu gehen, oder? Ich habe gedacht, Christen seien viel zu keusch für gelegentliche Unzucht.«

Heuchler, Unzucht! Jedes Wort war wie ein Schlag, der ihn da traf, wo es weh tat. Er hatte mit ihr nie über seinen Glauben gesprochen, auch in jenen wunderbaren ersten Tagen nicht, die sie miteinander verbrachten. Sie hatte ihm von Anfang an zu verstehen gegeben, daß derlei ein Teil seines Lebens sei, für den sie weder Sympathie noch Verständnis habe. Wie konnte er ihr bloß klarmachen, daß er ihr ohne Schuldgefühle ins Schlafzimmer gefolgt war, weil sein Verlangen nach ihr stärker gewesen war als seine Gottesliebe, stärker als seine Scham, sein Glaube. Wie konnte etwas unrecht sein, hatte er sich eingeredet, das jede Faser seines Körpers ihm als natürlich, richtig, ja sogar heilig signalisierte?

»Lassen wir es«, sagte sie. »Ich verlange zuviel.«

Von ihrem verächtlichen Tonfall zutiefst getroffen, erwiderte er beklommen: »Das stimmt nicht. Ich halte mich nicht für besser, ich bin's nicht. Und du kannst mir nicht zuviel abverlangen. Wenn's für dich wichtig ist, mache ich es selbstverständlich.«

Sie musterte ihn, als wollte sie seine Ehrlichkeit, seine Willenskraft abschätzen. Als sie ihm antwortete, klang sie erleichtert. »Damit ist doch keine Gefahr verbunden«, sagte sie. »Wir sind beide unschuldig. Das wissen wir doch. Und was wir bei der Polizei aussagen, könnte doch auch wirklich wahr sein.«

Das aber war falsch. Er sah es ihren Augen an, daß auch sie dies begriffen hatte.

»Es könnte wahr sein, ist es aber nicht«, entgegnete er.

»Und das ist wichtig für dich? Wichtiger als mein Seelenfrieden, als das, was wir füreinander empfanden?«

Er hätte sie gern gefragt, warum denn ihr Seelenfrieden von

einer Lüge abhänge, und was sie nun wirklich füreinander fühlten, was sie für ihn empfand.
Mit einem Blick auf ihre Armbanduhr sagte sie: »Außerdem ist es ja auch ein Alibi für dich. Das ist auch von Bedeutung. Alle wissen doch, wie unfreundlich sie dich seit der lokalen Radiosendung behandelt hat. Gottes kleiner Atomkreuzzügler! Hast du das vergessen?«
Die rüde Anspielung und ihr ungeduldiger Tonfall stießen ihn ab.
»Und wenn man uns nicht glaubt?« erwiderte er.
»Das müssen wir nicht noch mal durchkauen! Warum soll man uns nicht glauben? Außerdem ist's egal. Man kann uns nicht beweisen, daß wir lügen. Darauf kommt's an. Es ist doch völlig normal, daß wir uns getroffen haben. Es ist doch nicht so, als hätten wir uns eben kennengelernt. Ich muß jetzt zurück ins Büro. Wir bleiben in Verbindung, aber es ist besser, wenn wir uns heute abend nicht treffen.«
Er hatte ohnehin nicht damit gerechnet, daß sie sich an diesem Abend treffen würden. Die Nachricht von dem neuesten Mord war vom lokalen Rundfunksender längst verbreitet worden. Seine Mutter wartete sicherlich schon ängstlich darauf, daß er von der Arbeit heimkehrte und ihr die Neuigkeiten berichtete.
Aber da war noch etwas, das er ihr sagen mußte, bevor sie auseinandergingen. Jetzt fand er den Mut dazu.
»Ich habe dich gestern abend angerufen«, sagte er. »Das war, als ich ziellos dahinfuhr und nachdachte. Von einer Telephonzelle habe ich dich angerufen. Du warst nicht daheim.«
Eine Stille trat ein. Er betrachtete nervös ihr Gesicht. Es war ausdruckslos.
»Wann war das?« fragte sie dann.
»Etwa zwanzig Minuten vor 10. Vielleicht später.«
»Warum? Warum hast du angerufen?«
»Ich wollte unbedingt mit dir reden. Ich fühlte mich einsam.

Ich hoffte, du würdest deine Ansicht ändern und mich einladen.«
»Na gut, ich kann's dir sagen. Ich war gestern abend auf der Landspitze. Ich wollte, daß Remus sich mal wieder ausläuft. Ich habe den Wagen außerhalb des Dorfes an einem Feldweg stehen lassen und bin bis zur Klosterruine gegangen. Ich war da bis etwas nach 10 Uhr.«
»Du warst dort?« wiederholte er entsetzt. »Und sie lag nur ein paar Meter entfernt tot da?«
»Das waren schon mehrere hundert Meter!« erwiderte sie schroff. »Ich hätte sie unmöglich finden können. Ich habe auch nicht den Mörder gesehen, wenn du das meinst. Ich bin auf dem Felshang geblieben und nicht zum Strand hinabgestiegen. Die Polizei hätte doch sonst meine Fußspuren und die von Remus entdeckt.«
»Aber irgend jemand könnte dich gesehen haben. Es war eine mondhelle Nacht.«
»Die Landzunge war menschenleer. Und falls der Mörder irgendwo zwischen den Bäumen lauerte und mich gesehen hat, wird er's schon nicht an die große Glocke hängen. Aber ich bin in einer unangenehmen Lage. Deshalb brauche ich ein Alibi. Ich wollte es dir nicht sagen, aber jetzt weißt du es. Ich habe sie nicht umgebracht. Aber ich bin dort gewesen, und habe ein Motiv. Deswegen bitte ich dich, mir zu helfen.«
Zum erstenmal hörte Jonathan, daß ihre Stimme zärtlich, fast flehentlich klang. Sie trat näher, als wollte sie ihn berühren, rückte aber sofort wieder von ihm ab. Diese Geste rührte ihn, als hätte sie sein Gesicht gestreichelt. Ein Gefühl der Zärtlichkeit stieg in ihm auf und verdrängte die Kränkung und den Schmerz der letzten zehn Minuten. Seine Lippen schienen angeschwollen zu sein, so daß ihm das Sprechen schwerfiel. »Selbstverständlich helfe ich dir«, brachte er schließlich hervor. »Ich liebe dich doch. Ich lasse dich nicht im Stich. Du kannst dich auf mich verlassen.«

27

Chief Inspector Rickards hatte mit Dr. Mair verabredet, daß er gegen 9 Uhr im AKW sein werde. Vorher wollte er noch zu Scudder's Cottage fahren, um mit Ryan Blaney zu reden. Dieses Vorhaben war etwas heikel; er wußte, daß Blaney Kinder hatte, und würde zumindest auch die älteste Tochter befragen müssen. Aber das konnte erst dann geschehen, wenn ihn eine Polizeibeamtin begleitete, was sich wiederum nicht so schnell arrangieren ließ. Es war eine jener Widrigkeiten, mit denen er sich nur schwer abfinden konnte. Er wußte aber, daß es unklug war, den Blaneys ohne eine Polizeibeamtin einen längeren Besuch abzustatten. Ob der Mann nun verdächtig war oder nicht, jedenfalls konnte Rickards nicht das Risiko eingehen, daß man ihm später vorwarf, er habe einer Halbwüchsigen ohne Beachtung der einschlägigen Vorschrift Informationen entlockt. Andrerseits hatte Blaney das Recht zu erfahren, was mit seinem Bild geschehen war. Falls die Polizei es ihm nicht mitteilte, würde es ihm binnen kurzem jemand anders hinterbringen. Deswegen war es wichtig, daß er das Gesicht des Mannes sah, wenn dieser von dem beschädigten Porträt und dem Mord an Hilary Robarts erfuhr.

Er konnte sich nicht erinnern, je ein bedrückenderes Haus als Scudder's Cottage gesehen zu haben. Es nieselte, und so erblickte er das Cottage und den verwahrlosten Garten durch einen Schleier aus Wassertröpfchen hindurch, der Umrisse und Farben zu einem formlosen Grau verschmolz. Constable Gary Price blieb im Wagen, während Rickards und Oliphant über den fast zugewucherten Pfad auf das Haus zugingen. Eine Türglocke war nicht zu sehen. Als Sergeant Oliphant den eisernen Klopfer betätigte, wurde ihnen sogleich geöffnet. Ryan Blaney stand vor ihnen – gut einen Meter achtzig groß, hager, mit verquollenen Augen, als hätte er zuwenig geschlafen. Er musterte sie unfreundlich. Sein rötliches Haar war glanzlos. Rickards konnte sich nicht entsinnen, schon einmal einen Mann gesehen zu haben, der so erschöpft wirkte, sich aber dennoch auf den Beinen hielt. Blaney forderte sie nicht auf einzutreten, und Rickards schlug es auch nicht vor. Damit wollte er warten, bis er mit einer Polizeibeamtin wiederkam. Auch mit der Befragung Blaneys konnte er sich Zeit lassen. Er wollte möglichst schnell zum AKW von Larksoken. Er teilte Blaney mit, das Porträt von Hilary Robarts sei zerschnitten im Thyme Cottage gefunden worden, gab aber sonst keine Einzelheiten preis. Blaney reagierte nicht.

»Haben Sie mich verstanden, Mr. Blaney?« fragte Rickards.

»Ja, ich habe Sie verstanden. Ich weiß, daß das Bild nicht mehr hier ist.«

»Seit wann?«

»Seit gestern abend. Seit etwa Viertel vor 10. Miss Mair hat es abgeholt. Sie wollte es heute vormittag nach Norwich mitnehmen. Sie kann's Ihnen bestätigen. Wo ist es jetzt?«

»Wir haben es in Verwahrung genommen, wenn auch in ramponiertem Zustand. Wir brauchen es für eine kriminaltechnische Untersuchung. Wir können Ihnen selbstverständlich eine Bescheinigung ausstellen.«

»Was nützt mir das? Sie können das Bild und Ihre Bescheinigung behalten. Es ist zerfetzt, sagten Sie?«

»Zerfetzt nicht, es ist mit zwei geraden Schnitten beschädigt worden. Vielleicht kann man es restaurieren. Wir bringen es beim nächsten Mal mit, so daß Sie es identifizieren können.«

»Ich möchte es nicht mehr sehen. Sie können es behalten.«

»Sie müssen es aber identifizieren, Mr. Blaney. Wir können darüber reden, wenn wir heute im Laufe des Tages vorbeikommen. Wann haben Sie übrigens das Porträt zum letztenmal gesehen?«

»Am Donnerstag abend, als ich es einpackte und im Atelier bereitstellte. Seitdem bin ich nicht mehr im Atelier gewesen. Was gibt's darüber zu reden? Es war das beste Bild, das ich je gemalt habe, und diese Schlampe hat's zerstört. Lassen Sie's doch durch Alice Mair oder Adam Dalgliesh identifizieren! Die beiden kennen es.«
»Wollen Sie damit andeuten, Sie wüßten, wer es getan hat?«
Blaney schwieg. Rickards fuhr fort: »Na ja, wir sehen uns heute nachmittag so zwischen 4 und 5, wenn Sie nichts dagegen haben. Wir müssen auch mit Ihren Kindern reden. Wir nehmen eine Polizeibeamtin mit. Die Kinder sind jetzt in der Schule, nicht?«
»Die Zwillinge sind im Kinderhort. Theresa ist da. Sie fühlt sich nicht wohl. Aber Sie geben sich doch nicht soviel Mühe wegen eines zerschlitzten Porträts. Seit wann kümmert sich die Polizei um Bilder?«
»Wir kümmern uns auch um Sachbeschädigungen. Aber da ist noch etwas. Ich muß Ihnen mitteilen, daß Hilary Robarts gestern nacht ermordet worden ist.«
Er musterte aufmerksam Blaneys Gesicht. Das war der Augenblick der Erkenntnis, vielleicht der Wahrheit. Es war nicht vorstellbar, daß Blaney diese Nachricht vernahm, ohne irgendwelche Regungen – Schock, Furcht, Überraschung, mochten sie nun gespielt sein oder nicht – zu zeigen. Doch statt dessen sagte er nur gleichmütig: »Das brauchen Sie mir nicht mehr mitzuteilen. Das weiß ich schon. George Jago hat heute morgen vom Local Hero aus angerufen.«
Sieh mal an, dachte Rickards und setzte George Jago insgeheim auf die Liste der Leute, die er möglichst rasch befragen mußte.
»Wird Theresa zu Hause sein und sich so weit wohl fühlen, daß sie heute nachmittag mit uns reden kann?« fragte er.
»Sie wird dasein und sich auch wieder wohl fühlen.« Und mit diesen Worten schloß Blaney die Haustür.

»Weiß der Himmel, warum die Robarts diese Bruchbude überhaupt gekauft hat!« sagte Sergeant Oliphant. »Und dann hat sie seit Monaten versucht, ihn und seine Kinder rauszuekeln. Das hat man ihr in Lydsett wie auch auf der Landspitze verübelt.«
»Das haben Sie mir schon auf der Fahrt hierher gesagt. Aber wenn Blaney sie umgebracht hat, würde er doch kaum die Aufmerksamkeit auf sich ziehen, indem er das Bild durch das Fenster von Thyme Cottage wirft. Außerdem will es mir nicht in den Kopf, daß die beiden Strafbestände – ein Mord und eine Sachbeschädigung –, zu denen es in derselben Nacht gekommen ist, nichts miteinander zu tun haben.«
Der Tag fängt ja gut an, dachte Rickards. Der Sprühregen – kalte Tropfen rannen seinen hochgeklappten Mantelkragen herab – steigerte seine Niedergeschlagenheit. Er hatte gar nicht bemerkt, daß es auf der gesamten Landzunge regnete, und sich eingebildet, nur von Scudder's Lane und dem zwar malerischen, aber verwahrlosten Haus ginge eine solch deprimierende Aura aus. Er mußte sich noch über manches klarwerden, bevor er zurückkehren würde, um Ryan Blaney etwas härter anzupacken. Dabei sah er diesem Gespräch nicht gerade mit Vorfreude entgegen. Als er die Pforte über dem wuchernden Unkraut schloß, schaute er noch einmal zum Haus hinüber. Vom Kamin stieg kein Rauch auf. Die von einem Salzwasserfilm beschlagenen Fenster waren geschlossen. Man konnte sich nicht vorstellen, daß da eine Familie lebte und daß das Haus noch gar nicht lange einen so vernachlässigten Eindruck machte. Im rechten Fenster erspähte er ein bleiches, von rotgoldenem Haar eingerahmtes Gesicht. Theresa Blaney blickte ihnen nach.

28

Zwanzig Minuten später waren die drei Fahnder im AKW von Larksoken. Man hatte ihnen auf dem Park-Areal außerhalb des Werkzauns in der Nähe des Wachhauses einen Platz reserviert. Als sie auf das Gittertor zuschritten, ging dieses automatisch auf. Einer der Wachmänner kam heraus und entfernte die Absperrkegel. Die Formalitäten waren bald erledigt, und der diensttuende Sicherheitsbeamte – er war in Uniform – behandelte sie mit gleichmütiger Höflichkeit. Sie trugen sich ins Besucherbuch ein und erhielten Plaketten, die sie sich ans Revers hefteten. Der Wachhabende meldete telephonisch ihre Ankunft, teilte ihnen mit, daß Miss Amphlett, die persönliche Assistentin des Direktors, sogleich kommen werde, und kümmerte sich dann nicht weiter um sie. Sein Kollege, der die Markierungskegel entfernt hatte, unterhielt sich mit einem stämmigen Mann im Taucheranzug, der seinen Taucherhelm unter den Arm geklemmt hielt und offenbar in einem der Kühltürme gearbeitet hatte. Auch diese beiden brachte die Ankunft der Polizei nicht aus der Fassung. Sollte Dr. Mair seine Mitarbeiter instruiert haben, daß man sie höflich empfangen sollte, aber ohne viel Aufhebens, hätte man seine Anweisung nicht besser befolgen können.
Durch das Fenster des Wachhauses sahen sie, daß sich eine Frau, wohl Miss Amphlett, auf dem betonierten Weg dem Wachhaus ohne große Eile näherte. Es war eine kühl dreinblickende, selbstbewußte Blondine, die, nachdem sie eingetreten war, Sergeant Oliphants abschätzigen Blick ignorierte, als wäre er überhaupt nicht vorhanden, und Rickards mit ernster Miene begrüßte.
»Dr. Mair erwartet Sie, Chief Inspector«, sagte sie und machte kehrt, um ihnen vorauszugehen. Rickards kam sich vor wie ein Patient, den man zu einem Facharzt führt. Vom

Auftreten einer persönlichen Assistentin kann man auf ihren Chef schließen, dachte er. Und was diese ihm über Dr. Alex Mair verriet, bestärkte ihn in seiner vorgefaßten Meinung. Er mußte an seine eigene Schreibkraft denken, an die strubbelköpfige neunzehnjährige Kim, die sich nach der letzten Teenie-Mode anzog, deren Stenokenntnisse ebenso unzulänglich waren wie ihr Zeitgefühl, die jeden Besucher, mochte er auch noch so unbedeutend sein, mit einem breiten Lächeln begrüßte und ihm eine Tasse von ihrem Bürokaffee und Kekse anbot, was man jedoch tunlichst ausschlagen sollte.

Sie folgten Miss Amphlett an weitläufigen Rasenflächen vorbei zum Verwaltungstrakt. Sie gehörte zu den Frauen, die Männer unsicher machen. Sergeant Oliphant überkam plötzlich das Bedürfnis, sein Selbstbewußtsein vorzuführen, was sich darin äußerte, daß er mit seinem Wissen zu prahlen begann.

»Das Gebäude zu unserer Rechten ist das Turbinenhaus, Sir. Der Reaktor und die Kühltürme liegen dahinter. Links ist das Werkstattgebäude. Es handelt sich um einen Magnox-Thermalreaktor, der 1956 entwickelt wurde. Man hat es uns genau erklärt, als uns die Anlage gezeigt wurde. Sie wird mit Uran betrieben. Um die Neutronen einzudämmen und das natürliche Uran bestmöglich auszunützen, hat man den Brennstoff mit einer Magnox genannten Magnesiumlegierung ummantelt, die sich durch eine niedrige Neutronenabsorption auszeichnet. Von ihr hat dieser Reaktortyp auch seinen Namen. Die Wärme wird gewonnen, indem man Kohlendioxidgas über den Brennstoff im Reaktorkern leitet. Dieses gibt die Wärme an das Wasser im Dampfgenerator ab. Und der Dampf treibt eine mit einem Stromgenerator verbundene Turbine an.«

Rickards hätte es lieber gesehen, wenn Sergeant Oliphant in Gegenwart von Miss Amphlett seine oberflächlichen Kennt-

nisse über Atomkraft für sich behalten hätte. So konnte er nur hoffen, daß die Angaben stimmten.
»Dieser Reaktortyp ist inzwischen veraltet«, redete Sergeant Oliphant weiter. »Er wird durch den Druckwasserreaktor ersetzt, den man etwa in Sizewell baut. Man hat mir die Anlage in Sizewell ebenso vorgeführt wie die hier in Larkso-ken. Ich dachte mir, man sollte möglichst viel von dem erfahren, was in solchen Anlagen vor sich geht.«
Und wenn du wirklich was gelernt hast, du Trampeltier, dachte Rickards, bist du noch klüger, als du meinst.
Der Raum auf der zweiten Etage im Verwaltungstrakt, in den man sie brachte, kam Rickards riesengroß vor. Er wirkte nahezu leer. Einrichtung und Lichtverhältnisse waren genau auf den Mann abgestimmt, der sich nun hinter seinem großen, schwarzen, modernen Schreibtisch erhob und mit gewichtiger Miene wartete, während sie über den endlos scheinenden Teppich auf ihn zugingen. Sie begrüßten sich mit Handschlag. Alex Mairs Hand fühlte sich kräftig und kühl an.
Rickards hatte schon die ersten Augenblicke genutzt, um sich in dem Raum umzusehen. Zwei Wände waren in einem hellen Grau gestrichen. Die übrigen beiden, die nach Osten und die nach Süden, bestanden aus Glaspaneelen, die vom Boden bis zur Decke reichten und eine Aussicht auf den Himmel, das Meer und die Landzunge boten. Es war ein diesiger Vormittag. Das fahle, diffuse Tageslicht verwischte den Horizont, so daß Meer und Himmel zu einer schimmernden grauen Fläche verschmolzen. Einen Augenblick lang hatte Rickards das Gefühl, schwerelos in einer futuristischen Raumkapsel irgendwo im Weltraum zu schweben.
Die Einrichtung war spärlich. Alex Mairs aufgeräumter Schreibtisch, vor dem ein hoher, aber bequemer Besuchersessel stand, war dem Südfenster zugekehrt. Davor war ein Konferenztisch mit acht Stühlen plaziert. Unweit des Ost-

fensters befand sich ein kleiner Tisch, auf dem, wie Rickards annahm, ein Modell des neuen Druckwasserreaktors zur Schau gestellt war, der auf dem Gelände errichtet werden sollte. An der Nordwand hing ein einziges großformatiges Ölbild, das einen mit einem Gewehr bewaffneten Mann auf einem mageren Klepper zeigte. Die Landschaft ringsum wirkte wüstenhaft und öde; in der Ferne waren Berge zu sehen. Die Gesichtszüge des Mannes waren nicht zu erkennen. Er trug einen übergroßen, quaderförmigen Helm aus schwarzem Metall, der mit Augenschlitzen versehen war. Rickards fand das Bild irgendwie beunruhigend. Er konnte sich dunkel erinnern, daß er eine Kopie des Bildes schon irgendwo gesehen hatte und daß der Maler ein Australier war. Plötzlich kam ihm der irritierende Gedanke, daß Adam Dalgliesh bestimmt gewußt hätte, was das Bild darstellen sollte und wer es gemalt hatte.

Dr. Mair ging zum Konferenztisch, packte einen der Stühle und stellte ihn vor seinen Schreibtisch. Sie sollten ihm also gegenübersitzen. Gary Price zögerte einen Augenblick, holte sich dann gleichfalls einen Stuhl, den er hinter Dr. Mair plazierte, und zog seinen Schreibblock hervor.

Als Rickards Dr. Mair in die grauen, spöttischen Augen sah, überlegte er, wie dieser ihn wohl einschätzen mochte. Ihm fiel ein Gespräch ein, das er vor Jahren in der Kantine von New Scottland Yard zufällig mitangehört hatte. »O nein, Ricky ist gewiß kein Dummkopf«, hatte jemand über ihn gesagt. »Er ist gerissener, als er aussieht.« »Hoffentlich«, hatte die andere Stimme erwidert. »Mich erinnert er immer an die Typen, die man in jedem Kriegsfilm sieht. An den biederen, braven Landser, der eine Kugel abbekommt und mit der Schnauze im Dreck landet.«

Na ja, bei dieser Vernehmung wollte er jedenfalls nicht mit der Schnauze im Dreck landen. Der Raum mochte seinetwegen so wirken, als sollte er ihn einschüchtern, aber es war nur ein Büro. Und Alex Mair war trotz all seiner Selbstsicherheit und Intelligenz, die man ihm nachsagte, auch nur ein Mensch. Wenn er Hilary Robarts umgebracht hatte, würde er – wie schon gescheiterte Männer vor ihm – hinter schwedischen Gardinen landen und von den wechselnden Stimmungen am Meer nur noch träumen können.

Als sie sich setzten, sagte Dr. Mair: »Da ich annehme, daß Sie einen Raum benötigen, wo Sie meine Mitarbeiter befragen können, habe ich Ihnen ein Zimmer in der medizinisch-physikalischen Abteilung reserviert. Miss Amphlett wird Sie hinführen. Es ist mit einem kleinen Kühlschrank und einem Elektroherd ausgestattet, so daß Sie sich Kaffee oder Tee zubereiten können. Wenn Sie möchten, können Sie sich auch Tee oder Kaffee aus der Kantine kommen lassen. Das Kantinenpersonal könnte Ihnen auch einfache Mahlzeiten zubereiten. Miss Amphlett wird Ihnen die heutige Speisekarte vorlegen.«

»Vielen Dank«, erwiderte Rickards. »Kaffee können wir uns selbst zubereiten.«

Er fühlte sich unsicher und überlegte, ob diese Empfindung absichtlich in ihm geweckt wurde. Da sie einen Befragungsraum benötigten, konnte er sich schlecht darüber beklagen, daß Dr. Mair dies bereits in Betracht gezogen hatte. Dennoch hätte er sich besser gefühlt, wenn er die Initiative hätte übernehmen können. Die Augen, die ihn über den Schreibtisch hinweg musterten, hatten einen unbesorgten, abwartenden, ja geradezu abschätzigen Ausdruck. Ihm war bewußt, daß dieser Mann da Macht hatte. Zudem war es eine Macht – selbstsichere intellektuelle Autorität nämlich –, die ihm ungewohnt war. Vor einer Ansammlung von Polizeipräsidenten wäre ihm wohler gewesen.

»Ihr Polizeipräsident hat sich mit der Atomüberwachungsbehörde in Verbindung gesetzt«, sagte Dr. Mair. »Inspector Johnston würde Sie gern noch heute vormittag sprechen, bevor Sie mit den Befragungen beginnen. Ihm ist zwar bewußt, daß die Kripo zuständig ist, aber auch er ist am Fortgang der Untersuchung interessiert.«

»Wir nehmen das zur Kenntnis«, erwiderte Rickards, »und wären für seine Unterstützung dankbar.«

Und es würde wohl lediglich eine Unterstützung, aber keine Einmischung sein. Er hatte sich über die Zuständigkeiten der Überwachungsbehörde bereits informiert. Ihm war klar, daß es in diesem Fall zu Meinungsverschiedenheiten und einer Überschneidung von Machtbefugnissen kommen konnte. Dennoch war es im Grunde ein Fall für die Kripo von Norfolk, da es sich um eine Fortführung der mit den Whistler-Morden verbundenen Untersuchung handelte. Sollte sich Inspector Johnston einsichtig zeigen, würde Rickards es ebenso halten. Trotzdem war es keine Sache, die er mit Dr. Mair hätte besprechen müssen.

Dr. Mair zog die rechte Schreibtischschublade heraus und holte einen Umschlag hervor.

»Das ist Hilary Robarts' Personalakte«, erklärte er. »Es gibt keinen Grund, warum Sie sie nicht einsehen dürften. Sie verschafft Ihnen die wichtigsten Daten – Alter, Ausbildung, akademische Grade, ihre ganze Karriere, bevor sie 1984 als Leiterin der Verwaltungsabteilung zu uns kam. Dazu noch ein Lebenslauf, in dem jedoch bezeichnenderweise Fakten, die die Privatsphäre betreffen, ausgespart sind. Es ist nur das kahle Gerüst eines Lebens.«

Dr. Mair schob den Umschlag über den Schreibtisch. Es war eine abschließende Geste. Ein Leben war abgehakt, abgetan.

»Vielen Dank, Sir«, sagte Rickards und nahm den Umschlag entgegen. »Das wird uns weiterhelfen. Aber möglicherweise könnten Sie das kahle Gerüst mit etwas Leben anreichern. Sie kannten sie doch gut?«

»Sehr gut sogar. Wir hatten eine Zeitlang eine intime Beziehung zueinander. Ich weiß, das schließt nicht unbedingt mehr als eine physische Vertrautheit ein, aber ich kannte sie mindestens ebenso gut wie die übrigen Mitarbeiter im Werk.«

Er sprach ruhig und ohne die geringste Verlegenheit, so, als berichtete er davon, daß er und Hilary Robarts dieselbe Universität besucht hätten. Rickards überlegte, ob Dr. Mair erwartete, daß er sich an diesem Eingeständnis festbeißen würde. »War sie beliebt?« fragte er statt dessen.

»Sie war überaus tüchtig. Diese beiden Eigenschaften sind nicht notwendigerweise miteinander gekoppelt, finde ich. Man respektierte sie. Und ich denke, daß diejenigen meiner Mitarbeiter, die mit ihr zu tun hatten, sie mochten. Man wird sie vermissen, wahrscheinlich sogar mehr als eine ihrer offensichtlich populäreren Kolleginnen.«

»Wird sie auch Ihnen fehlen?«

»Uns allen.«

»Wann war diese Affäre zu Ende, Dr. Mair?«

»Vor etwa drei oder vier Monaten.«

»Ohne jeglichen Groll?«

»Ohne Streit und ohne Szenen. Schon vorher hatten wir uns immer seltener getroffen. Auch wenn meine persönliche Zukunft im Moment ungewiß ist, ist es doch unwahrscheinlich, daß ich weiterhin Direktor dieses AKWs bleibe. Zum Abschluß einer Liebesaffäre gelangt man wie zum Ende einer beruflichen Position: Man hat nur noch das Gefühl, daß eine Lebensphase ihr Ende gefunden hat.«

»Hat sie das gleiche empfunden?«

»Ich denke schon. Wir mögen vielleicht bedauert haben, daß es zu Ende war, aber keiner von uns hat sich eingebildet, es sei die große Liebe gewesen, oder erwartet, unsere Beziehung würde von Dauer sein.«

»Gab es da möglicherweise einen anderen Mann?«

»Davon weiß ich nichts. Es gibt allerdings auch keinen Grund, warum ich's hätte erfahren sollen.«

»Dann mag es Sie überraschen«, fuhr Rickards fort, »daß sie am Sonntag vormittag ihren Anwalt in Norwich brieflich um einen Termin bat, um mit ihm ihr Testament zu besprechen. Außerdem teilte sie ihm mit, sie würde demnächst heiraten. Wir haben den nicht abgeschickten Brief unter ihren Papieren gefunden.«

Dr. Mair blinzelte ein paarmal, wirkte aber nicht verstört. »Ja, das überrascht mich«, erwiderte er. »Auch wenn ich nicht genau angeben könnte, warum. Sie lebte hier sehr zurückgezogen. Deswegen kann ich mir schwer vorstellen, wann sie die Zeit oder die Gelegenheit gehabt hätte, eine neue Beziehung anzuknüpfen. Es ist selbstverständlich denkbar, daß ein Bekannter aus ihrer Vergangenheit aufgetaucht war und sie sich wieder angefreundet haben. Es tut mir leid, daß ich Ihnen da nicht weiterhelfen kann.«

Rickards änderte den Kurs seiner Befragung. »Nach Ansicht der ortsansässigen Bevölkerung war sie Ihnen während der öffentlichen Diskussion um den zweiten Reaktor keine große Hilfe. Sie hat auch bei der offiziellen Untersuchung keine Aussage gemacht, nicht wahr? Ich verstehe nicht, was sie überhaupt mit der ganzen Sache zu tun hatte.«

»Offiziell nichts. Aber bei einer der öffentlichen Werksbesichtigungen ließ sie sich unbedachterweise auf eine Auseinandersetzung mit Störenfrieden ein. Und an einem der Tage der offenen Tür vertrat sie den Wissenschaftler, der sonst die Besucher herumführt, aber wegen Krankheit ausfiel. Sie verhielt sich allzu unbedacht, als man ihr Fragen stellte. Danach verfügte ich, daß sie mit der Öffentlichkeitsarbeit nicht mehr betraut werden sollte.«

»Sie war also ein Mensch, der Widerstand provozierte?« fragte Rickards.

»So groß war dieser nicht, denke ich, daß er einen Mord hätte auslösen können. Sie ging in ihrer Arbeit auf und fand es schwierig, sich mit dem abzufinden, was sie für bewußte

Volksverdummung hielt. Obwohl sie keine wissenschaftliche Ausbildung hatte, eignete sie sich eine beachtliche Sachkenntnis an. Vielleicht hatte sie auch zuviel Respekt vor der Meinung von Experten. Ich habe öfters eingewendet, daß man vernünftigerweise nicht erwarten könne, die Öffentlichkeit würde diese Ansicht teilen. Schließlich haben sogenannte Experten in den letzten Jahren den Leuten alles mögliche weisgemacht, etwa, daß Hochhäuser nicht einstürzen können, daß in der Londoner U-Bahn kein Brand ausbrechen könne, und die Kanalfähren könnten auch nicht kentern.«
Sergeant Oliphant, der bislang geschwiegen hatte, mischte sich ein: »An jenem Tag der offenen Tür war ich unter den Besuchern. Als sie jemand fragte, was sie denn von dem Unfall in Tschernobyl halte, erwiderte sie: ›Es gab doch nur dreißig Tote. Was soll also die Aufregung?‹ Das hat sie doch gesagt, nicht wahr? Das legt auch die Frage nahe, wie viele Tote Miss Robarts denn als bedenklich angesehen hätte.«
Alex Mair schaute ihn an, als sei er überrascht, daß Oliphant überhaupt reden könne. Er überlegte und antwortete dann: »Vergleicht man die Zahl der Toten in Tschernobyl mit den tödlichen Unfällen in der Industrie oder bei der Gewinnung fossiler Brennstoffe, brachte sie ein durchaus vernünftiges Argument vor, selbst wenn sie es mit mehr Takt hätte äußern sollen. Tschernobyl ist ein heikles Thema. Es kann einem manchmal schon zuviel werden, wenn man den Leuten immer wieder erklären muß, daß der russische Atomreaktortyp eine Anzahl von Konstruktionsmängeln hat, daß er insbesondere einen schnell einsetzenden positiven Leistungskoeffizienten aufweist, wenn der Reaktor auf niedriger Leistungsstufe gefahren wird. Reaktoren vom Typ Magnox oder auch Druckwasserreaktoren haben bei keiner Leistungsstufe diese Eigenheit, so daß ein ähnlicher Unfall hierzulande unmöglich ist. Es tut mir leid, wenn es für Sie

Fachchinesisch ist. Was ich damit ausdrücken möchte, ist: Zu einem derartigen Unfall wird es hier nicht kommen, kann es hier nicht kommen und ist es bisher auch nicht gekommen.«
»Es spielt wohl kaum eine große Rolle, ob so etwas hier geschehen kann oder nicht, wenn wir die Folgen zu spüren bekommen, Sir«, entgegnete Sergeant Oliphant ungerührt. »Wollte Hilary Robarts nicht jemand vom Ort wegen angeblich verleumderischer Behauptungen, die bei der von mir besuchten Veranstaltung fielen, verklagen?«
Alex Mair ignorierte ihn und wandte sich an Rickards: »Das dürfte inzwischen allgemein bekannt sein. Ich hielt es für einen Fehler. Sie hatte zwar – rechtlich gesehen – gute Gründe dafür, aber es hätte ihr nicht viel eingebracht, wenn sie vor Gericht gegangen wäre.«
»Haben Sie versucht, es ihr im Interesse des AKWs auszureden?« fragte Rickards.
»Auch in ihrem eigenen Interesse. Ja, ich habe es versucht.«
Das Telephon auf dem Schreibtisch schrillte. Dr. Mair hob ab. »Es wird nicht mehr lange dauern«, sagte er. »Richten Sie ihm aus, ich würde in zwanzig Minuten zurückrufen.«
Rickards fragte sich, ob Dr. Mair den Anruf arrangiert haben könnte. Und als wollte er den Verdacht bestätigen, fuhr Dr. Mair fort: »Im Hinblick auf meine frühere Beziehung zu Miss Robarts möchten Sie doch sicherlich wissen, was ich am Sonntag getan habe. Vielleicht sollte ich es Ihnen jetzt erklären. Wir haben ja beide noch einen arbeitsreichen Tag vor uns.«
Es war ein unverhohlener Wink mit dem Zaunpfahl, daß sie endlich zur Sache kommen sollten.
»Das würde uns sicherlich weiterhelfen, Sir«, erwiderte Rikkards gelassen.
Gary Price beugte sich beflissen über seinen Schreibblock, als hätte man ihn der Unaufmerksamkeit bezichtigt.

»Was ich bis zum Sonntag abend getan habe«, redete Dr. Mair weiter, »ist wohl für Ihre Untersuchung nicht so wichtig. Dennoch möchte ich Ihnen schildern, wie ich das Wochenende verbracht habe. Am Freitag vormittag bin ich gegen Viertel vor 11 nach London gefahren. Da habe ich mit einem Studienkollegen im Reform-Club zu Mittag gegessen und hinterher gegen halb 3 den Staatssekretär im Energieministerium getroffen. Danach bin ich zu meiner Wohnung im Barbican-Block gefahren. Am Abend habe ich zusammen mit drei Bekannten eine Aufführung von *The Taming of the Shrew* im Barbican Theatre besucht. Selbstverständlich kann ich Ihnen deren Namen angeben, falls Sie eine Bestätigung meiner Aussage benötigen. Am Sonntag vormittag bin ich wieder nach Larksoken gefahren. Unterwegs habe ich noch in einem Pub geluncht. Gegen 4 Uhr nachmittags war ich zu Hause. Nach dem Tee machte ich einen Spaziergang auf der Landzunge und war eine Stunde darauf wieder in Martyr's Cottage. Gegen 7 aß ich mit meiner Schwester zu Abend und fuhr dann gegen halb 8 oder etwas später zum AKW. Ich arbeitete allein im Computerraum bis halb 11 und fuhr dann nach Hause. Auf der Küstenstraße hielt mich Commander Dalgliesh an und eröffnete mir, daß Hilary Robarts ermordet worden sei. Das übrige wissen Sie ja.«
»Nicht ganz, Dr. Mair«, wandte Rickards ein. »Mir geht's um die Zeitspanne vor unserer Ankunft. Sie haben die Tote doch nicht berührt?«
»Ich habe sie mir angesehen, sie aber nicht berührt. Commander Dalgliesh hat seine Arbeit – oder sollte ich besser sagen, Ihre Arbeit – ziemlich gewissenhaft erledigt. Es wies mich darauf hin, daß ich am Tatort nichts berühren oder verändern dürfe. Ich ging dann zum Meer, wo ich bis zu Ihrer Ankunft umherschlenderte.«
»Arbeiten Sie öfters am Sonntag abend noch im AKW?« fragte Rickards.

»Nahezu immer, wenn ich den Freitag in London habe verbringen müssen. Gegenwärtig habe ich ein ziemlich großes Arbeitspensum, das ich in einer Fünf-Tage-Woche nicht bewältigen kann. Ich blieb knapp drei Stunden.«

»Und was für eine Arbeit hatten Sie zu erledigen, als Sie allein im Computerraum waren, Sir?«

Wenn Dr. Mair die Befragung nicht sachbezogen fand, ließ er es sich immerhin nicht anmerken. »Zur Zeit arbeite ich an einer Untersuchung über das Reaktorverhalten bei angenommenem Kühlmittelverlust. Ich bin selbstverständlich nicht der einzige, der auf diesem Gebiet forscht, das zu den wichtigsten Bereichen der Kernkraftforschung gehört. Bei solchen Projekten ist die internationale Zusammenarbeit groß.«

»Arbeiten Sie in Larksoken als einziger an diesem Projekt?«

»In diesem AKW schon. Ähnliche Forschungen betreibt man noch in Winfrith wie auch in einer Reihe weiterer Länder einschließlich der Vereinigten Staaten. Wie ich schon sagte, die internationale Zusammenarbeit auf diesem Gebiet ist beträchtlich.«

»Ist ein Kühlmittelverlust der schlimmste Unfall, den man sich vorstellen kann?« fragte Sergeant Oliphant.

Alex Mair musterte ihn einen Augenblick, als müßte er sich zunächst schlüssig werden, ob eine Frage, die von einem solchen Menschen gestellt wurde, auch eine Antwort verdiene.

»Ein Kühlmittelverlust ist höchst gefährlich«, erklärte er dann. »Es gibt selbstverständlich Gegenmaßnahmen für den Fall, daß das Kühlungssystem versagt. Aber die Panne am Reaktor von Three Mile Island in den Vereinigten Staaten hat gezeigt, daß wir mehr über das Ausmaß und den Verlauf einer dermaßen bedrohlichen Störung erfahren müssen. Im Grunde gibt es drei Problembereiche: weitreichende Schädigungen des Brennstoffs und eine eventuell eintretende Kern-

schmelze, das Eindringen freiwerdender Spaltprodukte und Aerosole in das primäre Kühlungssystem und schließlich das Verhalten von Spaltprodukten im austretenden Brennstoff und Dampf innerhalb der Reaktorbehälters. Falls Sie sich dafür interessieren und über ausreichende Vorkenntnisse verfügen, könnte ich Ihnen die einschlägige Fachliteratur angeben. Doch für eine wissenschaftliche Weiterbildung scheint mir weder Zeitpunkt noch Ort geeignet zu sein.«
Sergeant Oliphant lächelte, als würde ihn die Abfuhr belustigen. »Arbeitete nicht Dr. Toby Gledhill, der Wissenschaftler, der sich umbrachte, mit Ihnen am gleichen Forschungsprojekt?« fragte er. »Ich habe darüber in den Lokalzeitungen gelesen.«
»Das stimmt. Er war mein Assistent. Tobias Gledhill war Atomphysiker und zugleich ein ungewöhnlich talentierter Computerexperte. Wir vermissen ihn als Kollegen und auch als Menschen.«
Und damit ist Toby Gledhill abgetan, dachte Rickards. Bei einem anderen hätte der schlichte Nachruf glaubwürdig geklungen; bei Alex Mair klang er wie eine schroffe Verabschiedung. Na ja, ein Selbstmord war nun mal eine peinliche Angelegenheit. Und solche Begebenheiten fand Dr. Mair wohl besonders widerlich, wenn sie sich in seinem säuberlich organisierten Zuständigkeitsbereich zutrugen.
Dr. Mair wandte sich an Rickards. »Ich habe heute vormittag noch eine Menge zu erledigen, Chief Inspector, und Sie zweifellos auch. Sind solche Fragen noch sachdienlich?«
»Wir versuchen nur, uns ein Bild zu verschaffen«, erwiderte Rickards beschwichtigend. »Ich nehme an, Ihre Ankunft gestern abend und Ihr Gehen sind elektronisch registriert worden?«
»Sie haben ja bei Ihrer Ankunft gesehen, wie unser Sicherheitssystem funktioniert. Jeder AKW-Mitarbeiter hat eine mit seinem Namenszug, seiner Photographie und seiner

streng vertraulichen Personalnummer versehene Identitätskarte. Die Personalnummer wird bei der Ankunft elektronisch gespeichert. Zudem überprüft das Wachpersonal am Eingang anhand der Photographie die Identitätskarte. Ich habe insgesamt fünfhundertdreißig Mitarbeiter, die pro Tag in drei Schichten arbeiten. Übers Wochenende gibt es nur zwei Schichten – die Tagschicht von 8 Uhr 15 bis 20 Uhr 15 und die Nachtschicht von 20 Uhr 15 bis 8 Uhr 15.«

»Es könnte also niemand, auch nicht der AKW-Direktor, das Werk unbemerkt betreten oder verlassen?«

»Niemand, schon gar nicht der Direktor. Meine Ankunftszeit wird und wurde registriert. Außerdem hat mich der Wachmann am Tor kommen und gehen sehen.«

»Und man kann nur am Wachhaus vorbei ins Werk gelangen?«

»Ja, es sei denn, man macht es wie die Helden in den Kriegsfilmen und gräbt einen Tunnel unter die Umzäunung. Am Sonntag abend hat hier niemand einen unterirdischen Gang gegraben.«

»Wir werden überprüfen, was Ihre Mitarbeiter am Sonntag vom frühen Abend an bis etwa halb 11, als Commander Dalgliesh die Tote entdeckte, getan haben«, entgegnete Rikkards.

»Ist das nicht Zeitverschwendung? Miss Robarts wurde doch anscheinend kurz nach 9 Uhr umgebracht.«

»Das ist der vorläufige Zeitpunkt ihres Todes. Wir hoffen, daß der Autopsiebericht uns eine genauere Angabe verschafft. Gegenwärtig möchte ich mich nicht festlegen. Wir haben Fragebögen, die in Zusammenhang mit dem Fall Whistler verteilt wurden. Wir werden sie auch Ihren Mitarbeitern vorlegen. Ich kann mir vorstellen, daß wir den Großteil Ihrer Mitarbeiter als unverdächtig einstufen können. Wer eine Familie hat oder seinen gesellschaftlichen Verpflichtungen nachging, wird wohl für den Sonntag abend ein

Alibi beibringen können. Vielleicht könnten Sie uns raten, wie wir die Fragebögen mit möglichst geringer Beeinträchtigung des Arbeitsprozesses ausgeben sollten.«
»Am einfachsten und effektivsten wäre es, sie im Wachhaus zu hinterlegen. Jedem eintreffenden Mitarbeiter wird dann einer ausgehändigt. Den Leuten, die heute krank oder im Urlaub sind, muß er zugeschickt werden. Namen und Anschrift erhalten Sie von mir.« Mair zögerte und sprach dann weiter: »Es erscheint mir unwahrscheinlich, daß der Mord etwas mit dem AKW zu tun hat. Möglicherweise hilft es Ihnen weiter, wenn ich Ihnen einen Einblick in die Werksstruktur und unsere Tätigkeit verschaffe. Meine persönliche Assistentin hat Unterlagen über die räumliche Aufteilung des AKWs, die Bedienung des Reaktors, die Funktionen und Zuständigkeitsbereiche der Mitarbeiter sowie die Einteilung der jeweiligen Schicht zusammengestellt. Selbstverständlich kann ich es arrangieren, daß Sie die einzelnen Abteilungen besichtigen. Gewisse Bereiche können Sie allerdings nur mit Schutzkleidung betreten.«
Er entnahm die Unterlagen der rechten Schreibtischschublade und übergab sie Rickards. Dieser informierte sich über die Zuständigkeitsbereiche.
»Es gibt also sieben Abteilungen, die jeweils einer Fachkraft unterstellt sind. Die Verwaltungsabteilung leitete nach diesen Angaben hier Hilary Robarts.«
»Aushilfsweise. Der eigentliche Chef der Verwaltungsabteilung ist vor drei Monaten an Krebs gestorben. Der Posten wurde noch nicht vergeben. Wir sind gerade dabei, die bisherige Aufteilung wie in Sizewell, wo das System meiner Ansicht nach effektiver und zweckmäßiger ist, in drei Hauptbereiche umzuwandeln. Aber die künftige Entwicklung ist unsicher, wie Sie vermutlich schon gehört haben. Man wartet mit gutem Grund ab, bis ein neuer Direktor oder Werksleiter ernannt worden ist.«

»Gegenwärtig ist der Leiter der Verwaltungsabteilung doch Ihnen verantwortlich, das heißt mittelbar über den stellvertretenden Direktor?«

»Ja, über Dr. Macintosh. Aber Dr. Macintosh weilt seit einem Monat in den Vereinigten Staaten, wo er sich über die dortigen Kernkraftwerke informiert.«

»Und der Betriebsdirektor ist Miles Lessingham, der am Donnerstag als Gast an Miss Mairs Dinnerparty teilnahm?«

Alex Mair sagte nichts darauf.

»Die Vorfälle in der letzten Zeit müssen für Sie unangenehm gewesen sein, Dr. Mair«, redete Rickards weiter.

»In einem Zeitraum von zwei Monaten starben drei Ihrer Mitarbeiter eines unnatürlichen Todes: Dr. Gledhill verübt Selbstmord, Christine Baldwin wird vom Whistler ermordet, und jetzt noch der Tod von Hilary Robarts.«

»Zweifeln Sie etwa daran, daß Christine Baldwin vom Whistler ermordet wurde?« fragte Dr. Mair.

»Das nicht. Man fand in dem Zimmer, in dem er sich umbrachte, ihr Schamhaar unter dem der übrigen Opfer. Und ihr Ehemann, der normalerweise als Hauptverdächtiger gelten würde, hat ein Alibi. Freunde haben ihn zur fraglichen Zeit heimgefahren.«

»Und Toby Gledhills Tod war Gegenstand einer offiziellen Untersuchung«, sagte Dr. Mair. »›Tod infolge geistiger Umnachtung‹, hieß es, womit man der konventionellen Moral und den Erwartungen der strenggläubigen Hinterbliebenen Genüge tat.«

»War er nun geistig umnachtet, Sir?« fragte Sergeant Oliphant.

Dr. Mair musterte ihn spöttisch. »Woher soll ich das wissen, Sergeant? Ich weiß nur, daß er sich ohne fremde Mithilfe umbrachte. Er mag zum damaligen Zeitpunkt den Schluß gezogen haben, es sei der einzige vernünftige Ausweg. Dr. Gledhill war manisch-depressiv. Er kämpfte beherzt gegen seine Veranlagung an, die auch nur äußerst selten seine Arbeit beeinträchtigte. Aber eine derartige psychische Struktur führt überdurchschnittlich häufig zum Selbstmord. Wenn Sie mir zustimmen, daß die drei Todesfälle nicht miteinander verknüpft sind, brauchen wir mit den ersten beiden keine Zeit zu verschwenden. Oder waren Ihre Worte als Ausdruck des Beileids gemeint, Chief Inspector?«

»Es war nur eine Feststellung der Tatsachen«, erwiderte Rickards und fuhr fort: »Miles Lessingham, einer Ihrer Mitarbeiter, entdeckte die ermordete Christine Baldwin. Er sagte aus, er sei auf dem Weg zu Miss Mairs Dinnerparty gewesen. Vermutlich hat er den Anwesenden sein Erlebnis anschaulich geschildert, was ich verständlich finde. Es ist schwer, so etwas nicht zum besten zu geben.«

»Nahezu unmöglich, meinen Sie nicht auch?« entgegnete Dr. Mair gleichgültig. »Zumal unter Leuten, die sich gut kennen.«

»Zu diesen Leuten zählte auch Miss Robarts. Und alle erfuhren die grausigen Einzelheiten sozusagen aus erster Hand, auch diejenigen, die er, wie man ihm eingeschärft hatte, für sich behalten sollte.«

»Welche waren das, Chief Inspector?«

Rickards überging die Frage. »Könnten Sie mir die Namen der Gäste angeben«, sagte er, »die in Martyr's Cottage anwesend waren, als Mr. Lessingham eintraf?«

»Das waren meine Schwester und ich, Hilary Robarts, Mrs. Dennison, die Haushälterin im Alten Pfarrhof, und Commander Adam Dalgliesh von der Metropolitan Police. Und die Tochter von Ryan Blaney. Sie heißt Theresa, glaube ich. Sie half meiner Schwester bei der Zubereitung des Essens.« Er stockte und fügte noch hinzu: »Ist es wirklich notwendig, sämtlichen Mitarbeitern diese Fragebögen auszuhändigen? Es steht doch fest, was geschehen ist. Es war eine Nachahmungstat, wie man es, glaube ich, bei der Kripo nennt.«

»Das ist schon richtig, Sir«, erwiderte Rickards. »Die Einzelheiten fügen sich in ein Schema. Alles wirkt überaus überzeugend. Aber es gibt da zwei Unterschiede. Der Mörder kannte das Opfer. Und er ist kein Psychopath.«
Als sie wenige Minuten darauf Miss Amphlett den Korridor entlang zu dem Raum folgten, den man ihnen für ihre Befragungen zur Verfügung gestellt hatte, dachte Rickards: Ganz schön gerissen, dieser Dr. Mair. Keinerlei Äußerungen des Entsetzens oder der Betroffenheit, die ohnehin zumeist nur unehrlich klingen. Keinerlei Unschuldsbeteuerungen. Dahinter steht die Annahme, daß niemand, der bei klarem Verstand ist, ihn des Mordes bezichtigen könnte. Er hat auch nicht gesagt, daß er seinen Anwalt hinzuziehen müsse, aber den brauchte er dann auch gar nicht. Aber er ist viel zu intelligent, als daß ihm die Tragweite der Fragen nach der Dinnerparty entgangen wäre. Wer immer Hilary Robarts umgebracht hatte, hatte gewußt, daß sie am Sonntag nach 9 Uhr abends im mondhellen Meer schwimmen würde. Und diese Person hatte ferner gewußt, wie der Whistler seine Opfer umbrachte. Es gibt sicherlich viele Menschen, denen die eine oder die andere Tatsache bekannt war. Doch die Anzahl derer, die um beide Fakten wußten, ist klein. Und sechs von ihnen hatten am vergangenen Donnerstag abend an der Dinnerparty in Martyr's Cottage teilgenommen.

29

Der Vernehmungsraum, den man ihnen zugewiesen hatte, war ein ödes, kleines Büro mit Aussicht auf den Klotz des Turbinenhauses im Westen. Doch für ihr Vorhaben war es ausreichend ausgestattet. Eben noch geeignet für Besucher, dachte Rickards übelgelaunt, deren Anwesenheit man duldete, aber nicht schätzte. Eingerichtet war es mit einem

modernen, hochbeinigen Schreibtisch, der offenbar aus einem anderen Büro stammte, drei hochlehnigen Stühlen, einem bequemen Armsessel, einem Beistelltisch, auf dem auf einem Tablett mit einem Elektrowasserkessel, vier Tassen samt Untertassen – dachte denn Dr. Mair, sie würden den Verdächtigen Kaffee anbieten? – eine Schale mit verpackten Zuckerwürfeln und drei Büchsen standen.
»Was ist denn da drin, Gary?« fragte Rickards.
Gary Price inspizierte die Büchsen. »Eine Büchse mit Kaffeebeuteln, eine mit Teebeuteln und eine mit Keksen, Sir.«
»Was für Kekse?« erkundigte sich Oliphant.
»Verdauungsfördernde, Sergeant.«
»Mit Schokolade überzogen?«
»Nein, Sergeant, sie sehen nur verdauungsfördernd aus.«
»Na ja, hoffentlich sind sie nicht radioaktiv! Setzen Sie den Wasserkessel in Betrieb! Machen wir uns erst mal Kaffee. Wo gibt's hier Wasser?«
»Miss Amphlett sagte, in der Toilette am Ende des Ganges. Der Wasserkessel ist übrigens voll, Sergeant.«
Sergeant Oliphant testete einen der Stühle. Er rekelte sich, als wollte er ihn auf seinen Sitzkomfort hin prüfen.
»War kalt wie eine Hundeschnauze, nicht? Und gerissen. Viel haben wir nicht aus ihm herausgebracht, Sir.«
»Würde ich nicht sagen, Sergeant. Wir haben von Mair mehr über das Opfer erfahren, als ihm vermutlich bewußt war. Sie war tüchtig, aber nicht beliebt. Mischte sich in Angelegenheiten außerhalb ihres Zuständigkeitsbereiches. Und das wahrscheinlich deswegen, weil sie lieber Wissenschaftlerin geworden wäre als die Leiterin der Verwaltungsabteilung. Sie verhielt sich aggressiv, kompromißlos, ließ Kritik nicht gelten. Sie legte sich mit den Einheimischen an und brachte zuweilen die Werksleitung in Verlegenheit. Und sie war – was immer sie sich davon versprach – die Geliebte des Direktors.«

»Bis vor drei, vier Monaten«, fügte Sergeant Oliphant hinzu. »Das Techtelmechtel fand ein Ende, ohne daß einer dem anderen gram war. So lautet zumindest Mairs Version.«
»Und ihre werden wir nie erfahren. Eine Sache ist allerdings merkwürdig. Als Mair am Sonntag abend Mr. Dalgliesh begegnete, war er auf der Heimfahrt. Seine Schwester wartete vermutlich schon auf ihn. Aber er hat sie offenbar nicht angerufen. Das ist ihm überhaupt nicht in den Sinn gekommen.«
»Das war der Schock, Sir. Ihm gingen andere Dinge durch den Kopf. Er hatte eben erfahren, daß seine Exgeliebte von einem perversen, psychopathischen Mörder umgebracht worden war. So was verdrängt sämtliche brüderlichen Gefühle und auch den Gedanken an den abendlichen Bettkakao.«
»Mag sein. Ich überlege, ob sich Miss Mair telephonisch nach dem Grund seiner Verspätung erkundigt haben könnte. Dem müssen wir nachgehen.«
»Wenn sie's nicht getan hat, kann ich mir nur einen Grund denken«, sagte Sergeant Oliphant. »Sie rechnete damit, daß er später kommen würde. Sie nahm an, er sei in Thyme Cottage bei Hilary Robarts.«
»Wenn sie deswegen nicht angerufen hat, konnte sie nicht gewußt haben, daß die Robarts da schon tot war. Nun ja, fangen wir an, Sergeant! Nehmen wir uns zuerst Miss Amphlett vor. Die Assistentin des Chefs weiß zumindest mehr darüber, was in einem Betrieb so alles läuft, als der Chef und alle anderen.«
Doch Caroline Amphlett zog es vor, sämtliche aufschlußreiche Informationen, über die sie vielleicht verfügte, zu verschweigen. Sie setzte sich in den Armsessel mit der selbstbewußten Haltung einer Stellenbewerberin, die sicher ist, daß sie den Job auch bekommt. Sie beantwortete Rickards' Fragen besonnen und emotionslos. Erst als er sie über die

Beziehung von Hilary Robarts zum Direktor des AKWs auszuhorchen versuchte, gestattete sie sich, eine angeekelte Miene aufzusetzen, als würde sich da jemand mit geradezu ordinärer Neugierde nach Angelegenheiten erkundigen, die ihn nichts angingen. Sie erwiderte abweisend, Dr. Mair habe sie in sein Privatleben nie eingeweiht. Sie gab zu, daß Hilary Robarts die Angewohnheit hatte, abends im Meer zu schwimmen, und das bis in den Herbst hinein, manchmal noch darüber hinaus. Das sei in Larksoken allgemein bekannt gewesen. Miss Robarts sei eben eine geübte und begeisterte Schwimmerin gewesen. Caroline selbst habe vor dem Whistler keine allzu große Angst gehabt, habe sich lediglich etwas vorsichtiger verhalten und es vermieden, abends allein spazierenzugehen. Vom Whistler habe sie nur das gewußt, was in den Zeitungen stand, daß er nämlich seine Opfer erwürgte. Von der Dinnerparty in Martyr's Cottage am Donnerstag habe sie gewußt; wenn sie sich recht erinnere, habe Miles Lessingham darüber gesprochen. Doch was sich an jenem Abend alles ereignet hatte, habe ihr niemand berichtet. Und sie sehe auch keinen Grund, warum es jemand hätte tun sollen.

Was ihre Tätigkeiten am Sonntag anbelangte, so habe sie den ganzen Abend von 6 Uhr an mit ihrem Freund Jonathan Reeves in ihrem Bungalow verbracht. Sie seien zusammengewesen, bis er gegen halb 11 heimgefahren sei. Sie schaute dabei Sergeant Oliphant herausfordernd an, als wollte sie sehen, ob er es wagen würde, sie zu fragen, was sie denn die ganze Zeit getrieben hätten. Aber er widerstand der Versuchung und erkundigte sich bloß danach, was sie getrunken und gegessen hätten. Als sie über ihr Verhältnis zu Hilary Robarts befragt wurde, sagte sie, sie habe vor Miss Robarts große Achtung gehabt, sie aber als Menschen weder gemocht noch abgelehnt. Beruflich seien sie gut miteinander ausgekommen, doch außerhalb des Werks hätten sie sich, soweit sie sich erinnern könne, nie getroffen. Soviel sie wisse, habe Miss Robarts keine Feinde gehabt. Deswegen könne sie sich nicht vorstellen, wer sie hätte umbringen wollen. Als die Tür hinter ihr zufiel, sagte Rickards: »Wir werden ihr Alibi selbstverständlich überprüfen. Doch das eilt nicht. Lassen wir diesen Reeves noch eine Stunde zappeln. Ich möchte erst die Leute drannehmen, die mit der Robarts zusammengearbeitet haben.«

Aber die nächste Stunde brachte ihnen nicht viel ein. Hilary Robarts' Mitarbeiter waren eher schockiert als bekümmert. Ihre Aussagen bestärkten die Fahnder in ihrer Ansicht, daß Miss Robarts eine Frau gewesen war, die man respektiert, aber nicht besonders sympathisch gefunden hatte. Überdies hatte keiner der Befragten ein einleuchtendes Mordmotiv. Angeblich wußte keiner von ihnen, auf welche Weise der Whistler seine Opfer umgebracht hatte. Und was noch bedeutsamer war: Alle konnten für den Sonntag abend ein Alibi vorweisen. Rickards hatte es im Grunde nicht anders erwartet.

Nach einer Stunde ließ er Jonathan Reeves kommen. Dieser betrat das Zimmer mit aschfahlem Gesicht und abgehackten Bewegungen, als sollte er gleich hingerichtet werden. Rickards war zunächst verdutzt darüber, daß eine so attraktive Frau wie Caroline Amphlett sich einen dermaßen unansehnlichen Bettgefährten ausgesucht hatte. Dabei hatte Jonathan Reeves nicht einmal ein grobschlächtiges Gesicht. Wenn man über die Akne hinwegsah, hätte man es als hausbacken bezeichnen können. Was Rickards am meisten auffiel, war das Gehabe dieses Menschen – das ständige Blinzeln seiner Augen hinter der Hornbrille, das fahrige, schmatzende Saugen an den Lippen, das jähe, ruckartige Strecken des Halses, wie es manche Komiker im Fernsehen vollführten. Der Liste, die Dr. Mair ihm ausgehändigt hatte, konnte Rickards entnehmen, daß die Belegschaft des AKWs von Larksoken

vorwiegend männlich war. Hatte da die Amphlett keinen ansehnlicheren Mann finden können? Doch erotische Anziehung war nun mal nicht rational zu begründen. Man brauchte nur ihn und Susie anzuschauen. Wer sie beide erstmals sah, war vielleicht gleichermaßen verdutzt.
Er überließ die eingehende Befragung Sergeant Oliphant, was ein Fehler war. Denn dieser verhielt sich stets am widerwärtigsten, wenn der Verdächtige verängstigt war. Gemächlich und mit gewissem Vergnügen entlockte er Reeves eine Aussage, die insgesamt Caroline Amphletts Bericht bestätigte.
Nachdem sie Reeves endlich hatten gehen lassen, meinte Sergeant Oliphant: »Er war verstört, als ob er etwas ausgefressen hätte, Sir. Deswegen habe ich ihn mir auch ausgiebig vorgeknöpft. Ich denke, daß er lügt.«
Typisch für Oliphant, dachte Rickards, daß er gleich das Schlimmste annimmt, es sogar erhofft.
»Er muß ja nicht unbedingt lügen, Sergeant«, wehrte er ab. »Er war nur eingeschüchtert und verlegen. Es ist schon Pech, wenn die allererste Nacht voller Leidenschaft in einer nicht eben behutsamen Befragung durch die Kripo zerpflückt wird. Aber sein Alibi klingt überzeugend. Zudem haben beide kein ersichtliches Mordmotiv. Und nichts deutet darauf hin, daß die beiden etwas von den widerwärtigen Eigenheiten der Whistler-Morde wußten. Nehmen wir uns also jetzt jemand vor, der dessen Mordweise kannte – Miles Lessingham nämlich.«
Rickards hatte Lessingham zum letztenmal am Schauplatz von Christine Baldwins Ermordung gesehen. Als Lessingham am nächsten Vormittag in die Dientststelle der Kripo gekommen war, um sein Aussageprotokoll zu unterzeichnen, war Rickards selbst nicht anwesend gewesen. Rickards wußte nur zu gut, daß sich die angestrengte Schnoddrigkeit und Gleichgültigkeit, die dieser Mann am Tatort gezeigt hatte, zum Großteil auf Schock und Ekel zurückführen lie-

ßen. Aber er hatte zugleich gespürt, daß Lessingham gegen die Polizei einen Argwohn hegte, der schon an Abneigung grenzte. Das war heutzutage nicht ungewöhnlich, nicht einmal unter Angehörigen der Mittelklasse; vermutlich hatte er dafür seine Gründe. Jedenfalls hatte Rickards damals so seine Schwierigkeiten mit diesem Menschen gehabt. Und jetzt war es nicht anders.

Nach dem üblichen Vorgeplänkel fragte Rickards: »Wußten Sie von der Beziehung zwischen Dr. Mair und Miss Robarts?«

»Er war eben der Direktor und sie seine Abteilungsleiterin.«

»Ich denke an ihre intimere Beziehung.«

»Gesagt hat mir davon niemand etwas. Aber da mir meine Mitmenschen nicht gänzlich gleichgültig sind, kam auch ich auf den Gedanken, daß sie eine Affäre miteinander hätten.«

»Wußten Sie auch, daß sie zu Ende war?«

»Auch das habe ich angenommen. Sie haben mir jedenfalls nicht anvertraut, wann sie begann und wann sie endete. Sie sollten da besser Dr. Mair befragen, wenn sie Einzelheiten aus seinem Privatleben erfahren möchten. Ich habe mit meinem schon genug Probleme.«

»Haben Sie bemerkt, daß diese Beziehung zu irgendwelchen Schwierigkeiten führte, etwa Mißgunst, den Vorwurf der Begünstigung oder Eifersucht?«

»Ich habe nichts dergleichen empfunden, das kann ich Ihnen versichern. Meine Interessen sind anders geartet.«

»Und wie war's bei Miss Robarts? Hatten Sie den Eindruck, daß sie das Ende der Affäre ohne jeglichen Groll hinnahm? War sie beispielsweise verstört?«

»Falls sie es war, so hat sie sich nicht an meiner Schulter ausgeweint. Außerdem hätte sie dafür bestimmt nicht meine Schulter erwählt.«

»Und Sie haben keine Ahnung, wer sie umgebracht haben könnte?«

»Nicht die geringste.«
Sie schwiegen. »Mochten Sie Miss Robarts?« fragte Rickards dann.
»Nein.«
Einen Augenblick lang war Rickards verwirrt. Solche Fragen hatte er bei einer Morduntersuchung schon öfters gestellt. Und zumeist hatten sie auch eine aufschlußreiche Reaktion hervorgerufen. Nur wenige Verdächtige gaben zu, ohne sich dabei in weitschweifigen Erklärungen oder Rechtfertigungen zu verheddern, daß sie das Mordopfer nicht gemocht hatten. Nach einer Weile – Lessingham war offensichtlich nicht bereit, seine Aussage zu erläutern – fragte Rickards: »Warum nicht, Mr. Lessingham?«
»Es gibt nur wenige Menschen, die ich tatsächlich mag und nicht bloß toleriere. Sie gehörte nicht zu dieser Gruppe. Ich habe allerdings keinen stichhaltigen Grund dafür. Muß ich überhaupt einen haben? Es kann doch sein, daß Sie den Sergeant auch nicht mögen und umgekehrt. Das heißt aber noch lange nicht, daß einer von Ihnen die Ermordung des anderen plant. Und da wir schon von Mord sprechen – deswegen bin ich ja hier, nehme ich an –, ich habe für den Sonntag abend ein Alibi. Ich kann es Ihnen meinetwegen jetzt schon erläutern. Ich besitze ein Segelboot, das drüben in Blakeney liegt. Mit der Morgenflut bin ich losgesegelt und bis etwa 10 Uhr abends draußen geblieben. Ich kann Ihnen jemand nennen, der meine Abfahrt bezeugen wird. Es ist Ed Wilkinson, dessen Liegeplatz für sein Fischerboot sich neben meinem befindet. Leider habe ich keinen Zeugen für meine Rückkehr. Am Vormittag war der Wind zum Segeln ideal. Danach habe ich geankert, Dorsche und Königsfische geangelt, sie zubereitet und ausgiebig geluncht. Ich hatte also reichlich zu essen, dazu noch Wein, Bücher und mein Radio. Ich vermißte gar nichts. Es mag vielleicht kein überzeugendes Alibi sein, aber es hat den Vorzug, daß es wahr ist.«

»Hatten Sie ein Beiboot mitgenommen?« fragte Sergant Oliphant.
»Ich hatte mein aufblasbares Beiboot mitgenommen und es auf dem Kabinendach festgezurrt. Außerdem gestehe ich – selbst auf die Gefahr hin, daß Sie Morgenluft wittern –, daß ich auch mein Klapprad dabeihatte. Aber ich habe weder die Landzunge von Larksoken noch einen anderen Teil der Küste angesteuert, um Hilary Robarts umzubringen.«
»Haben Sie vielleicht Miss Robarts zu irgendeinem Zeitpunkt gesichtet?« erkundigte sich Rickards. »Waren Sie in Sichtweite der Stelle, wo sie den Tod fand?«
»So weit nach Süden bin ich nicht gesegelt. Und ich habe weder einen lebenden noch einen toten Menschen gesehen.«
»Ist es eine Gewohnheit von Ihnen, daß Sie allein segeln?« fragte Sergeant Oliphant.
»Ich mache mir nichts zur Gewohnheit, Sergeant. Früher bin ich mit einem Freund gesegelt. Jetzt segle ich eben allein.«
Rickards erkundigte sich, ob er Blaneys Porträt von Miss Robarts kenne. Lessingham gab zu, daß er es schon mal gesehen habe. George Jago, der Wirt vom Local Hero in Lydsett, habe es – offenbar auf Blaneys Wunsch hin – eine Woche lang im Schankraum zur Schau gestellt. Aber er habe keine Ahnung, wo Blaney es aufbewahrte. Er habe es jedenfalls weder entwendet noch auf irgendeine Weise beschädigt. Sollte das jemand getan haben, dann sei es seiner Ansicht nach Miss Robarts selbst gewesen.
»Und sie hat es dann durchs Fenster in ihr eigenes Haus geschleudert?« hakte Sergeant Oliphant nach.
»Meinen Sie, wenn sie so was getan hätte, dann hätte sie es zerschnitten und durch Blaneys Fenster geworfen? Klingt einleuchtend. Aber wer immer es beschädigt haben mag, Blaney war es nicht.«
»Wieso sind Sie da so sicher?« fragte Sergeant Oliphant.

»Weil ein schöpferischer Mensch, mag es nun ein Maler oder ein Wissenschaftler sein, nie seine beste Arbeit vernichten würde.«

»Kommen wir zu Miss Mairs Dinnerparty«, sagte Sergeant Oliphant. »Sie haben den Gästen geschildert, was der Whistler seinen Opfern zufügte. Darunter befanden sich Informationen, die Sie, darum haben wir Sie gebeten, nicht ausplaudern sollten.«

»Man kann doch nicht ohne jede Erklärung mit einer Verspätung von zwei Stunden auf einer Dinnerparty erscheinen«, erwiderte Lessingham ungerührt. »Meine Entschuldigung war immerhin ungewöhnlich. Ich habe mir gedacht, daß man die Leute an dem gräßlichen Vorfall teilhaben lassen sollte. Davon abgesehen hätte ich, wenn es mir gelungen wäre, das zu verschweigen, mich besser unter Kontrolle haben müssen, als es der Fall war. Mord und verstümmelte Leichen gehören zu Ihrem Metier. Leute, die minder aufregende Berufe haben, verstört so etwas zumeist. Ich wußte, ich konnte damit rechnen, daß die Anwesenden es nicht der Presse mitteilen würden. Und das haben sie, soviel ich weiß, auch nicht getan. Außerdem – warum wollen Sie von mir erfahren, was an jenem Donnerstag so alles geschah? Adam Dalgliesh war gleichfalls zugegen. In ihm haben Sie doch einen gewitzten und auch – von Ihrem Standpunkt aus gesehen – verläßlichen Zeugen. Einen Spitzel möchte ich ihn nicht nennen. Das wäre unfair.«

An dieser Stelle mischte sich Rickards in die Befragung ein. »Obendrein wäre es unrichtig und beleidigend«, sagte er.

Lessingham wandte sich ihm zu. »Da treffen Sie den Nagel auf den Kopf«, erwiderte er gelassen. »Deswegen habe ich den Ausdruck auch nicht gebraucht. Und wenn Sie keine weiteren Fragen mehr haben … Ich muß mich wieder um die Arbeit im AKW kümmern.«

30

Es war schon Nachmittag, als Rickards und Oliphant mit den Vernehmungen im Kraftwerk fertig waren und zu Martyr's Cottage aufbrechen konnten. Sie überließen es Gary Price, sich um die Fragebogen zu kümmern, und versprachen, ihn nach Alice Mairs Vernehmung abzuholen; Rickards meinte, diese würde ein besseres Ergebnis zeitigen, wenn sie von zwei statt nur von einem Beamten durchgeführt wurde. Alice Mair öffnete ihnen gelassen und ohne sichtbares Zeichen von Angst oder Neugier die Tür, warf einen flüchtigen Blick auf ihre Ausweise und bat sie herein. Ebensogut hätten sie Mechaniker sein können, die reichlich spät kamen, um den Fernseher zu reparieren, fand Rickards. Und die Vernehmung sollte, wie er feststellte, in der Küche stattfinden. Anfangs fand er das merkwürdig, doch als er sich umsah, wurde ihm klar, daß man den Raum kaum als Küche bezeichnen konnte, sondern als eine Kombination aus Büro, Wohnzimmer und Küche. Die Größe überraschte ihn so sehr, daß er sich überlegte, ob sie eine Wand hatte herausreißen lassen, um sich diesen mehr als großzügig geschnittenen Arbeitsplatz zu schaffen. Außerdem fragte er sich, was Susie wohl davon halten würde, und entschied, daß sie es vermutlich verwirrend gefunden hätte. Susie zog es vor, ihr Haus eindeutig nach Funktionen einzuteilen: die Küche zum Arbeiten, das Speisezimmer zum Essen, das Wohnzimmer zum Fernsehen und das Schlafzimmer zum Schlafen sowie einmal pro Woche zum Lieben. Er und Oliphant nahmen in zwei bequemen hochlehnigen Korbsesseln zu beiden Seiten des Kamins Platz. Rickards fühlte sich wunderbar behaglich, als er behutsam seine langen Gliedmaßen ausstreckte. Miss Mair entschied sich für ihren Schreibtischsessel, mit dem sie sich zu ihnen herumdrehte.

»Mein Bruder machte mir von dem Mord natürlich sofort Mitteilung, als er gestern abend nach Hause kam. Im Hinblick auf Hilary Robarts' Tod kann ich Ihnen leider nicht helfen. Ich war gestern den ganzen Abend zu Hause und habe weder etwas gehört noch gesehen. Aber über ihr Porträt könnte ich Ihnen einiges sagen. Möchten Sie oder Sergeant Oliphant einen Kaffee?«
Rickards hätte recht gern einen gehabt, denn er war überraschend durstig, lehnte aber für beide dankend ab. Die Einladung klang allzu oberflächlich, und ihm war auch ihr schneller Blick auf die Schreibtischplatte nicht entgangen, auf der sich neben einem Schreibmaschinenmanuskript sauber bedruckte Papierseiten stapelten. Es sah aus, als hätten sie sie beim Korrekturlesen gestört. Nun ja, wenn sie ihre Arbeit tun mußte – das mußte er auch. Außerdem ärgerte er sich – unsinnigerweise, wie er fand – über ihre Selbstbeherrschung. Zwar hatte er nicht erwartet, daß sie hysterisch oder wegen übergroßen Kummers mit Beruhigungsmitteln vollgestopft sein würde. Schließlich gehörte das Opfer nicht zu ihrer Familie. Aber die Frau war eine enge Mitarbeiterin von Alex Mair, sie war öfter zu Gast in Martyr's Cottage und, laut Dalgliesh, dort sogar erst vor vier Tagen zum Dinner eingeladen gewesen. Es war beunruhigend, daß Alice Mair es fertigbrachte, in aller Ruhe Druckfahnen zu korrigieren, eine Arbeit, zu der man zweifellos viel Konzentration benötigte. Der Mord an der Roberts hatte eine beachtliche Unverfrorenheit erfordert. Als Verdächtige zog er Alice nicht wirklich ernsthaft in Betracht; auf ihn wirkte die Tat nicht wie das Verbrechen einer Frau. Doch der Verdacht zwängte sich wie ein Widerhaken in seine Gedanken und setzte sich dort allmählich fest. Eine bemerkenswerte Frau, dachte er. Vielleicht würde diese Vernehmung ja ergiebiger verlaufen, als er es vermutet hatte.

»Sie führen Ihrem Bruder den Haushalt, Miss Mair?« erkundigte er sich.
»Keineswegs. Ich führe mir selbst den Haushalt. Mein Bruder wohnt nur zufällig hier, wenn er in Norfolk ist, und das ist er natürlich während des größten Teils der Woche. Von seiner Wohnung in London aus könnte er das Kraftwerk Larksoken wohl kaum leiten. Wenn ich zu Hause bin und mir etwas zum Dinner koche, ißt er normalerweise mit mir zusammen. Ich bin der Ansicht, es wäre unvernünftig, von ihm zu verlangen, daß er sich selbst ein Omelett macht, nur um das Prinzip geteilter Haushaltspflichten aufrechtzuerhalten. Aber ich verstehe nicht, was mein Haushalt mit dem Mord an Hilary Robarts zu tun haben soll. Könnten wir jetzt vielleicht auf die Geschehnisse des gestrigen Abends zu sprechen kommen?«
Sie wurden unterbrochen: Es klopfte an der Haustür. Alice Mair erhob sich ohne ein Wort der Entschuldigung und ging in den Korridor hinaus. Sie hörten eine hellere, sehr weibliche Stimme, und dann folgte ihr eine Frau in die Küche zurück. Miss Mair stellte sie als Mrs. Dennison vom Alten Pfarrhof vor. Sie war eine hübsche, sanft wirkende Frau, sehr konventionell in Tweedrock und Twinset gekleidet, und machte einen niedergeschlagenen Eindruck. Beides, die ganze Erscheinung wie auch die offenkundige Trauer, wirkten auf Rickards ausgesprochen sympathisch. So sollte eine Frau nach einem brutalen Mord seiner Meinung nach aussehen und sich verhalten. Die beiden Herren erhoben sich, als sie hereinkam, und sie setzte sich auf Oliphants Sessel, während der Sergeant sich einen Stuhl vom Küchentisch holte.
Impulsiv wandte sie sich an Rickards: »Verzeihen Sie, wenn ich störe, aber ich mußte einfach mal aus dem Haus. Das ist eine entsetzliche Geschichte, Inspector. Sind Sie hundertprozentig sicher, daß es nicht der Whistler gewesen sein kann?«

»Ja. Diesmal nicht, Madam«, antwortete Rickards.
»Die Zeit stimmt nicht«, erklärte Alice Mair. »Das habe ich dir heute früh gesagt, als ich dich anrief, Meg. Sonst würde die Polizei jetzt nicht herkommen. Es kann nicht der Whistler gewesen sein.«
»Ich weiß, daß du das gesagt hast. Aber ich hatte gehofft, es sei ein Irrtum gewesen, er hätte erst sie umgebracht und dann sich selbst, und Hilary Robarts wäre sein letztes Opfer gewesen.«
»In gewissem Sinne war sie das auch, Mrs. Dennison«, sagte Rickards.
»Nachahmungstat nennt man so was, glaube ich«, erklärte Alice Mair ruhig. »Es gibt mehr als einen Psychopathen auf der Welt, und diese Art Wahnsinn kann offenbar ansteckend wirken.«
»Gewiß, aber wie grauenhaft! Und nun wird auch dieser Täter weitermachen wie der Whistler, einen Mord nach dem anderen, und niemand kann sich sicher fühlen?«
»Darüber würde ich mir keine Gedanken machen, Mrs. Dennison«, entgegnete Rickards.
Sie fuhr aufgebracht zu ihm herum. »Aber natürlich mache ich mir Gedanken! Wir müssen uns alle Gedanken machen. Wir haben so lange mit dem Schrecken des Whistlers gelebt, und die Vorstellung, daß alles noch mal von vorn anfängt, ist grauenhaft!«
Alice Mair erhob sich. »Du brauchst jetzt erst mal einen Kaffee, Meg. Chief Inspector Rickards und Sergeant Oliphant haben ihn abgelehnt, aber ich glaube, wir beide brauchen ihn.«
Das wollte ihr Rickards nicht durchgehen lassen. Energisch sagte er: »Wenn Sie nun schon Kaffee machen, Miss Mair, hätte ich wohl doch gern einen. Und Sie vermutlich auch, Sergeant.«
Nun, dachte er, ergibt sich eine weitere Verzögerung, wäh-

rend sie den Kaffee mahlt und niemand etwas sagen kann, weil es so laut ist. Warum kann sie nicht einfach Kaffeepulver mit kochendem Wasser übergießen, wie alle anderen? Aber als der Kaffee kam, war er ganz ausgezeichnet, und er fand ihn überraschend köstlich. Mrs. Dennison nahm ihren Becher in beide Hände und hielt ihn fest wie ein Kind seine Milch zur Schlafenszeit. Dann stellte sie ihn auf den Kaminsims und wandte sich an Rickards.

»Hören Sie, vielleicht sollte ich doch lieber gehen. Ich trinke nur meinen Kaffee aus und kehre dann ins Pfarrhaus zurück. Falls Sie mich noch sprechen möchten – ich werde heute den ganzen Tag dort bleiben.«

»Du kannst ebensogut hierbleiben und dir anhören, was gestern abend geschehen ist«, widersprach ihr Miss Mair. »Es gibt ein paar durchaus interessante Punkte dabei.« Dann wandte sie sich an Rickards. »Wie ich schon sagte, war ich ab halb 6 den ganzen Abend hier. Mein Bruder verließ das Haus kurz nach halb 8, um zum Kraftwerk zu gehen, und ich setzte mich an meine Korrekturarbeiten. Weil ich nicht gestört werden wollte, schaltete ich den Anrufbeantworter an.«

»Und Sie haben das Cottage während des ganzen Abends kein einziges Mal verlassen?« erkundigte sich Rickards.

»Nicht bis halb 10; da bin ich zu den Blaneys gefahren. Aber vielleicht sollte ich Ihnen die Geschichte der Reihenfolge nach erzählen, Chief Inspector. Gegen zehn nach 8 habe ich den Beantworter abgeschaltet, weil ich dachte, es könnte ein wichtiger Anruf für meinen Bruder kommen. Dabei habe ich George Jagos Nachricht vom Tod des Whistlers gehört.«

»Sie haben niemanden angerufen, um diese Nachricht weiterzugeben?«

»Ich wußte, daß das nicht nötig war. Jago unterhält einen persönlichen Informationsdienst. Er würde mit Sicherheit dafür sorgen, daß alle davon erfuhren. Also kehrte ich in die

Küche zurück und arbeitete bis halb 10 an meinen Druckfahnen. Dann fiel mir ein, daß ich Hilary Robarts' Porträt bei Ryan Blaney abholen könnte. Ich hatte ihm versprochen, es auf dem Weg nach London bei der Galerie in Norwich abzuliefern, und wollte am folgenden Morgen früh losfahren. Ich neige dazu, es mit der Zeit übergenau zu nehmen, und wollte keinen auch noch so kleinen Abstecher machen. Zuvor rief ich in Scudder's Cottage an, um ihm zu sagen, daß ich das Porträt abholen werde, aber der Anschluß war besetzt. Ich versuchte es mehrmals, dann holte ich den Wagen heraus und fuhr hinüber. Auf einem Zettel, den ich unter der Tür hindurchschieben wollte, teilte ich ihm mit, daß ich das Bild, wie verabredet, abgeholt hätte.«

»War das nicht ein bißchen ungewöhnlich, Miss Mair? Warum haben Sie nicht angeklopft und es sich bei ihm persönlich abgeholt?«

»Weil er mir, als ich es zum erstenmal sah, ausführlich beschrieb, wo er es abgestellt hatte, und wo ich den Lichtschalter links von der Tür finden könne. Das war für mich ein deutlicher Hinweis darauf, daß er auf gar keinen Fall durch einen Besuch im Cottage gestört werden wollte. Damals war Mr. Dalgliesh in meiner Begleitung.«

»Aber das ist doch merkwürdig, nicht wahr? Er muß es für ein gutes Porträt gehalten haben; sonst hätte er es nicht ausstellen wollen. Meinen Sie nicht, daß er es Ihnen gern persönlich ausgehändigt hätte?«

»Sie etwa? Mir kam es nicht so vor. Er ist ein extrem menschenscheuer Mann und lebt seit dem Tod seiner Frau sogar noch zurückgezogener. Er mag keinen Besuch, vor allem keine Frauen, die mit kritischem Blick die Ordnung im Haus und den Zustand der Kinder mustern. Das kann ich verstehen. Ich wäre auch nicht begeistert davon gewesen.«

»Also gingen Sie geradewegs zum Atelier? Wo liegt das?«

»Ungefähr dreißig Meter links vom Cottage. Ein kleiner

Holzschuppen. Ich könnte mir vorstellen, daß es ursprünglich ein Waschhaus oder eine Räucherkammer gewesen ist. Den Weg beleuchtete ich mit einer Taschenlampe, obwohl das kaum nötig gewesen wäre, weil der Mond so außergewöhnlich hell schien. Die Tür war unverschlossen. Und wenn Sie jetzt sagen wollen, auch das sei merkwürdig, haben Sie keine Ahnung vom Leben auf der Landzunge. Da wir hier sehr abgelegen wohnen, haben wir uns angewöhnt, die Türen nicht mehr abzuschließen. Ich glaube, es wäre ihm nie in den Sinn gekommen, sein Atelier abzuschließen. Als ich am Schalter links von der Tür das Licht anknipste, entdeckte ich, daß das Bild nicht da war.«

»Könnten Sie mir genau beschreiben, was sich abspielte? In allen Einzelheiten, bitte – soweit Sie sich erinnern können.«

»Wir sprechen von gestern abend, Chief Inspector. Es würde mir schwerfallen, mich *nicht* an die Details zu erinnern. Ich ließ das Licht im Schuppen an und klopfte an die Haustür des Cottage. Drinnen brannte Licht, allerdings nur unten, aber die Vorhänge waren zugezogen. Ich mußte etwa eine Minute warten, bis er kam. Er öffnete die Tür nur halb und bat mich nicht herein. Ich sagte: ›Guten Abend, Ryan.‹ Er nickte nur, antwortete aber nicht. Er roch ziemlich stark nach Whisky. Dann sagte ich zu ihm: ›Ich wollte Ihr Porträt abholen, aber es ist nicht drüben im Schuppen. Das heißt, ich habe es jedenfalls nicht gefunden.‹ Dann antwortete er ein bißchen lallend. ›Es steht links von der Tür, in Pappe und braunes Papier verpackt. Ein braunes Papierpaket. Mit Klebeband.‹ Ich sagte: ›Im Moment jedenfalls nicht.‹ Er antwortete nicht, kam aber zu mir heraus und ließ die Haustür offenstehen. Wir gingen gemeinsam zum Schuppen hinüber.«

»Konnte er gehen, ohne zu schwanken?«

»Keineswegs. Aber er vermochte sich auf den Beinen zu halten. Als ich sagte, er rieche nach Alkohol und seine

Sprechweise sei lallend, meinte ich damit nicht, daß er vollkommen unzurechnungsfähig gewesen sei. Aber ich hatte den Eindruck, daß er so ziemlich den ganzen Abend hindurch getrunken hatte. Eine halbe Minute lang sagte er nichts. Und dann auch nur: ›Es ist weg.‹«

»Wie klang er dabei?« Und als sie nicht sofort antwortete: »Entsetzt? Wütend? Überrascht? Oder zu betrunken, um überhaupt zu reagieren?«

»Ich habe Ihre Frage verstanden, Chief Inspector. Sie sollten ihn lieber selber fragen, was er empfand. Ich kann lediglich beschreiben, wie er aussah, was er sagte und was er tat.«

»Und was tat er?«

»Er wandte sich um und hämmerte mit den Fäusten an den Türbalken. Dann lehnte er einen Augenblick lang den Kopf ans Holz. Ich hielt das für eine recht theatralische Geste, vermute aber, daß sie echt war.«

»Und dann?«

»Ich sagte zu ihm: ›Sollten wir nicht die Polizei anrufen? Das könnten wir von hier aus tun – das heißt, wenn Ihr Telephon in Ordnung ist. Ich habe Sie zu erreichen versucht, aber es war immer besetzt.‹ Da er nicht antwortete, folgte ich ihm zum Cottage zurück. Er bat mich nicht herein, und ich blieb an der Tür stehen. Er ging zu der Nische unter der Treppe hinüber und sagte dann: ›Der Hörer liegt nicht richtig auf. Vermutlich konnten Sie deswegen nicht durchkommen.‹ Ich wiederholte: ›Wir sollten jetzt gleich die Polizei anrufen. Je eher der Diebstahl gemeldet wird, desto besser.‹ Er drehte sich zu mir um und antwortete nur. ›Morgen. Morgen.‹ Dann kehrte er zu seinem Sessel zurück. Ich ließ nicht nach. ›Soll ich anrufen, Ryan, oder wollen Sie's selber tun? Es ist wirklich wichtig!‹ Er sagte: ›Ich mache das schon. Morgen. Gute Nacht.‹ Das war ein deutlicher Hinweis darauf, daß er allein sein wollte. Also verabschiedete ich mich.«

»Und während dieses Besuchs sahen Sie niemand anders als

Mr. Blaney? Die Kinder, zum Beispiel, waren nicht mehr auf?«
»Ich vermutete, daß die Kinder im Bett lagen. Ich habe sie weder gehört noch gesehen.«
»Und Sie haben nicht über den Tod des Whistlers gesprochen?«
»Ich nahm an, daß George Jago Mr. Blaney angerufen hatte, vermutlich sogar, bevor er mich selbst anrief. Und was gab es da noch zu besprechen? Weder Ryan noch ich waren in der Stimmung für ein bißchen Nachbarschaftstratsch.«
Diese beiderseitige Zurückhaltung, sinnierte Rickards, war doch reichlich sonderbar. Hatte sie es wirklich so eilig gehabt wegzukommen, und er, endlich wieder in Ruhe gelassen zu werden? Oder hatte einen von beiden etwa ein noch erschütternderes Ereignis als das verschwundene Porträt sogar den Whistler vorübergehend vergessen lassen?
Rickards hatte noch eine entscheidende Frage. Die Folgerungen lagen auf der Hand, und Alice Mair war viel zu intelligent, um sie nicht zu erkennen.
»Miss Mair, nach allem, was Sie von Mr. Blaney an jenem Abend gesehen haben – sind Sie der Meinung, daß er einen Wagen gefahren haben könnte?«
»Ausgeschlossen. Übrigens hatte er gar keinen Wagen zur Verfügung. Er besitzt zwar einen kleinen Lieferwagen, aber der ist vor kurzem nicht mehr durch die Zulassungsprüfung gekommen.«
»Oder ein Fahrrad?«
»Versucht haben könnte er es, aber er wäre mit Sicherheit prompt in den Graben gefallen.«
Rickards stellte insgeheim bereits seine Berechnungen an. Das Ergebnis der Autopsie würde er frühestens am Mittwoch bekommen, aber wenn Hilary Robarts, wie gewöhnlich, unmittelbar nach den ersten Nachrichten zum Schwim-

men gegangen war, die am Sonntagabend um zehn nach 9 kamen, mußte sie gegen halb 10 gestorben sein. Um Viertel vor 10 oder ein bißchen später hatte sich Ryan Blaney, laut Alice Mair, betrunken in seinem Cottage befunden. Also war es absolut unvorstellbar, daß er diesen außergewöhnlich phantasievollen Mord begangen hatte, der eine sichere Hand, starke Nerven und die Fähigkeit zum Vorausplanen erforderte, und um Viertel vor 10 wieder in seinem Cottage war. Wenn Alice Mair die Wahrheit sagte, hatte sie Blaney ein Alibi geliefert. Er dagegen würde wohl kaum in der Lage sein, ihr eins zu geben.
Rickards hatte Meg Dennison fast vergessen, nun aber blickte er zu ihr hinüber. Sie saß da, die Hände im Schoß wie ein bekümmertes Kind, und hatte ihren Kaffee auf dem Kaminsims nicht angerührt.
»Mrs. Dennison, wußten Sie schon gestern abend, daß der Whistler tot ist?«
»Aber ja! Mr. Jago hat auch mich angerufen. So etwa gegen Viertel vor 10.«
»Vermutlich hat er dich schon früher zu erreichen versucht«, warf Alice Mair ein, »aber du warst mit den Copleys unterwegs zum Bahnhof von Norwich, nicht wahr?«
Meg Dennison wandte sich direkt an Rickards: »Das wäre ich tatsächlich gewesen, aber das Auto streikte. Ich mußte Sparks mit seinem Taxi rufen. Zum Glück hatte er Zeit, mußte aber direkt nach Ipswich weiterfahren und konnte mich nicht zurückbringen. Deswegen hat er die Copleys an meiner Stelle zum Zug gebracht.«
»Haben Sie den Alten Pfarrhof irgendwann im Laufe des Abends verlassen?«
Mrs. Dennison hob den Kopf und sah ihm in die Augen. »Nein«, antwortete sie. »Nachdem ich sie zum Wagen gebracht hatte, nicht mehr.« Sie hielt inne und fuhr dann fort: »Tut mir leid, aber ich bin doch ganz kurz in den Garten

gegangen. Richtiger gesagt, ich habe das Grundstück nicht verlassen. Und wenn Sie mich jetzt bitte entschuldigen wollen – ich möchte nach Hause.«
Sie erhob sich und wandte sich abermals an Rickards: »Falls Sie noch Fragen an mich haben, Chief Inspector – ich bin im Alten Pfarrhof.«
Sie war fort, noch ehe die beiden Herren aufspringen konnten, ja, sie floh beinah zur Tür hinaus. Miss Mair machte keinerlei Anstalten, ihr zu folgen, und kurz darauf hörten sie die Haustür ins Schloß fallen.
Einen Moment lang herrschte Schweigen, dann wurde es von Oliphant gebrochen. Mit einem Nicken zum Kamin hinüber sagte er: »Komisch. Sie hat ihren Kaffee nicht angerührt.«
Doch Rickards hatte noch eine letzte Frage an Alice Mair. »Es muß schon fast Mitternacht gewesen sein, als Dr. Mair gestern nacht nach Hause kam. Haben Sie im Kraftwerk angerufen, um festzustellen, ob er schon fort ist oder warum er aufgehalten wurde?«
Mit abweisender Kühle antwortete sie ihm: »Natürlich nicht, Chief Inspector. Da Alex weder mein Kind noch mein Ehemann ist, leide ich nicht unter dem Zwang, sein Leben kontrollieren zu wollen. Ich bin nicht meines Bruders Hüter.«
Oliphant hatte sie die ganze Zeit mit finsterem, argwöhnischem Blick angestarrt. Nun sagte er: »Aber er lebt doch bei Ihnen, nicht wahr? Sie sprechen miteinander, oder nicht? Also müssen Sie zum Beispiel von seinem Verhältnis mit Hilary Robarts gewußt haben. Waren Sie damit einverstanden?«
Alice Mairs Gesichtsfarbe veränderte sich nicht, doch ihre Stimme klang wie Stahl. »Einverstanden sein oder nicht wäre genauso anmaßend und impertinent gewesen wie diese Frage. Wenn Sie das Privatleben meines Bruders

erforschen wollen, schlage ich vor, daß Sie mit ihm selber sprechen.«
»Miss Mair«, sagte Rickards ruhig, »eine Frau ist brutal ums Leben gebracht und ihr Leichnam verstümmelt worden. Es handelt sich um eine Frau, die Sie kannten. Angesichts dieser Gewalttätigkeit hoffe ich, daß Sie nicht meinen, auf Fragen, die Ihnen leider zuweilen anmaßend und impertinent erscheinen werden, übersensibel reagieren zu müssen.«
Der Zorn hatte ihm die Zunge gelöst. Ihre Blicke trafen sich. Der seine war, wie er wußte, eiskalt vor Wut, sowohl über Oliphants Taktlosigkeit als auch über Alice Mairs Antwort. Der Blick der grauen Augen, der dem seinen begegnete, war jedoch weniger einfach zu ergründen. Er glaubte Überraschung darin zu entdecken, gefolgt von Wachsamkeit, zögerndem Respekt und beinahe spekulativem Interesse.
Als Alice Mair ihre Besucher jedoch fünfzehn Minuten später zur Tür begleitete, war Rickards nur leicht erstaunt, als sie ihm die Hand reichte. Während er sie ergriff, sage sie: »Bitte verzeihen Sie mir, Chief Inspector, wenn ich unhöflich war. Ihre Arbeit ist eine unangenehme, doch notwendige Pflicht, und Sie haben ein Recht auf Mitarbeit. Die Sie von mir auch erhalten werden.«

31

Auch ohne das grellbunt bemalte Wirtshausschild hätte niemand an der Identität des großen Helden des Ortes gezweifelt, nach dem das Pub von Lydsett benannt worden war, und selbst ein Fremder hätte den Admiralshut mit dem Stern, die reich dekorierte Heldenbrust, die schwarze Augenklappe und den aufgesteckten, leeren Ärmel erkannt. Ich habe schon schlechtere Porträts von Lord Nelson gesehen,

dachte sich Rickards, aber nicht viele. Dieses erinnerte ihn an eine Kronprinzessin im Karnevalskostüm.
George Jago hatte offenbar entschieden, daß die Befragung in der Saloon Bar stattfinden sollte, über der jetzt die träge Stille des späten Nachmittags lag. Mit seiner Frau zusammen führte er Rickards und Oliphant zu einem kleinen Kneipentisch mit Holzplatte und gußeisernen Beinen, der dicht neben dem riesigen, doch leeren Kamin stand. Sie saßen daran, dachte Rickards, wie vier schlecht zueinander passende Personen, die sich in einem dämmerigen Hinterzimmer zu einer Séance zusammengefunden hatten. Mrs. Jago war eine knochige Frau mit stechenden Augen und scharfen Zügen, die Oliphant musterte, als sei sie seinem Typ schon früher begegnet und fest entschlossen, sich von ihm nicht einschüchtern zu lassen. Sie war auffallend geschminkt. Zwei Halbmonde aus grellem Rouge zierten die Wangen, ihr breiter Mund war mit farblich passendem Lippenstift nachgezogen, und an ihren Fingern mit den blutrot lackierten, krallenähnlichen Nägeln glitzerten zahlreiche dicke Ringe. Ihr Haar – von einem so glänzenden Schwarz, daß es unnatürlich wirkte – war vorn zu drei Reihen fester Löckchen gedreht, dahinter hoch auf den Kopf getürmt und sowohl hinten als auch an den Seiten mit Kämmen festgesteckt. Zu einem Faltenrock trug sie eine Bluse aus glänzendem, rot, blau und weiß gestreiften Stoff, hochgeschlossen und mit dicken Goldketten geschmückt – eine Aufmachung, in der sie wie eine Kleindarstellerin wirkte, die sich für die Rolle der Bardame in einer Ealing-Komödie bewirbt. Für ein Country Pub hätte sie nicht unpassender gekleidet sein können, doch wirkten sie und ihr Mann, wie sie da mit der strahlenderwartungsvollen Miene wohlerzogener Kinder nebeneinandersaßen, als fühlten sie sich in der Bar und miteinander hundertprozentig wohl. George Jago hatte früher ein Pub in Catford gehabt, jedoch war das Ehepaar vor vier Jahren nach

Lydsett umgezogen, unter anderem, weil Jagos Bruder Charlie Sparks dort am Ortsrand eine Autowerkstatt mit Autoverleih besaß und eine Teilzeithilfskraft brauchte. Gelegentlich übernahm George Jago auch für ihn Fuhren und überließ es Mrs. Jago, sich um die Bar zu kümmern. Die beiden hatten sich gut im Dorf eingelebt, nahmen lebhaften Anteil an den Gemeindeaktivitäten und schienen die lärmende Stadt nicht zu vermissen. East Anglia, dachte Rikkards bei sich, hat schon exzentrischere Menschen aufgenommen und absorbiert. Unter anderem mich selbst.

George Jago sah schon eher aus wie ein Landgastwirt: ein untersetzter Mann mit fröhlichem Gesicht und glänzenden, lustigen Augen. Er strahlte eine Art gezügelte Energie aus, von der er einen Teil eindeutig auf die Inneneinrichtung des Pubs verwendet hatte. Die Saloon Bar mit der niedrigen Decke aus Eichenbalken glich einem vollgestopften, schlecht organisierten Museum zur Erinnerung an Lord Nelson. Jago mußte ganz East Anglia abgegrast haben, auf der Suche nach Objekten, die auch nur entfernt mit dem Admiral zu tun hatten. Über dem offenen Kamin hing eine riesige Lithographie der Szene an Deck der *Victory*, wo Nelson überaus romantisch in Hardys Armen verschied. Die übrigen Wände waren mit Ölbildern und Drucken behängt, darunter die großen Seeschlachten von Abukir, Kopenhagen und Trafalgar; ein oder zwei von Lady Hamilton, unter anderem eine scheußliche Reproduktion von Romneys berühmtem Porträt, während zu beiden Seiten der Türen Gedenktafeln angebracht und die rußgeschwärzten Eichenbalken mit Reihen von verzierten Gedenkpokalen dekoriert waren, von denen – dem Leuchten der Farben nach – nur wenige Originale waren. Entlang der Oberkante einer Wand verlief eine Schnur von Wimpeln, die vermutlich den berühmten Signalspruch der Nelsonschen Flotte darstellten (*England expects every man to do his duty*), und quer über die Decke war, um die allgemeine Seefahrtsatmosphäre zu unterstreichen, ein Fischernetz gespannt. In dem Moment, wo er zu dem braunen, geteerten Netz emporblickte, fiel Rickards ein, daß er schon einmal hier gewesen war. Mit Susie zusammen war er auf einen Drink eingekehrt, als sie an einem Wochenende im ersten Winter ihrer Ehe die Küste erkundeten. Lange geblieben waren sie nicht; Susie hatte sich beschwert, die Bar sei zu voll und zu verräuchert. Er erinnerte sich noch an die Bank, auf der sie gesessen hatten, die Bank an der Wand links von der Tür. Er hatte ein halbes Pint Bier getrunken, Susie einen Medium-Sherry. Damals hatte das Pub mit seinem lodernden Kaminfeuer, dessen Flammen von den knisternden Scheiten hochschossen, und dem von lauten, fröhlichen Stimmen erfüllten Raum auf interessante Art nostalgisch und gemütlich gewirkt. Jetzt aber, im dämmrigen Licht eines herbstlichen Nachmittags, erschien es Rickards, als reduzierten und entwürdigten die vielen unechten und billigen Artefakte sowohl die lange Geschichte des Hauses selbst als auch die Siege des Admirals. Er hatte plötzlich Platzangst und mußte sich zusammenreißen, um nicht die Tür aufzustoßen und frische Luft und mit ihr das zwanzigste Jahrhundert hereinzulassen.

Es war, wie Oliphant es später nannte, ein Vergnügen, George Jago zu vernehmen. Er behandelte die Polizeibeamten nicht wie zwar unentbehrliche, jedoch unwillkommene Mechaniker mit zweifelhaften Fähigkeiten, die ihm seine kostbare Zeit stahlen. Weder wählte er seine Worte, als seien sie geheime Codes, um die Gedanken zu kaschieren, statt sie auszudrücken, noch versuchte er die beiden Polizisten mit seiner überlegenen Intelligenz einzuschüchtern. Er empfand dieses Gespräch mit der Polizei nicht als Duell der Intellekte, bei dem er eindeutig im Vorteil war, und reagierte auch nicht auf absolut normale Fragen mit einer beunruhigenden Mischung aus Angst und Duldergehabe, als stehe er der Geheimpolizei einer totalitären Diktatur gegenüber. Alles in allem, befand Oliphant hinterher, sei es eine angenehme Abwechslung gewesen.

Jago gab bereitwillig zu, am Sonntag kurz nach halb 8 die Blaneys und Miss Mair angerufen und ihnen mitgeteilt zu haben, der Whistler sei tot. Woher er das gewußt habe? Weil einer der mit der Untersuchung befaßten Polizisten zu Hause angerufen habe, um seiner Frau zu sagen, sie könne ihre Tochter an jenem Abend unbesorgt allein zu einer Party gehen lassen, und weil die Ehefrau ihren Bruder Harry Upjohn vom Crown and Anchor bei Cromer angerufen habe, und Harry, der sein Freund sei, habe dann ihn angerufen. Er erinnerte sich genau, was er zu Theresa Blaney gesagt hatte: »Richte deinem Dad aus, daß man die Leiche des Whistlers gefunden hat. Er ist tot. Selbstmord. Hat sich in Easthaven umgebracht. Also kein Grund zur Sorge mehr.« Die Blaneys hatte er angerufen, weil er wußte, daß Ryan am Abend gern etwas trank, es aber nicht wagte, die Kinder allein zu lassen, solange der Whistler frei herumlief. Blaney war an jenem Abend nicht mehr gekommen, aber das hatte nichts zu sagen. Bei Miss Mair hatte er die Nachricht in etwa demselben Wortlaut auf dem Anrufbeantworter hinterlassen. Mrs. Dennison hatte er nicht angerufen, weil er annahm, sie sei mit den Copleys im Auto unterwegs nach Norwich.

»Aber später haben Sie sie doch angerufen – oder?« erkundigte sich Rickards.

Diesmal antwortete Mrs. Jago. »Aber erst, nachdem ich ihn daran erinnert habe. Ich war zur Vesper um halb 7 und ging anschließend mit Sadie Sparks nach Hause, um die Vorbereitungen für den Herbstbasar zu besprechen. Sie fand einen Zettel von Charlie, auf dem er schrieb, er habe zwei dringende Fuhren; er müsse die Copleys nach Norwich fahren und dann ein Ehepaar aus Ipswich abholen. Als ich nach Hause kam, sagte ich zu George, daß Mrs. Dennison die Copleys nicht zum Zug gebracht habe, er solle sie sofort anrufen und ihr das vom Whistler erzählen. Ich meinte, sie würde doch viel ruhiger schlafen, wenn sie wußte, daß er tot war, und brauchte keine Angst mehr zu haben, daß er im Gebüsch des Alten Pfarrhofes herumschlich. Also hat George sie angerufen.«

»Inzwischen war es fast Viertel nach 9«, ergänzte Jago. »Ich hätte später ohnehin angerufen, weil ich mir ausrechnete, daß sie gegen halb 10 zurück sein mußte.«

»Und Mrs. Dennison meldete sich?« fragte Rickards.

»Nein, da nicht. Aber als ich's eine halbe Stunde später noch mal versuchte, habe ich sie erreicht.«

»Sie haben also niemandem erzählt, daß der Tote im Hotel Balmoral gefunden wurde?« wollte Rickards wissen.

»Davon wußte ich doch gar nichts! Harry Upjohn hat mir nur gesagt, daß der Whistler tot aufgefunden wurde. Ist doch klar, daß die Polizei das geheimhalten wollte – den genauen Fundort, meine ich. Die wollten doch bestimmt keine sensationslüsternen Neugierigen dabeihaben. Und der Hotelmanager vermutlich auch nicht.«

»Und heute früh haben Sie abermals angerufen und ihr erzählt, daß Miss Robarts ermordet wurde. Woher wußten Sie das?«

»Ich hab die Polizeiwagen vorbeifahren sehen! Also holte ich mein Fahrrad raus und fuhr zum Tor rauf. Ihre Leute hatten das offengelassen, also habe ich's wieder geschlossen und dann gewartet. Als sie zurückkamen, habe ich ihnen das Tor geöffnet und sie gefragt, was los ist.«

»Sie besitzen anscheinend ein außergewöhnliches Talent dafür, den Polizisten Informationen zu entlocken«, sagte Rickards.

»Na ja, ich kenne schließlich einige, nicht wahr? Die einheimischen jedenfalls. Die kommen fast alle in den Hero zum Trinken. Der Fahrer des ersten Wagens, der durchkam, wollte nichts sagen. Auch der Fahrer des Leichenwagens nicht. Aber als der dritte Wagen kam und halten mußte, während ich das Tor aufmachte und wieder schloß, erkundigte ich mich, wer der Tote sei, und da haben sie's mir gesagt. Ich meine, ich erkenne doch einen Leichenwagen, wenn ich ihn sehe.«

»Wer genau hat Ihnen diese Auskunft gegeben?« erkundigte sich Oliphant angriffslustig. George Jago musterte ihn mit seinem heiteren, unschuldigen Komödiantenblick.

»Kann ich Ihnen nicht sagen. Ein Polizist sieht aus wie der andere. Irgendeiner von denen hat's mir gesagt.«

»Also haben Sie heute früh rumtelefoniert. Warum erst heute? Warum haben Sie so lange gewartet?«

»Weil es inzwischen nach Mitternacht war. Die Leute freuen sich über Neuigkeiten, aber der Schlaf ist ihnen wichtiger. Ryan Blaney habe ich dann gleich heute morgen angerufen.«

»Warum ihn?«

»Warum nicht? Wenn man Neuigkeiten hat, liegt es in der Natur des Menschen, sie an interessierte Leute weiterzugeben.«

»Und Blaney war natürlich interessiert«, warf Oliphant ein. »Muß eine große Erleichterung für ihn gewesen sein.«

»Kann sein, kann auch nicht sein. Ich habe nicht mit ihm gesprochen. Ich hab's Theresa gesagt.«

»Sie haben also weder bei Ihrem Anruf am Sonntag mit Mr. Blaney gesprochen noch heute morgen«, stellte Oliphant fest. »Bißchen merkwürdig, nicht wahr?«

»Kommt drauf an, wie man's betrachtet. Er mag nicht gern ans Telephon geholt werden, wenn er arbeitet. War ja auch überflüssig. Ich hab's Theresa gesagt, und sie ihm.«

»Woher wissen Sie, daß sie's ihm erzählt hat?« fragte Rikkards.

»Weil sie's mir gesagt hat, als ich heute morgen anrief. Warum sollte sie's ihm auch nicht erzählen?«
»Aber sicher wissen Sie das nicht – oder?«
Plötzlich sagte Mrs. Jago: »Und Sie können nicht sicher wissen, daß sie's ihm nicht erzählt hat. Was spielt das überhaupt für eine Rolle? Jetzt weiß er's. Jetzt wissen wir's alle. Wir wissen das vom Whistler, und wir wissen das von Miss Robarts. Und wenn Sie den Whistler schon vor einem Jahr geschnappt hätten, würde Miss Robarts jetzt vielleicht noch leben.«
Oliphant erkundigte sich rasch: »Was meinen Sie damit, Mrs. Jago?«
»Das war doch eine Nachahmungstat, nicht wahr? Davon redet jedenfalls das ganze Dorf – bis auf die, die immer noch meinen, es war der Whistler und Sie hätten sich im Zeitpunkt geirrt. Während der alte Humphrey natürlich denkt, der Geist des Whistlers sei noch unterwegs.«
»Wir interessieren uns für ein Porträt von Miss Robarts, das Mr. Blaney vor kurzem gemalt haben muß. Hat einer von Ihnen es mal gesehen? Hat er vielleicht davon gesprochen?«
»Selbstverständlich haben wir's gesehen«, antwortete Mrs. Jago. »Hat schließlich bei uns in der Bar gehangen. Und ich wußte sofort, daß es Unglück bringt. Das böseste Bild, das ich jemals gesehen habe.«
Jago wandte sich an seine Frau, um ihr betont geduldig zu erklären: »Ich begreife nicht, wie du behaupten kannst, ein Bild wäre böse, Doris. Doch kein Bild! Dinge können nicht böse sein. Ein lebloses Objekt kann weder gut noch böse sein. Böse ist das, was Menschen tun.«
»Und was Menschen denken, George. Und dieses Bild ist aus bösen Gedanken entstanden, und deshalb kann ich durchaus behaupten, daß das Bild böse ist.«
Sie sprach energisch, doch ohne jede Spur von Rechthaberei oder Groll. Offensichtlich war dies eine Art ehelicher Aus-

einandersetzung – ohne jede Schärfe und mit betonter Fairneß –, die sie beide aufrichtig genossen. Ein paar Minuten lang waren sie ganz aufeinander konzentriert.
»Zugegeben, es war bestimmt kein Bild, das man sich ins Wohnzimmer hängen würde«, lenkte Jago ein.
»Und in die Bar auch nicht. Schade, daß du's trotzdem getan hast, George.«
»Genau. Aber ich denke, daß es keinem Ideen in den Kopf gesetzt hat, die nicht schon vorher da waren. Und daß es böse war, kann man nicht sagen, Doris. Nicht von einem Bild.«
»Also gut. Angenommen, du hast ein Folterinstrument, irgend etwas, das die Gestapo benutzt hat.« Mrs. Jago ließ den Blick in der Bar umherwandern, als glaube sie dort etwas Derartiges zu entdecken. »So was wäre wirklich böse, würde ich sagen. Das würde ich nicht behalten wollen.«
»Du kannst sagen, daß es für einen bösen Zweck benutzt wurde, Doris. Das ist was anderes.«
»Warum haben Sie das Porträt eigentlich in der Bar aufgehängt?« fragte Rickards.
»Weil er mich darum gebeten hat, darum. Ich hab immer wieder mal Platz für ein oder zwei von seinen Aquarellen, und manchmal verkauft er die, manchmal nicht. Ich sage ihm jedesmal, er soll mir Bilder vom Meer bringen. Ich meine, hier dreht sich doch alles um den Admiral, nicht wahr, alles um Seefahrt. Aber er wollte unbedingt dieses Porträt ausstellen, und da hab ich ihm versprochen, es eine Woche lang aufzuhängen. Am Montag, dem zwölften, hat er's mir mit dem Fahrrad gebracht.«
»Weil er hoffte, es verkaufen zu können?«
»O nein, es war nicht zu verkaufen, dieses Bild nicht. Das hat er mehr als deutlich erklärt.«
»Wozu es dann aufhängen?« fragte Oliphant.
»Genau das habe ich auch gesagt.« Jago sah den Sergeant so

triumphierend an, als habe er in ihm einen ebenbürtigen Experten für Logik entdeckt. »›Wozu es aufhängen, wenn du's ja doch nicht verkaufen willst?‹ habe ich ihn gefragt. ›Sie sollen es sehen‹, hat er gesagt. ›Ich will, daß sie's sehen. Ich will, daß die ganze Welt es sieht.‹ Ein bißchen sehr optimistisch, fand ich. Schließlich sind wir nicht die National Gallery.«

»Schon eher das National Maritime Museum«, warf Doris überraschend ein und strahlte sie alle glücklich an.

»Wo haben Sie's aufgehängt?«

»An der Wand gegenüber der Tür. Zwei Bilder von der Schlacht bei Abukir hab ich dafür abnehmen müssen.«

»Und wie viele Personen haben es in diesen sieben Tagen gesehen?«

»Sie wollen wissen, wie viele Gäste ich hatte. Ich meine, jeder, der reinkam, mußte es sofort sehen. Doris wollte es abnehmen, aber ich hatte versprochen, es bis Montag hängen zu lassen, und das habe ich auch getan. War aber froh, als er's wieder abholte. Wie gesagt, das alles hier sind Gedenkstücke. Alles hat mit dem Admiral zu tun. Es paßte einfach nicht ins Dekor. Aber es war ja nicht sehr lange hier. Er sagte, er würde es am neunzehnten morgens abholen, und das hat er auch getan.«

»Hat irgend jemand von der Landzunge oder dem Kraftwerk es gesehen?«

»Alle, die reinkamen. Der Local Hero gehört nicht zu ihren Stammkneipen. Die meisten von ihnen wollen nach Feierabend weg von hier, und das kann man ihnen kaum übelnehmen. Ich meine, über dem Laden wohnen ist okay, aber doch nicht über *dem* Laden!«

»Wurde viel darüber geredet? Hat zum Beispiel irgend jemand gefragt, wo er es aufbewahrt?«

»Mich nicht. Die meisten von ihnen wußten vermutlich, wo er es aufbewahrt. Ich meine, er redete jede Menge von seinem Atelier. Aber ich kann Ihnen jemanden nennen, der es gesehen hat. Hilary Robarts.«

»Wann?«

»Am Abend, nachdem er's hergebracht hat, so gegen sieben. Sie kam von Zeit zu Zeit immer mal rein. Hat allerdings nie viel getrunken, höchstens ein, zwei trockene Sherrys. Saß immer da drüben, am Kamin.«

»Allein?«

»Gewöhnlich ja. Ein- oder zweimal mit Dr. Mair. An jenem Dienstag aber war sie allein.«

»Was hat sie getan, als sie das Porträt sah?«

»Hat da gestanden und es angestarrt. Im Pub war es zu der Zeit ziemlich voll, aber plötzlich wurden alle still. Sie wissen schon, wie das so ist. Sie wurde von allen beobachtet. Ihr Gesicht konnte ich nicht sehen; sie stand mit dem Rücken zu mir. Dann ging sie rüber zur Bar und sagte: ›Von nun an werde ich hier nie mehr etwas trinken. Offensichtlich mögen Sie keine Gäste von Larksoken.‹ Dann ging sie raus. Also, mir sind Gäste von überall her willkommen, wenn sie Alkohol vertragen und nicht anschreiben lassen, aber für mich war sie kein großer Verlust.«

»Sie war also nicht besonders beliebt auf der Landzunge?«

»Von der Landzunge weiß ich nichts. Sie war in diesem Pub nicht besonders beliebt.«

»Intrigiert hat sie, um die Blaneys aus Scudder's Cottage zu vertreiben«, mischte sich Doris Jago ein. »Wo Ryan doch Witwer ist und vier Kinder großziehen muß. Was glaubte die wohl, was der tun sollte? Kriegt zwar Familienunterstützung und Zuschüsse von der Wohlfahrt, aber ein anderes Cottage findet er damit auch nicht. Trotzdem tut es mir natürlich leid, daß sie tot ist. Ich meine, das ist doch normal, nicht wahr? So was würde man seinem ärgsten Feind doch nicht wünschen. Wir werden einen Kranz vom Local Hero schicken.«

»Haben Sie sie da zum letztenmal gesehen?«
»George hat sie da zum letztenmal gesehen. Ich habe sie noch am Sonntag auf der Landzunge gesehen. Kann nur ein paar Stunden vor ihrem Tod gewesen sein. Vielleicht bin ich die letzte, die sie lebend gesehen hat, hab ich zu George gesagt, na ja, ich und Neil Pascoe und Amy. An so was denkt man dann ja nicht – oder? Wir können nicht in die Zukunft blicken, und das will man ja auch nicht. Manchmal seh ich mir dieses Kraftwerk an und frage mich, ob wir nicht eines Tages allesamt als Leichen am Strand liegen.«
Wieso sie auf der Landzunge gewesen sei, wollte Oliphant wissen.
»Das Kirchenblättchen mußte ich austragen. Das mach ich immer am letzten Sonntagnachmittag im Monat. Ich hole sie nach dem Vormittagsgottesdienst und trage sie nach dem Dinner aus. Für Sie vielleicht Lunch, aber wir nennen es Dinner.«
Rickards hatte die Hauptmahlzeit sein Leben lang Dinner genannt und tat es immer noch, obwohl seine Schwiegermutter ständig versuchte, seinen gesellschaftlichen Status zu heben. Für sie war das Mittagessen ein Luncheon und das Abendessen ein Dinner, auch wenn es, wie so oft, nur aus Sardinen auf Toast bestand. Er fragte sich, was sie heute gegessen hatte. Laut sagte er: »Ich wußte gar nicht, daß die Bewohner der Landzunge Kirchgänger sind – von den Copleys natürlich abgesehen.«
»Und von Mrs. Dennison. Die kommt ziemlich regelmäßig. Von den anderen kann ich nicht behaupten, daß sie tatsächlich zur Kirche gehen, das heißt, richtig am Gottesdienst teilnehmen, aber sie halten immerhin das Kirchenblatt.« Mrs. Jagos Ton deutete an, daß es Abgründe von Religionslosigkeit gebe, in die nicht mal die Leute von der Landzunge hinabsinken würden. »Bis auf die Blaneys natürlich«, fuhr

Mrs. Jago fort. »Na ja, wo sie doch römisch-katholisch sind. Jedenfalls war sie römisch-katholisch, die arme Seele, und die Kinder sind es natürlich auch. Ich meine, das müssen sie ja wohl, nicht wahr? Ryan ist, glaube ich, überhaupt nichts. Der ist nur Künstler. Ich hab noch nie ein Blatt zu Scudder's Cottage gebracht, nicht mal, als seine Frau noch lebte. Außerdem haben die Katholiken sowieso kein Kirchenblättchen.«

George Jago widersprach: »Das würde ich nicht sagen, Doris. So weit würde ich nicht gehen. Vielleicht haben sie doch eins.«

»Wir leben hier nun schon vier ganze Jahre, George, und Pfarrer McKee ist oft genug bei uns in der Bar, aber gesehen hab ich bis jetzt noch keins.«

»Na ja, woher auch, nicht wahr?«

»Ich hätte es bestimmt gesehen, George, wenn es eins gäbe. Die sind anders als wir. Weder Erntedankfest noch Gemeindeblatt.«

»Sie sind anders, weil sie ein anderes Dogma haben. Das kommt alles nur von den Dogmas, Doris. Mit dem Erntedankfest und dem Kirchenblättchen hat das überhaupt nichts zu tun.«

»Ich weiß, daß es von den Dogmas kommt. Der Papst erzählt ihnen, daß die Heilige Jungfrau Maria gen Himmel gefahren ist, und die müssen das alle glauben. Ich kenne mich aus mit Dogmas.«

Doch ehe Jago abermals den Mund aufmachen konnte, um diesen Anspruch der Unfehlbarkeit in Frage zu stellen, sagte Rickards rasch: »Dann haben Sie also am Sonntag nachmittag auf der Landzunge das Kirchenblatt ausgetragen. Wann genau?«

»Also, ich bin wohl so gegen 3 losgefahren, vielleicht auch ein bißchen später. Sonntags essen wir unser Dinner nämlich später als sonst, deswegen haben wir auch mit dem Korinthenpudding erst gegen halb 3 angefangen. Dann hat George das Geschirr in den Spüler gepackt, und ich hab mich für meine Liefertour angezogen. Sagen wir, um Viertel nach 3, wenn man's genau nehmen will.«

»Um Viertel nach 3 warst du längst weg, Doris, Ich würde sagen, eher um zehn nach 3.«

»Ich glaube kaum, daß fünf Minuten eine Rolle spielen«, warf Oliphant ungeduldig ein.

George Jago warf ihm einen Blick wohlbemessenen Erstaunens und sanften Vorwurfs zu. »Das könnten sie aber. Sie könnten ausschlaggebend sein. Ich würde sagen, daß fünf Minuten bei einer Morduntersuchung durchaus entscheidend sein können.«

Auch Mrs. Jago verlieh ihrer Mißbilligung Ausdruck: »Eine einzige Minute könnte ausschlaggebend sein, wenn es sich um die Minute handelt, in der sie starb. Für sie selbst jedenfalls ausschlaggebend. Ich begreife nicht, wie Sie sagen können, daß das keine Rolle spielt.«

Rickards fand es an der Zeit, abermals einzugreifen: »Ich gebe zu, daß fünf Minuten wichtig sein können, Mr. Jago, aber wohl kaum diese fünf Minuten. Vielleicht könnte uns Ihre Frau präzise schildern, was sie getan und was sie gesehen hat.«

»Also, ich bin auf mein Rad gestiegen. Sonst bietet mir George immer an, mich zu fahren, aber er muß in der Woche so viel fahren, deswegen mag ich ihn nicht bitten, den Wagen extra rauszuholen. Nicht am Sonntag. Nicht nach Braten und Korinthenpudding.«

»Es macht mir nichts aus, Doris. Das habe ich dir doch gesagt.«

»Ich weiß, George. Habe ich nicht gerade eben erklärt, daß du es mir immer anbietest? Mir tut ein bißchen Bewegung gut, und ich bin jedesmal vor Einbruch der Dunkelheit zurück.« An Rickards gewandt, erklärte sie: »George mag es nicht, wenn ich im Dunkeln noch draußen bin – jedenfalls nicht, solange der Whistler lebte.«

»Dann sind Sie also zwischen zehn und Viertel nach 3 aufgebrochen und zur Landzunge hinübergefahren«, stellte Oliphant fest.

»Mit dem Kirchenblättchen im Korb, wie immer. Zuerst bin ich zum Caravan gefahren. Ich fahre immer zuerst zum Caravan. Obwohl es mit Neil Pascoe inzwischen ein bißchen heikel ist.«

»Wieso heikel, Mrs. Jago?«

»Na ja, er hat uns mehr als einmal gebeten, sein Blatt – *Nuclear Newsletter* nennt er es – in der Bar auszulegen, damit es die Leute kaufen oder auch kostenlos lesen. Aber George und ich waren immer dagegen. Ich meine, einige von unseren Gästen sind Angestellte von Larksoken, und es ist nicht sehr angenehm, mit einem Blatt konfrontiert zu werden, in dem es heißt, die Arbeit, die man verrichtet, sei schädlich und müßte beendet werden. Während man nichts weiter will als in Ruhe ein Glas trinken. Nicht jeder in Lydsett ist einverstanden mit dem, was er da tut. Dieses Kraftwerk von Larksoken hat Handel und Wandel im Dorf belebt und auch mehr Arbeitsplätze geschaffen. Und man muß Vertrauen haben zu den Menschen, meinen Sie nicht? Also, wenn Dr. Mair sagt, die Atomkraft ist ungefährlich, dann ist sie das vermutlich auch. Andererseits macht man sich so seine Gedanken, nicht wahr?«

»Aber Mr. Pascoe hat das Kirchenblatt abonniert?« fragte Rickards geduldig.

»Na ja, es kostet nur zehn Pence, und ich nehme an, er möchte gern wissen, was in der Gemeinde so vor sich geht. Als er damals auf die Landzunge kam – zwei Jahre ist das jetzt ungefähr her –, hab ich ihn aufgesucht und gefragt, ob er das Blatt abonnieren möchte. Er schien ein bißchen erstaunt zu sein, sagte aber ja, bezahlte seine zehn Pence und bekommt es seitdem regelmäßig. Wenn er's nicht will, braucht er's mir nur zu sagen.«

»Und was ist beim Caravan passiert?« erkundigte sich Rikkards.

»Ich habe Hilary Robarts gesehen, wie ich schon sagte. Ich habe Neil das Blatt gegeben, das Geld kassiert und im Caravan noch mit ihm geplaudert, als sie in ihrem roten Golf angefahren kam. Amy war mit dem Jungen draußen, die Wäsche reinholen, die auf der Leine hing. Als er den Wagen sah, stieg Neil aus dem Caravan, ging hinüber und stellte sich neben Amy. Miss Robarts stieg aus ihrem Wagen, und beide standen da und starrten sie an, ohne ein Wort, sie standen nur nebeneinander und beobachteten sie. Bestimmt kein ausgesprochen freundlicher Empfang, aber was kann man anderes erwarten? Dann, als Miss Robarts nur noch ungefähr sechs Meter von ihnen entfernt war, lief Timmy auf sie zu und packte ihre Hosenbeine. Er ist ein lieber, kleiner Bursche und dachte sich nichts dabei. Sie wissen ja, wie Kinder sind. Aber er hatte in dem Matsch unter dem Wasserhahn gespielt und schmierte ihr nun das Zeug an die Hose. Sie stieß ihn ziemlich hart von sich. Der Kleine fiel aufs Hinterteil und fing an zu brüllen, und dann brach plötzlich die Hölle los.«

»Was wurde gesagt?« wollte Oliphant wissen.

»Genau kann ich mich nicht erinnern. Es gab 'ne Menge Worte, die man an einem Sonntag nicht zu hören erwartet. Manche fingen mit F an, und manche mit Sch. Benutzen Sie Ihre Phantasie.«

»Wurden Drohungen ausgestoßen?« fragte Rickards.

»Kommt drauf an, was Sie darunter verstehen. Es gab 'ne Menge Geschrei und Gebrüll. Allerdings nicht von Neil. Der stand einfach da und war so schneeweiß, daß ich dachte, er würde gleich in Ohnmacht fallen. Es war Amy, die den größten Krach machte. Man hätte meinen können, Miss

Robarts wär mit dem Messer auf das Kind losgegangen. Ich kann mich wirklich nicht mehr an alles erinnern. Fragen Sie Neil Pascoe. Miss Robarts schien gar nicht zu merken, daß ich da war. Fragen Sie Amy und Neil. Die werden es Ihnen sagen können.«
»Ich möchte es aber auch von Ihnen hören«, entgegnete Rickards. »Es hilft, wenn verschiedene Personen ihren Eindruck von einem Zwischenfall schildern. So bekommt man ein präziseres Bild.«
»Präziser?« fiel ihm Jago ins Wort. »Anders vielleicht. Präziser wäre es wohl nur, wenn sie alle die Wahrheit sagten.«
Sekundenlang befürchtete Rickards, Mrs. Jago werde diese Behauptung mit einer weiteren Demonstration ihrer Semantik zu widerlegen suchen. »Nun, Mrs. Jago«, sagte er, »ich bin überzeugt, daß Sie jedenfalls die Wahrheit sagen. Deswegen fangen wir ja bei Ihnen an. Können Sie sich erinnern, was gesagt wurde?«
»Ich glaube, Miss Robarts sagte, sie sei eigentlich gekommen, um ihnen mitzuteilen, daß sie erwäge, keine Klage gegen sie einzureichen, daß sie's aber nun verdammt noch mal doch tun werde und nur hoffe, sie beide damit zu ruinieren. ›Sie und Ihr Flittchen.‹ Reizend, nicht wahr?«
»Hat sie genau diese Ausdrücke benutzt?«
»Und noch einige mehr, an die ich mich nicht mehr erinnern kann.«
»Ich meine, Mrs. Jago, war es Miss Robarts, die die Drohungen ausstieß?«
Zum erstenmal wirkte Mrs. Jago unsicher; dann antwortete sie: »Tja also, sie war es doch immer, die Drohungen ausstieß, nicht wahr? Schließlich hat Neil Pascoe nicht sie verklagt, sondern umgekehrt.«
»Und was geschah dann?«
»Gar nichts. Miss Robarts stieg in ihren Wagen und fuhr weg. Amy schleppte das Kind in den Caravan und schlug die

Tür zu. Neil machte ein so verzweifeltes Gesicht, daß ich dachte, er werde gleich anfangen zu heulen, deswegen wollte ich ihm was Nettes sagen.«
»Und was war das, Mrs. Jago?«
»Ich sagte, sie sei eine gemeine, böse Zicke, und eines Tages werde noch jemand sie umbringen.«
»Das war aber nicht sehr nett, Doris«, mischte sich Jago ein. »Nicht an einem Sonntag.«
Doris Jago entgegnete gelassen: »Eigentlich an keinem Tag der Woche, aber sehr weit danebengelegen habe ich nicht – oder?«
»Was geschah dann, Mrs. Jago?« fragte Rickards.
»Ich hab weiter das Blatt ausgefahren. Erst in den Alten Pfarrhof. Das tu ich normalerweise nicht, weil die Copleys und Mrs. Dennison normalerweise am Vormittagsgottesdienst teilnehmen und sich ihr Blättchen selber holen, aber gestern waren sie nicht da, und ich machte mir ein bißchen Sorgen, weil ich dachte, da stimmt was nicht. Aber sie waren nur zu sehr mit Packen beschäftigt, um in die Kirche zu kommen. Die Copleys wollten zu ihrer Tochter nach Wiltshire fahren. Wie schön für sie, dachte ich mir, und Mrs. Dennison kriegt auch ein bißchen Ruhe. Sie bot mir eine Tasse Tee an, aber ich sagte, ich wolle nicht warten, denn ich sah, daß sie mit den Vorbereitungen zum High Tea beschäftigt war. Aber ich blieb fünf Minuten bei ihr in der Küche sitzen, um mit ihr zu plaudern. Sie sagte, einige Angestellte von Larksoken hätten sehr hübsche Kindersachen für den Basar gestiftet, die vielleicht den Blaney-Zwillingen passen würden, und sie frage sich, ob Ryan Blaney daran interessiert wäre. Sie würde den Preis festsetzen, und er könne sich was davon aussuchen, bevor sie zum Verkauf kämen. Wir haben das schon einmal so gemacht, aber wir müssen sehr taktvoll vorgehen. Wenn Ryan das Gefühl hätte, daß wir ihm Almosen geben, würde er die Sachen nicht nehmen.

Aber das ist kein Almosen, bestimmt nicht – oder? Es soll die Kirchenkasse auffüllen. Ich seh ihn ja immer, wenn er ins Pub kommt, deswegen dachte Mrs. Dennison, es wäre besser, wenn der Vorschlag von mir käme.«
»Und nach dem Alten Pfarrhof?«
»Bin ich zum Martyr's Cottage gefahren. Da Miss Mair alle sechs Monate mit dem Blatt eine Rechnung bekommt, brauch ich bei ihr die zehn Pence nicht zu kassieren. Manchmal hat sie zu viel zu tun, und manchmal ist sie einfach nicht da, deswegen schieb ich das Blatt gewöhnlich nur durch den Briefschlitz.«
»Haben Sie feststellen können, ob sie am Sonntag zu Hause war?«
»Ich habe nichts von ihr gesehen. Dann bin ich weitergefahren, zum letzten Cottage, dort, wo Hilary Robarts gewohnt hat. Sie war inzwischen natürlich schon wieder zu Hause. Ich sah den roten Golf vor ihrer Garage stehen. Aber bei der klopfe ich gewöhnlich auch nicht an. Die ist keine Frau, die einen auf fünf Minuten für eine Tasse Tee reinbittet.«
»Sie haben sie also nicht gesehen?« fragte Oliphant.
»Ich hatte sie doch schon gesehen! Wenn Sie wissen wollen, ob ich sie noch mal gesehen habe, lautet die Antwort, nein, das hab ich nicht. Aber gehört habe ich sie.«
Um der besseren Wirkung willen hielt Mrs. Jago inne. Rikkards erkundigte sich: »Wie meinen Sie das, Sie haben sie gehört, Mrs. Jago?«
»Na, durch den Briefschlitz, als ich das Kirchenblatt durchschob. Und eine richtig schöne Auseinandersetzung hatte sie mit jemandem. Ich würde sagen, einen richtigen Streit. Den zweiten an diesem Tag für sie. Oder vielleicht sogar schon den dritten.«
»Wie meinen Sie das, Mrs. Jago?« wollte Oliphant wissen.
»Ach, nur so. Als sie zum Caravan kam, fiel mir auf, daß sie

ziemlich aufgeregt war. Puterrot. Gereizt. Sie wissen schon.«
»Das konnten Sie feststellen, indem Sie einfach durch die Caravan-Tür hinaussahen?«
»Ganz recht. Nennen Sie's von mir aus Menschenkenntnis.«
»Konnten Sie erkennen, ob Sie mit einem Mann oder einer Frau sprach?« fragte Rickards.
»Hätte beides sein können. Ich hab nur eine Stimme gehört, und das war ihre. Aber es war eindeutig jemand bei ihr, es sei denn, sie hätte sich selbst angeschrien.«
»Um wieviel Uhr war das, Mrs. Jago?«
»Ungefähr 4, oder ein bißchen später. Sagen wir mal, ich kam um fünf vor halb 4 zum Caravan und fuhr um fünf nach halb wieder ab. Dann die Viertelstunde im Alten Pfarrhof, das wäre fünf vor 4, und dann die Fahrt quer über die Landzunge. Es muß also kurz nach 4 gewesen sein.«
»Und danach sind Sie nach Hause gefahren?«
»Ganz recht. Um halb 5 war ich wieder hier, nicht wahr, George?«
»Möglich, Liebes«, antwortete ihr Mann. »Aber vielleicht auch nicht. Ich habe geschlafen.«
Zehn Minuten darauf verabschiedeten sich Rickards und Oliphant.
George und Doris sahen dem Polizeiwagen nach, bis er um die Biegung der Straße verschwand.
»Ich kann nicht sagen, daß mir dieser Sergeant gefällt«, sagte Doris.
»Ich kann nicht sagen, daß mir überhaupt einer von beiden gefällt.«
»Meinst du, es war falsch, daß ich ihnen von dem Streit erzählt habe, George?«
»Dir blieb doch gar nichts anderes übrig. Es geht um Mord, Doris, und du warst eine der letzten Personen, die sie lebend gesehen haben. Außerdem würden sie es ohnehin von Neil

Pascoe erfahren, oder jedenfalls einen Teil davon. Hat doch keinen Sinn, etwas zu verschweigen, was die Polizei schließlich doch erfährt. Und du hast nur die Wahrheit gesagt.«
»Das würde ich nicht sagen, George, nicht die ganze Wahrheit. Ich hab alles ein bißchen runtergespielt. Aber belogen hab ich sie nicht.«
Einen Moment dachten sie stumm über diese kluge Unterscheidung nach. Dann sagte Doris: »Dieser Matsch, den Timmy an Miss Robarts Hosenbeine geschmiert hat, kam von der Stelle unter dem Außenhahn. Da war's schon seit Wochen so furchtbar matschig. Wär doch komisch, nicht, wenn Hilary Robarts ermordet wurde, weil Neil Pascoe sich keine neue Waschmaschine leisten konnte?«
»Komisch nicht, Doris. Komisch würd ich das eigentlich nicht nennen.«

32

Jonathan Reeves' Eltern waren von ihrem kleinen Haus in Südlondon in eine Wohnung umgezogen, die in einem modernen Mietblock am Meer bei Cromer lag. Da seine Anstellung im Kraftwerk zur selben Zeit erfolgt war wie die Pensionierung seines Vaters, hatten sie beschlossen, sich in einem Ort niederzulassen, den sie aus vergangenen Urlaubstagen kannten und schätzten und, wie seine Mutter es ausdrückte, »um dir ein Heim zu bieten, bis eines Tages die Richtige kommt«. Sein Vater hatte fünfzig Jahre lang in der Teppichabteilung einer großen Firma in Clapham gearbeitet, wo er mit fünfzehn gleich nach der Schule angefangen hatte und allmählich zum Abteilungsleiter aufgestiegen war. Die Firma überließ ihm Teppiche zu weniger als dem Selbstkostenpreis, und die Schnittreste, zuweilen groß genug für ein kleines Zimmer, bekam er gratis, so daß Jonathan von klein

auf keinen einzigen Raum im Hause kannte, der nicht mit Teppichboden ausgelegt war.
Manchmal schien es, als absorbiere und dämpfe der dicke Woll- und Nylonflor nicht nur ihre Schritte. Die gelassene Reaktion der Mutter auf jedwedes Ereignis war entweder ein leises »Wie nett!«, das sowohl auf eine köstliche Mahlzeit als auch auf eine Verlobung oder Geburt im Königshaus und einen besonders schönen Sonnenaufgang paßte, oder ein »Nein, wie furchtbar! Man fragt sich manchmal, wo das alles noch hinführen soll«, was gleichermaßen für so unterschiedliche Ereignisse wie das Attentat auf Kennedy, einen besonders schauerlichen Mord, mißbrauchte oder mißhandelte Kinder oder eine IRA-Bombe galt. Im Grunde aber fragte sie sich gar nicht, wohin das alles noch führen sollte. Fragen und sich wundern waren Emotionen, die längst unter Axminsterteppichen, Mohairläufern und Filzunterlagen erstickt worden waren. Er hatte den Eindruck, daß sie so gut miteinander auskamen, weil die Emotionen seiner Mutter, geschwächt durch Nichtgebrauch oder mangelnde Brennstoffzufuhr, mit etwas so Deftigem wie einem Streit nicht fertig wurden. Beim ersten Anzeichen einer Auseinandersetzung sagte die Mutter: »Fang nicht an zu schreien, Liebling, ich mag keinen Streit.« Meinungsverschiedenheiten, niemals sehr ausgeprägt, drückten sich bei ihr in mürrischem Schmollen aus, das sich bald legte, weil nicht genug Energie vorhanden war, um es aufrechtzuhalten.
Mit seiner Schwester Jennifer verstand Jonathan sich recht gut; sie war acht Jahre älter als er und inzwischen mit einem Verwaltungsbeamten in Ipswich verheiratet. Einmal, als er zusah, wie sie sich über das Bügelbrett beugte, ihr Gesicht jene vertraute Maske leicht verärgerter Konzentration, hätte er gern zu ihr gesagt: »Sprich mit mir. Erzähl mir, was du denkst – über den Tod, über das Böse, über das, was wir hier

machen.« Doch ihre Antwort war vorauszusehen: »Ich weiß, was ich hier mache. Ich bügle Dads Hemden.«
Im Gespräch mit Bekannten und all jenen, die sie als Freunde hätte bezeichnen können, nannte die Mutter ihren Mann stets nur »Mr. Reeves«. So sagte sie: »Mr. Wainwright hält sehr viel von Mr. Reeves« oder: »Man könnte natürlich sagen, daß Mr. Reeves die Seele der Teppichabteilung von Hobbs & Wainwright ist«. Die Firma repräsentierte all jene Sehnsüchte, Traditionen und Konventionen, die andere im Beruf, in der Schule, im Regiment oder in ihrem Glauben fanden. Mr. Wainwright sen. war für Jonathans Eltern Schuldirektor, Colonel und Hoherpriester zugleich, und ihre gelegentliche Teilnahme am Sonntagsgottesdienst der United Reform Chapel lediglich eine Geste einem minderen Gott gegenüber. Aber sie gingen nicht regelmäßig zur Kirche. Wie Jonathan argwöhnte, taten sie das absichtlich: damit sie nur ja nicht etwa Leute dort kennenlernten, die sie zu Müttertreffen, Whist-Turnieren, Sonntagsschulausflügen einladen, ja, sie sogar zu Hause besuchen könnten. Am Freitag seiner ersten Woche in der höheren Schule hatte der Klassenrowdy erklärt: »Der Dad von Reeves ist Abteilungsleiter bei Hobbs & Wainwright. Letzte Woche hat er meiner Mum einen Läufer verkauft.« Dann stelzte er, die Hände unterwürfig gefaltet, mit gezierten Schritten auf und ab: »Madam werden feststellen, daß dieses Material überaus strapazierfähig ist. Es wird sehr gern gekauft.« Das kriecherische Gelächter der anderen klang unsicher, und mangels Unterstützung war der Spott sehr schnell versiegt; die meisten Väter übten weit weniger angesehene Berufe aus.
Manchmal dachte er, wir können doch gar nicht so durchschnittlich, so stumpfsinnig sein, wie wir scheinen, und dann fragte er sich, ob er nicht selbst irgendeinen Defekt hatte, der sie alle so minderwertig erscheinen ließ, ob er in ihnen nicht die eigene Unzulänglichkeit, den eigenen Pessimismus ge-

spiegelt sah. Dann holte er manchmal das Familienalbum aus der Kommodenschublade, das ihm ein unwiderlegbares Dokument ihrer Durchschnittlichkeit zu sein schien: die Eltern in steifer Pose vor dem Geländer der Promenade von Cromer oder im Whipsnade-Zoo, er selbst idiotisch in Doktorhut und Talar bei seiner Schulabschlußfeier. Nur ein Photo interessierte ihn wirklich: die Sepia-Atelieraufnahme seines Urgroßvaters im Ersten Weltkrieg, wie er seitlich, eine riesige Aspidistra in einem Benares-Topf neben sich, auf einer künstlichen Mauer saß. Über eine Distanz von vierundsiebzig Jahren hinweg betrachtete Jonathan den empfindsam wirkenden Jüngling mit dem sanften Gesicht, der in der schlechtsitzenden, hoch zugeknöpften Serge-Uniform und der grotesk überdimensionalen Mütze eher wie ein verwaistes Fürsorgekind aussah als wie ein Soldat. Er mußte noch unter zwanzig gewesen sein, als das Foto gemacht wurde. Er hatte Passendale und Ypern überlebt und war Anfang 1918, verwundet und gasvergiftet, entlassen worden; ihm blieb gerade noch genügend Kraft, um einen Sohn zu zeugen. Dieses Leben, sagte sich Jonathan, konnte nicht durchschnittlich gewesen sein. Sein Urgroßvater hatte vier entsetzliche Jahre überlebt – voll Tapferkeit, Durchhaltevermögen und einer stoischen Hinnahme dessen, was ihm sein Gott oder das Schicksal zugeteilt hatte.

Aber auch wenn es nicht durchschnittlich gewesen war, so schien dieses Leben heute für absolut niemanden mehr von Bedeutung zu sein. Es hatte für den Fortbestand einer Familie gesorgt, nichts weiter. Und was konnte daran schon wichtig sein? Auf einmal aber wurde Jonathan klar, daß das Leben seinem Vater einen ganz ähnlichen Stoizismus abverlangt haben mußte. Man konnte fünfzig Jahre bei Hobbs & Wainwright vermutlich nicht mit vier Jahren Frankreich vergleichen, doch beide hatten dieselbe würdevolle und stoische Hinnahme erfordert. Er wünschte sich, mit seinem

Vater über den Urgroßvater und über die jungen Jahre des Vaters selbst sprechen zu können. Doch dazu schien sich nie eine Gelegenheit zu bieten, und was ihn davor zurückhielt zu fragen, war weniger angeborene Schüchternheit als die Furcht, daß er, selbst wenn er diese seltsame Mauer der Distanziertheit und Sprachlosigkeit durchbrach, dahinter überhaupt nichts finden würde. Und doch war es bestimmt nicht immer so gewesen. Er erinnerte sich an Weihnachten 1968, als sein Vater ihm das erste naturwissenschaftliche Buch schenkte: *The Wonder Book of Science for Children.* Am Weihnachtsmorgen hatten sie stundenlang zusammengesessen und langsam eine Seite nach der anderen umgeblättert, während der Vater zuerst vorlas und dann erklärte. Dieses Buch besaß er noch immer. Und betrachtete auch gelegentlich noch die Zeichnungen. »Wie das Fernsehen funktioniert«, »Was geschieht, wenn wir geröntgt werden«, »Newton und der Apfel«, »Das Wunder der modernen Schiffe«. Und der Vater hatte gesagt: »Wenn alles anders gekommen wäre, so wäre ich gern Naturwissenschaftler geworden.« Das war das einzige Mal in Jonathans Leben, daß sein Vater andeutete, er hätte es besser haben können und sie alle hätten ein erfüllteres, ein anderes Leben führen können. Aber es war nicht anders gekommen, und nun wußte Jonathan, daß sie es nie besser haben würden. Wir alle müssen unser Leben unter Kontrolle haben, dachte er sich, und darum reduzieren wir es, bis es so klein und schäbig ist, daß wir es unter Kontrolle zu haben glauben.
Nur einmal war die berechenbare Routine ihrer Tage von einem unerwarteten, dramatischen Ereignis unterbrochen worden. Kurz nach seinem sechzehnten Geburtstag hatte sein Vater den Morris der Familie genommen und war verschwunden. Drei Tage später wurde er gefunden: Er saß im Auto oben auf Beachy Head und blickte aufs Meer hinaus. Es hieß, daß er vor Überarbeitung einen Nervenzusammen-

bruch erlitten habe, und Mr. Wainwright gab ihm zwei Wochen Urlaub. Sein Vater hatte niemals erklärt, was geschehen war, sondern die offizielle Meinung gelten lassen, es handele sich um eine vorübergehende Amnesie. Seine Eltern hatten den Zwischenfall nie wieder erwähnt.

Die Wohnung lag im vierten und obersten Stock eines rechteckigen, modernen Häuserblocks. Das Wohnzimmer ging nach vorne hinaus und hatte eine Glastür, die auf einen Balkon führte, gerade groß genug für zwei Stühle. Die Küche war klein, mit einem Klapptisch, an dem sie gerade eben zu dritt essen konnten. Es gab nur zwei Schlafzimmer, nach vorn hinaus das seiner Eltern, und sein eigenes, viel kleineres, mit Blick auf den Parkplatz, die Reihe der Schlackensteingaragen und die Stadt. Als Ergänzung für die Zentralheizung verfügte das Wohnzimmer über eine an der Wand befestigte Gasheizung, die seine Eltern nach dem Einzug mit einem blinden Kaminsims umrahmt hatten, damit die Mutter all ihre kleinen Schätze dort aufstellen konnte. Er erinnerte sich noch, daß die Mutter an dem Morgen, als sie die Wohnung besichtigten, auf den Balkon hinausgetreten war und gesagt hatte: »Sieh nur, Vater, als wäre man auf dem Deck eines Ozeandampfers!« Dabei war sie geradezu lebhaft herumgewirbelt, als denke sie an den Stapel alter Filmhefte, die sie aufbewahrte, an die Bilder in Pelz gehüllter Filmstars auf der Gangway, an das mit Wimpeln und Luftschlangen geschmückte Schiff, und höre in ihrer Phantasie das Tuten des Lotsenbootes und die Musik der Band auf dem Kai. Und tatsächlich hatten seine Eltern die Wohnung nach dem vorigen kleinen Terrassenreihenhaus von Anfang an als eine luxuriöse Verbesserung betrachtet. Im Sommer schoben sie die beiden Lehnsessel zum Fenster, damit sie das Meer sehen konnten. Im Winter drehten sie sie um und wärmten sich an der Gasheizung. Doch weder Winterstürme noch drückende Hitze, wenn

die Sommersonne auf die Glasscheiben brannte, entlockten ihnen jemals ein Wort der Sehnsucht nach ihrem früheren Leben.
Als der Vater pensioniert wurde, hatten sie ihren Wagen verkauft, und Jonathan benutzte die Garage für seinen gebraucht erstandenen Ford Fiesta. Jetzt eben stellte er ihn hinein und schloß die Tür. Während er sie absperrte, dachte er sich, wie anonym diese Wohnungen doch seien. Fast alle wurden von pensionierten Ehepaaren bewohnt, deren Gewohnheit es zu sein schien, am Vormittag spazierenzugehen, sich zum Nachmittagstee mit Freunden zu treffen und vor 7 Uhr abends wieder zu Hause zu sein. Wenn er von der Arbeit nach Hause kam, lag der Häuserblock totenstill da, und alle Gardinen waren zugezogen. Er fragte sich, ob Caroline erraten oder gewußt hatte, wie anonym sein eigenes Kommen und Gehen war. Vor der Wohnungstür zögerte er, den Schlüssel in der Hand, einen Moment und wünschte, den Augenblick der Begrüßung hinausschieben zu können. Doch längeres Warten würde auffallen; sie lauschten mit Sicherheit auf den Lift.
Die Mutter rannte ihm fast entgegen.
»Ist das nicht furchtbar? Das arme Kind! Dad und ich haben's in den Lokalnachrichten gehört. Aber wenigstens haben sie den Whistler gefunden. Diese Sorge sind wir nun los. Der wird keine Frau mehr umbringen.«
»Die Polizei meint, daß er vor Miss Robarts gestorben ist«, entgegnete er. »Es ist also möglich, daß es nicht der Whistler war.«
»Aber natürlich war es der Whistler! Sie ist doch genauso gestorben wie die anderen, nicht wahr? Wer sollte es sonst gewesen sein?«
»Das versucht die Polizei festzustellen. Sie waren den ganzen Morgen bei uns im Kraftwerk. Zu mir sind sie erst gegen 12 gekommen.«

»Weshalb sollten sie zu dir kommen? Die werden doch nicht etwa glauben, daß du was damit zu tun hattest!«
»Natürlich nicht, Mutter. Sie vernehmen alle, jeden einzelnen, der sie kannte. Außerdem hab ich ein Alibi.«
»Ein Alibi? Was für ein Alibi? Wieso brauchst du ein Alibi?«
»Ich brauche keins, aber zufällig habe ich eins. Ich habe gestern abend bei einem Mädchen vom Kraftwerk zu Abend gegessen.«
Sofort hellte sich ihre Miene auf, und die Freude über diese Neuigkeit stellte das Grauen des Mordes vollkommen in den Schatten. »Wer hat dich denn eingeladen, Jonathan?« wollte sie wissen.
»Ein Mädchen vom Kraftwerk. Das sagte ich doch.«
»Das weiß ich. Aber was für ein Mädchen? Warum bringst du sie nicht mit nach Hause? Du weißt, daß dies hier ebensogut dein Zuhause ist wie Dads und meins. Du kannst deine Freunde jederzeit mitbringen. Warum bittest du sie nicht am kommenden Samstag oder Sonntag zum Tee? Ich würde alles besonders schön machen, das beste Teeservice deiner Großmutter, ich mache dir bestimmt keine Schande.«
Plötzlich tat sie ihm furchtbar leid. Er antwortete: »Eines Tages vielleicht, Mum. Jetzt ist es noch ein bißchen früh.«
»Ich verstehe nicht, wie es jemals zu früh sein kann, deine Freunde kennenzulernen. Wenn sie dich nach einem Alibi fragen, ist es ja gut, daß du bei ihr warst. Um wieviel Uhr bist du nach Hause gekommen?«
»Ungefähr Viertel vor 11.«
»Das ist eigentlich nicht sehr spät. Du siehst müde aus. Es muß für euch alle in Larksoken ein Schock gewesen sein, ein Mädchen, das du kanntest, eine Verwaltungsangestellte, hieß es im Radio.«
»Ja«, sagte Jonathan, »es war ein Schock. Vermutlich habe ich deswegen auch keinen Hunger. Ich möchte gern noch ein bißchen warten vor dem Supper.«

»Aber es ist alles fertig, Jonathan. Lammkoteletts. Ich habe alles vorbereitet, sie müssen nur noch in den Grill. Und das Gemüse ist schon gar. Das Essen würde verderben.«
»Na schön. Ich brauche höchstens fünf Minuten.«
Er hängte sein Jackett in den Flur, ging in sein Zimmer, legte sich aufs Bett und starrte zur Decke. Bei dem Gedanken an Essen wurde ihm übel, aber er hatte fünf Minuten gesagt, und wenn er länger liegen blieb, würde sie an seine Tür klopfen. Sie klopfte immer an, sehr behutsam, zwei deutliche, diskrete Klopfer, wie bei einem verstohlenen Tête-à-tête. Was fürchtete sie zu finden, wenn sie unangekündigt eintrat? Er richtete sich auf und schwang die Beine über die Bettkante, wurde aber sofort von Übelkeit und einer Schwäche gepackt, die ihn sekundenlang fürchten ließ, er werde in Ohnmacht fallen. Doch er erkannte, um was es sich handelte: um eine Mischung aus Müdigkeit, Angst und purem Elend.
Trotzdem war es bisher gar nicht so schlimm gewesen. Sie waren zu dritt gewesen: Chief Inspector Rickards, dann ein stämmiger junger Mann mit ernstem Gesicht, der als Detective Sergeant Oliphant vorgestellt wurde, und ein jüngerer Mann, der in der Ecke saß, anscheinend Notizen machte und den vorzustellen niemand für notwendig erachtete. Für die Vernehmungen hatte man ihnen einen kleinen Raum neben der medizinisch-physikalischen Abteilung zur Verfügung gestellt, in dem die beiden Beamten in Zivilkleidung nebeneinander an einem Tischchen saßen. Im Zimmer roch es, wie immer, ein wenig nach Desinfektionsmittel. Er hatte nie begriffen, warum, denn dort wurden niemals Kranke behandelt. Die beiden weißen Kittel, die noch hinter der Tür hingen, und ein Tablett mit Reagenzgläsern, das jemand auf dem Karteischrank abgestellt hatte, verstärkten den Eindruck von Improvisation und Dilettantismus. Es verlief alles sehr ruhig und sachlich. Er hatte das Gefühl, am Fließband

abgefertigt zu werden, als einer von den Dutzenden von Leuten, die die Robarts gekannt hatten oder gekannt zu haben behaupteten, und die durch diese oder eine ähnliche Tür hereingekommen waren, um dieselben Fragen zu beantworten. Fast erwartete er, daß sie ihn baten, den Ärmel hochzurollen, und dann würde er den Stich der Nadel spüren. Das Sondieren, falls es zu einem Sondieren kam, würde später erfolgen. Aber er war überrascht darüber, daß er zunächst überhaupt keine Angst hatte. Irgendwie hatte er sich vorgestellt, die Polizisten wären mit einer fast übernatürlichen Fähigkeit zum Aufspüren von Lügen ausgestattet, und er werde, wenn er diesen Raum betrete, nur allzu deutlich sichtbar an der Last der Schuld, der Tatsachenverdrehung und der Verschwörung zur Behinderung der Justiz tragen.

Auf ihre Bitte hin nannte er Namen und Adresse, die der Sergeant sofort notierte. Dann fuhren sie fast gelangweilt fort: »Würden Sie uns bitte sagen, wo Sie gestern zwischen 6 und halb 11 Uhr abends waren?«

Er erinnerte sich, daß er gedacht hatte: warum 6 und halb 11? Sie war am Strand gefunden worden. Sie ging fast jeden Abend unmittelbar nach den 9-Uhr-Nachrichten schwimmen; das wußten alle, jedenfalls alle, die sie kannten. Und am Sonntag kamen die Nachrichten um zehn nach 9. Dann fiel ihm ein, daß sie genau wissen mußten, wann sie gefunden worden war. Es war noch zu früh für den Autopsiebericht. Aber vielleicht kannten sie die genaue Todeszeit noch nicht oder wollten auf Nummer Sicher gehen. 6 bis halb 11. Aber 9 Uhr, oder kurz nach 9, war zweifellos die richtige Zeit. Er wunderte sich, daß er das so logisch ausrechnen konnte.

»Bis nach dem Dinner war ich zu Hause bei meinen Eltern«, antwortete er. »Vom Mittagessen um 1 Uhr an, meine ich. Dann fuhr ich zu meiner Freundin Miss Caroline Amphlett

hinüber, um mit ihr den Abend zu verbringen. Bei ihr blieb ich bis kurz nach halb 11. Sie bewohnt einen Bungalow bei Holt und ist persönliche Assistentin von Direktor Mair.«
»Wir wissen, wo sie wohnt, Sir. Und wir wissen, wer sie ist. Hat irgend jemand Sie kommen oder gehen sehen?«
»Ich glaube nicht. Der Bungalow liegt sehr einsam, und es war nicht viel Verkehr auf der Straße. Möglicherweise hat mich jemand in unserem Wohnblock wegfahren sehen.«
»Und was haben Sie am Abend gemacht?«
Der Beamte in der Ecke schrieb jetzt nicht mehr, sondern beobachtete nur. Er wirkte aber keineswegs neugierig, ja, nicht einmal interessiert, sondern höchstens leicht gelangweilt.
»Caroline hat gekocht, und ich habe ihr geholfen. Die selbstgekochte Suppe war schon fertig und brauchte nur noch aufgewärmt zu werden. Wir aßen Champignonomelettes, Obst und Käse und tranken Wein dazu. Nach dem Essen plauderten wir. Dann gingen wir miteinander ins Bett.«
»Ich glaube, die intimeren Geschehnisse des Abends können wir uns ersparen, Sir. Seit wann sind Sie mit Miss Amphlett befreundet?«
»Seit ungefähr drei Monaten.«
»Und wann hatten Sie diesen gemeinsamen Abend geplant?«
»Einige Tage zuvor. Wann genau, weiß ich nicht mehr.«
»Und wann sind Sie nach Hause gekommen, Sir?«
»Kurz nach Viertel vor 10.« Ergänzend setzte er hinzu: »Dafür habe ich leider keine Zeugen. Meine Eltern waren über Nacht zu Besuch bei meiner verheirateten Schwester in Ipswich.«
»Wußten Sie, daß sie nicht dasein würden, als Sie mit Miss Amphlett Ihren gemeinsamen Abend planten?«
»Ja. Sie besuchen meine Schwester an jedem letzten Sonntag des Monats. Aber das hätte keine Rolle gespielt. Ich meine, schließlich bin ich achtundzwanzig. Ich wohne zwar bei

ihnen, bin ihnen über mein Kommen und Gehen aber keine Rechenschaft schuldig.«

Der Sergeant sah ihn an und stellte fest: »Achtundzwanzig und frei wie der Wind«, als wolle er es sich notieren. Jonathan errötete und dachte: Das war ein Fehler. Versuch nicht, allzu clever zu sein, erkläre nichts, beantworte nur ihre Fragen.

Der Chief Inspector sagte: »Vielen Dank, Sir, das wäre vorläufig alles.«

Als er er zur Tür ging, hörte er abermals Rickards' Stimme: »Sie war nicht sehr nett zu Ihnen, nicht wahr, diese Miss Robarts – wegen dieser Rundfunksendung, an der Sie teilgenommen haben: *Mein Glaube und mein Job?* Haben Sie die gehört, Sergeant?«

»Nein, Sir, ich habe sie nicht gehört«, antwortete der Sergeant phlegmatisch. »Kann mir nicht vorstellen, wieso ich die verpaßt habe. Muß faszinierend gewesen sein.«

Jonathan wandte sich um und sah sie an. »Sie war wirklich nicht sehr nett. Aber ich bin Christ. Daß das nicht immer einfach ist, liegt nahe.«

»Selig seid ihr, wenn euch die Menschen schmähen und verfolgen um des Evangeliums willen«, sagte Rickards. »Auch eine Art von Verfolgung, nicht wahr? Na schön, es hätte schlimmer kommen können. Wenigstens werden Sie heutzutage nicht mehr den Löwen vorgeworfen.«

Der Sergeant schien das für komisch zu halten.

Zum erstenmal überlegte Jonathan, woher sie wußten, daß Hilary ihn wegen der Sendung schikaniert hatte. Aus irgendeinem Grund hatte er sie mit seiner kurzen, eher armseligen Berühmtheit und seinem Glaubensbekenntnis in Rage gebracht. Irgend jemand aus dem Werk mußte es der Polizei gesagt haben. Schließlich hatten sie eine Menge Leute vernommen, bevor sie ihn hereinholten.

Aber jetzt hatte er bestimmt alles hinter sich. Er hatte der

Polizei sein Alibi gegeben, seines und ihres, und es gab keinen Grund, warum sie ihn noch einmal vernehmen sollten. Er mußte das Ganze einfach vergessen. Aber das konnte er nicht, das war ihm klar. Und als er Carolines Story jetzt noch einmal rekapitulierte, fielen ihm die Widersprüche darin auf. Warum hatte sie den Wagen an einer abgelegenen Stelle der Straße geparkt, auf einem Feldweg unter ein paar Bäumen? Warum war sie mit Remus zur Landzunge gefahren, wo es doch gleich in der Nähe ihres Hauses reichlich Auslaufmöglichkeiten gab? Er hätte es ja verstehen können, wenn sie den Hund am Strand und im Wasser laufen lassen wollte, laut ihrer Aussage jedoch waren sie gar nicht zum Strand gegangen. Und welchen Beweis gab es dafür, daß sie die Klippen erst um 10 Uhr erreicht hatte, eine halbe Stunde nach dem angenommenen Zeitpunkt von Hilary Robarts' Tod?

Und dann die Geschichte mit ihrer Mutter. Die konnte er ihr einfach nicht abnehmen, hatte sie ihr schon nicht geglaubt, als sie sie ihm erzählte, und glaubte sie ihr jetzt noch weniger. Aber das konnte er sicher nachprüfen. In London gab es Privatdetektive, Agenturen, die derartige Nachforschungen übernahmen. Dieser Gedanke stieß ihn ab, erregte ihn aber auch. Die Vorstellung, daß er sich tatsächlich mit solchen Leuten in Verbindung setzen und ihnen Geld bezahlen sollte, damit sie Caroline nachspionierten, erschreckte ihn durch ihre Verwegenheit. Das würde Caroline nicht von ihm erwarten, das würde niemand von ihm erwarten. Aber warum eigentlich nicht? Er hatte Geld, er konnte bezahlen. Es war nichts Anstößiges an einer Nachforschung. Zunächst aber mußte er ihr Geburtsdatum in Erfahrung bringen. Das dürfte nicht weiter schwierig sein. Er kannte Shirley Coles, die Bürogehilfin der Personalabteilung. Manchmal glaubte er, daß sie ihn mochte. Sie würde ihn zwar nicht Einblick in Carolines Personalakte nehmen lassen, war aber möglicher-

weise bereit, ihm eine harmlose kleine Information zu geben. Er konnte behaupten, er wolle Caroline ein Geburtstagsgeschenk machen und nehme an, daß dieser Tag kurz bevorstehe. Mit ihrem Namen und Geburtsdatum vermochte man doch bestimmt ihre Eltern aufzuspüren. Es mußte möglich sein herauszufinden, ob ihre Mutter noch lebte, wo sie wohnte und wie es mit ihren finanziellen Verhältnissen aussah. In der Bibliothek gab es mit Sicherheit ein Exemplar der Gelben Seiten von London, in dem die Privatdetekteien aufgeführt waren. Schriftlich wollte er sich lieber nicht an eine solche Agentur wenden, doch telephonisch konnte er sich eine erste Auskunft erbitten. Falls notwendig, konnte er sich einen Tag frei nehmen und nach London fahren. Ich *muß* es wissen, sagte er sich. Wenn das gelogen war, ist alles gelogen: der Spaziergang auf den Klippen, alles, was sie mir erzählt hat, selbst ihre Liebe.
Er hörte es zweimal an der Tür klopfen. Zu seinem Entsetzen merkte er, daß er weinte – nicht geräuschvoll, doch mit einem lautlosen Tränenstrom, den er nicht unterdrücken konnte. »Ich komme schon!« rief er laut. Dann trat er ans Waschbecken und kühlte sich das Gesicht. Als er aufblickte, sah er sich im Spiegel. Er hatte den Eindruck, daß Angst und Müdigkeit und eine gewisse Wunde in seiner Seele, die zu tief lag, um zu heilen, ihn all seiner jämmerlichen Selbsttäuschungen beraubt hatten, daß dieses Gesicht, bisher wenigstens durchschnittlich und vertraut, für ihn genauso abstoßend geworden war, wie es für Caroline sein mußte. Er starrte sein Spiegelbild an und betrachtete es durch ihre Augen: das stumpf-braune Haar mit den Schuppen darin, die sich durch das tägliche Waschen nur noch zu vermehren schienen, die geröteten Augen, ein bißchen zu eng stehend, und die feuchte, blasse Stirn, auf der die Akne-Pickel leuchteten wie ein Stigma sexueller Schande.
Sie liebt mich nicht und hat mich nie geliebt, dachte er. Aus

zwei Gründen hat sie mich gewählt: weil sie wußte, daß ich sie liebe, und weil sie mich für zu dämlich hielt, um die Wahrheit zu entdecken. Aber ich bin nicht dämlich, und ich werde die Wahrheit entdecken. Mit der kleinsten Lüge würde er beginnen, der Lüge über ihre Mutter. Und was war mit seinen eigenen Lügen, mit der Lüge seinen Eltern gegenüber, dem falschen Alibi bei der Polizei? Und dann die größte Lüge überhaupt: »Ich bin Christ. Daß das nicht immer einfach ist, liegt nahe.« Er war kein Christ mehr, war möglicherweise nie einer gewesen. Seiner Bekehrung hatte nichts weiter zugrunde gelegen als das Bedürfnis, akzeptiert, ernst genommen, als Freund anerkannt zu werden von diesem kleinen Kreis ernsthafter Gläubiger, die ihn wenigstens um seiner selbst willen schätzten. Aber das stimmte nicht. Nichts davon stimmte. An einem einzigen Tag hatte er erkennen müssen, daß die beiden wichtigsten Dinge in seinem Leben, Religion und Liebe, nichts weiter waren als Selbsttäuschungen.

Das zweimalige Klopfen an der Tür klang diesmal dringlicher. »Ist alles in Ordnung, Jonathan?« rief seine Mutter. »Die Lammkoteletts verbrutzeln!«

»Alles in Ordnung, Mutter. Ich komme sofort.«

Aber es dauerte noch eine weitere Minute, bis er sein Gesicht so weit gekühlt hatte, daß es wieder normal aussah und er gefahrlos die Tür öffnen konnte, um zum Essen mit seinen Eltern zu gehen.

Fünftes Buch

Dienstag, 27. September,
bis Donnerstag, 29. September

33

Jonathan Reeves wartete, bis er sah, daß Mrs. Simpson ihren Arbeitsplatz verließ, um Kaffee zu holen; dann betrat er das Personalbüro, in dem die Akten der Angestellten aufbewahrt wurden. Sämtliche Personalunterlagen waren, wie er wußte, im Computer abgespeichert worden, die Originalakten jedoch existierten immer noch und wurden von Mrs. Simpson bewacht, als handele es sich um eine Sammlung heikler und gefährlicher Informationen. Mrs. Simpson näherte sich dem Ende ihres Arbeitslebens und war mit den Computerunterlagen überhaupt nicht zurechtgekommen. Für sie existierte nur eine einzige Realität: das, was schwarz auf weiß zwischen den Aktendeckeln einer offiziellen Kartei untergebracht war. Shirley Coles, ihre Bürogehilfin, war eine neu eingestellte, hübsche Achtzehnjährige aus dem Dorf. Sie war eindringlich auf die Autorität des Direktors und der Abteilungsleiter hingewiesen worden, hatte sich aber noch nicht jenes subtilere Gesetz angeeignet, das jede Betriebsorganisation bestimmt und die Angestellten in zwei Gruppen unterteilt: diejenigen, deren Wünsche ohne Rücksicht auf den Dienstgrad ernst zu nehmen sind, und jene, die man ungestraft ignorieren darf. Sie war ein zuvorkommendes Mädchen, sehr diensteifrig und dankbar für jede Freundlichkeit.

»Ich bin fast sicher, daß sie Anfang kommenden Monats Geburtstag hat«, erklärte Jonathan. »Die Personalakten sind vertraulich, das ist mir klar, aber es geht ja nur um ihr Geburtsdatum. Wenn Sie doch bitte nur kurz mal nachsehen und mir das Datum sagen könnten.«

Er merkte, daß er unbeholfen und nervös wirkte, aber das

konnte ihm hier nur helfen, denn sie wußte, was es hieß, sich unbeholfen und nervös zu fühlen. »Nur das Geburtsdatum«, ergänzte er. »Ehrlich. Und ich werde niemandem sagen, woher ich's weiß. Sie hat's mir gesagt, aber ich hab's vergessen.«
»Ich darf nicht, Mr. Reeves.«
»Das ist mir klar, aber ich wüßte nicht, wie ich es sonst rausfinden soll. Sie wohnt nicht zu Hause, deswegen kann ich auch ihre Mutter nicht fragen. Es wäre mir wirklich unangenehm, wenn sie annehmen müßte, ich hätte ihren Geburtstag vergessen.«
»Könnten Sie nicht noch mal wiederkommen, wenn Mrs. Simpson da ist? Die wird's Ihnen bestimmt sagen. Ich darf keine Akten öffnen, solange sie weg ist.«
»Ich könnte sie zwar bitten, aber das möchte ich lieber nicht tun. Sie wissen doch, wie sie immer ist. Sie würde mich ganz zweifellos auslachen. Wegen Caroline. Aber Sie, dachte ich, würden Verständnis für mich haben. Wo ist Mrs. Simpson?«
»Macht Kaffeepause. Sie nimmt sich immer zwanzig Minuten. Aber Sie sollten sich lieber an die Tür stellen und mir Bescheid geben, wenn jemand kommt.«
Statt dessen bezog er neben dem Aktenschrank Posten und sah zu, wie sie zum Tresorschrank mit dem Kombinationsschloß ging und die Wählscheibe drehte. »Darf die Polizei Einblick in die Personalakten nehmen, wenn sie das wollen?«
»Aber nein, Mr. Reeves, das wäre nicht zulässig. Die sieht niemand außer Dr. Mair und Mrs. Simpson. Weil sie streng vertraulich sind. Miss Robarts' Akte hat die Polizei allerdings gesehen. Dr. Mair hat sie gleich Montag morgen verlangt, noch ehe die Polizei herkam. Er hat sie sofort telephonisch angefordert, als er in seinem Büro eintraf. Mrs. Simpson hat sie ihm persönlich gebracht. Aber das ist was anderes. Hilary Robarts ist tot. Und wenn man tot ist, gibt es nichts Vertrauliches mehr.«

»Nein«, stimmte er ihr zu, »wenn man tot ist, gibt es nichts Vertrauliches mehr.« Und plötzlich sah er sich in jenem kleinen Mietshaus in Ramford, wie er der Mutter half, Großvaters Sachen auszuräumen, nachdem er einen Herzanfall erlitten hatte; er erinnerte sich an die schmutzigen Kleidungsstücke, den Geruch, den Speiseschrank mit dem Vorrat von gebackenen Bohnen, von denen sich der Großvater hauptsächlich ernährte, die nicht abgedeckten Schüsseln voll ausgetrockneter, verschimmelter Speisereste, die unanständigen Zeitschriften, die Jonathan unten in einer Schublade gefunden und die ihm die Mutter mit hochrotem Kopf aus der Hand gerissen hatte. O nein, wenn man erst tot war, gab es nichts Vertrauliches mehr.
Mit dem Rücken zu ihm sagte Shirley Coles: »Ist das nicht schrecklich, das mit dem Mord? Irgendwie kann man sich das gar nicht vorstellen. Nicht von einem Menschen, den man persönlich kannte. Für uns in der Personalabteilung bedeutet das eine Menge Mehrarbeit. Die Polizei hat eine Liste sämtlicher Angestellten mit ihren Adressen verlangt. Und jeder hat ein Formular gekriegt, auf dem gefragt wird, wo er am Sonntag abend war und mit wem. Sie wissen schon. Sie haben doch auch eins bekommen. Wie wir alle.«
Das Kombinationsschloß erforderte Präzision. Da ihr erster Versuch erfolglos verlaufen war, drehte sie nun sehr sorgfältig noch einmal. O Gott, dachte er, warum kann sie sich nicht beeilen! Doch da schwang endlich die Schranktür auf. Flüchtig sah er die Kante einer kleinen Metallkassette. Shirley entnahm ihr einen Schlüsselbund, kehrte zum Aktenschrank zurück, wählte einen Schlüssel und schob ihn ins Schloß. Die Schublade glitt auf einen leichten Fingerdruck heraus. Inzwischen schien er sie mit seiner Nervosität angesteckt zu haben. Sie warf einen besorgten Blick zur Tür hinüber und blätterte rasch die hängenden Aktenhefter durch.

»Da ist sie!«
Er mußte sich zusammennehmen, um sie ihr nicht aus der Hand zu reißen. Sie schlug den Hefter auf und sah das vertraute gelbbraune Formular, das er ebenfalls ausgefüllt hatte, als er die Arbeit beim Kraftwerk antrat: Carolines Bewerbung für ihre gegenwärtige Position. Alles, was er wissen wollte, lag in ihrer sauberen Druckschrift vor ihm ausgebreitet. Caroline Sophia St. John Amphlett, geboren am 14. Oktober 1957 in Aldershot, England, Nationalität britisch.
Shirley klappte den Aktenhefter zu, legte ihn zurück und schloß die Schublade. Beim Absperren sagte sie: »Jetzt wissen Sie's also. 14. Oktober. Das ist tatsächlich schon bald. Gut, daß Sie sich vergewissert haben. Wie werden Sie den Tag feiern? Wenn das Wetter gut ist, könnten Sie auf dem Boot ein Picknick veranstalten.«
Verwirrt erkundigte er sich: »Was für ein Boot? Wir haben kein Boot.«
»Doch, Caroline hat eins. Sie hat Mr. Hoskins' alten Kabinenkreuzer gekauft, der in Wells-next-the-Sea liegt. Das weiß ich, weil er einen Zettel in Mrs. Brysons Fenster in Lydstett gehängt hat, und mein Onkel Ted meinte, man könne es sich ja mal ansehen, weil es ziemlich billig war. Doch als er anrief, teilte ihm Mr. Hoskins mit, er habe es an Miss Amphlett aus Larksoken verkauft.«
»Wann war das?«
»Vor drei Wochen. Hat sie Ihnen nichts davon gesagt?«
Noch ein Geheimnis, dachte er sich, ein harmloses vermutlich, aber immerhin seltsam. Sie hatte niemals auch nur das geringste Interesse für Boote oder das Meer gezeigt. Ein alter Kabinenkreuzer, der billig zu verkaufen war. Und jetzt war Herbst, mit Sicherheit nicht die günstigste Jahreszeit, um sich ein Boot zuzulegen.
Er hörte Shirleys Stimme sagen: »Sophia ist ein hübscher

Name. Altmodisch, aber mir gefällt er. Nur sieht sie nicht wie eine Sophia aus, finden Sie nicht?«
Doch Jonathan hatte mehr gesehen als nur ihren vollen Namen und das Geburtsdatum, denn darunter standen die Namen ihrer Eltern. Vater: Charles Roderick St. John Amphlett, verstorben, Army-Offizier. Mutter: Patricia Caroline Amphlett. Er hatte einen Zettel aus seinem Notizbuch mitgebracht und notierte sich rasch sowohl die Daten als auch die Namen. Das war ein Glücksfall! Er hatte vergessen, daß das Bewerbungsformular so detailliert war. Mit diesen Informationen mußte eine Detektei doch wohl in der Lage sein, ihre Mutter ohne große Probleme zu finden.
Erst als die Schlüssel wieder im Panzerschrank lagen, konnte er aufatmen. Nun, da er hatte, was er wollte, erschien es ihm undankbar, sofort zu verschwinden. Allerdings mußte er unbedingt fort sein, bevor Mrs. Simpson zurückkam, Shirley die unvermeidliche Frage stellte, was er hier zu suchen habe, und das junge Mädchen zu einer Lüge zwang. Einen Augenblick aber wartete er noch, während sie wieder an ihrem Schreibtisch Platz nahm. Verspielt begann sie Büroklammern zu einer Kette aneinanderzuhängen.
»Diesen Mord finde ich wirklich furchtbar, ehrlich. Wissen Sie, was? Ich war am Sonntag nachmittag doch tatsächlich dort, ich meine an der Stelle, wo sie umgebracht wurde. Wir haben ein Picknick am Strand gemacht, damit Christopher im Sand spielen konnte. Mum, Dad, Christopher und ich. Das ist mein kleiner Bruder, der ist erst vier. Wir haben auf der Landzunge geparkt, höchstens fünfzig Meter von Miss Robarts' Cottage entfernt, aber gesehen haben wir sie natürlich nicht. Wir haben den ganzen Nachmittag lang überhaupt keinen gesehen, nur von weitem Mrs. Jago, die mit dem Fahrrad ihr Kirchenblättchen austrug.«
»Haben Sie das der Polizei mitgeteilt?« erkundigte sich Jo-

nathan. »Ich glaube, das würde die sehr interessieren. Ich meine, zu hören, daß Sie in der Nähe ihres Cottage niemanden gesehen haben.«

»O ja, natürlich habe ich denen das erzählt. Und es hat sie sehr interessiert. Sie haben mich sogar gefragt, ob Christopher Sand auf dem Pfad verstreut hat. Und das hatte er tatsächlich. War das nicht komisch? Ich meine, daß die auf so was kommen.«

»Wann waren Sie dort?« fragte Jonathan.

»Das haben die mich auch gefragt. Nicht sehr lange. Nur von ungefähr halb 2 bis ungefähr halb 4. Gepicknickt haben wir im Wagen. Mum meinte, es sei nicht die richtige Jahreszeit, um draußen am Strand zu sitzen und zu frieren. Dann sind wir den Pfad entlang bis zu der kleinen Bucht gegangen, und Christopher hat am Wasser eine Sandburg gebaut. Es war ein großer Spaß für ihn, aber für uns andere war es nicht warm genug, um länger dazusitzen. Mum mußte ihn praktisch wegzerren, und er hat gebrüllt wie am Spieß. Dad ging zum Wagen vor, und wir kamen nach. Mum sagte: ›Ich verbiete dir, diesen Sand ins Auto mitzunehmen, Christopher! Du weißt genau, daß dein Dad das nicht duldet.‹ Deswegen hat sie ihn gezwungen, den Eimer auszuschütten. Unter weiterem Gebrüll von Christopher natürlich. Ehrlich, dieses Kind ist manchmal ein richtiger Satansbraten! Komisch, nicht wahr? Ich meine, daß wir am selben Nachmittag dort waren.«

»Warum, glauben Sie, haben die sich so sehr für den Sand interessiert?« wollte Jonathan wissen.

»Das hat Dad mich auch gefragt. Der Detective, der hier war und mich vernommen hat, sagte, daß sie vielleicht einen Fußabdruck finden würden und ihn für die weiteren Ermittlungen eliminieren könnten, falls er von uns stammt. Gestern abend kamen dann zwei junge Detectives, sehr nett alle beide, um mit Dad und Mum zu sprechen. Sie fragten Dad und Mum, was für Schuhe sie getragen hätten, und erkundigten sich, ob sie die Schuhe mitnehmen könnten. Na ja, das würden sie doch bestimmt nicht tun, wenn sie nichts gefunden hätten – oder?«

»Das muß ziemlich schlimm für Ihre Eltern gewesen sein«, meinte Jonathan.

»O nein, die haben sich überhaupt nicht darüber aufgeregt. Schließlich waren wir ja nicht dort, als sie ermordet wurde, nicht wahr? Von der Landzunge aus sind wir dann zum Tee zu Großmutter nach Hunstanton gefahren. Und von dort nach Hause erst um halb 10. Viel zu spät für Christopher, hat Mum gesagt. Er hat den ganzen Weg im Wagen geschlafen. Aber komisch ist es doch, nicht wahr? Tatsächlich am selben Tag dort gewesen zu sein. Wenn sie nur ein paar Stunden früher umgebracht worden wäre, hätten wir die Leiche gesehen. Ich glaube, an den Teil des Strandes werden wir nicht noch einmal gehen. Nicht für tausend Pfund würd ich im Dunkeln da hingehn. Ich hätte Angst, ihrem Geist zu begegnen. Aber komisch ist das mit dem Sand, nicht wahr? Ich meine, wenn sie da einen Fußabdruck finden und der ihnen hilft, den Mörder zu fangen, dann schließlich nur, weil Christopher unbedingt am Strand spielen wollte und Mum ihn gezwungen hat, den Sand auszuschütten. Ich meine, so eine Kleinigkeit. Mum sagt, das erinnert sie an die Predigt des Pfarrers am letzten Sonntag, als er davon sprach, daß auch die kleinste Handlung von uns weitreichende Folgen haben kann. Ich erinnere mich nicht daran. Das heißt, das Singen im Chor macht mir schon Spaß, aber Mr. Smolletts Predigten sind todlangweilig.«

Etwas so Unbedeutendes, ein Fußabdruck in weichem Sand. Und wenn sich dieser Fußabdruck in dem von Christopher verschütteten Sand befand, stammte er von jemandem, der den Pfad später als halb 4 am Sonntag nachmittag entlanggegangen war.

»Wie viele Personen wissen davon?« fragte er. »Haben Sie außer der Polizei noch anderen Leuten davon erzählt?«
»Niemandem außer Ihnen. Sie haben gesagt, wir sollen nicht darüber sprechen, und das hab ich auch nicht getan – bis jetzt. Ich weiß, daß Mrs. Simpson neugierig war, als ich bat, mit Chief Inspector Rickards sprechen zu dürfen. Immer wieder sagte sie, daß sie nicht begreife, was ich denen mitteilen könnte, und daß ich die Zeit der Polizei nicht verschwenden soll, nur um mich wichtig zu machen. Ich nehme an, sie befürchtete, ich könnte denen von dem Streit erzählen, den sie mit Miss Robarts hatte, als Dr. Gledhills Personalakte verschwunden war und Dr. Mair sie die ganze Zeit über hatte. Aber davon werden Sie doch niemandem was sagen, oder? Nicht einmal Miss Amphlett – bitte!«
»Nein, nein«, versicherte er ihr ernst, »ich sage nichts. Nicht einmal ihr.«

34

Es gab überraschend viele Detekteien in den Gelben Seiten und offenbar wenig Kriterien, nach denen man zwischen ihnen wählen konnte. Jonathan entschied sich für die größte und notierte sich die Londoner Telephonnummer. Vom Kraftwerk aus anzurufen wäre unklug gewesen, aber er wollte auch nicht warten, bis er zu Hause war, wo er noch weniger ungestört telephonieren konnte. Außerdem wollte er diesen Anruf so schnell wie möglich hinter sich bringen. Deswegen entschied er sich dafür, in einem Pub im Dorf zu Mittag zu essen und sich anschließend eine Telephonzelle zu suchen.
Der Vormittag erschien ihm endlos, daher erklärte er um 12 Uhr, er werde jetzt schon seine Mittagspause nehmen, und machte sich, nachdem er sich vergewissert hatte, daß er

genügend Kleingeld besaß, auf den Weg. Die nächste Telephonzelle befand sich neben dem Kramladen im Dorf – eine ziemlich exponierte Lage, aber er sagte sich, es gebe keinen Grund für besondere Vorsicht.
Sein Anruf wurde von einer Frau entgegengenommen. Da er sich gut überlegt hatte, was er sagen wollte, schien sie nichts Außergewöhnliches an seinem Anliegen zu finden. Wie sich jedoch herausstellte, war das Ganze nicht so einfach, wie er gehofft hatte. Ja, sagte sie, mit den gelieferten Informationen könne die Agentur natürlich eine Person ausfindig machen, aber es gebe keine feste Gebühr. Alles hänge davon ab, wie schwierig sich die Nachforschungen gestalteten und wieviel Zeit sie in Anspruch nähmen. Bis man den Auftrag offiziell erhalten habe, sei es unmöglich, die Kosten auch nur annähernd zu kalkulieren. Sie konnten vielleicht nur zweihundert Pfund, genausogut aber auch vierhundert Pfund betragen. Dann riet sie ihm, möglichst sofort zu schreiben, alle Informationen, die sich in seinem Besitz befanden, aufzulisten, und eindeutig zu erklären, was er verlange. Dem Schreiben solle er außerdem eine Anzahlung von hundert Pfund beifügen. Dafür werde der Auftrag selbstverständlich als Eilsache behandelt; bevor er ihn jedoch nicht schriftlich eingereicht hätte, könne man nicht mit Bestimmtheit sagen, wieviel Zeit er in Anspruch nehmen würde. Jonathan bedankte sich, erklärte, er werde schreiben, und war, als er den Hörer auflegte, heilfroh, seinen Namen nicht genannt zu haben. Irgendwie hatte er sich vorgestellt, sie würden die Informationen telephonisch aufnehmen, ihm mitteilen, was es kosten werde, und ihm schnelle Ergebnisse versprechen. So aber war ihm die Sache viel zu formell, zu teuer und zu zeitraubend. Er überlegte, ob er es mit einer anderen Detektei versuchen sollte, sagte sich aber dann, daß die ihm in dieser wettbewerbsintensiven Branche kaum etwas Positiveres sagen würde.

Als er zum Kraftwerk zurückkehrte und seinen Wagen parkte, hatte er sich fast entschlossen, nicht weiterzumachen. Dann aber kam ihm der Gedanke, eigene Nachforschungen anzustellen. Der Name war recht außergewöhnlich; vielleicht war ja im Telephonbuch von London ein Amphlett zu finden, und wenn nicht in London, dann lohnte sich vielleicht ein Versuch bei einigen anderen Großstädten. Außerdem war Carolines Vater Offizier gewesen. Möglicherweise gab es ein Armeeverzeichnis – hieß es nicht Army List? –, in dem er nachschlagen konnte. Es lohnte sich, einige Recherchen anzustellen, bevor er sich in Unkosten stürzte, die er sich nicht leisten konnte, und die Vorstellung, an eine Detektei zu schreiben, sein Anliegen schwarz auf weiß vorzutragen, nahm ihm endgültig den Mut. Er kam sich allmählich vor wie ein Verschwörer – eine völlig ungewohnte Rolle, die ihn erregte und zugleich einen Teil seines Wesens ansprach, von dessen Existenz er bisher nichts geahnt hatte. Er würde ganz allein arbeiten, und wenn er damit keinen Erfolg hatte, würde er eben weiterüberlegen. Der erste Schritt war dann erstaunlich unkompliziert – so einfach, daß er bei dem Gedanken errötete, nicht schon viel früher darauf gekommen zu sein. Er ging abermals zur Bibliothek und schlug im Telephonbuch von London nach. Und da gab es tatsächlich eine P. C. Amphlett mit Adresse in der Pont Street, SW 1. Sekundenlang starrte er wie betäubt auf die Zeile, dann zog er mit bebenden Fingern sein Notizbuch heraus und schrieb sich die Telephonnummer auf. Die Initialen waren dieselben wie die von Carolines Mutter, aber es gab keine Angabe, die das Geschlecht bestimmt hätte. Der Teilnehmer konnte auch ein Mann sein; es konnte reiner Zufall sein. Und die Bezeichnung Pont Street sagte ihm überhaupt nichts, obwohl er sich nicht vorstellen konnte, daß SW 1 ein Armenviertel von London war. Aber hätte sie ihm eine Lüge aufgetischt, die schon ein einziger Blick ins

Telephonbuch aufdecken mußte? Nur, wenn sie sich ihrer Überlegenheit, seiner Hörigkeit ihr gegenüber, seiner Unzulänglichkeit und Dummheit so sicher war, daß sie es für überflüssig hielt, sich darüber Gedanken zu machen. Sie hatte dieses Alibi gebraucht, und er hatte es ihr verschafft. Und wenn das eine Lüge war, wenn er zur Pont Street ging und entdeckte, daß ihre Mutter keineswegs in Armut lebte – was hatte sie ihm sonst noch für Unwahrheiten aufgetischt? Wann genau war sie auf der Landzunge gewesen und warum? Doch das waren Verdächtigungen, die er nicht ernsthaft in Erwägung ziehen konnte, das war ihm klar. Die Vorstellung, Caroline hätte Hilary Robarts umgebracht, war lächerlich. Doch warum hatte sie der Polizei nicht die Wahrheit sagen wollen?

Nun aber wußte er, wie sein nächster Schritt aussehen mußte. Auf dem Heimweg konnte er die Nummer in der Pont Street anrufen und nach Caroline fragen. Damit wäre wenigstens geklärt, ob es sich um die Adresse ihrer Mutter handelte oder nicht. Und wenn sie es war, würde er sich einen Tag Urlaub nehmen oder bis zum Samstag warten, sich einen Vorwand für eine Fahrt nach London ausdenken und sich persönlich überzeugen.

Der Nachmittag zog sich endlos hin, weil es ihm schwerfiel, seine Gedanken auf die Arbeit zu konzentrieren. Außerdem fürchtete er, daß Caroline auftauchen und ihm vorschlagen könnte, zu ihr nach Hause mitzukommen. Aber sie schien ihm auszuweichen, und das registrierte er in diesem Fall mit Dankbarkeit. Kopfschmerzen vorschützend, verließ er das Werk zehn Minuten früher und stand zwanzig Minuten darauf wieder in der Telephonzelle von Lydsett. Als er gewählt hatte, klingelte es fast eine halbe Minute, und er wollte gerade aufgeben, als am anderen Ende doch noch abgenommen wurde. Eine Frauenstimme nannte langsam und deutlich die Nummer des Anschlusses. Er hatte be-

schlossen, sich einen schottischen Akzent zuzulegen; er war ein ziemlich guter Imitator, und außerdem war seine Großmutter mütterlicherseits Schottin gewesen. Es würde ihm nicht schwerfallen, überzeugend zu wirken. »Könnte ich bitte Miss Caroline Amphlett sprechen?« fragte er.
Langes Schweigen; dann erkundigte sich die Frau gedämpft: »Wer spricht?«
»Mein Name ist John McLean. Wir sind alte Freunde.«
»Ach ja, Mr. McLean? Wie kommt es dann, daß ich Sie nicht kenne und daß Sie anscheinend nicht wissen, daß Miss Amphlett hier nicht mehr wohnt?«
»Könnten Sie mir dann bitte ihre Adresse geben?«
Wiederum Schweigen. Dann sagte die Stimme: »Ich glaube kaum, daß ich das tun werde, Mr. McLean. Doch wenn Sie ihr eine Nachricht hinterlassen wollen, werde ich dafür sorgen, daß sie sie erhält.«
»Spreche ich mit ihrer Mutter?« wollte er wissen.
Die Stimme lachte. Es war kein angenehmes Lachen. Dann sagte sie: »Nein, ich bin nicht ihre Mutter. Hier spricht Miss Beasley, die Haushälterin. Aber mußten Sie mich das wirklich fragen?«
Auf einmal kam ihm der Gedanke, es könnte zwei Caroline Amphletts geben, und zwei Mütter mit denselben Initialen. Es war nur eine entfernte Möglichkeit, aber er wollte sichergehen.
»Arbeitet Caroline noch immer im AKW Larksoken?«
Diesmal gab es keinen Zweifel. Ihre Stimme schnarrte vor Mißfallen, als sie antwortete: »Wenn Ihnen das bekannt ist, Mr. McLean, warum rufen Sie dann bei mir an?«
Damit wurde energisch der Hörer aufgelegt.

35

Es war am Dienstag abend nach halb 11, als Rickards zum zweitenmal zur Larksoken-Mühle kam. Er hatte sich kurz nach 6 Uhr telephonisch angemeldet und erklärt, es handle sich, obwohl es so spät sei, um einen offiziellen Besuch; es gebe Fakten, die er überprüfen, und eine Frage, die er stellen müsse. Im Verlauf des Tages war Dalgliesh zum Polizeirevier Hoveton gefahren, um Bericht über das Auffinden der Leiche zu erstatten. Rickards war nicht dort gewesen, doch Oliphant, offensichtlich bereits auf dem Weg hinaus, war noch geblieben und hatte ihn kurz über den Stand der Untersuchung informiert – nicht widerwillig, aber mit einer gewissen Förmlichkeit, die darauf schließen ließ, daß er Instruktionen erhalten hatte. Und nun schien auch Rickards ein bißchen verlegen zu sein, als er sich die Jacke auszog und in demselben Ohrensessel rechts vom Kamin Platz nahm, in dem er auch beim erstenmal gesessen hatte. Er trug einen dunkelblauen Nadelstreifenanzug, der trotz sorgfältiger Verarbeitung den etwas schäbigen und abgetragenen Eindruck eines zum zweitbesten herabgestuften Kleidungsstücks machte. Dennoch wirkte er an seinem schlaksigen Körper seltsam städtisch und damit fehl am Platz und verlieh ihm das Aussehen eines Mannes, der für eine zwanglose Hochzeit oder für ein Einstellungsgespräch gekleidet ist, in das er wenig Hoffnung setzt. Von der nur unzulänglich kaschierten Feindseligkeit, der Bitterkeit über sein eigenes Versagen nach dem Tod des Whistlers und selbst der rastlosen Energie des Sonntagabends war nichts zu spüren. Dalgliesh fragte sich, ob er mit dem Chief Constable gesprochen und ihn um Rat gebeten hatte. Falls ja, konnte er sich vorstellen, wie dieser gelautet hatte. Es mußte derselbe gewesen sein, wie er ihn dem Mann erteilt haben würde.

»Es ist ärgerlich, daß er sich in Ihrem Dienstbereich aufhält, aber er gehört zu den rangältesten Kriminalbeamten der Met und ist der Liebling des Commissioners. *Und* er kennt diese Leute, denn er war auf der Dinnerparty der Mairs. Er hat die Leiche gefunden. Er besitzt wichtige Informationen. Na schön, er ist ein Profi, er wird sie nicht zurückhalten, aber Sie werden sie leichter kriegen und sich genauso wie ihm das Leben angenehmer machen, wenn Sie endlich aufhören, ihn wie einen Rivalen oder, schlimmer noch, wie einen Verdächtigen zu behandeln.«

Während er Rickards einen Whisky reichte, erkundigte sich Dalgliesh nach dessen Frau.

»Ihr geht's gut, wirklich gut.« Aber sein Ton klang ein wenig gezwungen.

»Jetzt, wo der Whistler tot ist, wird sie wieder nach Hause kommen, nehme ich an«, sagte Dalgliesh.

»Sollte man meinen, nicht wahr? Ich möchte gern, sie möchte gern, aber es gibt da noch ein winziges Problem: Sues Mutter. Die will nämlich nicht, daß ihr Lämmchen mit so unangenehmen Dingen in Berührung kommt, vor allem Mord, und vor allem nicht gerade jetzt.«

»Es ist aber recht schwierig, sich von unangenehmen Dingen, selbst von Mord, fernzuhalten, wenn man einen Polizeibeamten heiratet«, entgegnete Dalgliesh.

»Meine Schwiegermutter war immer dagegen, daß Sue einen Polizeibeamten heiratet.«

Dalgliesh war erstaunt über die Bitterkeit in Rickards' Ton. Abermals wurde ihm voll Unbehagen bewußt, daß man ihn um einen beruhigenden Zuspruch bat, und genau den konnte er ihm am allerwenigsten geben. Während er nach ein paar trostspendenden Worten suchte, warf er noch einmal einen Blick auf Rickards Gesicht, auf diesen Ausdruck der Müdigkeit, ja fast der Kapitulation, auf die Falten, die im tanzenden Licht des Holzfeuers noch tiefer eingekerbt wirkten, und nahm Zuflucht zu eher praktischen Dingen.

»Haben Sie schon gegessen?« erkundigte er sich.
»Ich werde mir was aus dem Kühlschrank holen, wenn ich wieder zu Hause bin.«
»Ich hab noch einen Rest Cassoulet, falls Sie das mögen. Den könnte ich Ihnen schnell aufwärmen.«
»Dazu sage ich nicht nein, Mr. Dalgliesh.«
Rickards verschlang das Cassoulet von einem Tablett auf seinem Schoß so heißhungrig, als hätte er seit Tagen nichts mehr zu essen bekommen, und stippte die Sauce anschließend mit einer Brotkruste auf. Ein einziges Mal nur blickte er von seinem Teller hoch und fragte: „Haben Sie das selbst gekocht, Mr. Dalgliesh?«
»Wenn man allein lebt, muß man wenigstens die Grundbegriffe des Kochens erlernen, wenn man sich, was die Freuden des Lebens betrifft, nicht von einem anderen abhängig machen will.«
»Und das würden Sie bestimmt nicht wollen, nicht wahr? Von einem anderen abhängig sein, was die Freuden des Lebens betrifft.«
Aber er sagte es ohne Bitterkeit und trug das Tablett mit dem leeren Teller lächelnd in die Küche hinaus. Sekunden später hörte Dalgliesh Wasser laufen. Rickards spülte seinen Teller.
Er mußte hungriger gewesen sein, als er geahnt hatte. Dalgliesh wußte, wie leicht man sich einreden konnte, man könne bei einem Sechzehnstundentag lediglich mit Kaffee und gelegentlich einem Sandwich sinnvoll arbeiten. Rikkards, der aus der Küche zurückkehrte, lehnte sich mit einem zufriedenen Grunzer gemütlich im Sessel zurück. Sein Gesicht hatte wieder Farbe bekommen, und als er sprach, klang seine Stimme wieder kraftvoll.
»Ihr Dad war Peter Robarts. Erinnern Sie sich an ihn?«
»Nein, warum? Sollte ich?«
»Nicht unbedingt. Ich habe mich anfangs auch nicht erin-

nert, aber ich habe mich informiert. Er hat nach dem Krieg – den er übrigens mit Auszeichnungen überstanden hat – einen Haufen Geld gemacht. Einer von diesen Burschen mit Blick für die große Chance, bei der es sich in diesem Fall um Plastik handelte. Müssen herrliche Zeiten gewesen sein für helle Jungens, die Fünfziger und Sechziger. Hilary war sein einziges Kind. Er hat sein Vermögen im Handumdrehen gemacht und es ebenso schnell wieder verloren. Aus den üblichen Gründen: Extravaganz, demonstrative Großzügigkeit, Weiber, Geld verplempern, als drucke er es selbst, die Überzeugung, das Glück werde ihm wider jede Logik treu bleiben. Er konnte von Glück sagen, daß er nicht im Knast gelandet ist. Das Betrugsdezernat hatte eine hübsche kleine Anklage gegen ihn zusammengetragen und hätte ihn binnen weniger Tage verhaftet, wenn er nicht seinen Herzanfall gekriegt hätte. Sank bei Simpson's vornüber auf seinen Lunchteller, genauso tot wie die Ente, die er gerade verspeist hatte. Muß ziemlich schwierig für Hilary gewesen sein; eben noch Daddys kleines Mädchen, für das nichts gut genug war, und im nächsten Moment Schimpf und Schande, Tod, Armut.«

»Relative Armut«, korrigierte ihn Dalgliesh, »aber das ist Armut ja wohl immer. Sie haben fleißig Schulaufgaben gemacht.«

»Einiges, aber nicht sehr viel, haben wir von Mair, anderes mußten wir ausgraben. Die Londoner Stadtpolizei hat uns sehr geholfen. Ich habe mit Wood Street gesprochen. Bisher war ich eigentlich der Ansicht, daß nichts unwichtig ist, was das Opfer angeht, inzwischen aber frage ich mich allmählich, ob all das Ausgraben nicht reine Zeitverschwendung ist.«

»Es ist die einzig sichere Arbeitsmethode«, versicherte Dalgliesh. »Das Opfer stirbt, weil es so ist, wie es ist.«

»›Und wenn man das Leben versteht, versteht man den Tod.‹ Der alte Blanco White – erinnern Sie sich? – pflegte uns das einzuhämmern, als ich noch ein junger Constable war. Und was hat man schließlich in der Hand? Ein Chaos von Fakten wie ein umgekippter Papierkorb, die sich keineswegs zu einem Menschen zusammenfügen. Und bei diesem Opfer sind die Ergebnisse so gering. Hilary Robarts reiste mit leichtem Gepäck. Es gab wenig Interessantes in ihrem Cottage, kein Tagebuch, keine Briefe außer einem an ihren Anwalt, in dem sie einen Termin am nächsten Wochenende vorschlug und ihm mitteilte, sie beabsichtige zu heiraten. Wir haben ihn natürlich aufgesucht. Er kennt den Namen des Mannes nicht, genausowenig wie alle anderen, inklusive Mair. Außer einer Kopie ihres Testaments haben wir sonst keine wichtigen Papiere gefunden. Und an dem ist überhaupt nichts Aufregendes. Sie hat alles Alex Mair hinterlassen, niedergelegt mit zwei nüchternen Sätzen im Juristenjargon. Aber ich kann mir nicht vorstellen, daß Mair sie für zwölftausend Pfund auf einem Sonderrückstellungskonto der NatWest und ein praktisch baufälliges, vermietetes Cottage umbringen würde. Abgesehen von diesem Testament und jenem einen Brief nur die üblichen Bankauszüge, quittierte Rechnungen, alles beinah zwanghaft ordentlich. Man könnte fast denken, sie wußte, daß sie sterben würde, und hatte ihre Angelegenheiten geregelt. Übrigens keine Zeichen für eine kürzliche Durchsuchung. Wenn es in diesem Cottage etwas gab, das der Mörder suchte, und er hat das Fenster eingeschlagen, um es sich zu holen, hat er seine Spuren sehr geschickt verwischt.«

»Wenn er das Fenster einschlagen mußte, um ins Haus zu kommen, handelte es sich vermutlich nicht um Dr. Mair«, wandte Dalgliesh ein. »Mair wußte, daß sie den Schlüssel im Medaillon bei sich trug. Er hätte ihn an sich nehmen, benutzen und wieder zurücklegen können. Dabei hätte er zusätzlich riskiert, Beweise am Tatort zu hinterlassen, und manche Mörder mögen nicht noch einmal zum Leichnam zurückkehren. Andere treibt es natürlich zwanghaft dazu. Aber wenn Mair den Schlüssel genommen hätte, hätte er ihn, ohne Rücksicht auf das Risiko, wieder zurücklegen müssen. Ein leeres Medaillon hätte ihn sofort verraten.«

»Cyril Alexander Mair«, sinnierte Rickards, »aber das Cyril hat er fallenlassen. Vermutlich findet er, daß Sir Alexander Mair besser klingt als Sir Cyril. Was hat er gegen Cyril? Mein Großvater hieß auch Cyril. Ich habe etwas gegen Menschen, die nicht ihren Eigennamen benutzen. Sie war übrigens seine Geliebte.«

»Hat er Ihnen das gesagt?«

»Mußte er wohl mehr oder weniger, nicht wahr? Die beiden waren sehr diskret, aber ein oder zwei der höheren Angestellten im Werk müssen es gewußt haben – na ja, gewußt oder geargwöhnt jedenfalls. Er ist zu intelligent, um Informationen zurückzuhalten, von denen er weiß, daß wir sie früher oder später doch bekommen werden. Seine Story lautet, daß das Verhältnis beendet war, normal und in beiderseitigem Einvernehmen. Er wird vermutlich nach London ziehen, während sie hierbleiben wollte. Nun, das mußte sie ja wohl, wenn sie nicht ihren Job aufgeben wollte, und sie war eine Karrierefrau; der Job war lebenswichtig für sie. Er behauptet, was sie füreinander empfunden hatten, sei nicht stark genug gewesen, um der Belastung von höchstens gelegentlichen Wochenendzusammenkünften standzuhalten – seine Worte, nicht die meinen. Während er hier war, brauchte er eine Frau und sie einen Mann. Sie mußten bequem bei der Hand sein. Sinnlos, wenn man hundert Meilen voneinander entfernt ist. Wie beim Fleischkauf. Er zieht nach London, sie wollte bleiben. Also sucht man sich einen anderen Schlachter.«

Wie Dalgliesh sich erinnerte, war Rickards, was Sex betraf, immer eher prüde gewesen. Als Kriminalbeamter mit zwanzig Jahren Dienstzeit hatte er Ehebruch und Unzucht in all den verschiedensten Formen kennengelernt, ganz abgesehen von den exzentrischeren und erschreckenderen Manifestationen der menschlichen Sexualität, neben denen Ehebruch und Unzucht beruhigend normal wirkten. Doch das hieß nicht, daß er davon angetan war. Er hatte seinen Eid als Polizeibeamter geleistet und stets gehalten. Er hatte sein Ehegelöbnis in der Kirche abgelegt und beabsichtigte es ganz zweifellos ebenfalls zu halten. Und in einem Job, in dem unregelmäßige Arbeitszeit, Sauferei, plumpe Männerkameraderie und die Nähe weiblicher Polizeibeamter die Ehen gefährdeten, war es bekannt, daß die seine intakt war. Rikkards war zu erfahren und im Grunde zu fair, um sich Vorurteile zu gestatten, aber in dieser einen Hinsicht zumindest hatte Mair mit dem Beamten, dem der Fall zugeteilt war, Pech gehabt.

»Katie Flack, ihre Sekretärin, hat vor kurzem gekündigt«, berichtete Rickards. »Fand sie wohl zu anspruchsvoll. Es hat da eine Auseinandersetzung gegeben, weil das Mädchen über die normale Mittagspause hinaus weggeblieben ist. Und Brian Taylor, einer ihrer Mitarbeiter, gibt zu, daß er es unmöglich fand, für sie zu arbeiten, und um Versetzung gebeten hat. War lobenswert offen in der Sache. Kann sich's aber auch leisten. Er war von 8 Uhr abends an auf der Junggesellenparty eines Freundes in Maid's Head, Norwich, und hat mindestens zehn Zeugen dafür. Aber auch das Mädchen braucht keine Angst zu haben. Die hat den Abend mit ihrer Familie vor dem Fernseher verbracht.«

»Nur mit der Familie?« fragte Dalgliesh mißtrauisch.

»Nein. Zu ihrem Glück kamen kurz vor 9 Uhr die Nachbarn herüber, um mit ihr die Garderobe für die Hochzeit ihrer Tochter zu besprechen. Die Flack soll eine der Brautjungfern sein. Zitronengelbe Kleider mit Sträußchen von weißen und gelben Chrysanthemen. Äußerst geschmackvoll. Wir haben eine ausführliche Beschreibung bekommen. Vermutlich glaubte sie, das steigere die Glaubwürdigkeit des Alibis. Wie dem auch sei, keiner von beiden stand ernsthaft unter Verdacht. Wenn man heutzutage seinen Chef nicht mag, kündigt man eben. Beide waren natürlich entsetzt und ein wenig abwehrend. Haben vermutlich das Gefühl, sie hätte sich absichtlich umbringen lassen, um sie zu belasten. Keiner von beiden gab vor, sie sympathisch gefunden zu haben. Bei diesem Mord ging es jedoch um mehr als Abneigung. Und, Mr. Dalgliesh, es mag Sie überraschen, aber bei den älteren Angestellten war die Robarts nicht besonders unbeliebt. Die haben Hochachtung vor Tüchtigkeit, und tüchtig war sie auf jeden Fall. Außerdem griffen ihre Kompetenzen nicht direkt in die ihren ein. Es war ihre Aufgabe, dafür zu sorgen, daß das Kraftwerk erstklassig verwaltet wurde, damit die Wissenschaftler und Techniker ihre Aufgaben möglichst perfekt erfüllen konnten. Und genau das hat sie anscheinend getan. Die Leute haben meine Fragen ohne Umschweife beantwortet, waren allerdings nicht besonders entgegenkommend. Im Werk herrscht eine Art Kameraderie. Ich nehme an, wenn man sich ständig kritisiert oder attackiert fühlt, entwickelt man eine gewisse Vorsicht im Umgang mit Außenstehenden. Nur einer von ihnen hat erklärt, daß er sie nicht ausstehen konnte: Miles Lessingham. Aber der hat auch so etwas wie ein Alibi. Er behauptet, zur Todeszeit auf seinem Boot gewesen zu sein. Und machte kein Geheimnis aus seinen Gefühlen. Er wollte nicht mit ihr essen, nicht mit ihr trinken, seine Freizeit nicht mit ihr verbringen und nicht mit ihr ins Bett gehen. So aber, erklärte er mir, empfindet er einer Menge Menschen gegenüber, ohne das Bedürfnis zu haben, sie zu ermorden.« Er hielt einen Moment inne; dann fuhr er fort: »Dr. Mair hat Sie am Freitag vormittag durch das Kraftwerk geführt, nicht wahr?«

»Hat er Ihnen das erzählt?« fragte Dalgliesh.

»Dr. Mair hat mir überhaupt nichts erzählt, was er mir nicht

erzählen mußte. Nein, es kam heraus, als wir uns über eine der jüngeren Angestellten unterhielten, ein junges Mädchen aus dem Ort, das im Personalbüro arbeitet. Redseliges kleines Ding. Ich hab viel Brauchbares aus ihr herausgeholt. Aber ich frage mich, ob bei Ihrem Besuch dort eventuell etwas geschehen ist, was wichtig sein könnte.«
Dalgliesh widerstand der Versuchung, ihm zu antworten, wenn das der Fall gewesen wäre, hätte er es längst berichtet. Statt dessen sagte er: »Es war ein interessanter Besuch, und das Werk ist wirklich eindrucksvoll. Dr. Mair hat mir den Unterschied zwischen einem Wärmereaktor und dem neuen Druckwasserreaktor zu erklären versucht. Das meiste, was er mir erzählte, waren technische Details, nur einmal hat er kurz von Lyrik gesprochen. Miles Lessingham zeigte mir die große Lademaschine für die Brennelemente, von der sich Toby Gledhill in den Tod gestürzt hat. Flüchtig kam mir der Gedanke, Gledhills Selbstmord könnte etwas mit dem Mord zu tun haben, aber ich wüßte wirklich nicht, wie. Das Thema wirkte eindeutig deprimierend auf Lessingham, und zwar nicht nur, weil er dabei war. Bei der Dinnerparty der Mairs gab es einen recht mysteriösen Wortwechsel zwischen ihm und Hilary Robarts.«
Rickards beugte sich, das Whiskyglas in der riesigen Pranke, neugierig vor. Ohne aufzublicken, sagte er: »Diese Dinnerparty bei den Mairs. Wie ich vermute, steht diese gemütliche kleine Geselligkeit – falls sie denn gemütlich war – im Mittelpunkt unseres Falles. Und dazu wollte ich Sie etwas fragen. Deswegen bin ich im Grunde hier. Dieses Kind, Theresa Blaney – wieviel genau hat sie von dem Gespräch über das letzte Opfer des Whistlers mitgekriegt?«
Diese Frage hatte Dalgliesh erwartet. Erstaunt war er nur, daß Rickards so lange gebraucht hatte, um sie zu stellen.
Sehr behutsam antwortete er: »Einiges ganz zweifellos. Das habe ich Ihnen bereits gesagt. Wie lange sie hinter der Eß-

zimmertür gestanden hat, bevor ich sie bemerkte, und wieviel sie wirklich von dem Gespräch gehört hat, kann ich Ihnen aber leider nicht sagen.«

»Erinnern Sie sich, wie weit Lessingham mit seinem Bericht gekommen war, als Sie Theresa sahen?«

»Nicht genau. Ich glaube, er beschrieb die Leiche und das, was er sah, als er mit seiner Taschenlampe wiederkam.«

»Dann hätte sie also das mit der Schnittwunde auf der Stirn und den Schamhaaren durchaus hören können.«

»Aber hätte sie ihrem Vater von den Haaren erzählt? Ihre Mutter war eine sehr fromme, römisch-katholische Frau. Ich kenne die Kleine nicht näher, aber ich kann mir vorstellen, daß sie außergewöhnlich schamhaft ist. Würde ein behutsam erzogenes, schamhaftes Mädchen einem Mann, selbst ihrem Vater, so etwas erzählen?«

»Behutsam erzogen? Schamhaft? Sie hinken sechzig Jahre hinter der Zeit her, mein Lieber. Gehn Sie mal für eine halbe Stunde auf den Schulhof irgendeiner höheren Schule; da werden Sie Dinge hören, die Ihnen die Haare zu Berge stehen lassen. Die Kinder von heute würden jedem alles erzählen.«

»Dieses Kind nicht.«

»Na schön, aber sie hätte ihrem Dad von dem L-förmigen Schnitt erzählen und er hätte die Sache mit den Haaren erraten können. Verdammt noch mal, jeder wußte doch, daß die Morde des Whistlers eine sexuelle Bedeutung hatten. Er hat sie nicht vergewaltigt, aber das war es auch nicht, was ihm Befriedigung verschaffte. Man braucht nicht unbedingt Krafft – wie hieß der noch?«

»Krafft-Ebing.«

»Klingt wie ein Käse. Man braucht nicht Krafft-Ebing zu sein, man braucht nicht mal sexuell erfahren zu sein, um zu erraten, was für Haare sich der Whistler genommen hat.«

»Aber wenn Sie Blaney als Hauptverdächtigen einstufen, ist

dies ein sehr wichtiger Punkt, nicht wahr?« entgegnete Dalgliesh. »Würde er, würde irgend jemand auf diese Art töten, wenn er nicht ganz sicher war, wie die Whistler-Methode aussah? Nur wenn er alle Einzelheiten präzise kopierte, konnte er hoffen, dem Whistler den Mord anhängen zu können. Wenn Sie nicht beweisen können, daß Theresa ihrem Vater sowohl von den Haaren als auch von dem L-förmigen Schnitt erzählt hat, steht Ihre Theorie auf wackligen Beinen. Ich möchte sogar bezweifeln, daß sie überhaupt Chancen hat, bewiesen werden zu können. Außerdem dachte ich, Oliphant hätte gesagt, daß Blaney nicht nur von Miss Mair ein Alibi bekommen hätte, die sagte, er sei betrunken und um Viertel vor 9 zu Hause gewesen, sondern auch von seiner Tochter. Hat die nicht ausgesagt, daß sie um Viertel nach 8 zu Bett und kurz vor 9 noch einmal hinuntergegangen ist, um sich ein Glas Wasser zu holen?«

»Das hat sie gesagt, Mr. Dalgliesh. Aber ich sage Ihnen, dieses Kind würde jede Version bestätigen, die ihr Dad uns aufzutischen beliebt. Und das Timing ist verdächtig präzise. Die Robarts stirbt um zwanzig nach 9 oder so. Theresa Blaney geht um Viertel nach 8 zu Bett und braucht äußerst günstig eine Dreiviertelstunde später ein Glas Wasser. Ich wünschte, Sie hätten sie sehen können, sie und das Cottage. Aber Sie haben sie ja gesehen. Zwei Polizistinnen vom Jugenddezernat waren mit mir dort und haben sie so behutsam behandelt wie ein Baby. Nicht etwa, daß das nötig gewesen wäre. Wir saßen alle gemütlich am Kamin, und sie hielt den Kleinen auf dem Schoß. Haben Sie jemals versucht, ein Kind zu vernehmen, um seinen Vater als Mörder zu entlarven, während es dasitzt, Sie mit riesigen Augen vorwurfsvoll anstarrt und ein Baby in den Armen wiegt? Ich machte den Vorschlag, den Kleinen einer der Polizistinnen zu übergeben, aber sobald die ihn zu nehmen versuchte, fing er lauthals an zu brüllen. Auch zu seinem Dad wollte er nicht. Man

könnte meinen, Theresa hätte das mit ihm verabredet. Und Ryan Blaney war natürlich auch die ganze Zeit dabei. Man darf kein Kind vernehmen, ohne daß ein Elternteil dabei ist, solange die Eltern darauf bestehen. Großer Gott, wenn ich jemanden für diesen Mord verhafte – und das werde ich, Mr. Dalgliesh, diesmal werde ich das bestimmt –, hoffe ich nur, daß es nicht Ryan Blaney ist. Diese Kinder haben schon genug verloren. Aber er hat das überzeugendste Motiv, und er hat die Robarts gehaßt. Ich glaube kaum, daß er diesen Haß verbergen könnte, selbst wenn er es versuchen sollte, aber er hat's ja nicht einmal versucht. Und nicht nur, weil sie ihn aus Scudder's Cottage vertreiben wollte. Nein, das geht tiefer. Ich weiß nicht, was der eigentliche Grund für diesen Haß ist. Möglicherweise hat es mit seiner Frau zu tun. Aber ich werde es feststellen. Er ließ die Kinder im Haus zurück, während er uns zu den Wagen hinausbegleitete. Zu guter Letzt sagte er noch: ›Sie war ein bösartiges Weib, aber ich habe sie nicht umgebracht, und Sie können mir nichts beweisen.‹
Und die Einwände sind mir bekannt. Jago sagt, er hat ihn um halb 8 angerufen, um ihm zu sagen, daß der Whistler tot ist. Er hat mit Theresa gesprochen, und die Kleine sagt, daß sie es ihrem Dad mitgeteilt hat. Kein Grund, warum sie's ihm nicht mitteilen sollte. Ich glaube, wir können annehmen, daß sie's tatsächlich getan hat. Solange der Whistler noch lebte und auf der Pirsch war, hätte Blaney die Kinder nicht allein im Cottage gelassen. Das hätte kein verantwortungsbewußter Vater getan, und es ist allgemein bekannt, daß er ein verantwortungsbewußter Vater ist. Dafür steht übrigens das Wort einer hiesigen Autorität. Vor vierzehn Tagen haben sie eine Sozialarbeiterin hingeschickt, um nachzusehen, ob alles in Ordnung ist. Und ich kann Ihnen genau sagen, wer das Ganze angeleiert hatte, Mr. Dalgliesh, das ist nämlich interessant. Es war die Robarts.«

»Hat sie entsprechende Andeutungen gemacht?«
»Nein, keine. Sie sei von Zeit zu Zeit hinübergefahren, um über Reparaturen zu sprechen und so, erklärte sie uns. Sie habe sich Sorgen gemacht, wegen der schweren Verantwortung, die auf Blaney laste, und sich gedacht, er könne ein wenig Hilfe brauchen. Sie hat uns erzählt, sie habe gesehen, wie Theresa, mit den Zwillingen am Rockzipfel, schwere Einkaufstaschen schleppte, manchmal sogar, wenn Theresa eigentlich in der Schule sein sollte. Also habe sie bei den Behörden angerufen, damit die eine Sozialarbeiterin hinschicken. Die Sozialarbeiterin hat sich offensichtlich überzeugt, daß alles so gut lief, wie man es unter den gegebenen Umständen erwarten konnte. Die Zwillinge sind schon in einer Spielgruppe, und als die Sozialarbeiterin zusätzliche Hilfe anbot, unter anderem im Haushalt, zeigte sich Blaney weder erfreut noch kooperativ. Kann ich ihm wirklich nicht verdenken. Ich möchte die Wohlfahrt auch nicht im Nacken haben.«
»Weiß Blaney, daß es Hilary Robarts war, die den Besuch veranlaßt hat?«
»Die örtlichen Behörden haben es ihm nicht gesagt; das tun sie nie. Und ich wüßte nicht, wie er es in Erfahrung gebracht haben könnte. Aber wenn er es erfahren hat, verstärkt das sein Motiv beträchtlich, nicht wahr? Dieser Kontrollbesuch hätte der Tropfen sein können, der das Faß zum Überlaufen brachte.«
»Aber hätte er sie so umgebracht? Die Kenntnis vom Tod des Whistlers schließt dessen Methode aus.«
»Nicht unbedingt, Mr. Dalgliesh. Angenommen, es handelt sich um einen Doppel-Bluff. Angenommen, er erklärt sozusagen: ›Hört zu, ich kann beweisen, daß ich wußte, der Whistler ist tot. Derjenige, der Hilary Robarts tötete, hat es aber nicht gewußt. Warum also sucht ihr nicht jemanden, der nicht erfahren hatte, daß man die Leiche des Whistlers

gefunden hat?‹ Und bei Gott, Mr. Dalgliesh, es gibt noch eine weitere Möglichkeit. Angenommen, er wußte, daß der Whistler tot war, dachte sich aber, daß es gerade erst passiert ist. Ich habe Theresa gefragt, was genau George Jago zu ihr gesagt hat. Sie erinnerte sich auch noch genau, und Jago hat uns das bestätigt. Offenbar hat er gesagt: ›Richte deinem Dad aus, daß der Whistler tot ist. Umgebracht hat er sich. Gerade eben, drüben in Easthaven.‹ Aber ansonsten weder etwas über das Hotel noch darüber, wann sich der Whistler das Zimmer genommen hat. Davon wußte Jago nichts. Die Nachricht, die er von seinem Freund im Crown and Anchor bekam, war ziemlich verstümmelt. Also kann Blaney durchaus vermutet haben, die Leiche sei auf offenem Feld nur fünf Meilen die Küste entlang gefunden worden. Und er könne ungestraft morden. Weil jeder, auch die Polizei, annehmen werde, der Whistler habe sein letztes Opfer getötet und sich dann selbst umgebracht. Großer Gott, Mr. Dalgliesh, das ist lupenrein!«

Dalgliesh dachte bei sich, es sei eher lupenrein als überzeugend. Laut sagte er: »Sie nehmen also an, daß das zerstörte Porträt nicht unmittelbar mit dem Mord in Verbindung steht. Ich kann mir eigentlich nicht vorstellen, daß Blaney sein eigenes Werk vernichtet.«

»Warum denn nicht? Nach allem, was ich davon gesehen habe, war es wirklich nichts Besonderes.«

»Für ihn, glaube ich, schon.«

»Das Porträt ist ein Rätsel, das gebe ich zu. Und das ist nicht das einzige Problem. Irgend jemand hat mit der Robarts etwas getrunken, bevor sie zum letztenmal zum Schwimmen ging, irgend jemand, den sie ins Haus ließ, irgend jemand, den sie kannte. Auf dem Ablaufbrett standen zwei Gläser, und das bedeutet in meinen Augen, daß zwei Personen etwas getrunken haben. Diesen Blaney hätte sie nicht ins Thyme Cottage eingeladen, und wenn er doch aufgetaucht wäre, möchte ich bezweifeln, daß sie ihn eingelassen hätte, nüchtern oder betrunken.«

»Aber wenn Sie Miss Mair glauben«, wandte Dalgliesh ein, »fällt Ihr Verdacht gegen Blaney in sich zusammen. Sie behauptet, ihn um Viertel vor 10 oder ein bißchen später in Scudder's Cottage gesehen zu haben, und da war er halb betrunken. Nun gut, er hätte die Trunkenheit vortäuschen können; das würde ihm keine Schwierigkeiten bereiten. Was er aber nicht hätte tun können, das wäre, um zwanzig nach 9 Hilary Robarts zu töten und um Viertel vor 10 wieder zu Hause zu sein – nicht ohne ein Auto oder einen Lieferwagen, und die standen ihm nicht zur Verfügung.«

»Oder ein Fahrrad«, hielt Rickards ihm vor.

»Dann hätte er aber kräftig in die Pedale treten müssen. Wie wir wissen, starb sie nach dem Schwimmen, nicht vorher. Als ich sie fand, waren ihre Haare an den Wurzeln noch feucht. Daher gehen wir vermutlich nicht fehl, wenn wir den Zeitpunkt des Todes zwischen Viertel nach 9 und halb 10 ansetzen. Das Fahrrad mitnehmen und am Wasser entlang zurückradeln hätte er auf keinen Fall können. Es war Flut; er hätte über den Kies fahren müssen, und das ist weit mühsamer als auf der Straße. Es gibt nur eine Stelle am Strand, wo auch bei Flut ein Streifen Sand freiliegt, und das ist die kleine Bucht, in der Hilary Robarts schwimmen ging. Und wenn er auf der Straße gefahren wäre, hätte Miss Mair ihn sehen müssen. Sie hat ihm aber ein Alibi gegeben, das Sie meines Erachtens nicht werden erschüttern können.«

»Aber er hat ihr keins gegeben, oder?« entgegnete Rickards. »Sie behauptet, bis kurz nach halb 10, als sie losfuhr, um das Porträt abzuholen, allein im Martyr's Cottage gewesen zu sein. Sie und diese Haushälterin aus dem Alten Pfarrhof, Mrs. Dennison, sind die einzigen, die auf der Dinnerparty der Mairs waren und nicht versuchten, ein Alibi vorzubringen. Und sie hat ein Motiv. Hilary Robarts war die Geliebte

ihres Bruders. Ich weiß, er hat uns erklärt, das sei beendet, aber dafür haben wir nur sein Wort. Angenommen, die beiden wollten heiraten, sobald er nach London geht. Sie hat ihr ganzes Leben dem Bruder geopfert. Unverheiratet. Kein Ventil für ihre Emotionen. Warum gerade in dem Moment einer anderen Frau den Platz räumen, da Mair ans Ziel seiner ehrgeizigen Pläne gelangt?«
Dalgliesh hielt dies für eine allzu einfache Erklärung einer Beziehung, die ihm selbst bei seiner so flüchtigen Bekanntschaft mit den beiden weit komplizierter zu sein schien. »Sie ist eine erfolgreiche Schriftstellerin«, hielt er seinem Kollegen vor. »Ich kann mir vorstellen, daß Erfolg eine ganz eigene Art von emotionaler Erfüllung bringt – immer vorausgesetzt, sie braucht das. Mir schien sie durch und durch selbständig zu sein.«
»Ich dachte, sie verfaßt Kochbücher. Nennen Sie das eine erfolgreiche Schriftstellerin?«
»Alice Mairs Bücher sind überall geschätzt und äußerst einträglich. Wir beide haben denselben Verleger. Wenn der zwischen uns wählen müßte, würde er vermutlich lieber auf mich verzichten.«
»Dann meinen Sie also, diese Heirat könnte für sie fast eine Entlastung sein, sie von Verantwortlichkeiten befreien? Soll doch eine andere zur Abwechslung mal für ihn kochen und sorgen?«
»Warum sollte er eine Frau brauchen, die für ihn sorgt? Es ist gefährlich, Theorien über Menschen und ihre Gefühle aufzustellen, doch ich bezweifle, daß sie diese Art häusliche, quasi mütterliche Verantwortlichkeit empfindet und daß er sie entweder braucht oder wünscht.«
»Wie sehen Sie es denn, dieses Verhältnis? Die beiden leben schließlich zusammen, jedenfalls meistens. Sie ist vernarrt in ihn, das scheint allgemein bekannt zu sein.«
»Sie würden kaum zusammen leben, wenn das nicht der Fall

wäre – falls man das als Zusammenleben bezeichnen kann. Sie ist viel verreist, wie ich hörte, recherchiert für ihre Bücher, und er besitzt eine Wohnung in London. Wie kann jemand, der die beiden nur einmal gemeinsam erlebt hat, und das bei Tisch auf einer Dinnerparty, den Kern ihres Verhältnisses zueinander erforschen? Ich würde sagen, es gab da Loyalität, Vertrauen, gegenseitige Achtung. Fragen Sie sie.«
»Aber nicht Eifersucht, auf ihn oder seine Geliebte?«
»Wenn ja, versteht Miss Mair sie ausgezeichnet zu kaschieren.«
»Nun gut, Mr. Dalgliesh, versuchen wir's mit einem anderen Szenario. Angenommen, er hatte genug von der Robarts, angenommen, sie drängt ihn, sie zu heiraten, will den Job hinschmeißen und mit ihm nach London ziehen. Angenommen, sie wird ihm lästig. Würde Alice Mair da nicht das Gefühl haben, eingreifen zu müssen?«
»Etwa einen einzigartig klug ersonnenen Mord zu planen und auszuführen, um ihrem Bruder aus einer vorübergehenden Verlegenheit zu helfen? Hieße das nicht, die schwesterliche Hingabe überzustrapazieren?«
»Oh, aber das sind doch keine vorübergehenden Störfaktoren, diese fest entschlossenen Frauen, nicht wahr? Überlegen Sie mal. Wie viele Männer kennen Sie, die man zu Ehen gezwungen hat, von denen sie im Grunde nichts wissen wollten, nur weil der Wille der Frau stärker war als der ihre? Oder weil sie dieses ständige Getue nicht ertragen konnten, die Tränen, die Vorwürfe, die moralische Erpressung?«
»Mit dem Verhältnis selbst hätte sie ihn wohl kaum erpressen können«, widersprach Dalgliesh. »Keiner von beiden war verheiratet; sie haben niemanden betrogen; sie erregten keinen Anstoß in der Öffentlichkeit. Und ich kann mir niemanden vorstellen, weder weiblich noch männlich, der Alex Mair zu etwas bringen könnte, was er nicht will. Ich weiß, es ist gefährlich, voreilig zu urteilen, obwohl wir das in

den letzten fünf Minuten beide getan haben, aber mir scheint er ein Mann zu sein, der ein Leben nach seinem eigenen Geschmack führt und vermutlich immer geführt hat.«

»Wobei er bösartig werden könnte, wenn ihn jemand daran zu hindern versuchte.«

»Dann sehen Sie jetzt ihn in der Rolle des Mörders?«

»Ich sehe ihn in der Rolle eines stark Verdächtigen.«

»Was ist mit dem Pärchen im Caravan?« erkundigte sich Dalgliesh. »Gibt es Beweise dafür, daß ihnen die Methode des Whistlers bekannt war?«

»Wir haben jedenfalls nichts entdeckt, aber wie soll man da sicher sein? Neil Pascoe, der Mann, kutschiert mit seinem Lieferwagen rum und geht in den hiesigen Pubs trinken. Er könnte etwas aufgeschnappt haben. Nicht jeder Polizist, der mit dem Fall zu tun hat, ist unbedingt verschwiegen. Aus der Presse haben wir die Einzelheiten rausgehalten, aber das heißt nicht, daß nicht geredet wurde. Er hat so etwas wie ein Alibi. Er ist mit dem Lieferwagen unmittelbar südlich von Norwich gewesen, um mit einem Burschen dort zu sprechen, der ihm geschrieben hatte, er interessiere sich für PANUP, seine Anti-Atom-Organisation. Er hatte offenbar gehofft, dort eine Ortsgruppe gründen zu können. Ich habe zwei Constables zu diesem Mann geschickt. Wie er sagt, waren sie zusammen, bis Pascoe um etwa zwanzig nach 8 die Heimfahrt antrat – jedenfalls hat er gesagt, daß er nach Hause wollte. Das Mädchen, mit dem er zusammenlebt, Amy Camm, behauptet, er sei um 9 zum Caravan zurückgekommen und den Rest des Abends hätten sie zusammen verbracht. Ich vermute, daß er erst etwas später zurückgekommen ist. Mit diesem Lieferwagen hätte er sich schon sehr ins Zeug legen müssen, um es in vierzig Minuten von hinter Norwich bis nach Larksoken zu schaffen. Außerdem hat er ein Motiv, eines der stärksten. Falls Hilary Robarts mit ihrer Verleumdungskampagne weitergemacht hätte – sie hätte ihn ruinieren können. Und es kann nur in Amy Camms Interesse liegen, sein Alibi zu bestätigen. Sie hat sich mit ihrem Jungen ein schön gemütliches Nest geschaffen, in diesem Caravan. Und ich werd Ihnen noch was sagen, Mr. Dalgliesh: Die beiden hatten mal einen Hund. Die Leine hängt noch immer im Caravan.«

»Aber wenn einer von ihnen oder beide sie benutzt hätten, um die Robarts zu erdrosseln, würde sie dann auch noch da hängen?«

»Vielleicht hat jemand sie gesehen. Vielleicht haben die beiden sich gedacht, es würde weitaus verdächtiger wirken, wenn sie die Leine vernichteten oder versteckten, als wenn sie sie da hängen ließen. Wir haben sie natürlich mitgenommen, aber das war nur eine Formalität. Die Haut der Robarts war nicht verletzt. Es gibt keine körperlichen Spuren. Und wenn wir Fingerabdrücke kriegen, werden das seine und ihre sein. Wir werden die Alibis selbstverständlich überprüfen. Von jedem einzelnen Angestellten im Kraftwerk, und davon gibt es über fünfhundert. Sollte man gar nicht glauben, nicht wahr? Wenn man da reinkommt, kriegt man kaum einen zu Gesicht. Scheinen sich genauso unsichtbar durch die Landschaft zu bewegen wie die Kernenergie, die sie erzeugen. Die meisten wohnen in Cromer oder Norwich. Wahrscheinlich, weil sie in der Nähe von Schulen und Läden sein wollen. Nur eine Handvoll wohnt in der Nähe des Kraftwerks. Der größe Teil der Sonntagsschicht war lange vor 10 Uhr zu Hause und hat brav ferngesehen oder war mit Freunden aus. Wir werden sie alle überprüfen, ob sie nun beruflich mit der Robarts zu tun hatten oder nicht. Aber das ist nur eine Formalität. Ich weiß, wo ich nach den wirklichen Verdächtigen zu suchen habe: bei dieser Dinnerparty. Da dieser Lessingham nicht den Mund halten konnte, erhielten die Gäste Kenntnis von zwei entscheidenden Faktoren: daß es sich bei den Haaren, die ihr in den Mund gestopft worden waren, um Schamhaare handelte, und daß der Schnitt auf ihrer Stirn die Form eines L besaß. Das engt den Kreis beträchtlich ein. Alex Mair, Alice Mair, Margaret Dennison, Lessingham selbst und – vorausgesetzt, Theresa Blaney hat ihrem Vater von dem Telephongespräch erzählt – auch Blaney. Na schön, ich werde sein oder Mairs Alibi möglicherweise nicht knacken können, aber ich werd's verdammt noch mal versuchen.«

Zehn Minuten darauf erhob sich Rickards und erklärte, es sei Zeit zum Gehen. Dalgliesh begleitete ihn zum Wagen. Die Wolkendecke hing ziemlich tief, Himmel und Erde waren in dieselbe alles verschluckende Dunkelheit getaucht, in der die kalte Glitzerpracht des Kraftwerks näher gerückt zu sein schien, und auf dem Wasser lag ein blaßblaues Leuchten wie eine neu entdeckte Milchstraße. Selbst den harten Boden unter den Füßen zu spüren wirkte in dieser Finsternis desorientierend, und sekundenlang zögerten die beiden Männer, als seien die zehn Meter bis zum Wagen, der in dem Licht, das aus der offenen Haustür fiel, wie ein dahintreibendes Raumschiff glänzte, eine Odyssee auf gefährlichem und unsicherem Gelände.

Über ihnen schimmerten weiß und schweigend die Segel der Windmühle, mächtig und voll latenter Kraft. Flüchtig hatte Dalgliesh den Eindruck, als begännen sie sich langsam zu drehen.

»Alles auf dieser Landzunge ist ein Kontrast«, sagte Rickards. »Nachdem ich heute vormittag Pascoes Caravan verlassen hatte, blieb ich auf den niedrigen Sandklippen stehen und blickte nach Süden. Da gab es nichts als ein altes Fischerboot, ein aufgerolltes Tau, eine umgestürzte Kiste und diese schreckliche See. So muß es dort seit fast tausend Jahren aussehen. Anschließend wandte ich mich nach Norden und sah dieses beschissene, riesige Atomkraftwerk. Da drüben steht es und glitzert vor sich hin. Und ich sehe es im Schatten

der Windmühle. Funktioniert die übrigens? Die Mühle, meine ich.«
»Man sagte mir, ja«, erwiderte Dalgliesh. »Die Segel drehen sich, aber sie mahlt nicht. Die Originalmühlsteine liegen im unteren Raum. Manchmal würde ich gern sehen, wie sich die Segel langsam drehen, aber ich widerstehe der Versuchung. Weil ich nicht weiß, ob ich sie wieder anhalten kann, wenn sie erst mal in Gang kommen. Es wäre lästig, sie die ganze Nacht knarren hören zu müssen.«
Sie waren am Wagen angekommen, doch Rickards blieb mit der Hand am Türgriff stehen und schien sich nicht zum Einsteigen entschließen zu können. »Wir haben einen langen Weg zurückgelegt, von der Mühle bis zum Kraftwerk, nicht wahr?« sagte er nachdenklich. »Wie weit ist es? Vier Meilen Landzunge und dreihundert Jahre Fortschritt. Und dann denke ich an die beiden Toten im Leichenschauhaus und frage mich, ob wir überhaupt Fortschritte gemacht haben. Dad hätte von Erbsünde gesprochen. Er war Laienprediger, mein Dad. Hatte sich alles immer schön zurechtgelegt.«
Das hatte meiner eigentlich auch, dachte Dalgliesh. Laut sagte er: »Wie schön für Ihren Dad.« Einen Augenblick herrschte Stille, die vom Schrillen des Telephons unterbrochen wurde, einem hartnäckigen Klingeln, das durch die offene Tür deutlich zu vernehmen war. »Sie sollten lieber noch etwas warten. Es könnte für Sie sein«, meinte Dalgliesh.
Es war für ihn. Oliphant erkundigte sich, ob Chief Inspector Rickards da sei. Er sei nicht zu Hause, und Dalglieshs Nummer gehöre zu denen, die er hinterlassen habe.
Der Anruf war kurz. Kaum eine Minute später kam Rickards wieder zu Dalgliesh an die offene Tür. Die leicht melancholische Stimmung der letzten Minuten war verflogen, seine Schritte federten unternehmungslustig.
»Es hätte zwar bis morgen Zeit gehabt, aber Oliphant wollte es mir unbedingt sofort mitteilen. Dies könnte der Durch-

bruch sein, den wir brauchen. Das Labor hat angerufen. Die müssen nonstop daran gearbeitet haben. Ich nehme an, Oliphant hat Ihnen gesagt, daß wir einen Fußabdruck gefunden haben?«

»Er hat es erwähnt. Rechts neben dem Pfad im weichen Sand. Einzelheiten hat er mir nicht berichtet.«

Und Dalgliesh, der gewissenhaft darauf achtete, in Rickards' Abwesenheit nicht mit einem jüngeren Beamten über den Fall zu sprechen, hatte nicht danach gefragt.

»Wir haben soeben die Bestätigung bekommen. Es handelt sich um die Sohle eines Bumble-Sportschuhs, vom rechten Fuß. Größe zehn. Das Muster auf der Sohle ist offenbar nicht zu verwechseln.« Und als Dalgliesh nicht antwortete, fuhr er fort: »Mann Gottes, Mr. Dalgliesh, sagen Sie nicht, daß Sie ein Paar davon besitzen! Das wäre eine Komplikation, die ich überhaupt nicht gebrauchen kann.«

»Ich habe keine, nein. Bumbles sind zu modisch für mich. Aber ich habe kürzlich ein Paar gesehen, und zwar hier, auf der Landzunge.«

»An wessen Füßen?«

»An gar keinen Füßen.« Er überlegte einen Moment, dann sagte er: »Jetzt fällt's mir ein. Am letzten Mittwoch vormittag, dem Tag nach meiner Ankunft hier, habe ich ein paar Sachen von meiner Tante zusammengepackt, darunter zwei Paar Schuhe, und sie für den Kirchenbasar zum Alten Pfarrhof gebracht. Dort stehen in einer alten Spülküche ein paar Teekisten, in denen die Leute Sachen abladen können, die sie nicht mehr brauchen. Die Hintertür war, wie gewöhnlich bei Tageslicht, offen, deswegen brauchte ich nicht zu klopfen. Unter anderen Schuhen habe ich dort auch ein Paar Bumbles gesehen. Oder genauer gesagt, den Absatz eines Schuhs. Ich könnte mir vorstellen, daß der andere ebenfalls dort war, aber ich habe ihn nicht gesehen.«

»Ganz obenauf in der Kiste?«

»Nein, ungefähr ein Drittel tiefer. Ich glaube, sie lagen in einem durchsichtigen Plastikbeutel. Wie gesagt, ich habe nicht das ganze Paar gesehen, sondern nur einen Absatz mit der unverwechselbaren gelben Hummel. Möglich, daß sie Toby Gledhill gehört haben. Lessingham erwähnte, daß er Bumbles trug, als er sich umbrachte.«

»Und Sie haben die Sportschuhe dortgelassen? Erkennen Sie, wie wichtig das ist, was Sie sagen. Mr. Dalgliesh?«

»Ja, ich erkenne, wie wichtig das ist, was ich sage, und ja, ich habe die Schuhe dortgelassen. Ich wollte für den Trödelmarkt spenden, nicht ihn bestehlen.«

»Wenn es sich um ein Paar handelte, und der gesunde Menschenverstand sagt mir, daß dem so war, hätte jeder sie mitgehen lassen können. Und wenn sie nicht mehr in der Kiste sind, sieht es so aus, als hätte das auch jemand getan.« Er warf einen Blick auf das Leuchtzifferblatt seiner Uhr und sagte: »Viertel vor 12. Wann, meinen Sie, geht Mrs. Dennison zu Bett?«

»Früher als um diese Zeit, denke ich mir«, entgegnete Dalgliesh energisch. »Und sie würde kaum zu Bett gehen, ohne die Hintertür zu verriegeln. Wenn also jemand die Schuhe genommen hat und sie fehlen immer noch, kann er sie heute nacht nicht wieder zurückbringen.«

Sie waren beim Wagen angekommen. Rickards antwortete nicht, sondern blickte gedankenverloren, eine Hand an der Tür, auf die Landzunge hinaus. Obwohl er seine Erregung sorgfältig beherrschte, war sie so deutlich wahrnehmbar, als hätte er mit den Fäusten auf der Motorhaube getrommelt. Dann schloß er die Wagentür auf und stieg ein. Die Scheinwerfer schnitten grell durch die Dunkelheit.

Als er das Fenster herunterkurbelte, um sich endgültig zu verabschieden, sagte Dalgliesh: »Es gibt da etwas über Meg Dennison, das ich vielleicht erwähnen sollte. Ich weiß nicht, ob Sie sich daran erinnern, aber sie war die Lehrerin, die vor einiger Zeit Mittelpunkt dieses Rassenstreits in London war.

Deswegen könnte ich mir vorstellen, daß sie mehr als genug hat von Vernehmungen. Und das bedeutet, daß ein Gespräch mit ihr keineswegs einfach für Sie werden dürfte.«
Er hatte sorgfältig überlegt, bevor er das sagte, denn er wußte, es konnte ein Fehler sein. Es war ein Fehler. Die Frage, so sorgfältig sie auch formuliert worden war, hatte jene latente Feindseligkeit ausgelöst, die er voll Unbehagen jedesmal bei Rickards spürte, wenn er mit ihm zu tun hatte.
»Sie meinen wohl, Mr. Dalgliesh, daß es für *sie* nicht einfach sein würde. Ich habe mit der Dame bereits gesprochen und weiß so einiges über ihre Vergangenheit. Es hat eine Menge Courage gekostet, so für die eigenen Grundsätze einzutreten, wie sie es getan hat. Manche würden vielleicht sagen, eine Menge Dickköpfigkeit. Eine Frau, die dazu fähig ist, hat Mut genug für praktisch alles, meinen Sie nicht?«

36

Dalgliesh sah den Rücklichtern des Wagens nach, bis Rikkards die Küstenstraße erreicht hatte und rechts abbog; dann verschloß er die Tür und begann vor dem Schlafengehen oberflächlich aufzuräumen. Als er an den vergangenen Abend dachte, wurde ihm klar, daß er gezögert hatte, mit Rickards eingehend über seinen Freitagvormittagsbesuch im Kraftwerk von Larksoken zu sprechen, und daß er alles andere als aufrichtig gewesen war, was seine Reaktionen betraf, vielleicht deshalb, weil diese komplizierter und das Werk selbst eindrucksvoller gewesen waren, als er es erwartet hatte. Man hatte ihn gebeten, um Viertel vor 9 dort zu sein, da Mair ihn persönlich führen wollte und zum Luncheon in London verabredet war. Zu Beginn der Besichtigung hatte er ihn gefragt: »Was wissen Sie über Atomkraft?«
»Nur sehr wenig. Vielleicht wäre es besser, wenn Sie voraussetzen, daß ich überhaupt nichts weiß.«

»In diesem Fall sollten wir lieber mit der üblichen Präambel über Strahlungsquellen beginnen, und was Kernkraft, Kernenergie und Atomenergie sind, bevor wir uns auf unseren Rundgang begeben. Ich habe Miles Lessingham als Betriebsdirektor gebeten, sich uns anzuschließen.«
Damit begannen zwei höchst außergewöhnliche Stunden. Dalgliesh, begleitet von seinen beiden Mentoren, wurde in einen Schutzanzug gesteckt, wieder herausgeholt, auf Radioaktivität überprüft und mit einem nahezu ununterbrochenen Strom von Fakten und Zahlen gefüttert. Selbst ihm als Außenstehendem und Besucher wurde klar, daß das Werk außerordentlich gut geführt wurde, daß hier eine ruhig-kompetente und respektierte Autorität die Leitung hatte. Alex Mair, der Dalgliesh vorgeblich deshalb begleitete, weil man ihm den Status eines VIP-Besuchers zuerkannt hatte, zeigte sich niemals desinteressiert, behielt alles unauffällig im Auge und hatte eindeutig das Kommando. Und die Angestellten, die Dalgliesh kennenlernte, beeindruckten ihn mit ihrem Eifer, wenn sie ihm geduldig und mit Worten, die auch ein intelligenter Laie verstand, ihre Arbeit erklärten. Unter ihrem Fachwissen spürte er ein Engagement für die Kernkraft, das in einigen Fällen an eine kontrollierte Begeisterung grenzte, gepaart mit einer gewissen Abwehr, die angesichts der öffentlichen Zweifel an der Kernenergie wohl nur natürlich war. Als einer der Ingenieure sagte: »Es handelt sich um eine gefährliche Technologie, aber wir brauchen sie, und wir können mit ihr umgehen«, vernahm er darin nicht etwa die Arroganz wissenschaftlicher Überzeugung, sondern Ehrfurcht vor dem Element, das sie unter Kontrolle hatten, fast wie die Haßliebe des Seemanns zum Meer, das zugleich sein respektierter Feind und seine natürliche Umgebung ist. Wäre die Besichtigung aus dem Grunde organisiert worden, um ihn zu beruhigen, so wäre man damit bis zu einem gewissen Grad erfolgreich gewesen. Wenn Kernkraft über-

haupt in Menschenhänden sicher war, dann würde sie es in diesen sein. Aber wie sicher, und wie lange?

Mit hochroten Ohren hatte er in der riesigen Turbinenhalle gestanden, während Mair seine Fakten und Zahlen über Druck, Volt und Bruchkapazität abspulte; er hatte in seiner Schutzkleidung dagestanden und hinuntergeblickt auf das Lagerbecken, in dem die ausgebrannten Brennstäbe wie bedrohliche Fische einhundert Tage unter Wasser lagern mußten, bevor sie zur Wiederaufbereitung nach Sellafield geschafft wurden; er war am Strand entlanggegangen, um den Kühlturm und die Kondensatoren zu bestaunen. Der interessanteste Teil der Führung jedoch war das Reaktorgebäude selbst gewesen. Da Mair von seinem piepsenden Funkgerät vorübergehend abgerufen wurde, war Dalgliesh mit Lessingham allein geblieben. Gemeinsam hatten sie auf einem hohen Laufsteg gestanden und auf die schwarzen Beschickungsbühnen der beiden Reaktoren hinabgeblickt. Auf einer Seite des Reaktors stand eine der beiden gigantischen Lademaschinen. Dalgliesh, der an Toby Gledhill dachte, warf einen forschenden Blick auf seinen Begleiter. Lessinghams Gesicht war verkniffen und so weiß, daß Dalgliesh fürchtete, er werde in Ohnmacht fallen. Dann begann er, fast wie ein Automat, zu sprechen, als hätte er eine Lektion auswendig gelernt.

»In jedem Reaktor gibt es 26,488 Brennelemente, die im Verlauf von fünf bis zehn Jahren von der Lademaschinerie aufgeladen werden. Jede dieser Lademaschinen ist annähernd dreiundzwanzig Fuß hoch und wiegt hundertfünfzehn Tonnen. Sie kann vierzehn Brennelemente sowie andere, für den Ladezyklus wichtige Komponenten aufnehmen. Der Druckbehälter ist schwer geschützt, mit einem Mantel aus Gußeisen und verdichtetem Holz. Was Sie da oben auf der Maschine sehen, ist der Hebekran, der die Brennelemente heraushebt. Außerdem gibt es eine Verbin-

dungseinheit, die die Maschine mit dem Reaktor koppelt, und eine Fernsehkamera, die es gestattet, den ganzen Vorgang von oberhalb des Magazins zu beobachten.«
Er unterbrach sich, und Dalgliesh sah, daß die Hände, mit denen er das Geländer vor ihm gepackt hielt, zitterten. Keiner von beiden sagte etwas. Der Krampf dauerte keine zehn Sekunden. Dann sagte Lessingham: »Ein Schock ist ein seltsames Phänomen. Noch wochenlang habe ich davon geträumt, Toby abstürzen zu sehen. Dann hörten die Träume plötzlich auf. Ich dachte, ich könnte endlich wieder in den Reaktorladeraum hinabsehen und dabei das Bild verdrängen. Meistens gelingt mir das auch. Schließlich arbeite ich hier, hier ist mein Platz. Aber der Traum kehrt immer noch wieder, und manchmal, wie etwa jetzt, sehe ich Toby so deutlich da unten liegen wie bei einer Halluzination.«
Dalgliesh spürte, daß alles, was er zu sagen vermochte, banal klingen würde. Lessingham fuhr fort: »Ich war als erster unten bei ihm. Er lag lang ausgestreckt, aber ich konnte ihn nicht umdrehen. Ich konnte mich nicht überwinden, ihn anzufassen. Aber das war auch gar nicht nötig. Ich wußte, daß er tot war. Er wirkte so klein, so zerschmettert, so schlaff, wie eine Lumpenpuppe. Alles, was ich wahrnahm, waren diese albernen gelben Hummelsymbole unter den Absätzen seiner Turnschuhe. Gott, war ich froh, daß ich die verdammten Dinger los wurde!«
Also hatte Gledhill keine Schutzkleidung getragen. Der Selbstmord war nicht hundertprozentig spontan gewesen.
»Er muß ein guter Kletterer gewesen sein«, meinte Dalgliesh.
»O ja, Toby konnte klettern! Und das war die geringste seiner Begabungen.«
Dann fuhr Lessingham, ohne spürbare Veränderung seines Tones, mit der Beschreibung des Reaktors und des Ladevorgangs im Reaktorkern fort. Fünf Minuten später kehrte Mair

zu ihnen zurück. Nach Beendigung des Rundgangs, auf dem Weg in sein Büro, fragte er plötzlich: »Haben Sie schon mal von Richard Feynman gehört?«
»Dem amerikanischen Physiker? Vor ein paar Monaten habe ich eine Fernsehsendung über ihn gesehen, sonst hätte mir der Name überhaupt nichts gesagt.«
»Feynman sagt: ›Die Wahrheit ist weit wunderbarer, als es sich irgendein Künstler der Vergangenheit vorzustellen vermochte. Warum sprechen die Dichter der Gegenwart nicht davon?‹ Sie sind ein Dichter, doch dieser Ort, die Kraft, die er produziert, die Schönheit der Technik, ihre einmalige Erhabenheit interessiert Sie nicht sonderlich, nicht wahr? Weder Sie noch einen anderen Dichter.«
»Sie interessiert mich. Das heißt aber nicht, daß ich Lyrik daraus machen kann.«
»Nein, Ihre Themen sind berechenbarer, nicht wahr? Und dieser arme Teufel, der Whistler von Norfolk, ist vermutlich auch nicht sehr lyrisch.«
»Er ist menschlich. Und dadurch ein passendes Thema für die Lyrik.«
»Aber keines, das Sie wählen würden?«
Dalgliesh hätte ihm nun erwidern können, daß ein Dichter nicht sein Thema, sondern das Thema den Dichter wählt. Aber einer der Gründe für seine Flucht nach Norfolk war es gewesen, Diskussionen über Lyrik aus dem Weg zu gehen, und selbst wenn es ihm Freude gemacht hätte, über seine Arbeit zu sprechen, hätte er es bestimmt nicht mit Alex Mair getan. Aber er wunderte sich, wie wenig ihn die Fragen gestört hatten. Es war zwar schwierig, diesen Mann zu mögen, aber es war unmöglich, ihn nicht zu respektieren. Und wenn er Hilary Robarts ermordet hatte, sah sich Rickards wohl mit einem nicht zu unterschätzenden Gegner konfrontiert.
Während er die Aschenreste aus dem Kamin kehrte, er-

innerte sich Dalgliesh wieder mit außerordentlicher Deutlichkeit an den Moment, als er mit Lessingham da oben gestanden und in den finsteren Laderaum des Reaktors hinabgeblickt hatte, unter dem lautlos diese gewaltige und geheimnisvolle Kraft wirkte. Und er fragte sich, wie lange es dauern würde, bis Rickards sich überlegte, warum der Mörder ausgerechnet dieses spezielle Paar Schuhe gewählt hatte.

37

Rickards wußte, daß Dalgliesh recht hatte: Es wäre eine ungerechtfertigte Störung gewesen, Mrs. Dennison so spät in der Nacht aufzusuchen. Aber er konnte nicht am Alten Pfarrhof vorüberfahren, ohne wenigstens etwas langsamer zu werden und nachzusehen, ob es da irgendwo ein Zeichen dafür gab, daß noch jemand wach war. Es gab keins; das Haus stand dunkel und schweigend hinter den windzerzausten Büschen. Als er sein eigenes dunkles Haus betrat, überkam ihn plötzlich eine unüberwindliche Müdigkeit. Aber er hatte noch Papierkram zu erledigen, bevor er zu Bett gehen konnte, darunter seinen Abschlußbericht über die Whistler-Untersuchung; unbequeme Fragen waren zu beantworten, und es galt, eine Rechtfertigung zu konzipieren, die eine Chance hatte, privaten und öffentlichen Vorwürfen hinsichtlich polizeilicher Inkompetenz, ungenügender Beaufsichtigung, zu weit gehender Abhängigkeit von der Technologie und zuwenig guter alter Detektivarbeit standzuhalten. Es war fast 4, als er aus den Kleidern stieg und sich bäuchlings aufs Bett warf. Irgendwann im Verlauf der Nacht mußte er gemerkt haben, daß er fror, denn als er aufwachte, entdeckte er, daß er unter der Bettdecke lag, und als er die Hand nach der Nachttischlampe ausstreckte, sah er zu seinem Schrecken, daß er verschlafen hatte und es schon kurz vor 8 Uhr war. Sofort hellwach, warf er die Bettdecke zurück und stolperte zum Toilettentisch seiner Frau, um sich dort im Spiegel zu betrachten. Der nierenförmige Toilettentisch war mit rosa-weißem Voile verziert, das hübsche Set aus Ringständer und Schale stand an seinem Platz, eine ausgestopfte Puppe, die Susie als Kind auf einer Kirmes gewonnen hatte, hing an einer Seite des Spiegels. Nur ihre Schminkutensilien fehlten, und deren Fehlen versetzte ihm einen so schmerzhaften Stich, als sei sie gestorben und die Utensilien mit all den anderen banalen Hinterlassenschaften eines Lebens beseitigt worden. Was, fragte er sich, als er sich vorbeugte, um intensiver in den Spiegel sehen zu können, hatte in diesem rosa-weißen, durch und durch femininen Schlafzimmer überhaupt etwas mit diesem hageren Gesicht, diesem derben, maskulinen Torso zu tun? Wieder empfand er, was er anfangs empfunden hatte, als sie einen Monat nach den Flitterwochen hier einzogen: daß nichts in diesem Haus wirklich zu ihm gehörte. Als junger DC hätte er nicht schlecht gestaunt, wenn man ihm erzählt hätte, er werde einst ein solches Haus erwerben, mit einer kiesbestreuten Einfahrt, einem Garten von einem halben Morgen, einem Salon und einem Eßzimmer, jeweils mit sorgfältig ausgewählten Möbeln, die noch unberührt und neu dufteten und ihn jedesmal, wenn er die Zimmer betrat, an das Warenhaus in der Oxford Street erinnerten, in dem sie ausgesucht worden waren. Doch nun, da Susie fort war, fühlte er sich wieder genauso unbehaglich darin wie ein nur gerade eben tolerierter, aber eigentlich verhaßter Gast.

Er schlüpfte in seinen Morgenrock und öffnete die Tür des kleinen Zimmers auf der Südseite des Hauses, das zum Kinderzimmer bestimmt war. Das hellgrün und weiß bespannte Bettchen paßte zu den Vorhängen. Der Wickeltisch mit der unteren Platte für die Babyutensilien und dem Beutel für saubere Windeln stand an der Wand. Auf der Tapete tummelten sich Häschen und lustig springende Lämmer. Er konnte sich nicht vorstellen, daß eines Tages sein Kind hier schlafen würde.

Aber es war nicht nur das Haus, das ihn ablehnte. Solange Susie fort war, fiel es ihm zuweilen sogar schwer, an die Realität seiner Ehe zu glauben. Er hatte sie auf einer Bildungskreuzfahrt nach Griechenland kennengelernt, die er als Alternative zu seinem gewohnten, einsamen Wanderurlaub gebucht hatte. Sie hatte zu den wenigen jüngeren Frauen auf dem Schiff gehört und reiste mit ihrer Mutter, einer Zahnarztwitwe. Jetzt war ihm klar, daß Susie es gewesen war, die hinter ihm her war, die über die Heirat bestimmt, die ihn erwählt hatte, lange bevor er auch nur daran dachte, sie zu erwählen. Als ihm diese Erkenntnis kam, war sie jedoch eher schmeichelhaft als beunruhigend, und schließlich war er ja nicht abgeneigt gewesen. Er hatte jenen Lebensabschnitt erreicht, da er sich gelegentlich den Komfort eines gemütlichen Heims herbeiträumte, eine Ehefrau, die zu Hause auf ihn wartete, jemanden, zu dem er am Ende des Arbeitstages heimkehren konnte, ein Kind, das seine Hoffnung für die Zukunft war, Menschen, für die zu arbeiten sich lohnte.

Und sie hatte ihn gegen den Widerstand ihrer Mutter geheiratet, die anfangs mit dem Unternehmen einverstanden gewesen zu sein schien, vielleicht, weil sie sich sagte, daß Susie achtundzwanzig sei und die Zeit nicht gerade für sie arbeitete, die aber, sobald die Verlobung stattgefunden hatte, deutlich zeigte, daß ihr einziges Kind eine bessere Wahl hätte treffen können, und sich für eine Politik ostentativer Resignation entschied, während sie sich energisch auf die Aufgabe stürzte, an der gesellschaftlichen Bildung ihres Schwiegersohns zu arbeiten. Aber auch Susies Mutter hatte schließlich nichts an dem Haus auszusetzen gefunden. Es hatte ihn seine gesamten Ersparnisse gekostet, und die Hypothek war die höchste, die er sich bei seinem Einkommen leisten konnte, aber es stand da als solides Symbol der beiden Dinge, die ihm am wichtigsten im Leben waren: seine Ehe und sein Beruf.

Susie hatte zwar eine Ausbildung als Sekretärin absolviert, diese Laufbahn aber anscheinend mit Freuden aufgegeben. Hätte sie weiterarbeiten wollen, er hätte sie darin unterstützt, wie er es mit allen Interessen tun würde, die sie entwickelte. Am liebsten aber war es ihm, daß sie mit Haus und Garten glücklich und zufrieden war und ihn erwartete, wenn er am Ende des Tages nach Hause kam. Es war zwar nicht jene Art von Ehe, wie sie augenblicklich in Mode war, und auch keine, wie sie sich die meisten Ehepaare leisten konnten; aber es war seine Art von Ehe, und er war dankbar dafür, daß es auch ihre zu sein schien.

Damals, als er sie heiratete, hatte er sie nicht geliebt, das war ihm jetzt klar. Ja, er würde sogar sagen, daß er kaum die Bedeutung des Wortes Liebe kannte, denn es hatte nicht das geringste zu tun mit jenen halb beschämenden Affären, den Demütigungen seiner früheren Erlebnisse mit Frauen. Und dennoch benutzten nicht nur Dichter und Schriftsteller dieses Wort, sondern die ganze Welt schien instinktiv, wenn auch nicht durch unmittelbare Erfahrung, genau zu wissen, was es bedeutete. Manchmal fühlte er sich unendlich benachteiligt, ausgeschlossen von einem universalen Geburtsrecht, wie sich wohl ein Mann fühlen würde, der ohne Geschmacks- oder Geruchssinn geboren war. Und als er sich drei Monate nach den Flitterwochen in Susie verliebte, war es wie die Offenbarung eines Gefühls, von dem er zwar wußte, das er aber nie selbst erlebt hatte, als öffneten sich blinde Augen plötzlich der Realität von Licht, Farbe und Form. Es geschah eines Nachts, als sie zum erstenmal in der Liebe mit ihm Befriedigung erfuhr, sich halb lachend, halb

weinend an ihn klammerte und zusammenhanglose Zärtlichkeiten flüsterte. Und als er sie noch fester in die Arme nahm, wurde ihm in einem Augenblick staunender Erkenntnis bewußt, daß dies die Liebe war. Jener Augenblick der Erkenntnis war zugleich Erfüllung und Verheißung gewesen, nicht das Ende einer Suche, sondern der Beginn einer Entdeckungsreise. Für Zweifel blieb kein Raum; seine Liebe, einmal erkannt, schien ihm unzerstörbar zu sein. In ihrer Ehe mochte es Momente gemeinsamer Gefühle der Angst und des Unbehagens gegeben haben, aber sie würde niemals geringer werden, als sie es jetzt war. War es wirklich möglich, überlegte er jetzt, daß sie durch diesen ersten, ernsthaften Test gefährdet, wenn nicht sogar zerstört wurde, durch ihren Entschluß nämlich, der wohlberechneten Mischung von Einschüchterung und Bettelei ihrer Mutter nachzugeben und ihn allein zu lassen, obwohl die Geburt ihres ersten Kindes bevorstand? Er wollte dabeisein, wenn ihr das Baby zum erstenmal in die Arme gelegt wurde. Jetzt erfuhr er es vielleicht sogar nicht einmal, wenn die Wehen bei ihr einsetzten. Das Bild, das ihn in seiner Phantasie ständig verfolgte, bevor er einschlief und beim Aufwachen, nämlich das Bild seiner Schwiegermutter, die mit dem Kind in den Armen triumphierend auf der Entbindungsstation stand, vertiefte seine Abneigung gegen sie fast bis zur Paranoia.
Rechts neben dem Toilettentisch hing eines ihrer Hochzeitsphotos im versilberten Rahmen, aufgenommen unmittelbar nach der Trauung, die speziell hätte geplant sein können, um den sozialen Unterschied zwischen den beiden Familien zu betonen. Susie, leicht an ihn gelehnt, wirkte mit ihrem spitzen, zarten Gesichtchen jünger als achtundzwanzig Jahre, und ihr Kopf mit dem blonden Haar, auf dem ein Blumenkranz thronte, reichte ihm kaum bis an die Schulter. Es waren künstliche Blumen, Rosenknospen und Maiglöckchen, und doch stieg, wenn er sich an jenen Tag erinnerte,

ein flüchtiger, süßer Duft von ihnen auf. Ihre Miene mit dem ernsthaften Lächeln verriet keine Regung, nicht einmal jene, die von dieser ganzen weißen Mystik doch wohl symbolisiert wurde: Dies ist es, wofür ich gearbeitet habe, was ich mir wünsche, was ich erreicht habe. Er selbst blickte direkt in die Kamera, geduldig die endlose Knipserei ertragend, vor allem diese letzte einer schier endlosen Folge von Aufnahmen vor der Kirche. Schließlich wurde die Familiengruppe dann freigegeben. Und da waren sie nun, Susie und er, ganz legal ins Ehejoch gespannt, ein rechtmäßig angetrautes Ehepaar. Die Photositzung war, wie es ihm rückblickend erschien, der wichtigste Teil der Trauung gewesen, der Gottesdienst lediglich die Einleitung zu diesem komplizierten Gruppieren und Umgruppieren ungleich gekleideter Fremder, nach den Gesetzen einer Hierarchie, die er nicht ganz begriff, in der der leitende Photograph aber anscheinend Meister war. Wieder hörte er die Stimme seiner Schwiegermutter: »Gewiß, ein etwas ungeschliffener Diamant, leider, aber er ist wirklich sehr tüchtig. Hat das Zeug zum Chief Constable, wie man mir sagte.«

Nun, er hatte nicht das Zeug zum Chief Constable, und das hatte seine Schwiegermutter genau gewußt, aber wenigstens hatte sie nichts an dem Haus auszusetzen gefunden, das er für ihr einziges Kind erworben hatte.

Es war reichlich früh am Tag für einen Anruf; außerdem wußte er, daß seine Schwiegermutter, eine Langschläferin, diesen ersten Ärger des Tages weidlich ausschlachten würde. Aber wenn er jetzt nicht mit Susie sprach, konnte es durchaus spät in der Nacht werden, bis er wieder eine Gelegenheit zum Telephonieren fand. Einen Moment blieb er stehen und blickte auf das Nachttischtelephon hinab, zögerte widerwillig, nach dem Hörer zu greifen. Wenn die Umstände anders gewesen wären, wenn es diesen neuen Mord nicht gegeben hätte, wäre er in den Rover gestiegen, nach York gefahren und hätte sie nach Hause geholt. Von Angesicht zu Angesicht mit ihm hätte sie vielleicht die Kraft gefunden, sich gegen ihre Mutter zu behaupten. Jetzt würde sie allein reisen müssen, oder mit Mrs. Cartwright, wenn ihre Mutter darauf bestand, sie zu begleiten. Nun gut, er würde sie ertragen, wenn sie unbedingt kommen wollte, und vielleicht war es ja auch besser für Susie, die lange Zugfahrt nicht allein anzutreten.

Am anderen Ende schien es unangemessen lange zu klingeln, und dann war es seine Schwiegermutter, die sich meldete, resigniert die Nummer des Anschlusses nannte, als sei dies der zwanzigste Anruf an diesem Morgen.

»Hier ist Terry, Mrs. Cartwright«, sagte er. »Ist Susie schon wach?«

Er hatte niemals Mutter zu ihr gesagt. Das war ein Unsinn, der ihm nicht über die Zunge gehen wollte, und sie hatte es – das mußte man ihr zugestehen – auch niemals von ihm verlangt.

»Jetzt ja wohl auf jeden Fall, oder etwa nicht? Wenig rücksichtsvoll von Ihnen, Terry, vor 9 Uhr vormittags anzurufen. Susie kann im Moment nicht sehr gut schlafen und braucht ihre Ruhe. Außerdem hat sie gestern den ganzen Abend versucht, Sie anzurufen. Warten Sie einen Moment.«

Und dann, mindestens eine Minute später, ertönte ein leises, zögerndes: »Terry?«

»Wie geht es dir, Liebling?«

»Mir geht's gut. Mummy ist gestern mit mir zu Dr. Maine gefahren. Bei ihm war ich schon als Kind. Er kümmert sich um mich und sagt, daß alles wirklich sehr gut läuft. Er hat mir hier ein Krankenhausbett reservieren lassen – für alle Fälle.«

Sogar das hat sie arrangiert, dachte er verbittert, und einen Moment lang kam ihm der böse Gedanke, die beiden hätten das vielleicht gemeinsam geplant und es sei eigentlich das, was Susie wollte. »Tut mir leid«, sagte er, »ich konnte gestern nicht länger telephonieren. Die Situation wurde recht hektisch. Aber ich wollte dir unbedingt sagen, daß der Whistler tot ist.«

»Das steht in allen Zeitungen, Terry. Es ist wundervoll! Geht es dir gut? Ißt du auch tüchtig?«

»Mir geht es gut, ja. Ich bin müde, aber mir geht es gut. Hör zu, Liebling, dieser neue Mord, der ist ganz anders. Wir haben es nicht mit einem zweiten Serienmörder zu tun. Die Gefahr ist endgültig vorüber. Ich fürchte, ich werde keine Zeit haben, dich abzuholen, ,aber ich könnte dir bis Norwich entgegenkommen. Meinst du, du könntest es heute schaffen? Um 15 Uhr 2 geht ein Eilzug. Wenn deine Mutter mitkommen und hierbleiben möchte, bis das Baby da ist, soll mir das natürlich recht sein.«

Es war ihm nicht recht, aber es war ein geringer Preis.

»Warte einen Moment, Terry. Mummy möchte mir dir sprechen.«

Nach einer weiteren langen Pause vernahm er die Stimme ihrer Mutter. »Susie wird hierbleiben, Terry.«

»Aber der Whistler ist tot, Mrs. Cartwright. Die Gefahr ist vorüber.«

»Ich weiß, daß der Whistler tot ist. Aber ihr habt da unten einen weiteren Mordfall, nicht wahr? Irgendwo läuft noch immer ein Mörder frei herum, und Sie sind der Mann, der hinter ihm her ist. Das Baby ist in weniger als zwei Wochen fällig, und was Susie jetzt braucht, ist Abstand von allem, was Mord und Tod heißt. Ihr Wohl ist für mich das Wichtigste. Was sie braucht, ist jemand, der sie ein bißchen hätschelt und es ihr schön macht.«

»Das hat sie hier auch bekommen, Mrs. Cartwright.«

»Ich nehme an, Sie haben sich alle Mühe gegeben, aber Sie sind schließlich nie zu Hause, stimmt's? Gestern abend hat Susie Sie viermal angerufen. Sie mußte unbedingt mit Ihnen sprechen, Terry, aber Sie waren nicht da. Und das reicht nicht, jedenfalls jetzt. Die halbe Nacht draußen zu sein, um Mörder zu fangen oder nicht zu fangen. Ich weiß, das ist Ihr Job, aber Susie gegenüber ist es nicht fair. Ich möchte, daß mein Enkel in Sicherheit geboren wird. In einer solchen Zeit ist der Platz einer Tochter bei ihrer Mutter.«

»Ich dachte, der Platz der Ehefrau sei bei ihrem Mann.«

O Gott, dachte er, ich hätte nie gedacht, daß mir jemals so etwas über die Lippen kommt. Eine Woge tiefsten Kummers schwappte über ihn hinweg, vermischt mit Abscheu vor sich selbst, Zorn und Verzweiflung. Wenn sie heute nicht kommt, wird sie überhaupt nicht kommen, sagte er sich. Dann wird das Baby in York geboren, und ihre Mutter wird es vor mir in den Armen wiegen. Sie wird ihre Klauen in alle beide schlagen und nicht mehr loslassen. Er wußte, wie stark das Band zwischen der Witwe und ihrem einzigen Kind war. Kein Tag verging, an dem Susie nicht mit ihrer Mutter telephonierte, zuweilen sogar mehr als einmal. Er wußte, mit wieviel Mühe und Geduld es ihm allmählich gelungen war, sie aus dieser besitzergreifenden mütterlichen Umklammerung zu lösen. Jetzt hatte er Mrs. Cartwright eine weitere Waffe in die Hand gegeben. Der Triumph in ihrem Ton entging ihm nicht.

»Kommen Sie mir bloß nicht mit dem Platz einer Ehefrau, Terry. Jetzt fehlt nur noch, daß Sie von Susies Pflichten sprechen. Und was ist mit Ihren Pflichten ihr gegenüber? Sie haben ihr erklärt, Sie könnten sie nicht abholen, und ich werde auf gar keinen Fall dulden, daß mein Enkel in einem Zug der British Rail zur Welt kommt. Susie bleibt hier, bis dieser letzte Mord aufgeklärt ist und Sie die Zeit finden, sie abzuholen.«

Plötzlich war die Leitung tot. Langsam legte er den Hörer auf und wartete. Vielleicht rief Susie ihn ja zurück. Er konnte sie natürlich noch einmal anrufen, wußte aber, mit einem Gefühl elender Hoffnungslosigkeit, daß es keinen Sinn hatte. Sie würde nicht kommen. Dann klingelte das Telephon. Er riß den Hörer ans Ohr und fragte eifrig: »Hallo? Hallo?«

Aber es war nur Sergeant Oliphant, der aus dem Dienstzimmer in Hoveton anrief, um ihm mitzuteilen, daß er, Oliphant, entweder die ganze Nacht auf gewesen war oder noch weniger Schlaf gekriegt hatte als er. Seine eigenen vier Stunden schienen daneben ein Luxus zu sein.

»Der Chief Constable versucht, Sie zu erreichen, Sir. Ich habe seinem Assistenten gesagt, es habe keinen Zweck, Sie zu Hause anzurufen. Sie seien bestimmt schon auf dem Weg.«

»Das werde ich in fünf Minuten auch sein. Aber nicht nach Hoveton, sondern zum Alten Pfarrhof in Larksoken. Mr. Dalgliesh hat uns einen vielversprechenden Hinweis auf die Bumble-Sportschuhe gegeben. Ich erwarte Sie in einer Dreiviertelstunde vor dem Pfarrhaus. Und rufen Sie sofort Mrs. Dennison an. Sagen Sie ihr, sie soll die Hintertür verschlossen halten und niemanden ins Haus lassen, bis wir eintreffen. Aber beunruhigen Sie sie nicht; sagen Sie nur, daß wir ihr noch ein oder zwei Fragen stellen müssen und es uns lieb wäre, wenn sie heute früh mit uns spricht, bevor sie mit irgendeinem anderen redet.«

Falls Oliphant diese Mitteilung mit Erregung oder Neugier aufgenommen hatte, gelang es ihm perfekt, es zu verbergen. »Haben Sie vergessen, daß die PR-Abteilung für 10 Uhr eine Pressekonferenz angesetzt hat, Sir?« erkundigte er sich. »Bill Starling vom Lokalfunk hat mich zu bearbeiten versucht, aber ich habe ihm gesagt, er müsse bis 10 Uhr warten. Außerdem glaube ich, der Chief Constable will wissen, ob wir den annähernden Zeitpunkt des Todes bekanntgeben werden.«

Aber der Chief Constable war nicht der einzige, der das

wissen wollte. Es war durchaus sinnvoll gewesen, den ungefähren Zeitpunkt des Mordes zu verschleiern und damit eine eindeutige Erklärung, dies könne nicht das Werk des Whistlers sein, zu umgehen. Früher oder später jedoch würden sie mit der Wahrheit herausrücken müssen, und sobald der Autopsiebericht zur Verfügung stand, würde es schwierig sein, den beharrlichen Fragen der Medien auszuweichen. Darum sagte er: »Wir werden keine forensischen Informationen herausgeben, bis wir den schriftlichen Autopsiebericht haben.«

»Den haben wir aber schon, Sir. Doc Maitland-Brown hat ihn vor etwa zwanzig Minuten auf dem Weg ins Krankenhaus hier abgeliefert. Er bedauerte, nicht warten zu können, bis Sie eintreffen.«

Kann ich mir vorstellen, dachte Rickards. Gesagt worden war mit Sicherheit nichts; Dr. Maitland-Brown tratschte nicht mit jungen Polizeibeamten. Aber es mußte eine wunderbare Atmosphäre der Selbstzufriedenheit im Dienstzimmer geherrscht haben, bei diesem frühen gemeinsamen Start in den neuen Tag. »Ich sehe keinen Grund, warum er hätte warten sollen«, entgegnete er. »Alles, was er uns hätte sagen können, werden wir dem Bericht entnehmen. Am besten öffnen Sie ihn jetzt gleich und geben mir die wesentlichen Fakten durch.«

Er vernahm, wie der Hörer auf den Schreibtisch gelegt wurde. Nachdem es weniger als eine Minute still geblieben war, sagte Oliphant: »Keine Hinweise auf kürzlichen Sexualkontakt. Sie wurde nicht vergewaltigt. Anscheinend war sie eine außergewöhnlich gesunde Frau, bis jemand ihr einen Strick um den Hals legte und sie erdrosselte. Nachdem der Doc ihren Mageninhalt untersucht hat, kann er den Zeitpunkt des Todes ein bißchen näher bestimmen, aber er hält an seiner ersten Einschätzung fest. Zwischen halb 9 und Viertel vor 10, aber wenn wir uns auf zwanzig nach 9 eini-

gen, erhebt er keinen Widerspruch. Und sie war nicht schwanger, Sir.«
»Also gut, Sergeant. Wir treffen uns in ungefähr fünfundvierzig Minuten vor dem Alten Pfarrhof.«
Aber verdammt noch mal, er dachte gar nicht daran, sich diesem schweren Tag ganz ohne Frühstück zu stellen. Rasch nahm er sich ein paar Speckscheiben aus dem Paket im Kühlschrank, legte sie unter den voll aufgedrehten Grill, setzte den Wasserkessel auf und holte sich einen Becher. Zeit genug für einen starken Kaffee. Den Speck würde er dann zwischen zwei Brotscheiben packen und das Ganze im Auto essen.
Als er vierzig Minuten später durch Lydsett fuhr, dachte er an den vergangenen Abend. Er hatte Adam Dalgliesh nicht gebeten, zusammen mit der Polizei zum Alten Pfarrhof zu kommen. Es war nicht notwendig; seine Informationen waren exakt und präzise gewesen, und man brauchte wohl kaum einen Commander der Metropolitan Police, um eine Teekiste voll abgelegter Schuhe zu identifizieren, aber es gab noch einen anderen Grund. Er hatte dankbar Dalgliehs Whisky getrunken, seinen Eintopf, oder wie immer er es nannte, gegessen und die wichtigsten Punkte der Untersuchung mit ihm besprochen. Denn was hatten sie schließlich beide gemeinsam, wenn nicht ihren Beruf? Aber das bedeutete nicht, daß er Dalgliesh dabeihaben wollte, wenn er ihn tatsächlich ausübte. Er war froh gewesen, am gestrigen Abend in der Mühle aufgenommen zu werden, dankbar dafür, nicht in ein leeres Haus heimkehren zu müssen, er hatte gern gemütlich am Kaminfeuer gesessen und sich allmählich wohl gefühlt. Draußen jedoch, fern von Dalgliesh, kehrte die alte Unsicherheit zurück, mit derselben verwirrenden Macht wie am Totenbett des Whistlers. Er wußte, daß er mit Dalgliesh niemals einer Meinung sein würde, und er wußte auch, warum. Er brauchte selbst heute noch bloß

an jenen Zwischenfall zu denken, und der alte Groll kehrte zurück. Obwohl es schon fast zwölf Jahre her war und er bezweifelte, daß Dalgliesh sich daran erinnerte. Das war natürlich der schwerwiegendere Teil der Demütigung, daß jene Worte, die seit Jahren in seiner Erinnerung hafteten, die ihn damals so erniedrigt und sein Selbstvertrauen als Kriminalbeamter beinah zerstört hatten, so leichthin gesprochen und anscheinend so schnell vergessen sein konnten.

Es war in einer kleinen Dachkammer eines schmalen Hauses hinter der Edgware Road gewesen; das Opfer war eine fünfzigjährige Prostituierte. Als sie gefunden wurde, war sie schon über eine Woche tot, und der Gestank in dem vollgestopften, licht- und luftlosen Loch war so ekelerregend, daß er sich das Taschentuch auf den Mund pressen mußte, um sich nicht zu erbrechen. Einer der Constables hatte weniger Erfolg bei diesem Versuch. Er war zum Fenster gestürzt, um es aufzureißen, und hätte es fast geschafft, wäre der Flügel nicht vor lauter Schmutz fest zugeklebt gewesen. Rickards selbst hatte nicht schlucken können, als sei die eigene Spucke verseucht. Das Taschentuch vor seinem Mund war tropfnaß von Speichel. Die Prostituierte hatte nackt inmitten der Flaschen, der Pillen, der halbgegessenen Speisereste gelegen, ein obszöner Klumpen faulenden Fleisches, nur dreißig Zentimeter von dem randvollen Nachttopf entfernt, den sie zuletzt nicht mehr hatte erreichen können, auf den aber nur der geringste Teil des Gestanks in der Kammer zurückzuführen gewesen war. Nachdem der Pathologe gegangen war, hatte Rickards sich an den nächststehenden Constable gewandt und gesagt: »Können wir denn um Gottes willen nicht endlich dieses Ding da rausschaffen?«

Und dann war Dalglieshs Stimme wie ein Peitschenknall von der offenen Tür gekommen. »Die Bezeichnung lautet ›Leichnam‹, Sergeant. Oder, falls es Ihnen lieber ist, ›Kadaver‹, ›Tote‹, ›Opfer‹, sogar, wenn's sein muß, ›die Verstor-

bene«. Was Sie da sehen, war eine Frau. Sie war kein Ding, als sie noch lebte, und sie ist auch jetzt kein Ding.«
Er reagierte sogar jetzt noch auf die Erinnerung, spürte, wie sich seine Magenmuskeln zusammenzogen, spürte die heiße Woge des Zorns von damals. Er hätte es natürlich nicht widerspruchslos hinnehmen sollen, nicht eine derartige Rüge, nicht vor den Ohren der ihm untergebenen Polizeibeamten. Er hätte dem arroganten Schwein ins Gesicht sehen und die Wahrheit aussprechen sollen, auch wenn es ihn seine Streifen gekostet hätte.
»Aber jetzt ist sie keine Frau mehr, nicht wahr, Sir? Sie ist kein menschliches Wesen mehr – oder? Und wenn sie nicht menschlich ist, was ist sie dann?«
Es war die Ungerechtigkeit, die so schmerzte. Es gab mindestens ein Dutzend Kollegen, die diesen eiskalten Vorwurf verdient hätten – nur er nicht. Er hatte seit seiner Beförderung zur Kriminalpolizei niemals ein Opfer als elenden Fleischklumpen gesehen, beim Anblick eines nackten Körpers niemals lüsterne, halb beschämende Neugier empfunden, selten auch die am schlimmsten entwürdigten, abstoßendsten Opfer ohne einen Anflug von Mitleid und häufig sogar von Schmerz betrachtet. Seine Worte waren völlig uncharakteristisch für ihn gewesen, aus ihm herausgebrochen aus schierer Hoffnungslosigkeit, aus totaler Übermüdung nach einem Neunzehn-Stunden-Tag, aus unkontrollierbarem körperlichem Ekel. Sein Pech, daß Dalgliesh sie gehört hatte, ein Kriminalbeamter, dessen kalter Sarkasmus verheerender wirken konnte als die gebrüllten Obszönitäten eines anderen Beamten. Sie hatten noch sechs Monate zusammengearbeitet; kein weiteres Wort war zwischen ihnen gefallen. Dalgliesh hatte seine Arbeit offenbar zufriedenstellend gefunden; wenigstens hatte es keine Kritik mehr gegeben. Aber leider auch kein Lob. Rickards hatte sich seinem Vorgesetzten gegenüber penibel korrekt verhalten; und Dal-

gliesh hatte getan, als hätte es den Zwischenfall niemals gegeben. Falls er seine Worte später bereute, hatte er nichts davon gesagt; vielleicht hätte er sich sehr gewundert, wenn er erfahren hätte, mit wieviel Bitterkeit, ja fast fanatischem Haß sie aufgenommen worden waren. Nun aber fragte sich Rickards zum erstenmal, ob Dalgliesh nicht ebenfalls unter Streß gestanden und, von seinen eigenen Furien gejagt, Erleichterung in der Schärfe seiner Worte gefunden hatte. Denn hatte er damals nicht erst kurz zuvor seine Frau und sein neugeborenes Kind verloren? Aber was hatte das mit einer toten Prostituierten in einem Londoner Puff zu tun? Und er als Vorgesetzter hätte es besser wissen müssen. Das war überhaupt der springende Punkt. Er hätte seine Leute besser kennen müssen.

Rickards hatte das Gefühl, daß es nahezu paranoid sei, sich so lange und so voller Zorn an diesen einen Zwischenfall zu erinnern. Aber der Gedanke an Dalgliesh in seinem Revier hatte das alles wieder zurückgerufen. Inzwischen war ihm Schlimmeres passiert, war schärfere Kritik von ihm hingenommen und wieder vergessen worden. Dies aber vermochte er nicht zu vergessen. Als er, fast gleichrangig mit ihm, Herr im eigenen Revier, in der Mühle von Larksoken am Kaminfeuer saß und Dalglieshs Whisky trank, hatte er das Gefühl gehabt, er könne die Vergangenheit endlich begraben. Nun aber wußte er, daß ihm das unmöglich war. Ohne diese Erinnerung hätten Adam Dalgliesh und er Freunde werden können. So aber respektierte er ihn, bewunderte er ihn, schätzte sein Urteil, vermochte sich in seiner Gegenwart sogar wohl zu fühlen. Aber mögen würde er ihn niemals können.

38

Oliphant wartete, wie verabredet, vor dem Alten Pfarrhof, saß aber nicht im Wagen, sondern lehnte mit überkreuzten Beinen an der Motorhaube und las eine Boulevardzeitung. Der Eindruck, den er vermittelte und ganz zweifellos vermitteln wollte, war der, daß er hier seit zehn Minuten seine Zeit verschwende. Als der Wagen hielt, richtete er sich auf und überreichte Rickards die Zeitung. Dazu sagte er: »Haben ein bißchen geplaudert, Sir. War ja vermutlich zu erwarten.«

Die Story stand nicht auf dem Titelblatt, beanspruchte aber die beiden Mittelseiten mit dicken, schwarzen Lettern und der Schlagzeile: »Nicht schon wieder!« Verfasser war der Kriminalkorrespondent des Blattes. Rickards las:

> »Heute habe ich erfahren, daß Neville Potter, der Mann, der inzwischen als der Whistler bekannt ist und am Sonntag im Hotel Balmoral, Easthaven, Selbstmord begangen hat, zu Beginn der Nachforschungen von der Polizei vernommen und eliminiert wurde. Die Frage lautet nun: Warum? Die Polizei wußte, welchem Typ der Täter zuzuordnen war. Ein Einzelgänger. Vermutlich unverheiratet oder geschieden. Ungesellig. Ein Mann mit einem Auto und einem Job, der verlangte, daß er nachts unterwegs war. Das alles paßte auf Neville Potter. Hätte man ihn bei der ersten Vernehmung verhaftet, könnten vier unschuldige junge Frauen heute noch leben. Haben wir denn gar nichts aus dem Fiasko mit dem Yorkshire Ripper gelernt?«

»Der übliche, vorhersehbare Unsinn«, bemerkte Rickards. »Weibliche Mordopfer sind entweder Prostituierte, die vermutlich verdient hatten, was sie bekamen, oder unschuldige Frauen.«

Während er die Einfahrt zum Alten Pfarrhof hinaufschritt, überflog Rickards den restlichen Artikel. Darin wurde die Behauptung aufgestellt, die Polizei verlasse sich heutzutage zu sehr auf Computer, mechanische Hilfsmittel, schnelle Autos, Technologie. Es werde Zeit, zum Bobby auf Streifendienst zurückzukehren. Was nütze es schon, einen Computer mit endlosen Daten zu füttern, wenn ein einfacher Constable nicht kompetent genug sei, einen offensichtlich Verdächtigen zu erkennen? Zwar wurden in dem Artikel einige von seinen eigenen Ansichten vertreten, aber das machte ihn für Rickards keineswegs akzeptabler.

Er warf Oliphant die Zeitung zu und sagte: »Was wollen die andeuten – daß wir uns den Whistler hätten schnappen können, wenn wir an jeder Landstraßenkreuzung einen uniformierten Streifen-Bobby postiert hätten? Haben Sie übrigens Mrs. Dennison mitgeteilt, daß wir kommen, und sie gebeten, keine weiteren Besucher zu empfangen?«

»Sie klang nicht sehr begeistert, Sir. Meinte, die einzigen Besucher, die eventuell kommen könnten, seien die Bewohner der Landzunge, und wie sie es ihren Freunden erklären solle, daß sie sie von der Türschwelle weise.«

»Und die Hintertür haben Sie auch kontrolliert?«

»Sie sagten, ich soll draußen auf Sie warten, Sir. Deswegen bin ich noch nicht ums Haus rumgegangen.«

Kein sehr vielversprechender Beginn. Doch falls es Oliphant mit seiner gewohnten Taktlosigkeit geschafft hatte, in Mrs. Dennison Feindseligkeit zu wecken, so ließ sie sich, als sie ihnen die Tür öffnete, keine Verärgerung anmerken, sondern begrüßte sie mit angemessener Höflichkeit. Rickards dachte wieder einmal, wie anziehend sie doch wirke, mit dieser sanften, altmodischen Anmut, die man wohl als »Englische Rose« bezeichnet hätte, damals, als Englische Rose als Typ noch in Mode war. Selbst ihre Kleidung erweckte den Eindruck anachronistischer Vornehmheit: nicht etwa die unvermeidlichen Hosen, sondern ein grauer Faltenrock mit passender Strickjacke über einer blauen Bluse und einer einreihigen Perlenkette. Trotz ihrer scheinbaren Gelassenheit war sie allerdings so blaß, daß der sorgfältig aufgelegte rosa Lippenstift neben der blutleeren Haut fast grell wirkte, und ihre Schultern waren unter der dünnen Wolle straff gespannt.

»Würden Sie bitte in den Salon kommen, Chief Inspector, und mir erklären, worum es geht?« sagte sie. »Außerdem werden Sie und Ihr Sergeant sicher nichts gegen eine Tasse Kaffee haben.«

»Das ist sehr liebenswürdig von Ihnen, Mrs. Dennison, aber leider haben wir keine Zeit. Ich hoffe, daß wir Sie nicht allzu lange aufhalten müssen. Wir suchen nämlich ein Paar Schuhe, Bumble-Sportschuhe, und ich habe Grund zu der Annahme, daß sie sich in Ihrer Trödelkiste befinden. Dürften wir uns die bitte einmal kurz ansehen?«

Sie warf ihnen einen raschen Blick zu, dann führte sie die beiden Beamten wortlos durch eine Tür am Ende des Korridors und über einen kurzen Gang zu einer weiteren Tür, die verriegelt war. Sie griff nach dem Riegel, der sich mühelos bewegen ließ, und gleich darauf standen sie in einem weiteren, kürzeren Gang mit Steinfliesenbelag, der vor der schweren, dicken, ebenfalls oben und unten mit einem Riegel versperrten Hintertür endete. Zu beiden Seiten gab es je einen Raum. Die Tür auf der rechten Seite stand offen.

Mrs. Dennison führte sie hinein. »Hier bewahren wir den Trödel auf«, erklärte sie. »Wie ich Sergeant Oliphant bereits am Telefon sagte, wurde die Hintertür gestern nachmittag um fünf Uhr verriegelt und seitdem nicht wieder geöffnet. Tagsüber lasse ich sie gewöhnlich offenstehen, damit jeder, der Trödel abliefern will, hereinkommen kann, ohne zu klopfen.«

»Und das bedeutet«, sagte Oliphant, »daß sich die Leute

auch etwas nehmen können, statt etwas zu bringen. Haben Sie keine Angst vor Dieben?«
»Wir sind hier in Larksoken, Sergeant, nicht in London.«
Der Raum mit seinem Steinplattenboden, den Ziegelwänden und einem einzigen hohen Fenster war ursprünglich wohl eine Spülküche oder ein Vorratsraum gewesen. Sein gegenwärtiger Verwendungszweck war nicht zu verkennen: An der Wand standen zwei Teekisten, die linke ungefähr zu drei Vierteln mit Schuhen gefüllt, die rechte mit einem Durcheinander von Gürteln, Taschen und zusammengeknoteten Herrenkrawatten. Neben der Tür waren zwei lange Regale angebracht. Auf dem einen standen alle möglichen Gegenstände: Tassen und Untertassen, Jahrmarktsgewinne, Statuetten, Schalen und Platten, ein Kofferradio, eine Nachttischlampe mit gesprungenem, verschmutztem Schirm. Das zweite Regal enthielt eine Reihe alter und ziemlich zerfledderter Bücher, die meisten davon Paperbacks. In das untere Regal war eine Anzahl Haken geschraubt worden, an denen Bügel mit den verschiedensten Kleidungsstücken besserer Qualität hingen: Herrenanzüge, Jacketts, Damenkleider und Kindersachen, einige von ihnen bereits mit kleinen Preisschildern ausgezeichnet. Oliphant blieb höchstens ein paar Sekunden stehen, um den Blick durch den Raum wandern zu lassen, dann konzentrierte er sich auf die Schuhkiste. Es kostete ihn weniger als eine Minute, um festzustellen, daß die Bumbles nicht da waren, doch unter den Augen von Rickards und Mrs. Dennison begann er sogleich mit einer systematischen Suche. Jedes Paar, die meisten mit den Schnürsenkeln aneinandergeknotet, wurde herausgenommen und auf eine Seite gelegt, bis die Kiste leer war, um dann methodisch wieder hineingepackt zu werden. Rickards zog einen rechten Bumble-Sportschuh aus seiner Aktentasche und reichte ihn Mrs. Dennison.
»So sehen die Schuhe aus, nach denen wir suchen. Können

Sie sich erinnern, ob ein solches Paar in der Trödelkiste lag, und wenn ja, wer sie gebracht hat?«

»Ich wußte nicht, daß sie Bumbles genannt werden«, antwortete sie prompt, »aber ja, es war ein solches Paar hier in der Kiste. Gebracht hat sie Mr. Miles Lessingham vom Kraftwerk. Er war beauftragt worden, die Kleidung des jungen Mannes zu beseitigen, der sich in Larksoken umgebracht hat. Zwei von den Anzügen, die hier hängen, gehörten ebenfalls Toby Gledhill.«

»Wann hat Mr. Lessingham die Schuhe hergebracht, Mrs. Dennison?«

»Das weiß ich nicht mehr ganz genau. Ich glaube, es war an einem Spätnachmittag, ungefähr eine Woche nach Mr. Gledhills Tod, irgendwann gegen Ende des Monats. Aber danach müssen Sie ihn selber fragen, Chief Inspector. Er wird sich sicher genauer erinnern.«

»Hat er die Schuhe an der Vordertür abgegeben?«

»Aber ja. Er sagte, er könne nicht zum Tee bleiben, aber er würde gern mit Mrs. Copley im Salon sprechen. Dann trug er mit mir zusammen den Koffer mit den Kleidern hierher, und wir packten sie gemeinsam aus. Die Schuhe habe ich in eine Plastiktüte gesteckt.«

»Und wann haben Sie sie zuletzt gesehen?«

»Das weiß ich nun wirklich nicht mehr, Chief Inspector. Ich komme nicht sehr häufig hierher, nur manchmal, um die Preise für die Kleider anzubringen. Und dabei sehe ich nicht unbedingt in die Schuhkiste.«

»Nicht mal, um zu kontrollieren, was inzwischen gebracht worden ist?«

»Doch, gelegentlich schon. Aber ich kontrolliere sie nicht regelmäßig.«

»Es sind ziemlich auffallende Schuhe, Mrs. Dennison.«

»Das weiß ich, und wenn ich kürzlich in die Kiste gesehen hätte, müßten sie oder ihr Fehlen mir aufgefallen sein. Aber

das ist nicht der Fall. Ich kann Ihnen leider nicht sagen, wann sie verschwunden sind.«
»Wie viele Personen kennen das System hier?«
»Die meisten von der Landzunge kennen es, und diejenigen Angestellten des Kraftwerks Larksoken, die regelmäßig für den Basar spenden. Normalerweise kommen sie natürlich auf dem Heimweg mit dem Auto, und manchmal klingeln sie, wie Mr. Lessingham, an der Haustür. Ich nehme ihnen die Sachen entweder an der Tür ab, oder sie teilen mir mit, daß sie sie an der Hintertür abladen werden. Der Basar selbst findet nicht hier statt, sondern im Oktober im Gemeindesaal von Lydsett. Aber dies ist ein günstiger Sammelplatz für die Leute von der Landzunge und vom Kraftwerk, und ein bis zwei Tage vor dem Markt kommen dann Mr. Sparks oder Mr. Jago vom Local Hero mit dem Lastwagen und holen alles ab.«
»Wie ich sehe, haben Sie aber einige Sachen schon mit einem Preis ausgezeichnet.«
»Nicht alle, Chief Inspector. Es ist nur so, daß wir gelegentlich Leute kennen, die vielleicht einige Dinge gern kaufen würden, und denen geben wir vor dem Markt Gelegenheit dazu.«
Dieses Eingeständnis schien ihr peinlich zu sein. Rickards fragte sich, ob die Copleys möglicherweise auf diese Art einen Vorteil aus der Sammlung zögen. Er wußte Bescheid über Kirchenbasare. Seine Ma hatte immer bei dem alljährlichen Basar geholfen. Die Helfer erwarteten, sich etwas aussuchen zu können; das war der Anreiz für sie. Und warum auch nicht? Laut sagte er: »Sie meinen, jeder Einheimische, der Kleidungsstücke braucht, möglicherweise für seine Kinder, weiß genau, daß er sie hier erwerben kann?«
Sie errötete. Er merkte, daß seine Frage sie in Verlegenheit gebracht hatte. »Die Leute aus Lydsett warten gewöhnlich bis zum Hauptverkauf«, erklärte sie. »Es würde sich auch

wohl kaum lohnen, aus dem Dorf herzukommen, nur um nachzusehen, was wir sammeln. Manchmal aber verkaufe ich an Leute von der Landzunge. Schließlich soll der Basar der Kirche helfen, und ich sehe keinen Grund, warum nicht schon vorweg etwas verkauft werden sollte, falls ein Einheimischer das eine oder andere Stück brauchen kann. Natürlich bezahlen sie alle den festgelegten Preis.«

»Und wer kann von Zeit zu Zeit etwas gebrauchen, Mrs. Dennison?«

»Mr. Blaney hat manchmal Kleider für seine Kinder gekauft. Und da eines von Mr. Gledhills Tweedjacketts Mr. Copley paßte, hat Mrs. Copley es gekauft. Vor vierzehn Tagen rief dann auch noch Neil Pascoe an, um sich zu erkundigen, ob wir für Timmy etwas Passendes hätten.«

»War das, bevor Mr. Lessingham die Sportschuhe brachte, oder nachher?« erkundigte sich Oliphant.

»Das weiß ich nicht mehr, Sergeant. Am besten fragen Sie ihn selbst. Wir haben beide nicht in die Schuhkiste gesehen. Mr. Pascoe interessierte sich für warme Spielanzüge für Timmy. Er hat zwei davon gekauft. Auf einem Regal in der Küche steht die Blechdose mit dem Geld.«

»Dann bedienen sich die Leute also einfach selbst und hinterlassen das Geld?«

»Aber nein, Chief Inspector! Das würde wirklich keinem einfallen.«

»Und was ist mit den Gürteln? Können Sie sagen, ob einer von den Gürteln oder Riemen fehlt?«

Mit einer Andeutung von Ungeduld antwortete sie: »Wie sollte ich? Sehen Sie doch selbst. In dieser Kiste herrscht ein totales Durcheinander: Riemen, Gürtel, alte Handtaschen, Schals. Wie soll ich da feststellen können, ob etwas fehlt oder wann es verschwunden ist?«

»Wären Sie überrascht, wenn ich Ihnen sage, daß wir einen Zeugen haben, der die Sportschuhe am Vormittag des ver-

gangenen Mittwochs in dieser Kiste gesehen hat?« fragte Oliphant.
Der Mann verstand es wirklich, auch die einfachste und harmloseste Frage wie eine Anklage klingen zu lassen. Doch seine Taktlosigkeit, die manchmal an Unverschämtheit grenzte, war gewöhnlich sorgfältig berechnet, und da Rikkards ihre Wirkung kannte, machte er selten den Versuch, ihn zurückzupfeifen. Schließlich war es Oliphant gewesen, dem es beinah gelungen wäre, Alex Mairs Selbstbeherrschung zu erschüttern. Aber hier hätte er doch wohl daran denken müssen, daß er mit einer ehemaligen Lehrerin sprach. Mrs. Dennison schenkte ihm jenen freundlich-vorwurfsvollen Blick, der eher für ein ungezogenes Kind gepaßt hätte.
»Ich glaube, Sie haben nicht sehr gut zugehört, Sergeant. Ich habe gesagt, daß ich nicht weiß, wann die Schuhe verschwunden sind. Und da das so ist – wieso sollte es mich überraschen, von Ihnen zu hören, wann sie zuletzt gesehen wurden?« Sie wandte sich an Rickards: »Wenn wir noch weiterdiskutieren wollen – wäre es nicht angenehmer für uns alle, das im Salon zu tun, statt hier herumzustehen?«
Rickards hoffte, daß es dort wenigstens wärmer war.
Sie führte sie durch den Flur in ein Vorderzimmer des Hauses, mit Blick nach Süden auf den unebenen Rasen sowie die Reihe von Lorbeerbüschen, Rhododendren und windzerzausten Sträuchern, hinter denen sich die Straße verbarg. Das Zimmer war groß und kaum spürbar wärmer als der Raum, den sie verlassen hatten, als könne selbst die kräftigste Herbstsonne nicht durch die in der Mitte senkrecht geteilten Fenster und die schweren Samtvorhänge dringen. Die Luft hier war ein bißchen muffig, es roch nach Möbelpolitur, Duftkugeln und ganz schwach nach Essen, als hinge immer noch das Aroma längst abservierter, viktorianischer Fünf-Uhr-Tees im Raum. Rickards erwartete fast, das Rascheln von Krinolinen zu hören.

Mrs. Dennison schaltete kein Licht ein, und Rickards fand, daß er sie kaum darum bitten konnte. In diesem Dämmerlicht konnte er die Einrichtung nur ahnen: solide Mahagonimöbel, mit Photos überladene Beistelltischchen, ein weich gepolsterter Lehnsessel mit schäbigen Bezügen und so viele Gemälde in reichgeschnitzten Rahmen, daß der Salon wie eine bedrückende, nur selten besuchte Provinzgalerie wirkte. Mrs. Dennison schien zwar die Kälte, nicht aber die düstere Atmosphäre zu bemerken. Sie bückte sich, um einen zweispiraligen elektrischen Heizofen rechts neben dem riesigen Kamin einzuschalten, setzte sich dann mit dem Rücken zum Fenster und winkte Rickards und Oliphant aufs Sofa, auf dem die beiden steif und hoch aufgerichtet nebeneinander auf harten, unnachgiebigen Polstern saßen. Sie selbst blieb, die Hände im Schoß gefaltet, ruhig wartend sitzen. Das Zimmer mit dem gewichtigen, dunklen Mahagoni, der Atmosphäre lastender Ehrbarkeit ließ sie als menschliche Gestalt darin derart zurücktreten, daß Rickards den Eindruck hatte, sie schwinde langsam dahin und schimmere bereits durchsichtig wie ein bleicher, körperloser Geist, erdrückt von den riesigen Armlehnen des großen Sessels. Er dachte an ihr Leben auf der Landzunge und in diesem entlegenen und zweifellos schwer zu bewirtschaftenden Haus, fragte sich, was sie gesucht haben mochte, als sie an diese windgepeitschte Küste floh, und ob sie es gefunden hatte.
»Wann beschloß man, daß der Reverend und Mrs. Copley ihre Tochter besuchen sollten?« erkundigte sich Rickards.
»Am letzten Freitag, nachdem Christine Baldwin ermordet worden war. Sie sorgte sich schon seit einiger Zeit um die beiden und drängte sie, doch endlich zu kommen, aber erst die Tatsache, daß der letzte Mord praktisch hier vor der Haustür geschah, hat sie dann überzeugt. Ich sollte sie am Sonntag abend nach Norwich zu dem Zug um 8 Uhr 30 bringen.«

»War das allgemein bekannt?«
»Es wurde vermutlich darüber geredet. Man könnte sagen, es war allgemein bekannt, als es hier Leute gibt, die davon wußten. Mr. Copley mußte Vorkehrungen wegen der Dienstleistungen treffen, die er in Anspruch nimmt. Ich habe Mrs. Bryson im Laden gesagt, daß ich nur einen Viertelliter Milch pro Tag brauche statt die üblichen eineinviertel Liter. Doch, man könnte sagen, daß es allgemein bekannt war.«
»Und warum haben Sie die beiden nicht, wie verabredet, nach Norwich gefahren?«
»Weil der Wagen plötzlich kaputtging, während sie ihre Sachen packten. Ich dachte, das hätte ich Ihnen bereits erklärt. Als ich ihn gegen halb 7 aus der Garage holte und vor die Haustür fuhr, war noch alles in Ordnung, doch als ich sie um Viertel nach 7 endlich ins Auto verfrachtet hatte und wir abfahren wollten, sprang er nicht mehr an. Also hab ich Mr. Sparks in der Garage in Lydsett angerufen und ihn gebeten, sie mit dem Taxi zur Bahn zu bringen.«
»Ohne Sie?«
Bevor sie jedoch antworten konnte, stand Oliphant auf, ging zu einer Stehlampe in seiner Nähe hinüber und schaltete sie wortlos ein. Das helle Licht flutete auf die drei hernieder. Sekundenlang dachte Rickards, ihre Gastgeberin würde protestieren. Sie hatte sich halb aus dem Sessel erhoben, ließ sich aber zurücksinken und fuhr fort, als wäre nichts geschehen.
»Mir war keineswegs wohl dabei. Es wäre mir viel lieber gewesen, wenn ich sie selbst in den Zug gesetzt hätte; Mr. Sparks konnte den Auftrag jedoch nur annehmen, wenn er direkt nach Ipswich weiterfahren konnte, wo er jemanden abholen mußte. Aber er hat mir versprochen, bei ihnen zu bleiben, bis sie auf ihren Plätzen saßen. Und schließlich sind sie keine Kinder; sie sind durchaus in der Lage, an der Liverpool Street auszusteigen. Das ist sowieso die Endstation, und außerdem wollte die Tochter sie dort abholen.«

Warum, fragte sich Rickards, verhält sie sich nur so ablehnend? Sie kann sich doch kaum für ernsthaft verdächtig halten. Und dennoch – warum nicht? Er hatte schon weniger wahrscheinliche Mörder erlebt. Er erkannte ihre Angst an einem Dutzend winziger Zeichen, die keinem erfahrenen Polizisten entgehen konnten: dem Zittern der Hände, das sie zu unterdrücken suchte, sobald sein Blick darauf fiel, dem nervösen Tic im Augenwinkel, der Unfähigkeit, auch nur eine Sekunde stillzusitzen, unmittelbar gefolgt von einer unnatürlichen, beherrschten Ruhe, der leichten Verkrampfung in der Stimme, der Art, wie sie mit einer Miene, die Trotz mit Standhaftigkeit verband, energisch seinem Blick begegnete. Einzeln betrachtet war jedes ein Zeichen von natürlichem Streß; alle zusammen verrieten sie etwas, das ziemlich nahe an panische Angst herankam. Gestern abend hatte er sich über Adam Dalglieshs Warnung geärgert; sie hatte fast wie eine Bevormundung geklungen. Aber vielleicht hatte er recht gehabt. Vielleicht saß da vor ihm eine Frau, die mehr aggressive Verhöre ertragen hatte, als sie verkraften konnte. Aber er mußte seine Pflicht tun.

Also sagte er: »Haben Sie sofort nach dem Taxi telephoniert? Ohne vorher nachzusehen, was mit dem Wagen eigentlich los war?«

»Wir hatten keine Zeit, unter der Motorhaube herumzusuchen. Außerdem bin ich kein Mechaniker. Ich war noch nie gut mit Autos. Wir konnten von Glück sagen, daß ich die Panne rechtzeitig entdeckte, und noch mehr sogar, daß Mr. Sparks zur Verfügung stand. Er kam sofort. Mr. und Mrs. Copley gerieten schon ziemlich stark in Erregung. Ihre Tochter erwartete sie; sämtliche Vorkehrungen waren getroffen worden. Sie mußten unbedingt den Zug erreichen.«

»Wo wird der Wagen normalerweise abgestellt, Mrs. Dennison?«

»Das sagte ich Ihnen doch, Chief Inspector. In der Garage.«

»Abgeschlossen?«
»Mit einem Vorhängeschloß. Einem sehr kleinen. Vermutlich nicht besonders sicher, falls man sie wirklich aufbrechen wollte, aber das hat noch nie jemand versucht. Als ich den Wagen holte, war sie verschlossen.«
»Eine Dreiviertelstunde, bevor Sie abfahren mußten?«
»Jawohl. Ich begreife nicht, worauf Sie hinauswollen. Ist das wichtig?«
»Ich bin nur neugierig, Mrs. Dennison. Warum so lange vorher?«
»Haben Sie jemals einen Wagen mit Gepäck für zwei alte Menschen beladen, die auf eine unbefristete Reise gehen? Ich hatte Mrs. Copley bei einem Teil des Packens geholfen und wurde gerade für eine Minute nicht gebraucht. Es war eine günstige Gelegenheit, den Wagen zu holen.«
»Und während er vor dem Haus parkte, hatten Sie ihn ständig im Auge?«
»Natürlich nicht. Ich mußte dafür sorgen, daß die Copleys alles mitnahmen, was sie brauchten, und rekapitulierte außerdem alles, was ich zu tun hatte, während sie fort waren, Gemeinde-Angelegenheiten, Anrufe, und so weiter.«
»Wo taten Sie das?«
»In Mr. Copleys Arbeitszimmer. Mrs. Copley war in ihrem Schlafzimmer.«
»Und der Wagen stand unbeaufsichtigt in der Einfahrt?«
»Wollen Sie andeuten, daß jemand daran herumgefingert hat?«
»Nun, das wäre wohl ein bißchen weit hergeholt, nicht wahr? Wie kommen Sie darauf?«
»Durch Sie, Chief Inspector. Sonst wäre mir so etwas nie eingefallen. Und ich stimme zu, es ist weit hergeholt.«
»Und als Mr. Jago um Viertel vor 10 vom Local Hero aus anrief, um Ihnen mitzuteilen, daß man die Leiche des Whistlers gefunden habe – was haben Sie da getan?«

»Ich konnte nichts tun. Es gab keine Möglichkeit, die Copleys zurückzuholen; sie waren seit über einer Stunde unterwegs. Ich habe die Tochter in ihrem Londoner Club angerufen und sie noch erreicht, bevor sie zur Liverpool Street aufbrach. Sie sagte, da sie alle Vorkehrungen getroffen habe, könnten sie ruhig eine Woche bleiben. Sie kommen übrigens morgen nachmittag zurück. Mrs. Duncan-Smith ist zu einer kranken Freundin gerufen worden, die sie pflegen muß.«
Rickards sagte: »Einer meiner Beamten hat mit Mr. Sparks gesprochen. Es war ihm wichtig, Sie so schnell wie möglich davon zu unterrichten, daß die Copleys sicher im Zug saßen. Er hat sie angerufen, sobald er konnte, Sie aber leider nicht erreicht. Das war gegen Viertel nach 9, ungefähr zur selben Zeit, als Mr. Jago Sie zum erstenmal zu erreichen versuchte.«
»Da muß ich gerade im Garten gewesen sein. Es war eine wunderschöne, mondhelle Nacht, und ich fand keine Ruhe. Ich mußte endlich mal raus aus dem Haus.«
»Obwohl der Whistler, soweit Sie wußten, noch frei herumlief?«
»Seltsamerweise, Chief Inspector, habe ich nie Angst vor dem Whistler gehabt. Diese Gefahr erschien mir immer sehr entfernt und sogar ein bißchen unwirklich.«
»Sie sind nicht weiter gegangen als bis in den Garten?«
Sie sah ihm offen in die Augen. »Ich bin nicht weiter gegangen als bis in den Garten.«
»Und trotzdem haben Sie das Telephon nicht gehört?«
»Es ist ein sehr großer Garten.«
»Es war eine stille Nacht, Mrs. Dennison.«
Sie antwortete nicht.
»Und wann sind Sie von Ihren einsamen Wanderungen im Dunkeln zurückgekehrt?«
»Ich würde einen Spaziergang im Garten nicht als einsame Wanderung im Dunkeln bezeichnen. Ungefähr eine halbe

Stunde war ich draußen. Als ich dann etwa fünf Minuten wieder im Haus war, rief mich Mr. Jago an.«
»Und wann hörten Sie von dem Mord an Miss Robarts, Mrs. Dennison? Offensichtlich war er Ihnen nichts Neues, als wir uns in Martyr's Cottage trafen.«
»Ich dachte, das wüßten Sie bereits, Chief Inspector. Miss Mair rief mich am Montag morgen kurz nach 7 Uhr an. Sie selbst hatte es erfahren, als ihr Bruder am Sonntag abend erst sehr spät nach Hause kam, weil er den Leichnam gefunden hatte, aber sie wollte mich nicht um Mitternacht stören, vor allem mit einer so furchtbaren Nachricht.«
»Und war es eine furchtbare Nachricht, Madam?« erkundigte sich Oliphant. »Sie kannten Miss Robarts doch kaum. Warum sollte die Nachricht so furchtbar sein?«
Mrs. Dennison warf ihm einen langen Blick zu; dann wandte sie sich wieder von ihm ab. »Wenn Sie wirklich diese Frage stellen müssen, Sergeant«, entgegnete sie, »sind Sie dann sicher, daß Sie den richtigen Beruf gewählt haben?«
Rickards erhob sich, um sich zu verabschieden. Mrs. Dennison begleitete ihn zur Haustür. Als sie zum Wagen gingen, wandte sie sich an ihn und erklärte mit unerwarteter Heftigkeit: »Ich bin nicht dumm, Chief Inspector. All diese Fragen über die Schuhe. Anscheinend haben Sie einen Abdruck am Tatort gefunden und glauben, daß er vom Mörder stammt. Aber Bumbles sind durchaus gebräuchlich. Jeder hätte sie tragen können. Die Tatsache, daß Toby Gledhills Schuhe fehlen, kann reiner Zufall sein. Sie müssen nicht unbedingt mit finsteren Absichten gestohlen worden sein. Jeder, der ein Paar Sportschuhe brauchte, hätte sie sich nehmen können.«
Oliphant musterte sie zweifelnd. »Also, ich bin da anderer Ansicht, Madam. Wie Sie selbst erst vor einer halben Stunde gesagt haben, ist dies hier Larksoken, nicht London.« Seine dicken Lippen verzogen sich zu einem selbstzufriedenen Lächeln.

39

Rickards hätte am liebsten sofort mit Lessingham gesprochen, aber die für 10 Uhr angesetzte Pressekonferenz bedeutete, daß er das Gespräch noch aufschieben mußte, und um das Ganze noch komplizierter zu machen, ergab ein Anruf im Kraftwerk Larksoken, daß Lessingham sich einen Tag freigenommen, aber eine Nachricht hinterlassen hatte, er sei in seinem Cottage bei Blakeney zu erreichen. Glücklicherweise war er daheim, und Oliphant machte ohne weitere Erklärung mit ihm aus, sie würden ihn um die Mittagszeit aufsuchen.

Sie verspäteten sich noch nicht einmal um fünf Minuten, weshalb es mehr als frustrierend für sie war, das niedrige, aus Holz und Backsteinen erbaute Cottage an der Küstenstraße, eine Meile nördlich des Ortes, leer vorzufinden. An die Haustür war ein Zettel mit einer bleistiftgeschriebenen Nachricht geheftet:

An alle, die mich erreichen wollen: Ich bin auf der *Heron* am Quai von Blakeney. Das gilt auch für die Polizei.

»Verdammte Frechheit!« schimpfte Oliphant. Und als könne er nicht glauben, daß ein Verdächtiger sich so vorsätzlich unkooperativ verhalte, probierte er, die Tür zu öffnen, spähte durchs Fenster hinein und verschwand dann hinter dem Haus. Als er wiederkam, berichtete er: »Baufällig. Könnte einen Anstrich gebrauchen. Komisch, hier wohnen zu wollen! Diese Marschen sind im Winter ziemlich öde. Man sollte meinen, er hätte gern ein bißchen Leben um sich herum.«

Insgeheim stimmte ihm Rickards zu, daß Lessingham sich einen merkwürdigen Wohnplatz ausgesucht hatte. Sein Cottage sah aus, als wären es früher einmal zwei gewesen, die später miteinander verbunden wurden, und obwohl das Haus mit seinen angenehmen Proportionen einen gewissen

melancholischen Charme ausstrahlte, wirkte es auf den ersten Blick unbewohnt und vernachlässigt. Schließlich war Lessingham ein ranghoher Ingenieur oder Techniker, er konnte sich nicht mehr erinnern, was. Wie dem auch sei, er wohnte wohl kaum hier, weil er so arm war.
»Vermutlich will er sein Boot in der Nähe haben. Hier an der Küste gibt es nicht viele Liegeplätze. Er konnte sein Boot nur hier oder in Wells-next-the-Sea unterbringen.«
Als sie wieder in den Wagen stiegen, warf Oliphant einen so grollenden Blick zum Cottage zurück, als berge es hinter der abblätternden Farbe ein Geheimnis, das es nach ein paar kräftigen Tritten gegen die Tür möglicherweise verraten hätte. Während er sich anschnallte, knurrte er: »Und wenn wir zum Quai kommen, hängt da vermutlich eine Nachricht, daß er im Pub ist.«
Aber Lessingham war dort, wo seine Nachricht es angekündigt hatte. Zehn Minuten später fanden sie ihn auf dem verlassenen Quai, wo er, einen Außenborder vor sich, auf einer umgekehrten Kiste saß. Neben ihm am Steg lag ein Dreißig-Fuß-Segelboot mit Mittelkabine. Mit seiner Arbeit hatte er anscheinend noch nicht begonnen, denn ein relativ sauberer Lappen hing ihm zwischen den Fingern, die zu schlaff schienen, ihn festzuhalten, und er musterte den Motor, als stelle dieser ihn vor ein unlösbares Problem. Als sie vor ihm stehenblieben, blickte er auf, und Rickards erschrak über die Veränderung, die in dem Mann vorgegangen war. In nur zwei Tagen schien er zehn Jahre gealtert zu sein. Er war barfuß und trug über knielangen Denim-Shorts mit modisch ausgefransten Säumen einen verschossenen dunkelblauen Rollkragenpullover. Aber diese zwanglose Kleidung schien seine Stadtblässe, die über den Wangenknochen straff gespannte Haut und die dunklen Ringe unter den tiefliegenden Augen nur noch zu unterstreichen. Schließlich ist er Freizeitsegler, dachte Rickards. Sonderbar, daß dieser Som-

mer, obwohl er ein schlechter war, bei ihm nicht mehr als einen Hauch von Bräune erzeugt hatte.
Lessingham erhob sich nicht, sondern sagte ohne weitere Einleitung: »Sie hatten Glück, daß Sie mich erreicht haben, als Sie anriefen. Ein Tag Urlaub ist zu schade, um ihn im Haus zu verbringen, vor allem jetzt. Ich dachte, wir könnten uns ebensogut hier unterhalten.«
»Nicht ganz«, widersprach Rickards. »Ein bißchen mehr Abgeschiedenheit wäre besser gewesen.«
»Hier ist es abgeschieden genug. Die Einheimischen erkennen die Polizei, wenn sie sie sehen. Sicher, wenn Sie eine offizielle Aussage von mir verlangen oder mich verhaften wollen, würde ich das Polizeirevier vorziehen. Ich halte mein Haus und mein Boot gern sauber.« Und dann setzte er noch hinzu: »Ich meine, frei von unangenehmen Empfindungen.«
»Warum glauben Sie, daß wir Sie unter Umständen verhaften wollen?« erkundigte sich Oliphant gleichmütig. »Und weswegen?« Sein verspätet hinzugefügtes »Sir« klang tatsächlich wie eine Drohung.
Rickards verspürte einen Anflug von Ärger. Es paßte zu diesem Mann, eine günstige Eröffnung nicht ungenutzt vorübergehen zu lassen, doch dieses kindische Vorgeplänkel würde sich nicht gerade fördernd auf die Vernehmung auswirken. Lessingham musterte Oliphant und überlegte ernsthaft, ob diese Frage einer Antwort bedürfe.
»Wer weiß. Wenn Sie sich aufrichtig Mühe geben, könnte Ihnen wohl etwas einfallen, nehme ich an.« Dann schien er sich zum erstenmal der Tatsache bewußt zu werden, daß die beiden Polizisten standen, und erhob sich. »Na schön, kommen Sie mit an Bord.«
Rickards war kein Segler, aber auf ihn wirkte das ganze Boot, vor allem das Holz, ziemlich alt. In der Kabine, die sie nur gebückt betreten konnten, stand ein schmaler, die ganze

Länge einnehmender Mahagonitisch mit je einer Bank auf beiden Seiten. Nachdem Lessingham ihnen gegenüber Platz genommen hatte, musterten sie sich über die zwei Fuß breite polierte Holzplatte hinweg. Ihre Gesichter waren einander so nah, daß Rickards meinte, den Geruch der anderen wahrnehmen zu können, eine maskuline Mischung aus Schweiß, warmer Wolle, Bier und Oliphants After-shave, als wären sie alle drei auf engstem Raum zusammengepferchte Zwingertiere. Einen unpassenderen Raum für eine Vernehmung hätte er sich nicht vorstellen können; er fragte sich, ob Adam Dalgliesh der Dinge wohl besser Herr geworden wäre, und verachtete sich selbst für diesen Gedanken. Er spürte Oliphants massigen Körper neben sich, weil ihre Schenkel – der von Oliphant unnatürlich warm – sich berührten, und mußte dem Impuls widerstehen, schnell ein Stückchen von ihm abzurücken.
»Ist das Ihr Boot, Sir?« erkundigte Rickards sich. »Dasselbe, mit dem Sie am vergangenen Sonntag abend segeln waren?«
»Nicht segeln, Chief Inspector, jedenfalls zum größten Teil nicht; der Wind war zu schwach. Aber ja, dies ist mein Boot, und mit diesem Boot war ich am letzten Sonntag draußen.«
»Sie scheinen den Rumpf beschädigt zu haben. Auf Steuerbord haben Sie einen langen, frisch aussehenden Kratzer.«
»Wie aufmerksam, daß Ihnen das auffällt. Ich habe den Kühlturm draußen vor dem Kraftwerk gestreift. Nachlässig von mir. Schließlich bin ich hier oft genug gesegelt. Wären Sie ein paar Stunden später gekommen, hätte ich ihn schon repariert.«
»Und behaupten Sie immer noch, zu keinem Zeitpunkt in Sichtweite des Strandes gekommen zu sein, an dem Miss Robarts zum letztenmal schwimmen ging?«
»Diese Frage haben Sie mir schon am Montag gestellt. Kommt drauf an, was Sie unter Sichtweite verstehen. Wenn ich gewollt hätte, hätte ich den Strand durch den Feldstecher

sehen können, aber ich kann Ihnen versichern, daß ich nie weiter als auf eine halbe Meile an den Strand herangekommen und auch nicht an Land gegangen bin. Und da ich kaum der Mörder sein kann, ohne an Land zu gehen, erscheint mir das ein überzeugender Beweis zu sein. Aber ich glaube kaum, daß Sie den weiten Weg hierher gemacht haben, nur um sich noch einmal mein Alibi anzuhören.«

Mit einiger Mühe bückte sich Oliphant nach seiner Tasche, hievte sie neben sich auf die Bank, entnahm ihr ein Paar Bumble-Sportschuhe und stellte sie ordentlich nebeneinander vor sich auf den Tisch. Rickards beobachtete Lessinghams Miene. Er bekam sich noch im selben Augenblick unter Kontrolle, hatte aber trotzdem nicht den Ausdruck erschrockenen Wiedererkennens in seinem Blick kaschieren können, das Anspannen der Muskeln um seinen Mund. Die beiden Sportschuhe, unberührt, neu, grau-weiß, mit je einer kleinen Hummel unter dem Absatz, schienen die Kabine ganz und gar auszufüllen. Nur Oliphant, der sie da hingestellt hatte, beachtete sie nicht mehr.

Er sagte: »Aber Sie waren südlich des Kühlturms beim Kraftwerk. Der Kratzer befindet sich auf Steuerbord. Also müssen Sie nordwärts gesegelt sein, Sir, als Sie sich den Kratzer holten.«

»Als ich etwa fünfzig Meter hinter den Türmen war, habe ich zur Rückfahrt gewendet. Ich hatte mir vorgenommen, nicht weiter als bis zum Kraftwerk zu segeln.«

»Diese Sportschuhe, Sir«, meldete sich Rickards zu Wort. »Haben Sie irgendwo ein ähnliches Paar gesehen?«

»Ja, natürlich. Das sind Bumbles. Nicht jeder kann sie sich zwar leisten, aber die meisten haben sie schon mal gesehen.«

»Haben Sie gesehen, daß irgend jemand sie trug, der in Larksoken arbeitet?«

»Ja, Toby Gledhill besaß so ein Paar. Nach seinem Selbstmord baten mich seine Eltern, seine Kleider fortzuschaffen.

Viel besaß er ohnehin nicht, Toby reiste mit leichtem Gepäck; aber es gab zwei Anzüge, die üblichen Hosen und Jacketts und ein halbes Dutzend Paar Schuhe. Darunter diese Sportschuhe, so gut wie neu. Er hatte sie erst zehn Tage vor seinem Tod gekauft und nur ein einziges Mal getragen.«

»Und was haben Sie mit den Sachen gemacht, Sir?«

»Ich habe alles zusammengepackt und für den nächsten Kirchenbasar zum Alten Pfarrhof gebracht. Die Copleys haben auf der Rückseite des Hauses einen kleinen Raum, wo die Leute ihren Trödel abladen können. Von Zeit zu Zeit hängt Dr. Mair eine Notiz ans Schwarze Brett und bittet die Angestellten, abgelegte Kleider und nicht mehr gebrauchte Gegenstände zu spenden. Es gehört zur Firmenpolitik, am Gemeindeleben teilzunehmen: alle eine einzige, glückliche Familie, hier bei uns auf der Landzunge. Wir mögen nicht immer zur Kirche gehen, aber wir beweisen unseren guten Willen, indem wir abgelegte Kleider für die Gerechten spenden.«

»Wann haben Sie Mr. Gledhills Kleidung zum Alten Pfarrhof gebracht?«

»Das weiß ich nicht mehr so genau, aber ich glaube, vierzehn Tage nach seinem Tod. Kurz vor dem Wochenende, glaube ich. Vermutlich am Freitag, den 26. August. Vielleicht erinnert sich Mrs. Dennison. Mrs. Copley brauchen Sie vermutlich nicht erst zu fragen, obwohl ich sie gesehen habe.«

»Dann haben Sie die Sachen Mrs. Dennison übergeben?«

»Ganz recht. Eigentlich bleibt ja die Hintertür zum Pfarrhof gewöhnlich den ganzen Tag über offenstehen, damit die Leute reingehen und alles abladen können, was sie wollen. Aber ich dachte, in diesem Fall sei es wohl besser, die Sachen offiziell zu übergeben. Ich war nicht ganz sicher, ob sie willkommen sein würden. Manche Leute sind abergläubisch und kaufen nicht gern die Kleider kürzlich Verstorbener.

Und mir kam es, na ja, irgendwie unangemessen vor, sie einfach abzuladen.«
»Was geschah im Alten Pfarrhof?«
»Nichts Besonderes. Mrs. Dennison öffnete mir die Tür und führte mich in den Salon. Dort saß Mrs. Copley, der ich erklärte, warum ich gekommen sei. Sie äußerte die üblichen nichtssagenden Platitüden über Tobys Tod, und Mrs. Dennison fragte mich, ob ich einen Tee möchte. Ich lehnte ab und folgte ihr durch den Flur zu dem Raum hinten, wo der Trödel aufbewahrt wird. Da steht eine große Teekiste mit Schuhen. Die Paare werden mit den Schnürsenkeln zusammengebunden und einfach hineingeworfen. Mrs. Dennison und ich packten den Koffer mit Tobys Kleidern aus. Sie meinte, die Anzüge seien zu schade für den Basar, und fragte mich, ob ich was dagegen hätte, wenn sie sie separat verkaufe – wobei das Geld natürlich dem Kirchenfonds zugute kommen werde. So könne sie einen besseren Preis erzielen, meinte sie. Ich hatte das Gefühl, daß sie sich fragte, ob Mr. Copley vielleicht eins von den Jacketts gebrauchen könne. Ich antwortete ihr, sie könne damit tun, was sie wolle.«
»Und was wurde aus den Sportschuhen? Wurden die mit den anderen Schuhen zusammen in die Teekiste gepackt?«
»Ja, aber in einer Plastiktüte. Mrs. Dennison meinte, sie seien in einem so guten Zustand, daß es ein Jammer wäre, sie zu den anderen in die Kiste zu werfen, wo sie ja doch nur schmutzig würden. Sie ging fort und kam mit der Tüte zurück. Als sie nicht recht zu wissen schien, was sie mit den Anzügen machen sollte, bot ich ihr an, den Koffer dazulassen. Schließlich hatte der ebenfalls Toby gehört und konnte mit den anderen Sachen zusammen auf dem Flohmarkt verkauft werden. Asche zu Asche, Staub zu Staub, Trödel zu Trödel. Ich war froh, das alles endlich loszuwerden.«
»Ich habe natürlich von Dr. Gledhills Selbstmord gelesen«, sagte Rickards. »Für Sie muß das ganz besonders schlimm

gewesen sein, weil Sie dabei waren. Er wurde mir als junger Mann mit brillanter Zukunft beschrieben.«

»Er war ein ausgesprochen kreativer Wissenschaftler. Mair wird Ihnen das bestätigen, falls es Sie irgendwie interessiert. Natürlich ist gute Naturwissenschaft immer kreativ, ganz gleich, was die Geisteswissenschaftler Ihnen weismachen wollen, aber es gibt Naturwissenschaftler, die haben diese ganz besondere Phantasie, Genie statt nur Talent, sowohl Inspiration als auch die notwendige geduldige Gewissenhaftigkeit. Irgend jemand – wer, weiß ich nicht mehr – hat es einmal sehr gut beschrieben. Die meisten von uns kämpfen sich vorwärts, kommen mühsam voran, Meter um Meter; die jedoch springen mit dem Fallschirm hinter den feindlichen Linien ab. Er war jung, erst vierundzwanzig. Er hätte alles erreichen können.«

Alles oder nichts, dachte Rickards, wie die meisten dieser jungen Genies. Ein früher Tod bewirkte gewöhnlich eine kurze, flüchtige Unsterblichkeit. Er hatte noch keinen jungen Constable gekannt, der zufällig ums Leben kam und nicht sofort zum potentiellen Chief Constable erklärt wurde. »Was genau hat er eigentlich im Kraftwerk getan?« fragte er. »Was war seine Aufgabe?«

»Er arbeitete mit Mair an seinen PWR-Sicherheitsstudien. Das hat, kurz gesagt, mit dem Verhalten des Reaktorkerns unter außergewöhnlichen Bedingungen zu tun. Mit mir hat Toby niemals darüber gesprochen, vermutlich weil er wußte, daß ich die komplizierten Computer-Codes nicht verstehe. Ich bin schließlich nur ein einfacher Ingenieur. Mair muß die Studie veröffentlichen, bevor er die Stellung hier wegen seines vielbesprochenen neuen Jobs aufgibt – vermutlich unter beider Namen und mit einer entsprechenden Anerkennung für seinen Mitarbeiter. Alles, was von Toby bleibt, ist also sein Name unter einer wissenschaftlichen Abhandlung von Mr. Mair.«

Lessingham klang unendlich müde, als er das sagte. Er blickte zur offenen Tür, machte Miene aufzustehen, um aus der engen Kabine an die frische Luft zu kommen. Dann sagte er, den Blick noch immer auf die Tür gerichtet: »Es hat keinen Sinn, Ihnen Toby erklären zu wollen, Sie würden es ja doch nicht verstehen. Wir würden nur Ihre und meine Zeit verschwenden.«

»Sie scheinen dessen ziemlich sicher zu sein, Mr. Lessingham.«

»Ich bin sicher, sehr sicher sogar. Ich kann es nicht erklären, ohne aggressiv zu werden. Machen wir's also lieber unkompliziert, und halten wir uns an die Fakten. Wissen Sie, er war ein außergewöhnlicher Mensch. Er war clever, er war warmherzig, er war schön. Wenn man eine dieser Eigenschaften bei einem Menschen findet, kann man von Glück sagen; findet man sie alle drei, hat man einen ganz besonderen Menschen vor sich. Ich habe ihn geliebt. Das wußte er, weil ich es ihm gesagt habe. Er liebte mich nicht, und er war nicht schwul. Nicht, daß Sie das etwas angeht. Ich sage Ihnen das nur, weil es eine Tatsache ist und Sie doch angeblich mit Tatsachen arbeiten, und weil Sie, wenn Sie fest entschlossen sind, sich für Toby zu interessieren, sich wenigstens ein zutreffendes Bild von ihm machen sollten. Aber es gibt noch einen anderen Grund. Sie versuchen offensichtlich, so viel Schmutz auszugraben, wie Sie nur können. Deswegen ist es mir weit lieber, wenn Sie von mir die Tatsachen zu hören kriegen als Gerüchte von anderen Leuten.«

»Dann hatten Sie also kein sexuelles Verhältnis?« Plötzlich wurde die Luft von wildem Kreischen zerrissen, und weiße Flügel klatschten gegen das Bullauge. Draußen schien jemand die Möwen zu füttern.

Lessingham fuhr auf, als sei das ein unbekanntes Geräusch für ihn. Dann sank er auf seinen Platz zurück und sagte eher müde als ärgerlich: »Was, zum Teufel, hat das alles mit dem Mord an Hilary Robarts zu tun?«

»Möglicherweise nichts, und dann werden Ihre Informationen auch vertraulich bleiben. In diesem Stadium ist es jedoch ausschließlich meine Entscheidung, ob etwas für diesen Fall wichtig ist oder nicht.«
»Wir haben zwei Wochen vor seinem Tod eine Nacht zusammen verbracht. Wie schon gesagt, er war sehr warmherzig. Das war das erste und auch das letzte Mal.«
»Ist das allgemein bekannt?«
»Wir haben es nicht über den Ortssender hinausposaunt oder im Lokalblättchen annonciert oder eine Notiz in der Werkskantine ausgehängt. Natürlich war es nicht allgemein bekannt. Warum, zum Teufel, sollte es auch?«
»Würde es eine Rolle spielen, wenn es bekannt gewesen wäre? Hätte es einen von Ihnen gekümmert?«
»O ja, das hätte es! Uns beide. Mich hätte es genauso gekümmert wie Sie, wenn man in der Öffentlichkeit über Ihr Sexualleben grinsen würde. Selbstverständlich hätte es uns gekümmert. Nach seinem Tod hat es mich selbst schließlich nicht mehr gekümmert. Denn eines spricht tatsächlich für den Tod eines Freundes: Er befreit von vielem, das man für unendlich wichtig hielt.«
Befreit – wofür? dachte Rickards. Für einen Mord, diesen ikonoklastischen Akt des Protestes und des Trotzes, diesen einen Schritt über eine unmarkierte, unverteidigte Grenze hinweg, der den Menschen, sobald er getan ist, auf ewig vom Rest der Menschheit trennt? Doch er beschloß, die auf der Hand liegende Frage aufzuschieben.
Statt dessen erkundigte er sich: »Was für eine Familie hatte er?« Die Frage klang so harmlos und banal, als sprächen sie beiläufig über einen gemeinsamen Bekannten.
»Er hatte einen Vater und eine Mutter. So eine Familie. Was für eine gibt es denn sonst?«
Aber Rickards hatte sich zur Geduld entschlossen. Das fiel ihm nicht leicht, doch er erkannte Schmerz, wenn dessen

Zeichen – zum Zerreißen gespannte, nackte Sehnen – so dicht unter der Gesichtshaut lagen. Freundlich korrigierte er: »Ich meine, was für ein Elternhaus hatte er? Gab es Geschwister?«
»Sein Vater ist Landpastor. Seine Mutter ist die Frau eines Landpastors. Er war das einzige Kind. Sein Tod hat die beiden fast umgebracht. Wenn es uns möglich gewesen wäre, ihn als Unfall zu tarnen, hätten wir es getan. Wenn es geholfen hätte zu lügen, hätte ich gelogen. Warum, zum Teufel, ist er nicht ins Wasser gegangen? Dann hätte es wenigstens Raum für Zweifel gegeben. Haben Sie das mit Elternhaus gemeint?«
»Es hilft mir, das Bild zu vervollständigen.« Rickards hielt inne, um gleich darauf, fast beiläufig, die entscheidende Frage zu stellen: »Hat Hilary Robarts gewußt, daß Sie eine Nacht mit Toby Gledhill verbracht haben?«
»Was für ein Zusammenhang könnte...? Also gut, es ist Ihre Aufgabe, im Dreck zu wühlen. Ich kenne das System. Sie zerren alles ans Licht, was Sie mit Ihrem ausgeworfenen Netz einfangen, und werfen weg, was Sie nicht gebrauchen können. Dabei erfahren Sie eine Menge Geheimnisse, die zu kennen Sie nicht unbedingt das Recht haben, und verursachen viel Schmerz. Macht Ihnen das Spaß? Besorgen Sie sich so Ihren Nervenkitzel?«
»Beantworten Sie einfach meine Frage, Sir.«
»Ja, Hilary wußte davon. Sie erfuhr es durch einen von jenen Zufällen, die eine Chance von eins zu einer Million zu haben scheinen, die aber im wirklichen Leben gar nicht so bemerkenswert oder außergewöhnlich sind. Sie fuhr an meinem Haus vorbei, als Toby und ich es am Morgen kurz nach halb 8 Uhr verließen. Anscheinend hatte sie einen Tag Urlaub genommen und war früh losgefahren, weil sie irgendwohin wollte. Wohin, brauchen Sie mich nicht zu fragen, ich weiß es nicht. Vermutlich aber hat sie, genau wie andere Leute

auch, ein paar Freunde, die sie von Zeit zu Zeit besucht. Ich meine, irgend jemand muß sie doch gemocht haben.«
»Hat Sie jemals über diese Begegnung gesprochen – mit Ihnen oder einem anderen, den Sie kennen?«
»Sie hat sie nicht öffentlich bekanntgegeben. Ich glaube, sie hielt diese Information für eine viel zu wertvolle Perle, um sie vor die Säue zu werfen. Im Vorbeifahren verlangsamte sie ihr Tempo fast bis zur Schrittgeschwindigkeit und starrte mir direkt in die Augen. Diesen Blick vergesse ich nie: Belustigung, die erst zu Verachtung und dann zu Triumph wurde. Wir verstanden einander nur allzu gut. Aber von da an hat sie nie mehr ein Wort mit mir gesprochen.«
»Hat sie mit Mr. Gledhill darüber gesprochen?«
»O ja, mit Toby hat sie allerdings gesprochen. Das war der Grund für seinen Selbstmord.«
»Woher wissen Sie, daß sie mit ihm gesprochen hat? Hat er Ihnen das mitgeteilt?«
»Nein.«
»Wollen Sie etwa andeuten, daß sie ihn erpreßt hat?«
»Ich will andeuten, daß er unglücklich war, durcheinander, unsicher hinsichtlich aller Aspekte seines Lebens, seiner Forschungen, seiner Zukunft, seiner Sexualität. Ich weiß, daß sie sexuell anziehend auf ihn wirkte. Er begehrte sie. Sie gehörte zu jenen dominanten, physisch kraftvollen Frauen, die auf sensible Männer wie Toby anziehend wirken. Das wußte sie, glaube ich, und nutzte es aus. Wann sie Macht über ihn gewann und was sie zu ihm gesagt hat, weiß ich nicht, aber ich bin verdammt sicher, daß er noch am Leben wäre, wenn es nicht Hilary Robarts gegeben hätte. Und wenn mir das ein Mordmotiv gibt, haben Sie verdammt recht damit. Aber ich habe sie nicht umgebracht, und darum werden Sie auch keine Beweise dafür finden, daß ich es war. Einem Teil von mir, einem sehr kleinen Teil, tut es sogar leid, daß sie sterben mußte. Ich mochte sie nicht und hielt sie

nicht für eine glückliche Frau, ja nicht mal für eine besonders nützliche. Aber sie war gesund und intelligent, und sie war jung. Der Tod dürfte eigentlich nur die Alten, Kranken und Müden ereilen. Was ich empfinde, ist ein Anflug von *lacrimae rerum*. Sogar der Tod eines Feindes nimmt uns etwas, jedenfalls scheint uns das in gewissen Stimmungen so zu sein. Aber das heißt nicht, daß ich wünschte, sie wäre wieder am Leben. Möglicherweise bin ich befangen, vielleicht sogar ungerecht. Wenn Toby glücklich war, konnte sich niemand intensiver freuen als er. Wenn es ihm schlechtging, sank er tief in seine private Hölle hinab. Vielleicht konnte sie ihn dort erreichen, ihm helfen. Ich konnte es nicht, das war mir klar. Es ist schwierig, einen Freund zu trösten, wenn man befürchtet, er könnte es als Versuch deuten, ihn zu sich ins Bett zu kriegen.«

»Sie sind erstaunlich offen, mit diesem Angebot an Motiven für Sie«, erklärte Rickards. »Aber Sie haben uns noch keinen einzigen konkreten Beweis für Ihre Andeutung geliefert, daß Hilary Robarts auf irgendeine Art mit Toby Gledhills Tod zu tun haben könnte.«

Lessingham sah ihm nachdenklich in die Augen; dann sagte er: »Nachdem ich so weit gegangen bin, kann ich Ihnen auch noch den Rest erzählen. Er hat mit mir gesprochen, als er auf dem Weg in seinen Tod an mir vorbeikam. ›Sag Hilary, sie braucht sich keine Sorgen mehr zu machen. Ich habe meine Wahl getroffen‹, sagte er. Als ich ihn das nächste Mal sah, kletterte er auf die Lademaschine. Sekundenlang blieb er balancierend auf ihr stehen, dann sprang er auf den Reaktordeckel hinab. Er wollte, daß ich ihn sterben sehe, und ich habe ihn sterben sehen.«

»Ein symbolisches Opfer«, warf Oliphant ein.

»Für den grausamen Gott der Kernspaltung? Ich dachte mir schon, daß einer von Ihnen das sagen würde, Sergeant. Das war eine vulgäre Reaktion. Grobschlächtig und theatralisch.

Mann Gottes, er wollte nur eins: sich möglichst schnell den Hals brechen!« Er hielt inne, schien wieder nachzudenken und fuhr dann fort: »Selbstmord ist ein außergewöhnliches Phänomen. Das Resultat ist unwiderruflich. Untergang. Das Ende jeder Möglichkeit der Wahl. Aber der Auslösefaktor wirkt oft so banal. Ein kleiner Rückschlag, eine vorübergehende Depression, das Wetter, sogar ein schlechtes Essen. Wäre Toby auch gestorben, wenn er die vorhergehende Nacht mit mir verbracht hätte statt allein? *Falls* er allein war.«

»Wollen Sie damit andeuten, daß er es nicht war?«

»Es gab keinen Beweis dafür oder dagegen und wird nun auch niemals einen geben. Aber die Untersuchung ergab erstaunlich wenig Beweise in jeder Hinsicht. Für die Art, wie er starb, gab es drei Zeugen – mich und zwei andere. Niemand war in seiner Nähe, niemand hätte ihn stoßen können, ein Unfall kann es nicht gewesen sein. Für seinen Gemütszustand gab es weder von mir noch von anderen einen Beweis. Man könnte sagen, es war eine rein wissenschaftlich geführte Untersuchung. Sie hielt sich an die Tatsachen.«

»Und wo, glauben Sie, hat er die Nacht vor seinem Tod verbracht?« fragte Oliphant ruhig.

»Bei ihr.«

»Aufgrund welcher Beweise sagen Sie das?«

»Keiner Beweise, die vor Gericht standhalten würden. Nur daß ich ihn zwischen 9 Uhr und Mitternacht dreimal angerufen habe und er sich nicht gemeldet hat.«

»Und das haben Sie weder der Polizei noch dem Coroner mitgeteilt?«

»Im Gegenteil. Ich wurde gefragt, wann ich ihn zuletzt gesehen hätte. Das war am Tag vor seinem Tod in der Kantine. Ich erwähnte auch meinen Anruf, aber den hielt niemand für relevant. Warum sollten sie auch? Was bewies er schon? Er konnte spazierengegangen sein. Er konnte beschlossen haben, das Telephon klingeln zu lassen. An der Art, wie er gestorben war, gab es keinen Zweifel. Und nun möchte ich, wenn Sie nichts dagegen haben, endlich hier raus und mit dem Reinigen dieses verdammten Motors weitermachen.«

Schweigend kehrten sie zum Wagen zurück. »Arroganter Kerl, nicht wahr?« bemerkte Rickards auf einmal. »Hat seinen Standpunkt kristallklar dargelegt. Sinnlos, der Polizei irgend etwas erklären zu wollen. Warum, das kann er nicht sagen, ohne beleidigend zu sein. Kann ich mir vorstellen. Wir sind zu beschränkt, zu ignorant und unsensibel, um zu begreifen, daß ein Wissenschaftler in der Forschung nicht unbedingt ein phantasieloser Technokrat sein muß, daß man den Tod einer Frau bedauern kann, ohne sich unbedingt zu wünschen, daß sie wieder am Leben wäre, und daß ein sexuell attraktiver junger Mann tatsächlich bereit sein könnte, mit beiden Geschlechtern ins Bett zu gehen.«

»Er hätte den Mord verüben können, wenn er den Motor voll aufgedreht hätte«, sinnierte Oliphant. »Er hätte nur nördlich ihres Badeplatzes an Land kommen und sich an die Tidelinie halten müssen, sonst hätten wir seine Fußspuren gesehen. Wir haben Mr. Dalglieshs Spuren identifiziert, davon abgesehen aber war der Strand unberührt.«

»O ja, dann wäre er noch ziemlich weit vom Tatort entfernt gewesen. Aber er hätte das Schlauchboot problemlos auf dem Kies landen können. Es gibt Strandabschnitte, die fast nur aus Steinen bestehen oder nur schmale Sandstreifen haben, über die er hätte hinwegspringen können.«

»Was ist denn mit den alten Verteidigungsanlagen am Strand, diesen Betonbrocken? Es wäre schwierig, irgendwo nördlich in leicht erreichbarer Entfernung bis in die Nähe der Küste zu kommen, ohne dabei ein Leckschlagen des Bootes zu riskieren.«

»Er hat es doch kürzlich sowieso schon einmal riskiert, nicht

wahr? Schließlich ist da dieser Kratzer am Bug. Und er kann nicht beweisen, daß er ihn sich an den Kühltürmen geholt hat. Außerdem hat er reichlich cool reagiert, finden Sie nicht? In aller Ruhe zugegeben, daß er den Kratzer repariert gehabt hätte, wenn wir eine Stunde später gekommen wären. Nicht, daß ihm das viel geholfen hätte; der Beweis wäre immer noch dagewesen. Na schön, also manövriert er sein Boot so dicht wie möglich an die Küste ran, sagen wir, hundert Meter nördlich der Stelle, an der sie gefunden wurde, marschiert über den Kies bis unter die Bäume und wartet lautlos dort im Schatten. Oder er hat sein Klappfahrrad ins Schlauchboot geladen und landet in etwas sicherer Entfernung. Am Strand entlang konnte er bei Flut nicht fahren, aber auf der Küstenstraße wäre er ziemlich sicher gewesen, wenn er ohne Licht gefahren wäre. Er kehrt zum Boot zurück und ankert wieder in Blakeney, indem er gerade noch die Flut erwischt. Keine Probleme mit dem Messer oder den Schuhen, die wirft er einfach über Bord. Wir werden das Boot untersuchen lassen – mit seiner Einwilligung natürlich –, und ich werde veranlassen, daß ein einzelner Segler diesen Törn fährt. Falls wir unter unseren Jungens einen erfahrenen Segler haben, nehmen wir den. Falls nicht, nehmen wir einen Einheimischen und begleiten ihn. Wir müssen die Zeit bis auf die Minute genau stoppen. Und wir sollten uns bei den Krabbenfischern unten bei Cromer erkundigen. Manche von denen könnten bei Nacht rausgefahren sein und sein Boot gesehen haben.«
»Sehr zuvorkommend von ihm, Sir, uns sein Motiv auf dem Präsentierteller zu servieren«, bemerkte Oliphant.
»So zuvorkommend, daß ich mich unwillkürlich frage, ob es nicht eine Nebelwand ist, hinter der er etwas versteckt, was er uns verschwiegen hat.«
Aber als Rickards seinen Sicherheitsgurt anlegte, fiel ihm eine andere Möglichkeit ein. Lessingham hatte von seiner

Beziehung zu Toby Gledhill kein Wort gesagt, bis sie ihn nach den Bumble-Sportschuhen fragten. Er mußte wissen – wie denn auch nicht? –, daß diese den Mörder noch viel eindeutiger mit den Bewohnern der Landzunge in Verbindung brachten, vor allem mit dem Alten Pfarrhof. War seine völlig neue Offenheit der Polizei gegenüber vielleicht weniger das Bedürfnis, sich jemandem anzuvertrauen, als eine geschickte List, um den Verdacht von einem anderen Verdächtigen abzulenken? Und wenn ja, so fragte sich Rickards, welcher Verdächtige war dann am ehesten geeignet, diese exzentrische Kavalierstat zu provozieren?

40

Am Donnerstag morgen fuhr Dalgliesh nach Lydsett, um im Dorfladen einzukaufen. Da seine Tante den größten Teil ihrer Grundnahrungsmittel im Ort eingekauft hatte, setzte er diese Praxis fort – zum Teil, wie ihm klar war, um sein ziemlich quälendes schlechtes Gewissen wegen dieser, wenn auch vorübergehenden, Zweitwohnung zu beruhigen. Im allgemeinen hatten die Dorfbewohner nichts gegen Wochenendhausbesitzer, obwohl deren Cottages beinah das ganze Jahr über leer standen und ihr Beitrag zum Dorfleben minimal ausfiel, sahen es aber nicht besonders gern, wenn der Kofferraum ihrer Autos bis obenhin angefüllt war mit Waren von Harrods oder Fortnum & Mason.
Kunde bei den Brysons in ihrem Eckladen zu sein bedeutete jedoch wahrhaftig kein großes Opfer. Es war ein unprätentiöser Kramladen mit einer Glocke an der Tür, der sich, wie die Sepia-Fotos des viktorianischen Dörfchens bewiesen, in den letzten 120 Jahren äußerlich kaum verändert hatte. Drinnen jedoch hatten die vergangenen vier Jahre mehr Veränderungen bewirkt als während seiner gesamten übrigen Geschichte. Ob nun wegen der Zunahme der Ferienwohnungen oder des

höher entwickelten Geschmacks der Dorfbewohner – auf jeden Fall wurde dort frische Pasta angeboten, eine Vielzahl französischer und englischer Käse, die kostspieligeren Marken von Marmelade, Gelee und Senf, es gab eine gut sortierte Delikatessenabteilung sowie ein Schild, das verkündete, man liefere täglich frische Croissants.

Als er in der Seitenstraße parken wollte, mußte Dalgliesh einen Bogen um ein uraltes, plumpes Fahrrad mit einem großen Weidenkorb machen, das am Bordstein lehnte, und als er den Laden betrat, entdeckte er dort Ryan Blaney, der seine Haushaltseinkäufe tätigte. Mrs. Bryson registrierte und verpackte gerade mehrere braune Brotlaibe, Zuckerpakete, Milchkartons und eine ganze Auswahl Konservendosen. Blaney gönnte Dalgliesh einen kurzen Blick aus seinen geröteten Augen sowie ein kurzes Nicken und verschwand. Der hat seinen Lieferwagen immer noch nicht zurückbekommen, dachte Dalgliesh, der ihn beobachtete, wie er den Weidenkorb mit dem Inhalt einer Tragtüte belud und die beiden anderen an die Lenkstange hängte. Mrs. Bryson richtete ihr Begrüßungslächeln auf Dalgliesh, enthielt sich aber jeder Bemerkung, denn als Ladenbesitzerin war sie sorgsam darauf bedacht, nicht in den Verdacht einer Klatschbase zu geraten oder sich offen in örtliche Kontroversen einzumischen; Dalgliesh hatte allerdings das Gefühl, daß ihr unausgesprochenes Mitgefühl für Blaney förmlich in der Luft lag, und spürte dunkel, daß sie ihn als Polizisten ein wenig verantwortlich machte, obwohl er nicht genau wußte, warum und wofür. Rickards oder seine Leute mußten die Dörfler über die Bewohner der Landzunge ausgefragt haben, vor allem über Ryan Blaney. Vielleicht waren sie dabei alles andere als taktvoll gewesen.

Einige Minuten später hielt er an, um das Tor zu öffnen, das den Durchgang zur Landzunge versperrte. Gleich dahinter saß ein Landstreicher auf der Böschung, die den schmalen

Fahrweg von dem mit Schilfgras bewachsenen Deich trennte. Der Mann trug einen Bart und eine karierte Tweedmütze, unter der ihm zwei dicke, graue, mit Gummibändern gehaltene Zöpfe bis auf die Schultern fielen. Er aß einen Apfel, indem er ihn mit einem kurzgriffigen Messer in Scheiben schnitt und sich diese eine nach der anderen in den Mund schob. Die Beine, die mit einer dicken Cordhose bekleidet waren, hatte er lang ausgestreckt – fast so, als wolle er seine schwarz-weiß-grauen Sportschuhe vorzeigen, die so neu waren, daß sie einen krassen Kontrast zu seiner übrigen Kleidung bildeten. Nachdem Dalgliesh das Tor geschlossen hatte, ging er zu dem Mann hinüber und blickte auf zwei klare, intelligente Augen in einem wettergegerbten, hageren Gesicht hinab. Wenn dieser Mann wirklich ein Landstreicher war, machten die Wachheit dieses ersten Blicks, die ruhige Selbstsicherheit und seine sauber gepflegten, zierlichen Hände ihn zu einem sehr ungewöhnlichen Stromer. Allerdings war er zu schwer bepackt, um ein zufälliger Anhalter zu sein. Sein Khakimantel sah nach Army aus und wurde von einem breiten Ledergürtel gehalten, an dem an Bindfäden ein Emailbecher, ein kleiner Kochtopf und eine Bratpfanne hingen. Auf dem Hang neben ihm lag ein kleiner, aber vollgepackter Rucksack.
»Guten Morgen«, grüßte Dalgliesh. »Verzeihen Sie, wenn ich aufdringlich wirke, aber woher haben Sie diese Schuhe?«
Die Stimme, die ihm antwortete, klang gebildet und ein bißchen pedantisch. Es war eine Stimme, fand er, die zu einem ehemaligen Lehrer paßte.
»Ich hoffe, Sie gedenken sie nicht als Ihr Eigentum zu reklamieren. Es wäre bedauerlich, wenn unsere Bekanntschaft, obwohl zweifellos zu Kurzlebigkeit bestimmt, mit einem Disput über Eigentumsrecht beginnen sollte.«
»Nein, nein, die Schuhe gehören mir nicht. Ich wollte nur wissen, seit wann sie sich in Ihrem Besitz befinden.«

Der Mann aß seinen Apfel zu Ende. Das Kerngehäuse warf er über die Schulter in den Graben, säuberte die Klinge seines Taschenmessers im Gras und schob es sich mit großer Sorgfalt tief in die Tasche.

»Dürfte ich mich erkundigen, ob diese Frage einer – verzeihen Sie – übertriebenen und verwerflichen Neugier entspringt, dem unnatürlichen Argwohn eines Mitmenschen oder dem Wunsch, sich selbst ein ebensolches Paar zu besorgen? Im letzteren Falle fürchte ich, daß ich Ihnen nicht helfen kann.«

»Nichts dergleichen. Aber die Frage ist von größter Bedeutung. Ich bin weder anmaßend noch argwöhnisch.«

»Aber Sie drücken sich auch nicht besonders klar und deutlich aus, Sir. Übrigens, mein Name ist Jonah.«

»Und ich heiße Adam Dalgliesh.«

»Dann, Adam Dalgliesh, nennen Sie mir einen stichhaltigen Grund, warum ich Ihre Frage beantworten soll, und Sie werden Ihre Antwort erhalten.«

Dalgliesh schwieg einen Moment. Theoretisch, nahm er an, bestand die Möglichkeit, daß er es hier mit dem Mörder von Hilary Robarts zu tun hatte, aber er glaubte keine Sekunde daran. Rickards hatte ihn am Abend zuvor angerufen und informiert, daß sich die Bumbles nicht mehr in der Trödelkiste befanden; anscheinend hatte er das Gefühl, Dalgliesh diesen kurzen Bericht schuldig zu sein. Doch das bedeutete weder, daß der Landstreicher sie sich angeeignet hatte, noch, daß die beiden Paare identisch waren. »Am Sonntag abend wurde hier am Strand eine junge Frau erdrosselt«, sagte er. »Falls Sie diese Schuhe vor kurzem erst gefunden oder erhalten oder sie am vergangenen Sonntag auf der Landzunge getragen haben, muß die Polizei davon erfahren. Man hat einen deutlichen Schuhabdruck gefunden. Deswegen muß man sie identifizieren, und sei es nur, um den Besitzer von den Ermittlungen ausschließen zu können.«

»Nun, das ist wenigstens präzise. Sie reden wie ein Polizist. Es sollte mir leid tun, wenn Sie tatsächlich einer wären.«
»Dies ist nicht mein Fall. Aber ich bin tatsächlich Polizist und weiß, daß die Ortspolizei nach einem Paar Bumble-Sportschuhen fahndet.«
»Und das hier, nehme ich an, sind Bumble-Sportschuhe. Ich hatte sie für ganz normale Schuhe gehalten.«
»Das Markenzeichen befindet sich unter der Zunge. Das ist der Verkaufstrick dieser Firma. Man soll die Bumbles ohne marktschreierische Plazierung des Namens erkennen. Doch wenn es sich hier wirklich um Bumbles handelt, haben sie unter jedem Absatz eine gelbe Hummel.«
Jonah antwortete nicht, sondern hob mit einer unerwarteten, schwungvollen Bewegung beide Beine in die Luft, hielt sie einen Augenblick oben und ließ sie dann wieder sinken. Sekundenlang sagte keiner von beiden ein Wort; dann erkundigte sich Jonah: »Wollen Sie behaupten, daß ich die Schuhe eines Mörders an den Füßen trage?«
»Möglicherweise, aber nur möglicherweise sind dies die Schuhe, die er trug, als die junge Frau getötet wurde. Begreifen Sie jetzt, wie wichtig sie sind?«
»Das wird mir ganz zweifellos sehr deutlich vor Augen geführt werden – von Ihnen oder einem anderen Ihrer Sorte.«
»Haben Sie schon mal vom Norfolk Whistler gehört?«
»Ist das ein Vogel?«
»Ein Massenmörder.«
»Und das hier sind seine Schuhe?«
»Er ist tot. Dieser letzte Mord sollte so aussehen, als sei er dafür verantwortlich. Wollen Sie mir sagen, daß Sie nicht mal von ihm gehört haben?«
»Ich bekomme gelegentlich eine Zeitung zu Gesicht, wenn ich Papier für profanere Verwendungszwecke benötige. Und in den Abfallkörben findet man reichlich davon. Aber ich

lese sie nur selten. Sie bestärken mich in der Überzeugung, daß die Welt nichts für mich ist. Ich scheine Ihren Mörder verpaßt zu haben.« Er hielt inne und setzte dann noch hinzu: »Was erwarten Sie nun von mir? Wie ich vermute, bin ich Ihnen ausgeliefert.«

»Wie gesagt, es ist nicht mein Fall«, gab Dalgliesh zurück. »Ich gehöre zur Metropolitan Police. Aber wenn es Ihnen nichts ausmacht, mit zu mir nach Hause zu kommen, könnte ich den diensthabenden Beamten anrufen. Es ist nicht weit. Ich wohne in der Larksoken-Mühle auf der Landzunge. Und wenn Sie nichts dagegen haben, könnte ich Ihnen wenigstens anbieten, Ihnen für diese Sportschuhe ein Paar von meinen eigenen einzutauschen. Wir sind ungefähr gleich groß; es müßte ein Paar darunter sein, die Ihnen passen.«

Mit überraschender Wendigkeit kam Jonah auf die Füße. Als sie zum Wagen hinübergingen, sagte Dalgliesh: »Im Grunde habe ich kein Recht, Ihnen diese Frage zu stellen, aber stillen Sie doch bitte meine Neugier. Wie sind Sie in den Besitz dieser Schuhe gekommen?«

»Sie wurden mir – unabsichtlich, würde ich meinen – irgendwann in der Nacht zum Montag sozusagen zu Füßen gelegt. Ich war nach Einbruch der Dunkelheit auf die Landzunge gekommen und hatte mich zu meinem üblichen Logis in dieser Gegend begeben. Das ist ein halbversunkener Einmann-Betonbunker in der Nähe der Klippen. Pillbox nennt man so was, glaube ich. Ich nehme an, Sie kennen ihn.«

»Ich kenne ihn. Kein besonders bekömmlicher Ort zum Übernachten, würde ich sagen.«

»Gewiß, ich habe Besseres gesehen. Aber er hat den Vorzug, daß man allein ist. Die Landzunge liegt abseits der üblichen Route meiner Mit-Wandersleute. Gewöhnlich komme ich einmal im Jahr hierher und bleibe höchstens ein bis zwei Tage. Der Bunker ist hundertprozentig wasserdicht, und da der Fensterschlitz aufs Wasser hinausblickt, kann ich ein

kleines Feuer machen, ohne Entdeckung befürchten zu müssen. Ich schiebe den Unrat einfach beiseite und ignoriere ihn. Eine Methode, die ich Ihnen ebenfalls empfehlen möchte.«
»Sind Sie direkt dort hingegangen?«
»Nein. Ich habe zunächst, wie gewohnt, beim Alten Pfarrhof vorgesprochen. Das ältere Ehepaar, das dort wohnt, gestattet mir gewöhnlich liebenswürdigerweise, den Wasserhahn dort zu benutzen. Ich wollte meine Wasserflasche füllen. Zufällig war niemand zu Hause. Die unteren Fenster waren erleuchtet, aber niemand reagierte auf mein Klingeln.«
»Erinnern Sie sich, um wieviel Uhr das war?«
»Ich besitze keine Uhr und nehme kaum Notiz von der Zeit zwischen Sonnenuntergang und Sonnenaufgang. Doch ich bemerkte, daß die Kirchturmuhr von St. Andrew's im Dorf auf 8 Uhr 30 zeigte, als ich vorbeikam. Dann war ich vermutlich um Viertel nach 9 beim Alten Pfarrhof, oder höchstens ein wenig später.«
»Was haben Sie dann gemacht?«
»Ich wußte, daß es draußen bei der Garage einen Wasserhahn gibt. Ich war so frei, mir dort auch ohne Erlaubnis die Flasche zu füllen. Die Leute würden mir klares Wasser, glaube ich, kaum mißgönnen.«
»Haben Sie einen Wagen gesehen?«
»Es parkte einer in der Einfahrt. Das Garagentor stand offen, aber wie gesagt, ich habe keinen Menschen gesehen. Anschließend ging ich direkt zum Bunker. Inzwischen war ich äußerst ermüdet. Ich trank einen Schluck Wasser, aß ein Stück Brot und etwas Käse und schlief ein. Die Schuhe wurden im Laufe der Nacht durch die Bunkertür hereingeworfen.«
»Geworfen, nicht gestellt?« fragte Dalgliesh.
»Ich nehme es an. Jeder, der den Bunker tatsächlich betrat, hätte mich sehen müssen. Es ist wahrscheinlicher, daß sie hereingeworfen wurden. An einer Kirche in Ipswich gibt es

eine Tafel mit Bibelsprüchen. Letzte Woche hieß es dort: ›Gott gibt jedem Vogel seinen Wurm, aber Er wirft ihn nicht in sein Nest.‹ In diesem Fall hat Er das aber wohl doch getan.«

»Und die Schuhe haben Sie getroffen, ohne daß Sie wach wurden? Die sind ziemlich schwer.«

»Wie ich schon sagte, Sie reden wie ein Polizist. Ich war am Sonntag zwanzig Meilen gewandert. Und da ich ein gutes Gewissen habe, schlief ich tief und fest. Wenn sie mir aufs Gesicht gefallen wären, hätten sie mich zweifellos geweckt. So aber fand ich sie am nächsten Morgen beim Aufwachen.«

»Sauber nebeneinandergestellt?«

»Keineswegs. Es war so: Als ich aufwachte und mich von der linken Seite auf den Rücken drehte, spürte ich etwas Hartes unter mir und riß ein Streichholz an. Das Harte war einer der beiden Schuhe. Den anderen fand ich neben meinem Fuß.«

»Sie waren nicht zusammengeknotet?«

»Wären sie zusammengeknotet gewesen, mein lieber Sir, hätte ich kaum den einen unter meinem Rücken und den anderen bei meinen Füßen finden können.«

»Und Sie waren nicht neugierig? Schließlich waren die Schuhe praktisch neu, also wohl kaum von der Art, wie man sie einfach wegwerfen würde.«

»Selbstverständlich war ich neugierig. Aber anders als die Angehörigen Ihres Berufsstandes bin ich nicht besessen von dem Bedürfnis, nach Erklärungen zu fahnden. Es kam mir gar nicht in den Sinn, den Eigentümer zu suchen oder die Schuhe zum nächsten Polizeirevier zu bringen. Und ich bezweifle, daß man mir diese Mühe gelohnt hätte. Also nahm ich dankbar an, was mir das Schicksal oder der liebe Gott zukommen ließ. Meine alten Schuhe gingen dem Ende ihrer Gebrauchsfähigkeit entgegen. Sie werden sie im Bunker finden.«

»Und Sie haben diese hier angezogen?«
»Nicht sofort. Weil sie zu naß waren. Ich habe gewartet, bis sie wieder trocken waren.«
»Stellenweise naß, oder ganz?«
»Ganz naß. Jemand hatte sie sehr gründlich gewaschen, vermutlich unter einem Wasserhahn.«
»Oder ist mit ihnen ins Meer gegangen.«
»Ich hab dran gerochen. Kein Meerwasser.«
»Können Sie das unterscheiden?«
»Mein lieber Sir, ich bin immer noch im Vollbesitz meiner Sinne, und mein Riechorgan ist besonders gut. Ich kann den Unterschied zwischen Meerwasser und Leitungswasser riechen. Und am Geruch der Erde kann ich sogar erkennen, in welcher County ich mich befinde.«
Nachdem sie an der Kreuzung nach links abgebogen waren, kamen die weißen Segel der Windmühle in Sicht. Eine Weile saßen sie in freundlichem Schweigen nebeneinander.
Dann sagte Jonah: »Sie haben vermutlich ein Recht darauf, zu erfahren, was für einen Menschen Sie unter Ihr Dach einladen. Ich, Sir, bin ein moderner *remittance man*, ein Mann also, der sein Leben von Geldsendungen der Familie fristet. Ich weiß, daß Leute meiner Art ursprünglich in die Kolonien verbannt wurden, doch die sind heutzutage ein bißchen wählerischer, und mir persönlich wäre es auch nicht recht gewesen, aus der englischen Landschaft mit ihren Gerüchen und Farben verbannt zu werden. Mein Bruder, ein leuchtendes Beispiel gutbürgerlicher Rechtschaffenheit und prominentes Mitglied seiner Gemeinde, überweist per annum eintausend Pfund von seinem Bankkonto auf das meine – unter der Bedingung, daß ich ihn niemals in Verlegenheit bringe, indem ich in seiner Nähe auftauche. Dieses Verbot gilt für die ganze Stadt, deren Bürgermeister er ist, doch da er und seine Mitplaner längst auch den letzten Rest des Charakters, den dieses Gemeinwesen einstmals besessen hat,

zerstört haben, darf ich sagen, daß ich sie ohne Bedauern aus meinem Wanderplan gestrichen habe. Was aber die guten Werke betrifft, so ist er wirklich unermüdlich, und man könnte sagen, daß auch ich zu den Nutznießern seiner Wohltätigkeit zähle. Er ist sogar von Ihrer Majestät geehrt worden. Zwar nur mit einem einfachen *Order of the British Empire*, doch er erhofft sich mit Sicherheit auch noch höhere Weihen.«

»Ihr Bruder scheint mir recht billig davonzukommen«, warf Dalgliesh ein.

»Das heißt, Sie selbst würden bereit sein, mehr zu bezahlen, um sich meiner ständigen Abwesenheit zu versichern?«

»Ganz und gar nicht. Ich nehme nur an, daß diese eintausend Pfund Ihren Lebensunterhalt gewährleisten sollen, und frage mich, wie Sie das schaffen. Eintausend Pfund als alljährliche Bestechung könnte man als großzügig bezeichnen; als Lebensunterhalt aber sind sie unzureichend.«

»Zu seiner Entlastung muß ich sagen, daß mein Bruder die jährliche Summe bereitwillig dem allgemeinen Preisindex anpassen würde. Er besitzt ein geradezu fanatisches Gefühl für bürokratische Angemessenheit. Aber ich habe ihm erklärt, daß zwanzig Pfund pro Woche mehr als ausreichend für mich sind. Ich habe kein Haus, keine Miete, keine Ratenzahlungen, keine Heizung, keinen Strom, kein Telephon, kein Auto. Ich verschmutze weder meinen eigenen Körper noch die Umwelt. Einem Menschen, der nicht von fast drei Pfund pro Tag leben kann, mangelt es entweder an Initiative, oder er ist ein Sklave zügelloser Wünsche. Für einen indischen Bauern würde das Luxus sein.«

»Ein indischer Bauer hätte weniger Probleme mit der Kälte. Der Winter muß sehr anstrengend sein.«

»Ein harter Winter ist in der Tat eine Lektion in Durchhaltevermögen. Nicht, daß ich mich beschweren will. Gesundheitlich geht es mir im Winter immer am besten. Und

Streichhölzer sind billig. Ich habe nie diese Pfadfindertricks mit Vergrößerungsglas und Hölzchenreiben gelernt. Zum Glück aber kenne ich ein halbes Dutzend Farmer, die mich in ihren Scheunen schlafen lassen. Sie wissen, daß ich nicht rauche, daß ich mich sauber halte und am nächsten Morgen schon wieder verschwunden bin. Aber man sollte Freundlichkeit nie überstrapazieren. Die menschliche Freundlichkeit ist wie ein defekter Wasserhahn: Der erste Strahl mag eindrucksvoll sein, doch dann versiegt er allmählich wieder. Ich habe meine alljährliche Routine, und auch das beruhigt sie. In einem Bauernhaus zwanzig Meilen nördlich von hier werden sie bald sagen: ›Ist dies nicht die Zeit, in der Jonah gewöhnlich vorbeischaut?‹ Sie begrüßen mich eher erleichtert als gönnerhaft. Wenn ich noch am Leben bin, sind sie es auch. Und ich bettle nicht – niemals. Das Angebot, zu bezahlen, ist weitaus wirksamer. ›Könnten Sie mir zwei Eier und einen Viertelliter Milch verkaufen?‹ – wenn man das an der Farmhaustür sagt (und natürlich das Bargeld anbietet), bringen sie gewöhnlich sechs Eier und einen halben Liter Milch. Nicht unbedingt die frischesten, aber man darf von der Großzügigkeit der Menschen auch nicht zuviel erwarten.«

»Was ist mit Büchern?« wollte Dalgliesh wissen.

»Ah ja, Sir, da haben Sie ein Problem angesprochen. Die Klassiker kann ich in den öffentlichen Bibliotheken lesen, obwohl es zuweilen recht ärgerlich ist, immer dann aufzuhören, wenn es Zeit wird, weiterzuziehen. Ansonsten behelfe ich mich mit antiquarischen Paperbacks von den Bücherständen. Ein oder zwei Händler erlauben, daß man das Buch umtauscht, oder erstatten beim zweiten Besuch das Geld. Das ist eine erstaunlich preiswerte Form öffentlicher Leihbüchereien. Was die Kleidung angeht, so gibt es Trödelmärkte und diese überaus nützlichen Läden, in denen man

Army-Überschüsse kaufen kann. Ich spare von meinem Unterhaltsgeld immer so viel, daß ich mir alle drei Jahre einen neuen Wintermantel kaufen kann.«

»Und seit wann führen Sie dieses Leben schon?« erkundigte sich Dalgliesh.

»Seit fast zwanzig Jahren jetzt, Sir. Die meisten Landstreicher sind zu bedauern, weil sie Sklaven ihrer eigenen Leidenschaften sind, gewöhnlich des Alkohols. Nur ein Mann, der frei ist von allen menschlichen Bedürfnissen außer Essen, Schlafen und Wandern, ist wirklich frei.«

»Aber nicht ganz«, widersprach Dalgliesh. »Sie haben schließlich ein Bankkonto und verlassen sich auf die tausend Pfund.«

»Gewiß. Meinen Sie etwa, ich wäre freier, wenn ich das Geld nicht nähme?«

»Unabhängiger vielleicht. Sie müßten möglicherweise arbeiten.«

»Arbeiten kann ich nicht, und betteln – nein, da würde ich mich schämen. Zum Glück hat der Herr für das geschorene Lamm den Wind besänftigt. Es täte mir leid, meinem Bruder die Genugtuung seiner Wohltätigkeit zu nehmen. Gewiß, ich habe ein Bankkonto, um in den Genuß meiner alljährlichen Unterstützung zu gelangen, und insoweit passe ich mich an. Doch da mein Einkommen von der Distanz zu meinem Bruder abhängig ist, wäre es wohl kaum möglich, das Geld persönlich in Empfang zu nehmen, und mein Scheckbuch mitsamt der dazugehörigen Plastikkarte üben eine äußerst wohltuende Wirkung auf die Polizei aus, wenn sie sich, wie es gelegentlich vorkommt, unangemessen für mein Verhalten interessiert. Ich hatte keine Ahnung, daß eine Plastikkarte eine so perfekte Garantie für Ehrbarkeit sein könnte.«

»Und kein Luxus?« erkundigte sich Dalgliesh. »Keine anderen Bedürfnisse? Alkohol? Frauen?«

»Wenn Sie mit Frauen Sex meinen, lautet die Antwort nein. Ich entfliehe, Sir, dem Alkohol ebenso wie dem Sex.«
»Dann laufen Sie vor etwas davon. Und ich könnte behaupten, daß ein Mann, der davonläuft, niemals wirklich frei sein kann.«
»Und ich könnte Sie fragen, Sir, wovor Sie sich auf diese abgelegene Landzunge geflüchtet haben. Sollten Sie vor der Gewalttätigkeit Ihres Berufes fliehen, haben Sie außerordentlich großes Pech gehabt.«
»Und nun hat diese Gewalttätigkeit auch Ihr Leben erreicht. Tut mir leid.«
»Muß es nicht. Ein Mann, der mit der Natur lebt, ist an Gewalttätigkeit gewöhnt und steht mit dem Tod auf du und du. In einer englischen Hecke herrscht mehr Gewalttätigkeit als auf den brutalsten Straßen einer Großstadt.«
Als sie die Mühle erreicht hatten, rief Dalgliesh sofort Rickards an. Er selbst war nicht im Bereitschaftsraum, aber Oliphant war da und sagte, er werde unverzüglich losfahren. Dann ging Dalgliesh mit Jonah in den ersten Stock, um das halbe Dutzend Paar Schuhe durchzusehen, die er in die Mühle mitgebracht hatte. Wegen der Größe gab es keine Probleme, aber Jonah probierte sie alle an und untersuchte jeden Schuh mehr als gründlich, bevor er schließlich seine Wahl traf. Dalgliesh sah sich versucht zu bemerken, daß ein Leben in Genügsamkeit und Selbstverleugnung weiß Gott nicht den Blick seines Gastes für erstklassiges Leder verdorben habe. Denn mit einigem Bedauern mußte er feststellen, daß dieser sich sein teuerstes Lieblingspaar aussuchte.
Gelassen marschierte Jonah im Schlafzimmer auf und ab und betrachtete seine Füße. »Ich scheine den besseren Teil des Handels erwischt zu haben. Die Bumbles kamen mir zwar gelegen, wären aber kaum für ernsthaftes Wandern geeignet gewesen. Deswegen wollte ich sie bei nächster Gelegenheit

durch andere ersetzen. Die Gesetze der Straße sind wenige und einfach, dafür aber absolut zwingend. Ich möchte sie Ihnen anempfehlen. Halte deinen Darm frei; bade einmal die Woche, trage Wolle oder Baumwolle auf der Haut und Leder an den Füßen.«

Fünfzehn Minuten später saß sein Gast mit einem Becher Kaffee in der Hand in einem tiefen Lehnsessel und musterte seine Füße noch immer voller Genugtuung. Gleich darauf traf Oliphant ein. Von seinem Fahrer abgesehen, war er allein. Als er das Wohnzimmer betrat, brachte er eine Atmosphäre maskuliner Bedrohung und einschüchternder Autorität mit herein. Noch ehe Dalgliesh mit dem Vorstellen begonnen hatte, sagte er zu Jonah: »Sie müssen doch gewußt haben, daß Sie kein Recht auf diese Schuhe hatten. Sie sind neu. Haben Sie schon mal was von Stehlen durch Finden gehört?«

»Einen Moment mal, Sergeant«, fiel Dalgliesh ihm ins Wort. Er zog Oliphant beiseite. »Sie werden Mr. Jonah höflich behandeln!« warnte er den Polizisten leise. Und ehe Oliphant protestieren konnte, ergänzte er: »Also gut, ich werde Ihnen die Mühe ersparen, es auszusprechen. Dies ist nicht mein Fall. Aber der Mann ist Gast in meinem Haus. Wenn Ihre Leute die Landzunge am Montag gründlicher durchsucht hätten, wären uns allen vermutlich Peinlichkeiten erspart geblieben.«

»Er ist ein ernsthafter Verdächtiger, Sir. Er hat die Schuhe.«

»Er hat auch ein Messer und gibt zu, am Sonntag abend auf der Landzunge gewesen zu sein«, entgegnete Dalgliesh. »Behandeln Sie ihn von mir aus als ernsthaft Verdächtigen, wenn Sie ein Motiv oder einen Beweis dafür finden, daß er wußte, wie der Whistler tötete, oder auch nur wußte, daß er existiert. Aber hören Sie sich doch lieber seine Geschichte an, bevor Sie voreilige Schlüsse ziehen!«

»Schuldig oder nicht, Mr. Dalgliesh«, widersprach Oliphant,

»der Mann ist ein wichtiger Zeuge. Wir können es uns nicht leisten, ihn so ohne weiteres laufenzulassen.«
»Und ich wüßte nicht, wie Sie ihn legal daran hindern wollen. Aber das ist Ihr Problem, Sergeant.«
Wenige Minuten später führte Oliphant Jonah zu seinem Wagen. Dalgliesh begleitete sie hinaus. Bevor er in den Fond einstieg, wandte sich Jonah zu ihm um.
»Es war ein schlechter Tag für mich, als ich Ihnen begegnete, Adam Dalgliesh.«
»Aber vielleicht ein guter Tag für die Gerechtigkeit.«
»Ach, die Gerechtigkeit! Sind Sie in *der* Branche tätig? Ich glaube, Sie haben sie reichlich spät verlassen. Der Planet Erde rast seiner Vernichtung entgegen. Diese Betonfestung am Strand eines verschmutzten Meeres könnte die endgültige Finsternis bringen. Wenn nicht, wird sie durch eine andere Torheit der Menschen ausgelöst. Für jeden Wissenschaftler, sogar für Gott, kommt einmal die Zeit, da er ein mißlungenes Experiment abschreiben muß. Aha, ich sehe eine gewisse Erleichterung auf Ihrem Gesicht. Also ist er doch verrückt, denken Sie, dieser merkwürdige Landstreicher. Ich brauche ihn nicht länger ernst zu nehmen.«
»Mein Verstand stimmt Ihnen zu«, gestand Dalgliesh. »Meine Gene sind optimistischer.«
»Sie wissen es. Wir wissen es alle. Wie könnte man sonst die moderne Krankheit der Menschen erklären? Und wenn die endgültige Finsternis hereinbricht, werde ich sterben, wie ich gelebt habe: im nächsten Straßengraben.« Er zeigte ein überraschend freundliches Lächeln und setzte hinzu: »Mit Ihren Schuhen an den Füßen, Adam Dalgliesh.«

41

Nach der Begegnung mit dem Landstreicher Jonah blieb Dalgliesh seltsam ruhelos zurück. Es gab in der Mühle eine Menge zu tun, aber er hatte keine Lust, irgend etwas anzupacken. Instinktiv drängte es ihn, in den Jaguar zu steigen und möglichst schnell möglichst weit wegzufahren. Aber er hatte diesen Ausweg schon zu oft gewählt, um noch an seine Wirkung zu glauben. Die Mühle würde immer noch stehen, wenn er zurückkehrte, und seine Probleme würden immer noch ungelöst sein. Es fiel ihm nicht schwer, die Ursache seiner Unzufriedenheit zu erkennen: Es war die frustrierende Verwicklung in einen Fall, der niemals der seine sein würde, von dem er sich aber dennoch nicht zu distanzieren vermochte. Ihm fielen ein paar Worte ein, die Rickards gesprochen hatte, als sie sich in der Mordnacht endlich verabschiedeten: »Sie mögen nicht hineingezogen werden wollen, Mr. Dalgliesh, aber Sie sind schon mittendrin. Sie mögen sich wünschen, niemals in die Nähe der Leiche gekommen zu sein, aber Sie waren dort.«

Er erinnerte sich, in einem seiner eigenen Fälle einem Verdächtigen ungefähr dasselbe gesagt zu haben. Und allmählich begriff er, warum diese Worte so negativ aufgenommen worden waren. Einer plötzlichen Regung folgend, schloß er die Tür zur Mühle auf und kletterte die Leitern bis ins oberste Stockwerk hinauf. Hier, vermutete er, hatte seine Tante Frieden gefunden. Vielleicht würde einiges von dieser vergangenen Zufriedenheit ja auch auf ihn übergehen. Doch seine Hoffnung, ungestört zu bleiben, sollte schon gleich darauf zunichte gemacht werden.

Als er vom Südfenster aus auf die Landzunge hinausblickte, kam tief unten ein Fahrrad in Sicht. Anfangs war es noch zu weit entfernt, um ausmachen zu können, wer es fuhr, dann aber erkannte er Neil Pascoe. Sie hatten zwar noch nie

miteinander gesprochen, kannten sich aber, wie alle Landzungenbewohner, vom Sehen. Pascoe schien mit finsterer Entschlossenheit in die Pedale zu treten; sein Kopf war tief über die Lenkstange gebeugt, seine Schultermuskeln arbeiteten heftig. Doch als er sich der Mühle näherte, machte er auf einmal halt, stellte beide Füße auf den Boden, starrte zur Mühle hinüber, als sähe er sie zum erstenmal, stieg ab und begann das Rad über das unebene, mit Gestrüpp bewachsene Gelände zu schieben.
Sekundenlang war Dalgliesh versucht, so zu tun, als sei niemand zu Hause. Dann wurde ihm klar, daß der Jaguar neben der Mühle parkte und daß Pascoe bei seinem langen Blick auf die Mühle sein Gesicht am Fenster entdeckt haben mußte. Was immer der Grund seines Besuches war – es schien, als könnte er ihm nicht aus dem Weg gehen. Er wechselte zum Fenster über der Tür hinüber, öffnete es und rief hinab: »Suchen Sie mich?«
Es war eine rhetorische Frage. Wen sollte Pascoe wohl sonst in der Larksoken-Mühle zu finden hoffen? Als er auf das emporgereckte Gesicht mit dem schütteren Kinnbart hinabblickte, wirkte der junge Mann auf Dalgliesh seltsam verkleinert, eine verletzliche, bemitleidenswerte Gestalt, die sich schutzsuchend an ihr Fahrrad klammerte.
Gegen den Wind rief Pascoe hinauf: »Kann ich mal mit Ihnen reden?«
Eine ehrliche Antwort hätte gelautet: »Wenn's unbedingt sein muß.« Aber Dalgliesh hatte das Gefühl, dergleichen nicht gegen das Pfeifen des Windes hinabrufen zu können, ohne äußerst unhöflich zu wirken. Also formte er die Worte: »Ich komme!«
Pascoe lehnte das Fahrrad an die Mühlenwand und folgte ihm ins Wohnzimmer.
»Wir haben uns noch nicht persönlich kennengelernt«, begann er, »aber ich nehme an, Sie haben von mir gehört. Ich

bin Neil Pascoe vom Caravan. Es tut mir leid, daß ich so reinplatze, während Sie doch sicher Ihre Ruhe haben wollen.« Das klang so verlegen wie ein Hausierer, der einen potentiellen Kunden davon überzeugen will, daß er kein Betrüger ist.

Dalgliesh war versucht zu antworten: »Ich möchte zwar meine Ruhe haben, aber es scheint, als werde ich sie nicht kriegen.« Laut fragte er: »Einen Kaffee?«

Pascoe gab die voraussehbare Antwort: »Wenn's Ihnen nicht zuviel Mühe macht.«

»Keineswegs. Ich wollte mir gerade selbst einen machen.«

Pascoe folgte ihm in die Küche und lehnte sich, während Dalgliesh den Kaffee mahlte und das Wasser aufsetzte, in einer wenig überzeugenden Pose der Gelassenheit stehend an den Türrahmen. Dalgliesh fiel auf, daß er seit seinem Eintreffen in der Mühle eine beträchtliche Zeit mit dem Zubereiten von Speisen und Getränken für Besucher verbracht hatte. Als er mit dem Mahlen fertig war, erklärte Pascoe beinah trotzig: »Ich muß mit Ihnen reden.«

»Wenn's um den Mord geht, sollten Sie mit Chief Inspector Rickards sprechen, nicht mit mir. Dies ist nicht mein Fall.«

»Aber Sie haben die Leiche gefunden.«

»Das könnte mich unter gewissen Umständen verdächtig machen. Aber es gibt mir nicht das Recht, außerhalb meines eigenen Dienstbereichs in die Kompetenzen eines anderen Beamten einzugreifen. Ich bin kein Ermittlungsbeamter. Aber das wissen Sie natürlich; Sie sind ja nicht dumm.«

Pascoe hielt den Blick auf die sprudelnde Flüssigkeit gerichtet. »Ich habe nicht erwartet, daß Sie besonders erfreut sind über meinen Besuch«, erklärte er. »Ich wäre auch nicht gekommen, wenn ich einen anderen Menschen hätte, mit dem ich sprechen könnte. Aber es gibt Dinge, die ich mit Amy nicht diskutieren kann.«

»Hauptsache, Sie vergessen nicht, mit wem Sie sprechen.«

»Mit einem Polizisten. Das ist wie bei den Priestern, nicht wahr? Niemals außer Dienst. Einmal ein Priester, immer ein Priester.«
»Ganz und gar nicht wie bei den Priestern. Keine Vertraulichkeitsgarantie bei der Beichte, und keine Absolution. Das versuche ich Ihnen gerade klarzumachen.«
Beide schwiegen, bis Dalgliesh zwei Becher mit Kaffee gefüllt und ins Wohnzimmer hinübergetragen hatte. Sie saßen zu beiden Seiten des Kamins. Pascoe nahm zwar seinen Becher, schien aber nicht recht zu wissen, was er damit anfangen sollte. Er drehte ihn in beiden Händen, starrte auf den Kaffee hinab und machte keine Anstalten, ihn zu trinken. Nach einer Weile sagte er: »Es geht um Toby Gledhill, den Jungen – na ja, er war tatsächlich noch ein Junge –, der sich im Kraftwerk drüben umgebracht hat.«
»Ich habe von Toby Gledhill gehört«, bemerkte Dalgliesh.
»Dann wissen Sie vermutlich auch, wie er gestorben ist. Er hat sich vom Reaktor gestürzt und sich den Hals gebrochen. Das war am Freitag, dem 12. August. Zwei Tage zuvor, am Mittwoch, kam er abends um 8 Uhr zu mir. Ich war allein im Caravan, weil Amy mit dem Lieferwagen zum Einkaufen nach Norwich gefahren war und gesagt hatte, sie wollte noch ins Kino, es würde spät werden. Ich kümmerte mich inzwischen um Timmy. Dann klopfte es, und er stand da. Ich kannte ihn natürlich. Das heißt, ich wußte, wer er war. Ich hatte ihn ein- oder zweimal an diesen Tagen der offenen Tür im Kraftwerk gesehen. Da geh ich fast immer hin. Sie können mich nicht daran hindern, und ich hab dabei Gelegenheit, ein oder zwei unbequeme Fragen zu stellen, die ihrer Propaganda widersprechen. Und ich glaube, er war auch bei einigen Sitzungen für die Untersuchung hinsichtlich des neuen Druckwasserreaktors. Richtig kennengelernt hab ich ihn natürlich nicht. Ich konnte mir nicht vorstellen,

was er von mir wollte, aber ich bat ihn herein und bot ihm ein Bier an. Ich hatte den Herd angemacht, weil ich eine Menge von Timmys Sachen trocknen mußte, deswegen war's im Caravan furchtbar heiß und ziemlich feucht. Wenn ich an jenen Abend denke, sehe ich ihn immer noch durch eine Dampfwolke. Nach dem Bier fragte er mich, ob wir nicht rausgehen könnten. Er wirkte ruhelos, als leide er im Caravan an Klaustrophobie, und fragte mich mehr als einmal, wann Amy nach Hause kommen würde. Also hob ich Timmy aus seinem Bettchen, setzte ihn in sein Tragegestell, und wir zogen los, nordwärts an der Küste lang. Erst als wir schon bei den Abteiruinen waren, erklärte er mir, weshalb er gekommen sei. Er rückte ziemlich direkt damit heraus, ohne jede Vorrede. Er sei zu der Schlußfolgerung gelangt, daß die Nutzung von Kernkraft gefährlich sei und daß wir, bis wir das Problem des radioaktiven Abfalls gelöst hätten, nicht noch weitere Kernkraftwerke bauen dürften. Er benutzte da einen recht merkwürdigen Ausdruck. ›Sie ist nicht nur gefährlich, sie ist verderblich.‹«

»Hat er gesagt, wieso er zu dieser Schlußfolgerung gekommen war?«

»Ich glaube, das hatte sich im Laufe von ein paar Monaten in ihm aufgestaut, und Tschernobyl hatte das Faß zum Überlaufen gebracht. Er sagte, vor kurzem sei noch etwas anderes geschehen, das ihn veranlaßt habe, seine Meinung zu ändern. Was, das sagte er mir nicht, aber er versprach, es mir zu sagen, wenn er noch ein bißchen Zeit zum Nachdenken gehabt habe. Ich fragte ihn, ob er einfach seinen Job aufgeben und verschwinden wolle oder ob er bereit sei, uns zu helfen. Er antwortete, er habe entschieden, daß er helfen müsse. Es genüge nicht, einfach nur seinen Job hinzuschmeißen. Es falle ihm sehr schwer, und ich konnte sehen, wie schwer es ihm fiel. Er bewundere und möge seine Kollegen. Sie seien begeisterte Wissenschaftler und äußerst intelligente

Menschen, die an das glaubten, was sie täten. Es sei eben nur so, daß er nicht mehr daran glauben könne. Vorausgedacht habe er noch nicht, jedenfalls noch nicht sehr konkret. Es ging ihm so, wie es mir jetzt geht: Er mußte einfach darüber reden. In mir sah er vermutlich den gegebenen Ansprechpartner. Von der PANUP wußte er natürlich.« Nun blickte er zu Dalgliesh auf und erklärte ihm naiv: »Das ist die Abkürzung für *People Against Nuclear Power*. Als die Pläne für einen neuen Reaktor hier bekannt wurden, bildete ich eine kleine örtliche Oppositionsgruppe. Ich meine, eine Gruppe ganz gewöhnlicher, besorgter Einwohner, nicht wie die viel mächtigeren nationalen Protestorganisationen. Es war nicht leicht. Die meisten Leute versuchen sich einzureden, daß das Kraftwerk gar nicht wirklich da ist. Und viele finden es natürlich gut, weil es Arbeitsplätze bringt, neue Kundschaft für die Geschäfte und Pubs. Die Gegner des neuen Kernreaktors kamen ohnehin nicht aus dem Dorf, das waren Leute von der Anti-AKW-Bewegung und von Greenpeace. Wir freuten uns natürlich darüber. Schließlich verfügen die über die schweren Geschütze. Aber ich hielt es für wichtig, hier am Ort etwas aufzubauen, und bin im Grunde wohl auch kein Mensch, der sich irgendwo anschließt. Ich gehe gern meinen eigenen Weg.«
»Und Gledhill wäre ein guter Fang für Sie gewesen«, ergänzte Dalgliesh. Die Worte klangen ziemlich brutal.
Pascoe errötete; dann blickte er ihm in die Augen. »Ja, das auch. Das war mir damals vermutlich klar. Ich war nicht ganz uneigennützig. Ich meine, ich wußte, wie wichtig es war, wenn er zu uns übertrat. Aber ich fühlte mich, na ja, geschmeichelt, daß er zuerst zu mir gekommen war. Im Grunde hatte die PANUP bisher nicht viel bewirkt. Sogar die Abkürzung war ein Fehler. Ich wollte was haben, das sich die Leute leicht merken könnten, aber ›Menschen gegen Kernkraft‹ – na ja, das war eben ein Witz. Ich kann mir

vorstellen, was Sie denken: Ich hätte mehr für die gute Sache tun können, wenn ich mich einem existierenden Interessenverband angeschlossen hätte, statt mein Ego zu befriedigen. Und Sie haben recht.«

»Hat Gledhill gesagt, ob er mit jemandem vom Kraftwerk darüber gesprochen hat?« erkundigte sich Dalgliesh.

»Er sagte, nein, bis jetzt noch nicht. Ich glaube, davor fürchtete er sich am meisten. Vor allem war ihm der Gedanke zuwider, es Miles Lessingham mitteilen zu müssen. Während wir, mit Timmy halb schlafend auf meinem Rücken, am Strand entlangwanderten, redete er frei von der Leber weg, und ich glaube, das erleichterte ihn. Er erzählte mir, daß Lessingham in ihn verliebt sei. Er selber sei nicht schwul, sondern bisexuell. Aber er bewundere Lessingham unendlich und habe das Gefühl, ihn zu enttäuschen. Er machte den Eindruck, als herrsche in ihm ein großes Durcheinander, was seine Gefühle hinsichtlich der Atomkraft anging, sein Privatleben, seinen Beruf, einfach alles.«

Auf einmal schien Pascoe zu entdecken, daß er noch immer den Kaffeebecher in der Hand hielt; er neigte den Kopf und begann mit langen, schlürfenden Zügen zu trinken wie ein Verdurstender. Als der Becher leer war, stellte er ihn auf den Boden und wischte sich mit dem Handrücken über den Mund.

Dann fuhr er fort: »Es war ein warmer Abend nach einem verregneten Tag, eine Neumondnacht. Komisch, daß ich mich daran erinnere. Wir gingen unmittelbar oberhalb der Flutmarke auf dem Kies. Und dann war sie auf einmal da, Hilary Robarts. Kam planschend, nur mit einem Bikiniunterteil bekleidet, aus der Gischt heraus und blieb einen Augenblick stehen; das Wasser rann ihr aus den Haaren, ihr Körper glänzte in diesem unheimlichen Licht, das in einer sternklaren Nacht vom Meer ausgeht. Dann kam sie

langsam den Strand empor auf uns zu. Ich glaube, wir standen da wie gelähmt. Sie hatte ein kleines Reisigfeuer auf dem Kies entzündet, auf das wir drei nun zuhielten. Sie hob ihr Handtuch vom Boden auf, wickelte sich aber nicht hinein. Sie sah... na ja, sie sah einfach wundervoll aus, mit den Wassertropfen, die auf ihrer Haut glänzten, und ihrem Medaillon, das zwischen ihren Brüsten hing. Ich weiß, es klingt albern und, na ja, kitschig, aber sie sah aus wie eine dem Meer entstiegene Göttin. Von mir nahm sie nicht die geringste Notiz, sondern blickte nur Toby an. ›Wie schön, daß ich dich hier treffe, Toby‹, sagte sie. ›Kommst du auf einen Drink und etwas zu essen mit mir ins Cottage?‹ Ganz normal. Harmlos klingende Worte. Nur, daß sie eben nicht harmlos waren.
Ich glaube, er konnte ihr nicht widerstehen. Vermutlich hätte ich das auch nicht gekonnt. Nicht in diesem Augenblick. Ich wußte genau, was sie tat, und sie wußte es ebenfalls. Sie stellte ihn vor eine Wahl. Auf meiner Seite nichts als Probleme, ein verlorener Job, persönlicher Ärger, möglicherweise sogar Schimpf und Schande. Auf ihrer dagegen Sicherheit, beruflicher Erfolg, die Hochachtung der Kollegen. Und Liebe. Ich glaube, sie bot ihm Liebe an. Ich wußte, was in ihrem Cottage geschehen würde, wenn er mit ihr ging, und er wußte es auch. Aber er ging mit. Er verabschiedete sich nicht mal von mir. Sie schlang sich das Handtuch um die Schultern und kehrte uns den Rücken, als sei sie hundertprozentig sicher, daß er ihr folgen würde. Und er folgte ihr tatsächlich. Und zwei Tage später, am Freitag, dem 12. August, brachte er sich um. Ich weiß nicht, was sie zu ihm gesagt haben mag. Jetzt wird das keiner mehr erfahren. Aber nach diesem Zusammentreffen konnte er, glaube ich, einfach nicht mehr. Es war nicht das, was sie ihm angedroht hatte, ich weiß ja nicht mal, ob sie ihm überhaupt gedroht hat. Aber ohne dieses Zusammen-

treffen am Strand würde er jetzt, glaube ich, noch leben. Sie hat ihn umgebracht.«
»Und davon wurde bei der Untersuchung nichts erwähnt?« fragte Dalgliesh.
»Nein, nichts. Es gab keinen Grund, warum es erwähnt werden sollte. Ich wurde nicht als Zeuge aufgerufen. Alles wurde sehr diskret gehandhabt. Alex Mair wünschte keine Publicity. Wie Sie vermutlich bemerkt haben werden, gibt es kaum jemals Publicity, wenn im Atomkraftwerk etwas schiefgeht. Die sind alle zu Meistern des Vertuschens geworden.«
»Und warum erzählen Sie mir das?«
»Weil ich wissen möchte, ob Rickards unbedingt davon erfahren muß. Aber vermutlich erzähle ich es Ihnen, weil ich mit jemandem darüber reden muß. Warum ich Sie ausgesucht habe, weiß ich nicht so genau. Tut mir leid.«
Die richtige, jedoch wenig freundliche Antwort hätte gelautet: »Sie haben mich ausgesucht, weil Sie hofften, daß ich die Information an Rickards weitergeben und Sie dadurch von der Verantwortung befreien werde.« Doch Dalgliesh sagte: »Es ist Ihnen natürlich klar, daß Chief Inspector Rickards diese Information erhalten muß.«
»Meinen Sie wirklich? Ich möchte nämlich ganz sichergehen. Das sind vermutlich die ganz normalen Hemmungen, wenn man mit der Polizei zu tun kriegt. Was werden sie damit anfangen? Kommen sie vielleicht auf falsche Gedanken? Könnte sie auf einen Menschen hinweisen, der möglicherweise unschuldig ist? Sie vertrauen vermutlich auf die Integrität der Polizei, sonst würden Sie ja nicht Polizist bleiben. Aber wir anderen wissen, daß etwas schiefgehen kann, daß Unschuldige verfolgt werden und die Schuldigen davonkommen können, daß die Polizei nicht immer so gewissenhaft ist, wie sie vorgibt. Ich bitte Sie nicht, es ihm an meiner Stelle zu sagen, so kin-

disch bin ich nicht. Aber ich weiß nicht recht, ob es wirklich wichtig ist. Beide sind inzwischen tot. Ich wüßte nicht, ob es Rickards hilft, Miss Robarts' Mörder zu finden, wenn er von diesem Zusammentreffen weiß. Ins Leben zurückbringen wird das mit Sicherheit keinen von beiden.«

Dalgliesh füllte Pascoes Kaffeebecher noch einmal. Dann sagte er: »Natürlich ist diese Information wichtig. Sie deuten an, daß Hilary Robarts Gledhill durch Erpressung gezwungen haben könnte, seinen Job zu behalten. Wenn sie das bei *einem* tun konnte, könnte sie es auch bei einem anderen getan haben. Alles, was Miss Robarts betrifft, könnte im Zusammenhang mit ihrem Tod wichtig sein. Und machen Sie sich nicht zu große Sorgen über unschuldig Verdächtigte. Ich will nicht behaupten, daß die Unschuldigen bei einer Morduntersuchung nicht leiden müssen. Natürlich tun sie das. Niemand, der auch nur entfernt mit dem Mord zu tun hat, kommt ganz ungeschoren davon. Aber Chief Inspector Rickards ist nicht dumm, und er ist ein aufrechter Mann. Er wird mit Sicherheit nur das benutzen, was für seine Ermittlungen wirklich wichtig ist, und ob etwas wichtig ist, entscheidet nur er.«

»Ich glaube, daß ist genau die Rückversicherung, die ich brauche. Also gut, ich werd's ihm sagen.«

Er trank seinen Kaffee jetzt so schnell aus, als habe er es eilig, hinauszukommen, bestieg nach einem kurzen Abschiedswort sein Fahrrad und strampelte angestrengt, tief gebückt gegen den Wind, den Weg hinab. Nachdenklich trug Dalgliesh die beiden Kaffeebecher in die Küche. Die Schilderung von Hilary Robarts, die wie eine glänzende Göttin aus den Wogen stieg, war bemerkenswert lebendig gewesen. Eine Einzelheit dagegen konnte nicht stimmen. Pascoe hatte von dem Schlüsselmedaillon gesprochen, das zwischen ihren Brüsten hing. Dalgliesh erinnerte sich an

Mairs Worte, als er dastand und auf die Leiche hinunterblickte. »Dieses Medaillon an ihrem Hals. Ich habe es ihr am 29. August zum Geburtstag geschenkt.« Also hatte Hilary Robarts es am Mittwoch, dem 10. August, nicht tragen können. Zweifellos hatte Pascoe gesehen, wie Hilary Robarts mit dem Medaillon zwischen ihren nackten Brüsten aus dem Meer stieg; aber das konnte nicht am 10. August gewesen sein.

Sechstes Buch

Samstag, 1. Oktober, bis Donnerstag, 6. Oktober

42

Jonathan hatte beschlossen, mit seiner Fahrt nach London und der Weiterführung seiner Nachforschungen bis Samstag zu warten. Über einen samstäglichen Besuch im Naturwissenschaftlichen Museum von London würde die Mutter ihm wohl kaum Fragen stellen, während ein Tag Urlaub jedesmal Erkundigungen hinsichtlich des Wohin und Warum nach sich zog. Immerhin hielt er es für besser, vorsichtshalber eine halbe Stunde im Museum zu verbringen, bevor er sich auf den Weg zur Pont Street machte, und so war es schon 3 Uhr vorbei, als er vor dem großen Wohngebäude stand. Über eines war er sich schon auf den ersten Blick klar: Jemand, der in diesem Haus wohnte und dazu eine Haushälterin beschäftigte, konnte unmöglich arm sein. Das Haus gehörte zu einer eindrucksvollen viktorianischen Wohnanlage, halb aus Kunst- und halb aus Backsteinen, mit Säulen beiderseits der glänzend schwarzen Tür und Butzenscheiben wie grüne Flaschenböden in den beiden Erdgeschoßfenstern. Da die Tür offenstand, fiel sein Blick in eine quadratische, mit schwarzem und weißem Marmor ausgelegte Halle, auf die untere Balustrade einer reich verzierten Treppe aus Schmiedeeisen und die Tür eines goldfarbenen Aufzugkäfigs. Rechts befand sich ein Empfangstisch mit einem uniformierten Pförtner. Da er vermeiden wollte, daß man ihn vor der Tür herumlungern sah, marschierte er in energischem Tempo weiter und überlegte sein weiteres Vorgehen.
Im Grunde brauchte er nichts anderes zu tun, als sich auf dem schnellsten Weg zur U-Bahn-Station zu begeben, zur Liverpool Street zurückzukehren und den ersten Zug nach Norwich zu nehmen. Er hatte erreicht, was er erreichen

wollte: Es stand nunmehr fest, daß Caroline ihn belogen hatte. Eigentlich müßte ich doch wohl entsetzt und traurig sein, dachte er sich – sowohl über ihre Lüge als auch über die Hinterlist, mit der er seine Nachforschungen betrieben hatte. Er hatte geglaubt, sie wirklich zu lieben. Oder vielmehr, er liebte sie. Seit einem Jahr hatte es kaum eine Stunde gegeben, in der seine Gedanken nicht bei ihr weilten. Richtig besessen war er von dieser blonden, kühl-reservierten Schönheit gewesen. Wie ein Primaner hatte er an den Ecken der Korridore gelauert, an denen sie vielleicht vorüberkommen würde, hatte sich auf sein Bett gefreut, nur weil er dort ungestört liegen und sich seinen heimlichen erotischen Phantasien hingeben konnte, und beim Aufwachen war sein erster Gedanke gewesen, wann und wo sie sich wieder treffen würden. So eine Liebe konnte doch weder durch den Akt körperlicher Inbesitznahme noch durch die Aufdekkung ihres Betrugs zerstört werden! Warum also empfand er diese Bestätigung ihres Betrugs als beinah angenehm, ja sogar erfreulich? Am Boden zerstört hätte er sein müssen, aber statt dessen war er erfüllt von einer Genugtuung, die fast schon an Triumph grenzte. Sie hatte gelogen, leichtsinnig gelogen: So sicher war sie also, daß er sie zu sehr liebte, zu sehr in sie vernarrt und zu dumm war, um ihre Worte in Frage zu stellen. Nun aber, nachdem die Wahrheit aufgedeckt war, hatte sich das Gleichgewicht ihrer Kräfte fast unmerklich verschoben. Er wußte noch nicht so recht, welchen Gebrauch er von seinem Wissen machen sollte. Er hatte die Energie und die Courage zum Handeln gefunden, doch ob er auch couragiert genug sein würde, sie mit seinen Informationen zu konfrontieren, stand auf einem anderen Blatt.

Den Blick fest auf die Pflastersteine gerichtet, schritt er zielbewußt bis ans Ende der Pont Street, machte dort kehrt und ging wieder zurück. Dabei versuchte er Ordnung in

seine aufgewühlten Gefühle zu bringen, die so ineinander verstrickt waren, als kämpften sie gegeneinander um die Oberhand: Erleichterung, Bedauern, Abscheu, Triumph. Dabei war es so einfach gewesen. Von dem Anruf bei der Detektei bis zu der Ausrede für diesen Ausflug nach London hatte er die Hindernisse müheloser bewältigt, als er es jemals für möglich gehalten hätte. Warum also nicht einen Schritt weitergehen? Warum sich nicht mit letzter Sicherheit überzeugen? Er wußte, wie die Haushälterin hieß: Miss Beasley. Er konnte sie um eine Unterredung bitten, behaupten, er habe Caroline vor ein oder zwei Jahren kennengelernt, in Paris etwa, würde gern Verbindung mit ihr aufnehmen, habe aber ihre Adresse verloren. Wenn er seine Erklärungen möglichst einfach hielt und jeder Versuchung, sie auszuschmükken, aus dem Weg ging, bestand überhaupt keine Gefahr für ihn. Daß Caroline den Sommerurlaub 1986 – im selben Jahr, in dem auch er dort gewesen war – in Frankreich verbracht hatte, wußte er. Das war bei ihren ersten Verabredungen zur Sprache gekommen, harmlosem Geplauder über Reisen und Malerei auf der Suche nach einem gemeinsamen Nenner, einem gemeinsamen Interesse. Na ja, wenigstens war er in Paris gewesen. Und hatte den Louvre besichtigt. Er konnte behaupten, sie dort kennengelernt zu haben.
Dazu brauchte er natürlich einen falschen Namen. Der Vorname seines Vaters würde genügen. Percival. Charles Percival. Es war besser, einen etwas ungewöhnlichen Namen zu wählen; ein allzu gebräuchlicher würde zu offensichtlich falsch klingen. Er komme aus Nottingham, würde er sagen. Weil er die Universität dort besucht hatte und die Stadt kannte. Irgendwie machte ihm die Tatsache, daß er sich die vertrauten Straßen vorstellen konnte, das eigene Phantasieprodukt glaubhafter. Er mußte seine Lügen in einen Anschein von Wahrheit kleiden. Er konnte sagen, er habe dort am Krankenhaus gearbeitet, als Labortechniker. Und wenn

sie weitere Fragen stellte, würde er ihnen ausweichen. Aber warum sollte sie weitere Fragen stellen?
Er zwang sich, die Halle besonders selbstbewußt zu betreten. Vor einem Tag noch wäre es ihm unmöglich gewesen, dem forschenden Blick des Pförtners standzuhalten. Nun jedoch sagte er, von der Hochstimmung des Erfolgs beflügelt: »Ich möchte zu Miss Beasley in Wohnung drei. Sagen Sie ihr, daß ich ein Freund von Miss Caroline Amphlett bin.«
Der Pförtner verließ seinen Empfangstisch und ging ins Büro zum Telephon. Wer soll mich daran hindern, einfach hinaufzugehen und an die Tür zu klopfen, dachte Jonathan. Dann wurde ihm klar, daß der Pförtner sofort Miss Beasley anrufen und sie veranlassen würde, ihm nicht aufzumachen. Es gab immerhin gewisse Sicherheitsmaßnahmen hier, wenn sie auch nicht besonders strikt waren.
Nach einer halben Minute kam der Mann wieder heraus. »In Ordnung, Sir«, erklärte er. »Sie können raufgehen. Die Wohnung liegt im ersten Stock.«
Er verzichtete auf den Lift. Die Doppeltür aus Mahagoni mit der Nummer aus poliertem Messing, zwei Sicherheitsschlössern und einem Spion lag an der Vorderseite des Hauses. Er strich sich rasch über die Haare, klingelte und bemühte sich, den Blick mit scheinbarer Gelassenheit auf den Spion zu richten. Von drinnen hörte er keinen Ton, und die schwere Tür schien, während er wartete, zu einer einschüchternden Barrikade zu werden, die zu durchbrechen nur ein anmaßender Tor versuchen würde. Als er sich dieses Auge vorstellte, das ihn vermutlich durch den Spion beobachtete, mußte er sekundenlang den Wunsch unterdrücken, kurzerhand davonzulaufen. Dann aber vernahm er das leise Klirren einer Kette, das Geräusch eines Schlüssels im Schloß, und die Tür ging auf.
Seit seinem Entschluß, in der Wohnung vorzusprechen, war

er viel zu sehr mit dem Ersinnen seiner Story beschäftigt gewesen, um einen Gedanken an Miss Beasley zu verschwenden. Der Ausdruck »Haushälterin« hatte in ihm das Bild einer schlicht gekleideten Frau mittleren Alters hervorgerufen, im schlimmsten Fall ein wenig herablassend und einschüchternd, im besten Fall respektvoll, redselig, hilfsbereit. Die Realität dagegen war so bizarr, daß er sichtlich verblüfft zusammenzuckte und darüber sogleich heftig errötete. Sie war klein und knochendürr, mit glattem, rotgoldenem Haar, das ihr, weiß an den Wurzeln und daher eindeutig gefärbt, wie ein glänzender Helm bis auf die Schultern fiel. Ihre blaßgrünen, tiefliegenden Augen waren riesig, die unteren, ein wenig hängenden Lider blutunterlaufen, so daß die Augäpfel in einer offenen Wunde zu schwimmen schienen. Ihre Haut war sehr weiß und von zahllosen feinen Linien durchzogen – das heißt bis auf die vorspringenden Wangenknochen, über denen sie sich so straff spannte wie feines Papier. Im Gegensatz zu dieser ungeschminkten, zarten Haut wirkte ihr Mund wie ein dünner, grellrot gefärbter Schnitt. Zu einem Kimono trug sie hochhackige Pantoffeln und hielt einen winzigen, fast haarlosen Hund mit Basedow-Augen auf dem Arm, dessen dünner Hals mit einem juwelenbesetzten Halsband geschmückt war. Sekundenlang blieb sie, den Hund an ihre Wange gedrückt, schweigend stehen und musterte ihren Besucher.

Jonathan, dessen mühsam erzwungene Selbstsicherheit rapide dahinschmolz, erklärte höflich: »Es tut mir leid, Sie stören zu müssen. Aber ich bin ein Freund von Miss Caroline Amphlett und versuche sie zu erreichen.«

»Also, hier erreichen Sie sie auf gar keinen Fall.« Die Stimme, die er sofort erkannte, wirkte erstaunlich bei einer so zierlichen Frau: tief und heiser, dennoch aber nicht unattraktiv.

»Tut mir leid, wenn ich den falschen Amphlett erwischt

habe«, entschuldigte er sich. »Caroline hat mir vor zwei Jahren ihre Adresse gegeben, aber ich habe sie leider verloren. Deswegen hab ich's mit dem Telephonbuch versucht.«

»Ich habe keineswegs gesagt, daß Sie den falschen Amphlett haben, nur daß Sie sie hier nicht erreichen werden. Aber Sie wirken eher harmlos, und da Sie eindeutig unbewaffnet sind, sollten Sie lieber hereinkommen. Heutzutage kann man nicht vorsichtig genug sein, aber Baggott ist sehr zuverlässig. An Baggott kommt kaum ein Betrüger vorbei. Sind Sie ein Betrüger, Mr. ...?«

»Percival. Charles Percival.«

»Sie müssen mein *déshabillé* entschuldigen, Mr. Percival, aber am Nachmittag erwarte ich normalerweise keinen Besuch.«

Er folgte ihr durch eine quadratische Diele und eine Doppeltür in einen Raum, bei dem es sich eindeutig um einen Salon handelte. Gebieterisch deutete sie auf ein Sofa vor dem Kamin, das unbequem niedrig und so weich gepolstert war wie ein Bett und Armlehnen mit dicken Quasten aufwies. Mit betont langsamen Bewegungen, als nehme sie sich absichtlich viel Zeit, ließ Miss Beasley sich ihm gegenüber in einem eleganten Ohrensessel nieder, packte den Hund auf ihren Schoß und blickte mit der starren, strengen Aufmerksamkeit eines Inquisitors auf ihn herab. Voll Unbehagen war er sich dessen bewußt, daß er in dieser Position, die Schenkel von den weichen Kissen umfangen, die spitzen Knie fast bis ans Kinn emporragend, äußerst lächerlich wirken mußte. Der Hund, so nackt, als sei ihm das Fell über die Ohren gezogen worden, und ständig zitternd wie ein Wesen, das vor Kälte fast wahnsinnig wird, starrte mit seinen flehenden Glotzaugen erst ihn an und dann zu ihr empor. Das Lederhalsband mit den dicken roten und blauen Steinen lastete schwer auf dem zarten Hals.

Jonathan widerstand der Versuchung, sich im Zimmer um-

zusehen, hatte aber das Gefühl, als dränge sich ihm jede Einzelheit von selber auf: der Marmorkamin mit dem lebensgroßen Ölgemälde eines viktorianischen Army-Offiziers darüber, dessen blasses, arrogantes Gesicht mit der einzelnen blonden, fast bis auf die Wange herabfallenden Haarlocke eine unheimliche Ähnlichkeit mit Carolines Antlitz aufwies; die vier geschnitzten Stühle mit den bestickten Sitzpolstern, die an der Wand standen; der helle, blankpolierte Fußboden mit den zerknitterten, sehr alten Teppichen; der ovale Tisch in der Mitte des Zimmers sowie die Beistelltische mit den Photos in Silberrahmen. Es roch stark nach Farbe und Terpentin; irgendwo in der Wohnung wurde offenbar ein Raum renoviert.
Nachdem sie ihn einen Augenblick stumm gemustert hatte, sagte die Frau: »Sie sind also ein Freund von Caroline. Das überrascht mich, Mr. ... Mr. ... Tut mir leid, ich habe Ihren Namen vergessen.«
»Percival«, gab er ruhig zurück. »Charles Percival.«
»Und ich bin Miss Oriole Beasley. Die Haushälterin. Wie ich schon sagte, Sie überraschen mich, Mr. Percival. Doch wenn Sie sagen, daß Sie Carolines Freund sind, nehme ich selbstverständlich Ihr Wort dafür.«
»Vielleicht hätte ich nicht unbedingt ›Freund‹ sagen sollen. Ich habe sie nur einmal getroffen, 1986 in Paris. Wir haben gemeinsam den Louvre besichtigt. Aber ich würde sie gern wiedersehen. Sie hat mir zwar ihre Adresse gegeben, aber ich habe sie leider verloren.«
»Wie nachlässig von Ihnen! Dann haben Sie also zwei Jahre gewartet und dann erst beschlossen, nach ihr zu suchen. Warum jetzt, Mr. Percival? Offensichtlich ist es Ihnen doch gelungen, Ihre Ungeduld ganze zwei Jahre lang zu zügeln.«
Er wußte genau, wie er auf sie wirken mußte: unsicher, schüchtern, befangen. Doch etwas anderes konnte sie wohl kaum von einem Mann erwarten, der taktlos genug war,

daran zu glauben, daß er eine erloschene, flüchtige Leidenschaft wiederaufleben lassen könne. »Es ist nur so, daß ich ein paar Tage in London bin«, erklärte er. »Ich arbeite in Nottingham. Als Techniker im Krankenhaus. Deswegen habe ich nicht oft Gelegenheit, in den Süden zu kommen. Es war nur ein spontaner Versuch, Caroline wiederzufinden.«
»Wie Sie sehen, ist sie nicht hier. Im Grunde hat sie seit ihrem achtzehnten Lebensjahr nicht mehr in diesem Haus gelebt, und da ich lediglich die Haushälterin bin, liegt es kaum in meiner Kompetenz, zufälligen Interessenten Informationen über den Aufenthalt der Familienmitglieder zu geben. Würden Sie sich als zufälligen Interessenten bezeichnen, Mr. Percival?«
»Möglich, daß ich so auf Sie wirke«, entgegnete Jonathan. »Aber ich habe den Namen im Telephonbuch gefunden und dachte mir, ein Versuch kann nicht schaden. Selbstverständlich ist es möglich, daß sie mich gar nicht wiedersehen will.«
»Ich könnte mir vorstellen, daß das mehr als wahrscheinlich ist. Und Sie können sich natürlich ausweisen, haben irgendeinen Beweis dafür, daß Sie Mr. Charles Percival aus Nottingham sind?«
»Leider nicht«, antwortete Jonathan. »Ich hatte nicht erwartet...«
»Nicht mal eine Kreditkarte oder einen Führerschein? Sie wirken außergewöhnlich unvorbereitet auf mich, Mr. Percival.«
Irgend etwas in dieser tiefen, so arroganten Oberschicht-Stimme, dieser Mischung aus Überheblichkeit und Verachtung, weckte seinen Trotz. Er sagte: »Ich komme nicht vom Gaswerk. Ich wüßte nicht, warum ich mich identifizieren sollte. Es handelt sich um eine ganz simple Erkundigung. Ich hatte gehofft, Caroline oder vielleicht auch Mrs. Amphlett hier zu finden. Es tut mir leid, wenn ich Sie gekränkt habe.«
»Sie haben mich nicht gekränkt. Wenn ich so leicht zu

kränken wäre, würde ich nicht bei Mrs. Amphlett arbeiten. Aber hier werden Sie sie leider nicht antreffen. Mrs. Amphlett fährt Ende September immer nach Italien und anschließend den Winter über nach Spanien. Es überrascht mich, daß Caroline Ihnen nichts davon erzählt hat. In ihrer Abwesenheit kümmere ich mich um die Wohnung. Mrs. Amphlett haßt die Melancholie des Herbstes und die winterliche Kälte. Eine reiche Frau wie sie hat es nicht nötig, so etwas auszuhalten. Und ich bin überzeugt, Mr. Percival, daß Sie sich dessen durchaus bewußt sind.«
Und dies war – endlich – die Chance, die er brauchte. Er zwang sich, in diese grausig-blutigen Augen zu sehen, und sagte: »Mir hat Caroline erzählt, daß ihre Mutter arm sei, daß sie ihr gesamtes Geld verloren habe, weil sie es in Peter Robarts' Plastikfirma investiert habe.«
Die Reaktion auf diese Worte war verblüffend. Mrs. Beasley wurde knallrot, eine Röte, die wie eine Flut vom Hals bis zur Stirn emporstieg. Es dauerte lange, bis sie wieder Worte fand, doch dann hatte sie ihre Stimme völlig unter Kontrolle. »Das haben Sie entweder bewußt mißverstanden, Mr. Percival, oder Ihr Gedächtnis ist, was finanzielle Fakten betrifft, ebenso unzuverlässig wie bei Adressen. Caroline hätte Ihnen niemals etwas Derartiges anvertrauen können. Ihre Mutter hat, als sie einundzwanzig war, von ihrem Großvater ein Vermögen geerbt und niemals auch nur einen Penny davon verloren. Es war mein kümmerliches Kapital – zehntausend Pfund, falls es Sie interessieren sollte –, das unklugerweise in die Projekte jenes so überzeugenden Gauners investiert wurde. Doch diese kleine persönliche Tragödie hätte Caroline wohl kaum einem Fremden anvertraut.«
Darauf wußte Jonathan nichts zu erwidern, vermochte keine glaubwürdige Erklärung, keine Ausrede zu finden. Er hatte den Beweis, den er gesucht hatte: Caroline hatte ihn belogen. Es hätte ihn mit Genugtuung erfüllen sollen, daß sein

Verdacht sich bestätigte, daß seine Ermittlungen von Erfolg gekrönt waren. Statt dessen überfiel ihn eine flüchtige, doch überwältigende Niedergeschlagenheit, verbunden mit der für ihn ebenso erschreckenden wie irrationalen Überzeugung, daß der Beweis von Carolines Falschheit zu einem schrecklichen Preis erkauft worden war.

Ohne ein Wort zu sagen, fuhr sie fort, ihn anzustarren. Dann erkundigte sie sich plötzlich: »Was halten Sie von Caroline? Offensichtlich hat sie Eindruck auf Sie gemacht, sonst würden Sie die Bekanntschaft mit ihr nicht erneuern wollen. Und zweifellos haben Sie während der vergangenen zwei Jahre immer wieder an sie gedacht.«

»Ich finde... Ich fand Sie damals wirklich bezaubernd.«

»Ja, nicht wahr? Das ist sie wirklich. Es freut mich, daß Sie das auch so empfinden. Ich war ihre Kinderschwester, ihre Nanny, wenn man diesen albernen Ausdruck verwenden will. Man könnte sagen, daß ich sie großgezogen habe. Das überrascht Sie, nicht wahr? Ich bin wohl kaum die Idealvorstellung von einer Nanny. Warmer Schoß, Busen mit Schürze, *Winnie the Pooh, The Wind in the Willows*, Abendgebet, iß deinen Teller leer, sonst gibt's morgen kein schönes Wetter. Aber ich hatte meine eigenen Methoden. Mrs. Amphlett begleitete den Brigadier stets zu seinen Überseeposten, und wir beiden blieben zusammen hier, nur wir beide. Mrs. Amphlett war der Meinung, ein Kind brauche Beständigkeit, vorausgesetzt, diese Beständigkeit wurde nicht von ihr, der Mutter, verlangt. Wäre Caroline ein Sohn gewesen, wäre natürlich alles ganz anders gewesen. Aber die Amphletts legten keinen Wert auf eine Tochter. Caroline hatte zwar einen Bruder, aber der kam, als er fünfzehn war, bei einem Unfall im Auto eines Freundes ums Leben. Caroline saß auch in dem Auto, überlebte den Unfall aber fast unverletzt. Das haben ihr die Eltern, glaube ich, niemals verziehen. Sie konnten sie nie ansehen, ohne es sie eindeutig

spüren zu lassen, daß damals das falsche Kind umgekommen war.«
Ich will das nicht hören, dachte Jonathan verzweifelt, ich will nichts davon wissen! Laut sagte er: »Sie hat mir nie etwas davon erzählt, daß sie einen Bruder hatte. Aber von Ihnen hat sie gesprochen.«
»Ach, tatsächlich? Sie hat Ihnen von mir erzählt? Also, das erstaunt mich, Mr. Percival. Verzeihen Sie, aber Sie sind der letzte, von dem ich erwartet hätte, daß sie Ihnen von mir erzählt.«
Sie weiß es, dachte er; sie kennt nicht die Wahrheit, aber sie weiß, daß ich nicht Charles Percival aus Nottingham bin. Und während er in diese seltsamen Augen blickte, in denen eine unverkennbare Mischung aus Argwohn und Verachtung stand, erkannte er, daß sie sich mit Caroline zu einer weiblichen Verschwörung verbunden hatte, in der er von Anfang an ein unglückseliges, verächtliches Opfer darstellte. Diese Erkenntnis schürte seinen Zorn und verlieh ihm Kraft. Aber er schwieg.
Nach einer Weile fuhr sie fort: »Mrs. Amphlett behielt mich auch, nachdem Caroline das Haus verlassen hatte, sogar auch dann noch, als der Brigadier verschieden war. Aber ›verschieden war‹ ist kaum ein angemessener Ausdruck für einen Soldaten. Vielleicht hätte ich sagen sollen, ›zu seinen Vätern heimgegangen‹, oder ›auf die himmlischen Schlachtfelder abberufen‹, ›zu Glanz und Glorie erhoben‹. Oder gilt das nur für die Heilsarmee? Ich habe das Gefühl, daß ausschließlich die Heilsarmee zu Glanz und Glorie erhoben wird.«
Jonathan sagte: »Caroline hat mir erzählt, daß ihr Vater Berufssoldat war.«
»Sie war nie ein mitteilsamer Mensch, aber Sie scheinen ihr Vertrauen erworben zu haben, Mr. Percival. Nun gut, ich nenne mich heute Haushälterin, und nicht mehr Nanny. Meine Brotherrin findet alle möglichen Aufgaben für mich,

wenn sie nicht hier ist. Es wäre unangemessen für Maxie und mich, hier nur für ein Kostgeld zu wohnen und in London ein angenehmes Leben zu führen, nicht wahr, Maxie? Auf gar keinen Fall. Ein bißchen exklusive Schneiderei. Private Briefe weiterleiten. Rechnungen bezahlen. Ihren Schmuck reinigen lassen. Die Wohnung renovieren. Und außerdem muß Maxie natürlich jeden Tag ausgeführt werden. Der würde sich im Tierheim nämlich nicht wohl fühlen – stimmt's, mein kleiner Schatz? Ich möchte wissen, was aus mir werden soll, wenn Maxie einmal zu Glanz und Glorie erhoben wird.«
Darauf vermochte Jonathan kaum etwas zu erwidern, und sie schien das wohl auch nicht zu erwarten. Nach einer kurzen Pause, während der sie die Pfote des Winzlings sanft an ihre Wange führte, fuhr sie fort: »Auf einmal scheinen all ihre alten Freunde sich mit Caroline in Verbindung zu setzen wollen. Erst am Dienstag hat jemand angerufen und nach ihr gefragt. Oder war es am Mittwoch? Aber vielleicht waren Sie das ja, Mr. Percival – oder?«
»Nein«, leugnete er und staunte, wie mühelos er zu lügen vermochte. »Ich habe nicht angerufen. Ich hielt es für besser, einfach herzukommen.«
»Aber Sie wußten, nach wem Sie fragen mußten. Sie kannten meinen Namen. Schließlich haben Sie ihn Baggott gegeben.« Hoppla, so würde sie ihn nicht in die Falle locken! »Ich habe mir Ihren Namen gemerkt«, sagte er. »Wie gesagt, Caroline hat mir von Ihnen erzählt.«
»Es wäre besser gewesen, wenn Sie vorher angerufen hätten. Dann hätte ich Ihnen gesagt, daß sie nicht hier ist, und Ihnen eine Menge Zeit erspart. Seltsam, daß Sie nicht daran gedacht haben. Aber dieser andere Freund klang nicht wie Sie. Eine völlig andere Stimme. Schottisch, würde ich sagen. Und nehmen Sie's mir bitte nicht übel, aber Ihre Stimme, Mr. Percival, klingt absolut undefinierbar.«

»Wenn Sie meinen, mir Carolines Adresse nicht geben zu können, dann sollte ich wohl jetzt lieber gehen«, antwortete Jonathan. »Sollte ich zu einer ungelegenen Zeit gekommen sein, so tut es mir leid.«
»Warum schreiben Sie ihr nicht einen Brief, Mr. Percival? Briefpapier kann ich Ihnen zur Verfügung stellen. Ich halte es nicht für richtig, Ihnen ihre Adresse zu geben, aber Sie können sich darauf verlassen, daß ich jede Nachricht, die Sie mir anvertrauen, umgehend an sie weiterleiten werde.«
»Dann ist sie also nicht in London?«
»Nein. Sie ist schon seit über drei Jahren nicht mehr in London und wohnt seit ihrem achtzehnten Lebensjahr nicht mehr hier. Aber ich weiß natürlich, wo sie sich aufhält. Wir halten Kontakt. Ihr Brief wird in meinen Händen sicher sein.«
Das ist eindeutig eine Falle, dachte Jonathan. Aber sie kann mich nicht zum Schreiben zwingen. Es darf auf gar keinen Fall eine Nachricht in meiner Handschrift geben. Denn die würde Caroline sofort erkennen, selbst wenn ich versuchen wollte, sie zu verstellen. Laut sagte er: »Ich glaube, ich schreibe lieber später, wenn ich Zeit habe, über das nachzudenken, was ich ihr mitteilen möchte. Wenn ich den Brief an diese Adresse schicke – könnten Sie ihn dann weitersenden?«
»Herzlich gern, Mr. Percival. Und nun, denke ich, möchten Sie gewiß gern gehen. Ihr Besuch bei mir ist vermutlich weniger ergiebig ausgefallen, als Sie gehofft hatten, aber vermutlich haben Sie erfahren, was Sie in Erfahrung bringen wollten.«
Dennoch rührte sie sich nicht vom Fleck, und einen flüchtigen Augenblick lang fühlte sich Jonathan in der Falle, bewegungsunfähig, als hielten ihn die unangenehm weichen, nachgiebigen Kissen wie in einem Schraubstock gefangen. Fast erwartete er, sie werde aufspringen und ihm den Weg

zur Tür verstellen, ihn als Betrüger entlarven und in der Wohnung eingeschlossen halten, während sie mit der Polizei oder dem Pförtner telephonierte. Was sollte er dann tun: versuchen, ihr die Schlüssel mit Gewalt abzunehmen und zu fliehen, oder auf die Polizei warten und versuchen, sich den Weg in die Freiheit mit einem Bluff zu erkämpfen? Aber die kurze Panik legte sich wieder. Mrs. Beasley erhob sich, ging ihm zur Tür voraus und hielt sie ihm wortlos auf. Sie schloß sie nicht sofort hinter ihm, und er spürte, daß sie mit dem zitternden Hund auf dem Arm dastand und ihn beobachtete. Am Kopf der Treppe drehte er sich zu einem letzten Abschiedslächeln um. Und was er da sah, ließ ihn sekundenlang erstarren, bevor er Hals über Kopf die Treppe hinunter- und durch die Halle zur offenen Haustür hinauslief: In seinem ganzen Leben hatte er noch nie einen so abgrundtiefen Haß in einem menschlichen Antlitz gesehen.

43

Da das ganze Unternehmen anstrengender gewesen war, als Jonathan es für möglich gehalten hatte, war er sehr müde, als er die Liverpool Street erreichte. Der Bahnhof wurde gerade umgebaut – verschönert, wie die riesigen Schaubilder beruhigend versicherten – und hatte sich in ein lärmendes und so verwirrendes Labyrinth provisorischer Durchgänge und Wegweiser verwandelt, daß man nur mit Mühe zu den Zügen fand. Nachdem er einmal falsch abgebogen war, landete er auf einer Piazza mit spiegelblank glänzendem Fußboden und fühlte sich vorübergehend so unsicher, als befände er sich in einer ausländischen Großstadt. Bei seiner Ankunft am Vormittag war er weniger verwirrt gewesen, doch nun verstärkte der Bahnhof noch sein Gefühl, sich sowohl körperlich als auch gefühlsmäßig auf unbekanntes Terrain vorgewagt zu haben.

Sobald sich der Zug in Bewegung setzte, lehnte er sich mit geschlossenen Augen zurück und versuchte Ordnung in die Erlebnisse des vergangenen Tages und seine widerstreitenden Gefühle zu bringen. Statt dessen schlief er jedoch fast augenblicklich ein und rührte sich nicht, bis der Zug in den Bahnhof von Norwich einfuhr. Aber der Schlaf hatte ihn erfrischt. Mit neuer Energie und forschem Optimismus ging er zum Castle-Parkplatz hinüber. Er wußte jetzt, was er tun wollte: auf der Stelle zum Bungalow fahren, Caroline mit den Beweisen konfrontieren und sie fragen, warum sie ihn belogen hatte. Er konnte sich nicht weiterhin mit ihr treffen und so tun, als wisse er von nichts. Sie waren ein Liebespaar; sie mußten einander vertrauen können. Wenn sie besorgt oder verängstigt war, würde er sie beruhigen und trösten. Sie konnte Hilary nicht ermordet haben, das wußte er. Allein der Gedanke kam ihm frevelhaft vor. Doch wenn sie keine Angst gehabt hätte, hätte sie nicht gelogen. Irgend etwas stimmte da nicht. Er würde sie überreden, zur Polizei zu gehen, zu erklären, warum sie gelogen und ihn ebenfalls zur Lüge überredet hatte. Sie würden beide gemeinsam gehen, gemeinsam gestehen. Er fragte sich nicht, ob sie ihn überhaupt sehen wollte oder ob sie so spät am Samstag zu Hause war. Er wußte nur, daß diese Angelegenheit zwischen ihnen jetzt gleich geregelt werden mußte. Er hatte das Gefühl, daß sein Entschluß richtig und unvermeidlich war, und verspürte sogar einen Anflug von Machtbewußtsein. Sie hielt ihn für einen leichtgläubigen, unfähigen Trottel. Na schön, er würde ihr beweisen, wie sehr sie sich irrte. Von nun an würde es eine kleine Veränderung in ihrem Verhältnis zueinander geben: Sie würde einen selbstbewußteren und weit weniger gefügigen Liebhaber haben.
Vierzig Minuten später fuhr er im Dunkeln durch die flache, langweilige Landschaft zu ihrem Bungalow. Als dieser linker Hand in Sicht kam, wurde er langsamer; wieder einmal fiel

ihm auf, wie abgelegen und unattraktiv das Haus doch war, und er fragte sich, wie schon so oft, warum sie ausgerechnet diesen unschönen, fast finsteren Kasten aus rohem Backstein gemietet hatte, wo es doch zahlreiche Dörfer in größerer Nähe von Larksoken und überdies die Attraktionen von Norwich und der Küste gab. Allein die Bezeichnung »Bungalow« erschien ihm schon lächerlich, denn sie erinnerte ihn an Reihenhäuser in Vororten, an gemütliche Ehrbarkeit, an alte Menschen, die keine Treppen mehr steigen konnten. Caroline hätte in einem Hochhaus mit weitem Blick aufs Meer hinaus wohnen müssen.
Und dann sah er sie. Der silberfarbene Golf kam aus der Einfahrt geschossen und beschleunigte noch, während er in östlicher Richtung weiterfuhr. Sie trug zwar eine Wollmütze tief über die blonden Haare gezogen, doch er erkannte sie auf den ersten Blick. Er wußte nicht, ob sie ihn oder seinen Fiesta erkannt hatte, bremste aber instinktiv und ließ sie fast bis außer Sichtweite kommen, bevor er ihr folgte. Und während er da in der stillen Landschaft wartete, hörte er Remus hysterisch bellen.
Er war überrascht, wie einfach es war, sie nicht aus den Augen zu verlieren. Zuweilen versperrte ihm ein anderer Wagen, der ihn überholte, den Blick auf den metallicfarbenen Golf, und manchmal, wenn sie wegen einer Verkehrsampel oder weil sie in ein Dorf kamen, das Tempo verringerte, mußte er schnell bremsen, damit sie nicht merkte, daß er sie verfolgte. Als sie durch Lydsett kamen, bog sie im Dorf nach rechts zur Landzunge ab. Inzwischen fürchtete er jedoch, daß sie ihn erkannt hatte, daß sie wußte, sie wurde verfolgt, aber sie fuhr scheinbar sorglos weiter. Nachdem sie das Tor passiert hatte, wartete er, bis sie über die Anhöhe verschwunden war, folgte ihr dann, hielt, löschte die Scheinwerfer und ging ein kleines Stückchen zu Fuß. Sie holte also jemanden ab: Ein schlankes junges Mädchen mit gelbem, an

den Spitzen orange gefärbtem Igelhaar geriet kurz ins Licht der Scheinwerfer. Dann fuhr der Golf auf der Küstenstraße nordwärts, bog beim Kraftwerk landeinwärts ab und nahm anschließend wieder Richtung Norden. Vierzig Minuten später stand ihr Ziel fest: der Kai von Wells-next-the-Sea. Er parkte den Fiesta neben dem Golf und folgte ihnen, ohne Carolines blau-weiße Mütze aus den Augen zu lassen. Sie schritten rasch aus, schienen sich nicht zu unterhalten, und keines der Mädchen warf einen Blick zurück. Am Kai verlor er sie vorübergehend aus den Augen, bis er entdeckte, daß sie auf ein Boot zugingen. Das war seine Chance; er mußte unbedingt mit Caroline sprechen. Fast im Laufschritt näherte er sich den beiden, die inzwischen bereits an Bord waren. Es war ein kleines Boot, höchstens fünfzehn Fuß lang, mit flacher Mittelkabine und Außenbordmotor. Beide Mädchen standen im Cockpit. Als er näherkam, drehte sich Caroline zu ihm um. »Was, zum Teufel, bildest du dir ein?«
»Ich möchte mit dir reden. Ich bin dir gefolgt, seit du den Bungalow verlassen hast.«
»Glaubst du, das weiß ich nicht, du Idiot? Du warst praktisch die ganze Strecke über in meinem Rückspiegel. Wenn ich dich hätte abschütteln wollen, hätte ich das mühelos tun können. Du solltest diese Sherlock-Holmes-Masche aufgeben. Das steht dir nicht, und dafür bist du nicht gut genug.« Aber es lag kein Ärger in ihrem Ton, nur eine Art zorniger Überdruß. »Caroline«, sagte er abermals, »ich muß mit dir reden.«
»Dann warte bis morgen. Oder bleib, wo du bist, wenn's unbedingt sein muß. Wir sind in einer Stunde wieder zurück.«
»Aber wo wollt ihr hin? Was habt ihr vor?«
»Mann Gottes, was glaubst du wohl, was wir vorhaben? Dies ist ein Boot, *mein* Boot. Das da draußen ist das Meer. Amy und ich, wir wollen eine Bootsfahrt machen.«

Amy, dachte er. Amy wer? Aber Caroline stellte sie nicht vor. Ein wenig lahm wandte er ein: »Aber es ist schon spät. Es ist dunkel, und es wird neblig.«
»Na und? Dann ist es eben dunkel und neblig. Wir haben Oktober. Hör mal, Jonathan, warum kümmerst du dich nicht um deine eigenen Angelegenheiten und fährst nach Hause zu deiner Mutter.«
Sie machte sich im Cockpit zu schaffen. Er beugte sich hinüber und packte die Bootskante, spürte das sanfte Wiegen der Flut. »Caroline«, bettelte er, »bitte sprich mit mir! Fahr nicht! Ich liebe dich.«
»Das möchte ich bezweifeln.«
Beide schienen Amy vergessen zu haben. Verzweifelt fuhr er fort: »Ich weiß, daß du mich belogen hast. Deine Mutter ist gar nicht von Hilarys Vater in den Ruin getrieben worden. Kein Wort davon ist wahr. Hör zu, wenn du in der Klemme steckst, möchte ich dir helfen. Wir müssen reden. Ich kann so nicht weiter.«
»Ich stecke nicht in der Klemme, und wenn, wärst du der letzte, an den ich mich wenden würde. Und jetzt nimm deine Pfoten von meinem Boot.«
Als wäre es das Wichtigste, was jetzt zwischen ihnen geklärt werden müßte, fragte er: »Von deinem Boot? Du hast mir nicht erzählt, daß du ein Boot besitzt.«
»Es gibt eine Menge Dinge, von denen ich dir nichts erzählt habe.«
Und dann, ganz plötzlich, wußte er es. Nun gab es keinen Zweifel mehr. »Dann war es also nicht echt, oder? Überhaupt nichts war echt. Du liebst mich nicht und hast mich niemals geliebt.«
»Liebe, Liebe, Liebe! Hör auf, dieses Wort rauszublöken, Jonathan. Fahr nach Hause. Stell dich vor den Spiegel, und sieh dich aufmerksam an. Wie konntest du jemals annehmen, daß es echt war? Dies hier ist echt, Amy und ich. Ihretwegen

bleibe ich in Larksoken, und meinetwegen bleibt sie hier. So, jetzt weißt du's.«
»Du hast mich ausgenutzt.«
Er wußte, daß er sich wie ein quengelndes Kind verhielt.
»Jawohl, ich habe dich ausgenutzt. Wir haben uns gegenseitig ausgenutzt. Wenn wir ins Bett gingen, habe ich dich ausgenutzt, und du mich. So ist es nun mal mit dem Sex. Und falls du's ganz genau wissen willst, es war eine verdammt schwere Arbeit und hat mich regelrecht krank gemacht!«
Selbst in seinem Schmerz, seinem Elend und seiner Demütigung spürte er eine gewisse Dringlichkeit in ihr, die nichts mit ihm zu tun hatte. Ihre Grausamkeit war berechnet, aber es lag überhaupt keine Leidenschaft darin. Anders wäre es erträglicher für ihn gewesen. Seine Gegenwart war nur eine ärgerliche, doch unbedeutende Störung bei weit wichtigeren Unternehmungen für sie. Jetzt löste sich das Tau vom Poller. Caroline hatte den Motor gestartet, das Boot entfernte sich langsam vom Kai. Und nun nahm er zum erstenmal das andere Mädchen richtig wahr. Sie hatte kein Wort gesprochen, seit er da war. Schweigend stand sie neben Caroline im Cockpit, ernst, ein wenig fröstelnd und irgendwie sehr verletzlich, und er glaubte auf ihrem Kindergesicht einen Ausdruck verwirrten Mitgefühls zu entdecken, bevor die Tränen in seinen Augen brannten und das Boot samt Besatzung zu einem formlosen Umriß verschwamm. Er wartete, bis sie auf dem schwarzen Wasser fast außer Sichtweite waren, dann faßte er einen weiteren Entschluß. Er wollte sich ein Pub suchen, ein Bier trinken, eine Kleinigkeit essen und wieder dort sein, wenn sie zurückkehrten. Lange konnten sie nicht draußen bleiben, sonst verpaßten sie die Tide. Und er *mußte* einfach die Wahrheit erfahren. In dieser Ungewißheit konnte er keine weitere Nacht verbringen. Er stand auf dem Kai und starrte aufs Meer hinaus, als sei das kleine Boot mit

den beiden Insassen noch zu sehen; dann wandte er sich ab und schlurfte mit schleppenden Schritten zum nächsten Pub.

44

Das unnatürlich laute Dröhnen des Motors erschütterte die stille Luft. Fast hätte Amy erwartet, daß überall Türen aufgingen und Menschen zum Kai heruntergelaufen kamen, um hinter ihnen her zu schimpfen. Nach einer kurzen Bewegung von Caroline erstarb der Lärm zu leisem Geflüster. Sanft entfernte sich das Boot vom Kai. Zornig erkundigte sich Amy: »Wer ist das? Wer ist dieser Scheißer?«

»Nur ein Mann von Larksoken. Jonathan Reeves. Er ist unwichtig.«

»Warum hast du ihn belogen? Warum hast du ihm Lügen über uns erzählt? Wir sind kein Liebespaar!«

»Weil es nicht anders ging. Aber was spielt das schon für eine Rolle? Es ist unwichtig.«

»Für mich ist es aber wichtig. Sieh mich an, Caroline! Ich rede mit dir!«

Aber Caroline sah ihr nicht in die Augen. Gelassen sagte sie: »Warte, bis wir aus dem Hafen sind. Ich muß dir etwas mitteilen, aber ich möchte erst im tiefen Wasser sein und muß mich konzentrieren. Geh nach vorn in den Bug und halte Ausschau.«

Einen Moment lang blieb Amy unschlüssig stehen, dann gehorchte sie und suchte sich vorsichtig, an die Dachkante der niedrigen Kabine geklammert, einen Weg über das schmale Deck. Sie wußte nicht recht, ob es ihr nicht doch irgendwie zusagte, daß Caroline sie in der Hand hatte und dies auch deutlich zeigte. Dabei hatte die Tatsache, daß Amy Gefallen an der Situation fand, nichts mit dem Geld zu tun, das unregelmäßig und anonym auf ihr Postgirokonto eingezahlt oder in den Abteiruinen versteckt wurde, und es war auch nicht die Erregung und das Gefühl geheimer Macht, die ihr aus der Tatsache erwuchsen, daß sie an einer Verschwörung teilnahm. Vielleicht hatte sie sich nach jenem ersten Treffen im Pub von Islington, das zu ihrer Anwerbung für die Operation »Birdcall« führte, im Unterbewußtsein für Loyalität und Gehorsam entschieden und war nun, da der große Test gekommen war, unfähig, sich dieser unausgesprochenen Treuepflicht zu entziehen.

Als Amy zurückblickte, sah sie, daß die Lichter im Hafen schwächer wurden und die Fenster erst zu kleinen Lichtquadraten und dann zu Nadelköpfen schrumpften. Der Motor legte noch Geschwindigkeit zu, und während sie im Bug stand, spürte sie die immense Macht der Nordsee unter ihren Füßen, vernahm das Zischen des sich teilenden Wassers, sah die noch ungebrochenen Wogen schwarz und blank wie Öl aus dem Nebel auftauchen, fühlte, wie sich das Boot hob, ein wenig schwankte und wieder hinabsank. Nachdem sie zehn Minuten Wache gehalten hatte, verließ sie ihren Posten und kehrte zum Cockpit zurück. »He«, sagte sie, »wir sind jetzt weit vom Land entfernt. Was ist eigentlich los? Mußtest du ihm so was sagen? Ich weiß, ich soll mich von den Leuten in Larksoken fernhalten, aber ich werde ihn aufsuchen und ihm die Wahrheit sagen.«

Caroline stand regungslos an der Ruderpinne und blickte starr geradeaus. In der Linken hielt sie einen Kompaß. »Wir werden nicht zurückkehren. Das ist es, was ich dir mitteilen wollte.«

Und bevor Amy auch nur den Mund öffnen konnte, fuhr Caroline fort: »Hör zu, fang jetzt nicht an, hysterisch zu werden und zu protestieren. Du hast das Recht auf eine Erklärung, und wenn du den Mund hältst, wirst du sie bekommen. Mir bleibt jetzt keine andere Wahl mehr: Du mußt die Wahrheit erfahren, oder wenigstens einen Teil davon.«

»Welche Wahrheit? Wovon redest du? Und warum kehren wir nicht zurück? Du hast gesagt, wir fahren nur eine Stunde raus. Du hast gesagt, wir wollen draußen ein paar Genossen treffen und uns neue Anweisungen holen. Ich habe Neil eine Nachricht hinterlassen, daß ich nicht lange wegbleibe. Ich muß zurück zu meinem Timmy!«
Doch Caroline sah sie immer noch nicht an, sondern sagte: »Wir kehren nicht zurück, weil das unmöglich ist. Als ich dich aus diesem Londoner Loch herausrekrutierte, hab ich dir nicht die Wahrheit gesagt. Das lag nicht in deinem Interesse, und ich wußte nicht, wie weit ich dir trauen konnte. Aber auch ich kannte nicht die ganze Wahrheit – nur soviel, wie ich unbedingt wissen mußte. So funktioniert das eben bei solchen Aktionen. Die Operation ›Birdcall‹ hat nichts mit der Besetzung von Larksoken im Namen des Tierschutzes zu tun. Sie hat nichts mit bedrohten Walen, kranken Seehunden, gequälten Versuchstieren, ausgesetzten Hunden und all den anderen idiotischen Anliegen zu tun, von denen du mir dauernd die Ohren volljammerst. Es geht um etwas weitaus Wichtigeres. Es geht um die Menschheit und ihre Zukunft. Es geht darum, wie wir mit unserer Welt umgehen.«
Sie sprach sehr leise, aber mit leidenschaftlicher Intensität. Durch das Lärmen des Motors hindurch rief Amy: »Ich kann dich nicht verstehen! Ich kann dich furchtbar schlecht verstehen! Stell endlich diesen verdammten Motor ab!«
»Noch nicht. Wir haben noch eine weite Fahrt vor uns. Wir treffen uns an einem genau festgelegten Punkt. Dazu müssen wir Richtung Südost fahren und dann die Off-shore-Anlagen des Kraftwerks und den Leuchtturm von Happisburgh anpeilen. Hoffentlich wird der Nebel nicht dichter.«
»Aber wen – wen werden wir treffen?«
»Die Namen sind mir nicht bekannt, ebensowenig ihre Positionen in der Organisation. Wie schon gesagt, uns allen wird

nur gerade so viel gesagt, wie wir unbedingt wissen müssen. Meine Instruktionen lauten, daß ich, falls die Operation ›Birdcall‹ auffliegen sollte, eine bestimmte Nummer wählen und das Notverfahren in Gang setzen soll, durch das ich rausgeholt werde. Deswegen habe ich dieses Boot gekauft und dafür gesorgt, daß es stets startklar war. Man hat mir sehr genau erklärt, wo man uns aufnehmen wird. Dann werden sie uns nach Deutschland bringen, mit falschen Papieren und einer neuen Identität ausstatten, uns in die Organisation eingliedern und uns einen Job vermitteln.«
»Mich nicht, verdammt noch mal!« Amy starrte Caroline entgeistert an. »Das sind Terroristen – oder? Und du bist auch eine. Du bist eine beschissene Terroristin!«
»Und was sind die Agenten des Kapitalismus? Was ist das Militär, die Polizei, was sind die Gerichte? Was sind die Industriebarone, die multinationalen Konzerne, die drei Viertel der Weltbevölkerung unterdrücken und in Armut und Elend gefangenhalten? Benutze bitte keine Wörter, die du nicht kapierst.«
»Oh, dieses Wort kapiere ich schon. Und hör auf, mich so herablassend zu behandeln! Bist du nicht ganz dicht? Was hattet ihr vor, verdammt noch mal – den Reaktor sabotieren, die ganze Radioaktivität rauslassen, schlimmer als Tschernobyl, und alle Leute auf der Landzunge umbringen, Timmy und Neil, Smudge und Whisky?«
Wir brauchen weder den Reaktor zu sabotieren noch Radioaktivität rauszulassen. Wenn wir die Kraftwerke erst besetzt haben, würde die Drohung allein schon genügen.«
»Die Kraftwerke? Wie viele? Und wo?«
»Eins hier, eins in Frankreich, eins in Deutschland. Die Aktion würde koordiniert ablaufen, und das würde genügen. Es geht nicht um das, was wir tun könnten, wenn wir sie besetzt haben; es geht um das, was die Leute glauben, daß

wir tun könnten. Krieg ist altmodisch und überflüssig. Wir brauchen keine Armeen. Wir brauchen nur ein paar gut ausgebildete, intelligente und begeisterte Genossen mit den notwendigen Fähigkeiten. Das, was du Terrorismus nennst, könnte die Welt verändern und ist, was Menschenleben betrifft, weitaus kosteneffektiver als das Militär, diese Todesmaschinerie, in der mein Vater Karriere gemacht hat. Nur eines haben diese beiden gemeinsam: Ein jeder Soldat muß letztlich bereit sein, für die Sache zu sterben. Na schön, das sind wir ebenfalls.«

»Aber so was darf nicht passieren!« rief Amy verzweifelt. »Die Regierungen werden es nicht zulassen!«

»Es passiert, und sie können es nicht verhindern. Sie sind sich uneinig, und sie haben nicht genug Willenskraft. Dies ist aber erst der Anfang.«

Amy starrte Caroline an. »Halt sofort dieses Boot an!« verlangte sie. »Ich steige aus.«

»Und schwimmst an Land? Du wirst entweder ertrinken oder erfrieren. Und in diesem Nebel!«

Amy hatte gar nicht bemerkt, daß der Nebel dichter geworden war. Eben noch hatte sie das Gefühl gehabt, sie könne die fernen Lichter der Küste wie Sterne sehen, könne die Schwärze der klatschenden Wellen erkennen, ein Stückchen weit voraus blicken. Auf einmal aber war, langsam und unaufhaltsam, eine klamme Nässe herangekrochen. »O Gott, bring mich zurück!« weinte sie. »Du mußt mich rauslassen! Laß mich raus! Ich will zu Timmy! Ich will zu Neil!«

»Das kann ich nicht, Amy. Hör zu, wenn du bei dieser Sache nicht mitmachen willst, sag das doch einfach, wenn das andere Boot kommt. Dann werden sie dich irgendwo an Land setzen. Nicht unbedingt an diesem Teil der Küste, aber irgendwo. Aufmüpfige Rekruten können wir nicht gebrauchen. Es ist so schon schwierig genug, dich mit einer neuen

Identität auszustatten. Aber wenn du nichts damit zu tun haben wolltest, dich nicht festlegen wolltest – warum hast du dann Hilary Robarts umgebracht? Glaubst du, wir könnten eine Morduntersuchung gebrauchen, die Larksoken zum Mittelpunkt hat, die polizeiliche Ermittlungen nach sich zieht, so daß Rickards sich ständig auf dem Gelände herumtreibt, die die Vergangenheit eines jeden Verdächtigen durchleuchtet und nichts, aber auch gar nichts unerforscht läßt? Und wenn Rickards dich verhaftet hätte – wie sicher könnte ich sein, daß du nicht zusammenbrichst, ihm von der Operation ›Birdcall‹ erzählst, Zeugin der Anklage wirst?«
»Bist du wahnsinnig?« rief Amy voller Angst. »Ich sitze mit einer Wahnsinnigen in einem Boot! Ich habe die Robarts nicht umgebracht!«
»Wer hat es dann getan? Pascoe? Das wäre fast genauso gefährlich.«
»Wie denn? Der war doch auf dem Rückweg von Norwich. Hinsichtlich der Zeit haben wir Rickards nicht die Wahrheit gesagt, aber er war um Viertel nach 9 wieder im Caravan, und wir waren den ganzen Abend mit Timmy zusammen. Und diese ganze Geschichte mit dem Whistler, der ihr die Stirn zerschnitten, die Haare abgeschnitten hat – davon hatten wir keine Ahnung! Ich dachte, du hättest sie umgebracht.«
»Warum sollte ich?«
»Weil sie was über die Operation ›Birdcall‹ rausgefunden hat. Läufst du nicht deswegen davon, weil dir nichts anderes übrigbleibt?«
»Du hast recht, mir bleibt nichts anderes übrig. Aber nicht etwa wegen der Robarts. Die hat überhaupt nichts rausgefunden. Wie denn auch? Aber irgend jemand hat was entdeckt. Es ist ja nicht nur der Mord an Hilary Robarts. Die Sicherheitsdienste haben angefangen, mir nachzuspüren. Irgendwie haben die einen Tip gekriegt, vermutlich von einem

aus den deutschen Zellen oder von einem Spitzel in der IRA.«

»Woher willst du das wissen? Es könnte doch sein, daß du völlig umsonst wegläufst.«

»Es gab zu viele Zufälle. Die letzte Postkarte, die du in den Ruinen versteckt hast. Ich hab dir gesagt, daß sie verkehrt herum wieder hineingelegt wurde. Irgend jemand hat sie gelesen.«

»Die hätte jeder finden können. Und die Nachricht hätte alles mögliche bedeuten können. Für mich war sie absolut sinnlos.«

»Wer sollte sie wohl Ende September finden, wo die Picknicksaison längst vorüber ist? Finden und dann gewissenhaft zurücklegen? Und das war nicht alles. Sie haben die Wohnung meiner Mutter überprüft. Die hat eine Haushälterin, die früher meine Nanny war. Heute früh hat sie mich angerufen und es mir mitgeteilt. Da wollte ich nicht länger warten und habe das Signal gegeben, das den Genossen draußen sagt, daß ich unbedingt raus muß.«

Auf der Steuerbordseite wirkten die vereinzelten Lichter der Küste durch den Nebel zwar verschwommen, waren aber immer noch zu erkennen. Und das Dröhnen des Motors klang jetzt weniger aufdringlich, fast wie ein gemütliches, sanftes Brummen. Oder, dachte Amy, ich habe mich daran gewöhnt. Aber es war ein seltsames Gefühl, so ruhig und stetig durch die Dunkelheit zu gleiten und Carolines Stimme unglaubliche Dinge sagen zu hören, von Terrorismus und Flucht und Verrat – so gelassen, als spreche sie über die Vorbereitungen zu einem Picknick. Aber Amy mußte es hören, mußte es wissen. Sie hörte sich fragen: »Wo hast du sie kennengelernt, diese Leute, für die du arbeitest?«

»In Deutschland, als ich siebzehn war. Meine Nanny war krank, deswegen mußte ich die Sommerferien mit meinen Eltern verbringen. Weil mein Vater da stationiert war. Er hat

sich kaum um mich gekümmert, jemand anders dafür um so mehr.«
»Aber das war vor vielen Jahren!«
»Diese Leute können ebensogut warten wie ich.«
»Und diese Nanny oder Haushälterin – ist die ebenfalls ein Mitglied von ›Birdcall‹?«
»Die weiß nichts, überhaupt nichts. Sie ist der letzte Mensch, dem ich das anvertrauen würde. Eine dumme alte Person, die kaum Kost und Logis wert ist, aber meine Mutter hat Verwendung für sie, aber ich auch. Sie haßt meine Mutter, und ich habe ihr erzählt, daß Mummy in meinem Leben rumspioniert, deswegen soll sie mir sofort mitteilen, wenn Anrufe für mich kommen, oder gar Besucher. Das hilft ihr, das Leben mit Mummy erträglich zu machen. Sie fühlt sich wichtig und glaubt, daß ich sie brauche, daß ich sie liebe.«
»Und tust du das? Liebst du sie?«
»Früher habe ich sie geliebt. Als Kind muß man ganz einfach jemanden lieben. Aber ich bin darüber hinausgewachsen, bin über *sie* hinausgewachsen. Nun gut, es gab einen Anruf, und es gab einen Besucher. Am Dienstag rief ein Schotte an oder jemand, der sich als Schotte ausgab. Und heute kam dann ein Besucher.«
»Was für ein Besucher?«
»Ein junger Mann, der behauptete, mich in Frankreich kennengelernt zu haben. Das war gelogen. Das war ein Betrüger. Der kam bestimmt vom MI5. Wer sonst hätte ihn wohl schicken können?«
»Das kannst du doch nicht sicher wissen. Nicht sicher genug, um das Signal zu geben, alles liegen- und stehenzulassen und dich ihnen auf Gnade und Ungnade auszuliefern.«
»Doch, kann ich. Wer sonst hätte es denn wohl sein sollen? Es gab drei verschiedene Zufälle: die Postkarte, den Anruf und den Besucher. Worauf sollte ich sonst noch warten? Daß die Sicherheitsbeamten meine Haustür eintreten?«

»Was war das denn für ein Mann?«
»Jung. Nervös. Nicht sehr attraktiv. Und nicht besonders überzeugend. Sogar Nanny hat ihm nicht geglaubt.«
»Komische Art von MI5-Beamter. Haben die denn nichts Besseres?«
»Angeblich war er jemand, den ich in Frankreich kennengelernt habe, dem ich gefiel, der mich wiedersehen wollte und sich endlich ein Herz gefaßt und in der Wohnung meiner Mutter angerufen hat. Selbstverständlich mußte er sehr jung und nervös wirken. Genau der Typ, den die schicken würden. Einen ausgepichten vierzigjährigen Veteranen aus der Curzon Street würden die wohl kaum schicken. Die verstehen sich darauf, den richtigen Mann für den richtigen Job auszuwählen! Das gehört zu ihrem Beruf. Und er war wirklich der richtige Mann. Vielleicht sollte er gar nicht überzeugend wirken. Vielleicht wollten sie mir nur einen Schreck einjagen, damit ich reagiere und sie mich aufstöbern können.«
»Na schön, du hast reagiert – oder etwa nicht? Aber wenn du dich irrst, in allem irrst – was werden diese Leute tun, für die du arbeitest? Indem du weggelaufen bist, hast du die ganze Operation ›Birdcall‹ hochgehen lassen.«
»Diese Operation mußte abgebrochen werden, aber die nächste wird nicht vereitelt werden. Meine Instruktionen lauteten, sofort zu telephonieren, falls es stichhaltige Beweise dafür gibt, daß man uns enttarnt hat. Und die gab es. Aber das ist nicht alles. Mein Telephon wird abgehört.«
»Das kannst du unmöglich feststellen.«
»Mit Sicherheit feststellen kann ich es nicht, aber ich weiß es.«
Plötzlich rief Amy erschrocken aus: »Was hast du eigentlich mit Remus gemacht? Hast du ihm Futter und Wasser zurückgelassen?«
»Natürlich nicht. Dies muß unbedingt wie ein Unfall ausse-

hen. Die Polizei muß annehmen, daß wir zwei Lesbierinnen sind, die eine spätabendliche Bootsfahrt unternommen haben und dabei ertrunken sind. Sie müssen annehmen, daß wir höchstens für ein, zwei Stunden rausfahren wollten. Remus kriegt immer um 7 sein Futter. Wenn sie ihn finden, wird er hungrig und durstig sein.«

»Aber vielleicht suchen sie dich erst am Montag! Dann wird er völlig verängstigt sein, wird bellen und jaulen. Es gibt niemanden in der Nähe, der ihn hören könnte. Du verdammtes, beschissenes Miststück!«

Mit wilden Flüchen stürzte Amy sich auf Caroline und versuchte ihr das Gesicht zu zerkratzen. Aber die andere war zu stark. Hände packten ihre Handgelenke wie Stahlklammern und schleuderten Amy auf die Planken zurück. Während ihr Tränen der Wut und des Selbstmitleids in die Augen stiegen, flüsterte sie: »Aber warum nur? Warum?«

»Für eine Sache, für die zu sterben es sich lohnt. Davon gibt's nicht allzu viele.«

»Es gibt überhaupt nichts, wofür es sich lohnt zu sterben – es sei denn einen Menschen, den man liebt. Ich würde nur für Timmy sterben.«

»Das ist keine Sache, das ist Sentimentalität.«

»Wenn ich für eine Sache sterben will, dann werde ich mir die, verdammt noch mal, selber aussuchen! Und für den Terrorismus auf gar keinen Fall! Bestimmt nicht für Schweine, die Bomben in Pubs werfen, die meine Freunde in die Luft jagen und sich einen Dreck um die kleinen Leute kümmern, weil wir ja einfach nicht wichtig sind – oder?«

»Du mußt doch irgendwas vermutet haben«, warf Caroline ihr vor. »Du bist nicht gebildet, aber bestimmt nicht dumm. Wenn du dumm wärst, hätte ich dich nicht ausgesucht. Du hast mir zwar niemals Fragen gestellt, und wenn, dann hättest du keine Antwort gekriegt, aber du kannst dir doch nicht eingebildet haben, daß wir all diese Mühe auf uns nehmen, nur um ein paar verängstigte Kätzchen oder Heuler zu retten, die sonst abgeschlachtet würden!«

Habe ich das wirklich geglaubt? fragte sich Amy. Vielleicht hatte sie an die Absicht geglaubt, es aber niemals für möglich gehalten, daß sie tatsächlich realisiert werden könnte. Sie hatte weder an dem Willen dieser Leute noch an ihrer Fähigkeit zur Durchführung gezweifelt. Und bisher hatte es ja auch Spaß gemacht, sich an einer Verschwörung zu beteiligen. Sie hatte die Erregung genossen, das Bewußtsein, vor Neil ein Geheimnis zu haben, diesen halb gespielten *frisson* der Angst, wenn sie nach Einbruch der Dunkelheit den Caravan verließ, um in den Abteiruinen Postkarten zu verstecken. In jener Nacht, als sie um ein Haar von Mrs. Dennison und Mr. Dalgliesh erwischt worden war, hatte sie sich hinter einem Wellenbrecher versteckt und fast laut aufgelacht. Auch das Geld war ihr gelegen gekommen: großzügige Zahlungen für einfache Aufgaben. Und dann war da der Traum gewesen, das Bild einer Flagge, deren Design noch unbekannt war, die sie jedoch über dem Kraftwerk hissen würden und die Respekt, Gehorsam, unmittelbare Reaktionen zeitigen würden. Der ganzen Welt würden sie damit sagen: »Aufhören. Sofort aufhören!« Für die gefangenen Tiere im Zoo würden sie sprechen, für die bedrohten Wale, die verseuchten, kranken Robben, die gequälten Versuchstiere, die verängstigten Tiere, die in den Schlachthöfen in den Gestank von Blut und ihren eigenen Tod getrieben wurden, die bewegungsunfähigen Hennen in ihren Käfigen, die nicht ein einziges Mal picken durften, für die ganze mißbrauchte und ausgebeutete Tierwelt. Aber das war nur ein Traum gewesen. Dies dagegen war Wirklichkeit: die schwankenden Bohlen unter ihren Füßen, der dunkle, erstickende Nebel, die öligen Wellen, die gegen den schmalen Bootskörper schwappten. Die Wirklichkeit war Tod; eine andere gab es nicht. Alles in ihrem Leben, von dem Augenblick an, da sie

Caroline im Pub von Islington kennengelernt hatte und mit ihr zusammen in jenes Wohnloch zurückgekehrt war, hatte zu diesem Augenblick der Wahrheit, diesem unaussprechlichen Entsetzen geführt.

»Ich will zu Timmy«, klagte sie. »Was soll aus meinem Baby werden? Ich will zu meinem Baby!«

»Du wirst ihn nicht allein lassen. Nicht für immer. Sie werden eine Möglichkeit finden, euch wieder zusammenzuführen.«

»Sei nicht so dumm! Was für ein Leben wäre das für uns, mit einer Terroristenbande? Die werden ihn genauso abschreiben wie alle anderen.«

»Und was ist mit deinen Eltern?« erkundigte sich Caroline. »Könnten die ihn nicht zu sich nehmen? Sich um ihn kümmern?«

»Bist du verrückt? Ich bin von zu Hause weggelaufen, weil mein Stiefvater meine Ma verprügelt hat. Und als er dann auch noch mit mir anfing, bin ich weg. Glaubst du, ich würde denen Timmy überlassen?«

Ihre Mutter hatte diese Gewalttätigkeit anscheinend genossen – oder wenigstens das, was nachher kam. In den beiden Jahren, bevor sie weggelaufen war, hatte Amy eines gelernt: nur noch mit einem Mann zu schlafen, der sie mehr liebte als sie ihn.

»Was ist mit Pascoe?« erkundigte sich Caroline. »Bist du sicher, daß er nichts weiß?«

»Selbstverständlich weiß er nichts. Wir waren ja nicht mal ein Liebespaar. Er begehrte mich ebensowenig wie ich ihn.«

Aber es gab jemanden, den sie begehrt hatte, und plötzlich erinnerte sie sich daran, wie sie mit Alex in den Dünen gelegen hatte, an den Geruch von Meer, Sand und Schweiß, an seine ironisch-ernste Miene. Nein, von Alex würde sie Caroline nichts erzählen. Ein einziges Geheimnis mußte sie einfach für sich behalten. Auf ewig.

Sie dachte an die seltsamen Wege, auf denen sie zu diesem Augenblick, zu diesem Ort gekommen war. Wenn sie ertrank, würde sich, wie man es immer behauptete, ihr ganzes Leben vor ihrem inneren Auge abspulen, in jenem allerletzten, vernichtenden Moment würde alles vorüberziehen, was sie erlebt, gelernt und begriffen hatte. Nun aber sah sie die Vergangenheit als eine Folge von Farbdias, die vorbeiklickten, kurze Bilder, kaum wahrgenommene Gefühle, die schnell wieder verschwanden. Auf einmal begann sie heftig zu zittern. »Ich friere«, klagte sie.
»Ich hab dir gesagt, du sollst dich warm anziehen. Dieser Pullover reicht nicht für eine Bootsfahrt am Abend.«
»Aber ich hab sonst nichts Warmes.«
»Auf der Landzunge? Was trägst du denn im Winter?«
»Manchmal leiht mir Neil seinen Mantel. Wir teilen uns alles. Wer raus muß, darf den Mantel tragen. Wir dachten schon daran, uns von dem Basar im Alten Pfarrhof einen Mantel für mich zu holen.«
Caroline zog ihre Jacke aus. »Hier, häng dir die wenigstens um die Schultern«, sagte sie.
»Nein, nein, die gehört dir. Ich will sie nicht.«
»Zieh sie an!«
»Ich will sie nicht, hab ich gesagt.«
Trotzdem ließ das Mädchen es zu, daß Caroline ihr die Arme in die Ärmel steckte, und stand gehorsam auf, während sie ihr die Jacke zuknöpfte. Dann kauerte sie sich wieder zusammen, verkroch sich fast unter der schmalen Bank, die rings um das Boot verlief, und suchte den Schrekken dieser lautlos heranrollenden Wogen zu verdrängen. Amy hatte das Gefühl, zum erstenmal und mit jedem Nerv die unerbittliche Gewalt der See kennenzulernen. In Gedanken sah sie ihren bleichen, leblosen Körper durch Meilen nasser Finsternis zum Meeresboden sinken, zu den Skeletten längst ertrunkener Seeleute hinab, wo unschuldige Wasser-

wesen durch die Rippen uralter Schiffe schwänzelten. Und dann wurde der Nebel, weniger dicht inzwischen, aber seltsamerweise um so beängstigender, plötzlich zu einem lebendigen Wesen, das sanft wirbelte und lautlos atmete, das ihr selbst die Luft abdrückte, bis sie aufkeuchte, und in seiner ganzen Schrecklichkeit in jede Pore ihres Körpers drang. Es erschien ihr plötzlich unwahrscheinlich, daß es da irgendwo noch Land gab, erleuchtete Fenster hinter geschlossenen Vorhängen, Licht aus offenen Pubtüren, lachende Stimmen, Menschen, die warm und sicher beisammen saßen. Sie sah den Caravan, wie sie ihn so oft gesehen hatte, wenn sie nach Einbruch der Dunkelheit aus Norwich zurückkehrte, ein gedrungenes Rechteck aus Holz, das mit der Landzunge verwachsen zu sein schien, das den Stürmen und dem Meer trotzte, sie sah den warmen Schimmer, der aus den Fenstern fiel, den Rauch, der sich aus dem Abzug kräuselte. Sie dachte an Timmy und Neil. Wie lange würde Neil warten, bis er die Polizei anrief? Er war kein Mensch, der übereilt handelte. Schließlich war sie ja kein Kind mehr und hatte jedes Recht, ihn zu verlassen. Vermutlich unternahm er bis zum Morgen gar nichts, und möglicherweise wartete er auch dann noch ab. Aber das spielte keine Rolle. Die Polizei konnte ja doch nichts tun. Niemand außer der traurigen Gestalt am Kai wußte, wo sie waren, und wenn der Mann endlich Alarm schlug, war es zu spät. Es war sogar sinnlos, an die Realität der Terroristen zu glauben. Sie waren hier, einsam und verlassen, mitten in der schwarzen Nässe. Immer weiter würden sie im Kreis fahren, bis es kein Benzin mehr gab und sie aufs Meer hinaustrieben, wo sie dann irgendwann von einem vor der Küste kreuzenden Schiff überrannt wurden.
Amy hatte jedes Zeitgefühl verloren. Das rhythmische Geräusch des Motors hatte sie eingelullt – doch nicht in friedlichen Schlaf, sondern in einen dumpfen, schicksalsergebenen Zustand, in dem sie nur noch das harte Holz in ihrem

Rücken wahrnahm, und ihre Gefährtin Caroline, die angespannt und reglos im Cockpit stand.
Der Motor erstarb. Sekundenlang herrschte absolute Stille. Während das Boot sanft hin und her schaukelte, hörte Amy das Knarren von Holz, das Klatschen der Wellen. Sie atmete eine erstickend feuchte Luft, spürte, wie die Kälte ihr durch die Jacke bis ins Knochenmark drang. Es schien unmöglich, daß irgend jemand sie in dieser trostlos leeren Wasserwüste fand, und es war ihr inzwischen gleichgültig, ob es gelang.
»Hier ist der Punkt«, erklärte Caroline. »Hier werden sie uns abholen. Wir brauchen einfach nur im Kreis zu fahren, bis sie kommen.«
Wieder hörte Amy den Motor, doch diesmal war es ein kaum vernehmbares Dröhnen. Und plötzlich war ihr alles klar. Nicht aufgrund eines logischen Denkvorgangs, sondern mit einer grellen, furchteinflößenden Gewißheit, die mit der Klarheit einer Vision über sie hereinbrach. Sekundenlang drohte ihr das Herz stehenzubleiben; dann machte es einen Sprung, und sein kraftvolles Pochen erweckte ihren Körper zum Leben. Sie sprang auf die Füße. »Die werden mich nicht an Land absetzen, nicht wahr? Umbringen werden die mich, und das weißt du. Hast es die ganze Zeit gewußt. Du hast mich hergebracht, damit die mich töten können.«
Carolines Blick war auf die beiden Lichter gerichtet, das Aufblitzen aus dem Leuchtturm und das Geglitzer der Offshore-Anlagen. Mit eiskalter Stimme gab sie zurück: »Werd nicht hysterisch!«
»Das können die gar nicht riskieren, mich laufenzulassen. Ich weiß zu viel. Und du hast selbst gesagt, daß ich denen nicht von Nutzen sein kann. Hör zu, du mußt mir unbedingt helfen. Sag ihnen, wie nützlich ich mich gemacht habe, tu einfach so, als lohne es sich, mich zu behalten. Wenn ich nur an Land kommen kann, werde ich zu fliehen versuchen.

Aber ich brauche eine Chance. Du hast mich hier reingerissen, Caroline. Du mußt mir raushelfen. Ich *muß* an Land! Hör mir zu! Hör mir zu, Caroline! Wir müssen reden!«
»Du redest doch. Und was du da sagst, ist einfach lächerlich.«
»Wirklich, Caroline? Wirklich?«
Jetzt war ihr klar, daß sie nicht betteln durfte. Am liebsten hätte sie sich Caroline zu Füßen geworfen und laut geschrien: »Sieh mich an! Ich bin ein Mensch! Ich bin eine Frau! Ich will leben! Mein Kind braucht mich! Ich bin keine besonders gute Mutter, aber ich bin die einzige, die es hat. Bitte, hilf mir!« Doch mit der instinktiven Klugheit, die aus Verzweiflung erwächst, wußte sie, daß kriecherisches Flehen, Händeringen, Schluchzen, weinerliches Betteln nur abstoßend wirken würden. Sie verhandelte um ihr Leben. Sie mußte ruhig bleiben, sich auf ihre Vernunft verlassen. Irgendwie mußte sie die richtigen Worte finden. »Es geht ja nicht nur um mich«, fuhr sie fort, »es geht auch um dich. Dies könnte für uns beide eine Entscheidung zwischen Leben und Tod sein. Denn dich wollen die ebensowenig wie mich. Du warst nur so lange nützlich für sie, als du in Larksoken gearbeitet hast, weil du ihnen die Einzelheiten über die Leitung des Kraftwerks verraten konntest und wer wann Dienst hatte. Jetzt bist du ihnen eine Last, genauso wie ich. Es gibt keinen Unterschied. Welche Art Arbeit könntest du denn für sie verrichten, daß es sich lohnen würde, dich zu unterstützen, dir eine neue Identität zu verschaffen? Einen Job in einem anderen Kraftwerk können sie dir nicht besorgen. Und wenn das MI5 dir tatsächlich auf der Spur ist, werden die weiter nach dir suchen. Die glauben bestimmt nicht so leicht an einen Unfall, wenn unsere Leichen nicht irgendwo angespült werden. Und unsere Leichen werden nicht angespült werden, nicht wahr? Es sei denn, sie töten uns, und genau das ist es, was sie vorhaben. Was bedeuten

denen schon zwei Leichen mehr? Warum wollen sie uns hier abholen? Warum so weit draußen? Sie hätten sich weit näher an Land mit uns treffen können. Und falls sie uns wirklich brauchten, hätten sie uns mit dem Hubschrauber holen können. Kehr um, Caroline! Es ist noch nicht zu spät. Du könntest den Leuten, für die du arbeitest, sagen, daß es zu gefährlich gewesen sei, rauszufahren, der Nebel sei zu dicht gewesen. Die werden schon eine andere Möglichkeit finden, dich rauszuholen, wenn du raus willst. Ich werde den Mund halten, ich würde gar nicht wagen, etwas zu sagen. Das schwöre ich dir bei meinem Leben. Wenn wir jetzt umkehren, sind wir nichts weiter als zwei Freundinnen, die eine Bootsfahrt gemacht haben und heil zurückgekehrt sind. Es geht um mein Leben, Caroline, und es könnte auch um das deine gehen. Du hast mir deine Jacke gegeben. Jetzt bitte ich dich um mein Leben.«

Sie berührte Caroline nicht. Jede falsche Bewegung, vielleicht jede Bewegung überhaupt, konnte tödlich sein, das wußte sie. Aber sie wußte auch, daß die stille Gestalt, die unbewegt geradeaus starrte, vor dem Augenblick der Entscheidung stand. Und als sie in dieses wie aus Stein gemeißelte, angespannte Gesicht blickte, erkannte Amy zum erstenmal in ihrem Leben, daß sie mutterseelenallein war. Selbst ihre Liebhaber, rückblickend gesehen eine Abfolge verzerrter, flehender Gesichter und tastender, suchender Hände, waren nichts als zufällig anwesende Fremde gewesen, die ihr die flüchtige Illusion vermittelt hatten, daß man ein Leben teilen könne. Und Caroline hatte sie nie gekannt, hatte sie nie kennenlernen *können.* Amy konnte auch nicht annähernd verstehen, was in Carolines Vergangenheit, vielleicht in ihrer Kindheit geschehen war, das sie zu dieser gefährlichen Verschwörung, diesem Augenblick der Entscheidung getrieben hatte. Physisch waren sie einander so nahe, daß jede den Atem der anderen hören, ja fast riechen konnte. Und doch war jede von ihnen allein, so sehr allein, als gäbe es auf diesem weiten Meer kein anderes Schiff, keine andere Menschenseele. Es mochte ihnen bestimmt sein, miteinander zu sterben, doch jede würde ihren eigenen Tod erleiden, wie jede nur ihr eigenes Leben gelebt hatte. Und zu sagen gab es jetzt nichts mehr. Amy hatte ihr Plädoyer gehalten, und nun war ihr Vorrat an Worten erschöpft. Jetzt wartete sie in der Dunkelheit und dem Schweigen, um zu erfahren, ob sie leben durfte oder sterben mußte.

Es kam ihr vor, als sei die Zeit stehengeblieben. Caroline streckte die Hand aus und schaltete den Motor ab. In der unheimlichen Stille konnte Amy ihr eigenes Herz schlagen hören wie ein hartnäckiges Klopfen. Dann begann Caroline zu sprechen. Ihr Ton war ruhig, nachdenklich, als hätte Amy ihr eine schwierige Aufgabe gestellt, deren Lösung eine längere Analyse erforderte.

»Wir müssen möglichst schnell weg vom Treffpunkt. Wir haben nicht genug Motorkraft, um ihnen zu entkommen, wenn sie uns finden und verfolgen. Unsere einzige Chance ist, sämtliche Lichter zu löschen, den Treffpunkt zu verlassen und irgendwo lautlos liegenzubleiben, damit sie uns im Nebel nicht finden.«

»Können wir nicht in den Hafen zurückfahren?«

»Dazu haben wir keine Zeit. Bis dahin sind es über zehn Meilen, und die haben eine starke Maschine. Wenn sie uns finden, sind sie innerhalb von Sekunden bei uns. Der Nebel ist unsere einzige Chance.«

Und dann hörten sie, durch den Nebel gedämpft, doch unverkennbar, das Geräusch eines näherkommenden Bootes. Instinktiv rückten sie im Cockpit dichter zusammen und warteten, wagten nicht einmal zu flüstern. Jede wußte, daß ihre einzige Chance absolutes Schweigen war, daß sie nur darauf hoffen konnten, der Nebel würde ihr kleines Boot verbergen. Aber das Motorengeräusch wurde lauter, wurde

zu einem gleichmäßigen, richtungslosen, pulsierenden Dröhnen. Und dann, als sie gerade dachten, das Boot würde aus der Dunkelheit auftauchen und auf sie zugeschossen kommen, hörte das Geräusch auf, lauter zu werden, und Amy vermutete, daß sie langsam umkreist wurden. Dann schrie sie plötzlich erschrocken auf. Der Suchscheinwerfer durchschnitt den Nebel und schien ihnen grell mitten ins Gesicht. Das Licht blendete sie so stark, daß sie nichts zu sehen vermochten als diesen riesigen Kegel, in dem die Nebeltröpfchen schwammen wie Stäubchen aus silbrigem Licht. Eine rauhe, ausländische Stimme rief: »Ist das die *Lark* aus Wells Harbour?«
Einen Augenblick lang herrschte Stille, dann hörte Amy Carolines Stimme; sie klang sehr laut und klar, und dennoch vernahmen Amys Ohren einen schrillen Anflug von Angst. »Nein. Wir sind vier Freunde aus Yarmouth, aber wir werden vermutlich in Wells ankern. Bei uns ist alles in Ordnung. Wir brauchen keine Hilfe, vielen Dank.«
Aber der Suchscheinwerfer bewegte sich nicht. Das Boot hing in seinem Licht wie zwischen Himmel und Meer. Die Sekunden vergingen. Kein weiteres Wort wurde gesprochen. Dann wurde das Licht ausgeschaltet, und sie hörten das sich entfernende Motorengeräusch. Eine Minute lang hegten beide, immer noch wartend, immer noch zu ängstlich, um etwas zu sagen, die verzweifelte Hoffnung, ihre List habe Erfolg. Aber dann wußten sie, daß dies nicht der Fall war: Wieder hielt das Licht sie gefangen. Und nun brüllten die Motoren auf, und das Boot kam so schnell aus dem Nebel hervorgeschossen, daß Caroline nur noch Zeit hatte, ihre eiskalte Wange an Amys Gesicht zu pressen. »Es tut mir leid«, sagte sie. »Es tut mir so leid!«
Dann war der riesige Bootsrumpf unmittelbar vor ihnen. Amy hörte Holz splittern und krachen, und das Boot sprang hoch aus dem Wasser empor. Sie spürte, wie sie durch eine

endlose nasse Finsternis geschleudert wurde und, mit ausgebreiteten Gliedern, durch Raum und Zeit, endlos lange wieder herabfiel. Dann spürte sie das Aufklatschen im Wasser und eine Kälte, so eisig, daß sie ein paar Sekunden lang überhaupt nichts empfand. Sie kam erst wieder zu sich, als sie auftauchte und keuchend um Atem rang, ohne noch etwas von der Kälte zu spüren, nur die Enge eines Stahlbandes, das ihr die Brust zerdrückte, entsetzliche Angst und das verzweifelte Bemühen, den Kopf über Wasser zu halten, um nicht zu ertrinken. Irgend etwas Hartes stieß gegen ihr Gesicht und trieb neben ihr im Wasser. Mit beiden Armen um sich schlagend, vermochte sie sich schließlich an eine Holzplanke zu klammern, die von ihrem Boot zu stammen schien: wenigstens eine kleine Chance. Mit beiden Armen legte sie sich darauf und empfand die Tatsache, daß sie sich nicht mehr so furchtbar anstrengen mußte, wie einen Segen. Inzwischen war sie auch zu logischem Denken fähig. Die Planke hielt sie möglicherweise über Wasser, bis es hell wurde und sich der Nebel lüftete. Bis dahin aber war sie längst tot, gestorben an Unterkühlung und Erschöpfung. Also blieb ihr nur die Möglichkeit, irgendwie zur Küste zurückzuschwimmen, aber in welcher Richtung lag die Küste? Wenn sich der Nebel hob, würde sie die Lichter sehen können, vielleicht sogar das Licht aus dem Caravan. Neil würde da sein und ihr winken. Aber das war ein sehr törichter Gedanke. Der Caravan war meilenweit entfernt. Neil würde sich inzwischen furchtbare Sorgen machen. Und sie war immer noch nicht mit den Kuverts fertig geworden. Timmy weinte vermutlich, weil sie nicht da war. Sie mußte unbedingt zu Timmy zurück.

Zu guter Letzt jedoch erwies sich das Meer als barmherzig. Die Kälte, die ihre Arme so erstarren ließ, daß sie sich nicht mehr an die Planke zu klammern vermochte, ließ ebenso ihren Geist erstarren. Als der Scheinwerfer sie entdeckte, verlor sie bereits das Bewußtsein. Jenseits von Gedanken oder Ängsten trieb sie im Wasser, als das Boot wendete und mit voller Kraft in ihren Körper hineinfuhr. Dann gab es nur noch Stille und Dunkelheit und eine einzelne Holzplanke, die sich sanft auf den rotgefärbten Wellen wiegte.

45

Es war nach 8, als Rickards am Samstag abend nach Hause kam, aber es war dennoch früher als gewöhnlich, und so hatte er zum erstenmal seit Wochen das Gefühl, daß ein Abend vor ihm lag, der ihm einige Wahlmöglichkeiten ließ: ein gemütliches Essen, Fernsehen, Radio, ein gemächliches Erledigen liegengebliebener Haushaltspflichten, ein Anruf bei Susie, zeitiges Schlafengehen. Aber er war ruhelos. Mit ein paar Stunden Müßiggang konfrontiert, wußte er nicht, was er damit anfangen sollte. Einen Augenblick lang überlegte er, ob er vielleicht allein zum Essen ausgehen sollte, aber die Mühe des Auswählens, die Kosten und sogar die lästige Vorbestellung schienen ihm in keiner Relation zu stehen zu dem, was ihn dafür an Genüssen erwartete. Er nahm eine heiße Dusche; sie war wie eine rituelle Reinigung von seiner Arbeit, von Mord und Versagen, durch die er dem Abend, der vor ihm lag, eine gewisse Bedeutung, ein gewisses Vergnügen verleihen konnte. Nachdem er sich umgezogen hatte, öffnete er eine Dose gebackene Bohnen, grillte vier Würstchen und zwei Tomaten und ging mit seinem Tablett ins Wohnzimmer, wo er beim Essen fernsehen konnte.

Um zwanzig nach 9 schaltete er den Fernseher aus und blieb mit dem Tablett auf dem Schoß noch einige Minuten still sitzen. Ich muß wie eins von diesen modernen Gemälden aussehen, dachte er, *Mann mit Tablett*, eine steife Gestalt, reglos in einer eigentlich normalen, aber anomal, ja unheimlich dargestellten Umgebung. Während er dasaß und versuchte, wenigstens genügend Energie zum Abwaschen aufzubringen, überfiel ihn wieder die vertraute Niedergeschlagenheit, das Gefühl, Fremder im eigenen Haus zu sein. Selbst in der Larksoken-Mühle, in dem vom Kaminfeuer beleuchteten Raum mit den Steinwänden, wo er Dalgliesh's Whisky getrunken hatte, hatte er sich wohler gefühlt als in seinem eigenen Wohnzimmer, in diesem vertrauten, fest gepolsterten Sessel, wo er sein eigenes Essen verzehrte. Dabei war es nicht nur Susie, die ihm fehlte, ihre hochschwangere Gestalt im Sessel gegenüber. Nein, er begann unwillkürlich die beiden Zimmer zu vergleichen, nach einem Anhaltspunkt für seine verschiedenen Reaktionen auf eine sich vertiefende Depression zu suchen, für die das Wohnzimmer zum Teil Symbol, zum Teil Ursache zu sein schien. Es lag weder daran, daß es in der Mühle ein echtes Kaminfeuer gab, das knisterte, echte Funken sprühte und nach Herbst duftete, während das seine künstlich war, noch daran, daß Dalgliesh's Möbel alt waren, durch jahrhundertelangen Gebrauch poliert und ausschließlich nach Gesichtspunkten der Bequemlichkeit arrangiert, statt zum Vorzeigen, ja nicht mal daran, daß die Bilder echte Ölgemälde und Aquarelle waren oder daß der ganze Raum so zusammengestellt worden war, daß man nie das Gefühl hatte, irgendein Gegenstand darin werde um seiner selbst willen besonders hoch geschätzt. Vor allem, stellte Rickards fest, lag der Unterschied wohl in den Büchern, den zwei Regalwänden voller Bücher jeglichen Alters und jeglicher Form, Büchern zum Gebrauch, zum Schmökern oder auch zum Betrachten. Seine eigene kleine Sammlung – und Susies natürlich – war im Schlafzimmer untergebracht. Susie hatte nämlich entschieden, daß die Bücher viel zu unterschiedlich und zu zerlesen seien, um einen Platz in dem Zimmer zu verdienen, das sie als Salon bezeichnete, und außerdem waren es nicht sehr viele. In den letzten Jahren hatte er kaum Zeit zum Lesen gehabt; die Sammlung enthielt moderne Abenteuerromane als Paperbacks, vier Bände eines Buchclubs, bei dem er ein paar Jahre lang Mitglied gewesen war, ein paar Hardcover-Reisebeschreibungen, Polizei-Handbücher sowie Susies Schulprämien für Sauberkeit und gute Leistungen in Handarbeit. Aber ein Kind sollte mit Büchern aufwachsen. Irgendwo hatte er gelesen, der bestmögliche Beginn des Lebens sei es, von Büchern umgeben zu sein, Eltern zu haben, die das Kind zum Lesen anregen. Vielleicht sollten sie, um einen Anfang zu machen, beiderseits des Kamins Regale anbringen. Und als Bücher zum Beispiel Dickens – in der Schule hatte er viel Freude an Dickens gehabt –, dazu natürlich Shakespeare und die großen englischen Dichter. Seine Tochter – weder er noch Susie zweifelte daran, daß es ein Mädchen werden würde – sollte die Dichtkunst lieben lernen.

Aber das alles mußte noch warten. Zunächst konnte er wenigstens mit der Hausarbeit beginnen. Die dumpfig-prätentiöse Atmosphäre des Zimmers lag, wie ihm klar wurde, hauptsächlich am Schmutz. Der Raum wirkte wie ein unsauberes Hotelzimmer, um das sich niemand voller Stolz kümmerte, weil kein Gast erwartet wurde und den wenigen, die doch kamen, einfach alles gleichgültig war. Jetzt sah er ein, daß er Mrs. Adcock hätte behalten sollen, die jeden Mittwoch für drei Stunden zum Putzen kam. Aber die hatte nur während der letzten beiden Monate von Susies Schwangerschaft bei ihnen gearbeitet. Er selbst hatte sie nur flüchtig kennengelernt, und außerdem haßte er den Gedanken, einer vergleichsweise fremden Person die Hausschlüssel anzuvertrauen – allerdings mehr aus Besorgnis um seine Privatsphäre als aus tatsächlichem Mißtrauen. Also hatte er Mrs. Adcock trotz Susies Bedenken eine Entschädigung gezahlt und ihr erklärt, er könne

durchaus allein fertig werden. Jetzt packte er seinen Teller samt Besteck zu einer Ladung Geschirr in den Spüler und holte sich aus der Schublade eines der sauber zusammengefalteten Staubtücher. Sämtliche Flächen waren mit Staub bedeckt. Als er im Wohnzimmer mit dem Staubtuch über die Fensterbank fuhr, sah er verwundert den schwarzen, fettigen Schmutzstreifen.
Anschließend ging er in die Diele. Die Alpenveilchen auf dem Tisch neben dem Telefon waren, obwohl er sie täglich – wenn auch in Eile – gegossen hatte, aber vielleicht auch gerade deshalb, unverständlicherweise verwelkt. Als er mit dem Staubtuch in der Hand da stehenblieb und überlegte, ob er sie wegwerfen sollte oder ob sie noch zu retten waren, hörte er draußen auf dem Kies das Knirschen von Reifen. Er öffnete die Tür, riß sie dabei so heftig auf, daß sie von der Wand abprallte und wieder ins Schloß zurückfiel. Sekunden darauf war er an der Taxitür und zog die unförmige, umfangreiche Gestalt liebevoll in seine Arme.
»Liebling, o mein Liebling! Warum hast du nicht angerufen?«
Sie schmiegte sich an ihn. Mitleidig betrachtete er die weiße, durchscheinende Haut, die Ringe unter ihren Augen. Selbst unter ihrem dicken Tweedmantel vermeinte er die Bewegungen seines Kindes zu spüren.
»Ich wollte nicht warten. Mummy war nur in die Nachbarschaft zu Mrs. Blenkinsop gegangen. Ich hatte gerade noch Zeit, nach einem Taxi zu telephonieren und ihr eine Nachricht zu hinterlassen. Ich *mußte* kommen. Du bist doch nicht böse?«
»O du mein Schatz, mein schöner Liebling! Geht's dir auch gut?«
»Ich bin nur müde.« Sie lachte. »Liebling, du hast die Tür ins Schloß fallen lassen. Jetzt müssen wir meinen Schlüssel benutzen.«

Er nahm ihr die Handtasche ab, kramte darin nach Schlüssel und Portemonnaie und bezahlte den Fahrer, der ihren einzigen Koffer neben der Tür abgestellt hatte. Dann trug er sie über die Schwelle und setzte sie auf den Stuhl in der Diele.

»Bleib einen Moment hier sitzen, Liebling. Ich kümmere mich um den Koffer.«

»Die Alpenveilchen sind verwelkt, Terry! Du hast sie zuviel gegossen.«

»Nein, habe ich nicht. Sie sind vor Sehnsucht nach dir verwelkt.«

Sie lachte. Es klang wie ein glückliches, zufriedenes Perlen. Am liebsten hätte er sie in seine Arme genommen und laut gejubelt vor Glück. Auf einmal wurde sie ernst. Sie fragte: »Hat Mummy angerufen?«

»Noch nicht, aber lange wird's bestimmt nicht mehr dauern.«

Im selben Moment begann, wie auf ein Stichwort, das Telephon zu klingeln. Er griff nach dem Hörer. Als er diesmal auf die Stimme seiner Schwiegermutter wartete, geschah es völlig ohne Angst, ohne die geringste Besorgnis. Denn durch diesen einen großartigen, eindeutigen Entschluß hatte Susie sie beide endgültig aus der destruktiven Reichweite ihrer Mutter entfernt. Er hatte das Gefühl, wie von einer riesigen Woge seinem Elend entrissen und mit den Füßen auf einem unerschütterlichen Felsen abgesetzt worden zu sein. Sekundenlang bemerkte er Susies besorgte Miene – so akut wie einen schmerzhaften Krampf –, dann erhob sie sich schwerfällig, schmiegte sich an ihn und schob ihre kleine Hand in die seine. Aber der Anrufer war nicht Mrs. Cartwright.

»Jonathan Reeves hat im Präsidium angerufen, Sir«, meldete Oliphant, »und die haben ihn an mich weitergereicht. Wie er sagt, sind Caroline Amphlett und Amy Camm zusammen mit dem Boot rausgefahren. Inzwischen sind sie schon drei Stunden fort, und der Nebel wird immer dichter.«

»Warum hat er dann die Polizei angerufen? Er hätte sich an die Küstenwache wenden sollen.«
»Das habe ich bereits getan, Sir. Aber deswegen rief er eigentlich nicht an. Er und die Amphlett haben den letzten Sonntag abend nicht zusammen verbracht. Sie war auf der Landzunge. Er wollte uns mitteilen, daß die Amphlett gelogen hat. Genauso wie er.«
»Vermutlich sind sie nicht die einzigen. Wir werden sie uns gleich morgen früh vorknöpfen und uns ihre Erklärungen anhören. Sie wird mit Sicherheit eine parat haben.«
»Aber warum sollte sie lügen, wenn sie nichts zu verbergen hat?« widersprach Oliphant stur. »Außerdem geht's nicht nur um das falsche Alibi. Wie Reeves sagte, war ihre Liebesbeziehung nur vorgetäuscht, gab sie nur vor, ihn zu lieben, um ihre lesbische Beziehung zu der Camm zu tarnen. Für mich stecken die beiden Frauen gemeinsam da drin, Sir. Die Amphlett muß gewußt haben, daß die Robarts am Abend schwimmen ging. Das war allen Angestellten von Larksoken bekannt. Und sie arbeitet eng mit Mair zusammen, enger als jeder andere. Schließlich ist sie seine Assistentin. Gut möglich, daß er ihr alles über die Dinnerparty erzählt hat, und wie der Whistler zu morden pflegte. An die Bumbles zu kommen war kein Problem. Und selbst wenn die Amphlett nichts von der Trödelkiste wußte – die Camm wußte auf jeden Fall davon. Ihr kleiner Sohn hat Kleider daraus gekriegt.«
»In den Besitz der Schuhe zu kommen war sicher kein Problem«, wandte Rickards ein. »Sie zu tragen dagegen vielleicht doch. Diese Frauen sind beide nicht groß.«
Oliphant tat seinen Einwand als für ihn eindeutig kindischen Protest ab. »Aber sie hätten keine Zeit gehabt, sie anzuprobieren, und bestimmt war es vernünftiger, sich ein zu großes Paar zu holen als ein zu kleines, und weiche Schuhe statt welche aus festem Leder. Außerdem hat die Camm ein Mo-

tiv, Sir. Ein doppeltes sogar. Sie hat der Robarts gedroht, nachdem die ihren Jungen umgestoßen hatte. Dafür haben wir Mrs. Jago als Zeugin. Und wenn die Camm weiterhin im Caravan wohnen wollte, in der Nähe ihrer Liebhaberin, mußte die Verleumdungsklage der Robarts gegen Pascoe unbedingt gestoppt werden. Außerdem wußte die Camm vermutlich ganz genau, wo die Robarts am Abend schwimmen ging. Wenn die Amphlett es ihr nicht erzählt hat, dann mit Sicherheit aber Pascoe. Er hat uns gestanden, daß er sich gelegentlich an sie ranschlich, um sie zu beobachten. Dreckiger kleiner Spanner! Und noch etwas: Die Camm besitzt eine Hundeleine, wissen Sie noch? Die Amphlett übrigens auch. Wie Reeves sagte, ist sie am Sonntag abend mit ihrem Hund auf der Landzunge spazierengegangen.«
»Es gab aber keine Pfotenabdrücke am Tatort, Sergeant. Wir wollen doch nicht voreilig urteilen! Möglich, daß sie am Tatort war, aber der Hund war auf gar keinen Fall dort.«
»Den hat sie im Auto gelassen, Sir. Vielleicht hat sie ihn nicht dabeigehabt, aber wie ich vermute, hat sie die Leine benutzt. Außerdem gibt es da noch etwas anderes: die beiden Weingläser im Thyme Cottage. Nach meiner Meinung war Caroline Amphlett mit der Robarts zusammen, bevor diese zum letztenmal zum Schwimmen ging. Sie ist Mairs Assistentin. Die Robarts hätte sie ohne weiteres eingelassen. Es paßt alles zusammen, Sir. Ein absolut wasserdichter Fall!«
So wasserdicht wie ein Sieb, dachte Rickards. Aber Oliphant hatte recht: Es gab Verdachtsmomente, selbst wenn es bis jetzt auch nicht den Schatten eines Beweises gab. Er durfte nicht zulassen, daß seine Abneigung gegen den Mann sein Urteilsvermögen beeinträchtigte. Und eine Tatsache stand deprimierenderweise fest: Wenn er einen anderen Verdächtigen verhaftete, würde diese Theorie aufgrund des völligen Fehlens stichhaltiger Beweise für jeden Verteidiger ein gefundenes Fressen sein.

»Genial«, erklärte er, »aber reine Indizienbeweise. Wie dem auch sei, das hat bis morgen Zeit. Heute abend können wir nichts mehr tun.«

»Wir sollten mit Reeves sprechen, Sir. Möglicherweise ändert er morgen seine Aussage schon wieder.«

»Sprechen Sie mit ihm. Und informieren Sie mich, sobald die Camm und die Amphlett wieder zurück sind. Ich sehe Sie um 8 in Hoveton. Dann werden wir sie uns holen. Und ich wünsche nicht, daß sie vernommen werden – keine von beiden! –, bis ich morgen selbst mit ihnen gesprochen habe. Ist das klar?«

»Jawohl, Sir. Gute Nacht, Sir.«

Als er den Hörer aufgelegt hatte, sagte Susie: »Wenn du meinst, du müßtest hin, Liebling – kümmere dich nicht um mich. Jetzt, wo ich zu Hause bin, geht es mir wieder wirklich gut.«

»Es ist nicht so dringend. Das kann Oliphant allein erledigen. Es freut ihn, wenn er den Befehl übernehmen darf. Machen wir ihn zu einem glücklichen Jumbo.«

»Aber ich möchte keine Belästigung für dich sein, Liebling. Mummy meinte, wenn ich nicht da bin, sei das Leben leichter für dich.«

Er wandte sich um und zog sie in seine Arme. Auf ihrem Gesicht spürte er warm die eigenen Tränen. »Mein Leben kann gar nicht leichter sein, solange du fort bist!« versicherte er.

46

Die Leichen wurden zwei Tage später zwei Meilen südlich von Hunstanton an Land gespült – jedenfalls genug von ihnen, um sie mit Sicherheit identifizieren zu können. Am Montag morgen sah ein pensionierter Steuerbeamter, der mit seinem Dalmatiner am Strand spazierenging, wie der Hund an etwas herumschnupperte, das ihm vorkam wie ein weißer Klumpen Fett, der, in einem Haufen Tang gefangen, in der auslaufenden Brandung hin und her rollte. Als er näher kam, wurde der Gegenstand von den zurückweichenden Wellen ins Meer gesogen, dann aber von der nächsten Flutwelle gepackt und ihm vor die Füße geworfen. Und zu seinem abgrundtiefen, ungläubigen Entsetzen starrte er auf den Torso einer Frau hinab, der sauber an der Taille durchtrennt worden war. Sekundenlang blieb er wie versteinert stehen und blickte hinab, während die Tide in der leeren linken Augenhöhle brodelte und die flachgedrückten Brüste wiegte. Dann drehte er sich plötzlich um und erbrach sich unter heftigem Würgen, bevor er, seinen Hund am Halsband gepackt, wie ein Betrunkener über den Kies davonwankte.

Die – unverstümmelte – Leiche von Caroline Amphlett wurde von derselben Tide zusammen mit Planken von dem Boot und einem Teil des Kabinendachs angespült. Gefunden wurde sie von Daft Billy, einem harmlosen, freundlichen Strandgutsammler, bei einem seiner regelmäßigen Ausflüge. Es war das Holz, das ihm zunächst ins Auge fiel, und unter übermütigen Freudenschreien zog er die Planken schnell an Land. Erst als er seinen Schatz geborgen hatte, wandte er seine Aufmerksamkeit der Ertrunkenen zu. Sie war nicht die erste Leiche, die er in seinen vierzig Jahren als Strandläufer gefunden hatte, daher wußte er, was er tun und wen er benachrichtigen mußte. Zuallererst schob er ihr beide Hände unter die Achselhöhlen und zog die Leiche aus der Reichweite der Wellen. Dann kniete er leise seufzend, als betrauere er die eigene Unbeholfenheit und ihre fehlende Reaktion, neben ihr nieder, zog sein Jackett aus und breitete es über die zerfetzten Reste ihrer Bluse und ihrer Hose.

»Gut?« erkundigte er sich eifrig. »Gut?«

Dann streckte er die Hand aus, um ihr behutsam die Haarsträhnen aus den Augen zu streichen, und begann, sich sanft vor und zurück wiegend, auf sie einzureden wie auf ein Kind, das getröstet werden mußte.

47

Am Donnerstag nach dem Lunch machte Dalgliesh dreimal den Versuch, dem Caravan zu Fuß einen Besuch abzustatten, traf Neil Pascoe jedoch kein einziges Mal an. Anrufen, um zu sehen, ob der Mann wieder zu Hause war, wollte er nicht, weil ihm kein triftiger Grund für ein Gespräch mit ihm einfallen wollte und er es für das Beste hielt, einfach so zu tun, als komme er bei einem Spaziergang zufällig vorbei. In gewisser Hinsicht hätte es ja ein Beileidsbesuch sein können, doch da er Amy Camm nur vom Sehen gekannt hatte, fand er diesen Vorwand nicht nur unaufrichtig, sondern auch wenig überzeugend. Kurz nach 5, als das Tageslicht allmählich abnahm, wagte er einen weiteren Versuch. Diesmal stand die Caravantür weit offen, von Neil Pascoe aber war nichts zu sehen. Während Dalgliesh noch zögernd dastand, stieg hinter dem Klippenrand jedoch eine Rauchwolke empor, gefolgt von einem kurzen Flammenstoß, und die Luft füllte sich mit dem scharfen Geruch eines Holzfeuers.

Als er vom Klippenrand hinabspähte, bot sich ihm ein seltsames Bild. In einer Feuerstelle aus dicken Steinen und Betonbrocken hatte Pascoe ein Reisigfeuer gelegt, auf das er Papiere, Karteiblätter, Kartons, Flaschen und offenbar verschiedene Kleidungsstücke warf. Der Haufen, der aufs Verbrennen wartete, war wegen des auffrischenden Windes mit den Stangen von Timmys Kinderbett beschwert worden – auch es, zweifellos, zum Flammentod bestimmt. Eine verschmutzte Matratze, als Halbrund auf die Seite gestellt, diente als provisorischer und auch nur wenig wirksamer

Windschutz. Pascoe, nur in schlampige Shorts gekleidet, schuftete wie ein wahnsinnig gewordener Dämon; seine Augen wirkten in dem geschwärzten Gesicht wie weißschimmernde Untertassen, die Arme und die nackte Brust glänzten von Schweiß. Als Dalgliesh den sandigen Klippenhang hinabrutschte und sich dem Feuer näherte, nickte Pascoe ihm nur kurz zu, während er in verzweifelter Hast einen verbeulten Koffer unter den Kinderbettstangen hervorzerrte. Dann sprang er auf den breiten Rand seiner Feuerstelle, wo er mit gespreizten Beinen stehenblieb. Sein ganzer Körper glänzte im rötlichen Schein der Flammen; sekundenlang wirkte er wie transparent, wie von innen beleuchtet, und dicke Schweißtropfen rannen von seinen Schultern wie Blut. Mit lautem Gebrüll schwang er den Koffer hoch über das Feuerloch und riß ihn auf. In einem grellbunten Schauer regneten die Kinderkleider herab, und die Flammen reckten sich wie lebendige Zungen, um in der Luft nach den Wollsachen zu greifen und sie flüchtig wie brennende Fackeln herumzuwirbeln, bevor sie als geschwärzte Reste in die Mitte des Feuers fielen. Einen Augenblick blieb Pascoe schwer atmend stehen, dann sprang er mit einem halb jubilierenden, halb verzweifelten Schrei wieder herunter. Dalgliesh vermochte seine Euphorie in diesem chaotischen Durcheinander von Wind, Feuer und Wasser zu verstehen und fast auch zu teilen. Mit jedem Windstoß brüllten und zischten die Flammen so heftig auf, daß die brechenden Wellen durch diesen wabernden Hitzeschleier hindurchschimmerten. Sie sahen aus wie blutbefleckt. Während Pascoe einen weiteren Karteikasten in die Flammen leerte, stiegen die verkohlten Fetzen auf und tanzten wie erschreckte Vögel, trieben sanft gegen Dalglieshs Gesicht und ließen sich auf den trockenen Steinen des oberen Kiesstreifens nieder wie schwarze Blattern. Er spürte, wie seine Augen vom Rauch zu tränen begannen.

»Verschmutzen Sie damit nicht den Strand?« rief er laut.
Pascoe wandte sich zu ihm um und schrie über das Tosen des Feuers hinweg: »Na und? Wir verschmutzen diesen ganzen verdammten Planeten!«
»Decken Sie das Feuer mit Kies ab, und lassen Sie's bis morgen liegen«, rief Dalgliesh zurück. »Heute abend ist es zu windig für ein Holzfeuer.«
Eigentlich hatte er erwartet, daß Pascoe ihn ignorieren würde, zu seiner Verwunderung aber schien er den Mann durch seine Worte in die Wirklichkeit zurückgeholt zu haben. Die Begeisterung und die Kraft schienen einfach aus ihm herauszusickern. Er warf einen Blick auf das Feuer und sagte stumpf: »Wahrscheinlich haben Sie recht.«
Neben dem Abfallhaufen lagen ein Spaten und eine verrostete Schaufel. Gemeinsam warfen sie eine Mischung aus Kies und Sand auf die Flammen. Als auch die letzte rote Zunge mit wütendem Zischen erstorben war, machte Pascoe wortlos kehrt und begann den Hang zur Klippe hinaufzuklettern. Dalgliesh folgte ihm. Die Frage, die er gefürchtet hatte – Sind Sie aus einem bestimmten Grund hier? Warum wollen Sie mit mir sprechen? – blieb unausgesprochen und offenbar auch ungedacht.
Im Caravan warf Pascoe mit einem Tritt die Tür zu und ließ sich schlapp am Tisch niedersinken. »Ein Bier?« erkundigte er sich. »Es gibt auch Tee. Kaffee ist aus.«
»Vielen Dank, gar nichts.«
Dalgliesh blieb ruhig sitzen und beobachtete Pascoe, der sich zum Kühlschrank hinübertastete. Wieder am Tisch, öffnete er eine Dose, legte den Kopf zurück und ließ sich das Bier in ununterbrochenem Strom durch die Kehle rinnen. Dann sank er, die Dose immer noch in der Hand, wortlos wieder vornüber. Keiner von beiden sagte etwas, und Dalgliesh hatte das Gefühl, der andere wisse überhaupt nicht mehr, daß er noch da war. Da es im Caravan dunkel war, wirkte

Pascoes Gesicht über die breite Tischplatte hinweg wie ein undeutliches Oval, in dem die Augäpfel unnatürlich hell schimmerten. Dann richtete er sich schwankend auf und murmelte irgend etwas von Streichhölzern; wenige Sekunden später war ein Kratzen zu hören, ein Zischen, und seine Hände griffen nach der Öllampe auf dem Tisch. In ihrem allmählich heller werdenden Schein wirkte sein Gesicht unter dem Schmutz und dem Ruß des Rauchs abgespannt und hager, die Augen abgestumpft vor Schmerz. Der Wind schüttelte den Caravan – nicht wuchtig, sondern mit einem gleichmäßigen, sanften Wiegen wie von unsichtbarer Hand. Da die Schiebetür des hinteren Abteils offenstand, sah Dalgliesh auf dem schmalen Bett einen Haufen Frauenkleider, gekrönt mit einem Berg von Tuben, Töpfen und Fläschchen. Davon abgesehen wirkte der Caravan sauber, aber etwas leer, weniger wie ein Heim als wie eine vorübergehende, unzulänglich ausgestattete Bleibe, doch immer noch erfüllt von dem unverwechselbaren Milch- und Fäkalgeruch eines Kleinkindes. Die Abwesenheit von Timmy und seiner toten Mutter beherrschte die Atmosphäre im Caravan genauso wie ihrer beider Gedanken.

Nach einigen Minuten des Schweigens blickte Pascoe zu ihm auf: »Mit all dem anderen Zeug wollte ich da draußen auch meine PANUP-Unterlagen verbrennen. Das haben Sie sich vermutlich gedacht. Das Ganze hatte ohnehin keinen Sinn. Ich habe die PANUP nur benutzt, weil ich mich wichtig machen wollte. Das haben Sie mir mehr oder weniger damals gesagt, als ich bei Ihnen in der Mühle war.«

»Habe ich das? Das stand mir nicht zu. Was werden Sie tun?«

»Nach London gehen und mir einen Job suchen. Die Universität wird mein Stipendium nicht noch einmal um ein Jahr verlängern. Ich kann's ihnen nicht übelnehmen. Viel lieber würde ich wieder in den Nordosten gehen, aber in London habe ich vermutlich mehr Chancen.«

»Was für einen Job?«
»Irgendeinen. Ist mir egal, was ich mache, solange ich Geld verdiene und keinem die Arbeit wegnehme.«
»Was wird aus Timmy?« erkundigte sich Dalgliesh.
»Den haben sich die Behörden geholt. Es gibt da irgend so ein Heim. Gestern haben ihn zwei Sozialarbeiterinnen mitgenommen. Ziemlich feinfühlige Frauen, aber er wollte einfach nicht mit. Sie mußten ihn mir laut schreiend aus den Armen reißen. Was für eine Gesellschaft ist das, die einem Kind so etwas antut?«
»Ich glaube kaum, daß sie eine andere Wahl hatten«, wandte Dalgliesh ein. »Sie müssen langfristig seine Zukunft planen. Schließlich hätte er ja nicht ewig bei Ihnen bleiben können.«
»Und warum nicht? Über ein Jahr lang habe ich für ihn gesorgt. Dann wäre mir wenigstens etwas aus all diesem Mist geblieben.«
»Haben Sie Amys Familie gefunden?« wollte Dalgliesh wissen.
»Dafür war noch nicht genug Zeit, oder? Und wenn sie sie finden, werden sie's mir bestimmt nicht mitteilen. Timmy hat hier über ein Jahr gelebt, aber ich gelte weniger als die Großeltern, die er noch nie gesehen hat und die sich vermutlich einen Dreck um ihn kümmern.«
Er hielt noch immer die leere Bierdose in der Hand. Jetzt begann er sie langsam zu drehen, während er sagte: »Was mich wirklich fertigmacht, ist dieser Betrug. Ich dachte, das alles ist ihr wichtig. Nicht ich, o nein, aber das, was ich zu tun versucht habe. Aber sie hat mich an der Nase herumgeführt. Sie hat mich ausgenutzt, hat nur hier gewohnt, weil sie in Carolines Nähe sein wollte.«
»Aber die beiden können sich nicht allzu oft getroffen haben«, wandte Dalgliesh ein.
»Woher soll ich das wissen? Vermutlich ist sie zu ihrer Liebhaberin geschlichen, sobald ich nicht hier war. Timmy

muß stundenlang allein geblieben sein. Nicht mal der Junge hat ihr was bedeutet. Die Katzen waren ihr wichtiger als Timmy. Die hat Mrs. Jago jetzt. Ihnen geht's gut. Manchmal, am Sonntagnachmittag, ging sie weg und erklärte mir rundheraus, sie werde sich mit ihrem Liebhaber in den Dünen treffen. Ich hielt das anfangs für einen Scherz, das mußte ich einfach glauben. Dabei war sie die ganze Zeit mit Caroline zusammen, und die beiden haben sich über mich totgelacht.«

»Aber Sie haben nur Reeves' Aussage als Beweis dafür, daß die beiden ein Liebespaar waren. Caroline hätte ihn auch belügen können.«

»Nein! Nein, sie hat nicht gelogen. Das weiß ich genau. Sie haben uns beide ausgenutzt, Reeves und mich. Amy war nicht... nun ja, sie war nicht gerade gegen Sex. Über ein Jahr haben wir hier zusammengelebt. Am zweiten Abend erbot sie sich... na ja, zu mir ins Bett zu kommen. Aber das war nur ihre Art, mich für Kost und Logis zu bezahlen. Es wäre damals nicht richtig gewesen – für uns beide. Nach einiger Zeit aber fing ich wohl doch an zu hoffen. Ich meine, nachdem wir hier zusammenlebten, begann ich irgendwie, sie zu mögen. Aber sie wollte mich nie so richtig in ihrer Nähe haben. Und wenn sie von diesen Sonntagsspaziergängen zurückkam, wußte ich Bescheid. Ich redete mir ein, daß ich nichts wüßte, aber ich wußte es doch. Richtig selig sah sie aus. Strahlend vor Glück.«

»Hören Sie«, wandte Dalgliesh ein, »ist das wirklich so wichtig für Sie, diese Sache mit Caroline – selbst wenn sie wahr sein sollte? Was Sie beide hier zusammen hatten, die Zuneigung, die Freundschaft, die Kameradschaft, die Liebe zu Timmy – zählt das alles nichts für Sie, nur weil sie ihren Sex außerhalb der vier Wände des Caravans gesucht und gefunden hat?«

»Sie meinen, ich soll alles vergeben und vergessen?« gab

Pascoe bitter zurück. »Wie Sie das sagen, klingt das so einfach.«
»Ich glaube zwar nicht, daß Sie vergessen können, vielleicht wollen Sie das ja auch gar nicht. Aber ich begreife nicht, warum Sie das Wort vergeben gebrauchen müssen. Sie hat Ihnen niemals mehr versprochen, als sie Ihnen gegeben hat.«
»Sie verachten mich, nicht wahr?«
Dalgliesh dachte, wie unsympathisch sie doch war, diese Egozentrik der zutiefst Unglücklichen. Aber es gab noch ein paar Fragen, die er dem Mann stellen mußte. »Hat sie denn gar nichts hinterlassen, keine Papiere, keine Unterlagen, kein Tagebuch, nichts, dem man entnehmen könnte, was sie hier, auf der Landzunge, zu suchen hatte?«
»Nichts. Und was sie hier suchte, warum sie herkam, das weiß ich genau. Sie wollte in Carolines Nähe sein.«
»Hatte sie Geld? Selbst wenn Sie sie verköstigt haben, muß sie doch ein bißchen eigenes Geld gehabt haben.«
»Sie hatte immer etwas Bargeld, aber woher, das weiß ich nicht. Sie hat es mir nicht gesagt, und ich wollte sie nicht danach fragen. Daß sie keine Unterstützung von der Wohlfahrt bekam, weiß ich. Sie wollte nicht, daß die hier rumschnüffeln kamen, um zu erfahren, ob wir miteinander ins Bett gingen. Ich konnte es ihr nicht verübeln. Ich wollte das ebensowenig.«
»Hat sie denn keine Post gekriegt?«
»Von Zeit zu Zeit mal eine Postkarte. Ziemlich regelmäßig eigentlich. Also muß sie Freunde in London gehabt haben. Was sie damit gemacht hat, weiß ich nicht. Vermutlich weggeworfen. Hier im Caravan gibt es nichts mehr als ihre Kleider und ihr Make-up, und die werde ich gleich anschließend verbrennen. Dann ist überhaupt nichts mehr da, woran man erkennen könnte, daß sie jemals hier gewesen ist.«
»Und der Mord?« erkundigte sich Dalgliesh. »Glauben Sie, daß Caroline Amphlett die Robarts umgebracht hat?«

»Mag sein. Ist mir egal. Mich interessiert das alles nicht mehr. Wenn nicht, wird Rickards sie zum Sündenbock machen, sie und Amy, alle beide.«
»Aber Sie können doch nicht im Ernst daran glauben, daß Amy einem Mord Vorschub geleistet hat!«
Pascoe musterte Dalgliesh mit dem frustrierten, zornigen Ausdruck eines verständnislosen Kindes. »Ich weiß es nicht! Hören Sie, so gut habe ich sie wirklich nicht gekannt. Das versuche ich Ihnen ja gerade zu sagen. Ich weiß es nicht! Und jetzt, wo Timmy auch noch fort ist, ist es mir auch egal. Ich bin so furchtbar durcheinander, so wütend über das, was sie mir angetan hat, über das, was sie war, und so traurig über ihren Tod. Ich wußte nicht, daß man wütend und traurig zugleich sein kann. Ich müßte um sie trauern, aber alles, was ich empfinde, ist diese fürchterliche Wut.«
»O doch«, sagte Dalgliesh. »Man kann wütend und traurig zugleich sein. Das ist die häufigste Reaktion auf einen Verlust.«
Auf einmal brach Pascoe in Tränen aus. Die leere Bierdose klapperte auf dem Tisch, als er sich mit bebenden Schultern tiefer darüberbeugte. Frauen, dachte Dalgliesh, werden mit der Trauer besser fertig als wir. Er hatte es so oft erlebt, wie Polizistinnen unwillkürlich die trauernde Mutter, das einsame Kind in die Arme nahmen. Manche Männer konnten das natürlich auch. Rickards, zum Beispiel – früher einmal. Dalgliesh selbst konnte besser mit Worten umgehen, aber Worte waren schließlich sein Handwerkszeug. Was ihm schwerfiel, war das, was sich bei den wahrhaft Großherzigen so spontan entwickelte: die Bereitschaft, zu berühren und sich berühren zu lassen. Ich bin hier unter falschem Vorwand, dachte er; wäre ich das nicht, könnte auch ich mich vielleicht der Lage gewachsen fühlen.
Laut sagte er: »Ich glaube, der Wind hat ein wenig nachge-

lassen. Wollen wir mit dem Verbrennen weitermachen und den Mist da unten am Strand beseitigen?«
Es dauerte noch über eine Stunde, bis Dalgliesh sich auf den Rückweg zur Mühle machen konnte. Als er sich an der Caravantür von Pascoe verabschiedete, kam ein blauer Fiesta mit einem jungen Mann am Steuer über die Wiese gefahren.
»Jonathan Reeves«, erklärte Pascoe. »Er war mit Caroline Amphlett verlobt oder glaubte es jedenfalls. Sie hat ihn genauso reingelegt wie Amy mich. Er ist ein paarmal hergekommen, um sich mit mir zu unterhalten. Wir wollen vielleicht auf ein Billardspiel in den Local Hero fahren.«
Keine angenehme Vorstellung, dachte Dalgliesh, daß diese beiden durch einen gemeinsamen Verlust verbundenen Männer sich mit Bier und Billard über die Treulosigkeit ihrer Frauen hinwegtrösteten. Aber Pascoe schien ihm Reeves vorstellen zu wollen, und der feste Händedruck des Mannes, als er ihm formell kondolierte, erstaunte ihn.
»Ich kann's immer noch nicht fassen«, sagte Jonathan Reeves. »Aber das sagen die Leute wohl immer, wenn jemand unerwartet gestorben ist. Und ich habe immer das Gefühl, daß es meine Schuld war. Ich hätte sie zurückhalten müssen.«
»Sie waren beide erwachsene Menschen«, erwiderte Dalgliesh. »Vermutlich wußten sie, was sie taten. Ich kann mir nicht vorstellen, wie Sie die beiden hätten zurückhalten können, ohne sie mit körperlicher Gewalt vom Boot zu ziehen, und das hätten Sie bestimmt nicht geschafft.«
Reeves wiederholte trotzig: »Ich hätte sie zurückhalten müssen.« Und er ergänzte: »Ich habe immer wieder denselben Traum, nein, Alptraum. Sie steht mit dem Kind auf dem Arm an meinem Bett und sagt zu mir: ›Es ist alles deine Schuld. Alles deine Schuld.‹«
»Caroline kommt mit Timmy?« fragte Pascoe ihn erstaunt.
Reeves sah ihn an, als wundere er sich, wie man so dumm sein könne. »Nicht Caroline«, erklärte er. »Amy kommt.

Amy, die ich nie kennengelernt habe, steht da, während ihr das Wasser aus den Haaren strömt, hält das Kind auf dem Arm und sagt mir, daß das alles meine Schuld ist.«

48

Etwas mehr als eine Stunde später hatte Dalgliesh die Landzunge verlassen und fuhr auf der A 1151 westwärts. Nach zwanzig Minuten bog er nach Süden auf eine schmale Landstraße ein. Inzwischen war es dunkel geworden, und die dahinjagenden Wolken, vom Wind zerrissen, zogen wie zerfetzte Laken vor dem Mond und den hohen Sternen einher. Er fuhr schnell und sicher, achtete kaum auf das Stoßen und Heulen des Windes. Er war diese Strecke erst einmal gefahren, an diesem Morgen, brauchte aber keine Landkarte: Er wußte, wohin er fuhr. Zu beiden Seiten der niedrigen Hekken erstreckten sich die schwarzen, unbeackerten Felder. Gelegentlich streiften die Scheinwerfer des Wagens einen knorrigen, im Wind schwankenden Baum mit ihrem silbrigem Licht, beleuchteten das leere Gesicht eines einsamen Farmhauses, ließen die Augen eines Nachttieres aufglühen, bevor es sich flink in Sicherheit brachte. Die Fahrt war nicht lang, nicht einmal fünfzig Minuten, und doch fühlte Dalgliesh sich, während er angestrengt geradeaus blickte und automatisch den Schalthebel bediente, sekundenlang so verunsichert, als führe er seit endlosen Stunden durch die öde Finsternis dieser flachen, spröden Landschaft.

Die frühviktorianische Backsteinvilla lag am Rande eines Dorfes. Da das Tor zu der kiesbestreuten Einfahrt offenstand, fuhr er langsam zwischen den vom Wind bewegten Lorbeerbüschen und den hohen, knarrenden Ästen der Buchen dahin, bis er den Jaguar zwischen drei weiteren, diskret neben dem Haus abgestellten Wagen parkte. Die beiden Fensterreihen der Vorderfront waren dunkel, und die einsame Glühbirne, die das Oberlicht der Tür erhellte, wirkte auf Dalgliesh weniger wie ein willkommenes Zeichen menschlichen Lebens als wie ein Geheimsignal, ein beängstigender Hinweis auf Heimlichkeiten. Er brauchte nicht zu klingeln. Man hatte den herannahenden Wagen gehört, und so wurde die Tür, gerade als Dalgliesh sie erreichte, von demselben untersetzten Hausverwalter mit dem fröhlichen Gesicht geöffnet, der ihn bei seinem ersten Besuch am Morgen begrüßt hatte. Er trug, wie schon am Vormittag, einen blauen, so geschickt geschnittenen Overall, daß er wie eine Livree wirkte. Dalgliesh fragte sich, als was genau er hier wohl diente: als Fahrer, Leibwächter, Faktotum? Oder hatte er etwa eine noch speziellere, unheimlichere Aufgabe?

»Sie sind in der Bibliothek, Sir«, erklärte der Mann. »Ich werde gleich den Kaffee hereinbringen. Möchten Sie Sandwiches, Sir? Wir haben noch ein bißchen Rindfleisch, aber ich könnte Ihnen auch Käse bringen.«

»Vielen Dank, nur den Kaffee«, antwortete Dalgliesh.

Sie erwarteten ihn im selben kleinen Zimmer im rückwärtigen Teil des Hauses. Die Wände waren mit hellem Holz verkleidet, und es gab nur ein einziges Fenster, einen rechteckigen Erker mit verschossenen blauen Samtvorhängen. Trotz seiner Bezeichnung war die Funktion des Raumes unklar. Gewiß, die Wand gegenüber dem Fenster war mit Bücherregalen vollgestellt, doch diese enthielten nur ein halbes Dutzend ledergebundener Bände und Stöße alter Zeitschriften, die aussahen, als handle es sich um Farbbeilagen der Sonntagszeitung. Es herrschte eine seltsam verwirrende Atmosphäre, eine Mischung aus Provisorium und Komfort, wie in einer Zwischenstation, deren zeitweilige Benutzer es sich gemütlich zu machen versuchten. Vor dem kostbaren Marmorkamin waren sechs unterschiedliche Lehnsessel plaziert, die meisten mit Leder bezogen und alle mit einem kleinen Abstelltischchen daneben. Das andere Ende des

Zimmers wurde von einem modernen Eßtisch aus einfachem Holz mit sechs Stühlen beherrscht. Am Morgen hatten die Reste des Frühstücks darauf gestanden, und in der Luft hatte der schwere Geruch von Eiern mit Speck gelegen. Nun aber war alles weggeräumt und durch ein Tablett mit Flaschen und Gläsern ersetzt worden. Dalgliesh, der die Vielfalt des Angebots musterte, dachte, daß sie es sich ziemlich gutgehen ließen. Das Tablett gab dem Zimmer, an dem sonst nichts Gastliches war, einen Anstrich zeitlich begrenzter Gastlichkeit. Es kam ihm eher kühl im Raum vor. Ein Schmuckfächer aus Papier im Kamin raschelte bei jedem Stöhnen des Windes im Schornstein, und die beiden elektrischen Heizöfen, die davor standen, reichten kaum aus, nicht einmal für einen so häßlich proportionierten und vollgestopften Raum. Drei Augenpaare richteten sich auf ihn, als er eintrat. Clifford Sowerby stand in derselben Pose an den Kaminsims gelehnt wie am Morgen, als Dalgliesh ihn zuletzt gesehen hatte; in seinem Abendanzug mit dem makellos weißen Hemd wirkte er noch genauso frisch wie um neun Uhr früh. Und er schien den Raum auch noch genauso zu beherrschen. Er war ein kräftiger, auf konventionelle Art attraktiver Mann mit der Selbstsicherheit und der kontrollierten Gutmütigkeit eines Schuldirektors oder erfolgreichen Bankers. Kein Kunde brauchte sich vor ihm zu fürchten, wenn er sein Büro betrat – vorausgesetzt natürlich, sein Konto wies ein erhebliches Guthaben auf. Dalgliesh, der ihm erst zum zweitenmal begegnete, empfand abermals ein instinktives und scheinbar irrationales Unbehagen. Der Mann war sowohl skrupellos als auch gefährlich, und doch hatte er sich in den Stunden, die zwischen den beiden Begegnungen lagen, nur vage an sein Gesicht und seine Stimme erinnern können.

Von Bill Harding konnte man das nicht behaupten. Er war über einen Meter achtzig groß, hatte in Anbetracht seines sehr weißen, sommersprossigen Gesichts und des brandroten

Haarschopfes offenbar erkannt, daß jeder Versuch zur Anonymität zum Scheitern verurteilt war, sich deshalb fürs Spektakuläre entschieden und trug zum karierten Anzug aus schwerem Tweed eine getupfte Krawatte. Ein wenig mühsam stemmte er sich aus dem tiefen Sessel hoch, schlenderte zu den Drinks hinüber und stand, als Dalgliesh erklärte, er wolle auf den Kaffee warten, mit der Whiskyflasche in der Hand da, als wisse er nicht recht, was er damit anfangen solle. Seit dem Vormittag war jedoch noch jemand hinzugekommen: Vor den Bücherregalen stand Alex Mair, das Whiskyglas in der Hand; er sah aus, als interessiere er sich für die ledergebundenen Folianten und die Zeitschriftenstapel. Als Dalgliesh eintrat, wandte er sich um, warf ihm einen langen, forschenden Blick zu und nickte kurz. Er war bei weitem der ansehnlichste und intelligenteste der drei wartenden Herren, schien aber irgend etwas, Selbstvertrauen oder Energie, unwiederbringlich verloren zu haben, und so bot er den in sich zusammengesunkenen und dennoch beherrschten Anblick eines Mannes, der unter körperlichen Schmerzen leidet.
Sowerby, dessen Augen unter den schweren Lidern hervor belustigt dreinblickten, stellte fest: »Sie haben sich die Haare versengt, Adam. Sie riechen, als hätten Sie irgendwo Feuer gemacht.«
»Habe ich auch.«
Mair blieb stehen, aber Sowerby und Harding nahmen rechts und links vom Kamin Platz. Dalgliesh wählte einen Sessel zwischen ihnen. Sie warteten, bis der Kaffee gekommen war und er eine Tasse in der Hand hielt. Dann lehnte sich Sowerby im Sessel zurück, richtete den Blick zur Decke und schien sich darauf gefaßt zu machen, die ganze Nacht hindurch zu warten.
Bill Harding fragte: »Nun, Adam?«
Dalgliesh setzte den Becher ab und schilderte ausführlich, was seit seiner Ankunft beim Caravan geschehen war. Da er

ein absolutes verbales Gedächtnis besaß, hatte er sich keine Notizen gemacht. Nach Beendigung seines Berichts sagte er: »Sie können also beruhigt sein. Pascoe glaubt an das, was vermutlich zur offiziellen Version werden wird: daß die beiden jungen Frauen ein Liebespaar waren, gemeinsam eine leichtsinnige Bootsfahrt unternahmen und im Nebel zufällig überfahren wurden. Ich glaube kaum, daß er Ihnen oder sonst jemandem Scherereien machen wird. All seine Energien scheinen aufgebraucht zu sein.«

»Und die Camm hat nichts Inkriminierendes im Caravan hinterlassen?« erkundigte sich Sowerby.

»Ich bezweifle sogar, daß es etwas zu hinterlassen gab. Wie Pascoe sagte, hat er ein oder zwei der Postkarten gelesen, als sie eintrafen, aber sie hätten nur die üblichen Phrasen enthalten, Touristen-Blabla eben. Die Camm hat sie offenbar vernichtet. Und er hat – mit meiner Hilfe – die Überreste ihres Lebens auf der Landzunge beseitigt. Ich habe ihm geholfen, die letzten ihrer Kleidungsstücke und ihres Make-ups zum Feuer hinunterzutragen. Während er damit beschäftigt war, das Zeug zu verbrennen, hatte ich Gelegenheit, zum Caravan zurückzukehren und ihn relativ gründlich zu durchsuchen. Es war nichts da.«

Sowerby erklärte formell: »Es war sehr freundlich von Ihnen, uns diesen Gefallen zu erweisen, Adam. Da Rickards über unsere Interessen nicht unterrichtet ist, konnten wir uns kaum auf ihn verlassen. Und Sie hatten natürlich einen Vorteil, den er nicht hatte, denn in Ihnen würde Pascoe eher einen Freund als einen Polizisten sehen. Das läßt sich leicht aus seinem Besuch in der Larksoken-Mühle schließen. Aus irgendeinem Grund vertraut er Ihnen.«

»Das alles haben Sie mir bereits heute morgen erklärt«, gab Dalgliesh zurück. »Unter den gegebenen Umständen erschien mir die Bitte, die Sie an mich richteten, durchaus vernünftig. Ich bin weder naiv, noch hege ich, was den

Terrorismus betrifft, ambivalente Gefühle. Sie haben mich gebeten, etwas zu tun, und ich habe es getan. Dennoch finde ich, Sie sollten Rickards von den Vorgängen in Kenntnis setzen, aber das ist Ihre Sache. Und Sie haben Ihre Antwort bekommen. Falls die Camm sich mit der Amphlett eingelassen hat, dann hat sie sich Pascoe nicht anvertraut, und er ist keiner der beiden Frauen gegenüber mißtrauisch. Er glaubt, daß die Camm nur bei ihm geblieben ist, um in der Nähe ihrer Geliebten zu sein. Dieser Pascoe ist, trotz all seiner liberalen Ideen, ebenso fest wie jeder andere Mann davon überzeugt, daß eine Frau, die nicht unbedingt mit ihm ins Bett gehen will, entweder frigide sein muß oder lesbisch.«
Sowerby gestattete sich ein ironisches Grinsen. »Als Sie am Strand den Ariel zu seinem Prospero gespielt haben, hat er wohl nicht zufällig eingestanden, die Robarts umgebracht zu haben – oder? Es ist nicht unbedingt sehr wichtig, aber man verfügt ja schließlich über eine ganz normale Neugier.«
»Meine Aufgabe war es, mit ihm über Amy Camm zu sprechen, aber er hat tatsächlich den Mord erwähnt. Meiner Ansicht nach glaubt er im Grunde nicht daran, daß Amy geholfen hat, die Robarts umzubringen, aber es ist ihm letztlich egal, ob die beiden Mädchen es getan haben oder nicht. Sind Sie überzeugt, daß sie es waren?«
»Das brauchen wir nicht«, antwortete Sowerby. »Es ist Rikkards, der überzeugt sein muß, und ich glaube, er ist es auch. Übrigens, haben Sie ihn heute schon gesehen oder gesprochen?«
»Er hat gegen Mittag einmal kurz angerufen, hauptsächlich, glaube ich, um mir mitzuteilen, daß seine Frau nach Hause gekommen ist. Aus irgendeinem Grund glaubte er, das würde mich interessieren. Was nun den Mord angeht, so scheint er sich langsam zu der Ansicht durchzuringen, daß die Camm und die Amphlett ihn gemeinsam begangen haben.«
»Und hat vermutlich recht damit«, warf Harding ein.

»Auf welche Beweise stützt er seine Meinung?« wollte Dalgliesh wissen. »Und da er nicht wissen soll, daß mindestens eine von beiden verdächtigt wird, Terroristin zu sein – wo ist das Motiv?«
Ungeduldig erwiderte Harding: »Hören Sie auf, Adam! Was für stichhaltige Beweise erwartet er denn? Und seit wann gehört das Motiv zu den ersten Erwägungen? Wie dem auch sei, sie hatten ein Motiv. Jedenfalls die Camm. Sie haßte die Robarts. Es gibt mindestens einen Zeugen dafür, daß es am Sonntag nachmittag, dem Mordtag, zu einer körperlichen Auseinandersetzung zwischen ihnen gekommen ist. Außerdem hat die Camm Pascoe heftig in Schutz genommen und stand in Verbindung mit der Interessengruppe, die er gegründet hat. Diese Verleumdungsklage hätte ihn ruiniert und die PANUP endgültig aus dem Verkehr gezogen. Das allein schon ist bedenklich. Die Camm wollte die Robarts tot sehen, und die Amphlett brachte sie um. Diese Version wird von der Öffentlichkeit geschluckt werden, und Rikkards wird mitspielen. Das heißt, man muß ihm zugestehen, daß er vermutlich daran glauben wird.«
»Die Camm – Pascoe in Schutz nehmen?« fragte Dalgliesh ungläubig. »Wieso das überhaupt erwähnen? Das ist eine Vermutung, kein Beweis.«
»Aber er hat doch Beweise, nicht wahr? Indizienbeweise, gewiß, aber mehr wird Rickards jetzt doch nicht mehr kriegen. Die Amphlett wußte, daß die Robarts am Abend schwimmen ging; das wußte praktisch jeder im Kraftwerk. Sie hat ein falsches Alibi fabriziert. Die Camm hatte, wie jeder andere, Zugang zum Trödelraum im Alten Pfarrhof. Und Pascoe gibt zu, daß es Viertel nach 9 gewesen sein kann, als er aus Norwich nach Hause zurückkehrte. Na schön, das Timing ist ein bißchen knapp, aber nicht unmöglich, wenn die Robarts ein bißchen früher als sonst schwimmen ging. Alles in allem ergibt das einen recht logischen Fall. Zwar

keinen, der eine Verhaftung der beiden gerechtfertigt hätte, wenn sie noch lebten, aber ausreichend, um einen Schuldspruch gegen einen anderen zu erschweren.«
»Hätte Amy Camm ihren Jungen zurückgelassen?« warf Dalgliesh zweifelnd ein.
»Warum denn nicht? Er schlief vermutlich; und falls nicht, und er hätte angefangen zu schreien – wer hätte ihn hören sollen? Um Gottes willen, Adam, Sie wollen doch nicht etwa andeuten, daß sie eine gute Mutter war! Sie hat ihn letztlich doch verlassen, oder? Endgültig, obwohl möglicherweise nicht mit Absicht. Wenn Sie mich fragen, so hatte das Kind einen recht schlechten Platz auf der Prioritätenliste seiner Mutter.«
»Dann wollen Sie also eine Mutter voraussetzen, die so empört über einen kleinen Schubs ist, den ihr Kind erhalten hat, daß sie sich dafür mit einem Mord rächen muß? Und dann läßt diese Mutter das Kind allein im Caravan zurück, während sie selbst mit einer Freundin segeln geht? Das miteinander zu vereinbaren würde Rickards, glaube ich, ziemlich schwerfallen.«
Mit einer Andeutung von Ungeduld erwiderte Sowerby: »Weiß der Teufel, wie Rickards etwas miteinander vereinbaren kann! Zum Glück brauchen wir ihn nicht zu fragen. Auf jeden Fall, Adam, kennen wir nun ein eindeutiges Motiv. Die Robarts hätte die Amphlett verdächtigen können. Schließlich war sie Leiterin der Verwaltungsabteilung. Sie war intelligent, gewissenhaft – übergewissenhaft, nicht wahr, Mair?«
Auf einmal sahen alle die stille Gestalt an, die vor dem Bücherregal stand. Mair wandte sich den anderen zu und antwortete ruhig: »O ja, gewissenhaft war sie tatsächlich. Aber ich möchte bezweifeln, daß sie gewissenhaft genug war, um eine Verschwörung aufzudecken, die mir entgangen ist.« Damit drehte er sich wieder zu den Büchern um.

Sekundenlang herrschte betretenes Schweigen, das von Bill Harding durchbrochen wurde. Als hätte Mair kein Wort gesprochen, sagte er energisch: »Wer also wäre in einer besseren Position gewesen, Verrat zu wittern? Mag sein, daß Rickards keine stichhaltigen Beweise und nur ein unzureichendes Motiv in der Hand hat, im wesentlichen aber wird er wohl alles richtig machen.«
Dalgliesh ging zum Tisch. »Es wäre Ihnen lieb, den Fall abzuschließen, das sehe ich ein. Aber wenn ich der Untersuchungsbeamte wäre, würde ich den Fall offen halten.«
»Eindeutig«, entgegnete Sowerby ironisch. »Seien wir dankbar, daß Sie es nicht sind. Aber Sie werden Ihre Zweifel doch für sich behalten, nicht wahr, Adam? Das versteht sich, denke ich, von selbst.«
»Warum es also aussprechen?«
Er stellte seine Kaffeetasse auf den Tisch zurück. Dabei war er sich dessen bewußt, daß Sowerby und Harding jede seiner Bewegungen genau beobachteten, als sei er ein Verdächtiger, der plötzlich einen Fluchtversuch wagen würde. Zu seinem Sessel zurückgekehrt, fragte er: »Und wie soll Rickards oder irgendein anderer die Bootsfahrt erklären?«
Noch immer lieferte Harding die Antworten: »Das ist nicht nötig. Verdammt noch mal, die waren ein Liebespaar! Sie standen auf Bootsfahrten. Schließlich gehörte das Boot der Amphlett. Ihren Wagen hatte sie ganz offen am Kai abgestellt. Weder sie noch Amy haben irgend etwas mitgenommen. Amy hat Pascoe eine Nachricht hinterlassen, daß sie in ungefähr einer Stunde wieder zurück sein würden. In Rikkards' und in den Augen jedes anderen Menschen weist alles auf einen tragischen Unfall hin. Und wer will behaupten, daß es keiner war? Wir waren noch längst nicht nahe genug an der Aufdeckung ihrer Aktivitäten dran, um die Amphlett in eine überstürzte Flucht zu jagen – noch nicht!«
»Und Ihre Leute haben in ihrem Haus nichts gefunden?«

Harding warf Sowerby einen Blick zu. Dies war eine Frage, die sie lieber nicht beantworten wollten und die nicht hätte gestellt werden dürfen. Nach einer Weile antwortete Sowerby: »Sauber. Kein Funkgerät, keine Dokumente, keine typischen Utensilien. Falls die Amphlett verduften wollte, hat sie alles vorher gründlich beseitigt.«

»Okay«, wandte Bill Harding ein, »wenn sie also in Panik geriet und verschwinden wollte, bleibt noch die Frage: warum so überstürzt? Wenn sie die Robarts umgebracht hat und glaubte, die Polizei sei ihr auf der Spur – das hätte natürlich der Auslöser sein können. Aber sie waren ihr nicht auf der Spur. Es hätte natürlich auch ein echter Bootsausflug sein können und ein echter Unfall. Oder sie sind beide von ihrer eigenen Seite umgebracht worden. Als der Larksoken-Plan ins Wasser fiel, waren sie entbehrlich. Was sollten die Genossen denn um Himmels willen mit ihnen anfangen? Sie mit einer neuen Identität ausstatten, mit neuen Papieren, und sie in ein deutsches Kraftwerk einschleusen? Diese Mühe lohnte sich für die beiden kaum, sollte man meinen.«

»Gibt es irgendeinen Beweis dafür, daß es ein Unfall war?« fragte Dalgliesh. »Hat irgendein Schiff einen Bugschaden im Nebel gemeldet, eine eventuelle Kollision?«

»Bisher nicht«, erwiderte Sowerby. »Und ich bezweifle, daß das überhaupt noch geschehen wird. Doch wenn die Amphlett wirklich zu der Organisation gehörte, von der wir vermuten, daß sie sie angeworben hat, hätten die nicht die geringsten Skrupel, ihrem Kampf ein paar unfreiwillige Märtyrer zu liefern. Was hat die sich denn gedacht, mit was für Menschen sie es zu tun hat? Der Nebel kam ihnen gelegen, aber sie hätten das Boot auch ohne den Nebel in Grund und Boden fahren können. Oder die beiden mitnehmen und anderswo umbringen. Aber einen Unfall vorzutäuschen war das logischste Verfahren, vor allem bei dem Nebel. Jedenfalls hätte ich es so gemacht.«

Kann ich mir vorstellen, dachte Dalgliesh. Der hätte das ohne jeden Skrupel getan.
Harding wandte sich an Mair. »Sie hatten nie den geringsten Verdacht gegen sie?«
»Das haben Sie mich schon mal gefragt. Nein, niemals. Ich war überrascht – sogar ein wenig verärgert –, daß sie nicht als meine Assistentin mitkommen wollte, als man mir den neuen Job anbot, und noch weit mehr überrascht über den Grund. Für mich war Jonathan Reeves kaum der Mann, den sie normalerweise gewählt hätte.«
»Aber es war ein kluger Schachzug«, entgegnete Sowerby. »Ein schwacher Mann, den sie beherrschen konnte. Nicht allzu intelligent. Und bereits in sie verliebt. Sie hätte ihn jederzeit wegschicken können, denn er hätte niemals erraten, warum. Und warum sollten Sie Verdacht schöpfen? Sexuelle Anziehungskraft ist ohnehin absolut unlogisch.«
Eine kleine Pause entstand; dann ergänzte er: »Haben Sie sie kennengelernt, diese Amy, das andere Mädchen? Wie ich hörte, hat sie dem Kraftwerk an einem Tag der offenen Tür einen Besuch abgestattet, aber Sie werden sich kaum an sie erinnern.«
Mairs Gesicht glich einer schneeweißen Maske. »Ich habe sie, glaube ich, einmal gesehen. Blondgebleichtes Haar, rundes, ziemlich hübsches Gesicht. Sie trug das Kind auf dem Arm. Was soll übrigens aus dem Jungen werden? Oder ist es ein Mädchen?«
»Der wird in einem Heim untergebracht, nehme ich an«, antwortete Sowerby. »Es sei denn, sie finden den Vater oder die Großeltern. Möglicherweise kommt er zu Pflegeeltern oder wird adoptiert. Möchte wissen, was, zum Teufel, die Mutter sich gedacht hat.«
»Denken die überhaupt?« fuhr Harding überraschend heftig auf. »Jemals? Kein Glaube, keine Stabilität, keine liebevolle Zuwendung in der Familie, kein Zusammenhalt. Die sind

wie Espenlaub im Wind. Und wenn sie dann etwas finden, woran sie glauben können, irgend etwas, das ihnen die Illusion vermittelt, sie seien wichtig – was wählen sie? Gewalttätigkeit, Anarchie, Haß, Mord.«
Sowerby musterte ihn erstaunt und ein wenig belustigt. Dann sagte er: »Ideen, für die es sich zu sterben lohnt, wie manche finden. Und darin liegt natürlich das Problem.«
»Nur weil sie sterben wollen. Wenn man mit dem Leben nicht fertig wird, sucht man sich einen Vorwand, eine Sache, für die zu sterben sich angeblich lohnt, und befriedigt so seinen Todeswunsch. Wenn man Glück hat, kann man noch ein Dutzend oder mehr arme Teufel mitnehmen, Menschen, die durchaus mit dem Leben fertig werden, Menschen, die nicht sterben wollen. Und dann gibt es immer noch die äußerste Selbsttäuschung, die allerletzte Arroganz: das Märtyrertum. Einsame und hilflose Toren auf der ganzen Welt werden die Fäuste ballen und deinen Namen schreien und Schilder mit deinem Photo vor sich hertragen und überall nach jemandem suchen, den sie bombardieren, beschießen und verstümmeln können. Und diese junge Frau, die Amphlett: Nicht mal die Ausrede der Armut hatte die. Der Dad ein hoher Army-Offizier, Sicherheit, gute Bildung, Privilegien, Geld. Alles. Sie hatte alles.«
Es war Sowerby, der erwiderte: »Was sie hatte, wissen wir. Aber wir wissen nicht, was sie nicht hatte.«
Harding ignorierte ihn. »Und was wollten die mit Larksoken anfangen, wenn sie das Werk gestürmt hatten? Keine halbe Stunde hätten die überdauert. Sie hätten Fachkräfte gebraucht, Programmierer.«
»Ich glaube, man kann davon ausgehen, daß sie wußten, was und wen sie brauchten, und genau geplant hatten, wie sie sich alles beschaffen konnten«, warf Mair ein.
»Ins Land hereingeschmuggelt? Wie denn?«
»Möglicherweise mit Booten.«

Sowerby warf ihm einen Blick zu; dann sagte er ein wenig ungeduldig: »Sie haben es nicht getan. Sie hätten es nicht tun können. Und es ist unsere Aufgabe, dafür zu sorgen, daß sie nie dazu in der Lage sein werden.«
Einen Augenblick lang herrschte Schweigen; dann sagte Mair: »Die Amphlett war vermutlich der dominierende Partner. Ich möchte wissen, mit welchen Argumenten oder Anreizen sie gearbeitet hat. Das Mädchen – diese Amy – wirkte auf mich eher wie ein Instinktmensch, der nicht so leicht für eine politische Theorie zu sterben bereit ist. Aber das ist natürlich eine oberflächliche Einschätzung. Ich habe sie schließlich nur einmal gesehen.«
»Ohne die beiden zu kennen, können wir nicht mit Sicherheit sagen, wer der dominierende Partner war«, gab Sowerby zu bedenken. »Aber ich würde sagen, daß es fast hundertprozentig die Amphlett war. Hinsichtlich der Camm ist nichts bekannt, wird nichts vermutet. Sie wurde wahrscheinlich als Botin benutzt. Die Amphlett muß eine Kontaktperson in der Organisation gehabt und sie gelegentlich getroffen haben, und sei es nur, um Instruktionen zu empfangen. Die Camm hat vermutlich kodierte Nachrichten mit Zeit und Ort für das nächste Treffen empfangen und weitergegeben. Und was ihre Gründe betrifft, so fand sie das Leben zweifellos unbefriedigend.«
Bill Harding schlenderte zum Tisch hinüber und holte sich einen großen Whisky. Seine Stimme klang so belegt, als sei er betrunken. »Das Leben war schon immer für die meisten Menschen unbefriedigend. Diese Welt ist nicht geschaffen, um uns zufriedenzustellen. Das ist kein Grund, sie über uns zusammenbrechen zu lassen.«
Sowerby zeigte sein ironisches, überlegenes Lächeln. »Vielleicht dachte sie, daß wir genau das tun«, meinte er.
Eine Viertelstunde später verließ Dalgliesh mit Mair zusammen das Haus. Während sie ihre Autos aufschlossen, blickte

er noch einmal zurück und sah, daß der Hausverwalter noch immer an der offenen Tür stand und wartete.
»Der vergewissert sich, daß wir das Grundstück auch wirklich verlassen«, bemerkte Mair. »Sonderbare Menschen da drin! Ich frage mich, wie sie auf Caroline gekommen sind. Es schien mir sinnlos zu sein, sie danach zu fragen, denn es war eindeutig, daß sie nicht beabsichtigten, es mir zu sagen.«
»Nein, das würden sie bestimmt nicht tun. Mit Sicherheit haben sie einen Tip von den deutschen Sicherheitsdiensten bekommen.«
»Und dieses Haus. Wie in aller Welt findet man so einen Besitz? Was meinen Sie – gehört es ihnen, haben sie es sich ausgeliehen oder gemietet, oder haben sie einfach eingebrochen?«
»Vermutlich gehört es einem ihrer Beamten«, antwortete Dalgliesh. »Einem pensionierten, denke ich. Er oder sie überläßt ihnen für gelegentliche Benutzung einen Ersatzschlüssel.«
»Und jetzt werden sie einpacken, nehme ich an. Die Möbel abstauben, alles auf Fingerabdrücke kontrollieren, die Lebensmittel beseitigen, den Strom abstellen. Und in einer Stunde wird kein Mensch mehr merken, daß sie jemals dort waren. Die perfekten Mieter auf Zeit. Nur in einem haben sie sich geirrt. Es gab keine sexuelle Verbindung zwischen Amy und Caroline. Das ist barer Unsinn.«
Er sagte es mit einer so merkwürdigen Betonung und Überzeugung, ja fast Empörung, daß Dalgliesh sich sekundenlang fragte, ob Caroline Amphlett mehr für ihn gewesen sein konnte als nur eine Assistentin. Mair mußte ahnen, was sein Begleiter dachte, erklärte jedoch nichts und leugnete nichts.
»Ich habe Ihnen noch nicht zum neuen Job gratuliert«, sagte Dalgliesh.
Mair hatte sich schon hinters Steuer gesetzt und ließ den Motor an. Aber die Wagentür war noch offen, und der

stumme Wächter stand noch immer an der Haustür und wartete geduldig.
»Danke«, gab er zurück. »Diese Tragödien in Larksoken haben mir einen Teil der Freude daran genommen, aber es ist noch immer die wichtigste Position, die ich vermutlich je innehaben werde.« Und als Dalgliesh sich bereits abwandte, fügte er hinzu: »Dann sind Sie also der Meinung, daß auf der Landzunge noch immer ein Killer frei herumläuft.«
»Sie nicht?«
Aber Mair antwortete nicht. Statt dessen fragte er: »Wenn Sie Rickards wären – was würden Sie tun?«
»Ich würde mich darauf konzentrieren, herauszufinden, ob Blaney oder Theresa an jenem Sonntag abend Scudder's Cottage verlassen haben. Hat einer von den beiden das tatsächlich getan, würde ich meinen Fall für gelöst halten. Es ist zwar keine Lösung, die ich beweisen könnte, aber sie würde jeder Logik standhalten, und ich denke, daß sie der Wahrheit entspräche.«

49

Dalgliesh fuhr als erster durchs Tor hinaus, doch Mair gab Vollgas, überholte ihn auf der ersten geraden Strecke und blieb dann vorn. Die Vorstellung, dem Jaguar auf dem ganzen Rückweg nach Larksoken zu folgen, war für ihn aus irgendeinem Grund unerträglich. Aber da bestand keine Gefahr: Dalgliesh *fuhr* sogar auch wie ein Polizist – innerhalb des Tempolimits, und zwar ausschließlich. Als sie die Hauptstraße erreichten, konnte Mair die Scheinwerfer des Jaguars schon nicht mehr im Rückspiegel sehen. Er fuhr wie automatisch, den Blick so starr geradeaus gerichtet, daß er fast kaum noch die schwarzen Umrisse der windzerzausten Bäume wahrnahm. Da er damit rechnete, auf der Landzunge freie Fahrt zu haben, übersah er, als er eine kleine Anhöhe überwand, beinahe die Warnlichter eines Krankenwagens. Hastig riß er das Steuer herum, fuhr von der Straße ab und kam auf der Grasnarbe zum Stehen; eine Weile blieb er sitzen und lauschte auf die Stille. All die Gefühle, die er während der vergangenen drei Stunden eisern unter Kontrolle gehabt hatte, brachen erneut über ihn herein, beutelten ihn wie der Wind den Wagen. Er mußte seine Gedanken in den Griff bekommen, Ordnung in diese erstaunlichen Gefühle bringen, die ihn durch ihre Gewalttätigkeit und Irrationalität erschreckten, und ihrer mit Logik Herr werden. War es möglich, daß er tatsächlich Erleichterung über Amys Tod empfand, über eine abgewendete Gefahr, eine vereitelte potentielle Peinlichkeit, und dennoch zugleich von einem Schmerz und Kummer zerrissen wurde, der so überwältigend war, daß es sich nur um Trauer handeln konnte? Er mußte sich zusammenreißen, um nicht mit der Stirn aufs Lenkrad zu hämmern. Sie war so völlig unverkrampft gewesen, so tapfer, so unterhaltsam. Und sie hatte ihm vertraut. Seit dem Nachmittag des Mordsonntags hatte er keinen Kontakt mehr mit ihr gehabt, und sie hatte nicht den Versuch gemacht, ihn telephonisch oder brieflich zu erreichen. Einmütig hatten sie beschlossen, daß ihre Affäre beendet werden mußte und daß beide Schweigen darüber bewahren würden. Sie hatte ihren Teil der Abmachung eingehalten, wie er es nicht anders erwartet hatte. Und nun war sie tot. Verzweifelt sprach er ihren Namen aus: »Amy, Amy, Amy!« Und auf einmal stieg ein so schmerzhaftes Schluchzen in seiner Kehle auf, daß es ihm fast die Brust zerriß, als hätte er einen Herzanfall, und er spürte erleichtert, wie ihm erlösende Tränen über die Wangen liefen. Seit seiner Kindheit hatte er nicht mehr geweint, und als nun die Tränen flossen wie Regen und er überrascht ihre salzige Nässe auf den Lippen schmeckte, sagte er sich, daß dieser Gefühlsausbruch wohltuend und heilend sei. Er war ihn ihr schuldig, und nachdem er ihr diesen Tribut der Trauer gezollt hatte, würde er in der Lage sein, sie aus seiner Erinnerung zu verbannen, wie er sie aus seinem Herzen hatte verbannen wollen. Erst dreißig Minuten später, als er den Motor wieder anließ, fiel ihm wieder der Krankenwagen ein, und er fragte sich, welcher der wenigen Bewohner der Landzunge ins Krankenhaus gebracht worden sei.

50

Als die beiden Sanitäter die Tragbahre den Gartenweg entlangrollten, zerrte der Wind an der Ecke der roten Wolldecke und blies sie auf wie einen Ballon. Zwar hielten die Gurte sie nieder, doch Blaney warf sich dennoch so heftig über Theresas Körper, daß es den Anschein hatte, als versuche er verzweifelt, sie vor etwas weitaus Bedrohlicherem zu schützen als nur dem Wind. Seitwärts gehend wie ein Krebs und halb gebückt, schob er sich neben ihr den Weg entlang und hielt unter der Decke ihre Hand. Sie war heiß und feucht, und so klein, daß er vermeinte, jeden einzelnen zierlichen Knochen zu spüren. Er wollte ihr Trost zuflüstern, aber die Angst hatte seine Kehle ausgetrocknet, und als er zu sprechen versuchte, zitterte sein Kinn wie das eines Greises. Dabei hätte er gar keine tröstenden Worte gefunden. Zu deutlich erinnerte er sich an einen anderen Krankenwagen, an eine andere Tragbahre, an eine andere Fahrt. Er wagte Theresa kaum anzublicken, so sehr fürchtete er sich davor, in ihrem Gesicht dasselbe zu sehen wie damals im Gesicht ihrer Mutter: diesen Ausdruck bleicher, entrückter Hinnahme, der bedeutete, daß sie sich bereits von ihm entfernte, von den irdischen Problemen des Lebens, sogar von seiner Liebe, um in ein Schattenland hinüberzugleiten, in das er ihr

nicht zu folgen vermochte und wo er nicht willkommen war. Krampfhaft versuchte er in dem Gedanken an Dr. Entwhistles robuste Stimme Beruhigung zu finden.
»Sie wird wieder gesund. Es ist eine einfache Blinddarmentzündung. Wir werden sie sofort ins Krankenhaus bringen. Dort wird sie heute abend noch operiert und kann im günstigsten Fall in ein paar Tagen schon wieder zu Hause sein. Natürlich nicht, um die Hausarbeit zu verrichten; darüber werden wir uns später unterhalten. Vorerst werden wir mal telephonieren. Und geraten Sie nicht in Panik, Mann! An einer Blinddarmentzündung stirbt man nicht.«
Aber es gab doch Menschen, die daran starben. Sie starben in der Narkose, sie starben an Bauchfellentzündung, sie starben, weil der Chirurg einen Fehler machte. Er hatte von derartigen Fällen gelesen. Er hatte keine Hoffnung mehr.
Während die Tragbahre vorsichtig angehoben und in den Krankenwagen verfrachtet wurde, wandte er sich um und blickte zu Scudder's Cottage zurück. Inzwischen haßte er das Haus, haßte, was es ihm angetan und was es ihn zu tun gezwungen hatte. Genau wie er selbst war es verflucht. Mrs. Jago, die an der Tür stand, hielt Anthony unbeholfen in den Armen, während die Zwillinge stumm an ihrer Seite standen. Er hatte im Local Hero angerufen und um Hilfe gebeten, und George Jago hatte seine Frau sofort herübergefahren, damit sie bei den Kindern blieb, bis Blaney nach Hause zurückkehren konnte. Es hatte sonst niemanden gegeben, den er hätte fragen können. Zwar hatte er Alice Mair im Martyr's Cottage zu erreichen versucht, doch dort meldete sich nur der Anrufbeantworter. Mrs. Jago hob Anthonys Hand und winkte ihm damit zum Abschied zu; dann beugte sie sich nieder und sprach mit den Zwillingen. Gehorsam winkten auch sie. Dann stieg Blaney in den Krankenwagen, und die Türen wurden geschlossen.
Holpernd und schlingernd fuhr die Ambulanz den Feldweg

entlang, um sofort zu beschleunigen, als sie die schmale Landzungenstraße nach Lydsett erreichte. Auf einmal wurde das Steuer so scharf herumgerissen, daß er beinah von seinem Sitz flog. Der Sanitäter, der ihm gegenübersaß, fluchte verärgert.
»Irgend so 'n verdammter Raser!«
Aber Blaney antwortete nicht. Er saß, ihre Hand noch in der seinen, ganz dicht neben Theresa und betete, flehte denselben Gott an, an den er nicht mehr geglaubt hatte, seit er siebzehn war. »Laß sie nicht sterben! Bestrafe sie nicht meinetwegen! Ich werde an dich glauben. Alles werde ich für dich tun. Ich werde mich ändern, werde mich bessern. Bestrafe mich, aber nicht sie! O Gott – bitte, laß sie leben!«
Und plötzlich stand er wieder auf diesem schrecklichen kleinen Kirchhof und hörte die monotone, dröhnende Stimme von Pfarrer McKee, während Theresa neben ihm stand und ihre eiskalte Hand in der seinen lag. Der Erdaushub war von einer synthetischen Grasmatte bedeckt, aber ein Haufen war frei geblieben, und er sah das frisch gestochene Goldbraun der Scholle. Er hatte nicht gewußt, daß die Erde von Norfolk eine so wunderschöne Farbe besaß. Eine weiße Blüte war aus einem der Kränze gefallen, eine winzige, gemarterte Knospe mit einer Nadel im umwickelten Stengel, und fast hatte er dem Impuls nicht widerstehen können, sie aufzuheben, bevor sie mit der Erde ins Grab geschaufelt wurde, sie nach Hause mitzunehmen, in eine Vase mit Wasser zu stellen und in Frieden sterben zu lassen. Er mußte sich sehr zusammenreißen, um sich nicht zu bücken und sie aufzuheben. Aber er hatte es nicht gewagt, und so war sie von den ersten Erdschollen erstickt und vernichtet worden.
Er hörte, daß Theresa etwas flüsterte. Als er sich zu ihr hinabbeugte, roch er ihren Atem. »Muß ich jetzt sterben, Daddy?«
»Aber nein! Nein!«

Fast hätte er es laut herausgeschrien, dem Tod ein trotziges Brüllen entgegengeschleudert, und merkte schon, daß sich der Sanitäter erheben wollte. Statt dessen sagte er beruhigend: »Du hast doch gehört, was Dr. Entwhistle gesagt hat. Es ist nur eine Blinddarmentzündung.«
»Ich möchte mit Pfarrer McKee sprechen.«
»Morgen. Nach der Operation. Ich werd's ihm ausrichten, und er wird dich besuchen kommen. Ich werde es bestimmt nicht vergessen. Ehrenwort. Und jetzt lieg still.«
»Ich will ihn aber jetzt sprechen, Daddy, vor der Operation! Ich muß ihm unbedingt was sagen.«
»Sag's ihm morgen.«
»Kann ich's dir sagen? Irgend jemand muß ich's sagen.«
Beinah wütend antwortete er: »Morgen, Theresa. Es hat Zeit bis morgen!« Doch dann flüsterte er, über den eigenen Egoismus erschrocken: »Sag's mir, Liebling, wenn's unbedingt sein muß.« Und er schloß die Augen, damit sie darin nicht seine Angst, seine Hoffnungslosigkeit lesen konnte.
»An dem Abend, an dem Miss Robarts starb«, flüsterte sie, »da hab ich mich zu den Abteiruinen rausgeschlichen. Ich hab gesehen, wie sie ins Meer gelaufen ist. Ich war da, Daddy!«
»Das ist völlig unwichtig«, antwortete er heiser. »Du brauchst mir nichts weiter zu sagen.«
»Aber ich will es sagen! Ich hätte es dir schon längst sagen sollen. Bitte, Daddy!«
Er legte seine Hand über die ihre. »Sag's mir.«
»Da war noch jemand. Ich hab gesehen, wie sie über die Landzunge zum Meer runterging. Es war Mrs. Dennison.«
Erleichterung wogte in ihm auf, Welle um Welle, wie ein laues, reinigendes Sommermeer. Nach einem kurzen Schweigen hörte er abermals ihre Stimme: »Wirst du's irgend jemandem sagen, Daddy? Der Polizei?«
»Nein«, versicherte er. »Ich bin froh, daß du's mir gesagt

hast, aber es ist nicht wichtig. Es hat nichts zu bedeuten. Sie ist einfach im Mondschein spazierengegangen. Ich werd's keinem sagen.«
»Nicht mal, daß ich am Abend auf der Landzunge war?«
»Nein«, erklärte er energisch, »nicht einmal das. Jedenfalls jetzt noch nicht. Aber nach der Operation werden wir überlegen, was wir tun sollen.«
Nun vermochte er zum erstenmal daran zu glauben, daß es für sie beide eine Zeit nach der Operation geben werde.

51

Mr. Copleys Arbeitszimmer lag auf der Rückseite des Alten Pfarrhofs mit Blick auf den ungepflegten Rasen und die drei Reihen vom Wind verkrüppelter Büsche. Es war das einzige Zimmer im ganzen Pfarrhaus, das Meg niemals betreten würde, ohne zuvor anzuklopfen, und wurde so sorgsam als Mr. Copleys Privatsphäre respektiert, als sei er noch immer mit der Leitung der Gemeinde betraut und brauche ein stilles Plätzchen, wo er seine Sonntagspredigten vorbereiten oder mit jenen Gemeindemitgliedern sprechen konnte, die seinen Rat suchten. Hier las er jeden Tag das Morgen- und das Abendgebet, obwohl die einzigen Zuhörer seine Ehefrau und Meg waren, deren leise Frauenstimmen die Responsorien übernahmen und abwechselnd die Verse der Psalmen lasen. An ihrem ersten Tag im Alten Pfarrhof hatte er Meg liebenswürdig, doch ohne jede Verlegenheit erklärt: »Ich halte in meinem Arbeitszimmer täglich die beiden Hauptandachten, aber fühlen Sie sich bitte nicht zur Teilnahme verpflichtet, es sei denn, es wäre Ihr eigener Wunsch.«
Meg hatte sich entschlossen, an diesen Andachten teilzunehmen – anfangs aus Höflichkeit, später aber, weil dieses alltägliche Ritual, die schönen, halb vergessenen Versrhythmen

sie zum Glauben verführten, ihrem Tag eine willkommene Form verliehen. Und das Zimmer selbst schien von allen Räumen in diesem so grundhäßlichen, aber gemütlichen Haus eine besonders unangreifbare Geborgenheit zu gewähren, ein fester Fels zu sein, gegen den die Wogen all jener haßerfüllten, hartnäckigen Erinnerungen an die Schule, der banalen Ärgernisse des täglichen Lebens, sogar der Schrecken des Whistlers und der Bedrohung durch das Kraftwerk vergebens anbrandeten. Sie hatte das Gefühl, daß es sich seit dem ersten viktorianischen Pfarrer nicht erwähnenswert verändert hatte. Die eine Wand war mit Büchern vollgestellt, einer theologischen Bibliothek, die Mr. Copley, wie sie vermutete, heutzutage nur noch selten zu Rate zog. Die Platte des alten Mahagonischreibtischs war gewöhnlich leer, und Meg argwöhnte, daß er den größten Teil seiner Zeit im Lehnsessel verbrachte, von dem aus er in den Garten sehen konnte. Drei Wände waren mit Bildern bedeckt: der Ruderachter aus seiner Universitätszeit mit komisch winzigen Mützen über ernsten jungen Gesichtern mit martialischen Schnurrbärten; die Ordinanden seines theologischen Kollegs; geschmacklose Aquarelle in Goldrahmen, das Ergebnis der großen Reise irgendeines Vorfahren; Stiche der Norwich Cathedral, des Kirchenschiffs von Winchester, des großen Oktagons von Ely. Auf einer Seite des viktorianischen Kamins hing ein einzelnes Kruzifix. Meg hielt es für ziemlich alt und höchstwahrscheinlich wertvoll, aber gefragt hatte sie lieber nicht danach. Der Leichnam Christi war der eines jungen Mannes, schmerzhaft gespannt in seiner letzten Agonie; der weit geöffnete Mund schien zu schreien – entweder triumphierend oder voll Trotz gegen den Gott, der ihn verlassen hatte. Sonst gab es in diesem Arbeitszimmer nichts, das kraftvoll oder beunruhigend wirkte: Möbel, Gegenstände, Bilder – alles sprach von Ordnung, Gewißheit, Hoffnung. Daher hatte sie nun, als sie anklopfte und auf Mr.

Copleys freundliches »Herein!« wartete, das Gefühl, nicht nur bei ihm, sondern auch bei diesem Zimmer Trost zu suchen.
Mr. Copley saß, ein Buch auf dem Schoß, in seinem Sessel und machte Anstalten, aufzustehen, als sie eintrat. »Bitte, bleiben Sie sitzen«, sagte sie. »Ich wollte nur fragen, ob Sie ein paar Minuten Zeit für mich haben.«
Sie entdeckte sofort das Aufblitzen von Besorgnis in den blaßblauen Augen und dachte: Er fürchtet, daß ich kündigen will. Deswegen ergänzte sie rasch, aber mit freundlichem Nachdruck: »Als Pfarrer. Ich würde Sie gern als Pfarrer um Rat fragen.«
Er legte das Buch aus der Hand. Wie sie sah, war es ein Band, den er mit seiner Frau am vergangenen Freitag in der Wanderbücherei ausgeliehen hatte, der neueste H. R. F. Keating. Sowohl er selbst als auch Dorothy Copley lasen mit Vorliebe Krimis, und Meg ärgerte sich ein wenig darüber, daß Ehemann und Ehefrau es beide für selbstverständlich hielten, daß er die Bücher immer als erster las. Diese unzeitige Erinnerung an seine gemäßigte Selbstsucht in der Ehe gewann sekundenlang eine so unangemessen große Bedeutung, daß sie sich fragte, wie sie jemals darauf gekommen war, daß ausgerechnet er ihr helfen könne. Doch war es richtig, ihn wegen der ehelichen Prioritäten zu kritisieren, die Dorothy Copley persönlich gesetzt und über dreiundfünfzig Jahre lang liebevoll gehegt hatte? Ich konsultiere jetzt den Pfarrer und nicht den Mann, ermahnte sie sich streng. Ich würde ja auch keinen Klempner fragen, wie er Frau und Kinder behandelt, bevor ich ihn auf das Leck im Boiler ansetze.
Er deutete auf einen zweiten Lehnsessel, den sie sich heranzog, um ihm gegenüber Platz zu nehmen. Sorgfältig markierte er die Seite im Buch mit seinem Lesezeichen aus Leder, legte den Band so behutsam nieder, als handele es sich

um ein Gebetbuch, und faltete die Hände darüber. Ihr schien es ein Akt bewußter Konzentration zu sein, als er sich vorbeugte und den Kopf leicht zur Seite neigte; er wirkte aufmerksam, wie in einem Beichtstuhl. Aber sie hatte ihm nichts zu beichten, sie hatte lediglich eine Frage an ihn, die in ihrer krassen Simplizität mitten ins Herz ihres orthodoxen, selbstverständlichen, aber nicht blinden Christenglaubens zu zielen schien: »Wenn wir vor einer Entscheidung stehen, einem Dilemma – woher wissen wir, was richtig ist?«

Sie glaubte in seiner sanften Miene ein Nachlassen der Spannung zu entdecken, als sei er dankbar dafür, daß dies eine weniger schwierige Frage war, als er befürchtet hatte. Aber er nahm sich Zeit, bevor er antwortete.

»Das wird uns unser Gewissen sagen, wenn wir darauf hören.«

»Diese ruhige, leise Stimme, ähnlich der Stimme Gottes?«

»Nicht *ähnlich*, Meg. Das Gewissen *ist* die Stimme Gottes, die Stimme des innewohnenden Heiligen Geistes. Im Pfingstgebet bitten wir deshalb auch um ein gerechtes Urteil in allen Dingen.«

»Aber wie«, fuhr sie sanft, doch hartnäckig fort, »können wir sicher sein, daß wir nicht nur die eigene Stimme hören, die Stimme unserer eigenen unbewußten Wünsche? Die Antwort, auf die wir so aufmerksam lauschen, muß doch durch unsere eigenen Erfahrungen, unsere Persönlichkeit, unser Erbe, unsere innersten Bedürfnisse beeinflußt sein. Können wir uns niemals von den eigenen Wünschen und Vorstellungen befreien? Wäre es möglich, daß das Gewissen uns nur das rät, was wir am liebsten hören wollen?«

»Das entspricht nicht meiner Erfahrung. Das Gewissen hat mich gewöhnlich zu Entscheidungen geführt, die meinen eigenen Wünschen zuwiderliefen.«

»Oder dem, was Sie zu jener Zeit für Ihre eigenen Wünsche hielten.«

Damit setzte sie ihm jedoch allzu hart zu. Er saß still da, suchte möglicherweise Rat bei alten Predigten, alten Moralvorstellungen, vertrauten Lehrtexten. Eine kurze Pause entstand; dann sagte er: »Ich habe es immer hilfreich gefunden, mir das Gewissen als ein Instrument vorzustellen, ein Saiteninstrument etwa. Die Botschaft liegt in der Musik, doch wenn wir das Instrument nicht instand halten und uns ständig daran üben, bekommen wir nur eine sehr unzulängliche Reaktion.«

Sie erinnerte sich, daß er früher Geige gespielt hatte. Jetzt waren seine Hände zu sehr von Rheuma geplagt, um das Instrument zu halten, aber es lag noch immer auf der Kommode in der Ecke. Die Metapher mochte ihm etwas bedeuten, für Meg ergab sie keinen Sinn.

»Aber«, wandte sie ein, »wenn mir mein Gewissen sagt, was richtig ist – ich meine, nach den Moralgesetzen oder sogar den Gesetzen des Landes –, bedeutet das doch nicht, daß ich keine Verantwortung mehr trage. Angenommen, ich gehorche meinem Gewissen und tue, was es mir sagt, bewirke aber dadurch, daß jemand anders zu Schaden kommt, ja sogar in Gefahr gerät?«

»Wir müssen das tun, was wir für richtig halten, und die Folgen Gott überlassen.«

»Aber jeder Mensch, der eine Entscheidung trifft, muß doch an die eventuellen Folgen denken! Das ist es doch, was der Begriff Entscheidung bedeutet. Wie können wir Ursache und Wirkung trennen?«

»Würde es Ihnen helfen, wenn Sie mir sagen, was Sie quält? Das heißt natürlich, falls Ihnen das möglich ist.«

»Ich würde Ihnen statt dessen lieber ein Beispiel geben. Angenommen, mir ist bekannt, daß jemand seinen Arbeitgeber regelmäßig bestiehlt. Wenn ich ihn anzeige, wird er gefeuert, seine Ehe wird gefährdet, Frau und Kinder zutiefst verletzt. Möglicherweise habe ich das Gefühl, daß der Laden

oder die Firma ein paar Pfund Verlust pro Woche eher verkraften könnte als unschuldige Menschen soviel Leid.«
Einen Augenblick schwieg Mr. Copley; dann sagte er: »Das Gewissen würde Ihnen möglicherweise raten, lieber mit dem Dieb zu sprechen als mit seinem Arbeitgeber. Ihm zu erklären, daß Sie alles wissen, und ihn zu überreden, damit aufzuhören. Das Geld müßte natürlich zurückerstattet werden. Daß das ein Problem darstellen könnte, ist mir bewußt.«
Sie sah zu, wie er das Problem mit gerunzelter Stirn erwog, sich den erfundenen diebischen Familienvater vorzustellen suchte. Dann sagte sie: »Aber wenn er nun mit den Diebstählen nicht aufhören will oder kann?«
»Nicht kann? Wenn das Stehlen für ihn ein unwiderstehlicher Zwang ist, braucht er natürlich ärztliche Hilfe. Ja natürlich, das müßte man versuchen. Obwohl ich selbst, was den Erfolg einer Psychotherapie betrifft, nicht besonders optimistisch bin.«
»Das also zum Nicht-Wollen. Was aber, wenn er aufzuhören verspricht und trotzdem weiterstiehlt?«
»Dennoch müssen Sie genau das tun, was Ihnen Ihr Gewissen befiehlt. Die Folgen können wir nicht immer absehen. In dem Fall, den Sie mir schildern, würde es Mitschuld für Sie bedeuten, wenn Sie das Stehlen weitergehen lassen. Sobald Sie sehen, was da vorgeht, können Sie nicht mehr so tun, als wüßten Sie von nichts, und Sie können sich nicht vor der Verantwortung drücken. Wissen bedeutet Verantwortung; das gilt für Alex Mair im Kraftwerk Larksoken genauso wie hier in diesem Arbeitszimmer. Sie sagten, daß Kinder in Mitleidenschaft gezogen würden, wenn Sie die Wahrheit sagten; diese Kinder sind schon jetzt von der Unehrlichkeit des Vaters in Mitleidenschaft gezogen, ebenso wie die Ehefrau, die davon profitiert. Dann gibt es da noch die anderen Angestellten: Möglicherweise werden sie zu Unrecht verdächtigt. Diese Unehrlichkeit könnte sich, falls nicht aufge-

deckt, sogar so schlimm auswirken, daß Frau und Kinder letzten Endes noch schlechter dran sind, als wenn ihr jetzt Einhalt geboten wird. Deswegen ist es sicherer, wenn wir uns darauf beschränken, das zu tun, was rechtens ist, und die Folgen dem lieben Gott überlassen.«
»Selbst wenn wir nicht sicher sind, daß ER noch existiert?« wollte sie ihm entgegnen. »Selbst wenn sich das nur als eine weitere Möglichkeit darstellt, sich vor der persönlichen Verantwortung zu drücken, der wir, wie Sie mir gerade erzählt haben, nicht ausweichen können und sollten?« Aber sie sah, daß er auf einmal sehr müde wirkte, und ihr entging auch nicht der flüchtige, verstohlene Blick, den er auf sein Buch warf.
Er wollte zu Inspector Ghote zurückkehren, Keatings sanftem Detektiv, der trotz all seiner Zweifel letztlich ans Ziel gelangte, weil das ein Roman war: ein Roman, in dem Probleme gelöst, das Böse besiegt, der Gerechtigkeit zum Triumph verholfen wurde und der Tod ein Geheimnis war, das im letzten Kapitel ebenfalls gelöst werden würde. Copley war ein sehr alter Mann. Es war unfair, ihn zu belästigen. Am liebsten hätte sie ihm die Hand auf den Arm gelegt und ihm gesagt, daß alles in Ordnung sei, er brauche sich keine Sorgen zu machen. Statt dessen erhob sie sich und nahm Zuflucht zu einer Lüge, um ihn zu beruhigen. Dabei benutzte sie, zum erstenmal die Anrede, die ihr eigentlich selbstverständlich war.
»Danke, Vater, Sie haben mir sehr geholfen. Jetzt ist mir alles sehr viel klarer. Und ich weiß, was ich zu tun habe.«

52

Meg war jede Biegung und jedes Hindernis auf diesem überwucherten Feldweg zum Tor der Landzunge so vertraut, daß sie zur Orientierung den zittrigen Lichtkegel ihrer Taschenlampe kaum brauchte, und auch der in Larksoken ständig unberechenbare Wind schien sich inzwischen ausgetobt zu haben. Als sie jedoch eine kleine Anhöhe erreichte und das Licht über der Tür von Martyr's Cottage in Sicht kam, wurde er plötzlich wieder stärker und fiel über sie her, als wolle er sie vom Erdboden wegreißen und wie ein Wirbelwind in die Geborgenheit und den Frieden des Alten Pfarrhofs zurücktragen. Ohne gegen den Wind anzukämpfen, bot sie ihm doch größtmöglichen Widerstand, stemmte sich mit gesenktem Kopf, das Kopftuch mit beiden Händen festhaltend, dagegen, bis die Gewalt der Sturmbö vorüber war und sie sich wieder aufrichten konnte. Auch der Himmel war in Aufruhr; die Sterne schimmerten, standen aber sehr hoch, und der Mond segelte hektisch zwischen den zerfetzten Wolken hindurch wie eine Laterne aus dünnem Papier. Während sich Meg den Weg zum Martyr's Cottage entlangkämpfte, hatte sie das Gefühl, als werde die ganze Landzunge um sie herumgewirbelt wie im urzeitlichen Chaos, so daß sie nicht mehr unterscheiden konnte, ob das Tosen in ihren Ohren vom Wind kam, von ihrem pulsierenden Blut oder von der brüllenden See. Als sie schließlich, völlig außer Atem, die Eichentür erreichte, dachte sie zum erstenmal an Alex Mair und fragte sich, was sie tun sollte, wenn er zu Hause war. Sie fand es seltsam, daß sie nicht früher an diese Möglichkeit gedacht hatte. Sie wußte, daß sie ihm nicht entgegentreten konnte – nicht jetzt, noch nicht. Aber es war Alice, die auf ihr Klingeln öffnete. »Bist du allein?« erkundigte sich Meg.

»Ja. Alex ist in Larksoken. Komm herein, Meg.«

In der Diele legte Meg Mantel und Kopftuch ab, hängte beides auf und folgte Alice in die Küche. Sie war offenbar mit dem Korrekturlesen ihrer Druckfahnen beschäftigt gewesen. Nun nahm sie wieder an ihrem Schreibtisch Platz, drehte sich mit dem Sessel um und beobachtete mit ernster Miene, wie Meg sich in ihren Lieblingssessel am Kamin setzte. Eine Weile schwiegen beide. Alice trug einen langen braunen Rock aus feiner Wolle mit einer bis zum Kinn zugeknöpften Bluse und darüber einen ärmellosen, plissierten Überwurf mit schmalen Streifen aus Braun und Gelb, der beinah bis zum Boden reichte. Er verlieh ihr eine fast priesterliche Würde, eine Aura ruhiger Autorität. Im Kamin brannte ein kleines Holzfeuer, das den Raum mit würzigem Herbstgeruch erfüllte, und der Wind seufzte und klagte vertraut durch den Schornstein, nur gedämpft durch die dicken Wände aus dem sechzehnten Jahrhundert. Von Zeit zu Zeit fuhr er bis in den Kamin hinab; dann flammten die Scheite zischend auf. Die Kleidung, der Feuerschein, der Geruch von brennendem Holz, vermischt mit dem feineren Duft von Kräutern und warmem Brot, waren Meg aus vielen ruhigen, gemeinsamen Abenden lieb und vertraut. Der heutige Abend jedoch war auf schreckliche Weise anders. Nach dem heutigen Abend würde diese Küche für sie vielleicht nie wieder Heimat sein.
»Störe ich?« fragte sie Alice.
»Wie du siehst, ja, aber das bedeutet nicht, daß mir eine Unterbrechung nicht willkommen wäre.«
Meg bückte sich, um einen großen braunen Umschlag aus ihrer Schultertasche zu ziehen.
»Ich habe die ersten fünfzig Druckseiten mitgebracht. Ich habe mich an deine Anweisungen gehalten, den Text gelesen und ausschließlich auf Druckfehler kontrolliert.«
Alice nahm das Kuvert entgegen und legte es, ohne es anzusehen, auf den Schreibtisch. »Genau das hatte ich beabsich-

tigt«, erwiderte sie. »Ich konzentriere mich so stark auf die Präzision der Rezepte, daß mir manchmal Fehler im Text entgehen. Ich hoffe nur, es war nicht zuviel Arbeit für dich.«
»Aber nein, es hat mir Spaß gemacht, Alice. Es hat mich an Elizabeth David erinnert.«
»Hoffentlich nicht allzusehr. Sie ist so großartig, daß ich ständig fürchte, zu sehr von ihr beeinflußt zu werden.«
Beide schwiegen. Wir reden, als deklamierten wir einen geschriebenen Dialog, dachte Meg, nicht gerade wie Fremde, aber wie Menschen, die ihre Worte sorgfältig wählen, weil der Raum zwischen ihnen mit gefährlichen Gedanken befrachtet ist. Wie gut kenne ich sie überhaupt? Was hat sie mir jemals von sich erzählt? Höchstens ein paar Einzelheiten aus dem Leben mit ihrem Vater, Fragmente von Informationen, ein paar Sätze, in unsere Gespräche geworfen wie ein brennendes Streichholz, das im Fallen flüchtig die Konturen eines weithin unerforschten Terrains beleuchtet. Ich habe ihr fast alles anvertraut – über mich selbst, meine Kindheit, die Rassenprobleme in der Schule, Martins Tod. Aber ist es jemals zu einer echten, gleichberechtigten Freundschaft gekommen? Sie weiß mehr über mich als jeder andere lebende Mensch. Doch alles, was ich über Alice weiß, ist, daß sie eine gute Köchin ist.
Sie spürte den steten, fast forschenden Blick der Freundin auf sich ruhen. »Aber du hast dich nicht in diesem Sturm hierher durchgeschlagen, nur um mir die fünfzig Druckseiten zu bringen«, stellte Alice fest.
»Ich muß mit dir sprechen.«
»Du sprichst mit mir.«
Meg hielt Alices unbewegtem Blick stand. »Diese zwei jungen Frauen«, begann sie, »Caroline und Amy – die Leute behaupten, sie hätten Hilary Robarts umgebracht. Glaubst du das auch?«
»Nein. Warum?«

»Ich glaube es ebensowenig. Meinst du, die Polizei versucht, ihnen den Mord anzuhängen?«
Alices Ton war kühl. »Nein, ich glaube nicht. Ist das nicht eine ziemlich dramatische Vorstellung? Warum sollten sie? Ich halte Chief Inspector Rickards für einen aufrechten und gewissenhaften Beamten, wenn auch nicht unbedingt für intelligent.«
»Na ja, das käme ihnen doch gelegen, nicht wahr? Zwei tote Verdächtige. Fall gelöst. Kein weiteren Mordopfer mehr.«
»Waren sie wirklich Verdächtige? Rickards scheint dir mehr anvertraut zu haben als mir.«
»Sie hatten kein Alibi. Der Mann von Larksoken, mit dem Caroline angeblich verlobt war – Jonathan Reeves, hieß er nicht so? –, hat offenbar gestanden, daß sie an jenem Abend doch nicht zusammen waren. Caroline hat ihn gezwungen, in diesem Punkt zu lügen. Das wissen die meisten Angestellten von Larksoken inzwischen. Und es spricht sich natürlich im Dorf herum. George Jago rief mich an, um es mir mitzuteilen.«
»Na schön, dann hatten sie eben kein Alibi. Das hatten andere Leute auch nicht – du zum Beispiel. Kein Alibi zu haben ist noch kein Schuldbeweis. Ich hatte übrigens auch keins. Ich war den ganzen Abend zu Hause, glaube aber kaum, daß ich das beweisen kann.«
Nun war er gekommen, der Moment, der Meg seit dem Mord nicht mehr aus dem Kopf ging, der Augenblick der Wahrheit, vor dem sie sich fürchtete. Mit trockenen, harten Lippen entgegnete sie: »Aber du warst nicht zu Hause, stimmt's? Als ich am Montag vormittag hier in der Küche saß, hast du zu Chief Inspector Rickards gesagt, du wärst hier gewesen, aber das war gelogen, nicht wahr?«
Sekundenlang blieb alles still. Dann erkundigte sich Alice gelassen: »Ist es das, weswegen du gekommen bist?«
»Ich weiß, daß du mir das erklären kannst. Es ist lächerlich,

diese Frage überhaupt zu stellen. Ich trage sie nur schon so lange mit mir herum. Und du bist meine Freundin. Unter Freunden sollte man so etwas fragen können. Unter Freunden sollten Aufrichtigkeit und Vertrauen herrschen.«

»Welche Frage? Mußt du unbedingt wie eine Eheberaterin reden?«

»Die Frage, warum du der Polizei gesagt hast, du wärst um 9 Uhr hier gewesen. Das warst du nicht. Aber ich war hier. Nachdem die Copleys abgereist waren, hatte ich plötzlich das Bedürfnis, dich zu sehen. Ich habe anzurufen versucht, aber da kam nur der Beantworter. Ich habe keine Nachricht darauf hinterlassen; das wäre sinnlos gewesen. Statt dessen bin ich hergekommen. Das Haus war leer. Im Wohnzimmer und in der Küche brannte Licht, und die Tür war abgeschlossen. Ich habe nach dir gerufen. Der Plattenspieler lief, sehr laut sogar. Das Haus war von triumphierender Musik erfüllt. Aber es war niemand da.«

Alice saß eine Weile schweigend da. Dann sagte sie ruhig: »Ich habe einen Spaziergang im Mondschein gemacht. Auf zufällige Besucher war ich nicht gefaßt. Außer dir gibt es niemals zufällige Besucher, und ich dachte, du wärst in Norwich. Trotzdem habe ich die üblichen Sicherheitsmaßnahmen gegen Eindringlinge getroffen und die Haustür abgeschlossen. Wie bist du hereingekommen?«

»Mit deinem Schlüssel. Das kannst du doch nicht vergessen haben, Alice! Vor einem Jahr hast du mir einen Schlüssel gegeben. Seitdem ist er in meinem Besitz.«

Alice blickte sie an, und Meg sah in ihrem Gesicht das Aufdämmern einer Erinnerung, von Bedauern und sogar, bevor sie sich kurz abwandte, die Andeutung eines reuevollen Lächelns. Dann sagte Alice: »Das hatte ich tatsächlich vergessen, vollkommen vergessen. Wie seltsam! Es hätte mich wohl auch nicht beunruhigt, wenn ich es nicht vergessen hätte. Schließlich glaubte ich dich in Norwich. Aber ich hatte es vergessen. Wir haben so viele Hausschlüssel, einige hier, einige in London. Aber du hast mich nie daran erinnert, daß du einen hast.«

»Doch, einmal, ganz am Anfang, und du hast mir geantwortet, ich solle ihn behalten. Törichterweise hab ich mir eingebildet, dieser Schlüssel bedeute etwas – Vertrauen, Freundschaft –, er sei ein Symbol dafür, daß mir Martyr's Cottage immer offensteht. Du hast mir erklärt, daß ich ihn eines Tages vielleicht brauchen könnte.«

Nun lachte Alice laut heraus. »Und du hast ihn tatsächlich gebraucht«, sagte sie. »Welch eine Ironie! Aber es sieht dir gar nicht ähnlich, unaufgefordert ins Haus zu kommen – jedenfalls nicht, solange ich nicht da bin. Das hast du bis dahin noch nie getan.«

»Aber ich wußte nicht, daß du nicht da warst. Die Lichter brannten, ich klingelte, und ich hörte Musik. Als ich zum drittenmal klingelte und du noch immer nicht kamst, fürchtete ich, du könntest krank sein, nicht in der Lage, Hilfe zu rufen. Deswegen hab ich die Tür aufgeschlossen. Um mich herum wogte eine wundervolle Musik. Ich habe sie erkannt: Mozarts Symphonie g-Moll. Das war Martins Lieblingsmusik. Merkwürdig, ausgerechnet dieses Band auszuwählen!«

»Ich hab's nicht gewählt. Ich habe einfach das Gerät eingeschaltet. Was hätte ich deiner Ansicht nach wählen sollen? Ein Requiem für das Hinscheiden einer Seele, an deren Existenz ich nicht glauben kann?«

Als hätte sie nichts gehört, fuhr Meg fort: »Ich ging in die Küche. Auch dort brannte Licht. Zum erstenmal war ich in diesem Raum allein. Und plötzlich fühlte ich mich wie eine Fremde. Ich spürte, daß nichts darin etwas mit mir zu tun hatte. Ich spürte, daß ich kein Recht hatte, dort zu sein. Das ist der Grund, warum ich gegangen bin, ohne dir eine Nachricht zu hinterlassen.«

»Du hattest ganz recht«, gab Alice traurig zurück. »Du

hattest kein Recht, hier zu sein. Und du wolltest mich so dringend sehen, daß du allein über die Landzunge kamst, bevor du wußtest, daß der Whistler tot war?«

»Ich hatte keine Angst. Die Landzunge ist so öde. Da gibt es keine Möglichkeit, jemandem aufzulauern, und außerdem wußte ich ja, sobald ich Martyr's Cottage erreicht hatte, würde ich bei dir sein.«

»Nein, du hast nicht so leicht Angst, nicht wahr? Hast du jetzt Angst?«

»Nicht vor dir, sondern vor mir. Ich habe Angst vor dem, was ich denke.«

»Das Haus war also leer. Was gibt es sonst noch? Offenbar gibt es da noch etwas.«

»Die Nachricht auf deinem Anrufbeantworter«, sagte Meg. »Wenn du sie wirklich um zehn nach 8 erhalten hättest, hättest du den Bahnhof in Norwich angerufen und mir ausrichten lassen, daß ich dich zurückrufen soll. Du wußtest, wie ungern die Copleys zu ihrer Tochter gefahren sind. Niemand sonst auf der Landzunge wußte davon. Die Copleys sprachen niemals darüber, und ich auch nicht – nur mit dir. Du hättest angerufen, Alice. Du hättest mich über den Bahnhofslautsprecher ausrufen lassen, und ich hätte sie wieder nach Hause zurückfahren können. Daran hättest du bestimmt gedacht.«

Alice sagte: »Eine Lüge Rickards gegenüber, die dem Wunsch entsprungen sein könnte, Ärger zu vermeiden, und eine gedankenlose Unterlassungssünde. Ist das alles?«

»Das Messer. Das mittlere Messer aus deinem Block. Es war nicht da. Damals hatte das natürlich keine Bedeutung, aber der Block wirkte verändert. Ich war so sehr daran gewöhnt, fünf sorgfältig der Größe nach geordnete Messer zu sehen, jedes in seinem Schlitz. Jetzt ist es wieder da. Als ich am Montag nach dem Mord herkam, war es wieder da. Am Sonntag abend aber war es nicht da.«

Am liebsten hätte Meg laut aufgeschrien: »Du kannst es nicht noch einmal benutzen, Alice! Bitte, benutz es nicht!« Statt dessen zwang sie sich, weiterzusprechen, versuchte, ruhig zu bleiben, versuchte, nicht um Beteuerungen, Verständnis zu betteln.

»Und als du am nächsten Morgen anriefst, um mir zu sagen, Hilary sei tot, habe ich nichts von meinem Besuch erwähnt. Ich wußte nicht, was ich davon halten sollte. Nicht, daß ich dich verdächtigt hätte; das wäre mir unmöglich gewesen und ist es noch. Aber ich brauchte Zeit zum Nachdenken. Erst am späten Vormittag konnte ich mich überwinden, zu dir zu kommen.«

»Und dann fandest du mich hier mit Chief Inspector Rikkards und hörtest mich lügen. Und hast gesehen, daß das Messer wieder an seinem Platz war. Aber du hast damals nichts gesagt, und du hast seither nichts gesagt, wie ich vermute, nicht einmal zu Adam Dalgliesh.«

Das war ein kluger Schachzug. »Ich habe niemandem etwas davon gesagt«, erklärte Meg. »Das konnte ich nicht. Erst mußte ich mit dir sprechen. Ich wußte, daß du einen in deinen Augen guten Grund für diese Lüge haben mußtest.«

»Und dann wurde dir vermutlich langsam, möglicherweise widerstrebend klar, was dieser Grund sein mochte?«

»Ich glaubte nicht etwa, daß du Hilary ermordet hättest. Es klingt phantastisch, ja absurd, diese Worte auch nur auszusprechen, dich zu verdächtigen. Aber das Messer fehlte, und du warst an dem Abend nicht da. Du hattest gelogen, und ich begriff nicht, warum. Ich begreife es immer noch nicht. Ich frage mich, wen du decken willst. Und manchmal – verzeih mir, Alice –, manchmal frage ich mich, ob du nicht dabei warst, als er sie umbrachte, ob du nicht Wache gehalten, zugesehen, ihm vielleicht sogar geholfen hast, ihr die Haare abzuschneiden.«

Alice saß so still, daß die Hände mit den langen, schmalen

Fingern, die auf ihrem Schoß, in den Falten ihres Überwurfs ruhten, wie aus Marmor gemeißelt wirkten. »Ich habe niemandem geholfen«, sagte sie dann. »Und niemand hat mir geholfen. Es waren nur zwei Menschen am Strand, Hilary Robarts und ich. Ich habe es allein geplant, und ich habe es allein ausgeführt.«
Einen Augenblick lang herrschte Schweigen. Meg spürte Eiseskälte in sich aufsteigen. Sie hörte die Worte und wußte, sie waren die Wahrheit. Hatte sie das vielleicht schon immer gewußt? Sie dachte: Ich werde nie wieder mit ihr in dieser Küche sitzen, nie wieder den Frieden und die Geborgenheit finden, die ich sonst immer in diesem Raum gefunden habe. Und dann kam ihr eine völlig ungereimte Erinnerung in den Sinn: wie sie still in diesem selben Sessel saß und Alice zusah, die Mürbegebäck vorbereitete; wie sie das Mehl auf eine Marmorplatte siebte, weiche Butterstückchen hinzufügte, das Ei aufschlug, die langen Finger vorsichtig in das Gemisch tauchte, das Mehl einknetete und das Ganze zu einer glänzenden Teigkugel formte. »Es waren deine Hände«, sagte sie tonlos. »Deine Hände, die den Gürtel um ihren Hals zuzogen, deine Hände, die ihr die Haare abschnitten, deine Hände, die ihr das L in die Stirn ritzten. Du hast es allein geplant, und du hast es allein ausgeführt.«
»Es hat Mut dazugehört«, gestand Alice, »aber vielleicht weniger, als du dir vorstellen kannst. Und sie ist sehr schnell gestorben, sehr leicht. Wir könnten froh sein, ebenso schmerzlos zu sterben. Sie hatte nicht einmal Zeit, Angst zu empfinden. Sie hatte einen leichteren Tod, als er den meisten von uns bevorsteht. Und was dann kam, spielte keine Rolle mehr. Nicht für sie. Nicht einmal für mich. Sie war tot. Es ist das, was wir den Lebenden antun, das starke Emotionen erfordert – Mut, Haß und Liebe.«
Alice schwieg einen Moment; dann sagte sie: »Verwechsle in deinem Eifer, mich als Mörderin zu überführen, bitte nicht

Verdacht mit Beweisen. Von alldem kannst du nichts beweisen. Nun gut, du behauptest, das Messer habe gefehlt, aber da steht dein Wort gegen meins. Und wenn es gefehlt hat, könnte ich sagen, daß ich einen kurzen Spaziergang auf der Landzunge gemacht hätte und der Mörder die Gelegenheit nutzte.«

»Und es anschließend wieder zurücksteckte? Er hätte ja nicht mal wissen können, daß es dort war.«

»Selbstverständlich konnte er das. Jeder weiß, daß ich eine gute Köchin bin, und wer kocht, besitzt scharfe Messer. Und warum sollte er es nicht zurückbringen?«

»Aber wie hätte er reinkommen sollen? Die Tür war verschlossen.«

»Dafür gibt es nur dein Wort. Ich werde sagen, ich hätte sie offengelassen. Das tun die Leute auf der Landzunge fast immer.«

Meg hätte am liebsten aufgeschrien: »Nicht, Alice! Denk dir nicht noch mehr Lügen aus! Laß wenigstens zwischen uns Vertrauen herrschen!« Laut sagte sie: »Und das Porträt, das eingeschlagene Fenster – warst du das auch?«

»Natürlich.«

»Aber warum? Warum all diese Komplikationen?«

»Weil sie notwendig waren. Während ich darauf wartete, daß Hilary aus dem Wasser kam, entdeckte ich Theresa Blaney. Sie tauchte plötzlich am Klippenrand bei den Abteiruinen auf. Stand nur sekundenlang da und verschwand dann wieder, aber ich habe sie gesehen. Im Mondschein war sie nicht zu verwechseln.«

»Aber wenn sie dich nicht gesehen hat, wenn sie nicht da war, als du... als Hilary starb...«

»Verstehst du nicht? Es hätte bedeutet, daß ihr Vater kein Alibi haben würde. Ich habe sie immer als ein sehr wahrheitsliebendes Kind eingeschätzt, und sie ist streng religiös erzogen worden. Wenn sie der Polizei gesagt hätte, daß sie an jenem Abend auf der Landzunge war, würde das große Gefahr für Ryan bedeuten. Und selbst wenn sie klug genug wäre zu lügen – wie lange würde sie ihre Lüge aufrechterhalten können? Die Polizei würde sie sehr behutsam vernehmen; Rickards ist kein brutaler Mensch. Aber einem wahrheitsliebenden Kind würde es schwerfallen, überzeugend zu lügen. Als ich nach dem Mord hierher zurückkam, hörte ich die Nachrichten auf dem Beantworter ab, weil mir einfiel, daß Alex es sich anders überlegen und anrufen könnte. Und da erst, zu spät, hörte ich George Jagos Mitteilung. Und ich wußte, daß der Mord nicht mehr dem Whistler angehängt werden konnte. Also mußte ich Ryan Blaney ein Alibi besorgen. Deswegen rief ich ihn an und sagte ihm, daß ich das Bild abholen würde. Als ich ihn nicht erreichen konnte, wußte ich, daß ich nach Scudder's Cottage fahren mußte, und zwar so schnell wie irgend möglich.«

»Du hättest das Porträt holen und dann an die Tür klopfen können, um ihm zu sagen, daß du es abgeholt hast, einfach nur ganz kurz mit ihm sprechen. Das wäre Beweis genug dafür gewesen, daß er zu Hause war.«

»Aber das hätte zu konstruiert gewirkt, zu vorbedacht. Ryan hatte deutlich zu verstehen gegeben, daß er nicht gestört werden wollte, daß ich nur das Porträt abholen sollte. Daran hatte er keinen Zweifel gelassen. Und Adam Dalgliesh war dabei, als er mir das sagte. Kein normaler Besucher, sondern Scotland Yards intelligentester Kriminalbeamter. Nein, ich brauchte einen triftigen Grund, um anzuklopfen und mit Ryan zu sprechen.«

»Also hast du das Porträt in den Kofferraum deines Wagens gepackt und ihm gegenüber behauptet, es sei nicht im Schuppen?« Es kam Meg seltsam vor, daß das Entsetzen in ihr vorübergehend von Neugier überlagert wurde, von dem Bedürfnis, etwas zu erfahren. Sie hätten ebensogut komplizierte Vorbereitungen für ein Picknick besprechen können.

»Genau«, bestätigte Alice. »Er würde kaum darauf kommen, daß ich es eine Minute zuvor an mich genommen hatte. Es war natürlich günstig, daß er angetrunken war. Nicht so betrunken, wie ich es Rickards geschildert habe, aber eindeutig nicht in der Lage, die Robarts zu ermorden und bis Viertel vor 10 wieder in Scudder's Cottage zu sein.«
»Nicht mal mit dem Lieferwagen oder dem Fahrrad?«
»Der Lieferwagen war nicht fahrtüchtig, und auf dem Fahrrad hätte er sich nicht halten können. Außerdem wäre er mir begegnet, wenn er nach Hause geradelt wäre. Meine Aussage bedeutete, daß Ryan selbst dann in Sicherheit war, wenn Theresa gestand, daß sie das Haus verlassen hatte. Nachdem ich mich von ihm verabschiedet hatte, fuhr ich über die menschenleere Landzunge zurück. Bei der Pillbox hielt ich kurz an und warf die Schuhe hinein. Verbrennen können hätte ich sie nur in dem offenen Feuer, in dem ich Papier und Bindfaden von dem eingepackten Porträt verbrannt hatte, aber ich dachte mir, daß brennendes Gummi Spuren und einen penetranten Gestank hinterlassen würde. Daß die Polizei die Schuhe suchen würde, auf die Idee kam ich nicht, weil ich nicht glaubte, daß sie einen Abdruck finden würden. Aber selbst wenn sie es getan hätten, so hätte es nichts gegeben, das diese speziellen Schuhe mit dem Mord in Verbindung bringen konnte. Ich hatte sie unter dem Außenhahn gründlich gewaschen, bevor ich sie wegwarf. Im Idealfall hätte ich sie zur Trödelkiste zurückbringen können, aber ich wagte nicht länger zu warten, und da du in Norwich warst, wußte ich, daß die Hintertür verschlossen sein würde.«
»Und dann hast du das Bild durch Hilarys Fenster geworfen?«
»Irgendwie mußte ich es loswerden. So wirkte das Ganze wie ein geplanter Vandalismus aus purem Haß, und dafür gab es zahlreiche Verdächtige, und zwar nicht nur hier auf der Landzunge. Das würde die Sache noch weiter kompli-

zieren und ein weiterer Beweis für Ryans Unschuld sein. Aber es diente auch noch einem anderen Zweck: Ich wollte unbedingt ins Thyme Cottage hinein. Deswegen habe ich das Fenster so weit eingeschlagen, daß ich hindurchklettern konnte.«

»Aber das war doch furchtbar gefährlich! Du hättest dich schneiden können, oder eine Glasscheibe hätte sich in deiner Schuhsohle festgesetzt. Und das waren zu jenem Zeitpunkt deine eigenen Schuhe, denn die Bumbles hattest du ja schon weggeworfen.«

»Ich habe die Sohlen gründlich kontrolliert. Und vor allem gut aufgepaßt, wohin ich trat. Da sie im Erdgeschoß die Lichter hatte brennen lassen, brauchte ich nicht mal meine Taschenlampe.«

»Aber warum? Was hast du gesucht? Was hofftest du dort zu finden?«

»Nichts. Ich wollte den Gürtel loswerden. Ich habe ihn sorgfältig aufgerollt und im Schlafzimmer in die Schublade zu ihren anderen Gürteln, Strümpfen, Taschentüchern und Socken gelegt.«

»Aber wenn die Polizei ihn untersucht hätte, wären ihre Fingerabdrücke nicht draufgewesen.«

»Meine aber auch nicht. Ich trug immer noch meine Handschuhe. Außerdem, warum sollten sie ihn untersuchen? Man mußte doch annehmen, daß der Mörder seinen eigenen Gürtel benutzt und wieder mitgenommen hatte. Nein, nein, das unwahrscheinlichste Versteck, das der Mörder wählen konnte, war im eigenen Haus des Opfers. Deswegen habe ich es getan. Und selbst wenn sie jeden Gürtel und jede Hundeleine auf der Landzunge untersucht hätten – ich glaube kaum, daß man von einem halben Zoll Leder, das von Dutzenden von Händen berührt worden sein muß, brauchbare Fingerabdrücke abnehmen kann.«

»Du hast dir eine Menge Mühe gemacht, um Ryan mit einem

Alibi zu versorgen«, sagte Meg bitter. »Was ist aber mit den anderen unschuldigen Verdächtigen? Die waren alle in Gefahr und sind es noch. Hast du denn überhaupt nicht an die gedacht?«

»Mir ging es nur noch um den einen anderen, um Alex, und der hatte das beste Alibi von allen. Er mußte durch die Sicherheitskontrolle, um ins Kraftwerk zu gelangen, und noch einmal, wenn er es wieder verließ.«

»Ich dachte an Neil Pascoe«, entgegnete Meg, »an Amy, Miles Lessingham und sogar mich selbst.«

»Von euch ist keiner ein Vater mit vier mutterlosen Kindern. Ich hielt es für sehr unwahrscheinlich, daß Lessingham ein Alibi vorweisen konnte, aber es gab keine stichhaltigen Beweise gegen ihn. Wie denn auch? Er hat es schließlich nicht getan. Aber ich habe so ein Gefühl, daß er ahnt, wer es getan hat. Lessingham ist nicht dumm. Aber selbst wenn er es weiß, würde er es niemals verraten. Neil Pascoe und Amy konnten sich gegenseitig ein Alibi geben, und du, meine liebe Meg, kannst du dich als ernsthaft Verdächtige sehen?«

»Ich kam mir so vor. Als Rickards mich vernahm, fühlte ich mich ins Lehrerzimmer der Schule zurückversetzt, vor diese kalten, anklagenden Gesichter, wo ich genau wußte, daß ich bereits abgeurteilt und für schuldig befunden worden war, und mich fragte, ob ich nicht tatsächlich schuldig war.«

»Das eventuelle Leid unschuldiger Verdächtiger, sogar das deine, stand sehr weit unten auf der Liste meiner Prioritäten.«

»Und nun läßt du es zu, daß man Caroline und Amy den Mord anhängt, die beide tot und beide unschuldig sind?«

»Unschuldig? In diesem einen Fall natürlich schon. Vielleicht hast du recht, und die Polizei findet die Annahme zweckdienlich, eine von ihnen oder beide zusammen hätten den Mord begangen. Von Rickards' Standpunkt aus ist es weit besser, zwei tote Verdächtige zu haben als gar keine Verhaftung. Und schaden kann es ihnen jetzt nicht mehr.

Die Toten sind über jeden Schaden hinaus, den Schaden, den sie anrichten, und den Schaden, der ihnen angetan wird.«
»Aber es ist falsch, und es ist ungerecht.«
»Sie sind tot, Meg! Tot! Es kann nicht mehr wichtig für sie sein. Ungerechtigkeit ist ein Wort, und sie sind über die Macht der Worte hinaus. Sie existieren nicht. Und das Leben ist ungerecht. Wenn du dich berufen fühlst, etwas gegen die Ungerechtigkeit zu tun, konzentrier dich auf die Ungerechtigkeit gegen die Lebenden. Alex hatte ein Recht auf den Job.«
»Und Hilary Robarts – hatte die nicht ein Recht auf Leben? Ich weiß, sie war nicht gerade liebenswert, ja nicht mal besonders glücklich. Es gibt anscheinend keine engere Familie, die um sie trauert. Sie hinterläßt keine kleinen Kinder. Aber du hast ihr etwas genommen, was ihr niemand zurückgeben kann. Sie hat den Tod nicht verdient. Möglicherweise hat das keiner von uns, nicht auf diese Art. Wir hängen ja heutzutage nicht mal mehr jemanden wie den Whistler. Wir haben etwas gelernt seit Tyburn, seit Agnes Poleys Verbrennung. Nichts, was Hilary Robarts getan hat, könnte ihren Tod rechtfertigen.«
»Ich behaupte ja nicht, daß sie den Tod verdient hat. Es spielt keine Rolle, ob sie glücklich war oder kinderlos oder für irgend jemanden von Nutzen außer sich selbst. Ich sage nur, daß ich ihr den Tod wünschte.«
»Das kommt mir so furchtbar böse vor, daß mein Verstand davor versagt. Was du getan hast, Alice, war eine grauenhafte Sünde.«
Alice lachte. Es war ein so herzhaftes, fast fröhliches Lachen, als wäre ihre Belustigung tatsächlich echt. »Meg, du erstaunst mich immer wieder. Du benutzt Ausdrücke, die längst nicht mehr zum allgemeinen Wortschatz gehören, nicht einmal mehr zu dem der Kirche. Der tiefere Sinn dieses einfachen kleinen Wortes liegt außerhalb meines Begriffsvermögens.

Aber wenn du dies unbedingt vom Standpunkt der Theologie aus betrachten willst, dann denk doch mal an Dietrich Bonhoeffer. Der schreibt: ›Zuweilen müssen wir bereit sein, schuldig zu sein.‹ Nun, ich bin bereit, schuldig zu sein.«
»Schuldig zu sein, ja. Aber nicht, sich schuldig zu fühlen. Das muß es leichter machen.«
»Oh, aber ich fühle mich schuldig. Man hat mir von klein auf beigebracht, mich schuldig zu fühlen. Und wenn du im tiefsten Inneren deines Wesens fühlst, daß du nicht mal das Recht hast, zu existieren, dann spielt ein Grund mehr, sich schuldig zu fühlen, kaum eine Rolle.«
Ich werde niemals vergessen, was heute abend hier geschieht, dachte Meg. Aber ich muß alles hören. Selbst das schmerzlichste Wissen ist besser als ein Halbwissen. Laut sagte sie: »Als ich an jenem Abend herkam, um dir zu sagen, daß die Copleys zu ihrer Tochter fahren werden...«
»Am Freitag nach der Dinnerparty«, fiel Alice ihr ins Wort. »Vor dreizehn Tagen.«
»Länger ist das nicht her? Mir kommt es vor wie eine andere Zeitdimension. Da hast du mich gebeten, zu dir zu kommen und mit dir zu Abend zu essen, wenn ich aus Norwich zurückkehre. War das als Teil deines Alibis geplant? Hast du sogar mich ausgenutzt?«
Alice sah sie an. »Ja«, bestätigte sie. »Tut mir leid. Du wärst so gegen halb 10 hiergewesen, also hätte ich genügend Zeit gehabt, zurückzukommen und eine warme Mahlzeit fertig zu haben.«
»Die du früher am Abend zubereitet hättest. Problemlos, nachdem Alex im Kraftwerk und aus dem Weg war.«
»So hatte ich's geplant. Als du ablehntest, habe ich dich nicht gedrängt. Das hätte später verdächtig gewirkt, zu sehr nach dem Versuch ausgesehen, mir ein Alibi zu sichern. Außerdem hättest du dich nicht überreden lassen, nicht wahr? Das tust du nie. Aber allein die Tatsache dieser Einladung hätte

geholfen. Eine Frau lädt sich normalerweise keine Freundin zum zwanglosen Abendessen ein, wenn sie gleichzeitig Mordpläne schmiedet.«
»Und wenn ich akzeptiert hätte, wenn ich hier um halb 10 aufgetaucht wäre? Das wäre dir in Anbetracht der späteren Abänderung deines Planes doch wohl recht ungelegen gekommen, nicht wahr? Du hättest nicht zum Scudder's Cottage fahren können, um Ryan ein Alibi zu verschaffen. Und du hättest dich nicht der Schuhe und des Gürtels entledigen können.«
»Die Schuhe wären das größte Problem gewesen. Ich dachte nicht, daß sie jemals mit dem Mord in Verbindung gebracht werden könnten, aber ich mußte sie unbedingt vor dem nächsten Morgen loswerden. Ich hätte niemals erklären können, wie ich in ihren Besitz gekommen war. Vermutlich hätte ich sie gewaschen, versteckt und auf eine Gelegenheit gewartet, sie am Tag darauf zur Trödelkiste zurückzubringen. Natürlich hätte ich eine Möglichkeit suchen müssen, Ryan ein Alibi zu verschaffen. Ich hätte dir vermutlich erklärt, ich könne ihn telephonisch nicht erreichen und wir müßten sofort hinfahren und ihm mitteilen, daß der Whistler tot sei. Doch das ist alles rein akademisch. Ich habe mir keine Sorgen gemacht. Du hast gesagt, daß du nicht kommst, und ich wußte, daß du nicht kommen würdest.«
»Aber ich bin gekommen. Nicht zum Abendessen. Aber ich bin gekommen.«
»Ja. Warum eigentlich, Meg?«
»Eine gewisse Niedergeschlagenheit nach einem anstrengenden Tag, Niedergeschlagenheit, weil die Copleys abgereist waren, das Bedürfnis, dich zu sehen. Ich war nicht auf ein Essen aus. Ich hatte schon vorher etwas gegessen und bin dann über die Landzunge gewandert.«
Aber sie mußte noch eine Frage stellen. »Du wußtest, daß Hilary schwimmen ging, nachdem sie den Beginn der

Abendnachrichten gesehen hatte. Vermutlich wußten die meisten Leute, daß sie am Abend gern schwimmen ging. Und du hast dir die Mühe gemacht, dafür zu sorgen, daß Ryan für Viertel nach 9 oder kurz danach ein Alibi hatte. Aber mal angenommen, die Leiche wäre erst am nächsten Tag gefunden worden? Normalerweise wäre die Robarts doch bestimmt erst vermißt worden, wenn sie am Montag morgen nicht im Kraftwerk erschien, und dann hätte man angerufen, um sich zu erkundigen, ob sie krank sei. Es hätte sogar Montag abend werden können, bevor jemand Erkundigungen anstellte. Oder sie hätte am Morgen schwimmen gehen können und nicht am Abend.«

»Der Pathologe kann den Zeitpunkt des Todes gewöhnlich relativ präzise feststellen. Und ich wußte, daß sie noch am Abend gefunden werden würde. Ich wußte, daß Alex ihr versprochen hatte, sie zu besuchen, wenn er vom Kraftwerk nach Hause fuhr. Als er Adam Dalgliesh traf, war er auf dem Weg zu ihrem Haus. Und nun weißt du, glaube ich, alles bis auf die Bumble-Sportschuhe. Ich kam am späten Sonntag nachmittag durch den hinteren Garten des Alten Pfarrhofs. Ich wußte, daß die Hintertür offen sein würde und daß es die Zeit war, da ihr den High Tea einnehmen würdet. Für den Fall, daß ich gesehen wurde, hatte ich eine Tüte mit Trödelkram mitgenommen. Aber ich wurde nicht gesehen. Ich wählte weiche Schuhe, die bequem zu tragen waren, ein Paar, das mir ungefähr passen mußte. Und ich nahm mir einen Gürtel.«

Aber noch eine weitere Frage galt es zu stellen, wohl die wichtigste: »Warum, Alice? Ich muß es wissen. Warum?«

»Das ist eine gefährliche Frage, Meg. Bist du sicher, daß du die Antwort tatsächlich hören willst?«

»Ich brauche die Antwort; ich muß versuchen, es zu verstehen.«

»Genügt es nicht, daß sie entschlossen war, Alex zu heiraten, und daß ich entschlossen war, das zu verhindern?«

»Deswegen hast du sie nicht umgebracht. Unmöglich. Da war noch mehr, da muß noch mehr gewesen sein!«
»Jawohl, da war noch mehr. Und ich vermute, du hast ein Recht, es zu erfahren. Sie hat Alex erpreßt. Sie hätte verhindern können, daß er den Job bekam, oder, falls er ihn doch bekam, hätte sie es ihm unmöglich machen können, erfolgreich zu arbeiten. Es lag in ihrer Macht, seine ganze Karriere zu ruinieren. Toby Gledhill hatte ihr erzählt, daß Alex bewußt die Veröffentlichung ihrer beider Forschungsergebnisse verzögert hatte, weil das den Ausgang der Untersuchung hinsichtlich des zweiten Reaktors für Larksoken beeinflußt hätte. Sie hatten entdeckt, daß einige Bedingungen, die sie bei der Entwicklung der mathematischen Modelle vorausgesetzt hatten, kritischer waren, als sie gedacht hatten. Die Gegner des neuen Reaktors in Larksoken hätten sich das zunutze machen können. Sie hätten möglicherweise Verzögerungen bewirkt, neue Hysterie ausgelöst.«
»Du meinst, er hat die Ergebnisse bewußt gefälscht?«
»Dazu ist er nicht fähig, Meg. Er hat nur die Veröffentlichung des Experiments verzögert. In ein bis zwei Monaten wird er die Ergebnisse veröffentlichen. Aber das ist genau die Art Information, die, wenn sie an die Presse durchsickert, irreparablen Schaden anrichten kann. Toby wäre fast bereit gewesen, sie Neil Pascoe auszuhändigen, aber Hilary hat es ihm ausgeredet. Dafür waren sie viel zu wertvoll. Sie wollte sie benutzen, um Alex zur Heirat mit ihr zu zwingen. Sie konfrontierte ihn mit ihrem Wissen, als er sie nach der Dinnerparty zu Fuß nach Hause brachte, und später am Abend erzählte er es dann mir. Da wußte ich, was ich zu tun hatte. Die einzige Möglichkeit, sie zu bestechen und auf diese Weise zu erreichen, daß sie darauf verzichtete, wäre gewesen, sie von ihrem Posten als Leiterin der Verwaltungsabteilung zur Betriebsleiterin von Larksoken zu befördern, und das war ihm fast genauso unmöglich wie wissenschaftliche Forschungsergebnisse bewußt zu fälschen.«

»Du meinst, er hätte sie tatsächlich geheiratet?«
»Er hätte sich dazu gezwungen gesehen. Aber wäre er dann endgültig in Sicherheit gewesen? Sie hätte ihn bis an sein Lebensende mit diesem Wissen bedrohen können. Und was für ein Leben wäre das gewesen, an eine Frau gefesselt, die ihn zur Heirat erpreßt hatte, eine Frau, die er nicht wollte und die er weder achten noch lieben konnte?«
Und dann ergänzte sie so leise, daß Meg sie gerade noch verstehen konnte: »Ich war Alex einen Tod schuldig.«
»Aber wie konntest du sicher sein – sicher genug, um sie zu töten?« fragte Meg. »Hättest du nicht mit ihr sprechen können, sie überreden, mit ihr diskutieren?«
»Ich habe mit ihr gesprochen. An jenem Sonntag nachmittag habe ich sie aufgesucht. Ich war es, die bei ihr war, als Mrs. Jago mit dem Kirchenblättchen kam. Man könnte sagen, ich ging zu ihr, um ihr die Chance ihres Lebens zu bieten. Ich konnte sie nicht töten, ohne ganz sicher zu sein, daß es notwendig war. Das bedeutete, etwas zu tun, was ich noch nie zuvor getan hatte: mit ihr über Alex zu sprechen und zu versuchen, sie zu überzeugen, daß diese Heirat weder in ihrem noch in seinem Interesse liege, sie zu bitten, ihn gehenzulassen. Ich hätte mir diese Demütigung ersparen können. Es gab keine Diskussion, darüber war sie hinaus. Sie war ja nicht einmal mehr sachlich. Zeitweise wütete sie wie eine Besessene gegen mich.«
»Und dein Bruder, wußte er von diesem Besuch?«
»Er weiß nichts. Ich habe es ihm damals nicht gesagt, und ich habe es ihm bisher nicht gesagt. Aber er hat mir erklärt, was er vorhatte: ihr die Ehe versprechen und dann, wenn er den Job sicher hatte, das Versprechen brechen. Es wäre eine Katastrophe geworden. Er hat nie begriffen, mit was für einer Frau er es zu tun hatte, ihre Leidenschaft, ihre Verzweiflung. Sie war das einzige Kind eines reichen Mannes, gleichzeitig über die Maßen verwöhnt und vernachlässigt;

ihr Leben lang hat sie versucht, mit ihrem Vater zu konkurrieren, und gelernt, daß alles, was man will, einem rechtmäßig zusteht, wenn man nur den Mut hat, darum zu kämpfen und es sich zu nehmen. Und diesen Mut hatte sie. Richtig besessen war sie von ihm, von dem Verlangen nach ihm, vor allem aber von dem Verlangen nach einem Kind. Er schulde ihr ein Kind, behauptete sie. Ob er vielleicht annehme, sie sei bezähmbar wie einer seiner Reaktoren, und er könne einfach das Äquivalent seiner Brennstäbe aus Boronstahl in diese Turbulenzen hinabsenken und die Kräfte beherrschen, die er damit entfesselte? Als ich sie an jenem Nachmittag verließ, wußte ich, daß mir keine Wahl blieb. Sonntag war die letzte Chance. Er hatte verabredet, auf dem Heimweg vom Kraftwerk in Thyme Cottage vorzusprechen. Es war sein Glück, daß ich sie zuerst erwischte.

Das Schlimmste war vermutlich das Warten auf seine Rückkehr an jenem Abend. Im Kraftwerk anzurufen, wagte ich nicht. Schließlich konnte ich nicht wissen, ob er allein in seinem Büro oder im Computerraum sein würde, und bis dahin hatte ich ihn noch nie angerufen, um ihn zu fragen, wann er nach Hause komme. Fast drei Stunden lang saß ich da und wartete. Ich nahm an, daß Alex die Leiche finden würde. Wenn er feststellte, daß sie nicht im Haus war, würde er natürlich am Strand nach ihr suchen. Er würde die Leiche finden, von seinem Wagen aus die Polizei alarmieren und anschließend zu Hause anrufen, um mir Bescheid zu sagen. Als er das nicht tat, begann ich mir vorzustellen, daß sie gar nicht tot sei, daß ich es irgendwie verpatzt hatte. Ich stellte mir vor, wie er sich verzweifelt um sie bemühte, Mund-zu-Mund-Beatmung versuchte, wie sie langsam die Augen aufschlug. Ich schaltete die Lichter aus und ging ins Wohnzimmer, um die Straße im Auge zu behalten. Aber schließlich kam dann kein Krankenwagen, sondern die Polizeiautos, die ewigen Begleiter des Mordes. Nur Alex kam noch immer nicht nach Hause.«

»Und als er dann schließlich gekommen ist?« fragte Meg.
»Haben wir kaum miteinander gesprochen. Ich war schon im Bett; mir war klar, daß ich genau das tun mußte, was ich normalerweise getan hätte, also nicht hier unten auf ihn warten. Er kam zu mir ins Zimmer, um mir mitzuteilen, daß Hilary tot sei, und wie sie gestorben war. Ich fragte: ›Der Whistler?‹ Und er antwortete: ›Die Polizei meint, nein. Der Whistler war tot, bevor sie umgebracht wurde.‹ Dann ließ er mich allein. Ich glaube, keiner von uns hätte es ertragen, länger zusammenzusein, solange die Atmosphäre von unseren unausgesprochenen Gedanken belastet war. Aber ich habe getan, was ich tun mußte, und es hat sich gelohnt. Er hat den Job. Und den werden sie ihm nicht wieder nehmen – nicht nachdem er darin bestätigt wurde. Sie können ihn nicht feuern, weil seine Schwester eine Mörderin ist.«
»Und wenn sie erfahren, warum du es getan hast?«
»Das werden sie nicht. Das wissen nur zwei Personen, und wenn ich dir nicht vertrauen würde, hätte ich's dir nicht erzählt. Oder, auf einem weniger erhabenen Niveau, ich bezweifle, daß sie dir ohne Bestätigung durch einen anderen Zeugen glauben würden; und sowohl Toby Gledhill als auch Hilary Robarts, die einzigen, die diese Bestätigung liefern könnten, sind tot.« Nach einer längeren Pause ergänzte sie: »Du hättest für Martin das gleiche getan.«
»O nein! Niemals!«
»Nicht so wie ich. Daß du körperliche Gewalt anwenden würdest, kann ich mir nicht vorstellen. Aber als er ertrank – wenn du da am Flußufer gestanden hättest und es in deiner Macht gelegen hätte, zu wählen, wer sterben und wer leben soll, hättest du etwa gezögert?«
»Nein, natürlich nicht. Aber das wäre etwas ganz anderes gewesen. Ich hätte keinen Tod durch Ertrinken geplant, hätte ihn nicht mal gewollt.«
»Oder wenn man dir erklärte, daß Millionen Menschen si-

cherer leben würden, wenn Alex einen Job bekommt, den auszufüllen er als einziger fähig ist, allerdings zum Preis des Lebens einer Frau – würdest du dann zögern? Das war die Wahl, vor der ich stand. Weich mir bitte nicht aus, Meg. Ich bin auch nicht ausgewichen.«

»Aber Mord – wie kann das eine Lösung sein? Das ist noch nie eine gewesen.«

Mit unvermuteter Heftigkeit antwortete Alice: »O doch, das kann er, und das ist er. Du hast doch Geschichte studiert, nicht wahr? Dann muß dir das bekannt sein.«

Meg fühlte sich zutiefst erschöpft vor Müdigkeit und Schmerz. Sie wollte dieses Gespräch beenden. Aber das ging nicht. Es blieb noch viel zuviel zu sagen. »Was wirst du tun?« erkundigte sie sich.

»Das hängt von dir ab.«

Aus all dem Entsetzen und der Fassungslosigkeit schöpfte Meg Mut. Und mehr als Mut: Autorität. »O nein«, sagte sie, »das tut es nicht. Dies ist eine Verantwortung, um die ich nicht gebeten habe und die ich ablehne.«

»Aber du kannst ihr nicht ausweichen. Du weißt jetzt, was ich weiß. Ruf Chief Inspector Rickards an. Jetzt gleich. Du kannst dieses Telephon benutzen.« Als Meg jedoch keine Anstalten machte, ihrer Aufforderung zu folgen, fuhr sie fort: »Du wirst doch mir gegenüber nicht E. M. Forster spielen. Wenn ich die Wahl hätte, mein Land zu verraten oder meinen Freund, dann hoffe ich, die Courage zu haben, mein Land zu verraten.«

»Das ist eine dieser cleveren Bemerkungen, die, wenn man sie analysiert, entweder gar nichts bedeuten oder etwas sehr Dummes«, entgegnete Meg.

»Vergiß nicht, Meg – was immer du tust, ins Leben zurückholen kannst du sie damit nicht«, warnte Alice. »Du hast eine Reihe von Alternativen, aber diese gehört nicht dazu. Es ist ungeheuer befriedigend für das menschliche Ego, die

Wahrheit aufzudecken; frag Adam Dalgliesh. Und es ist äußerst befriedigend für die menschliche Eitelkeit, sich einzubilden, man könne die Unschuldigen rächen, die Vergangenheit wiederauferstehen lassen, das Recht verteidigen. Aber das kann man nicht. Die Toten bleiben tot. Alles, was man tun kann, ist, den Lebenden im Namen des Gesetzes oder der Vergeltung oder Rache Schmerz zufügen. Wenn dir das Genugtuung bereitet, tu's, aber bilde dir nicht ein, daß du damit viel erreichst. Wie immer du dich auch entscheidest – ich weiß, daß du deine Meinung nicht ändern wirst. Ich kann dir glauben, und ich kann dir vertrauen.«
Als Meg Alice ins Gesicht sah, erkannte sie, daß ihre Miene ernst war, ironisch, herausfordernd, aber nicht bittend.
»Brauchst du Zeit, um es dir gründlich zu überlegen?« fragte Alice.
»Nein. Mehr Zeit würde nichts ändern. Ich weiß jetzt schon, was ich zu tun habe. Ich muß es melden. Aber es wäre mir lieber, wenn du es selbst tätest.«
»Dann laß mir bis morgen Zeit. Sobald ich gestanden habe, wird es keine Privatsphäre mehr geben. Es gibt Dinge hier, die ich zuvor noch erledigen muß. Die Druckfahnen, andere Angelegenheiten. Und ich hätte gern noch zwölf Stunden Freiheit. Wenn du mir die gewähren könntest, wäre ich dir sehr dankbar. Mehr zu verlangen, habe ich nicht das Recht; darum allerdings bitte ich dich.«
»Aber«, wandte Meg ein, » wenn du ein Geständnis ablegst, wirst du ihnen ein Motiv nennen müssen, einen Grund, irgend etwas, das sie dir glauben können.«
»Oh, die werden mir schon glauben. Eifersucht, Haß, der Groll einer alten Jungfer auf eine Frau, die so aussah wie die Robarts, die so lebte wie sie. Ich werde sagen, daß sie ihn heiraten, ihn mir nach allem, was ich für ihn getan habe, wegnehmen wollte. Sie werden in mir eine neurotische Frau in den Wechseljahren sehen, die vorübergehend durchge-

dreht ist. Übertriebene Geschwisterliebe. Unterdrückte Sexualität. So reden die Männer über Frauen wie mich. Das ist die Art Motiv, die Männern wie Rickards logisch erscheint. Und die werde ich ihnen servieren.«

»Selbst wenn das bedeutet, daß du nach Broadmoor kommst? Könntest du das ertragen, Alice?«

»Nun ja, das wäre eine Möglichkeit, nicht wahr? Entweder das oder ins Gefängnis. Es handelt sich um einen sorgfältig geplanten Mord. Auch der geschickteste Verteidiger könnte es unmöglich nach einer spontanen, unvorbereiteten Tat aussehen lassen. Und was das Essen betrifft, so bezweifle ich, daß es einen Unterschied zwischen Broadmoor und dem Gefängnis gibt.«

Meg hatte das Gefühl, daß überhaupt nichts jemals wieder sicher sein würde. Nicht nur ihre innere Welt war in Scherben gegangen, sondern auch die vertrauten Gegenstände der äußeren Welt waren nicht mehr real. Alices Rollsekretär, der Küchentisch, die hochlehnigen Rohrsessel, die Reihen der blitzblanken Pfannen, die Herde – das alles wirkte so substanzlos, als würde es sich bei der geringsten Berührung auflösen. Sie merkte, daß die Küche, in der ihr Blick umherwanderte, inzwischen leer war. Alice war hinausgegangen. Ein wenig erschöpft lehnte sie sich zurück und schloß die Augen. Als sie sie wieder öffnete, sah sie Alices Gesicht über sich gebeugt, riesengroß, fast wie ein Mond. Sie reichte Meg ein großes Glas. »Das ist Whisky«, erklärte sie Meg. »Trink nur, du kannst es gebrauchen.«

»Nein, Alice, ich kann nicht. Wirklich nicht. Du weißt, wie sehr ich Whisky hasse. Mir wird hundeelend davon.«

»Von dem hier wird dir nicht übel werden. Es gibt Momente, in denen ist Whisky die einzig mögliche Medizin. Und dieser hier gehört dazu. Trink nur, Meg, trink!«

Meg merkte, wie ihre Knie zitterten; gleichzeitig stiegen ihr wie brennende, schmerzende Fontänen Tränen in die Augen und begannen ihr ungehindert, ein salziger Strom, über die Wangen und den Mund zu rinnen. Dies kann nicht wirklich geschehen, dachte sie. Es kann nicht wahr sein. Aber genauso hatte sie sich gefühlt, als Miss Mortimer sie aus der Klasse holte, sie im Wohnzimmer der Direktorin fürsorglich auf einen Stuhl ihr gegenüber dirigiert und ihr die Nachricht von Martins Tod mitgeteilt hatte. Das Undenkbare mußte gedacht, das Unglaubliche geglaubt werden. Worte bedeuteten noch immer, was sie stets bedeutet hatten: Mord, Tod, Kummer, Schmerz. Sie sah, wie sich Miss Mortimers Mund bewegte, die seltsam unzusammenhängenden Phrasen herausdrängten wie die Sprechblasen in einem Comic, sie bemerkte wieder, daß die Direktorin sich vor diesem Gespräch den Lippenstift abgewischt haben mußte. Vielleicht hatte sie sich gedacht, daß nur nackte Lippen eine so furchtbare Mitteilung hervorbringen könnten. Wieder sah sie diese rastlosen Fleischwülste, entdeckte wieder, daß der oberste Knopf von Miss Mortimers Cardigan nur noch an einem Faden hing, und hörte sich wörtlich sagen: »Miss Mortimer, Sie verlieren einen Knopf.«

Sie schloß die Finger um das Glas. Es schien ihr unendlich groß geworden zu sein, so schwer wie Blei, und der Whiskygeruch drehte ihr fast den Magen um. Aber sie vermochte keinen Widerstand mehr zu leisten. Langsam hob sie es an den Mund. Sie war sich bewußt, daß Alices Gesicht noch immer sehr nah war, daß Alices Augen sie beobachteten. Sie trank den ersten kleinen Schluck und wollte gerade den Kopf zurücklegen und alles in sich hineinschütten, als ihr sanft, aber energisch das Glas aus den Händen genommen wurde und sie Alice sagen hörte: »Du hast ganz recht, Meg, Whisky war nie so recht dein Getränk. Ich werde jetzt für uns beide Kaffee machen und dich dann bis zum Alten Pfarrhof begleiten.«

Fünfzehn Minuten später half Meg die Kaffeebecher abwaschen, als sei dies das Ende eines ganz normalen Abends.

Dann machten sie sich gemeinsam auf den Weg über die Landzunge. Sie hatten den Wind im Rücken, und es schien Meg, als flögen sie fast durch die Luft, als berührten ihre Füße kaum den Boden, als seien sie Hexen. An der Tür des Pfarrhauses erkundigte sich Alice: »Was wirst du heute abend tun, Meg? Für mich beten?«

»Ich werde für uns beide beten.«

»Solange du von mir nicht erwartest, daß ich bereue. Ich bin nicht religiös, wie du weißt, und mir bedeutet das Wort nichts, es sei denn das Bedauern darüber, daß etwas, was wir getan haben, weniger positiv für uns ausgegangen ist, als wir es uns erhofft hatten. Wenn ich diese Definition zugrunde lege, habe ich wenig zu bedauern, höchstens das Pech, daß du, meine liebe Meg, ein so schlechter Automechaniker bist.«

Und dann, scheinbar spontan, packte sie Meg an den Armen. So fest war ihr Griff, daß es sehr weh tat. Sekundenlang dachte Meg, Alice werde sie nun küssen, aber ihr Griff lockerte sich, und ihre Hände fielen herab. Nach einem kurzen Gutenachtgruß wandte sie sich wortlos ab.

Während Meg den Schlüssel ins Schloß schob und die Tür aufstieß, drehte sie sich noch einmal um, aber Alice war bereits in der Dunkelheit verschwunden, und das heftige Weinen, das sie einen Moment lang ungläubig für das einer verzweifelten Frau gehalten hatte, war nur der Wind.

53

Als Dalgliesh gerade mit dem Sortieren der letzten Papiere seiner Tante fertig geworden war, klingelte das Telephon. Es war Rickards, dessen Stimme so laut und klar, fast schrill vor Euphorie, über die Leitung kam, als stehe er neben ihm. Vor einer Stunde hatte seine Frau einer Tochter das Leben ge-

schenkt. Er rief noch aus dem Krankenhaus an. Seiner Frau gehe es gut, das Baby sei bezaubernd. Er hatte nur wenige Minuten Zeit; Susie müsse sich noch irgendwelchen Routinebehandlungen unterziehen, dann dürfe er wieder zu ihr.
»Sie ist gerade noch rechtzeitig nach Hause gekommen, Mr. Dalgliesh. Ein Glück, nicht wahr? Und die Hebamme sagt, bei einer Erstgeburt habe sie praktisch noch nie eine so kurze Wehenphase erlebt. Sechs Stunden nur. Siebeneinhalb Pfund, ein schönes Gewicht. Und wir haben uns ein Mädchen gewünscht. Stella Louise wollen wir sie nennen. Louise nach Susies Mutter. Wir wollen dem alten Mädchen eine Freude machen.«
Nachdem er seine herzlichsten Glückwünsche geäußert hatte, die Rickards vermutlich nicht für ausreichend hielt, legte Dalgliesh den Hörer auf und fragte sich, warum man ihm die Ehre einer so frühen Benachrichtigung zuteil werden ließ. Und kam zu dem Ergebnis, daß Rickards vor lauter Freude jeden anrief, bei dem er auch nur einen Funken Interesse vermutete, um die Minuten auszufüllen, bis er wieder ans Bett seiner Frau eilen durfte. Seine letzten Worte hatten gelautet: »Ich kann Ihnen gar nicht beschreiben, was für ein Gefühl das ist, Mr. Dalgliesh.«
Aber Dalgliesh konnte sich gut daran erinnern, was für ein Gefühl das war. Die Hand noch auf dem Hörer, hielt er einen Augenblick inne, kämpfte mit seinen eigenen Reaktionen, die ihm für eine so normale, längst erwartete Nachricht übertrieben vorkamen, und erkannte unangenehm berührt, daß zu diesen Gefühlen auch purer Neid gehörte. Lag es daran, daß er hierher auf die Landzunge gekommen war, wo die Vergänglichkeit des menschlichen Lebens, aber auch seine Fortdauer, der ewige Zyklus von Geburt und Tod besonders stark zu spüren waren, oder lag es am Tod von Jane Dalgliesh, seiner letzten lebenden Verwandten, daß er vorübergehend den heißen Wunsch verspürte, ebenfalls ein lebendes Kind zu haben?

Weder er noch Rickards hatten den Mord erwähnt. Rickards hätte das zweifellos als eine geradezu krasse Beeinträchtigung seines ganz persönlichen, nahezu sakrosankten Glücksgefühls empfunden. Und schließlich gab es kaum noch etwas zu sagen. Rickards hatte unmißverständlich angedeutet, daß er den Fall für abgeschlossen hielt. Amy Camm und ihre Liebhaberin waren beide tot, und nun war es unwahrscheinlich, daß ihre Schuld jemals bewiesen werden konnte. Dabei waren die Beweise gegen sie zugegebenermaßen unvollkommen. Rickards hatte noch immer keinen Beweis dafür, daß beide oder eine der Frauen über die Einzelheiten der Whistler-Morde informiert gewesen waren. Doch dieser Mangel hatte in den Augen der Polizei inzwischen an Bedeutung verloren. Irgend jemand konnte geplaudert haben, oder die Camm hatte im Local Hero Gesprächsfetzen aufgeschnappt und sich ihren Reim darauf gemacht. Oder die Robarts selbst hätte es der Amphlett mitteilen und diese sich das übrige, was sie nicht erfahren hatte, denken können. Der Fall mochte offiziell als ungelöst betrachtet werden, doch Rickards hatte sich eingeredet, die Amphlett habe Hilary Robarts unter Mithilfe ihrer Liebhaberin Camm umgebracht. Als Dalgliesh und Rickards sich am Abend zuvor kurz getroffen hatten, hatte Dalgliesh es für richtig gehalten, eine andere Meinung zu äußern und sie auch ruhig und logisch begründet, aber Rickards hatte seine eigenen Argumente gegen ihn gekehrt.

»Sie ist ihr eigener Herr. Das haben Sie selbst gesagt. Sie hat ihr eigenes Leben, ihren Beruf. Warum, zum Teufel, sollte es sie kümmern, wen er heiratet? Sie hat ja auch seine erste Ehe nicht zu verhindern versucht. Und schließlich braucht er keine Beschützerin. Können Sie sich vorstellen, daß Alex Mair etwas tut, was er nicht will? Er gehört zu jenen Menschen, die sterben, wenn es *ihnen* gefällt, und nicht dem lieben Gott.«

»Das Fehlen des Motivs ist der schwächste Punkt in diesem Fall«, hatte Dalgliesh entgegnet. »Und ich muß zugeben, daß es kein einziges forensisches oder sonstwie physisches Beweisstück gibt. Aber Alice Mair erfüllt alle Kriterien. Sie wußte, wie der Whistler mordete; sie wußte, wo die Robarts kurz nach 9 Uhr sein würde; sie hat kein Alibi; sie wußte, wo die Sportschuhe zu finden waren, und sie ist groß genug, sie tragen zu können; sie hatte Gelegenheit, sie auf dem Rückweg von Scudder's Cottage in den Bunker zu werfen. Aber es gibt da noch etwas anderes, nicht wahr? Ich glaube, dieses Verbrechen wurde von einem Menschen begangen, der nicht wußte, daß der Whistler tot war, als er den Mord beging, es aber kurz danach erfuhr.«
»Das ist genial, Mr. Dalgliesh.«
Dalgliesh war versucht, zu entgegnen, es sei nicht genial, sondern nur logisch. Rickards würde sich verpflichtet fühlen, Alice Mair noch einmal zu vernehmen, damit aber nichts erreichen. Außerdem war es nicht Dalglieshs Fall. In zwei Tagen würde er wieder in London sein. Jede weitere Schmutzarbeit, die das MI5 erledigt haben wollte, würden diese Leute selber tun müssen. Er hatte bereits mehr eingegriffen, als man strenggenommen rechtfertigen konnte, und ganz gewiß mehr, als ihm angenehm war. Er hatte sich gesagt, daß es unehrlich sei, entweder Rickards oder dem Mörder die Schuld dafür zu geben, daß der größte Teil der Entscheidungen, die zu treffen er auf die Landzunge gekommen war, immer noch nicht getroffen war.
Der unerwartete Anfall von Neid hatte eine leichte Verärgerung über sich selbst ausgelöst, die nicht gerade besser wurde, als er entdeckte, daß er das Buch, das er gerade las, A. N. Wilsons Tolstoi-Biographie, im obersten Raum des Mühlenturms vergessen hatte. Diese Lektüre schenkte ihm die Beruhigung und den Trost, die er gegenwärtig besonders brauchte. Die Haustür der Mühle fest gegen den anstürmen-

den Wind schließend, kämpfte er sich um den Turm herum, schaltete das Licht an und kletterte in den obersten Stock hinauf. Draußen heulte und kreischte der Wind wie eine Meute wild gewordener Dämonen, doch hier, in dieser kleinen Kammer mit dem Kuppeldach, war es außergewöhnlich still. Der Turm stand seit über einhundertfünfzig Jahren. Er hatte schon schlimmeren Stürmen getrotzt. Spontan öffnete er das Ostfenster und ließ den Wind herein wie eine brausende Reinigungskraft. Und dabei entdeckte er hinter der Steinmauer, die den Patio von Martyr's Cottage abschloß, ein Licht im Küchenfenster. Aber es war kein gewöhnliches Licht. Während er hinblickte, flackerte es, erstarb, flackerte abermals und entfaltete sich zu einer roten Glut. Er hatte diese Art Licht schon oft gesehen und wußte, was es bedeutete: Martyr's Cottage stand in Flammen.

Er rutschte buchstäblich die beiden Leitern hinab, die die Mühlenböden miteinander verbanden, stürzte ins Wohnzimmer, wo er nur schnell nach Feuerwehr und Krankenwagen telephonierte, und lief hinaus, insgeheim dankbar dafür, daß er den Wagen noch nicht in die Garage gestellt hatte. Sekunden später jagte er mit Höchsttempo über das unebene Grasland der Landzunge. Als der Jaguar mit einem Ruck zum Stehen gekommen war, rannte er zur Vordertür. Sie war verschlossen. Sekundenlang erwog er, sie mit dem Jaguar einzurammen, aber der Rahmen bestand aus solider, uralter Eiche, und er hätte mit vergeblichen Versuchen nur wertvolle Sekunden verloren. Er eilte zur Seitenmauer, sprang hoch, hielt sich an der Oberkante fest, schwang sich hinüber und landete im rückwärtigen Patio. Eine flüchtige Probe ergab, daß die Hintertür ebenfalls oben und unten verriegelt war. Es gab keinen Zweifel daran, wer drinnen im Haus war; er würde sie durchs Fenster herausholen müssen. Er riß sich die Jacke herunter und wickelte sie sich um den rechten Arm, während er gleichzeitig den Außenhahn voll aufdrehte, um sich Kopf und Körper naß zu machen. Das eisige Wasser tropfte an ihm herab, als er den Arm beugte und seinen Ellbogen ins Fensterglas stieß. Aber die Scheibe war zu dick; sie war dazu gedacht, die Winterstürme abzuhalten. Also stellte er sich auf die Fensterbank, klammerte sich am Rahmen fest und mußte mehrmals kräftig zutreten, bevor das Glas nach innen brach und ihm die Flammen entgegenschlugen.

Drinnen hinter dem Fenster lag eine Doppelspüle. Er rollte sich darüber hinweg, landete, im dichten Rauch keuchend, auf den Knien und begann zu ihr hinüberzukriechen. Sie lag zwischen Herd und Tisch, der hochgewachsene Körper starr wie eine Puppe. Haare und Kleider brannten schon, so daß sie wie in Feuerzungen gebadet auf dem Rücken lag und zur Decke starrte. Ihr Gesicht war jedoch noch unberührt, und die offenen Augen schienen ihn mit dem Ausdruck halb wahnsinnigen Erduldens so intensiv anzustarren, daß er unwillkürlich an Agnes Poley dachte: Plötzlich wurden die flammenden Tische und Sessel zu knisternden Zeugen jenes grausamen Märtyrertodes, und er roch trotz des dichten, beißenden Rauchs den gräßlichen Gestank brennenden Fleisches.

Er begann an Alice Mairs Körper zu zerren, aber er war eingeklemmt, und der brennende Tisch lag mit der Kante quer über ihren Beinen. Irgendwie mußte er ein paar Sekunden Zeit gewinnen. Hustend stolperte er durch den Qualm zum Spülstein, drehte beide Hähne voll auf, griff sich eine Pfanne, füllte sie und goß immer wieder Wasser auf die Flammen. Ein kleiner Teil des Feuers zischte und begann zu erlöschen. Mit dem Fuß trat er die brennenden Trümmer beiseite, hievte sich die Bewußtlose über die Schulter und wankte zur Tür. Aber die Riegel, fast schon zu heiß zum Anfassen, klemmten. Er mußte versuchen, Alice durch das zerschlagene Fenster hinauszuschaffen. Keuchend vor Anstrengung, stemmte er ihren bleischweren Körper vorwärts über den Spülstein. Doch ihre Glieder verfingen sich in den Wasserhähnen, und es dauerte Ewigkeiten, bis er sie befreit hatte, zum Fenster hinaufschieben konnte und endlich sah, wie sie vornüberkippte und draußen verschwand. In tiefen Zügen sog er die frische Luft ein, packte den Rand des Spülsteins und versuchte sich hochzustemmen. Auf einmal jedoch hatte er keine Kraft mehr in den Beinen. Er fühlte, wie sie unter ihm nachgaben, und mußte beide Arme auf den Spülsteinrand legen, um nicht in das immer höher lodernde Feuer zurückzustürzen. Bis zu diesem Augenblick hatte er den Schmerz nicht wahrgenommen, nun aber riß und zerrte er ihn an Beinen und Rücken, als werde er von einem Rudel Wildhunde angefallen. Da er den Kopf nicht bis zu den laufenden Hähnen vorzurecken vermochte, versuchte er sich mit beiden Händen Wasser ins Gesicht zu werfen, als könne diese gesegnete Kühle die Qual in seinen Beinen lindern. Auf einmal wurde er von dem fast unwiderstehlichen Wunsch überfallen, ganz einfach loszulassen und ins Feuer zurückzusinken, anstatt einen schier unmöglichen Fluchtversuch zu wagen. Doch das dauerte nur eine Sekunde, verlieh ihm letztlich sogar die Kraft zu einem letzten, verzweifelten Ausbruchsversuch. Er packte die Hähne, jeden mit einer Hand, und zog sich langsam, qualvoll über den Spülstein. Diesmal fanden seine Knie Halt auf der harten Kante, und er vermochte sich gegen das Fenster zu werfen. Rauch wogte um ihn herum, und hinter ihm tobten die riesigen Feuerzungen. Ihr Brüllen wurde so stark, daß seine Ohren schmerzten. Die ganze Landzunge schien davon erfüllt, so daß er nicht mehr unterscheiden konnte, ob er das Feuer, den Wind oder das Meer hörte. Dann sammelte er Kraft für einen letzten Versuch, spürte, wie er auf ihren weichen Körper fiel, und rollte sich von ihr herab. Sie brannte nicht mehr. Nachdem ihre Kleider verbrannt waren, hingen nur noch verkohlte Lumpen an dem, was von ihrem Fleisch übrig war. Er

schaffte es, hochzukommen, und strebte halb stolpernd, halb kriechend zum Außenhahn. Aber er hatte ihn kaum erreicht, da verlor er das Bewußtsein, und das letzte, was er hörte, war das Zischen des Wassers, das seine brennenden Kleider löschte.
Eine Minute später öffnete er die Augen. Die Steine drückten gegen seinen verbrannten Rücken, und als er sich bewegen wollte, schrie er laut auf, so furchtbar schmerzte es. Noch niemals hatte er eine solche Qual erlitten. Als sich jedoch ein Antlitz, bleich wie der Mond, über ihn beugte, erkannte er Meg Dennison. Er dachte an dieses verkohlte Ding unter dem Fenster und stieß mühsam hervor: »Nicht hinsehen! Nicht hinsehen!«
Meg aber gab sehr leise zurück: »Sie ist tot. Und es ist schon gut, ich mußte hinsehen.«
Dann, auf einmal, erkannte er sie nicht mehr. Sein verwirrter Verstand befand sich an einem anderen Ort, in einer anderen Zeit. Und plötzlich hörte er inmitten der zahllosen, neugierigen Zuschauer und der Soldaten, die mit ihren Piken den Scheiterhaufen bewachten, Rickards sagen: »Aber sie ist kein Ding, Mr. Dalgliesh. Sie ist eine Frau.« Er schloß die Augen. Megs Arme umfingen ihn. Er wandte den Kopf und preßte das Gesicht in ihre Jacke, biß in die Wolle, damit er sich nicht schämen mußte, weil er so laut stöhnte. Dann spürte er ihre kühlen Hände auf seinem Gesicht.
»Der Krankenwagen wird gleich hiersein«, sagte sie ruhig. »Ich höre schon die Sirene. Ganz still liegenbleiben, mein Lieber. Es wird alles gut werden.«
Das letzte, was er hörte, bevor er sich in die Bewußtlosigkeit hineingleiten ließ, war die Glocke des Feuerwehrlöschzugs.

Epilog

Mittwoch, 18. Januar

Da wurde Mitte Januar [illegible]
[illegible] Muckerkam [illegible] und [illegible]
[illegible] im [illegible]
[illegible]
[illegible]
[illegible] wurden [illegible]
[illegible] die [illegible]
[illegible]
[illegible] Urteil [illegible]
[illegible] wieder. Das [illegible]
[illegible] und [illegible]
[illegible] wie ein [illegible]
[illegible]

Der [illegible]
[illegible]
[illegible]
[illegible]
[illegible]
[illegible]
[illegible]

[illegible]
[illegible]
[illegible]

[illegible]
[illegible]
[illegible]
[illegible]
[illegible]

Es wurde Mitte Januar, bis Adam Dalgliesh wieder zur Larksoken-Mühle kam – ein sonniger und so warmer Tag, daß die Landzunge im hellen, durchscheinenden Licht eines Vorfrühlings zu liegen schien. Als Meg nach ihrem Abschiedsbesuch in der Mühle durch das hintere Gartentörchen hinausging, um über die Landzunge zu wandern, sah sie, daß schon die ersten Schneeglöckchen blühten, und kauerte sich nieder, um voll Freude zu beobachten, wie sich ihr zartes Grün mit den weißen Blütenköpfchen im sanften Wind wiegte. Das Grasland der Landzunge federte unter ihren Schritten, und in der Ferne kreiste und segelte eine Schar Möwen wie ein Regenschauer aus weißen Blütenblättern am Himmel.

Der Jaguar stand vor der Mühle. Ein Bündel Sonnenstrahlen fiel durch die offene Tür ins Haus und beleuchtete das leergeräumte Zimmer. Dalgliesh lag auf den Knien, um die letzten Bücher seiner Tante in einer Teekiste zu verstauen. Die Bilder lehnten, bereits verpackt, an der Wand. Meg kniete sich neben ihn, um ihm zu helfen, indem sie ihm die Bände reichte. »Was machen Beine und Rücken?« fragte sie ihn.

»Ein bißchen steif noch, und die Narben jucken gelegentlich. Aber es scheint, daß alles gut verheilt ist.«

»Keine Schmerzen mehr?«

»Keine Schmerzen mehr.«

Mehrere Minuten lang arbeiteten sie in freundschaftlichem Schweigen. Dann sagte Meg: »Ich weiß nicht, ob Sie das hören wollen, aber wir sind Ihnen wirklich alle sehr dankbar für das, was Sie für die Blaneys tun. Die Miete, die Sie ihnen für die Mühle abnehmen, ist lächerlich, und Ryan weiß das.«

»Ich wollte ihm keinen Gefallen tun«, wehrte Dalgliesh bescheiden ab. »Ich brauche eine einheimische Familie, die hier wohnt, und da war er die beste Wahl für mich. Es geht schließlich nicht um irgendein Haus. Wenn er sich über die Höhe der Miete Gedanken macht, soll er sich als eine Art Verwalter betrachten. Sie könnten erwähnen, daß *ich* eigentlich *ihm* etwas bezahlen müßte.«
»Nicht viele Menschen, die einen Verwalter suchen, würden sich für einen exzentrischen Kunstmaler mit vier Kindern entscheiden. Aber dieses Haus ist einfach ideal für die Familie: zwei Badezimmer, eine schöne Küche und der Mühlenturm für Ryan als Atelier. Theresa ist wie verwandelt. Seit ihrer Operation hat sie schon viel mehr Kraft, und inzwischen strahlt sie regelrecht vor Glück. Gestern hat sie mich im Alten Pfarrhof angerufen, um uns alles zu erzählen und zu erklären, wie sie die Räume ausmißt und vorausplant, wohin sie die einzelnen Möbel stellen will. Sie haben es hier viel schöner als in Scudder's Cottage, auch wenn Alex das Haus nicht verkaufen und endgültig loswerden wollte. Ich kann's ihm eigentlich nicht übelnehmen. Wußten Sie, daß er auch Martyr's Cottage verkaufen will? Jetzt, wo er so viel mit seinem neuen Job zu tun hat, möchte er sich, glaube ich, endgültig von der Landzunge und all ihren Erinnerungen befreien. Ich glaube, das ist nur natürlich. Und das mit Jonathan Reeves wissen Sie vermutlich auch schon. Der hat sich mit einem jungen Mädchen aus dem Kraftwerk verlobt, Shirley Coles. Und Mrs. Jago hat einen Brief von Neil Pascoe bekommen. Nach ein paar falschen Starts hat er in Camden einen vorläufigen Job als Sozialarbeiter gekriegt. Sie meint, daß er sich dort recht wohl fühlt. Außerdem gibt's gute Nachrichten von Timmy – ich glaube wenigstens, daß es gute Nachrichten sind. Die Polizei hat Amys Mutter aufgetrieben. Da sie und ihr Lebensgefährte Timmy nicht wollen, wird er zur Adoption freigegeben. So kommt er

wenigstens zu einem Elternpaar, das ihm Liebe und Geborgenheit bieten kann.«

Unvermittelt hielt sie inne, weil ihr bewußt wurde, daß er sich möglicherweise gar nicht für diese lokalen Details interessierte. Aber eine Frage gab es noch, die sie in den letzten drei Monaten mit sich herumgetragen hatte – eine Frage, die sie nicht zu stellen brauchte, die aber nur er beantworten konnte. Sie wartete auf einen Augenblick, da seine schmalen, sensiblen Hände die Bücher geschickt in die Kiste legten, und fragte dann: »Akzeptiert Alex eigentlich, daß seine Schwester Hilary ermordet hat? Ich spreche nicht gern mit Inspector Rickards, und selbst wenn ich ihn frage, würde er mir nicht antworten. Und Alex kann ich natürlich nicht fragen. Seit ihrem Tod haben wir kein einziges Mal über Alice oder den Mord gesprochen. Und bei der Beerdigung hat er fast kein Wort gesagt.«

Aber Rickards hätte sich bestimmt Adam Dalgliesh anvertraut, das wußte sie. »Ich glaube kaum, daß Alex Mair ein Mann ist, der vor unbequemen Tatsachen die Augen verschließt«, gab Dalgliesh zurück. »Er muß die Wahrheit kennen. Doch das bedeutet nicht, daß er sie der Polizei gegenüber zugibt. Offiziell akzeptiert er deren Version, daß die Mörderin tot ist und daß es inzwischen unmöglich ist zu beweisen, ob Amy Camm, Caroline Amphlett oder Alice Mair die Mörderin war. Die Schwierigkeit besteht darin, daß es noch immer keine Spur von stichhaltigen Beweisen gibt, die Miss Mair mit Hilary Robarts' Tod in Verbindung bringen könnten, und ganz gewiß nicht genügend Indizien, um sie posthum als Mörderin zu brandmarken. Hätte sie den Brand überlebt und ihr Geständnis Ihnen gegenüber zurückgezogen, bezweifle ich, daß Rickards Gründe genug gefunden hätte, sie zu verhaften. Das veröffentlichte Ergebnis der Brandfahndung bestätigt, daß das Feuer, während sie kochte, möglicherweise ein neues Rezept ausprobierte, durch eine umgestürzte Pfanne mit heißem Fett ausgelöst wurde.«

»Und das alles beruht auf meiner Aussage, nicht wahr? Auf der nicht sehr wahrscheinlichen Geschichte einer Frau, die schon früher in Schwierigkeiten war und einen Nervenzusammenbruch hinter sich hat. Das kam überdeutlich zum Ausdruck, als ich befragt wurde. Inspector Rickards schien sich völlig auf unsere Freundschaft zu konzentrieren, wollte unbedingt wissen, ob ich etwas gegen Alice hätte, ob wir uns gestritten hätten. Und nachdem er fertig war, wußte ich nicht mehr, ob er mich für eine boshafte Lügnerin oder für eine Komplizin hielt.«

Sogar dreieinhalb Monate nach dem Tod der Freundin fiel es ihr schwer, ohne die vertraute Mischung aus Schmerz, Angst und Zorn an diese endlosen Vernehmungen zu denken. Immer und immer wieder hatte sie ihre Story erzählen müssen, immer und immer wieder unter diesen durchdringenden, skeptischen Blicken. Dabei konnte sie durchaus verstehen, warum Rickards ihr einfach nicht glauben wollte. Es war ihr noch niemals leichtgefallen, überzeugend zu lügen, und er wußte, daß sie log. Aber warum, hatte er sie gefragt. Welchen Grund hatte ihr Alice Mair für den Mord genannt? Was war ihr Motiv? Niemand konnte ihren Bruder zwingen, Hilary Robarts zu heiraten. Und schließlich war er ja schon einmal verheiratet gewesen. Seine Ex-Frau lebte noch und war gesund, warum also fand sie diese Ehe so unmöglich? Aber sie hatte es ihm nicht gesagt, nur immer wieder, daß Alice diese Ehe verhindern wollte. Sie hatte versprochen, nichts zu sagen, und würde auch niemals etwas sagen, nicht einmal zu Adam Dalgliesh, dem einzigen Mann, der sie möglicherweise dazu hätte überreden können. Einmal, als sie ihn im Krankenhaus besuchte, hatte sie unvermittelt zu ihm gesagt: »Sie wissen es, nicht wahr?«

Und er hatte erwidert: »Nein, ich weiß es nicht, aber ich

kann es mir denken. Erpressung ist kein außergewöhnliches Motiv für einen Mord.«

Aber er hatte keine Fragen gestellt, und dafür war sie ihm aufrichtig dankbar. Sie wußte jetzt, daß Alice ihr nur die Wahrheit gesagt hatte, weil Meg, ihren ursprünglichen Plänen zufolge, am nächsten Tag nicht mehr am Leben gewesen wäre. Weil sie sich vorgenommen hatte, mit der Freundin zusammen zu sterben. Zuletzt aber hatte sie einen Rückzieher gemacht. Sie hatte ihr den höchstwahrscheinlich mit ihren Schlaftabletten versetzten Whisky sanft, aber energisch aus der Hand genommen.

Zu guter Letzt hatte Alice treu zu ihrer Freundin gehalten, deswegen wollte Meg genauso treu zu ihr halten. Sie schulde ihrem Bruder einen Tod, hatte Alice gesagt. Darüber hatte Meg lange nachgedacht, vermochte aber keinen Sinn in die Worte zu bringen. Doch wenn Alice Alex einen Tod schuldete, schuldete Meg ihrer Freundin Treue und Schweigen.

Laut sagte sie: »Wenn die Renovierungsarbeiten fertig sind, würde ich gern Martyr's Cottage kaufen. Da ich aus dem Verkauf des Londoner Hauses etwas Kapital besitze, brauche ich nichts weiter als eine kleine Hypothek. Im Sommer würde ich das Haus, um die Ausgaben zu verringern, zeitweise vermieten. Und dann, wenn die Copleys mich nicht mehr brauchen, könnte ich selbst dort einziehen. Der Gedanke, daß dieses Haus auf mich wartet, ist wunderschön.«

Falls er sich wunderte, daß sie an den Schauplatz so traumatischer Erinnerungen zurückkehren wollte, sprach er es nicht aus. Und Meg fuhr fort, als zwinge eine innere Stimme sie dazu, ihre Handlungen zu erklären: »Hier auf der Landzunge sind über Jahrhunderte hinweg furchtbare Dinge geschehen – nicht nur mit Agnes Poley, nicht nur mit Hilary, Alice, Amy und Caroline. Und dennoch fühle ich mich hier zu Hause, habe ich immer noch das Gefühl, daß dies meine Heimat ist, habe ich immer noch das Gefühl, daß ich ein Teil von dieser Landschaft sein will. Und wenn es Geister gibt in Martyr's Cottage, so sind es mit Sicherheit freundliche.«

»Es ist ein steiniger Boden, in den Sie Ihre Wurzeln senken wollen«, gab er zu bedenken.

»Vielleicht genau der Boden, den meine Wurzeln brauchen.«

Eine Stunde später verabschiedeten sie sich endgültig. Die Wahrheit lag zwischen ihnen, unausgesprochen, und nun reiste er ab, und sie sah ihn vielleicht nie wieder. Mit einem glücklich-erstaunten Lächeln auf den Lippen erkannte sie, daß sie sich ein wenig in ihn verliebt hatte. Doch das war unwichtig. Es war nur eine flüchtige Regung, ganz ohne Schmerz und ohne Hoffnung. Als sie die sanfte Anhöhe der Landzunge erreichte, wandte sie sich um und blickte nordwärts zum Kraftwerk, dem Generator und Symbol jener mächtigen, geheimnisvollen Kraft, die sie niemals von dem Bild jener seltsam schönen, pilzförmigen Wolke zu trennen vermochte, Symbol auch jener intellektuellen und geistigen Arroganz, die Alice zum Mord verleitet hatte, und sekundenlang schien sie das Echo der letzten Warnsirenen zu hören, die ihre gräßliche Botschaft über die Landzunge blökten. Aber das Böse endete nicht mit dem Tod eines Bösen. Irgendwo mochte in diesem Moment ein neuer Whistler seine furchtbare Rache gegen die Welt planen, in der er niemals hatte daheim sein können. Doch das lag in der unvorhersehbaren Zukunft, und die Angst davor war nicht Realität. Die Realität war hier, in jedem einzelnen Moment besonnter Zeit, in jedem zitternden Grashalm der Landzunge, im glitzernden Meer, das sich blau und purpurn, mit einem schneeweißen Segel darauf, bis zum Horizont erstreckte, in den zerbröckelten Säulen der Abtei, deren Glimmersteine in der sanften Abendsonne funkelten, in den geblähten Segeln der Windmühle, die reglos und stumm hingen, im Geschmack der salzigen Seeluft. Hier verschmolzen Vergangenheit und Zukunft, und ihr eigenes Leben mit seinen trivialen Plänen und Wünschen erschien wie ein unbedeutender Moment in der langen Geschichte der Landzunge. Dann jedoch lächelte sie über diese gewichtigen Phantasievorstellungen und ging, nachdem sie sich noch einmal umgedreht und der hochgewachsenen Gestalt an der Mühlentür zum Abschied zugewinkt hatte, energischen Schrittes nach Hause. Die Copleys warteten auf den Nachmittagstee.

Im Bechtermünz Verlag ist außerdem erschienen

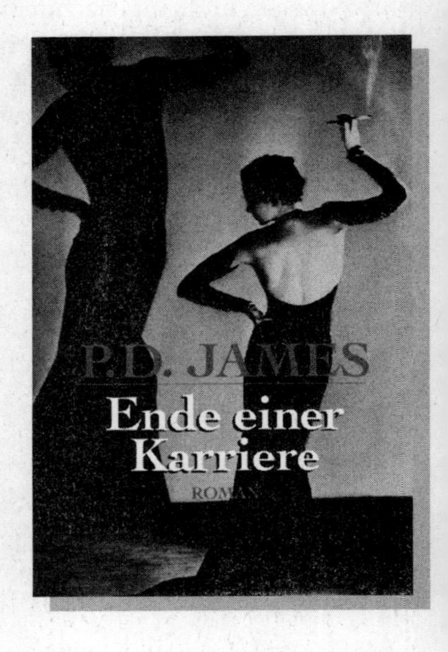

P.D. James
Ende einer Karriere

432 Seiten, Format 12,5 x 18,7 cm
gebunden, Best.-Nr. 772 764
ISBN 3-8289-0265-0
DM 19,90

Clarissa Lisle, eine alternde Theaterdiva, wird mit Morddrohungen verfolgt. Als sie bei einer Privatinszenierung die Hauptrolle übernimmt, engagiert ihr Mann für sie eine Privatdetektivin als Sekretärin. Doch noch ehe sich der Premierenvorhang hebt, ist Clarissa tot ...

Spannendes Lesevergnügen von der Königin der Kriminalromane!